T0384414

BESTSELLER

Vanessa Montfort (Barcelona, 1975) es novelista y dramaturga, y está considerada una de las voces destacadas e internacionales de la reciente literatura española.

Ha publicado las novelas *El ingrediente secreto* (XI Premio Ateneo Joven de Sevilla, 2006); *Mitología de Nueva York* (XI Premio Ateneo de Sevilla, 2010); *La leyenda de la isla sin voz* (Premio Internacional Ciudad de Zaragoza de Novela Histórica, Plaza y Janés, 2014); *Mujeres que compran flores* (Plaza y Janés, 2016), con 29 ediciones en España y cuyos derechos han sido vendidos a más de 15 países; *El sueño de la crisálida* (Plaza y Janés, 2019), y *La mujer sin nombre* (Plaza y Janés, 2020), en la que recupera a la escritora María Lejárraga. Esta novela, como la obra teatral que la precedió, *Firmado Lejárraga*, tuvieron una gran repercusión en la crítica, lo cual ha culminado con la participación de Vanessa Montfort en el documental de TVE *María Lejárraga: a las mujeres de España*, dirigido por Laura Hojman y nominado a los Premios Goya de 2022.

Su obra teatral cuenta con traducciones a una decena de lenguas. Destacan *Flashback*, *La cortesía de los ciegos* y *Tierra de tiza*, para el Royal Court Theatre de Londres; la adaptación libre de *La Regenta* (Teatros del Canal, 2012); *El galgo* (Teatro Anfitrione de Roma); *Sirena negra*, adaptada al cine por Elio Quiroga (Festival de Sitges, 2015); *El hogar del monstruo* (CDN, 2016), y *Firmado Lejárraga* (CDN, 2019, finalista a los Premios Max 2020 a la Mejor Autoría Teatral). En 2022 estrena tres montajes: *El síndrome del copiloto* (Teatros del Canal, Madrid); *Saúl*, mediometraje de teatro radiofónico para la BBC dentro de la serie *One Five Seven Years* (dirigido por Nicolas Jackson), y *La Toffana* (Teatro La Abadía Madrid, 2022).

Como productora funda en 2016 Bemybaby Films junto al director Miguel Ángel Lamata, con quien produce el largometraje *Nuestros amantes* (2016) y el documental *Héroes, silencio y rock & roll* (estrenado en Netflix, nominado a los Premios Goya como Mejor Documental).

La hermandad de las malas hijas (2023) es su última novela.

Para más información, visita la página web de la autora:
www.vanessamontfort.com

También puedes seguir a Vanessa Montfort en Facebook, X e Instagram:

📘 Vanessa Montfort
❌ @vanessamontfort
📷 @vanessamontfort_oficial

Biblioteca

VANESSA MONFORT

La hermandad de las malas hijas

DEBOLS!LLO

Papel certificado por el Forest Stewardship Council®

Penguin
Random House
Grupo Editorial

Primera edición en Debolsillo: octubre de 2024

© 2023, Vanessa Montfort
© 2023, 2024, Penguin Random House Grupo Editorial, S. A. U.
Travessera de Gràcia, 47-49. 08021 Barcelona
Diseño de la cubierta: Penguin Random House Grupo Editorial / Yolanda Artola
Imagen de la cubierta: © Luciano Lozano

Printed in Spain – Impreso en España

ISBN: 978-84-663-7530-6
Depósito legal: B-12.706-2024

Compuesto en Mirakel Studio, S. L. U.
Impreso en Novoprint
Sant Andreu de la Barca (Barcelona)

P 3 7 5 3 0 6

Para Marie-Lise Gazarian, matriarca de mi familia neoyorquina.
Gracias por dejarme beber de tu inteligencia y de tu amor por
los escritores. Te seguiré buscando entre los rascacielos

A mi querida amiga y agente Antonia Kerrigan,
por ayudarme a crecer y a creer que todo era posible

Hasta que nos volvamos a ver

Madre es nuestra primera historia de amor. Sus brazos. Sus ojos. Su pecho. Su cuerpo. Y si más adelante la odiamos, nos llevamos esa rabia con nosotros y la soltamos con otros amantes. Y si la perdemos, ¿dónde vamos a volver a encontrarla?

JEANETTE WINTERSON

¿Quién vio un perro juguetón en una familia sombría o un perro triste en una familia feliz? Las personas que gruñen tienen perros que gruñen, las personas peligrosas tienen perros peligrosos.

ARTHUR CONAN DOYLE

Dios mío, mi madre tiene ochenta años. Estamos inmóviles mirándonos la una a la otra. Se encoge de hombros y se sienta en el sofá de su salón.

VIVIAN GORNICK

Mi madre adoraba a los niños.
Ella hubiera dado cualquier cosa si yo hubiese
sido uno.

GROUCHO MARX

Mi madre, quien ante el frío de la muerte me dijo:
«Hija, abrígate».

PILAR ÉCIJA

Cuando regresas al lugar de tu infancia todo te parece más pequeño. Las proporciones cambian, sobre todo las emocionales. Por eso nuestros cuatro protagonistas nunca sospecharon que después de veinte años, en el perímetro de un kilómetro escaso que una vez fue su universo, volverían a vivir una aventura como cuando jugaban a resolver misterios en la plaza.

La plaza… Había sólo cuatro en el mundo con ese nombre, pero, de todas, la plaza de Oriente de Madrid era la única orientada a Occidente como una brújula estropeada. Quizá por eso a lo largo de los años fue uniendo tanto como desorientó a quienes la habitaron. Gracias a eso también les regalaba delirantes atardeceres con los que soñar o enamorarse.

Lo que no es casualidad es que el teatro naciera de un ágora. Y en ésta no sólo se alzaba un gran teatro, sino que, con el paso de los siglos, la propia plaza había conservado su espíritu teatral, atrayendo a su interior a pequeños y grandes personajes. Podría afirmarse que cuando sus vecinos salían a la calle lo hacían como quien sale a escena, conscientes de que la luz que proyectaba sobre ellos era bellísima pero implacable en cualquier época del año, dispuesta a iluminarlos con detalle en cada situación, con un aura de irrealidad que les obligaba a vivir en los límites del drama y la comedia.

El universo siempre tiene un plan.

Hay quien piensa que, nos depare lo que nos depare la vida, nuestro destino acaba encontrándonos. O más que el destino, en el caso de esta historia, las conversaciones pendientes.

MÓNICA

Cuidado con la Fiera

Al principio el sospechoso no advertía que el animalito se le había acercado. Sus dos kilos de peso y el palmo de altura que levantaba del suelo no eran precisamente lo que uno esperaba de un perro policía, por mucho que pareciera un *rottweiler* a escala bonsái. De hecho, cuando la sorprendían olfateando a su lado solían gastar una broma: «Uy..., cuidado con la Fiera».

Entonces comenzaba la acción.

Mónica no lograba acostumbrarse a ese momento y lo disfrutaba como una película de estreno, si no fuera porque ese día y con un sentido de la oportunidad insuperable, aparecieron en la pantalla de su móvil una cadena de insistentes llamadas perdidas de su madre. Cinco, esta vez. No era lo que necesitaba la primera de nuestras protagonistas aquella mañana plúmbea en el aeropuerto de Barajas. Lo que necesitaba era un ibuprofeno y que Antolián dejara de mirarle el culo. Pero ya hablaremos de Elisa enseguida. De momento sigamos a Mónica y a su compañero hasta la sala de registros.

Por lo general, si se trataba de un traficante minorista o principiante, el sospechoso cometía el error de intentar sobornar a la perrita con monerías o le ofrecía algo de comida. Entonces Fiera se limitaba a fijar los conguitos negros que tenía por ojos en su dueña solicitando información.

—Por favor, no toque al perro. —La voz del agente retumbó en la salita.

Sentado a su lado, un atento pastor alemán. Entonces Mónica le quitaba la correa a la pequeña y pronunciaba el primer comando: «Fiera, busca». Cuando empezaba a escarbar con determinación en el equipaje, cuando con dos ladridos tajantes anunciaba el lugar donde los agentes deberían abrir, era cuando el sospechoso se solía romper.

Como ocurrió precisamente esa mañana en el aeropuerto de Madrid, aunque el hallazgo esta vez era de sobresaliente. Al igual que en otras ocasiones, según escuchó la orden, Fiera desplegó sus orejas de gremlin hacia fuera y meneó la trufa hasta que la sintió esponjarse. Enseguida identificó ese olor picante muy parecido al de su dueña cuando tenía fiebre. Sin dudarlo un instante, se lanzó sobre el portatrajes del hombre y cavó con sus pezuñas la cremallera como si estuviera a cámara rápida, hasta que cedió.

Dentro, un aparatoso traje de torero.

El hombre con barriga de embarazado empezó a sudar como un botijo:

—Venimos de una corrida en México. Acompaño a la cuadrilla —explicó.

Los otros dos le observaban atónitos mientras la chihuahua repasaba con ansiedad de diseñador cada costura y bordado de la chaqueta, hasta que pareció llegar a una clara conclusión y, sin pensárselo dos veces, le hincó los dientes al forro con saña.

—Pero ¿qué hace ese bicho asqueroso? ¡Eso vale una millonada! —intentó espantarla, pero le ordenaron sentarse—. ¡No lo entienden!, ¡me van a despedir!

—Estoy de acuerdo en todo: vale una millonada y le van a despedir —dijo Mónica, y luego añadió al agente—: Está dentro del forro y casi podría asegurar que si lo laváis en seco saldrán un par de kilos más por impregnación.

Antolián sonrió de medio lado.

—Entonces lo llevaremos a una tintorería de confianza... —dijo mientras lo esposaba.

El móvil volvió a vibrar con intransigencia: «Mamá», indicaba la videollamada. Mónica colgó apresuradamente; mira que se lo tenía dicho, que preguntara antes de utilizar la cámara. Se sopló el flequillo; además, sabía muy bien que estaba en el trabajo... Respiró hondo y le hizo una carantoña a su perra en la redonda cabecita, gesto que agradeció con un estiramiento de satisfacción a dos patas sobre su gemelo derecho. Había estado chupado, pensó ésta orgullosa. Escarbar en las maletas siguiendo ese rastro amoniacado era casi tan divertido como extraer galletitas de salmón del juguete que Mónica le escondía por toda la casa.

Llegados a ese punto, el detenido solía empezar a echar el muerto a otro y reclamaba un abogado. Pero en esta ocasión, después de que Fiera le olisqueara las manos gruñendo entre dientes, después de que con otros dos concluyentes ladridos alertara a los agentes para que desmontaran la muleta en la que se apoyaba y encontraran el tubo lleno de las consiguientes bolsitas, acabó por incriminarse. Luego aseguró que le habían convencido para hacer de mula. Vaya, qué decepción, pensó Mónica, después de lo original que había sido el transporte.

Los buenos, al menos de momento, salieron de la habitación de registros tras sus dos triunfantes canes. Dentro, el malo, o quizá sólo el torpe, seguía jurando en arameo.

—¿Quién es la más lista...? —canturreó el agente y se dobló por la cintura sobre la chihuahua, quien dio un respingo receloso hacia atrás.

Su dueña se cruzó de brazos y meneó la cola de caballo hacia los lados como si fuera a relinchar.

—No hagas eso. No la levantes del suelo, no la abraces, es un perro. Y es un agente. No le gusta.

—Es que me pone esos ojitos...

—Sí, pero ha detenido más gente que tú este año.

Antolián se incorporó obediente y entonces confesó que le recordaba a su Atenea. Mónica abrió los ojos de par en par: ¿su chica nueva se llamaba Atenea? Él estornudó varias veces seguidas mientras asentía, de hecho, sólo le hizo falta decirle su nombre para ligárselo, admitió, qué le iba a hacer si le gustaba que le dieran guerra, y, dicho esto, desapareció tras ese enorme pañuelo que a Mónica siempre le daba grima. Por todos los dioses, se preguntó la entrenadora, ¿quién utilizaba pañuelos de tela hoy en día y sobre todo después de una pandemia? A continuación, Antolián empezó a sonarse como una trompeta y aseguró gangoso que esta primavera lo iba a matar… Estornudó de nuevo. ¿Quién? ¿Atenea?, dijo la otra con malicia. ¿En serio? ¿Tan fogosa era?

Lo era, aseguró él, y tiró con fuerza de su perro, quien insistía en arrastrarle hasta una bolsa de patatas sin dueño. ¿No tendría un antihistamínico?, suspiró con cansancio, y luego:

—No lo entiendo, ¿por qué Sherlock no ha detectado nada?

Mónica le dirigió una mirada al perro y éste, al sentirse protagonista por fin, arrimó su largo hocico castaño para regalarle un lametazo en los dedos. Cómo le gustaba su sabor. Ella siempre sabía a esa embriagadora colonia de lavanda.

—Tranquilo, sólo te falta trabajar más con él —mintió a medias—. Hoy ha estado muy atento. Seguro que ha aprendido mucho. ¿Un café?

Caminaron arrastrando los pies por el suelo espejado hacia el Starbucks.

Él, admirado, impaciente, seguía el trote feliz de aquel caballo liliputiense.

—¿Cómo lo hace ella? —dijo.

Mónica le devolvió un gesto interrogante.

—¿Fiera? —La pequeña se volvió como un soldadito—. Siempre ha tenido mucho instinto para los narcóticos. Quién sabe, quizá a Sherlock se le dé mejor localizar restos humanos o billetes de curso legal…

Antolián se encogió como un erizo.

—Ya, pero a mí no… Ni siquiera puedo levantar el cadáver de una paloma sin que se me revuelvan las tripas.

Siguieron caminando. Fiera encabezaba la comitiva unos pasos por delante de Sherlock y, de cuando en cuando, se sacudía aparatosamente tanto estímulo olfativo sin imaginarse que muy pronto compartiría con su dueña su primera experiencia localizando a un «no vivo». De momento sólo sabía que la palabra «metanfetamina» olía azufrada como las cáscaras de huevo que se quedaban en el fondo del cubo; «crack», como el comedero de plástico calentado al sol; «cocaína» significaba el olor penetrante de cuando la subían a esa casa con ruedas y por arte de magia aparecían en otro lugar;

y «heroína» era dulce y ácido a la vez, parecido al de esas bolitas verdes que rodaban de cuando en cuando por el suelo de la cocina y que ¡NO, FIERA!, NO SE COMEN.

A continuación no le quedó más remedio que salir al paso de un grupo de humanos claramente sospechosos que venían de frente para ladrarles como una posesa.

—¿Los paro? —dijo Antolián.

—No. —Dio un tironcito de la correa—. Stop, Fiera.

Antolián llamó la atención sobre la cresta punki que le había brotado a la chihuahua desde la cola hasta la cabeza, ¿eso era normal?, mientras Mónica intentaba disimular aquel episodio de ira espontánea acariciándole el pelaje encrespado. Era consciente de que aquello aún no lo podía controlar. Su animadversión profunda a las cabezas demasiado redondas: ahí entraban calvos, rapados, budistas, motoristas con casco y, por lo visto, ahora también los hare krishna como los que cruzaban el área de recogida de maletas. Pero, naturalmente, eso no se lo podía contar a Antolián. Se le caería el mito si supiera que, con un criterio tan discutible, todos ellos eran, ante la mirada escrutadora de su compañera, sospechosos sólo por existir.

Su madre escogió ese momento para volver a reclamar atención telefónica. Llevaba seis llamadas. Eso quería decir que aún le faltaban dos o tres para claudicar y muchas más para superar su propio récord. Un par de horas después volvería a la carga y, ahí sí, Mónica podría descolgar. De momento debía concentrarse en hacer la ronda con su asesorado, aunque no iba a conseguirlo del todo. En los últimos tiempos le pesaba no estar tan disponible la mayor parte del día. Llamaba a su madre al derrumbarse sobre el colchón, cuando ya le costaba encontrar las palabras entre las sábanas, y las visitas del fin de semana se habían reducido a picar algo juntas siempre en los mismos lugares mientras contestaba wasaps. Eso sí, pronto podría compensarla. Le quedaba sólo un mes de prácticas del máster para ser oficialmente entrenadora de perros especiales y entonces tendría más tiempo para todo.

Buscó con la mirada a Antolián, quien se alejaba persiguiendo a Sherlock, que corría arrastrando la correa directo hacia el McDonald's. Unos segundos después empezaron a escucharse gritos que salían de la cocina.

Mónica suspiró.

No era justo... ¿Por qué Antolián pudo presentarse a las oposiciones y ella no? ¿Sólo por ocho centímetros? No, no era justo que ocho centímetros decidieran el destino de nadie..., aunque al menos había conseguido un nombre como entrenadora de la unidad canina.

Sólo le hacía falta ese título de especialización... y un buen caso.

Eso sería perfecto. Podría dejar de trabajar en el aeropuerto, pensó sujetándose la crin negra e indomable de nuevo en la coleta; podría dejar de chuparse el atasco de dos horas; podría tumbarse a retozar media horita para releerse por enésima vez a Raymond Chandler mientras Fiera disfrutaba de uno de esos huesos de pollo que le gustaba roer con devoción.

Un caso de verdad, se puntualizó a sí misma.

Y le hizo un gesto con la mano a Antolián cuando lo vio salir de la hamburguesería pidiendo disculpas y riñendo a Sherlock, que masticaba comida rápida a dos carrillos. Los aeropuertos no tenían misterio ni crímenes con estilo, siguió barruntando mientras los veía acercarse. Los narcos no poseían el glamour de los viejos mafiosos, no, ni siquiera versionado por Netflix: vivían en la Costa del Sol y eran los pobres desgraciados a los que pillaban en Barajas quienes acababan en la cárcel en su lugar a cambio de unos cientos de euros.

Antolián dio una orden a su perro, pero éste ni se movió. Mónica le dirigió una mirada llena de paciencia, sólo había que ser un poco más firme. Se volvió hacia Fiera, «busca», y ésta salió de estampida seguida por su atolondrado compañero a hacer la tradicional ronda de rastreo papelera por papelera.

—Lo he buscado en Google y no hay muchos perros poli de su raza —dijo Antolián ya con gesto de grupi—. Porque es una chihuahua, ¿no?, tricolor, cabeza de manzana...

—Es una sin papeles —respondió Mónica, observando orgullosa el exhaustivo registro de su pequeña.

A veces aún soñaba con el día en que la encontró.

En realidad estaba buscando un *collie* o un *rottweiler* para entrenarlo con sus propios métodos y, sin embargo, su compañera de fatigas había terminado siendo aquella chihuahua diminuta y sobreactuada que olía a palomitas de maíz y ronroneaba como un gato cuando le rascaba detrás de sus desproporcionadas orejas. Pero todo esto tiene un porqué. Desde pequeña a Mónica le habían gustado los animales casi tanto como el misterio, por eso su sueño siempre fue ingresar en el Cuerpo para más tarde especializarse en la policía montada. Pero ya sabemos que la edad es un traductor implacable al idioma de la realidad y, al crecer, parece que no lo hizo lo suficiente y se dio de bruces con sus limitaciones físicas: demasiado bajita, demasiado delgada; en resumen, pequeña. Ése fue el motivo de que se formara como entrenadora de perros de seguridad, para estar cerca de casos interesantes, aunque fuera desde la barrera. Quién le iba a decir la noche en que la avisaron para desmantelar un criadero ilegal a las afueras de Madrid que encontraría a su *alter ego*: la única cría superviviente de aquel infierno de cachorros enfermos o muertos, todo ojos brillando al contacto con su linterna entre periódicos mojados. Según la tomó en sus brazos, aquella ratita de escasos cuatrocientos gramos se le acurrucó temblorosa dentro de su abrigo y ya no pudieron separarse más.

No estuvo segura de que era un perro hasta que ladró.

También recordaba las risas socarronas de sus compañeros en el coche de vuelta cuando preguntó si podía quedársela; sin duda había encontrado un perro de su tamaño, se pitorrearon.

Ya en casa y observando su aspecto con más detenimiento, valoró dos nombres: Gizmo o Baby Yoda. Pero al día siguiente, al descubrir que era hembra y, sobre todo, cuando intentó saltar desde sus brazos para protegerla de un sorprendido y aterrado *pitbull* que esperaba su turno de vacuna en el veterinario, decidió que se llamaría Fiera. Obviamente, esto no hizo decrecer las burlas en la comisaría, y arreciaron el primer día que la vieron aparecer con la extraña criaturilla asomando por la cremallera de su mochila:

«Cuidado con la máquina de matar», dijeron unos. «Yo me he comido filetes más grandes», se rieron otros. Y, mientras todos reían, su pertinaz dueña se dedicaba a hacer averiguaciones sobre su nueva compañera: que pertenecía a una raza muy antigua mexicana, que tenía un parentesco cercano con el lobo, como indicaba el quinto dedo de sus pezuñas, y que era un perro de presa, sólo que... pequeño.

Aquel último dato le dio la idea.

Te educaré para que nadie se ría de ti por pequeña, pensó. Demostraría que Fiera no era un perrito de bolso, que podía ser un buen perro policía y que ella era una buena entrenadora y su digna compañera.

Cuánto instinto en apenas un kilo de perro, pensó el día que escuchó a la cachorra aullar, hocico en alto, al paso de una ambulancia. Luego llegaron las jornadas de *running* por el parque del Oeste, con un extremo de la correa atada a su cintura y el otro prendido a aquella pulguita que brincaba a su lado; la perrita tumbada sobre su tripa, acompasándose con su respiración mientras hacía abdominales; cuando se percató de que imitaba sus estiramientos de yoga y la tarde en el café Garibaldi en que aquel tipo cometió el error de deslizar su mano dentro de la mochila equivocada y algo inesperado y rabioso que había oculto en su interior le sacudió tal dentellada de cepo que le hizo salir aullando desconcertado y sin su botín. Fiera también emergió para ladrarle enloquecidamente mientras huía. Por aquel gesto tan característico, durante un tiempo la apodaron en la comisaría el «perriscopio». Ahora ya había probado la sangre..., había dicho Antolián muerto de risa al enterarse.

El caso es que, como la ley no decía nada sobre el tamaño de los perros cadete, al contrario que Mónica y contra todo pronóstico, Fiera sí consiguió pasar los exámenes y ahora era la única chihuahua policía del Cuerpo. Su especialidad, los estupefacientes y, si todo salía bien, tras ese periodo de prácticas, ayudaría a prepararse a otros canes aspirantes a la unidad para distintas misiones. De momento, Mónica empezaba a percibir la admiración que despertaba a su paso cuando aparecía por el aeropuerto. Ya se había corrido la voz de que a esa pequeñaja no se le pasaba una.

Un largo gruñido y, tras él, la chihuahua salió despedida a increpar al operario que empujaba esa indignante cadena de carritos portaequipajes.

—Si yo tuviera la mitad de su autoestima, ya sería comisario —dijo Antolián, y brindó con su café.

El móvil brilló de nuevo dentro de la mochila de Mónica. Seis llamadas perdidas. La única forma de parar aquel *crescendo* era descolgarlo para escuchar un «qué tal hoy, cariño, ¿qué haces?». A lo que ella respondería con un suspiro: «Trabajar..., mami. ¿Es urgente o te llamo a la hora de comer?», algo que no iba a satisfacer la necesidad de parloteo de una y dejaría a Mónica con un sabor agrio en la boca.

Pero ese día iba a ser distinto.

—Vamos, mujer..., que madre no hay más que una. —Antolián le guiñó un ojo.

—Afortunadamente. —Le dio un sorbo a su café solo antes de descolgar—: Mamá, perdona, pero tengo que ponerte un momento en espera, justo me están llamando de la comisaría.

Sonó a excusa, pero no lo era. Pulsó el botón verde para recibir la voz de Curro:

—Mónica, por fin, llevamos un buen rato intentando localizarte —carraspeó—. Verás..., estamos en casa de tu madre.

Ella activó el manos libres.

—Anda, gástale la bromita de las once y media a Antolián. —Y sonrió a su compañero—. No voy a picar. La tengo en otra llamada.

—Entonces habla con ella —insistió el otro con un tono más grave que de costumbre.

Mónica sintió una extrasístole en el corazón.

—¿Qué ha pasado? ¿Está bien?

—Habla con ella, por favor.

Mónica tanteó el móvil torpemente intentando volver a la llamada anterior.

—¿Mamá?

—¡He intentado dar contigo, pero como nunca lo coges...!

Su voz amplificada por los nervios hizo que se volvieran las cabezas de varios viajeros. Fiera se acercó a su dueña alarmada por semejante descarga de adrenalina.

—Mamá, ¿estás bien?

—Yo sí, pero te aseguro que el hombre que está en mi cuarto de baño no.

Antolián se acercó a su compañera.

—¿Qué hombre, mamá? —Se masajeó la nuca con ansiedad—. ¿Qué ha pasado?

—No lo sé. —La escuchaba respirar con fatiga—. ¡Estoy harta de decirle a todos que no lo sé!

—Está bien, tranquila, tranquila. Voy para allá.

Media hora más tarde, Mónica y su perra entraban en la casa de Elisa, donde la policía ya había colocado un precinto.

Las bañeras tienen gafe

—El perrito no puede entrar.

Mónica levantó la barbilla y la aludida, el hocico.

—El perrito es un agente de la ley y esa señora de ahí es mi madre.

El poli con aspecto de pera —hombros escurridos, culo gordo, penacho de pelo negro encrespado sobre la calva— se apartó. Al fondo su superior le hizo un gesto para que les dejara pasar.

Llegados a este punto creo que es importante que le pongamos algo de música a esta escena. Desde luego no sería dramática, como mucho un *jazz noir* algo dicharachero, porque lo que iban a vivir allí dentro lo recordaría Mónica como una secuencia de *Se ha escrito un crimen.* Lo primero que vio fue a Elisa sentada en su trono de mimbre estilo setentero herencia de *Emmanuelle*, con su eterna taza de café entre las manos como si estuviera viendo *CSI*, la gabardina aún puesta y la manta escocesa del sillón sobre las rodillas aunque no hacía frío.

—Mamá…, ¿estás bien?

Fiera también se precipitó a los pies de la mujer moviendo el rabo como un parabrisas. A Elisa se le iluminó la mirada como cualquier otro día en que aparecían por sorpresa a merendar.

—Hola, cariño… —y luego a la perra con dulzura—, pero si es «el personajillo»…

Mónica la abrazó y después estrechó la mano del agente. Más adelante sólo recordaría eso, su mano, porque parecía de hombre lobo, velluda, de huesos grandes y animalescos.

Tras saludar, «La mano» se alzó en el aire y dijo:

—Ya me han avisado en la comisaría de Leganitos que es una de nuestras colaboradoras. Así que no hace falta que le advierta que en este caso no puede involucrarse.

Mónica asintió nerviosa, ¿este caso?, ¿qué caso? Fiera, también inquieta, optó por lo más urgente: subirse sobre los muslos de Elisa, mucho más mullidos que los de su dueña, con la intención de lamerle de forma aparatosa esas comisuras de los labios que siempre sabían dulce. Estaba segura de que las calmaría a las dos. Desde su atalaya de la estantería, Isis también se hizo presente con un prolongado bufido por todo saludo que estremeció a Antolián cuando éste entró por la puerta, ¡vaya pedazo de gato!, comentario que la aludida agradeció, recogiendo con suficiencia la cola alrededor de su cuerpo aleopardado como si fuera un chal.

Elisa respondió a su gata con un gesto de tranquilidad que la diosa recibió entornando los ojos.

—No hace nada —aseguró—. Es sólo que las dos estamos un poco nerviosas.

La perra siguió enfrentando su mirada muy abierta a los ojos amarillos de la felina, cuyas pupilas eran ahora dos inquietantes grietas al impacto de la luz. Resultaba imposible comunicarse con esas bestias sin evolucionar, pensó; e Isis, como decretaba su estatus de deidad, se limitó a vigilar desde las alturas a ese ser tan terrenal y sumiso como su dueña.

—¿Puede acompañarme? —preguntó «La mano» con un gesto de invitación.

Mónica y Antolián la siguieron por el largo pasillo que conducía al dormitorio principal. Ya conocía los protocolos, le susurraba Antolián a su espalda sin saber lo que iban a encontrarse, no podían tocar nada. Allí, otra policía con una pesada coleta larga y rubia se inclinaba sobre la bañera sujetando una cámara manual. La luz del sol se colaba por la vidriera que daba al patio de luces despidiendo balas de colores. Por un momento a Mónica le pareció una sesión de fotos de una revista de moda, si no fuera porque la rigidez del modelo permitía una sola pose. Recordaría la escena en el siguiente orden: el olor a pollo chamuscado, la cabellera espesa y rizada sobre el borde de la bañera, el brazo granate desmayándose hasta el felpudo y una copa estrellada sobre ese mármol dorado que su madre tardó un lustro en escoger.

—La hostia… —escuchó decir a Antolián.

A Mónica se le quedó el corazón en pausa.

—Pero… ¿quién es? —consiguió decir con el aire que le quedaba.

—¿Tampoco lo reconoce? —«La mano» señaló el rostro congestionado, luego la invitó a observarlo desde otro ángulo—. ¿Está segura? Por favor, fíjese bien.

Ella asintió y luego negó contradictoriamente con la cabeza mientras sus ojos negrísimos continuaban diseccionando la escena: otra copa sobre la encimera, de esa cristalería que su madre sólo sacaba en Navidad, aún conservaba el vino; el hombre, de unos treinta y tantos, con los ojos aún entornados en un extraño gesto de meditación; la boca congelada en una sonrisa plácida y la piel de turista achicharrado en Benidorm. El albornoz gris perla de su padre en el suelo… Fiera se acercó a él y lo olfateó como si quisiera encontrarlo dentro. ¿Qué significaba todo eso? Luego merodeó alrededor de la bañera, hocico en alto, hasta casi rozar el dedo índice del muerto. Un escalofrío recorrió su cuerpecillo oscuro hasta transformarse en un gruñido sordo. A continuación fue dando pequeños pasitos hacia atrás y se sentó sobre la zapatilla de su dueña.

Ese olor a flores marchitas le traía aciagos recuerdos del criadero donde nació. Su memoria buscó en todos sus archivos olfativos. Qué sensación más extraña y más nueva. Lo conocía, pero no lo conocía.

—Su madre dice no conocer a la víctima —comenzó «La mano» mientras la invitaba con amabilidad a volver al salón—. Parece ser que la noche de ayer y la anterior la pasó en la casa de campo de una amiga…

—Sí, de Margarita —confirmó Mónica—. Una de sus amigas más íntimas. Me llamó a eso de las once desde allí. Pero, discúlpeme, ¿se sabe quién es y cómo entró aquí?

«La mano» entornó la puerta del salón.

—Sólo tenemos su documentación. Un pasaporte de doble nacionalidad, mexicana y española. De momento únicamente sabemos de él que se dedicaba a pasear a los perros del barrio. —Se volvió hacia la chihuahua—. ¿Paseaba también a la suya?

—No, yo no vivo aquí desde hace veinte años. Mi madre era canófoba hasta que la adopté.

«La mano» se zambulló en el bolsillo y escarbó como si buscara algo. Nada encajaba, comentó, pero no había signos aparentes de violencia. El cargador del móvil aún estaba enchufado y el dispositivo había sido encontrado dentro de la bañera. Obviamente iba a ser analizado, aseguró. Todo indicaba que se había electrocutado aunque ya lo confirmaría la autopsia. Elisa había relatado que, cuando abrió la puerta, le extrañó que la casa estuviera a oscuras. Comprobó que había saltado el automático en el cuadro de luces de la puerta. Lo que daba fuerza a la tesis del cortocircuito, dijo. No fue hasta llegar al dormitorio cuando encontró a aquel hombre. Pero nada de esto explicaba, según «La mano», qué hacía allí ni cómo había entrado, puesto que la puerta estaba cerrada con llave...

—Y no se ha encontrado la llave —añadió mostrando su palma abierta con incomprensión y empujó la corredera.

Dentro del salón, Mónica pudo escuchar la voz afinada de su madre con un extraño relax.

—Es mi hija, la que le he contado que siempre quiso ser policía.

—No es verdad —se apresuró a rectificarla con una sonrisa de hurón y caminó dentro de la estancia.

Elisa dio dos palmaditas en el sofá para que tomara asiento a su lado e insistió:

—Sí lo es, siempre lo decías de pequeña. —Y luego a los agentes—: Era de graciosa...

—Mamá, por favor... —Y a continuación al policía—: Yo no daba la talla.

—Bueno —dijo el agente pera casi compadeciéndola—, no sea tan dura consigo misma.

—No lo soy, es literal. No llego al uno sesenta y cinco.

Elisa señaló con pose de descubridor el marco de la puerta donde se apreciaban algunas señales pintadas con lápiz, vaya que no, si lo sabría ella, que estuvo midiéndola dieciocho años, y apuró los posos de su café soluble.

—Yo nunca he medido uno sesenta y cinco, mamá...

—Pues no lo entiendo, hija. Habrás encogido.

Mónica sujetó una gran cantidad de aire en los pulmones y llamó a la perra, quien enseguida se presentó marcial a sus pies. Llegados a ese punto y quizá por echarle una mano, Antolián creyó necesario explicar que Mónica era una de las mejores entrenadoras de la unidad canina; la mejor, matizó Elisa.

—Y ella es antidrogas —siguió su compañero señalando al animal y guiñó un ojo a Elisa—. La mejor.

«La mano» emergió del bolsillo, lanzó un índice al aire y opinó que, en ese caso, quizá les podría venir bien que el perro se diera una vuelta. Ya que estaba allí. Por si se les había pasado algo. De modo que, nada más escuchar la orden, Fiera desapareció nariz en suelo, siguiendo lo que parecía un rastro por el pasillo.

—Pero, señor... —protestó el agente pera—. Es un chihuahua... y, por otro lado, si la perra tiene una relación emocional con la sospechosa, ¿no será poco objetiva?

«La mano» hizo crujir sus nudillos uno a uno, y por un momento pensaron que iba a impactar en la jeta del agente, ¿eso lo había dicho en serio?, le preguntó con una lentitud inquietante. Además, la señora no era «sospechosa», comentario que Elisa agradeció, sonriéndoles con ternura maternal. Luego se llevó a Mónica aparte y llamó a Antolián.

—Mire... —dudó un instante—. Mónica, ¿verdad? Entre nosotros, las bañeras tienen gafe y más en la era del selfi.

Y tanto que lo tenían, refrendó su compañero como una voz en off, habían sido el féretro de muchas celebridades: Jim Morrison, Whitney Houston, Al Capone... «La mano» le interrumpió con un gesto y continuó:

—Esto parece un accidente de libro. Pero, evidentemente, nuestro deber es investigar cómo entró aquí y para qué.

Podía ser un inmigrante que entró a robar... o un okupa, especuló. En ese barrio empezaban a ser una plaga... Entonces «La mano» pareció advertir que a Mónica su comentario le había incomodado porque rectificó: quería decir que los okupas empezaban a ser «habituales». Que no le entendiera mal, dijo con tono de disculpa. Quizá vigilaba varias casas y había visto a su madre sacar el coche y su bolsa de viaje dos días atrás… Quién sabía.

—Vamos, que ha entrado con la intención que fuera y le ha dao un zocotroco —resumió Antolián.

Si el resultado de la autopsia confirmaba la electrocución y no encontraban motivos para pensar que había sido asesinado, lo más normal era que se cerrara el caso, siguió el inspector. Las molestarían lo menos posible.

Mónica se volvió hacia su madre. Ésta posó la taza sobre la manta y le devolvió una mirada indefensa. Era importante que observaran si les faltaba algo, siguió escuchando al agente muy lejos, algunos ladrones firmaban sus robos con una acción en la casa: unos se meaban sobre las alfombras o dejaban una pintada…, puede que a éste le gustara montarse una fiestecita en la casa robada.

—Entonces, me ha dicho que está casada, ¿verdad? —preguntó «La mano» a Elisa.

—No estoy muy segura.

—¡Mamá! —protestó Mónica, y luego al agente—: Sí, mi padre está en Cádiz, en la casa que tenemos allí. De vacaciones.

—Permanentes —añadió Elisa torciendo la boca.

—Se escapa… —continuó Mónica.

—Literalmente —la interrumpió de nuevo.

—¡A navegar! —dijo, intentando acabar la frase—. Porque le relaja.

Y le lanzó una mirada parricida a su madre.

Según Elisa, tampoco había podido localizarlo aún. Estaría en altamar sin cobertura, le disculpó su hija. A lo que Elisa respondió que era él quien estaba sin cobertura desde que se jubiló.

—Creo que me está subiendo la tensión —proclamó abanicándose con la mano y tirando a un lado la mantita—. ¿Puedo pasar al baño? Quiero decir al que no está «okupado».

Aquélla había sido una broma de mal gusto, también su retintín. Sin embargo, su hija observó cómo los agentes reprimían una sonrisa. Luego la escucharon charlotear con la policía que estaba en el pasillo. Fiera había vuelto de hacer la ronda aparentemente sin novedades porque se subió de un salto al sofá y se tumbó tras comprobar qué cojín le habían dejado caliente. Sí, allí se estaba la mar de bien.

Media hora después, el muerto salía por la puerta en una funda negra y los policías les indicaban un hotel cercano donde podrían dormir un par de noches hasta que retiraran el precinto y limpiaran todo aquello. Era mejor que estuvieran localizables por si necesitaban hacerles alguna pregunta más. Iban a investigar más a fondo al fallecido, a su entorno, intentarían localizar a posibles familiares que se encargaran de la repatriación del cadáver, en fin, un lío, suspiró. Había tenido suerte, mucha suerte, dijo «La mano» estrechando la de Elisa al despedirse, quién sabe lo que habría ocurrido de habérselo encontrado vivo.

—Sin embargo, parecía un buen chico —comentó ella con una dulzura que admiró a todos salvo a su hija.

Estaba acostumbrada a los ataques de empatía de su madre por cualquier conocido o desconocido que considerara más débil, cualidad y flaqueza que la hacía volcarse en los problemas ajenos hasta causarse problemas propios. Muchos.

El agente pera esperó en el descansillo a que recogieran algunas cosas mientras intentaba sacudirse de encima a Pin y Pon, el matrimonio vecino de enfrente, quienes, con la puerta de su casa de par en par, cosían a preguntas desde hacía horas a todo el que se encontraban.

—Esos dos buitres con chándal y las cejas pintadas a lápiz… —murmuró Elisa—, por fin tienen algo con lo que entretenerse.

Con el paso del tiempo a Mónica cada vez le costaba más distinguir quién era quién, porque eran del mismo tamaño y complexión física: pelo de casco y el rostro inexpresivo de los muñequitos que les daban nombre. El caso es que le rogó a su madre que por favor no les hiciera ningún comentario al salir, porque, como buenos informadores, era justo lo que estaban esperando: una declaración jugosa. Algo que luego poder versionar y amarillear desplegando todo su talento para el cotilleo. Ya sabía que eran como la hoja parroquial, así que mejor no darles más material del necesario. Mientras acompañaba a su madre hasta el dormitorio, la escuchaba darle la razón sin dejar de despotricar, esos dos eran como el CNI, se enteraban de todo lo que ocurría en el barrio y lo que no sabían se lo inventaban... Sacó un pantalón idéntico al que llevaba, el camisón de debajo de la almohada y hurgó en la mesilla, ¿no tendría algo para la ansiedad?, no le quedaba diazepam.

—Voy a ver, mamá. —Le apretó cariñosamente el brazo.

Fue entonces cuando escuchó a Fiera gimotear. Guiada por sus lamentos llegó hasta el salón y la encontró de pie sobre las patas traseras olfateando la mesa de centro. Sobre ella, decenas de revistas de decoración, recortes de éstas con los que Elisa se entretenía mientras veía una película tras otra y los restos de su café con... ¡ah!, conque eso era, ¿tienes hambre, eh...?, dijo al descubrir media galletita abandonada en el plato. El animal la miró a los ojos impaciente y saltó sobre sus patas traseras como si quisiera subirse a la mesa. «No, Fiera, no...», escuchaba decir a su dueña. Pero su sentido del oído ya estaba nublado por el del olfato, así que resolvió mirar a Mónica y a la mesa alternativamente. ¿Por qué le costaba tanto hacerle entender las cosas? Hasta que ésta, tras recoger el dulce y sacudir las migas de la agenda que había debajo, cayó en la cuenta: ¿una agenda? ¿desde cuándo su madre había utilizado una agenda?

Siempre se jactaba de no necesitar una.

Era azul y gastada, con un cordón del mismo color asomando por una página. Fiera siguió gimoteando y moviendo el rabo con aceleración, ahora claramente interesada en ella y con cierto aire de indignación: ¿de verdad pensaba que iba a excitarse así por una absurda galleta estando de servicio?, refunfuñó tosiendo una especie de ladrido, ¿por quién la habría tomado? No era uno de esos frívolos *yorkshire* con lazo del portero.

Mónica la abrió. El cordón azul marcaba el día anterior: 19 de octubre. En una letra tumbada hacia la izquierda, un nombre saltó del plano: «Elisa». Leyó otra vez: «Casa de Elisa, 6 p. m.». Y en la línea de arriba, «Masaje». Y en el día anterior: «10 a. m. Paseo con Dolores y Oxi». Y un poco más abajo: «Recoger a Pavlova y a Bowie en Paso a Dos». Mónica la cerró de golpe. Fiera escuchó el corazón retumbando en el tórax de su dueña como si quisiera salir de allí, así que se le sentó en la zapatilla.

Mónica no supo por qué lo hizo, pero se la metió en el bolso.

Sólo unos minutos después, tras encaramarse en la estantería para arrastrar a la encolerizada diosa dentro de su trasportín, salió por la puerta con su madre, la gata, la perra y la bolsa de ropa. Al despedirse del agente, se detuvo y dudó por un segundo, pero no dijo nada. Cuando apretó el botón del ascensor supo que ya era tarde.

Lo que no alcanzó a imaginar es que en ese momento comenzaba uno de esos casos «de verdad» que había estado invocando.

Tengo derecho a vivir pensando que el mundo tiene sus bellezas

Si alguien hubiera visto a aquellas dos caminando por la calle Bailén en dirección a la plaza, habría pensado que eran una madre y una hija en su paseo habitual de la tarde y no que venían de la posible escena de un crimen. Mónica iba un par de pasos por delante como un *sherpa* cargando con los ocho kilos de cólera felina, aunque el verdadero peso lo sentía dentro de su bolso. Esa agenda y los nombres del pasado que aparecían en ella se rotulaban obsesivamente en su cerebro como los créditos de una película que no estaba segura de querer ver. De hecho, toda esa tarde empezaba a tener la textura rugosa y psicodélica de uno de sus sueños. Se detuvo un momento a descansar y reanudó la marcha cuando sintió acercarse los pasos fatigados de Elisa, que caminaba detrás apoyada en su paraguas. Hasta Fiera parecía saber que no debía perderla de vista porque la pastoreaba cada pocos pasos sin detenerse a increpar a cualquier perro grande y oscuro que se cruzara, como era su costumbre. Incluso su deber.

Al pasar el bulevar, la plaza se abrió ante ellas como un gran cofre. Por supuesto, no fue así, pero ellas la sintieron abrirse e invadirlas de luz. Qué espectáculo, pensó Mónica, y por fin pudo respirar. La plaza..., con sus atardeceres naranjas y morados de acuarela. Ahí seguían los pavos reales cantando al anochecer. Sus siluetas chinescas colgadas de los árboles del palacio como gigantes frutos exóticos. De niños, cuando para ellos aún no existían los relojes, eran los encargados de darles la hora para subir a cenar y marcaban el momento en que los gatos salían a la calle: los vecinos de un Madrid que volvía a trasnochar después de ese paréntesis tan extraño entre toques de queda y cuarentenas.

Mónica seguía amando esa plaza, aunque hubo un tiempo en que necesitó alejarse de sus dominios. Porque te dominaba. Todos los que la habían habitado sabían que ejercía un influjo del que era imposible desprenderse. Era como una de esas mujeres mayores y cautivadoras que no tienen una hora mala del día ni una estación en la que no se vistan con elegancia casi insultante. Por la mañana se desperezaba abriendo sus balcones a la calle como un calendario de adviento y por la noche iba iluminando sus ventanas muy poco a poco hasta que, como cientos de ojos vueltos hacia su interior, revelaban por turnos los fragmentos de las vidas que la habitaban. En ella se destrozaron las rodillas montando en bici, jugaron a las canicas y al ajedrez, pero, de tantos juegos que Mónica inventó para su pandilla, ése era su preferido: especular sobre las historias y misterios que guardaba aquel gigante baúl del tesoro y resolverlos. ¿Cómo? A través de las pistas que les ofrecía cada uno de esos cuadrados luminosos.

Un tropezón que casi la manda al suelo devolvió a Mónica con brusquedad al presente. ¿Dónde viviría Orlando? ¿En la plaza? ¿Y desde cuándo? Sólo podía saber que la agenda era de 2022 y estaba completa desde enero. Eso quería decir que, por lo menos, un año.

Elisa creyó adivinar la nostalgia en el rostro de su hija:

—¿Te compro un helado?

Aquello le arrancó una sonrisa perezosa por primera vez en aquel día tan extraño, porque había sobrevivido al tiempo el kiosco donde se escondía Suselen, en cuya trasera parecía reunirse ahora una curiosa tertulia, cerveza en mano. La pesada caseta de hierro desaparecía en invierno por arte de magia y su reaparición marcaba el comienzo de la primavera porque los árboles florecían a su paso, comenzando por los que la rodeaban, e iban contagiando su despertar al resto.

Se fijó en el contraste del coqueto puesto de hierro y la Harley aparatosa que se apoyaba a su lado.

—Ahora lo lleva el hijo de la dueña —dijo Elisa—. ¿Te acuerdas de cuando les llevabais helados a las monjas?

—Ésa fue una de las campañas de Ruth para «hacer el bien» —recordó Mónica.

—Para impresionar a su madre, dirás.

Que no, la defendió Mónica, que las llamaba así, «campañas para hacer el bien»; igual los obligaba a donar un juguete en Navidad que los llevaba de ronda buscando ciegos a los que guiar, ancianos a los que hacerles la compra o mendigos a los que dar un aguinaldo que ella le había pedido a Margarita previamente y que los destinatarios se bebían en el bar de Tito posteriormente. Elisa le hizo un gesto tierno; pues eso, que lo hacía para impresionar a Margarita.

—Quería ser como ella, ya sabes —insistió Elisa—. Marga aún sigue organizando a los vecinos para regalarle al convento la comida de Año Nuevo y esas cosas.

—Pero las monjas no resultaron muy heladeras. —Mónica sonrió de medio lado.

—Creo que agradecían más la mariscada y el cordero.

De pequeña Mónica tampoco lo era, recordó Elisa. Le gustaban más los chupachups de fresa con chicle dentro, ¿se acordaba? Aun así, por pura nostalgia, Mónica se acercó a cotillear la carta del kiosco. Nunca lo había hecho en todos estos años ni una sola vez. Ya no encontró Frigodedos ni Dráculas, pero, contra todo pronóstico, sí los Colajets con forma de cohete que Gabriel hacía volar sobre su cabeza antes de que empezaran a derretirse. Cuando se estrelló el Challenger, durante mucho tiempo se lo imaginaron así, como un Colajet gigante derritiéndose en su primer y único vuelo, supersónico y fugaz, antes de caer a la tierra desintegrado. Elisa aún conservaba los dibujos que Ruth y Mónica hicieron sobre el accidente cuando iban juntas al Liceo Francés.

—Cada vez que había un suceso dramático, en tu colegio os obligaban a exorcizarlo con un dibujo —dijo Elisa—. ¡Siempre estabais al filo de la noticia!

Mónica alzó la vista. Toda la planta del segundo piso al lado de la Ópera la ocupaba la casa de Ruth, bueno, más bien la de su madre, Margarita. Sin embargo, era siempre la última en bajar a la plaza y la primera en subirse. La luz del salón estaba prendida y los tres balcones centrales ofrecían un tríptico que podría haber sido retratado por un pintor de la escuela flamenca. Éstas eran las pistas que ofrecían las ventanas de Ruth: sillas de respaldo alto, tapices, cuadritos naíf distribuidos con gracia por las paredes, la gran araña de cristal sobre un centro de flores, la librería con iluminación interior, un jarrón chino y media Margarita sonriendo con autoridad sobre la chimenea.

—¿Te he dicho que la han operado de cataratas? —Su madre parecía tener ganas de pasar revista.

—No, ¿y cómo está?

Elisa se encogió de hombros.

—Hace una semana que no la veo —dijo, y a Mónica le pareció intuir su disgusto—. Espero que ahora que ve mejor ya no necesite que nadie le lea los menús. Era agotador. Podría recitarte de memoria todos los del barrio…

Se dio dos vueltas al cuello con el pañuelo de seda rojo; en resumen, que se había encontrado a Ruth y le había dicho que la operación muy bien.

—¿Por cierto, sabías que Ruth ha puesto su consulta en la que era la zona de servicio?

Margarita se hartaba de decirle a todo el mundo que su hija, después de la pandemia, se había empeñado en estar cerca de su madre. Mónica trató de evitar que aquel comentario le escociera, pero no lo consiguió, como tampoco que Elisa dejara el tema, porque no sé quién le había contado no sé dónde que Margarita le cobraba a su hija el alquiler. ¡Esperaba que no fuera verdad!, aunque de Marga no le sorprendía. Elisa alzó la vista hacia su balcón, siempre había sido muy suya con lo suyo… Sin embargo, ya ves, tenía a los inútiles de sus dos hijos viviendo gratis toda la vida en los dos pisos de abajo…

Sí, estaban disgustadas. Mónica la frenó en seco.

—No los llames así, mamá…

—Los llamo como su madre: «los inútiles de mis hijos». Es casi un nombre compuesto. Por eso no recuerdo sus nombres, de hecho, no sé si los he sabido alguna vez. —Meneó la cabeza—. No entiendo a Margarita. Con lo que vale su hija. Bien solita se ha sacado las castañas del fuego.

—¿Tienes su teléfono? —dijo Mónica—. Si voy a quedarme unos días en el barrio, me gustaría verla.

Elisa cogió del brazo a su hija súbitamente rejuvenecida.

—¿Vas a quedarte unos días? —Y reemprendió la marcha.

No había otro remedio, pensó Mónica, necesitaba llamarlos a todos.

Al que tenía más reciente era a Gabriel gracias a aquel curioso encuentro en el Zara del aeropuerto. Hacía un mes escaso. Según él, la escena estuvo a la altura de una buena comedia romántica británica. Después de pagar, la dependienta les devolvió las tarjetas de crédito al revés. A uno y otro lado de la caja, leyeron el nombre del contrario y levantaron la vista: ¿Mónica? ¡Gabriel! Ella con su chaqueta de entrenamiento y él vestido de azafato, hablaron brevemente, intercambiaron sus teléfonos y se emplazaron para tomar algo en el altillo del Café del Real, como en los viejos tiempos.

Le había preguntado por su madre. Seguía más o menos, dijo disimulando cierto aire de gravedad. Al parecer Ruth había empezado a tratarla ahora que había vuelto al barrio. Algo debió de pasarle a Dolores durante el confinamiento en lo que Gabriel no quiso profundizar y por ese motivo le había hecho prometer a su madre que volvería a terapia. Lo hizo. Aunque al principio a Dolores le echara para atrás que su nueva psiquiatra fuera una de las amigas de la infancia de su hijo. El primer día de consulta estuvo a punto de preguntarle si había merendado. Aun así, según Gabriel, sólo le hizo falta una sesión para metérsela en el bolsillo. De modo que por este motivo habían retomado el contacto. De momento, el mayor cambio que había experimentado su madre era que ahora tenía perro. Mónica hizo una mueca y añadió que como casi todo el mundo tras la pandemia. Aunque en el caso de Dolores se había convertido casi en parte de su terapia, aseguró él, porque la obligaba a pasear diariamente y a mantener unos horarios de comidas, cosa que antes era incapaz. Era un *bulldog* con diabetes, fatigado y cariñoso, cuyo nombre no era fácil de olvidar: Oxitocina. Según su nueva terapeuta, era lo que el animalito le provocaba a su paciente.

Además de recordarle que tenía que tomarse las pastillas de la glucosa porque debía dárselas también al perro. Mónica sonrió. Nuestra Ruth siempre fue muy ocurrente poniendo motes. «Pin y Pon» también había sido cosa suya, ¿verdad? No se libró nadie en la plaza hasta que se marchó a estudiar psiquiatría a Barcelona.

«Oxi...», recordó Mónica de pronto. Estaba escrito en la única página que alcanzó a leer de la agenda. Parece que el muerto paseaba al perro y a su dueña.

Madre e hija siguieron caminando en dirección al Café de Oriente. A Elisa le animaba cualquier lugar que tuviera bombillitas, todo lo que brille, se pitorreó su hija, como las urracas. ¿No se le podía ocurrir otro bicho?, protestó ella. Aunque la opción le pareció acertada. No era ruidoso y en la terraza aún se podía estar.

Cruzaron la plaza hacia el café. Tras la pandemia las terrazas habían cobrado protagonismo. Ahora tenían estufas y estaban repletas de gente hasta en invierno, como en Alemania. Mónica pensó que era muy curioso que una ciudad como Madrid, a pesar de presumir de ser de las más seguras, bajo su luminosa piel estuviera también llena de peligros. Sin embargo, los urbanitas se morían de miedo cuando pasaban una noche rodeados del silencio espeso de la naturaleza.

La humanidad no había superado el miedo a la oscuridad.

Tampoco Mónica, a decir verdad, nos ocurre a casi todos, y ahora Fiera parecía haberlo heredado porque le dijeron que era bueno dejarle la tele encendida cuando se iba de casa.

Se le escapó un largo suspiro recordando el largo día fotograma a fotograma. Total, hacía unas horas había clamado por un buen caso y se sintió mal por haberlo invocado tantas veces en los últimos tiempos. Pero es humano. ¿A quién no le gusta un buen crimen? A no ser, claro está, que seas la víctima o el sospechoso. Se volvió hacia su madre, quien se había detenido a hablar por teléfono, supuso que con su padre.

En el fondo le tranquilizaba que se dieran esos paréntesis porque sabía que éstos no duraban mucho. Eran sus ciclos. Cuando estaban juntos demasiado tiempo acababan desquiciados como dos periquitos en una jaula, intentando saltar de un palo al otro para buscar su espacio, pero, al mes de estar separados, se echaban de menos. ¿En qué momento llegaron a la conclusión de que podían vivir en la misma casa aquellos dos? De haber nacido en el nuevo siglo, habrían sido una de esas parejas que viven independientes con una especie de noviazgo a perpetuidad. Sin embargo, en los setenta era sospechoso hasta tener un dormitorio con dos camas, no digamos ya vivir separados.

Elisa seguía pegada al móvil hablando en voz baja como si le hubieran zurcido el ceño. Mónica dio unos pasos vacilantes hacia ella con intención de que se lo pasara, pero enseguida pensó que podría generarle cierto recelo. Siempre había sido así. Su madre se apropió de ella cuando nació y su padre se autoexcluyó convirtiéndose en un marginado dentro de su propia casa. Eso quería decir que, cuando surgía un conflicto, al menos a ojos de Elisa, su hija debía posicionarse sí o sí a su lado. O al menos no en contra. Independientemente de lo que opinara. Cualquier otra postura sería condenada por alta traición. La consecuencia era que apenas recordaba momentos de intimidad con su padre. En cuarenta y cinco años, sólo un viaje y algún paseo.

Por eso decidió que era más sensato llamarle una vez que estuvieran en el hotel para poder hablar tranquilos.

Cuando llegaron a la esquina opuesta al gran teatro distinguió el cartel de Paso a Dos. La primera anotación del último día en la vida del dueño de esa agenda lo llevaba hasta ese lugar. Allí había quedado con Dolores y su perro, y suponía que con la madre de Suselen y el suyo.

—¿Cómo se llama el perro de Ágata?

—¿Por qué preguntas eso?

Mónica salió de sus cavilaciones y se dio cuenta de que su comentario no tenía sentido.

—No sé… —improvisó—, me ha parecido ver un perro atado allí, en la puerta de su estudio.

—Sí, puede ser, es uno que está tan seco como ella. Uno de ésos que maltratan...

—Un galgo —dijo Mónica.

—Eso.

Al escuchar esa palabra, Fiera se detuvo, tensando las patitas. «GALGO» significaba caza. «GALGO» era igual a ládrale mucho sin echar a correr o te confundirá con un conejo y date por cazada. Mónica la tranquilizó, no, pequeña, no hay galgo, le repitió un par de veces, no hay galgo, y pronto volvió a trotar a su lado mientras sus enormes orejas desbrozaban los sonidos de izquierda a derecha y olfateaba cada objeto no identificado por si acaso. La forma en que Fiera observaba el mundo le daba mucha información. Porque estaba lleno de detalles obvios que nadie observaba por casualidad, como decía Conan Doyle. Pero esa criaturilla no daba nada por sentado. Ni siquiera lo que siempre estuvo ahí.

Observaba el mundo como si lo viera por primera vez.

¿No era eso acaso lo que debería hacer cualquier buen investigador?

Tras esa reflexión, Mónica pensó que, si quería averiguar qué estaba pasando allí, debería contemplar esa plaza, su plaza, con ojos nuevos, pero era tan difícil... Daba igual dónde se detuvieran sus ojos, su memoria pintaba sobre el barrio una transparencia con cientos de recuerdos desordenados de distintas épocas. A la izquierda, la catedral y el viaducto, la verbena de San Isidro y los minis de calimocho con churros en la pradera; a la derecha, la plaza de la Encarnación, con sus reliquias y su milagro, el Señor de los Pajaritos seguido por su obstinada nube de gorriones a partir de las once de la mañana... Mónica lanzó la vista hacia donde se estaba poniendo el sol oxidado por la herrumbre propia de la nueva estación. Allí abajo, en el parque del Oeste, los primeros revolcones con Marcos sobre la hierba; cuando se hizo ecologista y empezaron a colarse por las tardes para hacer grafitis en las paredes del delfinario; a la puesta de sol, el teleférico para volver, en el que los cuatro hacían su juramento de honor: «Juntos. Siempre juntos». Pero lo habían traicionado. Como casi todas las promesas que nos hacemos de niños.

43

Sería extraño, pero debería reunirlos a todos.

La más complicada iba a ser Suselen. Según Elisa, en el barrio había sido un escándalo que en la última ópera que estrenó como solista en Madrid no invitara a su madre. Sobre todo porque Ágata seguía teniendo su estudio enfrente… A Mónica le costó reconocer esa conducta en la tímida y complaciente niña que fue su amiga. Por eso se indignó:

—¿Y qué sabe la gente?

—La gente no, yo —dijo Elisa—. Me lo confirmó la propia Ágata. Estaba muy dolida.

La otra meneó la cabeza extrañada; la última vez que supo de Suselen estaba viviendo en Londres con su marido y su hija, pero se había planteado volver empujada por la pandemia y el Brexit. Los residentes no tenían claro su futuro allí, así que la mejor opción era residir en España.

—¡Vaya por Dios!, ¡pues ahora no hay sitio! —refunfuñó Elisa apoyada en su paraguas.

—¿Dónde? ¿En Madrid? —se indignó la otra—. Así que, según tú, si te vas, te vas.

—No, bobita mía, no hay sitio en la terraza.

Le pidieron una silla al camarero mientras esperaban a que se levantara una pareja alemana que parecía estar discutiendo y pagando a toda prisa. Mónica cogió a Fiera en brazos para evitar que Isis siguiera bufándola desde su transportín. Llevaba tantas horas haciéndolo que la pobre había perdido ya su dignidad natural y sonaba como un globo deshinchándose. No había terminado el solícito camarero de limpiar la mesa y ya se habían precipitado sobre ella tres señoras que salían del teatro.

—Perdone, pero estábamos esperando esta mesa —dijo Mónica con amabilidad.

Se volvieron al más puro estilo de las brujas de Macbeth. Observaron la estampa de madre e hija cargadas con sendos animales. Pues no las habían visto, dijo la primera; el camarero no se lo advirtió, aseguró la segunda; desde cuándo en la terraza se reservaba

44

mesa, gruñó la tercera. Hasta que Elisa se acercó hasta ellas y les soltó:

—Mire, venimos de levantar un cadáver en mi casa y ha sido un día muy largo. No estamos para discutir.

Fue incómodo pero efectivo. Las brujas levantaron el vuelo sobre sus paraguas hasta el interior del café. Sin embargo, Elisa ya había cambiado de registro y soltaba sus pertenencias sobre la mesa para subrayar su disgusto.

—No soporto este país, ni esta ciudad...

—Ni este barrio lleno de esnobs, supongo —dijo su hija completando un discurso que le era de sobra conocido.

—¡Eso es! ¡De esnobs y de turistas! —añadió—. A los vecinos de toda la vida nos están echando. —Se abrió la gabardina a tirones. Sacó un cigarrillo.

—Qué mala es la gente... —siguió Mónica aquel monólogo a dos voces.

—Sí, la gente es cada vez peor persona.

Su hija puso ambas manos sobre la mesa y el frío del mármol le templó el pulso.

—Muy bien, mamá, pero ya te lo he dicho muchas veces. Si no te importa, no quiero vivir pensando que el mundo es una mierda, y a mí me gusta esta plaza. En su día tú tuviste la oportunidad de vivir tu ciudad, tu país y tu barrio como quisiste.

Pero claro, según ella, ahora era todo muy distinto. Todo era mejor «entonces». Había otro civismo. Era otra vecindad. Ese «entonces» coloreado por su mente insatisfecha de fábrica que Mónica sospechaba que tampoco le gustó en su día, cuando ese «entonces» era presente. La observó pelearse con el móvil para escanear el código QR medio despegado de la mesa y mientras Mónica pidió una carta en papel.

—Tengo derecho a vivir pensando que el mundo tiene sus bellezas —susurró tras ella.

Pero Elisa ya no la escuchaba. Tenía la vista puesta en otra mesa que había quedado vacía. ¿No prefería ésa? Había mejores vistas y no había corriente. Empezaba el baile, se dijo Mónica. ¿Cómo iba a haber corriente si estaban en la calle? Y, por otro lado, qué más le daban las vistas.

—¿No dices que no te gusta la plaza? —concluyó su hija.

—Pero a ti sí.

—A mí me da igual, mamá.

—No, verás como no te da —dictaminó.

Mónica contempló a Fiera acurrucada en sus piernas y a Isis por fin tranquila dentro de su maletín, la bolsa de viaje, los paraguas… De fondo su madre seguía presionando, porque además allí hacía mucho frío, y luego al camarero, oiga, ¿no pueden acercar esa estufa? Alzó la vista hasta los bafles: ¿y apagar la música?, tenían que hablarse a gritos…

El camarero se puso manos a la obra y Mónica decidió empezar a leerle el menú como estrategia de distracción desesperada.

—No te molestes, hija. Ya te he dicho que me los sé de memoria en dos idiomas.

—Pero yo no, mamá, y me apetece recitarlo. —Y se atrincheró tras él—. Siempre me ha gustado recitar menús. ¿No lo sabías? Me encanta.

Elisa se encendió otro cigarrillo para no encenderse más ella y, después de arrimarse a la estufa visiblemente incómoda, por fin volvió el silencio. Mónica buscó sus gafas en el bolso y, al hacerlo, se topó con el lomo duro de la agenda. No supo cómo, pero logró reprimir el impulso de irse al baño para echarle otro vistazo. La paciencia era la mejor virtud del buen investigador. Pronto llegarían al hotel. Además, comer algo la ayudaría a pensar con claridad. Ahora era mucho más importante sondearla a ella.

¿Qué le ocultaba?

Después de todo, su madre era quien le había enseñado a mentir: a su padre, a sus abuelos, en el colegio… En realidad, eran pequeñas falsedades sin importancia. Sobre la hora a la que habían llegado o algo que habían comprado, si la había sacado del colegio antes de tiempo para ver un concierto en el Real que si estaba lleno les dejaban sentarse en las escaleras para escucharlo gratis. Desde esos peldaños alfombrados habían visto a Karajan dirigir por última vez. También había sido su secreto. El problema era que la vida estaba compuesta de aquellas pequeñas cosas y, de alguna forma, Mónica había crecido con la sensación de que parte de su vida transcurría en la clandestinidad. Esa parte de sus vidas era una ficción incluso para su padre. Y Mónica recogió el testigo, no tanto de la mentira, sino de la omisión: cuando no alcanzaba el estatus de perfeccionismo al que se veía obligada por las expectativas, omitía información para no decepcionarla.

Hasta ahora nunca se había preguntado por qué su madre se traía tanta intriga. ¿Temía el juicio de los demás? ¿Preocuparlos? ¿Por eso ahora también le ocultaba que conocía a aquel hombre? En tal caso, seguro que sería por algo poco importante. Entonces ¿por qué no se estaba atreviendo a preguntarle frontalmente? En otras ocasiones, Elisa siempre había respondido a su hija con sinceridad. De modo que ¿qué temía Mónica? Quizá merezca la pena detenerse aquí un segundo por si se ha dado la impresión de que, por el hecho de ser madre e hija, estas dos se conocían más de lo que se conocían. Puede que antes sí, pero ahora…

—Ahora hace calor, ¿no te parece?

Mónica levantó la vista de la carta.

—No, mamá, no me lo parece.

—Pues yo me estoy mareando.

Fue en ese momento cuando Mónica detectó que su madre se precipitaba dentro de uno de sus bucles. Y así fue: de forma muy previsible fue despotricando *in crescendo* hasta que dictaminó:

—Tú haz lo que quieras, pero yo aquí no puedo estar.

Llegados a ese punto de inflexión, Mónica sabía que todas sus frases contendrían algo castrense. Un comentario en forma de orden que, si no se cumplía, desataría su ira. Era mejor no remar en contra de la tormenta.

—Antes todo era mucho más humano —volvió a la carga.

—¿Te refieres durante la guerra?

—Yo eso no lo viví, graciosilla, no soy tan mayor.

—Durante el Paleolítico superior, entonces.

—El Mesolítico, si no te importa, así no estarías llamando a tu madre homínido y por lo menos tendría la ilusión de imaginarme pintando mamuts en mi cueva.

—Ahora en serio, mamá, te refieres durante el franquismo.

—Pues mira, hablando de pintar, tampoco lo pintan como fue. Los que lo vivimos no lo hicimos tan aterrorizados.

—Depende de la profesión que tuvieras, supongo.

—¿Qué quieres decir? Luchar tuvimos que luchar mucho en la Transición.

Sabía que ése era el comienzo de la distensión y de que empezara a relatarle cuando repartía panfletos políticos en la universidad junto a su padre, cuando corrían delante de los grises, el día que se hundió la Universidad Autónoma y tuvieron que llevarse a heridos en el Mini blanco en el que viajaban de novios por toda España. Elisa era una gran contadora de historias. Y como consecuencia de relatos tan épicos, Mónica había crecido convencida de que la universidad era eso. Sin embargo, en cinco años de carrera de biológicas, su máxima rebeldía fue jugar al mus en la cafetería en horario de clase bajo un cartel grasiento que rezaba su prohibición. Por eso, mientras la escuchaba le dieron ganas de decirle: muy bien, mamá, sigue contándome batallitas idealizadas del pasado cuando este país era excitante, cuando la gente era mejor persona, cuando tu vida y la mía eran todo felicidad. Quiso decirle: mamá, yo también estuve allí, en parte de ese pasado novelado, y no fue tan así.

Después de que Mónica cambiara todos los bártulos y animales de compañía a la otra mesa y el camarero todos los cubiertos y manteles, éste se dispuso por fin a tomar nota. Elisa, con creciente mal humor, le exigió, lo más rápido que pudiera, un caldo —ahora se estaba quedando helada— y una manzanilla con doce mil indicaciones más. Ésa era otra, a ella le había enseñado a pedir las cosas por favor y a dar las gracias. Supuso que su madre ya no quería servir de ejemplo para nadie.

—Qué —le preguntó cuando sintió que la analizaba.

—Que tenía que haberte puesto la antirrábica a ti en lugar de a Fiera.

—¡Hija, es que yo hablo así! Qué barbaridad, no voy a poder expresarme…

Con esas frases justificaba últimamente sus malos modos.

Fiera lanzó un largo y somnoliento bostezo a su lado y Elisa le sobó tiernamente las orejas. Era un hecho, su madre quería hacerle llegar que odiaba su vida. Y lo que más le preocupaba era que no se acordara de que por etapas también le transmitió esa sensación en el pasado, porque todo parecía disgustarle por comparación con lo perdido. Ahora se limitaba a despotricar por lo que acontecía a su alrededor porque, en cuanto el pasado era pasado, empezaba a echarlo de menos. Por ejemplo, ese viaje que recordaba tan idílico a Roma fue en realidad un viacrucis familiar en el que sus padres fueron discutiendo sin hacer pausas ni para la publicidad, hasta el punto de que la abuela se les perdió un día entero y, al volver desesperados y agotados de la comisaría, se la encontraron sentada en las escaleras del hotel, descansada y feliz por aquel paréntesis de paz que se había regalado en la Ciudad Eterna. El caso era que en el «durante», todo eso y todos ellos, aunque quererlos los quería muchísimo, estaba convencida de que le parecían insoportables.

La comida y la bebida siempre eran un entretenimiento relajante y fue entonces cuando Elisa habló por primera vez de lo ocurrido esa tarde:

—Pues qué quieres que te diga, hija, yo no los he visto muy exhaustivos...

—¿A quiénes?

—A tus compañeros —sentenció.

Mónica la observó comer.

—Mamá, si te hubieran visto trinchar así esa patata, te habrían detenido por pataticidio.

—Súmale la nocturnidad, la premeditación y la alevosía —dijo atacando otra—. Muero de hambre.

—Yo también. —Mónica se sirvió un poco—. Y no son mis compañeros.

—¿Cómo los llamo, entonces, tus clientes?

—Eso suena fatal, mamá.

—Peor suena que un policía diga que «están desbordados» y que no van a molestar mucho. Ay, qué país...

—Tampoco han dicho eso.

Le fascinaba la capacidad de su madre para mirar el mundo desde esa inteligencia superior: los médicos no sabían nada, el albañil no sabía nada, los políticos no sabían nada... Y lo peor era que, en ese caso, considerando lo que Mónica transportaba en su bolso, tenía razón.

—Nenita, sabes que tengo razón —dijo tras leerle el pensamiento.

—Puede ser, mamá, pero dártela sería como reforzar a Fiera cuando se lanza a ladrar a cualquier perro que le dobla en tamaño.

—Depende de a lo que llames doblar en tamaño, desde luego no doblan mi capacidad de raciocinio, ni la mía ni la de ninguna persona con un poco de lógica. —Rascó la nuca de la perra—. Por eso nos entendemos tan bien, ¿verdad, mi amor?

Y, por esa actitud hacia el mundo, Mónica era todo lo contrario. Según su madre, incapaz de no hacer todo lo que le mandaba «un experto» al pie de la letra. Elisa, sin embargo, era el espíritu de la contradicción. Incapaz de no ponerlo todo en tela de juicio... Mónica levantó los ojos: una arpista que había acampado en una esquina de la terraza empezó a versionar a Morricone. Una parejita se sentó en el banco de enfrente y abrieron sus menús del McDonald's para cenar bajo la luna. Unos turistas jóvenes y borrachos cruzaron gritando en un idioma desconocido subidos en patines a propulsión.

—¿Has hablado ya con papá?

—¿Para qué? Seguro que prefiere hablar con un lenguado. Y yo podría competir con otra mujer, pero ¿cómo se compite con un lenguado? —Se secó la frente con el fular—. Le he dejado varios mensajes de voz.

—¿Todo eso eran mensajes de voz? —Mónica se temió lo peor—. ¡Podrías ser la reina del pódcast! ¿Por qué le hablas así últimamente? Es más, ¿por qué no le hablas en directo por una vez para que pueda responder? Él siempre está cuando lo necesitas. Él te trata bien y...

—¿Por qué? —la interrumpió súbitamente agresiva—. ¿Por qué me trata tan bien? Además, ¿y tú qué sabes? ¡Si está aquí y ni me habla! Es como un pasmarote. ¿Tú sabes lo que es estar al lado de una persona que no te habla?

—¡Porque casi os acabáis matando en el confinamiento! —Hizo una pausa para serenarse. Una decía que no la escuchaba y el otro que no le dejaba un minuto de silencio... y continuó—: Muy bien. Desde que se jubiló está muy abúlico y os parecéis como un huevo a una castaña, pero eso ya lo sabíais en el 75 y, además, sigue aquí, ¿no?

—¿Sí? ¿Tú lo ves? Lleva allí un mes. Llámalo tú, a ver si por lo menos te lo coge.

Elisa se quedó de perfil, recortada en los naranjas de la tarde y Mónica sintió una presión en la garganta que le resultó amargamente familiar, en todo el sentido del término «familiar».

No podía soportar que la utilizaran de ONU y menos en un conflicto bilateral tan enquistado como el del golfo Pérsico. Y lo peor es que era igual de poco efectiva cuando el conflicto era serio. El caso es que una hija nunca debería ser el correveidile de los reproches entre sus padres. Ni siquiera de adulta. Eso nunca se lo hicieron cuando era niña y suponía que habrían tenido sus roces. Por lo mismo, también había cosas que nunca se le deberían contar a una hija, pensó. Por ejemplo, aquello de cuando supo que estaba embarazada y el médico, muy moderno, les preguntó si querían llevarlo adelante y que ella, muy heroicamente, dijo que por supuesto. Era igual a decirte: «Estás viva sólo porque yo quise y, por lo tanto, me la debes... tu vida». Aunque lo que peor llevaba eran sus puntos suspensivos. Ese «algún día te contaré algunas cosas...» que había soltado unas cuantas veces a lo largo de la vida y que le creaba una intriga angustiosa. ¿Con qué monstruos desconocidos había convivido y se ocultaban dentro de los armarios?

¿Qué ocultaba ahora? Su madre era una maestra de la intriga, pero lo que les ocupaba en este caso ya no era una trama familiar. Si escondía que conocía al muerto es que se había desmadrado, literalmente. Pero para abordar el tema debía apelar a su confianza. Porque la tenían. Pero sin que se sintiera juzgada. ¿La juzgaba? ¿Y ella? ¿Intentaba protegerla, quizá? Eso sería muy de su madre: pensar que podía controlar cualquier situación, propia o ajena.

Ahí regresaba de nuevo como un herpes: la culpabilidad.

¿Estaba dispuesta a espiar a su propia madre? A ella, que se había dedicado en cuerpo y alma a criarla. Lo justo era reconocer que le había proporcionado una infancia muy feliz. Era curioso, pensó observando aquel cuerpo tan pequeño como el suyo y que sin embargo había sido un cobijo tan grande: era la persona más cariñosa del mundo y la que más llegaba a aterrorizarla cuando se frustraba, porque se transformaba en Conan el Destructor. ¿Eso quería decir que veía factible que estuviera implicada? No, eso no. Aunque era consciente de que no había nada que más le gustara que un *thriller* y conocía sus ataques de ira. También sabía que se aburría terriblemente. Su inquietud por todos los temas y su capacidad de análisis no estaban a la altura de un interlocutor cualquiera. Según ella, sólo de Mónica.

Su hija era el único ser humano sobre la tierra que no la decepcionaba.

Para eso la había educado.

Sus expectativas en los demás eran demasiado altas, eso era todo. Su ansiedad por lo que le gustaba a menudo le impedía disfrutar en el presente. La consecuencia: terminaba por fastidiarle el momento a los demás. Es lo que solía ocurrir en muchas veladas navideñas, lo que ocurrió en Roma o en cualquier fiesta de cumpleaños cuando la comida se había quemado o no había reservas disponibles en el restaurante que había escogido o su regalo no era recibido con la emoción esperada. Es decir, cuando la cosa no salía según su guion.

La expresión pura de esa sensación acababa de vivirla; quería disfrutar intensamente de ese momento con su hija, por eso intentaba controlar el clima, las vistas y que el camarero les atendiera pronto y en la mesa perfecta. La perfecta según su criterio, claro. Y, como había que adaptarse a su idea de perfección, terminaba creando situaciones incómodas. Eso la había ido alejando de algunos de sus amigos y, a ratos, de su marido. Por eso Mónica no la decepcionaba, porque era la única que terminaba cediendo. Esto, con el tiempo, la había enfrentado a un problema: por muchos esfuerzos que hiciera, no podía cubrir su sed de experiencias.

Se había convertido en un parque de atracciones sin fin.

Y, cuando se agotaba, la empujaba a recuperar las relaciones con sus amigos y vecinos. Le enviaba inscripciones de cursos que le interesaban donde pudiera conocer a otras personas con sus inquietudes. Así había empezado a asistir a clases de grabado, de inglés, a una tertulia de arqueología y a otra de psicología aplicada. El problema era que mientras el plan vivía en su cabeza suponía una ilusión, pero, una vez se concretaba en algo real, se buscaba un obstáculo irreal y perdía fuelle: o la sala era deprimente, o los compañeros muy pesados, o el profesor decía auténticas memeces. Por eso mismo no era la primera vez que había invitado a casa a personajes extraños que no conocía bien, pero que, según ella, eran interesantes para conversar. Personas necesitadas de atención de cualquier tipo. A cambio, se implicaba en sus problemas como si fueran propios hasta quedar extenuada y terminaba sintiéndose asfixiada por sus demandas sin saber cómo quitárselos de encima. «Cómo quitárselos de encima…», se repitió Mónica mentalmente.

—Mamá.

—Dime, cariño. —Soltó una rápida bocanada de humo de su cigarrillo.

—¿Es verdad que no conocías de nada a ese hombre?

Elisa ahogó el pitillo en el plato de su manzanilla.

—Claro que no. —Sonrió—. Tranquila… Todo va a estar bien.

Su hija sintió que el pecho se le abría como un nenúfar. No creyó lo primero, pero sí lo segundo. Sólo ella era capaz de pronunciar ese conjuro mágico que hacía que todo temor se desvaneciera como el humo de aquel cigarrillo.

Empezaría a leer la agenda en el hotel y llamaría a Ruth, a Gabriel y a Suselen. No supo por qué, pero lo haría en ese orden. Seguro que todo tenía una explicación, pero, como entonces, no se le ocurriría a ella sola. Fiera alzó la vista repentinamente. Una mascarilla se desplomaba desde uno de los últimos pisos. Madre e hija la observaron hasta que llegó al suelo como un pequeño paracaídas. Quién sabe lo que pasó en ese momento por la cabeza de la una y de la otra; el caso es que, por algún motivo, se sonrieron como si hubieran presenciado algo hermoso.

Los perros no mienten

Los perros no mienten.
Los perros no se equivocan.
Los perros no entienden nuestro mundo.

No podía dejar de leer con ansiedad las anotaciones de esa agenda mientras hablaba con la primera de sus antiguas vecinas:

—Cómo me alegra saber de ti aunque sea en estas circunstancias. —La voz de Ruth había madurado como una fruta. Ahora era más dulce y colorida.

—Y yo… No entiendo cómo ha podido pasar tanto tiempo.

Pulsó el altavoz del móvil y se tendió sobre las sábanas almidonadas de hotel. La voz de su amiga se abrió paso entre aquellas luces indirectas e impersonales con el ritmo cadencioso de quien está acostumbrado a dejar espacios para la escucha.

—Dime en qué te puedo ayudar y lo haré. —Le pareció que bebía algo—. Puedo charlar con Elisa si necesita sacarse el susto, lo que sea.

—Se lo diré, descuida. —Hizo una pausa—. Aunque no creo que le haga gracia. Ya sabes lo desconfiada que es, y como me dijo Gabriel que su madre iba a tu consulta…

En ese momento se dio cuenta de que su subconsciente había decidido que Ruth sería su primera llamada desde que leyó esa página de la libreta:

Los perros no entienden nuestro mundo. Sin embargo nos intuyen mejor emocionalmente que nosotros mismos porque son sólo eso, emoción. Por eso Margarita es capaz de demostrar a Bowie las emociones que no muestra a su hija.

—Ruth, ¿tú conocías al tipo? —preguntó sin poder contenerse.

—Lo vi alguna vez cuando vino a recoger a Bowie a casa de mi madre. —Hizo un silencio de reflexión—. Parecía un hombre educado. Te diría que encantador.

—Entonces, ¿no crees que fuera un ladrón?

Otro silencio pensativo. En eso no había cambiado. «Ruth está en *pause*», se dijo. En tiempos le hacían muchas bromas con eso. Mónica alargó el brazo y subió a Fiera a la cama como si fuera un ascensor. Ésta empezó a mullir el edredón coceando aparatosamente con las patas traseras al tiempo que su dueña hacía lo propio boxeando con una de esas almohadas de hotel que te prometen una tortícolis de una semana. La perra dio tres vueltas sobre sí misma y se tumbó. Luego volvió a levantarse y olfateó el resto del cuadrilátero. El olor a suavizante le resultó tan agradable como el de la camiseta que Mónica había dejado a los pies del colchón. ¿Dónde echarse?

—Es difícil saber cuáles eran sus intenciones —respondió Ruth—. Lo vi sólo un par de veces.

—Pero ¿qué te dice tu ojo clínico? —rehízo la pregunta y la amplió—. ¿Y el de tu madre?

—Ya sabes que es muy hermética —Hizo crujir algo cerca del teléfono—. Sólo ha comentado que siempre estaba dispuesto a ayudar y que los perros le adoraban, no sé... Incluso le dejaba que la llamara Marga, que lo odia... ¿Qué temes?

Entonces Mónica estuvo a punto de revelarle que se había llevado la agenda, pero no, no, no..., cautela, hacía demasiado tiempo que no se veían como para confesar una ocultación de pruebas.

—No temo nada en concreto —dijo por fin—. Sólo me gustaría averiguar algo más sobre él para saber si cuadra con la tesis de la policía.

—¿Y la tesis es...?

—Creen que fue una tentativa de robo con mala suerte.

A Ruth le llamó la atención el vocabulario policiaco de su amiga, pero no dijo nada. Sin duda se habían perdido muchas cosas la una de la otra; por eso, tras una breve puesta al día, ambas acordaron encontrarse esa misma semana en el Caripén y avisar a los demás. A fin de cuentas, ése había sido su último cuartel general en el barrio antes de que cada uno emprendiera su camino hacia el futuro. Aunque la excusa fuera un poco negra, ese reencuentro eternamente pendiente sería bonito.

Cuando colgaron, Ruth se tragó una melatonina y le dio un empujón a Teo, que roncaba boca abajo como un caimán haciendo la digestión. Roció su almohada y a su marido con un aroma que según la etiqueta iba directo al hipotálamo y propiciaba el sueño profundo; encendió el ruido blanco para vaciar su cabeza de los residuos de los dramas ajenos…; también, ese día en particular, del extraño suceso en casa de Elisa. Su último pensamiento antes de cruzar el umbral del sueño fue para Mónica. No había cambiado nada, pero no la podía culpar: ahora el objeto de investigación era real por primera vez y, para su desgracia, lo tenía en su propia casa. Tampoco pudo evitar que su mente recuperara una grabación de ese mediodía en el salón de su propia madre.

Margarita se había hecho un corte profundo en la mano; según ella, mientras intentaba coger un vaso del estante de arriba que se precipitó sobre la encimera. La escuchó despotricar a un volumen impropio de su compostura habitual, como si quisiera que la escuchara; no entendía por qué la chica le dejaba todo tan alto.

—¿Y por qué no se lo pediste a Elsa? Para eso está —preguntó Ruth.

—Porque me gustaría tener un poco de intimidad de vez en cuando.

Se ahuecó el algodón nacarado de su pelo con el dedo en el que no llevaba prendida la pinza del oxímetro. Desde hacía años lo lucía perenne como uno más de sus magníficos anillos.

Ruth apareció en el salón con el botiquín.

—Mamá, déjame que le eche un vistazo, anda, y que te lo cure bien —se ofreció.

—No, ya iré al ambulatorio. Mejor que me lo haga un médico de verdad.

Touché. Desde luego Margarita no había perdido el talento para la esgrima porque su primogénita sintió que le traspasaba el pecho con una espada muy fina.

—Mamá, yo soy médico.

—Ya…, ya. Bueno, yo me entiendo.

Arrastró la pesada silla del comedor para levantar su nada despreciable metro setenta y cinco, vértebra a vértebra, mientras se quejaba. ¿Por qué siempre era tan susceptible? Luego se apretó un poco la venda y empujó la puerta abatible de la cocina para preguntarle a Elsa qué había de postre. ¿*Mousse* de mango? ¿Otra vez? Ruth suspiró y cerró los ojos. ¿Qué era para ella un médico de verdad? Mejor no hacer según qué preguntas. Carecía de los rápidos reflejos de su madre para las estocadas. Ya por la noche, amodorrada por la melatonina, se le ocurrirían todas las réplicas, y así fue: ¿Un médico de verdad era uno que no hubiera hecho cinco años de Medicina, además de un posgrado en Psiquiatría? No, claro, un médico de verdad era su primo Carlos, que tras cuatro intentos había aprobado las oposiciones para médico de familia en la seguridad social…

Abrió los ojos en la oscuridad. El resplandor verde Matrix del despertador de Teo le arrojó a la cara que era demasiado tarde y convirtió su dormitorio en un espacio cienciaficcionario. Quién sabe, quizá el encuentro con Mónica y los demás le ayudaría a buscar un momento en la memoria colectiva en que su madre se mostrara orgullosa de ella.

Gabriel tampoco había puesto impedimento. Aunque Mónica lo sintió poco receptivo cuando le propuso preguntarle a Dolores sobre el muerto. A fin de cuentas, Orlando también paseaba a su perro y, según Gabriel, incluso le pinchaba por las mañanas cuando empezó a necesitar insulina. Desde que su madre tenía a Oxi, y ahora que estaban dejando por fin atrás la pandemia, parecía estar viviendo un momento insólitamente estable. Para Gabriel, un extraño paréntesis con licencia para respirar mientras durara.

Cuando colgó el teléfono, dejó sobre la silla del dormitorio el uniforme de la línea aérea, un par de calcetines de cachemir de colores atrevidos y su pulsera deportiva. Treinta mil pasos hoy, se felicitó. La nueva terminal del aeropuerto era tan mastodóntica que le garantizaba los aeróbicos de toda la semana. Sacó del cajón de la mesilla su antifaz y los tapones. Ya no sabía dormir si no se aislaba del mundo, aunque no le quedaría otra que acostumbrarse. No podría oírlo si su madre lo llamaba.

Aunque su mayor preocupación siempre había sido su silencio.

Era incapaz de comenzar el día con tranquilidad si no pulsaba su estado de ánimo. Su protocolo interno era el siguiente: que no cogiera el teléfono una vez le hacía sentir incómodo. Una segunda disparaba su estado de alerta. La tercera le hacía llamar a Elisa por si podía bajar a tocarle la puerta. Si el silencio persistía, dejaba lo que estuviera haciendo y salía disparado como una ambulancia hacia su casa. Si estaba volando avisaba a su hermana, quien siempre trataba de quitarle hierro al asunto con tal de no volver a lo que ella llamaba «las andadas». El caso es que esa tarde, a pesar del motivo de su visita, encontró a Dolores extrañamente tranquila. Gabriel había sentido terror a su reacción porque no tenía claro cuán cercano le era el fallecido. «Me gustaba pasear con él cuando sacaba a Oxi», dijo con los ojos un poco irritados y rascándose el pelo ralo de la nuca. «Me enseñó a entenderle». Y a su hijo no le quedó claro si dijo entenderle o entenderme, porque a esas horas ya estaría bajo los efectos del ansiolítico y tenía el habla tan distraída que no conseguía cerrar las consonantes. Luego la observó caminar su cuerpo redondo por el pasillo; así, con el pelo corto, despeinado, y los pasos torpes en calcetines, le pareció un niño de pocos años.

—Mamá, cálzate, por favor. Que te vas a escurrir otra vez y luego pasa lo que pasa...

—Ahora, ahora... Es que... no sé dónde he puesto las zapatillas...

Había algo que le ilusionaba de aquel encuentro, pensó el azafato mientras se levantaba porque se le había olvidado darse el sérum de noche. Abrió el frasquito con diligencia y se echó el pelo liso y negrísimo hacia atrás. Desde que coincidió con Mónica en el aeropuerto, Gabriel lo había querido ver como una estrella que lo guiaba hacia alguna parte. Pocos días antes su madre le había comentado que trabajaba allí. Era increíble que en tres años no se hubieran cruzado antes si ella estaba en la zona de aduanas, por mucho que él se pasara más tiempo en el aire que en la tierra.

La había encontrado lindísima, pero no se atrevió a decírselo.

En realidad, la había visto igual. El tiempo se había limitado a contrastar los rasgos de la fotografía de la Mónica jovencita que conservaba en su memoria. Pero mantenía intacta esa forma aguda de interrogar al estilo Colombo que siempre le divirtió tanto.

De pie frente al espejo tomó la decisión y se quitó los tapones. Cuanto antes se acostumbrara, mejor. Luego estuvo dando vueltas en la cama un par de horas. Tendría que preguntarle a Ruth qué podía tomar para conciliar el sueño sin ellos. Finalmente claudicó y volvió a sentir esa agradable sensación de estar envasado al vacío.

Soñó con su madre toda la noche.

Eran casi las once cuando Mónica consiguió dar con Suselen. El tono del móvil le anticipó que se encontraba en territorio nacional. También su voz contestando en castellano. Cuando Mónica le dijo su nombre aún tardó unos segundos en saber quién era.

—Normal —dijo Mónica mientras la otra trataba de disculparse—. Para mí es más fácil. Voy teniendo noticias de tus éxitos por Facebook y por la prensa.

—Sí, sólo tengo las redes por trabajo; también te veo aparecer por allí y me encanta. Siento no contestar a los comentarios, soy un desastre.

Luego le confirmó que había vuelto a España con su familia. Las noticias volaban... Se habían mudado un mes atrás a Majadahonda.

—Acabamos un poco agotados del ritmo de Londres y de no tener verano —le explicó—. Y después de la pandemia decidimos que la prioridad era disponer de un jardín. Qué originales, ¿verdad?

Estaba contenta con el cambio. La niña ya había hecho amigos. ¿Cuántos años tenía ya Dafne?, preguntó Mónica, ¿trece? Madre mía… Hasta ese momento la conversación fluyó de forma agradable, ligera de equipaje, algo más protocolaria que con los otros dos, quizá porque a Mónica le costaba reconocer a la pequeña del grupo, siempre afónica y meditabunda, en la voz educada y asertiva de esa mujer que se reía con arpegios.

Pero la charla llegó a un claro punto de inflexión. Hasta ese momento Suselen se había mostrado felizmente sorprendida por la llamada, incluso insistió en ofrecer su casa para tan esperado reencuentro y les prepararía esa cursilada de los sandwichitos de pepino y unos *scones* para el té. No tenía un coche híbrido aún, así que ir al centro era para ella complicado, y ya no se aclaraba en el metro. Pero no fue hasta antes de colgar cuando Mónica cayó en la cuenta de que lo que trataba de evitar Suselen a toda costa era pisar el barrio. Por si quedaba alguna duda, marcó una línea roja:

—Siento mucho que Elisa haya tenido que vivir una situación tan desagradable. Dale muchos besos de mi parte —y luego con la voz sólida y fría como un glaciar—, pero no sé en qué voy a poder ayudarte, Mónica. En los últimos años la comunicación con mi madre se ha vuelto cada vez más complicada.

Luego añadió que había vuelto a España para vivir tranquila con su familia, como si no considerase a su madre parte de ella, como si la distancia con esa plaza y con Ágata fuera crucial para que eso fuera así.

¿Tanto habían cambiado las cosas?

Para los cuatro, la plaza había sido una incubadora en la que jugar a cazar, a defenderse y observar su hábitat, como hacían los cachorros de una manada al entrenarse para la vida. Un simulacro de libertad en cuyo interior estaban representados casi todos los aspectos del mundo que les esperaban fuera. También sus peligros. Pero en pequeño. De su tamaño. Quién sabe, pensó Mónica mientras acariciaba el cuerpecito enroscado de Fiera a su lado, quizá era la única que se resistía a abandonar ese espacio infantil que sólo sobrevivía en su memoria y los demás habían dado el paso correcto fuera de ella.

¿Qué les pasó?

¿Habían madurado? Y entonces... ¿ella? Lo que estaba claro era que, o habían creado sus propias familias, o habían volado lejos. Incluso Ruth vivía fuera de su influencia, por mucho que tuviera su consulta en el área de servicio de la casa de su madre. Sin embargo, «los inútiles de sus hermanos» se habían quedado adheridos en su tela de araña y seguían habitando los pisos de la familia, alimentándose de los insectos que cazaba para ellos la viuda negra de mamá. En ese momento recordó que ése había sido uno de tantos motes con los que Ruth obsequió a su madre, bastante morboso a decir verdad, cuando la vio organizando el cóctel posterior al entierro de su marido con la diligencia de una productora de eventos y sin derramar una sola lágrima. Para colmo, aunque todos se lo achacaron al *shock* del luto, cuando se encontró a la farmacéutica y le preguntó qué le había pasado, Margarita respondió sorprendida: «A mí, nada. El que se ha muerto es mi marido». Esa anécdota fue muy celebrada por el grupo una vez que dejó de doler su pérdida.

Cuando colgó el teléfono a Suselen, no supo por qué, pero Mónica se sintió triste. ¿Qué estaba buscando en realidad? ¿La ilusión perdida de aquellos años en que todo era potencialidad? Podría decirse que era así. Porque ésa era una constante en la vida de Mónica. Fuera lo que fuera, quedarían en el Caripén, posiblemente el tiempo pincharía la burbuja de la nostalgia en su cara, y se despedirían unas horas más tarde con la cordialidad de unos antiguos conocidos.

Cerró la agenda de Orlando.

Así la firmaba en la primera página, sin apellido, al lado de su número de teléfono por si se perdía. Qué irónico que fuera él quien se había extraviado entre las espesas brumas del misterio, pensó mientras se estiraba para dejarla en la mesilla de noche. Y entonces la escuchó caer. Algo que había en el interior de la libreta sobresaltó a Fiera con su impacto metálico contra el suelo. Ambas se asomaron desde el colchón.

Una llave.

¿Cómo no la había visto antes? Examinó la agenda. Debía de estar guardada dentro de una de las solapas. Mónica se tumbó sobre el feo edredón de raso y la examinó. Fiera también la olfateaba a su lado con curiosidad. No era de la casa de su madre, suspiró aliviada. Sería de su propia casa. Pasó su dedo fino y corto por los dientes exagerados de la llave. Tenía una forma extraña. Era muy gruesa y tenía una empuñadura roja. ¿Dónde vivía? Fiera le enterró el morrito chato y cálido en la axila. ¿Quién eras, Orlando?, susurró dentro de una de las orejas de su Baby Yoda. Ésta le dedicó un gesto de infinita sabiduría, suspiró cómicamente y cerró los ojos. Esa pregunta aún no la podía entender, pensó la perrita mientras su pequeño pero sináptico cerebro la hacía correr ya por hermosas praderas azules y amarillas.

Lo que pasa en el Caripén se queda en el Caripén

Eso mismo seguía rezando el cartel fluorescente que colgaba sobre la barra desde tiempos inmemoriales y se convirtió en su contraseña cuando, al cumplir los dieciocho, lo nombraron su nueva sede. El osito rosa encadenado en la puerta, los techos abovedados de ladrillo visto, los ecos de las antiguas fiestas flamencas cuando fuera el tablao de Lola Flores y El Pescadilla que dieron paso al cabaret, al *jazz* fusión y al *soul*. Con el nuevo siglo se había reencarnado en un bistró francés al que, para indignación de todos los que seguían peregrinando hasta él siguiendo la ruta de la nostalgia, se resistían a darle licencia para que continuara ejerciendo como escenario madrileño, cuando aquella cueva se había diseñado para ser una caja de resonancia.

Si sus paredes hablaran…, solían decir los clientes. En eso, nuestro grupo de protagonistas no podía estar más de acuerdo. Cada uno de sus espejos había atrapado la imagen de «Los Cuatro», como se bautizaron en homenaje a «Los Cinco». Allí pidieron con un hilo de voz su primer cubata legal y allí estaban veinte años después, sentados en la misma mesa en la que se despidieron el verano que supuso un punto de inflexión en sus vidas.

Gabriel había aparecido el primero y estuvo a punto de volver a salir para dar una vuelta a la manzana como un satélite. No quería parecer ansioso. Era deformación profesional, tenía un reloj interno que le impedía llegar tarde, dijo cuando Mónica y Ruth entraron juntas porque se habían encontrado cruzando la plaza, qué casualidad, se excusaron, como si también quisieran dejar claro que no habían quedado antes. Ambas alabaron casi al unísono que se disculpara por su puntualidad; además, estaba guapísimo, comentaron como si el aludido no se encontrara presente: le favorecían los años y el flequillo, el contraste del pelo negro sobre los ojos azules, ¡y sin una cana! Siempre tuvo un punto a Keanu Reeves, pero ahora era clavadito aunque menos alto, puntualizó Ruth, y fíjate en esa levita verde, se admiró la otra, ¿no era la misma que estaba comprando cuando se encontraron en el aeropuerto? Que tuviera cuidado porque podría robársela en cualquier momento.

—Eso sí que es serendipia —dijo Ruth—. Os encontráis una semana después de que yo abra la consulta en el barrio y de que Gabriel me llame porque empiezo a atender a Dolores.

Mónica pareció intrigada:

—Y unos días después, mi madre me cuenta que en la nueva temporada del Teatro Real canta Suselen —recordó.

Y justo en ese momento, una voz de *mezzo* empezó a tararear desde la puerta *Serendipity*, de Police, como homenaje a su banda sonora de aquellos tiempos.

Ésa que acaba de entrar detrás de su voz es Suselen, aunque sus amigos no la habrían reconocido por ella. No era lo único en lo que había cambiado radicalmente. Los tres observaron atónitos sus maneras de leona dirigiéndose a la pista según se abría paso entre las mesas. Poderosa, tal y como irrumpía en un escenario, como nunca la habrían imaginado en el pasado: la melena larguísima atada en una coleta alta; la cascada de rizos castaños cayéndole sobre la espalda, botas de caña, chaquetón *vintage* de piel naranja. Poco quedaba de la tímida y andrógina pequeña del grupo que luchaba por no llamar la atención. Sólo su gran tamaño. Ahora, su cuerpo de huesos grandes se veía subrayado por ese escote que su madre nunca le dejó llevar y del que sus amigos luchaban por despegar los ojos. Con ese corpiño parecía recién salida de la Revolución francesa, pensó Ruth, y no pudo evitar comparar a su amiga con su propia imagen en el espejo que las atrapaba ahora como un retrato imposible: melena corta y rubia peinada tras las orejas, gafitas de montura fina y camisa blanca con pantalón de pana. Era como si hubieran intercambiado sus papeles. Se diría que ahora era Ruth quien luchaba por convertirse en pared, con lo que había sido ella en aquellos años…

Como siempre que nos encontramos de bruces con el pasado, hubo un primer momento incómodo en que no supieron cómo saludarse: Mónica contuvo un conato de abrazo a la vez que Gabriel tendía la mano, a lo que Ruth respondió, con cara de besugo y los labios en el aire, que quizá lo mejor eran dos besos, ahora que ya se podía. A todos pareció gustarles esa última opción. Era cordial, convencional y poco íntima, a pesar de todo. Tras el reparto de besos de rigor, se sentaron y comenzaron a charlar mientras llegaba la botella de vino de Madrid. Que ahora eran riquísimos, según Suselen, por Dios, cuánto había echado de menos los precios de España.

—Estábamos hablando de que parece que nos teníamos que volver a encontrar —retomó Mónica.

Los ojos de Ruth sonrieron tras los cristales de sus gafas.

—Ya sabéis que siempre fui la racional del grupo, pero ¿no os ha pasado que de pronto os empezáis a encontrar con personas de una etapa concreta de vuestra vida?

Todos opinaron que sí, quizá… Pero ¿qué querría decir?, preguntó Gabriel, retirándose el flequillo demasiado largo. ¿Que había algo pendiente? Suselen soltó una risa dramática, ¿acaso para Mónica no había siempre algo pendiente que resolver?

La otra le aceptó el chiste por los viejos tiempos y buscó algo en su bolso:

—Vais a terminar pensando que he asesinado yo al tipo sólo para tener la excusa de reunir de nuevo a nuestra hermandad.

—¿Asesinado? —se sorprendió Gabriel oxigenando el vino—. Pero ¿no habían cerrado el caso como un accidente?

Bueno, siguió Mónica, era a lo que apuntaba la policía al principio, lo que les habían dicho quizás para no alertarlas, pero, en rigor, cerrado cerrado… no estaba.

Ruth silenció una llamada de su móvil.

—¿Ves? Ya está, ya has conseguido intrigarnos —dijo—. No has cambiado nada.

Pero sí, claro que Mónica había cambiado. Todos lo hacemos aunque ella se negara a aceptarlo. Quizá en apariencia no. Seguía midiendo lo mismo que a los once años, por mucho que le pesara a su madre; había cortado su larga melena heavy inspirada en un videoclip de los White Snake, y ahora lucía un corte egipcio con su color negro natural al que sólo le borraba algunas canas cuando asomaban y que se arrancaba si no tenía tiempo de ir a la peluquería, y su cuerpo delgadísimo le permitía seguir comprándose pantalones en la sección juvenil de El Corte Inglés. Ahora ya no usaba aquellas trágicas sombras de ojos negras ni apenas maquillaje ni pendientes de plata ni anillos con cruces, porque le eran incómodos durante los entrenamientos y Madonna cantaba nanas. Sólo una barra de labios cuando tenía una cita que, desde que dejó su relación con Marcos, era más o menos… nunca.

Las primeras dos horas estuvieron poniéndose al día: que veinte años no es nada, dijo Suselen sin poder evitarlo, volviendo a ejercer de la *juke box* del grupo. Pero sí lo eran, ya lo creo que lo eran. Ruth había vuelto de Barcelona convertida en psiquiatra y casada con un constructor que había tenido que cerrar su empresa durante la crisis de 2007. Lo que sí habían construido era un hogar con dos hijos mellizos que la tuvieron absorbida durante los primeros años de la crianza.

—Creo que me especialicé en terapias familiares para poder lidiar con la situación —sonrió burlona.

Y Gabriel… Gabriel había seguido su vocación de trotamundos y nada le había apartado de ella: cambió su mochila por una maleta de cabina y no se lo pensó dos veces. Dejó el conservatorio por los aviones. Todas recordaban con nostalgia sus primeros viajes, cuando aparecía con el botín de una taza o un imán, encontrados en los aeropuertos más exóticos.

—A pesar de tus sobornos, las tres te odiábamos en silencio —reconoció Suselen.

—En silencio no, que me lo decíais —contestó robando una aceituna.

—Sobre todo yo, cuando me abandonaste como a un jilguero en aquella jaula de música con el tirano del profesor de armonía.

¿Cómo se llamaba?, quiso recordar la diva mientras se mordía una uña, gesto que a Gabriel le hizo recordarla temblando sentada al piano, mordiéndose la misma uña del pulgar derecho antes de un examen.

—¿Os acordáis de cuando éste nos trajo esos tangas brasileños y nos fuimos a escondidas a Valencia ida y vuelta en el día para estrenarlos? —recordó Suselen.

—En el fondo inventamos la ruta del bacalao —añadió Ruth—. ¡Y fue la primera vez que hice topless! ¡Si lo hubiera sabido mi madre, me deshereda!

—¿Veis? No os podíais quejar… —se quejó Gabriel.

Mónica le dio un empujoncito con el hombro.

—Es cierto. Siempre fuiste una más.

Gabriel se removió en el asiento repentinamente incómodo. Luego se entretuvo en pelar el cuello de la botella de vino. Así que ése era el recuerdo que conservaba de él…, pensó. Que «era una más». ¿Sólo porque tenía buen gusto?, ¿porque las cuidaba? Qué le iba a hacer. La culpa era suya por ser siempre la oreja dispuesta a escuchar sus trifulcas familiares y a apaciguar durante horas interminables sus dramas sentimentales. Pero esto es una ley natural: siempre es chocante encontrarse con quienes sólo pueden ver lo que fuiste y no aquello en lo que te has convertido. A todos nos incomoda. ¿A quién no? En el fondo, para ellas nunca dejaría de ser ese niño en pantalones cortos al que su madre no aseaba demasiado y que se asomaba como un pequeño fantasma por la portería, por mucho que trataran de alabarlo coronándole como una imitación de mercado chino de Keanu Reeves.

—Quiero esa levita —insistió Mónica.

Entonces sí lo sintió hacerse pequeño dentro de aquella prenda y lamentó su exceso de confianza.

Sin que lo hubieran acordado, ninguna de las tres le había preguntado por su misteriosa vida sentimental. Él tampoco sacó el tema cuando cada una habló brevemente de los aciertos y desaciertos de su corazón. Porque el de Gabriel seguía siendo un expediente X que ni Mónica ni las demás habían podido descifrar. Incluso Ruth, saltándose por una vez su código deontológico, había sondeado a su madre alguna vez, pero Dolores sólo hablaba de Gabriel para alabar lo mucho que la cuidaba, para asegurar dramáticamente que «si no fuera por él…», su frase recurrente con final abierto que sin embargo parecía dejar cerrado el de su hijo: que siempre estarían juntos. Porque con su hija…, con su hija no era lo mismo. Según se bajaba del avión, Gabriel iba a verla. ¿No era un ángel?, le repetía con los ojos irritados, sorprendidos, durante la terapia a la menor ocasión. Y un ángel no tenía sexo, reflexionó Ruth. Sí, para todas Gabriel había sido su ángel de la guarda.

Pero esa noche habían puesto muchos otros temas sobre la mesa. Uno de ellos eran las andanzas de la estrella del grupo: ¿cómo era cantar en los templos de la música de todo el mundo, vivir en South Kensington y pasear al perro por High Park? En los últimos años Suselen había despegado como un trasbordador hacia el firmamento y se había convertido en una codiciada *mezzosoprano* que viajaba por medio planeta siguiendo la batuta de Ceccato, Barenboim o Petrenko.

¿Que cómo era?

—Pues, resumiendo —comenzó la diva—: hablo poco porque canto mucho, me recupero del *jet lag* echando cabezaditas de camerino en camerino y me alimento a base de *caterings* de proteínas sin lácteos y frutas no cítricas porque me provocan flemas. Ah, y he aborrecido el olor de las flores. —Esto provocó algunas risas—. En serio, en el mundo de la ópera todo es superlativo. En los estrenos me envían tantos ramos que a veces siento que me están velando en lugar de felicitando, y cuando viajo echo mucho de menos a Dafne y a mi Big Ben. —Así llamó a su británico marido que ahora compartía nombre con el insigne reloj.

Ruth seguía observándola con interés científico: ¿dónde se había metido aquella niña asustada a la que enseñó a sonarse la nariz porque nadie se había molestado en hacerlo? En esos años se llamaban cariñosamente «sis». De *sister*. Porque eso fue. Su hermana mayor.

La única a quien le contó que había tenido la regla, su primer beso con ese cretino neonazi que consiguió dejar a tiempo y sus coqueteos con la muerte. Qué gran viaje había hecho, pensó la terapeuta con orgullo y algo de envidia sana: había apostado claramente por la vida. Toda persona sana aprendía a confiar en los demás. Y Ruth sabía de buena tinta que a Suselen le habría costado el doble que a cualquiera de ellos.

Pero la terapeuta no era la única que estaba encajando aquel álbum de cromos en su cabeza; por eso, tras la segunda ronda de vino, sus yos presentes aterrizaron en una inevitable regresión hasta los niños aventureros que fueron y, por momentos, se vieron como entonces: Suselen con ocho años, escondida en el kiosco de los helados para que su madre no la obligara a hacer de chico en su clase de danza con las del último grado; Gabriel asomándose por la portería que habían heredado de su abuela. ¿Salían a jugar cuando les hicieran merienda?, le gritaba a Mónica según la veía trotar escaleras arriba hasta su casa. Sí, pero después de *Barrio Sésamo*; Ruth, con sus eternas escobillas rubias y tiesas, sentada en el suelo de uno de los ocho balcones que daban a la plaza de Oriente, hasta que escuchaba la imitación de un mirlo de Gabriel. La ansiada señal de que ya estaban todos abajo. Niños, al fin y al cabo, como todos lo hemos sido alguna vez.

—¿Os acordáis del juramento? —Mónica alzó el dedo meñique como una pequeña antena.

El resto se fue enganchando por ese mismo apéndice, eslabón a eslabón, hasta formar una cadena.

—Por Scooby Doo, por Jacques Clouseau, por el Inspector Risitas y por Los Cinco...

Una sonrisa nostálgica se les fue contagiando de boca en boca y, por un momento, dejaron de ser unos desconocidos.

Entonces se hacían llamar «Los Cuatro», porque el quinto de los personajes de Enid Blyton era un perro y no tenían perro. Pero todo lo demás lo cumplían a rajatabla: aunque estuvieran en peligro no perdonaban una merienda, se aficionaron al *ginger ale* porque en

España no existía la cerveza de jengibre. La primera que probaron la trajo Gabriel de su primer vuelo a Nueva York. En aquella realidad paralela no existían los adultos, ni sus divorcios, ni sus problemas económicos. Pero, sobre todo, para Los Cinco el tiempo no avanzaba y podían disfrutar de aventuras sin fin que, inevitablemente, en la vida real dejaron de ser compatibles con sus becas, sus cambios de residencia para ir a la universidad y sus problemas sentimentales.

¿A qué niño no le gustaba soñar con sentirse libre?

¿Y qué adulto no sigue soñando con serlo?

Sí, ahora todo tenía otro cariz. Porque Los Cinco nunca tuvieron como objeto de investigación la implicación en un crimen protagonizado por sus madres como Mónica estaba a punto de insinuar veladamente. El inquietante suceso ocurrido en casa de Elisa seguía sin tener sentido. Tampoco para la policía que se disponía a investigarlo «más a fondo», como había prometido «La mano». Aunque Mónica sabía bien que en la zona centro se encontraban en un momento de colapso. Eso podría darles algo de ventaja. Por absurdo que pareciera, el hombre entró allí sin llave, seguían sin saber para qué y sufrió un accidente.

—Creo que ella oculta algo… —concluyó Mónica para perplejidad del resto—, y no es la única.

Hubo cierto revuelo. ¿Cómo que no era la única?, quiso saber Gabriel. ¿Por qué suponía eso? Mónica se quitó la chaqueta, repentinamente acalorada y sintiéndose en un callejón sin salida. ¿Cómo podía continuar hablando de sus sospechas si no confesaba lo de la agenda?, se dijo.

—¿Qué necesito? —continuó la entrenadora—. Vuestras madres son las únicas amigas que le quedan a la mía en el barrio y me sería muy útil que, con mucho tacto, les saquéis cualquier dato sobre este hombre, ya que paseaba a los perros de todas, antes de que las interrogue la policía.

Hubo un silencio roto por la que más voz y más motivos tenía para negarse.

—Mónica —interrumpió Suselen—. Ya no somos esos niños que jugaban a resolver misterios en la plaza de Oriente. Este tipo está muerto de verdad, el tema está en manos de la policía y entiendo el marrón que es para tu madre, pero...

—No sólo para la mía —disparó Mónica a bocajarro.

Todos se observaron en silencio, posiblemente analizando las reacciones de los otros. ¿Qué quería decir?, preguntó Gabriel recordando mentalmente que Dolores le había comentado como una anécdota sin importancia que paseaba con él de cuando en cuando.

—Mónica... ¿Es que sabes algo más que no nos hayas contado? —se atrevió a preguntar Ruth.

—Es verdad, tú eres poli —añadió Suselen con cierto tono de sospecha en la voz.

—No, de hecho, no lo soy... —aclaró Mónica y sin poder contenerse por más tiempo, confesó—: No me están contando nada, es sólo que... encontré algo en la casa.

Suselen echó las manos al aire como si fuera a comenzar una de sus arias.

—¿Te has quedado con una prueba? —Dirigió una mirada atónita a los demás—. Acabáramos...

Entonces Mónica comenzó su relato de los hechos: cómo Fiera había encontrado la agenda y lo que contenía hasta donde le había dado tiempo a leer. Aunque la letra era a ratos ininteligible, había reflexiones mezcladas con dibujos y notas sobre el comportamiento de los perros a los que paseaba, pero también sobre sus dueños..., y entre ellos, y muy frecuentes de personas en concreto: Dolores, Margarita, Ágata y, sí, su propia madre. Por eso estaba segura de que ésta había mentido cuando dijo que no lo conocía.

—Pero que fueran sus clientes no implica que sepan qué le ha pasado... —insistió Gabriel, cada vez más preocupado por dejar al margen a su muy inestable progenitora.

Mónica buscó su mirada:

—Gabi, si conociéramos más detalles sobre su vida, podría formarme una idea de por qué mi madre ha ocultado que lo conocía...

Hubo un silencio esta vez roto por el campanilleo de los cubiertos y el canon de risas de los camareros.

—¿Y por qué no se la entregas a la policía? —sugirió Suselen.

—¿A mi madre? —se alarmó Mónica.

—No, mujer, ¡la agenda! —aclaró acomodándose el pecho dentro del corpiño.

—Porque Elisa ya ha mentido —le dijo Gabriel.

Y luego Ruth a Mónica con preocupación:

—¿Estás sugiriendo que tu madre podría estar implicada?

Podría haberse implicado sin querer, contestó la otra, y no sólo ella, insistió con cierto agotamiento en la voz, y luego se acodó en la mesa como tantas veces en el pasado cuando iba a proponerles un caso.

—Vamos…, es nuestra oportunidad de averiguar qué ha pasado. ¿No estáis intrigados? —dijo con un brillo que reconocieron en sus ojos oscuros.

—Pues no —intervino la diva tajante—, puesto que resolver ese misterio puede terminar con que una de nuestras madres esté aún más loca de lo que pensábamos.

Una sirena de policía cruzó la calle como si quisiera proporcionarle atmósfera a la conversación. El camarero les preguntó mientras apilaba unas sillas si querían algo más, y Gabriel pidió la cuenta. Mónica se impacientó. No le quedaba mucho tiempo. Había que lanzarse a la piscina sin saber si había agua:

—Mirad —dijo retirando la barricada de vasos y botellas que había entre ellos—. La policía está deseando cargarle el muerto a quien sea más sencillo para darle carpetazo. Sólo necesitamos saber quién era el tal Orlando y, si no hay nada raro, nos olvidamos del tema. Por ejemplo: ¿tenía familia? —Dirigió la mirada a Suselen—. ¿Tenía problemas? —Se volvió hacia Ruth—. ¿En México, donde vivió muchos años? ¿Aquí? —le preguntó a Gabriel—. Sólo así podremos quedarnos tranquilos. No creo que nos lleve mucho tiempo ni mucho esfuerzo, pero no puedo hacerlo sin vosotros.

Suselen consultó la hora en el móvil y cogió su bolso como si de pronto tuviera mucha prisa.

—Te equivocas, Mónica, y siento ser tan directa. —Sacó la tarjeta de crédito—. Quizá no nos lleve mucho tiempo, pero, al menos a mí, sí muchísimo esfuerzo. No es que no quiera, es que no puedo ayudarte. Estos últimos tres años he estado muy distanciada de mi madre, como te dije y como Ruth sabe. De hecho, sólo tengo noticias de que está bien por ella.

Hubo un silencio incómodo. La clase de silencio que alguna vez hemos vivido cuando nos hemos perdido los entreactos de una historia.

—A lo mejor ésta es la excusa para volver a acercarte —se aventuró Mónica y según lo dijo empezó a arrepentirse porque vio el dolor asomarse en tiempo presente al balcón de los ojos de su amiga.

—¿Y por qué supones que quiero hacerlo? —Se levantó—. No necesito una excusa, Mónica. Han pasado muchas cosas.

Pero como el instinto de entrenadora era también el de un perro de presa, ése que como a Fiera le impedía soltar una vez que mordía, siguió presionando con nuevos argumentos: ¿y si supieran algo que las pusiera en peligro? ¿Habían pensado en eso?

Una nueva desbandada de palabras sobrevoló la mesa.

—¿En peligro? —Suselen volvió a reírse de forma impostada—. ¿Mi madre? La considero capaz de cargarse al tipo y dar la clase de las ocho.

No podía reprochárselo, argumentó Mónica, sabía lo que estaban pensando y se sentía igual. Desconfiar de ellas, intentar sacarles información, era...

—Lo sé. Nos hace sentirnos unas malas hijas —verbalizó y luego, dirigiéndose a Gabriel—: Perdona, ahora ya no es que seas una más, es que es un genérico. — Ése fue un comentario que provocó cierta distensión en el grupo.

Culpables. Y así era, pero cada uno a su estilo:

Gabriel no quería alterar a Dolores por nada del mundo. La cabeza de su madre era una montaña rusa sin cinturón de seguridad. Por su lado, Ruth sabía que Margarita era lo suficientemente clasista como para no haber intimado con aquel muchacho más allá de una cordial conversación cuando venía a pasear a Bowie, pero es cierto que lo tenía de chico de los recados. Para Suselen, la sola idea de pedirle un favor a su madre le parecía inconcebible y le provocaba ansiedad.

Mónica quemó su último cartucho:

—Sólo os pido que estemos en comunicación por si nos enteramos de algo, nada más.

Podían hacerlo de forma sencilla. Un grupo de WhatsApp. De paso, aquella reunión serviría para que no perdieran el contacto. Así lo acordaron entre miradas de escepticismo y, cuando salieron del Caripén y una inesperada ventisca les arrancó las primeras hojas a los árboles, disolvieron la reunión a toda prisa:

Mónica se fue caminando hasta el hotel donde aún dormía con su madre hasta que las dejaran volver a casa. Se subió el cuello de la gabardina como haría cualquiera de sus detectives favoritos, que parecían vivir en un otoño eterno. Todos parecían tan seguros de ellas... Este pensamiento le hizo sentirse un ser abominable. ¿Es que no se fiaba literalmente ni de su propia madre? Y es normal que se sintiera así, aunque, en el fondo, podría pasarnos a todos. ¿Es que acaso los asesinos no tienen madres, hijos y amigos? ¿Qué sabemos en realidad de quienes nos rodean? «Era un buen hombre», dice siempre el vecino al que entrevistan sobre el hombre que ha degollado a su socio y guardado su cráneo en la nevera. ¿Alguna vez nos preguntamos si vivimos puerta con puerta con un psicópata? ¿O con un traficante? Esa mujer adorable con la que coincidimos en la farmacia con cientos de recetas de la seguridad social puede ser la enfermera de la muerte que se carga a los ancianitos a los que cuida. ¿Cuál era la garantía para sentirse a salvo? ¿Que como vecinos llevaran una vida normal? ¿Quién decía la verdad?, se dijo, ¿quién mentía? «Los perros no mienten. Los perros no se equivocan», rememoró la frase con la que comenzaba la agenda de Orlando. Quizá ésa era la primera pista.

¿Cuántas cosas no conocían de sus propias madres?, iba pensando Gabriel, ¿cuántos secretos permanecían ocultos en el corazón de cada familia? Él, que se jactaba de haber escalado muchos de los grandes picos, que se había adentrado en los abismos submarinos, no conseguía descifrar el origen de la tristeza en su propia casa.

Porque... ¿qué era un misterio?, se preguntó Ruth al girar tres veces la llave de su puerta blindada. Algo inexplicable. ¿Y qué había más emocionante que lo desconocido? ¿No era acaso lo que había movido a la humanidad hacia delante? El descubrimiento, la obsesión de la ciencia y de la filosofía..., su propia obsesión: desde cómo curar una enfermedad hasta averiguar qué había en la cara oculta de la luna... o quién podía tener motivaciones suficientes para acabar con la vida de Orlando. Porque, para ella, el mayor misterio seguían siendo nuestras mentes y aquellos cajones cerrados a cal y canto por el subconsciente, dentro de los cuales no nos atrevíamos a mirar, por si acaso, aunque siempre hubiéramos tenido la llave. ¿Dónde estaba la llave del corazón de Margarita?

Y ahora cerraremos el encuadre sobre Suselen. Sobre los ojos de Suselen, porque no era fácil saber si le lloraban por el repentino arañazo del frío o tenía alguna otra razón. El caso es que ella también iba removida cuando cruzó frente a la puerta de artistas del compacto edificio del Teatro Real. Se detuvo un momento a firmarles un autógrafo al grupo de técnicos que fumaban en la entrada cuando éstos la reconocieron. Enfrente, los camareros barrían la Taberna del Alabardero con el cierre a medio echar. Cuántos cafés había alargado sorbito a sorbito, sentada en el banco de terciopelo de su ventanal para que le diera tiempo suficiente a soñar con flanquear alguna vez la entrada de artistas. En realidad, montaba guardia después de las funciones, porque ese local era una extensión del mundo al que ansiaba pertenecer. Cuántas veces su mente pintó su foto colgada en la pared de esa taberna, entre Karajan y Paco de Lucía, y qué frágil era su confianza en ese sueño. Le bastaba con doblar la esquina y atisbar el cartel de Paso a Dos, como ahora. A partir de ahí se extendía la Nada de *La historia interminable*, capaz de pulverizar todo lo que se encontraba a su paso.

«¿Qué temes, Suselen? El sueño ya es tuyo», se reprochó indignada porque sintió terror a que aún pudiera ensombrecérselo. «Recuerda», escuchó la voz de su terapeuta, «eres tú quien le das poder». Observó que al cartel se le habían caído las eses y ahora parecía pronunciado por un gangoso. «Si tú no se lo das, no lo tiene». Se vio reflejada en el escaparate de la tienda como un siniestro recortable al que no le encajarían nunca esos tutús, esas medias color pastel, las suaves gasas transparentes destinadas a cubrir el culo musculado e inexistente, y las zapatillas de punta de raso rosa. A ella siempre la obligó a vestirse con mallas negras y una camiseta que disimulara sus formas con la excusa de que no tenía chicos para que dieran clase las mayores.

Eso fue lo único que su madre le enseñó del arte que decía amar: a sujetar a sus compañeras mientras éstas desplegaban sus cuerpos en hermosos *arabesques*, a girarlas por la cintura como peonzas de más huesos que carne, a impulsarlas para que hicieran elevaciones en el aire. Hasta que por fin llegó a la clase Gabriel…, sí, hasta que llegó Gabriel. Y entonces ni siquiera su hija le sirvió para eso. Quizá ahora que se había reencontrado con su amigo podrían hablar de lo que pasó. Quizá ahora, le dijo a su reflejo y enseguida se sacudió ese pensamiento y la pesada melena que cayó sobre su hombro derecho.

Acercó el rostro al escaparate y sintió el frío del cristal en la mejilla. El estudio parecía estar a oscuras. Alzó la vista hasta la entreplanta, pero la voz de su madre le llegó desde el pasado: «No puedes permitirte ir vestida así. Van a confundirte con un travesti de la Castellana». Aquel día tiró a la basura su camiseta nueva hipando como una criatura. «Eres demasiado grande y tienes demasiadas tetas. No sé de dónde las habrás sacado. Por el amor de Dios. Escóndetelas. Es una ordinariez». De alguna forma su madre decidió que en la calle también la vestiría como a un chico. Por eso nunca tuvo un vestido ni una muñeca, ni se pudo hacer una triste cola de caballo. Por eso renegó de su cuerpo de mujer según llegó a la adolescencia.

Dejó que el viento le abriera el abrigo y le acariciara la piel. Ahora nadie iba a cambiarla, se dijo. Ahora nadie iba a ocultarla. Ahora ya no le quedaban lágrimas. ¿No era el momento de dejar de tener miedo? Apretó el botón sin saber para qué lo hacía.

La voz de Ágata, aguda y metálica, como un latigazo: ¿Sí?

—Mamá, soy yo.

Siempre fuiste luz de candil ajeno

La escalera empinada seguía oliendo a humedad y a la resina en la que las alumnas de Ágata se empolvaban las puntas para no escurrirse antes de entrar en clase con el cloqueo de una manada de caballos. La puerta de cristal le dejó intuir en la penumbra del interior del estudio la barra doble sobre el espejo roto por el mismo lugar que siempre le ofrecía su imagen amorfa fracturada en dos y de la que se avergonzó en cada clase. «¡Mete la tripa, Su!», le escuchó decir a gritos. Y un golpe de bastón en el suelo. «¡Mete el culo, Su!». Y el golpe del bastón de nuevo, pero sobre sus riñones. Subió las escaleras despacio, teniendo mucho cuidado de no encajar los tacones en las grietas de la madera.

La parte de arriba conducía al refugio de Ágata.

El lugar donde sólo dejaba subir a sus alumnas favoritas y a su único alumno. El lugar donde su hija nunca pudo subir sin pedir permiso desde los pies de esa escalera. Bueno, lo hizo una sola vez. Y lo que vio fue censurado por su memoria hasta que vio *Blow up* y se reencontró con la misma imagen protagonizada por Vanessa Redgrave: su madre de espaldas, vestida sólo con unas medias, masturbando a uno de sus jóvenes amantes, que yacía erecto y sobre las jarapas. Allí Ágata bebía cerveza y té negro y fumaba como un carretero. También era famosa por hacerlo durante las clases, que impartía botellín, taza o pitillo en mano mientras con la otra sujetaba el bastón de su adorado Cecchetti, «Un… deux… trois…». Presumía de haber aprendido con él.

Era el mejor porque era el más duro.

El maestro del dolor, solía decir con una sonrisa convencida y morbosa.

Al final de la clase, el piano de pared parecía la barra de un bar, lleno de botellines vacíos y ceniceros a rebosar que recogía su abnegado pianista acompañante con halitosis. Aquel hombre grande, silencioso como un árbol y posiblemente autista babeó tras ella fielmente durante años, disfrutando de sus desprecios, acostándola en la cama vestida cuando su borrachera era tal que no podía trepar sola las escaleras, hasta que un buen día desapareció. Como fueron haciendo todos.

Cuando Suselen alcanzó la entreplanta también estaba en penumbra. La única luz provenía de dos pantallas filtradas con gasas rojas y el parpadeo de la televisión encendida. En otra época la habría encontrado encajada en un puf viendo telenovelas una detrás de otra. Siempre sospechó que su nombre venía de Sue Ellen, de *Dallas*, que Ágata debió de transcribir de oído, ya que sólo hablaba francés. Ella lo negó toda la vida, pero su hija sabía que, por alguna razón, la abnegada esposa alcohólica del maligno J. R. era su personaje favorito.

Entonces hizo su aparición como un reverso chungo de Giselle, descorriendo la cortina de la cocina minúscula que se encajaba en un armario.

—Estaba preparando un té. ¿Quieres?

Iba toda vestida de negro y con botas militares, lo que enfatizaba su delgadez extrema. Una camiseta de cuello cisne se unía a la sobrefalda cosida a un pantalón ancho de aire nipón. Pelo blanco o rubio platino, no supo bien, atado en una larga trenza. La piel blanquísima sin maquillar.

—Hola, madre.

Ágata también la observó y lo que vio le provocó una sonrisa desdeñosa.

—Tienes buen aspecto —dijo—. Se nota que la vida te trata bien.

—Sí, también me «tratan» bien —matizó su hija.

La invitó a sentarse.

¿Dónde hacerlo?, pensó Suselen. Podría habérselo puesto fácil. Podría haberle dicho «siéntate ahí». Porque ella nunca había tenido un lugar dentro de aquel decorado y por eso estuvo a punto de hacerlo sobre la galga atigrada que se mimetizaba silenciosa entre los cojines.

—Ah, ésta es Pavlova. Es muy reservada con los extraños. —Y enfatizó extraños.

Suselen no tenía buena mano con los perros, por eso tomó un poco de distancia y se limitó a observarla sin hacer contacto ocular. Se fijó en que se le marcaban las costillas a través de la piel tanto como a su madre y entonces escuchó un sonido extraño, desagradable, que parecía provenir del animal, que seguía tan quieto que parecía pintado.

—Son sus dientes —aclaró Ágata con naturalidad, sirviéndose el té—. No he conseguido que deje de hacerlo. Es una faena. Le castañetean. Aunque habitualmente le pasa sólo con los hombres. A las mujeres las tolera un poco más. No soporta las voces graves, ya sabes..., la testosterona. Me han explicado que es porque los hombres son los que cazan y los que les pegan.

Pero Suselen no podía apartar los ojos de su madre. Seguía conservando la dureza de una talla de madera y la fragilidad que tanto había atraído a los hombres. La única mujer que había conocido a la que le favorecía caminar descalza.

Se acercó a la perra y le hizo una caricia. Nunca antes la vio acariciar a una hembra. Luego se sentó a su lado apoyándose sobre su lomo largo y escuálido como si fuera un respaldo. Juntas, le parecieron una extraña criatura mitológica hecha de afilados huesos.

—He vuelto porque Mónica está preocupada. Ya sabes lo que ha pasado en casa de su madre.

—Mónica siempre está preocupada por su madre. Que no lo haga. A Elisa siempre le pasa algo. Seguro que está bien. —Frunció los labios por donde indicaban sus arrugas—. No hay nada que más le guste a Elisa que tener público. Sobre todo si es su hija.

—He aprovechado para ver a los demás y venir a verte.

Ágata sonrió mordaz.

—Sigues dejándolo todo por una amiga, ¿verdad? Eso está muy bien. Por eso todo el mundo te quiere. Siempre has sido luz de candil ajeno.

Suselen la observó desafiante; «porque no se pasan la vida criticándome», pensó y estuvo a punto de decirlo y levantarse. Pero ¿para qué?, se preguntó. Después de haber llegado hasta allí, ¿por qué no averiguar qué andaba buscando? ¿Qué esperabas, Suselen? ¿Que se fundieran en un abrazo como si no hubiera pasado nada? ¿Para qué?, volvió a preguntarse. Pero entonces, para su sorpresa, encontró una respuesta en su interior que llevaba tiempo buscando: necesitaba preguntarle qué había hecho mal. Eso era. Qué había hecho para que no la quisiera. Entonces sí podría continuar con su vida de verdad.

Pero no era el momento. Quizá era verdad lo que había dicho Mónica, que todo este embrollo casual era en el fondo una oportunidad, así que decidió no entrar al trapo.

Ágata volvió a la carga batiendo esas larguísimas pestañas que siempre parecían postizas.

—¿Sigues con Ben?

Esa pregunta ya era insolente.

—Sí, madre, claro que sigo con Ben.

La exbailarina juntó las manos en una disculpa.

—No pretendía ser maliciosa, es que Ruth me dijo que os veníais a vivir a España y me temí lo peor.

—Pues no temas. Estamos bien. La niña también, por cierto. Ya tiene trece años.

Ágata asintió despacio, vaya… Sacó la bolsita de su infusión y la estranguló lentamente en un plato de porcelana descascarillado. En ese momento a Suselen le habría gustado recordarle por qué decidió que dejarían de venir a verla. «Ay, qué dramática eres», le dijo entonces escupiendo una larga y frívola carcajada cuando vio salir a su hija del coche abrazada a su pequeña con el corazón fuera del cuerpo. «Eres tú quien la está asustando, tenías que verte la cara», continuó, quitándole importancia a algo que marcaría un antes y un después. Suselen luchó por volver de ese recuerdo que olía a goma quemada. No había podido sacarse de la cabeza aquel olor.

Ágata seguía observándola con detenimiento.

—Me dijiste «disfruta mientras puedas» —recordó Suselen en alto y su madre hizo un gesto de no comprender—. Eso fue lo que me dijiste cuando te anuncié que me casaba con Ben.

La otra se encogió de hombros:

—Sí, la verdad es que lo tuyo es increíble. Dejas a tu marido y como premio encuentras al hombre de tu vida. Siempre dije que habías nacido con una estrella en el culo.

—Será eso... —contestó ella, desapasionadamente.

Entonces, para desviar la atención sobre sí misma y evitar esa perturbadora forma de ser analizada, le aceptó el té. La galga seguía mirándola impávida, tan rígida y anoréxica que parecía querer decir no estoy aquí. Quiero desaparecer. No quiero problemas. Y quizá porque le era tan familiar como dolorosa aquella sensación, la diva alargó su mano hasta que su afilado hocico se acercó un poco y por fin pestañeó. De su cuello colgaba una medalla con su nombre. Ágata nunca le había hecho un regalo semejante. Como si su madre pudiera escuchar sus pensamientos, dijo sin volverse:

—Se lo regaló el chico que la paseaba. El de la bañera. —Le alargó el té—. De verdad que tienes buen aspecto. —Suselen sonrió por primera vez, no estaba acostumbrada a sus cumplidos—. Se nota que tienes buena salud. Yo antes también la tenía, pero, al llegar tú, te la quedaste toda. —Y entonces se echó a reír, poniéndole un disfraz de chiste a lo que no lo era. Igual que el día del coche. Igual que aquel día.

Para un primer asalto, ya estaba bien. Suselen miró la hora en el móvil y le pidió disculpas. No se había dado cuenta de lo tarde que era. Dejó el té encima de la mesa sin tocar y una tarjeta con su nuevo número en España.

—¿Vas a volver por el barrio?

—Sí, pero descuida, te avisaré antes.

Ágata se acercó y, contra todo pronóstico, le dejó un beso con los labios duros y fríos en la mejilla. Luego le encendió la luz de la escalera, no se fuera a caer con esos tacones tan altos, dijo echándoles una mirada despectiva e impertinente, que luego habría habladurías en el barrio.

Cuando Suselen se metió en uno de los taxis de la parada no le salía la voz. Tras comunicarle como pudo al conductor dónde se dirigía, buscó su móvil y, durante el trayecto, abrió un grupo de WhatsApp.

En medio de la noche, Gabriel, Mónica y Ruth recibieron al unísono una notificación que no esperaban. El nombre del grupo no le sorprendió a ninguno. Junto a una foto que no recordaban, donde todos sonreían mellados bajo un magnolio de la plaza, decía: «Las malas hijas».

¿Cómo sabes que un gato te quiere?

—¿Cómo sabes que un gato te quiere? —Mónica salió al descansillo.

—¿Y cómo sabes que te quiere un ser humano? —respondió Elisa.

Y alargó el brazo para acariciar a la diosa felina, mira tú que gracia…, le escuchó farfullar. A Isis le gustaba despedirla desde el aparador. También frotar las comisuras de los labios contra el dedo de su ama. ¿Amor? Sí. Si lo concebimos en el sentido humano de posesión. Lo hacía para marcarla como una propiedad y era el *hobby* preferido de la diosa. Se frotó de nuevo y entornó los ojos de placer porque Elisa también parecía asumir que era suya. Sí, suya como todo lo suyo, empezando por la cama, la nevera y esa sombrerera que contenía un delicado tocado de lana fría donde dormía la siesta hecha un rosco de pelo desde hacía meses, si bien aún nadie se había dado cuenta. Sólo aquel macho humano. Aquél que inesperadamente dejó de latir.

Fiera se quedó plantada en el pasillo con ojos de sorprendida súplica hacia Mónica: ¿no iría a dejarla allí encerrada con aquel animal salvaje? La respuesta la obtuvo cuando cerraron de un expresivo portazo.

Elisa caminó a paso rápido callejeando sin mirar a su hija, que daba grandes zancadas con la lengua fuera detrás. Unos minutos más tarde, apoyada en el mostrador del ambulatorio y arrastrada por su estado de ánimo de esa mañana, llamaba ruidosamente con los nudillos en el cristal ante la estupefacta mirada de la administrativa que hablaba por teléfono. Mónica suspiró y le lanzó un gesto de disculpa a la mujer. Primero la había convencido para ir al médico, por mucho que le aseguró que sólo era un resfriado. A continuación se empeñó en acompañarla aunque prefería ir sola y ahora pretendía entrar con ella en la consulta, pero Mónica sabía muy bien lo que eso iba a suponer.

—Prométeme que no abrirás la boca —le advirtió a su madre.

Elisa se subió su mascarilla.

—¿Yo? Yo no pienso decir nada. Además, como con el bozal nadie me escucha bien…

—Lo digo en serio, mamá. Ya sabes que odio ir al veterinario. Cuanto más rápido salgamos, mejor.

—Que no voy a decir nada, hija, por Dios, no seas pesada. —Y luego—: Al «veterinario»…, anda que…

La sala de espera le recordó a la del aeropuerto de Barajas, sólo que la media de edad subía cuarenta años y no había maletas que registrar. Después de casi una hora, una mujer de ojos somnolientos se asomó por la puerta de la consulta número dos y berreó su nombre. A continuación añadió: «Pero bueno, Elisa, no sabía que tenías hora, guapa». Y ella, levantándose a toda prisa le corrigió que no, que era para su hija, aunque ya que estaba allí, si podía hacerle un par de recetas… Mónica la miró estupefacta, la cosa no había empezado bien, se dijo mientras entraba detrás de su madre.

—Yo no quería venir, podría haberme hecho la prueba en casa —se disculpó—. Hay muchos más virus y estamos en otoño…

—Ya te dije que hacía mucho frío en esa terraza —la interrumpió su madre, y luego a la doctora—: Se empeñó en que no pidiera una manta, y claro…

Miró a su madre con ojos asesinos.

—No —contraatacó Mónica, incómoda—. Estoy segura de que es un virus porque también me duele algo el estómago.

La doctora le preguntó si le pasaba a menudo.

—Es de familia —interrumpió Elisa recuperando el balón—. Yo tengo gastritis crónica y ayer la salsa del pulpo, que ya es indigesto, llevaba ajo. A mí me sienta a rayos el ajo…

La doctora asentía siguiendo con interés el partido.

84

—Ya, mamá. Pero a mí no me sienta mal el ajo. A mí. Simplemente tengo síntomas gripales...

—Bueno, bueno, ya veremos...

Elisa buscó la complicidad de la doctora y Mónica sintió que le subía un calor infernal desde las tripas que no era resultado del pulpo, sino indignación en estado puro. Entonces la doctora le preguntó si había pasado el coronavirus. Tras un momento de duda, Mónica respondió que sí con la boca pequeña, hacía unos meses por primera vez.

Elisa se volvió sorprendida.

—No me habías dicho que pasaste el coronavirus.

—No quería preocuparte, mamá.

—¿Por qué no me lo dijiste?

—Porque cuando te preocupas, te agobias y me agobias a mí y te empeñas en que estoy mal cuando estoy bien y termino por tener que cuidarte yo a ti.

—Qué poco me conoces... —Y luego, a la doctora—: ¿Es que una madre no tiene derecho a saber estas cosas? Pues yo creo que entonces también lo he pasado —le aseguró a la doctora.

—¿Por qué? ¿Por qué lo has pasado? —dijo Mónica revolviéndose en el asiento.

Aquello era el colmo, pensó, sorbiendo el poco aire que le entraba por la nariz congestionada. ¿La estaba acusando de contagiárselo? ¡Si no se habían visto en aquellos días! Y, poco a poco, empezó a ocurrir de nuevo. Dejó de sentirse un ser humano completo y empezó a verse reducida a un apéndice de su madre, sensación que fue *in crescendo* cuando ésta terminó diagnosticando a su propia hija ante la impávida mascarilla con bata que se sentaba al otro lado y que, estaba claro, hacía tiempo que había tomado la decisión de no contradecirla. Quizá debería aprender de ella. Para terminar de rematarlo, la doctora acabó mandándole una gastroscopia a Elisa porque también tenía un dolorcillo ahí, en la boca del estómago. ¿No le mandaba una también a su hija?

—Mamá, te espero fuera.

Se despidió y salió enfurecida a la sala de espera. No había forma. ¿Por qué había caído en la trampa otra vez? Nunca entendería que no eran un ente de dos cabezas.

Era la última vez, se iba diciendo Mónica como un mantra cuando ya estuvieron en la calle, ¡la última!, y Elisa, sin percatarse de que su hija no abría la boca, le preguntó si le apetecía un café en el barrio. Cruzaron la Puerta del Sol esquivando una discreta manifestación de jubilados y caminaron por la calle del Arenal hacia la plaza de Ópera. Elisa iba parloteando animada sobre los últimos insultos que se habían dedicado los candidatos y el poco nivel que había en la campaña electoral hasta que diez minutos después la cogió del brazo.

—Oye, ¿te pasa algo?

Mónica se detuvo en seco. Pues sí, dijo, soltándose. Le pasaba que no le hacía ni caso. Que nunca respetaba sus decisiones. Le pasaba que siempre que le contaba algo importante terminaba ingeniándolas para hablar en plural.

—¿Y por qué no me cuentas las cosas? —contraatacó dándole la vuelta—. Tampoco me dijiste que tenías esos sofocos, podría haber sido la premenopausia.

—Pues no lo era.

—Te habría tranquilizado.

—¿Tú? Pero mamá, si eres el antídoto a un ansiolítico.

—Yo he tenido muchos síntomas y son otros…

Mónica respiró hondo. Ahí iba de nuevo.

—Mamá, ¡cómo puedo meterte en la cabeza que no eres una guía para entenderme a mí misma! Y no te lo dije porque no me pareció importante.

—Para mí lo es —insistió Elisa.

—¿El qué?

—Saberlo.

—Ya, mamá, pero para mí no lo es que lo sepas. Aún recuerdo cuando a mis catorce años compartiste con tus amigas que por fin había tenido la regla. ¿En algún momento te paraste a pensar cómo me iba a sentir?

Elisa meneó la cabeza sonriendo con esa especie de ternura que en las madres se confunde con la condescendencia.

—Pero qué exagerada eres. Otras madres e hijas comparten esas cosas con naturalidad.

—No hay nada de naturalidad en tu exigencia por saber, mamá.

—Muy bien —dijo, y lanzó su cuerpo pequeño y espídico calle abajo.

Mónica se cosió la boca y se limitó a trotar en silencio tras ella como un cordero durante diez minutos hasta que éste se le hizo insoportable. En el fondo no había sido para tanto, se dijo Mónica, su madre estaba pasando una mala etapa, quizá un trauma con todo lo del caso, sin poder volver aún a casa, la disculpó y, desde luego, ya no iba a cambiar...

—¿Dónde vamos? —preguntó Mónica por fin para empezar a picar el iceberg.

—A un lugar donde nos olvidemos de la fealdad del mundo —respondió sin mirarla.

—¿Está fuera del sistema solar? Porque no me he traído las zapatillas.

Le pareció verla disimular una sonrisa mientras apretaba el paso, por eso siguió arriesgándose:

—¿Fuera de Madrid? ¿En el metaverso?

Pero ni habló ni se detuvo hasta que llegaron al hotel Palacio de los Duques, donde se sentó en el centro de su jardín dieciochesco.

—Nenita, no soy tan frágil como piensas —dijo, retirando las hojas de una mesa, y luego fijó sus ojos en los de Mónica—. Déjame ser tu madre.

Y, por supuesto, su hija se sintió mal. Porque el problema lo tenía ella, que no sabía ponerle líneas rojas. Nunca supo cómo. Para eso era mucho más hábil Isis. La había observado con fines documentales: cuando invadía su espacio le lanzaba un bufido que Elisa entendía perfectamente e incluso disculpaba. Aun así, Mónica se sintió en la obligación de explicarle que no se había hecho la prueba del coronavirus porque tenía en casa un test más infalible que cualquier antígeno: Fiera.

—¿Te acuerdas de cómo fue aquello, mamá? Esa noche no podíamos parar de reírnos.

—La verdad es que tuvo su guasa, sí. —Elisa sonrió y se anudó el pañuelo.

Recordar aquella anécdota relajó el ambiente.

De hecho, así había conocido a Antolián. Aún estaban en plena pandemia. La habían avisado la tarde anterior para hacer una demostración con otros seis perros cadetes.

—¿Ése es tu perro? —le preguntó el que sería su futuro colaborador.

—Sí —contestó Mónica, orgullosa.

—Pues ha sabido dónde estaba la droga en menos de un minuto. Todo un récord.

La chihuahua entornó los ojos, muy consciente de que la conversación giraba en torno a ella. Desde no hacía mucho sabía leer los hocicos humanos y cuando se desplegaban así quería decir que lo había hecho bien. Satisfecha, se estiró en todas las direcciones, pues aún no tenían ni idea de lo que era capaz de hacer... Sabía, por ejemplo, que en ese momento, el humano macho era una bomba de hormonas, lo que le trajo contradictorios recuerdos de la primavera. Observó con detenimiento a su dueña, que se comunicaba con él aparentemente sin percatarse. Si yo le contara..., si ella supiera... El macho tampoco parecía entender que no estaba receptiva. ¿Por qué no se olisqueaban un poco? Les ayudaría tanto a salir de dudas, y sacudió las orejas para liberarse de aquel exceso de química.

—¿Te puedes traer a tu chihuahua al hospital de La Paz? —dijo él con una sonrisa tontorrona.

—¿Para qué? —se sorprendió Mónica.

—Luego te cuento.

Unas horas después entraban en el área de pruebas para el coronavirus y Fiera había aprendido a ladrar una vez si un paciente era negativo y dos veces si era positivo.

—¡Se acabaron las colas para hacer antígenos! —exclamó entusiasmado el agente, que era voluntario en el hospital—. ¡Ha detectado trescientos casos en una tarde! ¡Es diez veces más rápida que cualquier PCR!

Fiera los observó agotada pero feliz, orgullosa de su nuevo trabajo. Las felicitaciones de los médicos le provocaron el deseo de desfilar como una actriz por la alfombra roja camino de la salida, ante la fila de pacientes que aguardaban sus resultados. Al hacerlo, un joven con unos auriculares desproporcionados y zapatillas sucias de baloncesto le dio un codazo a su amigo: ¡mira, parece una rata!, y dos palmadas al aire para llamar su atención que rompieron de golpe su estado endorfínico. Sus ojitos despreciativos se clavaron en aquel humano que olía a alcohol. No le gustaba el olor a alcohol en un humano porque siempre se mezclaba con ese otro, tan agrio. ADRENALINA, olfateó. ADRENALINA igual a peligro. ADRENALINA igual a ataque. Había que reducir al enemigo. Se plantó delante de él y dijo muy clarito: Guau, guau. Dos veces.

Antolián se volvió hacia el chico.

—Eh, tú, a guardar cuarentena.

—¿Yo? Pero si sólo he venido a por unos análisis de mi padre.

—Da igual.

El otro empezó a agitar los brazos de una forma que a la perra le pareció amenazadora y le contestó ladrándole como una ametralladora.

—¡Cómo que da igual! ¡No tengo ningún síntoma! ¿Sólo porque lo diga ese bicho?

—Ese bicho es más certero que un detector de metales. ¡A guardar cuarentena y, si no, estará usted incumpliendo la ley!

Si su especie hubiera estado dotada con el gesto de la sonrisa, Fiera lo habría hecho.

En lugar de eso dejó caer sus largas pestañas y siguió caminando, fila arriba, ante la mirada atenta de todos aquellos humanos que ahora la observaban con respeto.

Madre e hija reían a mandíbula batiente.

—¿Y no encontró nada la pequeña Fiera en mi casa que pudiera ayudar un poco a esos polis tan despistados?

A su hija se le congeló la risa en los labios y la sangre en las venas dejándole un rictus de Joker. ¿Le estaba preguntando porque lo sabía? ¿O sólo tenía interés porque temía algo?

—¿A qué te refieres?

Su madre untó un poco de mantequilla en su tostada con aire distraído.

—No sé, algo como una prueba, una pista de qué hacía allí el paseador de perros o qué le ha ocurrido.

Mónica la observó con intriga.

—Entonces ¿tú tampoco crees que fuera un ladrón?

Elisa levantó una ceja:

—¿Tampoco?

Se sacudió unas migas sonriendo, que no se enfadara por el comentario, pero era digna hija de su madre.

—Hombre —añadió Elisa dando un mordisquito a la tostada—, un ladrón habría llevado una bolsa de deporte, por ejemplo, para llevarse el botín y no una mochila raquítica con unas pocas cosas. Vamos, digo yo…

Y desde luego, pensó Mónica, no se habría llevado consigo una agenda.

—¿Con cosas? —preguntó su hija—. ¿La viste?

—La estuvieron registrando, sí.

—¿Y?

Elisa hizo memoria: una gorra desgastada por el sol, algo de abrigo, una correa de perro, un plátano… Además, continuó, según le habían comentado algunos vecinos, parece ser que vivía en el barrio. ¿No habría sido muy arriesgado para él robar al lado de su casa?

Ambas se quedaron pensativas dibujando croquis en el aire. Eso era cierto. Si hubiera querido entrar en la casa a través de los perros para robar, podría haberlo hecho en otra zona más alejada, donde no levantara tantas sospechas.

—¿Y se sabe dónde vivía? —preguntó Mónica en impersonal tirando del hilo.

Elisa negó con la cabeza, no podía saberlo, se desmarcó, pero quizá Margarita, Ágata o Dolores sí, ya que paseaba a sus perros…

De hecho, le quería sonar que alguna vez se quedaba con el de Margarita cuando ésta se iba a la playa a Sotogrande...

Mónica se recostó en la butaca para sumergirse en sus cábalas mentales y su madre la contempló disimulando su preocupación por los derroteros que podría tomar todo aquello, pero sin poder disimular el placer que en el fondo le proporcionaba atisbar de nuevo esa luz al fondo de las negras pupilas de su hija.

La conocía. Y por eso sabía que le ocultaba algo. Un poderoso as en la manga. Del mismo modo que Mónica conocía a su madre y sabía que le ocultaba algo, lo que no podía aún calibrar era su dimensión. Durante su primera noche en el hotel, Mónica se había leído la agenda de Orlando un par de veces. No era una lectura fácil porque sus observaciones sobre el mundo canino y la evolución de sus clientes se mezclaban con anotaciones de citas en el médico, números de teléfono e iniciales que podían corresponder a lugares o a calles o a personas. Por otro lado, la letra era endiablada. Eso tampoco lo ponía fácil. Por eso, de momento se había limitado a hacer una fotocopia para señalar a lápiz aquellos datos o nombres de personas de barrio que se repetían, aquello que le resultaba ilegible, y a subrayar algunas frases que le llamaron la atención y de las que iría haciendo pantallazos para subir al grupo diariamente. Una estrategia, se reconoció a sí misma, para que no perdieran interés y fueran conociendo al objeto de su investigación. Lo que era cierto es que, si se basara en el contenido de aquel cuaderno, *a priori* tampoco le parecía un amigo de lo ajeno.

—Mamá, ¿te das cuenta de que si la policía no continúa con la tesis del ladrón y del accidente volverían a preguntarse por qué estaba en tu casa? ¿No tienes miedo de que te impliquen de alguna forma?

—Por eso te lo cuento sólo a ti. —Y se quedó mirándola en silencio con una especie de complicidad.

Mónica intentó descifrar la cabeza de su madre. No era miedo lo que veía en sus ojos exactamente. Lo que ni siquiera su propia hija pudo ver fue que, muy en el fondo y dentro del drama, Elisa se estaba divirtiendo. Nunca le confesó que una vez también soñó con ser detective.

¿Dónde viviría Orlando…?, seguía preguntándose Mónica. Y así estuvo un rato sumida de nuevo en sus especulaciones hasta que algo redondo del tamaño de una pelota de tenis impactó sobre la mesa donde una pareja alemana con dos niños disfrutaba de un cocido. Se levantaron dando gritos, el niño de pocos años lloraba en lengua germana, el camarero se acercó corriendo horrorizado pidiendo disculpas bandeja en mano y retiró el plato de sopa con la cabeza decapitada de una paloma flotando en su interior.

—Me lo estaba temiendo —suspiró Elisa con la mano en la frente.

—¿El qué? ¿Que lluevan pájaros muertos? ¿El comienzo del apocalipsis?

—No. Los halcones.

—¿Los halcones? —repitió su hija como un coro griego.

—Sí, antes el problema eran las palomas, que ponían perdidas las mesas. Últimamente se organizaban en bandas para asaltarlas… —A Mónica le dio la risa, ¿bandas de palomas? Su madre asintió reprimiendo una carcajada—. Entonces nos pasaron una circular a los vecinos para preguntarnos si teníamos inconveniente en que el hotel contratara a dos halcones para que las cazaran, creo que son como los que tienen en Barajas, y vaya si las cazan…

El caso era que ahora, en lugar de palomas hambrientas, caían en picado sus cabezas degolladas en pleno vuelo.

—Hija, si cuando te digo que éste siempre ha sido un barrio muy extravagante…

Y se levantó, dejando a Mónica perpleja y veinte euros sobre la mesa.

Todo ser viviente se merece una segunda oportunidad

Eso decía la agenda de Orlando el 30 de octubre del año anterior:

Yo tuve problemas y pagué por ellos. Pero a salir adelante sólo me ayudó mi perro. Fue el único ser vivo que me dio una segunda oportunidad. Por eso sé que no hay perro malo. Por eso ahora tengo que ayudarlos a que ayuden a otras personas. Se lo debo. Nadie se merece la inyección. Una perrera es el corredor de la muerte.

—¿Y aun así dices que no te pega que fuera un ladrón? —dijo Gabriel.

—A ver, yo creo que está hablando en sentido figurado. —Mónica le hizo una foto a la frase y cerró la agenda.

Le gustó verlo ahí sentado en el borde de la fuente, como tantas veces, sólo que ahora no le colgaban las piernas.

—Aunque eso no quita que pudiera haber estado en el trullo. —Mónica se caló la gorra.

Su amigo la miró sorprendido.

—Anda que cómo se te notan tus nuevas compañías… —sonrió—. Vaya lenguaje. Vaya tela.

Ella le señaló el lugar donde Orlando había garabateado un número de teléfono. Pertenecía a una protectora: Safecan. Ella misma les había ayudado a colocar a muchos perros abandonados. Sobre todo trabajaban con galgos…, y entonces comentó que Ágata tenía uno desde no hacía mucho. Gabriel levantó una ceja cómicamente. Tendrían que preguntar a Suselen si se la consiguió él, ahora que la cantante parecía acceder a entrar de nuevo en el mundo del *Cisne negro*. Lanzó sus ojos al cielo y se contagiaron de él. ¿Qué le habría hecho cambiar de opinión? Mónica tamborileó con sus uñas sobre la piedra. Se le había olvidado ese mote de Ágata, era buenísimo.

—Esta misma tarde me pondré en contacto con la ONG y saldremos de dudas —dijo poniéndose en pie—. ¿Caminamos?

El otro accedió. Los ayudaría a pensar, como en los viejos tiempos.

Recorrerían el itinerario socrático de siempre. Sus pasos empezaron a describir el mapa de la plaza de fuera a dentro. Primero siguieron las antiguas vías de ese tranvía que no llegaron a conocer, pero cuyo fantasma resplandeciente imaginaron muchas noches de invierno abriéndose paso entre brumas algodonadas. Ahora ya las habían arrancado, pero, siguiendo el rastro de su memoria, llegaron hasta la estatua del cabo. Allí Mónica se detuvo.

—¿Te acuerdas de los torneos?

—Cómo olvidarlos —dijo Gabriel estirándose con las manos sobre la cabeza—. Ganamos juntos unos cuantos.

Desde luego eran un buen tándem. En aquella época los niños de la plaza se dividían en dos especies y así se agrupaban en los extremos de la plaza: los que jugaban al fútbol y los que jugaban a las canicas. Mónica corrió hasta aquel rectángulo de tierra y por un momento estuvo a punto de tirarse boca abajo a escarbar trincheras con los dedos para que rodaran sus bolas de cristal favoritas. Su amigo se introdujo en aquel *flashback* tras ella, con ocho años, intentando cambiarle su bolsa entera de bolas por aquella gorda con pepitas de oro suspendidas en su interior. Nadie había visto nunca una como ésa. Pesaba demasiado para ser campeona, pero Gabriel no podía apartar la vista de ella cuando su amiga la hacía rodar sobre la arena.

El recuerdo de aquel objeto tan pequeño y perfecto los llenó de luz.

Sí, era preciosa. A Mónica se la había comprado su madre en un anticuario del Rastro. Fue la época en que se negó a que le regalaran más pollitos rosas.

—¿Te acuerdas de los pollitos rosas?

Gabriel meneó la cabeza con desesperación, él tuvo uno verde. Y pensar que teñían a esos pobres pollos a tan tierna edad… Que no se olvidara de los peces de colores que vendían en bolsas transparentes y que todos, durante un verano, tuvieron una pecera redonda con una tortuga de California. ¡Tenían las uñas más largas que Michael Jackson en *Thriller*! Por un tiempo aquellos pequeños dinosaurios reemplazaron a las canicas para hacer carreras que Ruth profesionalizó colocándoles una pegatina con su número sobre la concha, recordó Gabriel riéndose solo, porque Mónica llevaba un rato ya fuera del *flashback* blandiendo la llave misteriosa en la mano:

—La encontré ayer en una de las solapas de la agenda.

El otro se quedó mirando fijamente la nueva prueba, rígido como si fuera una más de las estatuas de la plaza.

—¿Es suya?

Su amiga asintió y le relató cómo la había descubierto por casualidad y que su madre opinaba que vivía en el barrio.

—¿Me la dejas ver? —Gabriel la observó minuciosamente.

—Es muy extraña, ¿verdad? Tiene los dientes muy anchos.

—Parece antigua —dijo el otro—. Como si abriera una reja.

Y dale, bromeó Mónica, ¿qué creía? ¿Que el tipo se había traído la llave de su celda en Guantánamo como suvenir? Lo que su amiga no podía intuir era que Gabriel no estaba dándole vueltas sólo a la llave, sino a dónde la había visto antes...

—Quizá tu madre sí sabe dónde vivía Orlando —insinuó Mónica—. Por cierto, vamos a dejar de llamarlo «el muerto», si te parece, pobre hombre.

El otro estuvo de acuerdo. No tanto en interrogar a su madre. Descansó la vista en el infinito azul de la sierra que se extendía tras el palacio. Dolores llevaba días levantándose casi a mediodía y eso nunca fue un buen síntoma, se dijo frunciendo el ceño. De fondo, como si le hablara debajo del agua, seguía escuchando a su amiga emocionarse por momentos: ¿se imaginaba lo que sería poder entrar en esa casa...? Les daría tantas pistas..., pero Gabriel no podía compartir aquella idea sin que le generara zozobra, y no volvió en sí hasta que sintió cómo Mónica le arrancaba una pelusa de la chaqueta militar. No supo por qué, pero aquel gesto le gustó.

—En serio —dijo ella—, ¿dónde encuentras esta ropa? Me vas a tener que volver a llevar de compras...

—A ti ya te di por imposible hace muchos años. —Le sacó la lengua.

Su paseo de reflexión implicaba recorrer la plaza en forma de caracol, le recordó Gabriel, lo que quería decir que ahora debían internarse en los laberintos. Toda una metáfora del estado de sus mentes. Le tendió la mano para ayudarla a entrar por un hueco que dejaba un arbusto. A ella le gustó ese detalle, aunque no supo por qué.

—¿En serio serías capaz de entrar en su casa? —dijo él mientras apartaba unas ramas—. Con la edad te has vuelto aún más loca.

Cierto era que ahora los laberintos habían perdido misterio, porque los arbustos no les llegaban como entonces a la cabeza, sino a la cintura, pero, aun así, siguieron el recorrido de siempre porque su tradición inventada implicaba que, al llegar al centro, encontrarían la solución al problema planteado.

—Aunque tú y yo, si había llovido, dedicábamos parte del paseo a buscar caracoles. —Ella le señaló uno que cruzaba perezosamente el camino para que no lo pisara.

—Sí, pero tú para salvarlos y yo para cocinarlos. Eso hacía la búsqueda mucho más emocionante.

Mónica exageró una arcada que su amigo imitó. Recordaba demasiado bien el cubo de plástico azul en el que los introducía Dolores, tapado con el único plato superviviente de una vajilla de su abuela. Y cómo la desesperación de aquellas criaturas les hacía unir fuerzas para moverlo y así conseguía salir alguno. Era muy épica la conciencia de clase de los caracoles, aseguró. Por eso, cuando de niño seguía el rastro plateado del forajido y lo descubría desplazándose lentamente por la alfombra, decidía esconderlo antes de que su madre los echara al barreño para ahogarlos. Así se limpiaban antes de ponerlos a hervir. Siempre tuvo que reprimir un vómito cuando esa espuma verde alienígena empezaba a burbujear en la superficie de la cazuela, y también la emoción para no desvelar que, dentro de su mano, viajaba el indultado hasta devolverlo a la plaza.

—¿Eso hacías? —se admiró Mónica—. ¿Por qué nunca me hablaste de ese brote de conciencia animalista?

—No lo era —sonrió Gabriel—. Lo salvaba porque me ayudaba a creer que se podía luchar contra el destino apoyándonos los unos en los otros.

Y es que a todos nos enternece recordarnos de niños. La inocencia es un no saber ni lo bueno ni lo malo, sobre todo lo malo, y a Mónica le partió el corazón recordar la ingenuidad de ambos en aquellos días en que el destino de Gabriel cambió para siempre. En cuestión de meses se le hizo añicos esa inocencia tan frágil como un cristal soplado: tuvo que enfrentarse al divorcio de sus padres y a éstos les retiraron la custodia de sus dos hijos. Pasó de habitar una casa señorial en el paseo de Rosales a la oscura portería de la plaza de la Encarnación los fines de semana que le tocaba con su madre. Por eso quizá ayudaba a ese caracol a huir de su *fatum* y lo devolvía a su antigua vida en el lugar que consideraba más seguro, el centro del laberinto donde se encontraban ahora, donde tantas veces Mónica se imaginó a David Bowie y a través de él descubrió el morbo, y donde en su día instalaron el cuartel general de «Los Cuatro» bajo un frondoso escondite de ramas de un magnolio con tantos años como la plaza. Allí acumulaban las evidencias, colgaban sus linternas y otros *gadgets* para sus investigaciones; allí siempre llegaron a tantas conclusiones, compartieron tantas averiguaciones sorprendentes sobre la vida, sobre sí mismos... Ahora algún mendigo también había descubierto su poder, porque en sus ramas estaban colgadas unas mantas, una bolsa de comida y su ropa como haría cualquier animal libre y salvaje por supervivencia. Y allí por fin Gabriel se atrevió a preguntarle por Marcos.

—Qué puedo decir. —Mónica se sentó bajo el árbol—. No funcionó. Éramos demasiado jóvenes y confundimos la amistad con el amor, supongo.

—Lo siento —dijo el otro—. Todos pensábamos que nunca lo dejaríais.

—Pues yo no —confesó Mónica.

—Quién lo diría, la última vez que os vi...

—Dábamos náuseas, Gabriel...

—Sí, la verdad —admitió, subrayándolo con una mueca—. Un poco sí.

Les entró la risa. Para Mónica era una cuestión superada. Los seres humanos deberían aprender a hocicarse como hacían los perros. Que lo de Marcos no iba a funcionar, muy en el fondo lo supo desde el primer beso. Y no porque no besara bien, sino porque no le costó despegarse de él. Un beso era un análisis de compatibilidades. La próxima vez sólo se fiaría de lo que su instinto le dictara a lametones, aseguró, y aquella frase produjo en Gabriel una especie de sorprendido estremecimiento. A pesar de eso, habían compartido unos años bonitos, siguió Mónica. Lo único que sentía era que hubieran tardado veinte en atreverse a tomar la decisión.

—Tendría que estar prohibido tener una relación seria antes de los treinta, ¿no crees? —prosiguió—. Ni pertenecer a una Iglesia, ni tener una profesión definitiva.

Mónica jugueteó con las brillantes hojas del árbol. Todo era más verdadero en esa segunda etapa de la vida, porque ya estabas hecho, siguió con convencimiento, ya llevabas a cuestas tus conocimientos y tus derrotas. Nada de lo que emprendieras en la primera juventud era del todo verdad.

—¿Tampoco la amistad? —preguntó entonces Gabriel muy serio. Ella se volvió hacia él.

—Normalmente, tampoco. —Sonrió con sinceridad y tristeza—. Si no, no habríamos tardado veinte años en vernos, ¿no crees?

Aquel comentario se le anudó a su amigo en la garganta como una corbata mal puesta. Quizá porque, para él, «Los Cuatro» era mucho más que un recuerdo.

—¿Y tú? —disparó entonces Mónica—. Preguntas mucho para hablar tan poco.

—Ya sabes que siempre se me ha dado mejor escuchar.

—Sí, pero resulta que la amistad supone un intercambio de rehenes. Se llama intimidad. Funciona así: yo te hablo de mis fracasos y tú me hablas de los tuyos.

—Pero ¿no decías que ya no somos amigos?

No había manera. Seguía siendo el mismo búnker de siempre. El mayor misterio de esa plaza lo tenía viviendo en la portería de su propia casa y nunca logró desvelarlo.

Aun así, en tan sólo dos encuentros, tenía la sensación de entenderse con él mejor que nunca porque sus viajes hacia la vida adulta habían corrido más paralelos de lo que esperaban: él había terminado por convertirse en el sostén de su madre y Mónica en el parque de atracciones de la suya. Aquel primer día, entre otras muchas cosas, habían hablado de ellas. Y al final de la velada quedó claro que en ese momento de sus vidas eran su principal preocupación. Ambos coincidieron en que habían sido muy afortunados de niños, gozaron de unas madres cariñosas y entregadas que además se hicieron amigas, algo que envidiaban sanamente Ruth y Suselen.

—Pero lo que no puede ser es que su nómina vitalicia para devolver lo que hicieron por ti sea tu vida —dijo Gabriel de forma lapidaria.

Aquello dejó a Mónica K. O.

Era curioso, tanto una como la otra habían terminado encerrándose de nuevo en el domicilio familiar: Dolores, tras una serie de trabajos erráticos y desgastantes, se vio tan sobrepasada que empezó a buscar algo de paz, primero en el vino y luego en la ginebra. Elisa fue desandando el camino que inició en su juventud y abandonando sus proyectos como un goteo para dedicarse a su hija. Nadie se lo pidió, pero quizá sintió que debía hacerlo. Es verdad que a ninguna de las dos les dio por cocinar o zurcirles calcetines, lo que se solía llamar antes hacer «cosas de madre». Elisa porque contaba con la ayuda de su suegra y Dolores, como en aquella primera etapa no tenía tiempo, a los nueve años enseñó a Gabriel a meter pizzas en aquel nuevo invento mágico que todas las madres abrazaron con pasión llamado microondas. Pero sí se ocuparon de educarlos en sus valores y en la libertad, creando un vínculo de confianza con sus hijos que, los dos estaban convencidos, los protegió de muchos peligros.

¿Qué les hizo dejar de hacer planes juntas? No sólo ellas dos, sino también con Margarita y con Ágata. A partir de un punto sólo se reunían a puerta cerrada. De muy niños recordaban quedarse frecuentemente con la tata de Ruth mientras sus madres salían a cenar, al cine o a tomar una copa. Pero un día Dolores empezó a dejar sus trabajos. Coincidió con el momento en que recibió la pequeña herencia de la vivienda de la portería. La habitaba aunque no ejerciera de conserje. Más o menos por la misma época Elisa abandonó sus negocios. ¿En qué invirtieron todas las horas del día a partir de entonces? Según Gabriel, su madre empezó a beber más y perdió la noción del tiempo y Elisa…

—En apuntarse a las extraescolares conmigo —recordó Mónica—. En teoría para animarme a mí. Conclusión: yo debía de ser una vaga.

Así que decidió ser su compañera. De paso se reenganchó a la vida empezando a vivir también la de su hija, que ahora, de adulta, tenía que lamentar que su abnegada madre perdiera el tiempo también en eso.

Dolores era un caso muy diferente: convirtió a su primogénito en lo que Gabriel llamaba «un hijo-droga». Según él, su ausencia le provocaba el mismo síndrome de abstinencia que el vino. Empezó a escucharla decir con frecuencia que era su único motivo para ser feliz, especialmente cuando estaba atado de pies y manos, de viaje en viaje. Algo que, así escuchado, sería un comentario dulce, hasta bonito, en Dolores adquiría componentes de tragedia griega. Porque si la proximidad de Gabriel era su felicidad…

—Mi ausencia es su infelicidad —sentenció.

Y se lo hacía muy patente, sobre todo cuando ella empezó a vivir al revés del mundo: decía que le deprimían los ruidos de la mañana, la gente corriendo de un lado para otro, tanta luz…

—Llegué a pensar que mi madre era un vampiro.

Pero Gabriel estaba convencido de que su depresión no se alimentaba de sangre, sino de no haberse creado motivaciones propias por las que levantarse. Como nunca llamaba a su hijo y ese silencio era ensordecedor y motivo siempre de inquietud, era él quien iniciaba el día con una llamada: «Qué tal, mamá», ésa era la prueba de vida nada más saltar de la cama. «Pues aquí, sola, como siempre», era la contestación más frecuente.

Durante toda aquella conversación, Mónica se percató de que Gabriel mantuvo elíptico el suceso ocurrido durante el confinamiento y que aseguró que algún día le contaría. Sólo le había confesado que desde entonces vivía en un estado de constante alerta. También admitió que en alguna ocasión durante los últimos años se dio una tregua y trató de despreocuparse de la vida de su madre para descansar.

—Y en esos impases por momentos parece que todo fluye —dijo—. Que está mejor. Pero no es verdad; cuando vuelvo a conectarme a su vida, todo ha empeorado inevitablemente. O ha vuelto a beber, o ha vuelto a caer, o está tomando pastillas caducadas... Así que me obligo a ejercer de vigilante para evitar su sufrimiento o que algo terrible le ocurra si yo no estoy, si me despisto por un instante.

—Pues sí que estamos bien —suspiró Mónica.

Tenían que cortar ese cordón umbilical aunque fuera a hachazos: el uno porque no podía vivir sin monitorizar a su madre y la otra porque era incapaz de evitar que la suya la monitorizase a ella. En el fondo, tenían que admitirlo, llegados a la vida adulta también envidiaban a sus amigas. Ellas se quejaban del desapego de sus progenitoras, pero ahora al menos no se sentían culpables por vivir sus vidas.

Una vez alcanzada esa conclusión, aquella tarde, sentados bajo aquel árbol como los dos niños que fueron, se abrazaron. Y, como si se hubieran dado calambre, sus yos adultos les obligaron a separarse visiblemente apurados. A ella, porque no se esperaba el cuerpo duro y musculado que ocultaba aquella camisa y a él porque el olor embriagador de su pelo le trajo recuerdos de siestas de parque y le golpeó la memoria una escena muy en concreto:

—«No me digas que la verdad duele, muchachita, porque duele horrores, pero bajo tierra encontrarás a alguien sincero...». —Entornó los ojos.

—¿Y eso? —se sorprendió ella.

—¿No te acuerdas? —Él dejó que su sonrisa adquiriera un brillo maligno y se acercó a ella mientras proseguía—. «Cuidado. He sido generoso hasta ahora, pero puedo ser cruel».

Entonces a Mónica también la alcanzó como un dardo alucinógeno esa secuencia de *Dentro del laberinto* y volvió a sentir ese latigazo morboso y adolescente. Decidió seguirle el juego:

—«¿Generoso?» —preguntó ella—. «¿Qué has hecho que sea generoso?».

—«¡Todo!» —siguió Gabriel gateando un poco hasta ella—. «Todo lo que tú quisiste que hiciera. He cambiado el orden del tiempo. He vuelto el mundo del revés. Y todo lo he hecho por ti».

—Le quitó una hoja del pelo—. «Estoy agotado de vivir según lo que tú esperabas de mí. ¿No es eso generosidad? Te pido tan poco… Deja sólo que te gobierne y podrás tener todo lo que tú quieras. Sólo témeme, ámame, haz lo que te digo y yo seré tu esclavo».

Se quedaron nariz con nariz y, sí, cambió el orden del tiempo, porque éste se detuvo como si el mundo hubiera sido anestesiado.

—¡Bueno! —dijo Mónica poniéndose en pie como un resorte—, creo que deberíamos empezar a desandar el laberinto… y a interrogar a gente.

Gabriel se apoyó en el tronco divertido, ¿a interrogar? Pero Mónica parecía hablar muy en serio, interrogar, sí, interrogar, obviamente sin levantar sospechas, siguió mientras retorcía una aguja de pino.

—Si supiéramos qué abre esta llave… —sonrió como lo hacía aquella niña de ojos mediterráneos—, estoy segura de que obtendríamos las claves para resolver este enredo. Entonces sí que volvería a ser como antes…

Aquella frase le dejó una mirada soñadora. Porque ¿quién no ha fantaseado con darle marcha atrás al calendario para atreverse a decir y hacer todo lo que entonces no hizo o dijo? Algo así sintió Gabriel. ¿Y si aquélla fuera, como decía Orlando, su segunda oportunidad?, y tragó saliva antes de hacer lo que no estaba seguro de querer hacer.

—¿Serías capaz de entrar, dices?

—¿A la casa? —se sorprendió su amiga—. Claro. Y tú también.

Gabriel suspiró porque supo que era cierto. Él era su Watson. Siempre lo había sido.

—¿Y si no fuera de una casa? —dijo en un arrebato.

Mónica levantó la vista y él se dejó invadir por su luz. Durante mucho tiempo vivió de aquella luz. Como le dijo una noche de verano, siempre tuvo algo de luciérnaga.

Aún no estaba seguro, pensó, pero podía aventurarse: había visto esas llaves desde que era niño en el armario de la portería.

—O mucho me equivoco o abre uno de los desvanes.

La observaron durante unos segundos, presos de una gran excitación, y se propusieron echar un vistazo antes de la próxima reunión del grupo.

Toda mujer se merece al menos ocho años de viudedad

Los perros nos acercan, acortan las diferencias sociales y cultura-les entre las personas. Cuando se saludan, nos obligan a entablar conversaciones con quienes, de forma natural, no hablaríamos.

Según había anotado Orlando, el día 1 de noviembre, Margarita y Dolores le habían confesado al paseador de perros que en cuarenta años nunca antes habían quedado a solas. Siempre lo hacían con intermediación de Elisa. Ahora, sin embargo, esperaban juntas en un banco de la plaza a que Orlando les devolviera a sus perros y cada vez alargaban más el momento de subirse a casa mientras los contemplaban jugar.

Esto había desatado en Elisa uno de sus tornados de rencor infinito: «¿Tú crees que me avisa cuando van a la ópera?», le había dicho a Mónica, quien la acompañaba de vuelta a casa tras una llamada de la comisaría, «yo podría buscarme quien me preste su abono, los hay a patadas y no van nunca, no necesito a Margarita. Pero ahora, desde que van todos juntos a pasear a los perritos..., la avisa a ella», su tono estaba lleno de sarcasmo, «cuando nunca la miró a la cara». No se podía hacer a la idea de todas las veces que se enfadó porque le pedía expresamente que no la llevara a las cenas que organizaba en su casa con la excusa de que Dolores no se sentiría a gusto. «Sólo coincidían en la nuestra», se indignó Elisa.

Abrió la puerta del portal con la cadera de un empujón. «Me alegro por Dolores, entiéndame, nenita, porque le viene bien entretenerse. Pero que me deje de lado...».

Mónica asistía al soliloquio de su madre en silencio.

Estaba dolida de verdad. Elisa apretó el botón del ascensor varias veces, como si se esperara a sí misma en casa y llegara tarde; ambas se encajaron en él a trompicones y siguió despotricando: con lo que ella había ayudado a Margarita cuando se quedó viuda…, porque Dolores no tenía la culpa, siempre se dejaba querer por la novedad, y ahora que estaba mejor…, pero todas sus borracheras también se las comió ella, dijo, observándose las arrugas de la frente en el espejo, seguramente haciendo responsables de ellas a sus vecinas.

Mónica trató de quitarle hierro, pero sabía que era verdad. Que su madre era una amiga a tiempo completo igual que lo había sido como madre, pero también que pedía, más bien exigía, lo mismo a cambio.

La decepción estaba servida.

—No sé de qué me sorprendo. —Rascó del quicio de la puerta los restos del precinto policial y la abrió—. A Marga lo único que le importa y le ha importado siempre son las apariencias. Trata mejor a los perros que a las personas.

Mónica soltó la maleta en el recibidor. Estaba claro que su madre había añadido un nuevo nombre a la interminable lista de sus decepciones. Luego abrió el trasportín e Isis salió de estampida como si fueran los sanfermines, olfateando el rastro de los mortales que habían osado profanar su templo: cada objeto, cada mueble, cada alfombra. Madre e hija también se quedaron observando —Mónica apoyada en la pared y Elisa sentada en su trono de mimbre— aquel lugar donde no parecía haber acontecido nada extraordinario; por lo menos lo habían dejado bien limpio y bastante recogido. De pronto el lugar se les hizo extraño, como un set vacío cuando ha terminado una película.

—¿Estarás bien? —le preguntó su hija.

Ella se encogió de hombros, sí, dijo sin demasiada confianza, y, si no…, qué más daba. No le quedaba otro remedio que ése: «estar» allí. Luego le ayudó a sacar las cosas de la maleta. La acompañó a «el lugar de los hechos», antes conocido como su baño, e intentó no imaginarse al cadáver de Orlando, pero lo hizo. Achicharrado, tumbado en la bañera, las seguía por la estancia con la mirada insomne de quienes mueren con los ojos abiertos. A Mónica le había llamado la atención su gesto de paz. Desde luego no era el rostro que nos imaginaríamos ninguno en un electrocutado.

Elisa le pidió a su hija que la ayudara a darse unas friegas en las piernas con pomada para las varices. De esos días en el hotel, las tenía muy cargadas.

—Mamá, eso es pasta dentífrica —dijo cuando le alcanzó el tubo.

—Entonces ¿con qué demonios me he lavado esta mañana los dientes?

Ambas prefirieron no pensarlo. Todos esos días habían sido muy confusos.

Y por supuesto, nada más cerrar la puerta tras de sí, Mónica, «la concejala de festejos», ya estaba pensando en cómo animar a su madre y buscó en su móvil una serie de posibles eventos para esos días. En paralelo, Mónica, «la mediadora de la ONU», había trasladado el conflicto *intermaters*, como decidió llamarlo, a Ruth por si podían hacer algo al respecto. Esa tarde, Elisa iba a visitarla en su consulta. Quizá podrían forzar el encuentro entre ellas y, de paso…, hablar del tema de Orlando, a ver por dónde salían.

También aprovechó para hacer una llamada a Safecan, la ONG de adopciones que aparecía en la agenda de Orlando. Su contacto allí le confirmó que la policía también había estado allí preguntando. Así se habían enterado de su final tan trágico, pobre hombre, le había dicho la joven voluntaria. No lo conocía íntimamente, pero sí iba a menudo para seleccionar a algún perrete para gente que conocía. No podía revelarle a quién, pero sí podía decirle que alguno había sido un galgo. Les colocaba a muchísimos. Se le veía un buen tipo y conocía a los perros muy bien.

A Mónica aquella conversación, aunque aparentemente inconcreta, la dejó adrenalínica. Así que colocaba a muchos perros… ¿A quién? ¿Por qué? ¿Era sólo filantropía, animalismo o había algo más?

Mientras Elisa se dedicaba a odiarla en silencio, su judas, Margarita, había sacado del armario ropero su bolsa de firma más aparente. Conservaba otras decenas más. Las reservaba para ocasiones concretas, como reuniones con notarios o meriendas en el Ritz. Tiró del asa de una de Dior. Ésa serviría. Le pasó un paño. Era de cartón blanco que imitaba piel de serpiente. Introdujo en ella los papeles del banco y, tras darle dos palmaditas en el lomo a Bowie, que la esperaba ya correa en boca, ahora no, bonito…, salió deprisa.

Aquellas bolsas le daban seguridad.

También elevar con un poco de tacón su metro setenta y cinco de estatura. A su edad llamaba la atención. Ya no podía comprar en esas tiendas, pero las bolsas le eran muy útiles cuando se enfrentaba a una reunión embarazosa. «Ay, Pepe…», dijo santiguándose ante el enorme espejo de la cochera, «mira que morirte antes que yo. Nunca te perdonaré esta faena». Luego le hizo un gesto al portero que siempre se santiguaba por simpatía cuando la veía hacerlo.

Cuando Ruth llegó, su madre ya estaba de vuelta, sentada de espaldas en la butaca del balcón leyendo el *ABC*, con Bowie tumbado a sus pies. Invadiendo la mesa del comedor como si en ella se hubiera jugado una partida de cartas, decenas de facturas: impuestos de la casa, pendientes y garabateados por la letra ya temblona de su madre. Era obvio que quería que los viera. No pudo evitar fijarse también en que el importe acumulado era de quitar el hipo.

—¿Te acuerdas de cuando me pedías que te contara historias de la plaza?

Ruth soltó el bolso y el abrigo sobre el sillón.

—Sí. —Se acercó y su madre le ofreció la mejilla para recibir un beso—. Siempre dejabas asombradas a mis amigas. Nadie sabía de la plaza más que tú.

La anciana sonrió con cansancio. Tenía un aire feudal, sentada en su torre contemplando sus dominios. Tras ella, la pared de espejo introducía el palacio en el salón. Ruth no recordaba de quién había sido la idea, pero provocaba la ilusión óptica de estar viviendo dentro del regio edificio.

Se sentó en el apoyabrazos y lo señaló.

—En el segundo piso era donde vivía tu amiga Beatriz, ¿verdad?

Su madre asintió. Sí, allí se había criado junto con sus hermanos sin ser princesa. Qué cosas…, era la única familia que había habitado el Palacio Real desde Carlos V. Ni siquiera los reyes habían vivido allí.

—Sin embargo, cuando éramos niñas trotaba con Beatriz y con sus hermanos por el salón del trono, hasta que su madre nos daba una voz porque entraban los turistas. —Sonrió con picardía.

Sus padres eran los guardeses y Beatriz terminó siendo la jefa de protocolo durante casi cincuenta años.

—Hace no mucho la vi en el telediario —recordó Ruth—; habían ido a felicitarla los reyes, por su ochenta cumpleaños, creo.

—No. Salió en el telediario porque se había muerto —la desdijo su madre tajante.

Ruth abrió mucho los ojos, ¿Beatriz se había muerto? Su madre asintió con frialdad. Últimamente todo el mundo se moría, se lamentó con fastidio. Algunos dijeron que del coronavirus, ella estaba segura de que se fue de pena. Su madre había muerto a los ciento diez años sólo un mes antes.

—Y esa mujer adoraba a su madre —dijo sobando el pelaje albino de su perro—. Pobre criatura… —añadió justo cuando el can levantó su impresionante envergadura antártica para descansar la cabeza sobre la rodilla de su ama.

Bowie había sido un regalo de sus hijos cuando enviudó, después de que Ruth le hubiera propuesto un viaje en familia. ¡Ni de broma! ¿Con tus hermanos?, había dicho la matriarca ejerciendo su ya mundialmente famosa sinceridad.

Quiso escogerlo ella misma. Así que aquel cachorro blanco de zarpas torpes le aportó toda la serenidad que necesitaba en esos momentos.

—No hay mayor lealtad —subrayó acariciando la bellísima cabeza.

Momento en que Ruth decidió echar mano de todos sus conocimientos de psiquiatría familiar para no tomarse como algo personal esas pildoritas con las que su madre salpimentaba la conversación. ¿A dónde quería llegar? Porque Margarita siempre quería llegar a algún sitio.

—¿Y la historia del amante de la Pasionaria? —preguntó Ruth, animando la voz.

—Otro que se ha muerto. Tenía noventa y cuatro. —Hizo un gesto malicioso—. Durante la guerra dicen que también vivió en el palacio cuando ella tenía allí su despacho. Que tu amiga Mónica le pregunte por él a su madre..., que en su día le tiraba los trastos. Pero ella nunca le hizo ni caso..., creo.

Ruth se puso alerta.

—¿Y a Orlando? —soltó sin pensarlo.

—¿Qué quieres decir? —preguntó su madre sorprendida.

—Que ella no tenía trato con Orlando como vosotras... ¿O sí?

Margarita dudó un momento como si estuviera a punto de decir algo.

—Mira, Elisa es una lianta y si no está en todas las salsas se enfada. No sé lo que le habrá dicho a su hija, pero que no se la tome demasiado en serio.

Se ahuecó un poco el pelo de las sienes. Por otro lado, lo que hiciera o dejara de hacer Elisa le importaba un pimiento, sinceramente. Ahora mismo tenía otros problemas, y siguió admirando la plaza: mira que había turismo, últimamente no se podía ni caminar, murmuró sin puntos ni comas, ¡y se preocupaban por si se iba a recuperar después de la pandemia...! ¿Se acordaba de cuando aún dejaban pasar los coches? Cuántas cosas había vivido con sólo asomarse a ese balcón. Sin moverse de allí habría desfilado bajo sus pies toda la historia reciente de España. Desde verbenas hasta el golpe de Estado, cuando los militares empezaron a rodear el Senado detrás de la plaza, por allí, señaló la anciana con su dedo de aguja.

—Tu padre llamó a casa fuera de sí para saber dónde estabais, y entonces fui yo la que os llamé a gritos desde este balcón para que subierais.

Ruth recordaba muy bien el canon de madres que se fue acumulando en el aire, como el de *Las troyanas*, llamando cada una a sus hijos, y cómo ellos fueron dejando de jugar. Su primera sensación de peligro.

Durante esos minutos la observó disfrutar de la conversación, de los buenos y malos recuerdos. Cuando era niña, ésos eran los escasos momentos en que sentía que su madre era sólo e intensamente suya, porque a los mellizos les aburría la historia y acababan alejándose entre empujones y bostezos.

Sonó el tono de un mensaje en el móvil. Ruth se echó la mano al bolsillo de su chaqueta y consultó de reojo la pantalla por si era del grupo. No había ninguno. Cuando levantó la vista se encontró a su madre con una reacción idéntica a la suya. Contestaba a alguien. Y de pronto se dio cuenta de que era la primera vez que su madre recibía y contestaba un mensaje escrito, al menos en su presencia. Aquel pequeño detalle de pronto se le hizo demasiado extraño. Incluso inquietante. Además, parecía reprimir una especie de sonrisa. ¿Era así o es que ahora, al aplicarle una lupa del doscientos por cien, cualquiera de sus gestos le producía extrañamiento? Margarita claramente se sintió observada, porque guardó el móvil bajo el cojín en el que se apoyaba y dirigió una mirada de disgusto hacia las facturas. Ruth no quería volver a sacarle el tema de la casa otra vez ahora que estaba tan animada. La mañana anterior ya habían tenido un buen disgusto…

Todo había comenzado con un: «Mamá, creo que debemos pensar en vender la casa» y no se detuvo a analizar la que se le venía encima porque siguió: «El alquiler que te pago por la consulta no va a ser suficiente para mantenerla». Margarita se quedó plantada al lado del reloj de pared congelado en la hora en que se quedó viuda, como si estuviera pidiendo apoyo a su difunto marido, y dijo: «No voy a vender la casa, pero no te preocupes, no tardaréis mucho en heredarla tú y los inútiles de tus hermanos».

Ruth apretó los labios. Estaba entrenándose para que esos comentarios dejaran de dolerle. No es que no la entendiera, había nacido entre aquellos muros, como su madre y su abuela. Entonces se nacía y se moría en el hogar. Si lo de echar raíces fuera literal, cuatro generaciones de su árbol genealógico habrían trepado entre los sillares de aquel edificio como una hiedra. También a Ruth la apenaba desprenderse de ella, pero sospechaba que su madre no terminaba de explicarle cuál era la situación real y eso no la dejaba dormir.

Pues bien, la situación real se extendía ahora encima de la mesa del comedor.

Ojalá la conversación del día anterior se hubiera quedado ahí.

Porque Ruth todavía tuvo tiempo para hacer un movimiento aún peor: ¿Y por qué no alquilaba los dos pisos de abajo?, le sugirió. El cuello de Margarita se tensó como si estuviera sentada en la silla eléctrica y murmuró con los dientes apretados: «¿Y tus hermanos?». Pero Ruth ya no podía parar: pues que pagaran por una vez o se buscaran otro sitio. Entonces su madre le clavó esos ojos de color mármol: «A ver si lo dejamos claro: mientras yo viva, nadie tiene derecho a opinar sobre esto», y sacó su oxímetro, que dejó prendido como una fruta futurista de su largo dedo.

Pobrecitos…, se dijo Ruth, rabiosa, sus hermanitos. Que vivían gratis en un lugar que ella nunca se podría permitir y al que su madre podría sacar un rendimiento para algo tan indigno como estar tranquila. Lo más irónico era que, aun así, se daban el lujo de guardar con ella lo que llamaban «una distancia de seguridad». Es decir, visitarla lo justo, porque había sido «muy rígida», lloriqueaba uno, y porque «siempre busca la forma de reprocharte todo», gimoteaba el otro. Sí, pobrecitos sus hermanos, pensó Ruth.

Era curioso, no tenía apenas recuerdos de ellos en aquella casa. Casi todos los más dulces los situaba en la zona de servicio donde veía el culebrón de *Cristal* recostada sobre su tata. Suponía que «los inútiles de sus hermanos» estarían en el área noble con su muy preocupada madre.

«No pongas esa cara de acelga», le había reprochado Margarita. «Yo siempre he sabido que tú saldrías adelante, pero ellos…, me preocupa qué será de ellos».

Eso era, se dijo su única hija. Como nunca le preocupaba, para qué ocuparse… Tragó saliva y se sirvió un poco de agua de la jarra de cristal de Murano para controlar la congoja. Cómo no iba a costarle dejarse ayudar, se lamentó en silencio. Desde que había vuelto a habitar esa casa, aunque fuera para trabajar, lo tenía cada vez más claro: creció sola. Por eso mismo quizá no confiaba en que nadie fuera a hacer algo por ella. Al revés, se había convertido en una experta en ocultar sus necesidades. Y en casa se estaba volviendo cada vez más combativa. Y es que la confianza se aprende, no se nace con ella. ¿Y de quién se aprende?, se preguntó observando a aquella mujer imperturbable que tenía delante. No, no se sentía cómoda con la dependencia. Y las personas sanas dejan que los demás los necesiten y se dejan depender de otros sin miedo. Eso se dijo a sí misma cuando se reencontró con la nueva Suselen. Podía aprender de ella.

Así había quedado la conversación. Como siempre que no podía comunicarse con su madre, volvió a casa con una angustiosa sensación de vacío. Y como era incapaz de confrontarla en el momento, tuvo dos o tres conversaciones con ella mientras dormía, en las que le dijo *a posteriori* todo lo que se le ocurrió, y le dio tiempo a cambiar de opinión tres veces. No le diría nada, a toro pasado no tenía sentido, o conseguiría que, si ya sospechaba que su hija era gilipollas, ahora estuviera convencida del todo.

Sin embargo, sí tuvo un efecto olla exprés esa mañana con su marido cuando iban a llevar a los niños al colegio. Había empezado el día revuelta, pero Margarita no se había percatado. Nunca lo hacía porque nunca le preguntaba cómo estaba. Así que, aprovechando que se había sumido en un silencio opaco que no era fácil de descifrar, hizo lo que nunca hacía, revelarle una preocupación:

—Estoy teniendo problemas con Teo —resumió—. Últimamente salto por cualquier cosa.

Margarita le ofreció su perfil y ella lo interpretó como una disposición a escuchar. En realidad, comenzó Ruth, la cosa había empezado por algo muy tonto. Su marido le preguntó si había echado aceite al coche y ella reaccionó como si le hubieran soltado un bofetón. No supo cómo entró en un *crescendo* colérico: «Claro: ¿es que crees que soy idiota o una irresponsable? ¿Tú crees que yo sacaría el coche si no? ¿No te dije que yo me ocuparía de eso? ¿Por qué narices nunca me crees cuando te digo las cosas?». No fue hasta que lo verbalizó con su madre cuando se dio cuenta de que aquello había sido una reacción alérgica. Alergia a que no la creyeran, a que no la valoraran. «Nadie me cree», pensó, «como mi madre».

Y eso no era justo. No, no había sido justo.

Por eso Teo se enfadó. Con razón. ¿Cómo iba a entender que ese estallido venía de una madre que siempre le dio a entender que no la creía cuando aseguraba haber hecho sus tareas, que no confiaba en ella? Eso en psiquiatría se llamaba transferencia, pensó. Pero eso, claro, no se lo verbalizó a Margarita, sólo la anécdota. ¿Para qué? Quién sabe. Quizá para provocar su empatía. Para acercarse a ella. Porque había crecido tratando de agradarla por un lado y por otro resentida con ella.

Todo esto desfilaba por su cerebro mientras por la boca de Ruth salía un anecdotario de roces conyugales a los que decía no saber dar un sentido. Contra todo pronóstico, Margarita seguía en silencio, escuchando. Era extrañísimo que no la hubiera interrumpido varias veces con banalidades como solía hacer cuando le contaba algo importante, porque la intimidad le resultaba terriblemente embarazosa. ¿Se habría dormido?, pensó su hija y estuvo a punto de darle un empujoncito. Pero no. Porque dejó caer la cabeza suavemente hacia atrás en la butaca como cuando pensaba. ¿Se habría muerto? Tampoco, porque pestañeó y, cuando por un momento se ilusionó pensando que iba a darle un consejo matrimonial, soltó:

—Todas las mujeres se merecen al menos ocho años de viudedad.

—¡Mamá!

—¡Qué! —Alzó sus manos felinas—. ¡Es la pura verdad! Para tener algo de paz...

—Te recuerdo que estás hablando de mi padre.

—Y lo quise mucho. Pero son unos pesados —siguió, pestañeando muy despacio—. El único sentido del matrimonio es reproducirse y tú ya lo has hecho, así que...

Ruth no podía creer lo que estaba escuchando, tanto que hasta intentó frotarse los ojos con las gafas puestas y se le fueron al suelo. Ahora ya lo tenía claro. Su madre estaba desfrontalizada. Había perdido los filtros. La misma mujer que obligó a sus hijos a cumplir todos los sacramentos, la misma que convocó un consejo familiar cuando decidió romper su compromiso con su primer novio, decía ahora aquella barbaridad.

Se colocó delante del balcón para enfrentarla cara a cara.

—Y entonces, si pensabas eso, ¿puede saberse por qué no me dijiste que los hombres eran así?

La otra dobló el periódico con parsimonia.

—Uy, porque si te lo llego a contar no te casas.

—Eres una traidora.

—No, soy práctica. —Tiró el periódico a la papelera.

—¿Y la solidaridad femenina? ¿Te suena?

Entonces su madre fabricó su famosa sonrisa de Gioconda. Ah…, ¿eso que sonaba a hermanas de convento de clausura…?, soror…, Ruth empezó a perder la paciencia: «Sororidad», dijo, y añadió indignada que, dicho fuera de paso, también habría agradecido que le informara de que el parto era una *snuff movie* y que la crianza te hacía desarrollar instintos parricidas sobre todo si trabajabas en casa…

—Uy, ¡es que si te digo todo eso no tienes hijos! —Y luego, para arreglarlo—: Además, deja de victimizarte. Si tu matrimonio no funciona es porque ahora nunca estás en casa.

Ruth sintió que le faltaban los huesos de todo el cuerpo y así, de brazos caídos, también le faltaron las respuestas y se le acumularon las preguntas que era incapaz de hacerle: ¿Una madre no era acaso aquella persona que te ayudaba a caminar segura por la vida? Entonces ¿para qué la había preparado? ¿Ahora le salía con que todas se merecían unos añitos de viudas alegres? ¡Y lo peor era que le daba la razón! ¡Los hombres eran muy pesados! ¿Qué vamos a comer? ¿Qué vamos a cenar? ¿Te vas a acostar ya? Vale, ése era Teo. Pero así no era su padre…, o al menos no lo recordaba de esa forma. Mientras Ruth seguía sumida en ese monólogo que era incapaz de convertir en soliloquio, Margarita la observaba con un interés cercano al regocijo. En realidad, aunque no lo pareciera, lo que le ocurría a la madre de Ruth era que seguía enfadada con su Pepe por haberse quedado viuda. Porque su marido era quien se encargaba de todos aquellos angustiosos papeleos. Margarita nunca quiso enterarse de nada, por eso tampoco supo que había vendido las pensiones de jubilación de ambos y las letras que tenían ahorradas. Como siempre ocurre cuando no entra en tus planes morirte, dejas los asuntos poco o mal atados.

—Entonces ¿qué hacemos? —dijo de pronto sobresaltando a su hija—. ¿Evitamos el tema un ratito más o vamos al grano?

—Ya sabes que tengo intolerancia al gluten —respondió subrayando la ironía todo lo que pudo—. Hace un rato que he sacado el tema. Creo que es sensato que hablemos de lo que sabes de Orlando por si a la policía le da por interrogarte.

Pero, como siempre, no la escuchó, y, dando por hecho que su hija había asistido a sus atropelladas cavilaciones, comenzó:

—No tengo ni la pensión de tu padre. Sólo una casona vieja y con goteras, como yo.

Ruth caminó hacia atrás hasta sentarse en el sillón de terciopelo claro, donde se hizo sitio a manotazos para apartar los doscientos cojines de raso. Respiró hondo y dijo:

—Por eso te advertí que tendríamos que venderla, mamá, para poder comprar una casa más pequeña y que tengas una pensión —se atrevió a repetir con la voz de puntillas.

—Soy una señora. —Se incorporó en la butaca para subrayarlo—. No puedo vivir en cualquier sitio, como tú. A mí esos barrios me deprimen.

Ruth volvió a hacer sus respiraciones. Ya estaba bien por hoy, se dijo.

—Mamá, me voy a la consulta, que ya es tarde.

—Espera un momento, necesito ayuda con esto. —Y señaló los papeles.

—Pues llama a mis hermanos y que suban. —Ruth recogió el bolso.

Margarita se apoyó en el reposabrazos, sus hijos no servían para estas cosas, gruñó. Y, además, no quería que se enteraran porque a uno le daría un ataque viéndose debajo del viaducto y el otro ya estaría frotándose las manos pensando en heredar. Además, tenían unos horarios.

—Por eso mismo. Tienen horarios. De funcionario. Yo no. —Empezó a darle vueltas nerviosas a una brújula antigua que había en la mesa como si no encontrara la salida—. Yo trabajo sin parar. —Abrió la puerta de servicio que llevaba a la consulta. Es decir, la que siempre había sido su puerta.

—Si hubieras hecho esa oposición como te dije, no tendrías una vida tan insegura.

—Mamá, gano mucho más que ellos. Y deja ya de decir eso, no puedo volver a una conversación de los dieciocho años. Tengo una consulta a las doce.

—Pues anúlala y pásala a otro día.

Le fue a dar ese beso en la mejilla que nunca recibía.

—Otros hijos están más pendientes... —Le llegó en un susurro a la vez que su eterno aroma a violetas.

Aquello sí le llegó al alma, pero se ordenó no contestar a aquella provocación. Aunque no fue capaz.

—No lo dirás por mí —se indignó.

Esto es importante aclararlo, porque la relación de Ruth con su madre estaba basada en la disposición al sacrificio: no importaba lo que hubiera dejado de hacer para complacerla, anular viajes, perder horas de sueño... «Cariño, la verdad es que estoy agotada, no me encuentro muy bien» era excusa suficiente. «Lo que importa es que me lo hayas propuesto». ¡Ella, que siempre removía Roma con Santiago para estar cuando la necesitaba! Y en el último momento, ¿quién era quien la dejaba colgada? Naturalmente todas estas protestas las gritó como siempre por dentro y sólo exteriorizó flemática:

—Doy por hecho que te refieres a mis hermanos. Pregúntate por qué.

—Muy bien, ¿por qué?

—No, madre. Que te preguntes tú por qué no están pendientes de ti. —Siempre que la llamaba madre era una advertencia de que estaba llegando al límite.

Y siguió: por qué había malcriado a sus hijos varones poniéndoselo todo fácil y a ella todo difícil. Por qué no habían salido de casa. Por qué no la visitaban. Por qué los tenía bajo su ala, o debajo de su suelo de damero —lo que venía a ser lo mismo—, pero les recordaba siempre lo inútiles que eran.

—Así que todo es culpa mía —se victimizó Margarita.

—No, mamá. Sólo digo que eres parte de la causa.

Entonces frenó, porque vio algo en los ojos de su madre que no había visto antes. Miedo. Margarita abrió las palmas de las manos y se las observó con tanta atención como si se estuviera leyendo las líneas de la vida. Y así era. El pasado, el presente y el futuro habían confluido en un solo tiempo para Margarita, pero sabía que su hija aún no estaba preparada para saberlo. Por eso sólo dijo muy despacio:

—Lo único que tengo claro es que no voy a estar mendigando que mis hijos me visiten.

Hubo un silencio denso y doloroso.

Ruth se acercó a ella y le posó una mano en el hombro. Sintió los huesos puntiagudos bajo su piel de papel.

—Mamá, no te preocupes, pensaremos en algo para mantener la casa, ¿vale?

Ella dejó su mano sobre la de su hija.

—Voy a irme a una residencia.

Vale, ahí estaba. Nueva amenaza para manipularla.

—Una donde no me conozca nadie —prosiguió—. No quiero que lo sepa la gente. Una que no sea para viejos.

—¿Un colegio mayor, entonces? —Ruth se arrepintió en el acto.

Su madre tampoco celebró la broma como habría sido habitual. En lugar de eso le lanzó una mirada inquisitiva. Hasta que no le tendió los folletos que tenía ocultos bajo el cojín, su hija supo que iba en serio.

—Me dio la idea Orlando. —¿Orlando?, se sorprendió Ruth, ¿tanta confianza había tenido con él?, y su madre prosiguió—: Era tan joven, y había tenido tantos problemas en la vida, pero, aun así, nunca quiso ser una carga para nadie. —Le sostuvo la mirada, pétrea—. Y yo no quiero ser una carga. Sólo quiero encontrar un lugar cercano donde no me conozcan para que no sepan lo sola que me siento.

Y dicho esto volvió a sumergirse en la vida de la plaza dejando a su descendiente con unos cientos de preguntas en la cabeza.

No hay persona libre de sospecha

Si la conversación con su madre de esa mañana había provocado que Ruth cambiara el cruasán de la Botillería por una infusión con ansiolítico, la primera sesión de terapia con Elisa iba a resultar del todo reveladora. Como se retrasaba, se entretuvo en su mesa concentrada en el molesto clic-clic de su bolígrafo, como si su ritmo metálico la ayudara a descentrarse de las ideas tramposas que se centrifugaban en su cerebro.

Apareció sin Mónica.

Se acercaría a recogerla al terminar, le explicó muy dicharachera su nueva paciente «eventual», bajo un sombrerito marrón en forma de hongo que le quitaba años. Tenía un aspecto estupendo, exclamó Ruth. También le sorprendió —no sabía aún si para bien o para mal, por eso no lo dijo— que, al menos en apariencia, no hubiera en ella rastro de trauma por lo acontecido. Siendo tan reciente, podría deberse a un estado de *shock*, reflexionó la terapeuta. Aun así, se había comprometido con Mónica a hablar con ella del suceso sin revelarle los detalles. Ya estaba siendo muy poco ortodoxa al pasar consulta a pacientes tan cercanos entre sí. Pero no respetar el secreto profesional era un delito. Sólo la pondría sobre aviso si descubría algo que supusiera un verdadero peligro para su madre.

Ése era el trato.

Para ello, necesitaba pulsar cómo había sentido Elisa la muerte de Orlando y qué relación tenía con él, ya que el corazón de Margarita, maestra del autocontrol, era imposible de auscultar ni con un fonendo tamaño XXL. Pero lo que más le llamó la atención fue que, al hablarle del fallecido, no se atisbara en Elisa ni rastro de duelo. Tenía a la madre de Mónica por una mujer que podría diagnosticar sin equivocarse de «empatía extrema» y, tratándose de la muerte de un hombre joven —lo conociera o no—, podría considerarse una tragedia. La respuesta de Elisa pasaba por positiva, incluso conformista, casi budista.

—Quién sabe, Ruth —le respondió Elisa con sabiduría en los ojos cuando le sacó el tema—. A veces lo que sucede conviene.

La terapeuta inclinó su cuerpo hacia delante con interés.

—¿Qué quieres decir, Elisa?

—Que ninguno de nosotros sabe qué le deparará el futuro. Damos por hecho que una vida longeva es una vida mejor. —Bebió agua—. ¿Vivir más…? Depende. La vida también es pérdida y lucha y dolor y decepción…

Ruth la observó por encima de las gafas. ¿Estaría deprimida? No sonaba como una persona deprimida. Por otro lado, el caso de Margarita era aún más llamativo, ya que sí tenía trato con él. Cualquiera que no conociera como ella sus tácticas de camuflaje emocional dignas de los Marines la habría convertido en sospechosa en el acto o etiquetado como psicópata.

Aunque bien es verdad que tampoco se le movió un músculo de la cara cuando la informaron de que había muerto el abuelo… Ruth tenía sólo diez años, pero conocía la relación tan especial que tenían. «¿Mami…, estás bien?», dijo abrazándola cuando aún colgaba de su mano el teléfono con la fatídica noticia desde el hospital. Margarita se limitó a darle una palmadita para que se apartara. ¿Qué clase de pregunta era ésa? En esos casos se decía «lo siento» o «te acompaño en el sentimiento», algo que a la Ruth niña no le salió natural puesto que no encontró ese sentimiento de su madre en el que poder acompañarla. Y, como más tarde haría con su propio marido, se dijo a sí misma que era ley de vida y se puso manos a la obra: había mucha gente a la que avisar o se molestarían.

De *flashback* en *flashback*, la terapeuta aterrizó de nuevo en su butaca, sentada delante de la amiga más antigua de su madre, que en tiempos fue para ella una especie de tía postiza a quien le robaba los cosméticos. Nada deseaba más que ayudarla. Fuera a confesar, fuera a desahogarse. Pero le preocupaba cuál sería su papel después. No se sentía con fuerzas de delatarla, le contara lo que le contara.

Elisa la observaba con afecto como si adivinara sus contradicciones mientras investigaba unas pelotitas antiestrés que tenía sobre la mesa:

—Fíjate, quién me iba a decir a mí cuando os recogía en el colegio a las dos, con vuestras trenzas...

La terapeuta sonrió. Iba a ser aún más difícil que con Dolores. ¿Cómo podía ayudarla si aún la veía con los calcetines cortos del uniforme?

—Sí, qué cosas... —Ruth le ofreció el rictus más profesional de su repertorio—. Elisa, antes de empezar quiero que sepas que nada de lo que expreses aquí será utilizado...

—¿En contra mía? —la interrumpió, sacándose del gorro unas briznas de pelo—. Qué gracioso. Parece que me estuvieras leyendo mis derechos, pero al revés.

La psiquiatra se recostó relajadamente en su butaca. Observó que Elisa se había sentado enfrente sin quitarse el abrigo ni el sombrero, lo que le daba el aspecto de estar a punto de largarse en cualquier momento.

—Yo no soy quién para leerte tus derechos. —Abrió una libreta con tapas de piel aparentando normalidad—. Sólo me he ofrecido a ayudarte a sacar de tu mente cualquier cosa que te perturbe sobre lo ocurrido en tu casa y que la limpies de toda sensación traumática. Así que cuéntame lo que quieras.

Elisa pareció buscar las palabras durante unos segundos y luego dijo:

—No soporto que me tengan pena.

A Ruth le sorprendió la rapidez con la que había entrado en materia. Aunque fuera en otra materia.

—¿Quién crees que te tiene pena?

—Todo el mundo. —Se echó un poco hacia delante—. Cumples sesenta y cinco, y de pronto los médicos te hablan con condescendencia, los camareros vocalizan como si fueras una turista, los dependientes te gritan sin que lleves audífonos… Estoy harta de que las personas mayores les parezcamos víctimas.

La otra asentía mientras tomaba notas. Lo cierto era que, a sus setenta, Elisa era una mujer ágil, activa y cuyo cuerpo menudo la hacía parecer más juvenil. Entendía que llevara mal ciertas actitudes.

—¿Y cómo te gustaría ser percibida? —le preguntó.

La mujer sonrió de medio lado recreándose en un recuerdo de esa misma mañana.

—¿Quieres contármelo? —La escrutó por encima de sus gafitas de montura fina.

Elisa asintió casi traviesa. Pero que no le dijera nada a Mónica porque se enfadaría con ella…

—Entre tú y yo, mi hija tiene muy poco sentido del humor. —Le guiñó el ojo.

—Tranquila —aseguró la otra—. Aunque quisiera, no podría hacerlo.

Pareció creerla, porque empezó a desclasificar la pequeña aventura doméstica de la que acababa de ser protagonista.

Resulta que por culpa del cortocircuito su módem se había vuelto loco y tuvo que avisar a un técnico de Movistar. Optó por ponerse muy dramática por teléfono, de otra forma no le hacían ni caso y tardarían un lustro, así que se inventó que no tenía otro entretenimiento que ver películas y documentales porque sus hijos vivían en el extranjero y a ella, qué horror, le faltaban las dos piernas desde que la atropelló un autobús de la EMT. Aún estaban en juicios tras seis largos años… El caso es que en dos horas estaban llamando a su puerta:

—Llegó un joven todo tatuado y, sin darme los buenos días, me preguntó dónde estaba ese cacharrito del internet —continuó Elisa—. Y luego se dedicó a describirme el aparato en cuestión. Como siempre, demasiado alto y demasiado lento, tanto que me costaba seguirle porque diez minutos después del sujeto llegaba el predicado. ¿Quieres decir el módem?, le pregunté yo, que llevaba ya un rato señalándoselo. —Buscó la complicidad de la terapeuta—. Si hay algo que llevo peor que dar lástima, hija, es que me traten como si fuera idiota. Seguro que tú me entiendes… Entonces, veo que se pone unos cascos en los que hasta yo escucho un chunda chunda como para volverse loco, se acuclilla detrás del mueble de la televisión enseñándome la hucha y otro tatuaje feísimo en forma de escorpión, que digo yo que me podría haber ahorrado esa imagen, pero en fin… Y en esa estética postura se queda durante media hora: dándome el culo. —Se dio una palmada con ambas manos sobre los muslos—. No sé por qué, pero en ese momento empezó a indignarme muchísimo su actitud. Así que le di con el dedito en la espalda. —Y Elisa continuó esa parte del relato actuando las voces—: «Perdona, ¿me puedes decir cuál ha sido el problema?». Él gruñó que no era nada. Que estaría en unos minutos. Evidentemente no iba a hacer el esfuerzo de explicarle nada a esa señora porque no iba a entender ni palote. Así que volví a sentarme en el sillón con aquella bonita imagen de frente y fue entonces cuando empecé a fantasear…

—¿Fantasear? —Escuchó decir a Ruth desde su consulta.

—Sí —prosiguió Elisa ahora en tono de confidencia—. Pensé: esta pobre criatura no se da cuenta de cómo está bajando la guardia. Y lo hace porque da por hecho que soy una viejecita indefensa. ¿Se comportaría así con todo el mundo? ¿En otras casas? ¿Con otros clientes más jóvenes, más hombres? Entonces volví a llamarle con el dedo. —Hizo el gesto—. Él se dio la vuelta un poco harto y me aseguró que ya no le quedaba nada. Entonces aproveché y antes de que se pusiera los cascos de nuevo voy y le suelto: «¿Y si fuera así?». Obviamente no me entendió a la primera, así que se lo aclaré: «¿Y si fuera verdad que no te queda nada?». Ruth…, tenías que haber visto su cara de confusión. Entonces le expliqué mi hipótesis: «Tú has dado por hecho que soy una viejecita indefensa y por eso llevas media hora dándome la espalda. Pero ¿te imaginas que yo ahora cogiera esa escultura de bronce y te la estampara en la cabeza?». Él me miró sin comprender: «Hombre», dijo, «señora, ¿por qué iba a hacer eso?», y conectó unos cables, pero me fijé en que ya no volvía a ponerse los cascos. Eso me animó, así que volví a la carga sentadita en mi sillón: «También me podría servir la piedra de amatista esa que ves ahí, porque pesa siete kilos y está llena de picos, o liarme a bastonazos con el rollo de amasar, hasta aplastar el alacrán ese que veo que tienes en las nalgas». —A Elisa se le dibujó un gesto de satisfacción en el rostro—. El chico se subió el pantalón todo lo que pudo sin perderme de vista. Y créeme, Ruth, que me miraba de forma distinta. «¿Puedo ofrecerte algo?», le dije por ser amable, «¿un poco de agua?». Dijo que no, y entonces sonó un pitido y comprobó que entraba la señal al televisor. Claro, ya que había llegado hasta allí no pude contenerme y concluí mi tesis: «Te he dicho esto para que no seas tan confiado. Ten en cuenta que te metes solo en mi casa y no me conoces. Para mí sería muy fácil decir que me atacaste y que actué en defensa propia. Recuerda esto: no hay persona indefensa y no hay persona libre de sospecha». Él asintió con la cabeza muy despacio y luego me preguntó si quería que me dejara encendido Netflix en la misma película que estaba viendo. Le dije que sí, aunque no supe de lo que me estaba hablando porque yo no sé ni cómo poner Netflix. Antes de despedirnos, le di una propina de veinte euros que recogió con cuidado ya desde la puerta, como el que le echa de comer a una bestia, y la verdad es que me dio un poco de pena, así que puse cara de cordero degollado y dije: «Espero que no te haya molestado lo que te he dicho antes, era sólo por tu bien». Pareció respirar algo aliviado porque medio sonrió por primera vez. «No, señora...», dijo el pobre, «pero he pasado un miedo...».

Cuando Elisa concluyó su relato sonrió poderosa porque Ruth había dejado de escribir y la contemplaba con el mismo gesto de aquel técnico tan agradable.

—Creo que ahora ya puedo empezar a contarte algunas cosas. —Buscó en su bolso un caramelo—. Ahora que ya no me ves como la pobre madre de tu amiga que se aburre.

La terapeuta no supo qué decir porque sólo podía pensar en enviar un mensaje al grupo. Era urgente. Tenían que reunirse.

Al salir, Mónica estaba esperando en la sala de estar con una taza de café en la mano junto a Margarita sentada... en la silla de ruedas. ¿Por qué hacía eso cada vez que era ella quien tenía una visita?, se desesperó al encontrarla con esa pose inspirada en la dama de las camelias. Ya fue un lío que se negara a devolver la silla a la clínica cuando se recuperó de la rotura del tobillo, pero ahora la había incorporado a su vida como tantos otros *gadgets* de hospital que la volvían loca.

¿Qué tipo de placer extraía su madre de los medidores de azúcar, tensiómetros, contadores de saturación en sangre...? A saber. Era un caso para hacer un estudio de campo.

Pero lo de la silla había sido demasiado.

Tardó sólo una semana en levantarse sin ayuda tras la operación y caminaba sin problemas. Sin embargo, un año después aún aseguraba necesitarla. Cualquier otra persona habría estado feliz de perderla de vista, pero a ella parecía gustarle que Elsa la empujara un rato por el parque y saludaba desde ella a los vecinos como si fuera en calesa, como si eso le otorgara cierta prestancia, y sentarse en ella a todo correr cuando venía una visita ajena.

Como esa mañana.

Cualquiera que no la hubiera visto unos minutos antes zascandilear por la cocina habría pensado que agonizaba. Al verla allí con la mano desmayada desde el asiento casi rozando la alfombra afgana todos decían a coro: pobre Margarita, está tan delicada...

Mónica y Ruth se dieron dos besos y, al hacerlo, ambas se susurraron al unísono un «tenemos que hablar». Luego les dedicaron una sonrisa impostada a sus progenitoras.

—Hace un rato le estaba recordando a Ruth cuando os iba a buscar al Liceo Francés y aparecíais las dos igualitas con vuestras trenzas. —Y luego, a Margarita—: ¿Te acuerdas, Marga, de que siempre las llevaba yo y Ruth me pedía que la peinara en el coche?

La aludida cruzó sus largas piernas, luego los brazos sobre el jersey crudo de cachemir. Prácticamente se hizo un nudo.

—Sí, y acuérdate de que los martes las llevaba yo a equitación.

—Bueno, acuérdate de que las llevaba tu chica.

—Eso cuenta como si las llevara yo, que era quien tenía carnet del club de campo. Acababan de nacer los mellizos.

Sus hijas contemplaron aquel diálogo en apariencia intrascendente como un partido de tenis. ¿Estarían hablando en clave? Sus madres habían jugado un tiempo como pareja en el club mientras las niñas montaban a caballo. Marga siempre fue mejor tenista y Ruth mejor amazona, pero recordaban aquellas tardes como un oasis de libertad. Volvían con las piernas flojas, arrastrando sus botas de montar y oliendo a cuadra y sus madres las esperaban tomándose un martini e intercambiando confidencias. No las recordaban reírse tanto con nadie. Pero un tiempo después dejaron de verse tan seguido y, como con las demás, sus encuentros dejaron de ser de puertas afuera.

Al despedirse, Margarita las acompañó protocolariamente a la puerta.

—Me alegro mucho de verte, Mónica —le dijo dándole un beso—. Seguro que estás ayudando mucho a tu madre en todo este asunto tan… engorroso. Porque supongo que hablaréis del tema.

Elisa lanzó su mirada como un dardo disuasorio, primero a Margarita y luego a su hija.

Ésta asintió con la cabeza, luego negó rápidamente.

—Bueno —titubeó—, en realidad yo no estoy haciendo gran cosa, por eso le aconsejé que fuera Ruth quien la ayudara.

—¿Y no había más psiquiatras? —preguntó Margarita sonriente.

Elisa dio un paso adelante.

—Sí, pero es la mejor. Me ha ayudado mucho —aseguró—. Ruth, eres una gran profesional y tengo muchas ganas de volver el próximo día. —Y luego, a Margarita con firmeza—: Es verdad que hay cosas que es mejor contárselas a tu terapeuta y no a tus familiares o amigas…, a fin de cuentas siempre están implicados, de una forma u otra, ¿verdad?

—Tú sabrás… —respondió Margarita, inmutable, con una sonrisa social que a todos les pareció una advertencia.

Y así, dejando a sus hijas con la misma ansiedad de una serie, se despidieron desde el ascensor.

Todos sabemos que las novias tienen un estatus inferior

Los perros saben lo que sienten sin necesidad de adulterarlo con el filtro de la razón. Por eso trato de aprender de ellos. Por eso los envidio también. Por poder expresarlo sin palabras que lo tergiversen.

Todo estaba planeado tan al dedillo que habría hecho las delicias de Jessica Fletcher. De hecho, cualquiera de los héroes de sus novelas y películas policiacas habría estado orgulloso. Gabriel había aparcado su Smart la noche anterior en un ángulo estratégico para que no se viera desde el escorzo del balcón de Elisa. Allí se reuniría con Mónica a las nueve en punto de la mañana. A continuación, entrarían en la portería para comprobar las llaves de los trasteros. Dolores tenía insomnio y tomaba somníferos, aseguró su hijo, por eso no se levantaba nunca antes de la hora de comer. Si las llaves coincidían, la segunda prueba que deberían superar era la del cuarto piso, es decir, Elisa. Ésta solía salir a hacer la compra a eso de la una, había advertido Mónica. Por eso, al subir a los desvanes debían tener mucho cuidado, no sólo de no cruzarse con ella, sino de que Isis no los delatara. ¿Lo decía en serio?, se había pitorreado su amigo. Pero sí, existía la posibilidad, porque la muy hija de una hiena siempre se encaramaba a la estantería emitiendo un suave bufido disuasorio muy característico cuando olía a Mónica. Y sólo se lo dedicaba a ella por si venía acompañada de esa rata con ínfulas perrunas. Por eso su madre sabía siempre cuándo estaba llegando a casa.

Y, como siempre pasa, el plan sonaba genial dentro de sus cabezas, pero los detectives de sus libros favoritos no tenían que sacar al perro, ni trabajos alimenticios…, ni madres. Digamos que sus amaneceres no habían sido fáciles, ni mucho menos literarios, y ambos llegaban tarde: Gabriel acababa de entrar en el coche recién aterrizado de un vuelo de Brasil y se disponía a combatir el sueño a golpe de café *latte* del Starbucks cuando una mano sin dueño aporreó su cristal. Pegó tal brinco que se derramó por la manga de su camisa italiana parte de la bebida. Al asomarse sujetándose el corazón, descubrió a Mónica acuclillada como un chimpancé al lado de la puerta haciéndole señales aparatosas para que abriera.

Subió el seguro y ésta se coló dentro.

—¿Quieres que me vean?

—¿Quieres que me dé un infarto?

Dijeron casi a la vez.

—¿Por qué no me abrías?

—Porque no te había visto, joder. ¿Cuánto tiempo llevas ahí?

—Tenía activado mi traje de mujer invisible —resopló la otra—. Llevo una hora detrás de la estatua de Lope de Vega esperándote.

Claro, ¡cómo no lo había supuesto!, dijo su amigo, ella siempre tan teatral. Luego se disculpó mientras se limpiaba los salpicones de café. Tuvo que parar a comprarse uno por pura supervivencia y por eso se retrasó un poco. En serio, su vuelo había sido el *remake* español de *Aterriza como puedas*. Mónica hizo una mueca, ¿de verdad? ¿Se había desmayado el piloto y tuvo que ponerse al mando? Pero la anécdota que iba a contar su amigo no tenía precio: habían apagado las luces después de la cena y de pronto se empezaron a escuchar gritos que enseguida se concretaron en sombras que se sacudían histéricamente algo de encima. Resulta que a un pasajero se le había escapado un hurón y éste se dedicó a brincar de cabeza en cabeza hasta llegar a *business*.

Mónica le pidió un sorbo de café. No le gustaría ir en turista, dijo, y luego con cara de vinagre: Buaj, ¿seguía desayunando leche? Café desteñido, matizó él.

—Nos tenías que ver a toda la tripulación corriendo detrás del bicho, intentando sobornarlo con todo lo que teníamos a mano: zanahorias, cacahuetes, trozos de pan… ¡No imaginas lo que nos ha costado reducirlo!

Su amiga se sacó la gabardina que últimamente era su uniforme.

—Normal. Le estabais ofreciendo el menú vegetariano y son carnívoros.

—No sabes el griterío que se ha montado —recordó él frotándose los ojos.

—Ni tú el que me ha montado mi madre.

¿Y eso?, Gabriel le hizo un gesto para que disimularan. Atención, un vecino salía del portal. Peor que un vecino, aclaró ella, era Pon. La otra mitad de la hoja parroquial. Ambos se arrellanaron en el asiento del coche mirando hacia el convento y Mónica bajó la voz:

Todo había empezado con una de las imprevistas videollamadas de Elisa justo cuando caminaba hacia allí: como era sábado, quería quedar para darle un aperitivo del regalo de su cumpleaños que le había comprado en La Tienda del Espía, aunque faltaban dos meses. A Gabriel se le iluminaron los ojos como a un chiquillo, ¿aún existía? ¡Adoraba esa tienda!, y Mónica volteó los suyos hacia arriba, claro, ella también la adoraba, en pasado; cuando era niña se volvía loca con las grabadoras en forma de bolígrafos, los kits para buscar huellas, los libros con doble fondo para ocultar objetos o mensajes, hasta tenían una réplica del zapatófono del Agente 86...

—El tema no es ése, Gabriel, sino por qué lo hace. Y por eso se lo agradecí mucho, pero le dije que, si no le importaba, prefería otra cosa que necesitara más.

Y entonces vio con nitidez el tsunami acercarse al rostro de su madre, porque Mónica, como casi todos, con el tiempo había desarrollado un sismógrafo que le permitía anticiparse a los disgustos de Elisa: «Hija, yo que te lo he comprado con toda mi ilusión...».

—Ay, pobre... —se conmovió el otro.

—Ya, pero no —le interrumpió Mónica tajante—. Que no te engatuse. En ese sentido mi madre es una generosa encubierta. Le he dicho mil veces que ser investigadora era un sueño infantil que no pudo ser y también sabe lo mucho que me costó renunciar a ese sueño cuando supe que no me admitirían siquiera en los exámenes de la Policía. Pero lo asimilé y ella..., pues no. Simplemente no acepta que su hijita no sea apta para algo. Igual que sigue enfadada con Marcos porque, según ella, fue un caradura, todo porque decidí dejarle el coche, mi coche, y cada dos por tres me saca el temita..., ¡y ya hace diez años de eso! ¿No lo entiendes? ¡No me permite pasar las páginas de mi propia vida! De hecho, antes se empeñaba en comprarme la ropa que le gustaba a ella y, por no disgustarla, yo no decía nada, hasta que un día me miré al espejo y no me encontré. En lugar de mi reflejo me sonreía una triunfante mini-Elisa. Mi primera rebeldía fue decidir que me vestiría con mis propios gustos, ya ves tú.

—Una pena —añadió su amigo—. Quiero decir que..., no te enfades, pero es bastante más moderna que tú.

—Muy gracioso. —Meneó la cabeza sacudiendo la melena con un gesto que a Gabriel le recordó a Uma Thurman en *Pulp Fiction*.

Ella prosiguió:

El caso es que, entre que llegaba tarde y que intentaba disimular porque la tenía en videollamada preguntando qué calle era ésta o aquélla —su pasatiempo favorito—, Mónica empezó a impacientarse. Joder, ¡no la había parido una madre, sino un GPS! El caso era tener información completa de sus movimientos y ahora, para colmo y desde la pandemia, se había aficionado a las videollamadas a traición, convirtiéndola también en su programa favorito: un gran hermano protagonizado por su propia hija.

«Mamá, no estoy cerca del centro», había mentido, intentando reducir sin éxito el ángulo de visión de su cámara. Pero su madre insistió: «¿Qué era eso que se veía ahí detrás? Parecían los jardines de Sabatini». Mónica cogió aire. «Pues no lo son», aseguró impaciente. Pero Elisa erre que erre: que podía acompañarla si iba a hacer un recado y de paso le llevaba el regalito, que seguro que le iba a venir bien... Y a continuación le lanzó un anzuelo: «¿Sabes una cosa, nenita? Creo que se me ha ocurrido quién puede saber mucho de Orlando», justo cuando se escuchó el bocinazo de un autobús que casi le pasa por encima: «¿Qué ha sido eso?», se alarmó la madre, «¡por favor, mira al cruzar!».

Entonces Mónica ya no pudo más.

Se acercó el móvil tanto que hasta Elisa pudo ver vibrar su propia campanilla y le gritó: «¡Mamá! ¡No puedo mirar al cruzar porque voy hablando por videollamada! ¡Y ya te he dicho que hoy no puedo quedar! ¡Y tampoco quiero más juguetes de esa tienda!».

—Y entonces me ha mirado apretando mucho los labios y a continuación he visto que caía el móvil y he perdido la señal. —Hizo una pausa—. Vamos, que lo ha estrellado contra el suelo.

Gabriel abrió los ojos azules como un muñeco.

—Ya, sé lo que estás pensando —asintió ella—. Yo también lo he pensado.

No era la primera vez que lo hacía, admitió. De hecho era casi una tradición. En el Departamento de Tecnología de la FNAC ya le hacían descuento. Su móvil era su chivo expiatorio favorito: cuando no conseguía encontrar una aplicación o si había pasado la noche en vela y la despertaba el teleoperador insistente de turno..., lo pagaba con el móvil. Quizá inconscientemente, Mónica había borrado de su cabeza ese vicio materno desde el suceso de la bañera.

—Quién sabe —verbalizó por primera vez—. Quizá él le quiso robar y ella se defendió. O se lo encontró allí, discutieron y se lo lanzó en un arrebato sin pensar en las consecuencias.

Su amigo la escuchaba haciendo cábalas:

—¿Crees que pudo ser un homicidio involuntario?

Mónica suspiró mientras hacía dibujitos geométricos con el dedo sobre el cristal.

—¿Y que ahora esté asustada? —añadió tras unos segundos—. No lo sé..., pero lo que sí sé, Gabi, es que estoy harta de interpretar con ella el personaje de «la Señora Lobo: soluciono problemas», los problemas en los que se mete cuando se aburre. ¡Y luego quiere que le cuente los míos! ¿Cómo? ¡Si no me deja espacio! Y lo peor es que empieza a pasarme con más gente.

—¿Y por qué no dejas de hacerlo? —dijo él intentando calmarla.

—¡Porque creo que eso es lo que se espera de mí! —verbalizó sorprendida de su propia frase y continuó en voz baja—: Ser la alegre y organizativa Mónica. Eso es. Porque si no cumplo con esa expectativa tengo miedo de que dejen de quererme.

Su amigo se quedó en silencio mientras ella dibujaba interrogaciones en el vapor del cristal. Quiso decirle que a él sí podía contarle sus debilidades; de hecho, en su más tierna adolescencia, llegó a hacerlo aunque le costara mucho. Que a él no le hizo quererla menos, sino más, mucho más…, pero, en lugar de eso, siguió observándola con una nueva sensación, la de querer protegerla. No, se ordenó a sí mismo, no, no, no… Es una mujer, pero no es tu madre y tú no debes proteger a nadie más… Pero es que a esa Mónica llevaba tanto tiempo sin verla…

—Yo nunca di un disgusto —continuó ella en otro tono, tragando saliva—. Nunca lloraba de bebé, nunca reclamé un juguete, nunca me escapé del colegio… Porque las rebeldías habían sido patrimonio de otros. ¡Porque en algún momento pensé que sería mi turno! Como ella era fumadora yo aborrecí el tabaco. Como ella ya había dado un buen número de disgustos familiares —la echaron del colegio, se casó con el hombre que quiso, se hizo tres agujeros en una oreja—, yo fui educada para compensarlos. Como ella siempre comió lo que le dio la gana, yo hago la compra sumando los hidratos de carbono y los azúcares, y me mato en el gimnasio. En resumen: ¡soy un coñazo! Ha sido la mejor madre del mundo hasta que me hice adulta, pero entonces ha empezado a arrastrarme tirando de esa soga umbilical para intentar a toda costa que pase esa línea invisible en la arena y ganarme el pulso. Es como si intentara reclamar mi vida como parte de la suya. Y por una vez que he bajado la guardia…, por una vez que he estado un poco más pendiente de mí misma para prepararme ese máster…, ¡encuentran un muerto en su bañera!

Gabriel le posó su dedo índice en los labios.

—A ver, a ver, a ver… —la interrumpió—. No te líes, que ése es mi personaje: el ángel de la guarda que haga lo que haga siente que está fallando en su cometido. Además, creo que estás sacando conclusiones precipitadas.

—Ya no sé qué pensar, Gabriel —reconoció frotándose las manos—. Me cuesta imaginarme a mi madre matando a una mosca, pero no me cuesta nada imaginarla tirándole el móvil a alguien en un arrebato y que haya aterrizado fatalmente en la bañera.

Gabriel se incorporó en el asiento.

—A ver, que tu madre pudiera encabezar esa categoría olímpica no quiere decir que luego fuera capaz de mantener el tipo contigo y con la policía. Para eso tendría que ser una psicópata.

Se echaron a reír.

Eso era cierto. Pero aun así… Y entonces sonó el móvil. «Mamá». Ahí tenía a su psicópata, dijo Gabriel, y ella le hizo un gesto para que no abriera la boca. Esta vez era una llamada de voz.

—¿Es urgente? —contestó Mónica con sequedad.

—Es que antes se me ha cortado —dijo Elisa con voz edulcorada.

—¿El qué? ¿La mahonesa?

—Ah, vale, que ahora vas a estar de morros. —Elisa sonaba tranquila, incluso amable.

—Qué le vamos a hacer, mamá. No he heredado tu capacidad para pasar de un estado a otro.

—Hija, qué exagerada eres.

—¿Yo? —miró a Gabriel con los ojos como platos—. Te recuerdo que has sido tú la que ha estrellado el móvil hace unos minutos.

—Se me ha caído, hija, qué le vamos a hacer… —pausó la voz—, estaré torpe. Y no he gritado, es que hablo así. Soy así.

—¿Y te gustas?

—Pues no. No me gusto.

—Entonces, cambia. —Estuvo a punto de colgarle para imitar su peculiar estilo, pero había que ser prácticos.

—¿Ya has salido a la compra? —Levantó el pulgar hacia Gabriel.

—¿A qué viene eso ahora?

Mónica dudó un momento, su amigo le hacía gestos sin parar que no lograba entender.

—A nada —contestó Mónica—. Son el tipo de preguntas que me haces a mí.

—Pues no. No me apetece salir. Me da igual comer que no comer.

—Me parece muy bien, mamá, aguantarás viva una semana. Pero no dejes de beber, la palmarías en dos días. —Esto dejó a Elisa desconcertada de nuevo—. Ahora tengo que colgar.

Era el momento de actuar, dijo Mónica subiendo la ventanilla aceleradamente, porque, cuando su madre estaba de mal humor, solía combatirlo tomando algo en la Taberna del Alabardero. Salieron del coche a toda prisa y luego ambos se detuvieron en seco con una sonrisa rígida:

—No me lo puedo creer… —dijo Gabriel entre dientes.

Directo hacia ellos y con su perenne sonrisa de actor de comedia antigua venía el Señor de los Pajaritos. Seguía allí, murmuró Mónica, como si lo estuviera viendo atrapado en una película de super-8.

—Hombre, niña, ¿cómo está tu madre? —preguntó, cordial, y proyectando la voz más de lo que nuestros investigadores hubieran deseado.

Revoloteando a su alrededor iba esa eterna nube de gorriones hambrientos que le seguía a todas partes.

—Vaya susto se habrá llevado la pobre… —continuó—. Ese chico era bien majo y valía para todo. La última vez que lo vi fue ahí mismo —señaló al balcón de Elisa—. Colocando esas mallas de protección, digo yo que serían para la gatita.

Ante aquella nueva revelación, los dos amigos no quisieron hacer comentarios. Era más urgente que nunca entrar en aquel desván.

Conocía tan bien esa cerradura que Gabriel la abrió como un ladrón de guante blanco, sin apenas un chasquido, ¿cuántas veces le vio hacer eso mismo cuando volvían cansados y felices de madrugada? La casa estaba en penumbra, pero Mónica reconoció ese papel de rombos que mareaba si lo mirabas fijamente durante mucho tiempo y los muebles de caoba barnizada que parecían dormidos desde los setenta. Olía a cerrado, se excusó Gabriel. Ahora, por lo menos, había conseguido que dejara entrar a una limpiadora.

Una respiración fatigada avanzó por el pasillo hasta ellos y luego Mónica sintió que le babeaban el tobillo. «Hola, Oxitocina», Gabriel le agarró cariñosamente un moflete y le ofreció algo que llevaba en el bolsillo. El *bulldog* lo olfateó a tientas, HUESO, HUESO, HUESO, HUESO…, y se tumbó a sus pies a roerlo apasionadamente. Qué previsor y qué profesional, le susurró Mónica a su compañero, orgullosa. Él sí que tenía mano para los cuadrúpedos, se dijo, igualito que Antolián…

La tomó de la mano para guiarla hasta la cocina entre muebles y trastos de toda índole. Allí abrió una pequeña alacena y enfocó el interior con la linterna del móvil. Las llaves de los desvanes aparecieron colgadas como pequeños ahorcados, cada una bajo una letra. No faltaba ninguna, se sorprendió Gabriel. Entonces debía de ser una copia, añadió Mónica sacando la de Orlando de su bolso. La empuñadura roja, los dientes gruesos, todo idéntico, pero era imposible saber de cuál era copia. Entonces escucharon a Dolores toser en el dormitorio y los pasos de Oxitocina se alejaron parsimoniosos en esa dirección.

Había que subir ya, dijo su amigo.

El pasillo de los desvanes siempre lleno de polvo, las antiguas puertas alineadas perdiéndose en las sombras como el picoteo de las palomas sobre el tejado. Cuando eran niños, ése era su escenario preferido para imaginar un terrible manicomio o un misterioso internado o las inescrutables celdas del convento vecino. Ninguno quería ser el primero en doblar el pasillo porque allí se encontraba la frontera de lo desconocido donde sin duda campaban a sus anchas los espectros y las almas en pena. Sin embargo, el final daba a una pequeña terraza encastrada en el tejado que obtuvo un gran protagonismo durante su adolescencia.

Como si fuera el zapato de Cenicienta, los dos amigos empezaron a probar la llave puerta por puerta, comenzando por el trastero de Elisa, en el que no entró. ¿Lo habría cambiado por otro? Y así descartaron cada una de las veinte cerraduras hasta llegar a la contigua a la azotea.

—Ésta es la nuestra —dijo Gabriel casi al tiempo que la cerradura… giró.

¿Qué sentido tenía aquel giro también de guion?, se preguntaron mientras Gabriel se aventuraba hacia el interior a tientas intentando no golpearse la cabeza contra las vigas. Un ventanuco minúsculo cuyo pestillo cerraba mal era la única iluminación que llegaba desde el final de la estancia, mucho más ordenada y limpia de lo que la recordaban. Al fondo y encajados en el tejado de la buhardilla, se agolpaban cajas, maletas y todo tipo de trastos viejos. Pero el resto se había convertido en un curioso salón de estar, se podría decir que acogedor, decorado con fragmentos descascarillados de su vida anterior; así reconoció la butaca orejera de su padre, a la que alguien había colocado unos viejos cojines de raso que pertenecieron al dormitorio de Claudia; una lamparita de pie a la que le faltaba la tulipa y que parecía haber iluminado algunas insomnes noches de lectura; la cama turca, abierta y vestida con un edredón de ositos en el que tantas veces se acurrucó de niño, y que ahora tenía un libro de etología canina sobre la almohada, y también la nevera vieja enchufada a un alargador, que aún funcionaba. Mónica la abrió. Dentro, bebidas sin azúcar, un bote de aceitunas verdes y leche de avena sin caducar. De un pequeño burro con perchas colgaban un par de forros polares, pantalones vaqueros y varias gorras. Todo ello de talla XL. Incluso había desenrollado una alfombra al lado de un radiador de aceite donde un puf y unas gomas de estiramientos sugerían que el habitante de aquel lugar entrenaba y meditaba, a juzgar por la pequeña imagen de Buda sentado en el loto sobre una caja de embalar, escoltado por dos velas casi derretidas. En la pared, colgando de varios clavos, correas de entrenamiento y collares de distintos tamaños, juguetes para perros...

—¿Vivía aquí? —preguntó Mónica retóricamente.

—¿En el trastero de mi madre? —completó Gabriel sin recomponerse aún.

Y se lanzaron a buscar pistas. Pero ¿qué buscaban, exactamente...?

—Todo lo que no recuerdes como tuyo o de tu madre —dijo Mónica—. Ahora confío en tu memoria.

No debían olvidarse de sacar fotos. Era muy importante sacar fotos. Esa tarde se reunirían con el grupo.

Una hora después estaban sentados y atónitos sobre la alfombra, rodeados de todo lo que consideraban evidencias. Ahora tocaba armar el puzle.

Se dividieron el trabajo.

Ella iría clasificándolas mientras Gabriel apuntaba la descripción en su móvil.

—La primera prueba indica que consumía drogas —dijo Mónica sujetando dos bolsitas transparentes entre los dedos—. Esto es marihuana y esto otro no lo detecto, tendría que haber traído a Fiera. Pero dentro de su maleta...

Abrió una funda de zapatos y sacó unos paquetes.

—¿Qué es? —preguntó Gabriel con la voz reseca por el estrés.

—Son semillas —dijo la otra olisqueando el contenido—. Las traería de México. No sé cómo pudo pasar tantas. Podría indicar que era traficante.

Gabriel se llevó la mano a la frente como si fuera a marearse.

—¿Mi madre tenía viviendo aquí a un traficante?

—Tranquilidad. No saquemos conclusiones aún. Quizá no sabía que lo era —intentó excusarla, y siguió escarbando en la maleta.

Había muchas cajas de las mismas pastillas sin prospecto. Mónica sacó el móvil y consultó la base de datos de estupefacientes.

—No te molestes. Son antidepresivos —aclaró él para sorpresa de ella—. Los toma mi madre desde hace años.

¿Dolores? ¿Estaba seguro?, Mónica sacó una foto, ¿y tenía recetas para ese arsenal? ¿Cómo conseguiría tantas cajas y... para qué?

Pero había otra evidencia que les había asombrado encontrar: una carpeta verde con documentación bancaria de Margarita. Gabriel los fue revisando: eran cartas de facturas impagadas, avisos de Hacienda... ¿Por qué tendría interés Orlando en esa información? ¿Las habría sacado del buzón o se las llevó de su casa? Y luego estaban las fotos de Suselen, siguió Mónica. Eran los típicos retratos de cantante que se les firman a los fans —con la boca en pleno sobreagudo, expresión de *drama queen*—, pero dedicados en su nombre... ¿por su madre?

—¿Y esto se lo dedican a los fans? —dijo Gabriel—. Joder..., pues da más miedo que la foto de carnet de Hannibal Lecter.

También había un programa del pasado concierto, ése al que Ágata no fue invitada, con una sola entrada a modo de marcapáginas. ¿Un traficante aficionado a la ópera? ¿Iría con ella? ¿O en su lugar?

—No sé... —admitió Gabriel—. Estoy desbordado. Tengo que hablar con mi madre ahora mismo. —Y se levantó.

—No. —Mónica le agarró del vaquero desde el suelo—. Ahora mismo lo que hay que hacer es volcar todas las fotos en el grupo y reunirnos con las demás. Tenemos que saber a qué atenernos antes de hacer cualquier movimiento en falso.

Pero él seguía de espaldas murmurando algo que luego se fue concretando en un mierda, mierda, mierda, muchas veces, mierda, no me lo puedo creer...

—¡Qué! —se impacientó ella—. ¿Es que tienes el síndrome de Tourette? Sólo te estoy pidiendo que vayamos por pasos. Todo esto no convierte a tu madre en sospechosa..., bueno, sólo un poco.

—Pero a nosotros nos convierte en gilipollas.

La puerta, añadió quedándose en jarras, la puerta no tenía cerradura por dentro. Sólo se abría desde fuera y la habían abrochado.

—¿Qué? —gritó Mónica.

Media hora más tarde y tras muchos intentos infructuosos de apalancarla con todo tipo de objetos, se dejaron caer de nuevo sobre la alfombra. Podían pedir ayuda, pero... ¿cómo iban a explicar qué hacían allí y con qué llave habían entrado? Gabriel hizo un nuevo intento introduciendo un alambre en la cerradura, ya había agotado todos sus conocimientos para escapar de un avión siniestrado, mientras Mónica pensaba en alto: el ventanuco daba a la azotea. Ya está. Escribirían a sus amigas. Sólo tenían que apañárselas para entrar al portal con algún vecino. No necesitarían la llave para subir a los desvanes y acceder a la azotea. Una vez allí, ¡ellos se la tirarían por el ventanuco y podrían abrirles! Recordarían perfectamente el camino. «Cómo olvidarlo», respondió Ruth en el chat a mensaje tan surrealista, «a fin de cuentas, aquel tejado había sido nuestro refugio de verano». «Por otro lado... ¿Qué narices estáis haciendo allí?».

La mala noticia era que ninguna de las dos podía llegar hasta la tarde, anunció Suselen secundada por un buen número de emoticonos muertos de risa. Ruth tenía consultas y ella ensayo. Que sacaran un buen tema de conversación, aunque seguro que esos dos juntos no tenían capacidad para el aburrimiento. Llevarían víveres y se reunirían allí, como en los viejos tiempos: «¿Qué tal unas nubes, unos gusanitos y cocacolitas de gominola?», y de nuevo un coro de emoticonos relamiéndose.

De modo que los dos cautivos se abrieron un Aquarius Zero, cortesía del pobre Orlando, y se tumbaron sobre el camastro.

Observaron los fragmentos de pasado que se acumulaban a su alrededor; era como el rompecabezas de una familia. Ese trastero era un museo de los noventa, opinó Mónica, ¡Dolores lo había guardado todo!

¿Aquello era su Scalextric?, dijo Mónica, y pasó la mano sobre la tapa donde aparecieron dos aparatosos coches de carreras. Gabriel se incorporó para verlo, siempre le gustó más a su hermana que a él, pero quizá…, y apartó unas bolsas de ropa vieja, sí, allí estaba, su cajón de los juguetes.

Lo abrió despacio, como si fuera el niño de *Toy Story* y tuviera miedo de despertarlos, y los fue saludando según se los iba pasando a su amiga: una princesa Leia y un Darth Vader de los que venían en un Happy Meal de McDonald's, la Game Boy en la que se dejaron los dedos jugando al Tetris, madre mía…, y el tamagotchi de Claudia, «que se lo tuve que criar yo porque ella lo mató de hambre tres veces»; dos de sus Barbies con el pelo trasquilado y en ropa interior, un cubo de Rubik con las pegatinas medio despegadas, porque hacía trampa, admitió Gabriel…, y así fueron desfilando todos ante sus ojos vueltos a la infancia, hasta que vio a su amiga abrazada al que había sido favorito de ambos: el Lego del antiguo Oeste.

—¿Te acuerdas del pueblo de Diamond Town?

Así bautizaron a la que fue una auténtica población en miniatura, ríete tú del metaverso. Les sirvió de escenario para un Western por capítulos: fabricaron empalizadas y montañas con rocas serrín y musgo natural que le robaban al belén de Elisa. En él sus personajes, con nombres y apellidos, lucharon contra los indios, condujeron sus ganados desde los cañones del parque de columpios hasta las cascadas de las fuentes de Sabatini, murieron y se enamoraron. Sí, también se enamoraron.

No pudieron evitarlo y volcaron la caja en la alfombra.

Como entonces, Gabriel fue buscando cada ficha y Mónica se encargaba de encajarlas de la forma más creativa, toda una metáfora de su relación. Y también, como entonces, le sirvió para empezar a arrancarle de nuevo alguna sonrisa a su amigo.

Lo conocía bien. Sabía que su preocupación por su madre en esos momentos lo nublaba todo. Pero también que su superprotección hacia ella podía entorpecer la investigación. Si le revelaba algún dato a destiempo, si la ponía en alerta, nunca sabrían qué había ocurrido allí.

—No eres el único que quiere protegerla… —le aseguró Mónica haciendo trotar hasta él un caballo en miniatura.

—Lo sé…, pero me aterroriza que todo esto la desestabilice de nuevo. —Cogió todo el aire que pudo—. Al fin y al cabo, es la relación más larga que he tenido con una mujer.

Esto hizo que su amiga levantara los ojos irritados por el polvo. Ésa sí había sido una revelación.

—¿La más larga? —repitió como si no hubiera escuchado bien.

Aunque en realidad querría haber preguntado ¿con una mujer? El secretismo en cuanto a sus afectos era digno del Pentágono y el expediente que las tres esperaban desclasificar alguna vez era… que le gustaban los hombres.

A continuación Mónica cayó en lo que habríamos caído todos. Recuperó fugazmente los archivos más íntimos que su memoria conservaba con su amigo, temiéndose que ahora tuvieran otro cariz.

Con cinco años, Gabriel regalándole la primera margarita que brotaba en la plaza; con diez, durmiendo juntos la siesta mientras sus madres jugaban a la brisca; con diecisiete, bañándose desnudos en el lago de Balsaín; con dieciocho, rogándole que comprara condones en la farmacia por ella. Quería estar preparada. Ya había estado a punto varias veces y Marcos acababa de comprarse un coche…

Él sonrió.

—¿Qué ocurre?

—Nada —. Mónica luchó por volver al presente hasta los ojos aún más azules de su amigo, que por primera vez parecían querer hablar de su corazón—. Nada, es sólo que… ¿Por qué nunca nos has presentado a ninguna novia?

Él apartó las piezas del ferrocarril a medio hacer y se tendió de espaldas sobre la alfombra.

—Porque, en realidad, nunca lo han sido —aclaró—. Quiero decir, novias. Así que…, ¿para qué?

Y a continuación fue haciendo un breve repaso de algunas amigas del colegio y, más tarde del instituto, por las que se escapaba de clase para compartir sesiones furtivas en el Real Cinema y excursiones ocasionales al parque del Oeste que, sí, desembocaban también en ocasionales travesuras. ¿Se acordaba de Lidia? Mónica abrió mucho los ojos. «¿Lidia labios de goma?». Su amigo asintió. ¿Se había acostado con «labios de goma»? O Carmela, la hija del guardés del convento, o aquella compañera de piano, Alma. Con ella había perdido la virginidad.

Mónica no daba crédito.

—Pero ¡nosotras lo compartíamos todo contigo! —dijo sentándose sobre sus rodillas.

—Nunca me lo preguntasteis.

—¡Claro que no! No lo habría hecho ni en esta vida ni en la otra.

—Porque os poníais rabiosas. —El otro se echó a reír.

—¡Normal! ¡Pero porque pensábamos que eran nuevas aspirantes a tus mejores amigas, bobo! Las novias tienen un estatus inferior, todos lo sabemos. No habrían sido competencia. Las habríamos cuidado, las habríamos consolado cuando las dejaras, te habríamos servido de coartada o para darles celos, en fin… ¡Las cosas que hacen las amigas, joder!

Aquel planteamiento tan extravagante les provocó la risa a ambos porque en el fondo sabían que era verdad. Por las vidas de los cuatro había pasado toda una manifestación entre ligues, líos de una noche, amantes y parejas. Y, sin embargo, allí estaban ellos, como dos personajes de Enid Blyton que se hubieran fugado de un libro y, al contacto con el mundo real, hubieran envejecido de pronto haciendo las mismas diabluras que treinta años atrás.

—Supongo que si hubiera encontrado a la persona adecuada os lo habría contado. —Se encogió de hombros—. No he tenido suerte. Enseguida se ponían demasiado demandantes.

Mónica se sorprendió, ¿por ejemplo? Y entonces él se enredó en una madeja de vagas explicaciones: que si querían que se fuera con ellas de vacaciones o que conociera a sus amigos, a su familia, y a él le gustaba viajar solo y a su rollo…, y luego se ponían muy dramáticas si no expresaba sus sentimientos.

—Pero con nosotras sí lo hacías, Gabi: irte de vacaciones, conocer a nuestros amigos y familias, incluso expresar tus sentimientos.

—Pero erais mis amigas. —Y luego imitándola—: Y todos sabemos que las novias tienen un estatus inferior.

Le guiñó un ojo e intentó buscar una conclusión en la tímida luz del ventanuco; en resumen, dijo, recalculaba la ruta para alejarse lo más posible en cuanto sentía la menor presión porque intentaban limitar su libertad. La misma presión que sentía con Dolores, supuso Mónica. Si alguien había vivido de primera mano la relación de Gabriel con su madre era ella.

Gabriel había llegado al edificio justo cuando se separaron sus padres. Al principio, sólo los fines de semana porque su custodia y la de su hermana pequeña se la habían otorgado a su abuela paterna. Un día, cuando ya tenían un poco más de confianza, le contó que les habían obligado a acudir al juicio para expresar con quién querían vivir. No hace falta decir que eran otros tiempos, que a los niños se les hacía declarar bajo una presión de mil atmósferas y que no se contemplaban tanto sus derechos… El caso es que ambos habían dicho que, de momento, preferían vivir con su abuela. ¿Y qué otra cosa puede hacer un niño, que, por muy niño que sea, es consciente de que sus padres no están en condiciones de hacerse cargo de él?

Hacía más de un año que llegaban al colegio sin la merienda y tenían que conformarse con la limosna que le ofrecía un compañero colocando el pulgar por la marca donde podía morder su bocadillo; muchas tardes los dos hermanos se pasaban casi dos horas esperando en la garita del conserje del San Ignacio después del cierre del colegio con ojos de cachorro abandonado porque se olvidaban de recogerlos; por otro lado, sus padres habían empezado a beber: él, por la vergüenza que le producía haber perdido el trabajo y Dolores porque no podía con más. Cuando por fin se atrevió a confesárselo a su mujer, los hermanos empezaron a dormir abrazados para taparse los oídos el uno al otro y no escuchar las broncas.

¿Cómo podrían seguir pagando el alquiler?, se desesperaba Dolores. ¿Cómo no se lo había dicho antes?

De modo que Gabriel vivía dos vidas: entre semana, acogido como su propio padre en la casa señorial de su abuela en el paseo de Rosales, y los fines de semana, con su madre en la portería que ésta había heredado de su abuela materna.

Desde entonces Gabriel se sentía culpable con ella.

Porque a partir de ese día la vio caminar por el filo de un abismo muy profundo. Tanto que, un año después, el niño quiso modificar su declaración para irse a vivir con ella, alegando que la necesitaba. Cuando, en realidad, aquel niño de doce años sabía que era ella quien lo necesitaba a él. Desde ese día, la dependencia entre ambos se había ido solidificando como el cemento, siguió Gabriel, tumbado sobre aquel edredón de ositos que contó durante años para conciliar el sueño. Los primeros conflictos llegaron junto con sus primeros intentos de vuelo.

Como todos los pollos, se cayó muchas veces del nido antes de conseguirlo:

—No sólo lo he hecho con vosotras, a ella tampoco le presento a las chicas con las que salgo —confesó—, porque, cada vez que le cuento que he conocido a alguien, ella se mete en la ecuación. «Yo sólo quiero que seas feliz», me dice, «si ahora nos vemos menos y ya no te quedas a dormir, yo lo entenderé». —Gabriel sonrió sin ganas—. Es decir, su preocupación nunca se traduce en «¿Será mi hijo feliz?», sino en «¿Dónde tendré yo mi lugar?». —Dejó sus ojos cobalto fugarse por la única rendija de luz—. Sería muy diferente si ambos tuviéramos una vida completa. Así, ninguno de los dos la tiene. De todas formas, tampoco doy la oportunidad, la verdad. Prefiero dedicarme a salvar mujeres conflictivas por el mundo y, cuando lo consigo, coger el primer vuelo a las antípodas.

Mónica le escuchaba mientras seguía repasando obsesivamente su histórico de fotos mentales con Gabriel, sin poder evitar darles un nuevo sentido.

—¿Dónde te has ido? —le preguntó de pronto.

Cuando se fijó que Mónica sujetaba aquella bola de Navidad entre las manos, lo supo.

Vamos a acompañarlos hasta aquel mes de diciembre porque ocurrió, precisamente, al subir a aquellos trasteros para buscar los adornos del árbol del portal. Era tradición que todos los niños y jóvenes del edificio lo decoraran juntos. Ahora tenían dieciséis y Mónica acababa de pedirle a su mejor amigo algo insólito: quería ensayar con él un beso. «¿Cómo?», se alarmó el otro. Sí, por favor, insistía ella con el mismo tono de capricho con el que pediría un caramelo, quería dárselo aquella noche a Fabio, su primer novio del instituto, era un año mayor, como él, y le había mentido diciendo que sabía besar. No se le ocurría nadie mejor porque con Gabriel no tendría consecuencias, dijo; además, él tendría más experiencia, ¿no era así?, después de todo era como dárselo a una amiga, pero con las chicas le daba cosa.

Su amigo, su mejor amigo, intentó convencerla por activa y por pasiva de que no era buena idea, que le pidiera cualquier otra cosa, que un primer beso no se ensayaba, que tenía que dejarse sorprender. Ella intentaba justificarse para lograr su objetivo: pero si no sería un primer beso, en realidad. Igual que un estreno no era el ensayo general ¿verdad? Ese último argumento le desmontó del todo y la vio tan angustiada que, como tantas otras veces, no supo negarse.

Cuando Dolores les ordenó que subieran al trastero para bajar los adornos del árbol; cuando, con una luz muy parecida a la que los iluminaba ahora en el futuro, Gabriel entornó la puerta tras ellos, «ten cuidado de no abrocharla o nos quedaremos encerrados», la tomó de la barbilla con mucha suavidad y juntó los labios con los suyos, tan dulces y tersos como una gominola, hasta que se entreabrieron. Ambos recordarían el sabor de aquel beso porque habían robado coquitos rellenos de chocolate.

—Fue mi primer beso —dijo Mónica.

—También fue el mío.

Y se lo confesaba ahora, reencontrados en un futuro que era presente, sentados sobre una alfombra llena de polvo y fichas que de pronto no tenían ni idea de cómo encajar. Los ojos de Gabriel habían tomado el tono del acero, contagiados de aquel atardecer nublado, se había desabrochado un par de botones del cuello de una de esas camisas entalladas que le gustaba lucir, y Mónica revivía la electricidad desconcertante que sintió al besar a su amigo y que más tarde buscó sin éxito en el elegido como su primer amor. Había sido otra cosa, se explicó a sí misma, serían los nervios. La misma pregunta que se estaba haciendo veinticinco años después mientras que él se repetía machaconamente: Gabriel, no existen las segundas oportunidades, NO EXISTEN, ¿por qué no le dijiste entonces lo que habías sentido? Ese beso que duró unos segundos, pero cuyo fantasma palpitante le había acompañado toda la vida. ¿Y si por una vez no permitiera a la razón gobernar sobre lo que sentía, como escribió Orlando en su agenda?: «Los perros saben lo que sienten sin necesidad de adulterarlo con el filtro de la razón». ¿Y si se hubiera abierto una puerta en el tiempo y, como en aquellos libros de *Elige tu propia aventura*, en cada historia siempre hubiera un capítulo con una bifurcación?

Ahora quizá se encontraban en una. Los dos.

Quizá pudiera reconducir desde ese nudo el resto de su historia en común… y, mientras Gabriel pensaba en todo esto, no fue consciente de que su cuerpo se independizaba de su cabeza, acercándose al de ella a cámara lenta hasta que sintieron la estufa en la que se había convertido el otro…

Unos golpes en el cristal de la ventana los sobresaltaron.

—*Hello!* Aquí el equipo de salvamento… —canturreó Suselen al tiempo que sus ojos endurecidos por el rímel se asomaban desde la azotea.

Tu madre es un narco y la mía es una *geisha*

—Mi madre es culpable —sentenció Suselen y pidió otro botellín.

Ruth escarbaba con los dedos rígidos en el hielo de la nevera portátil haciendo gestos de dolor.

—¿Por qué dices eso? —preguntó.

—Porque es una psicópata.

En opinión de la psiquiatra no era razón suficiente. Además, ¿culpable de qué?, siguió con su voz sedante. Un cinco por ciento de la población era psicópata y no por ello se dedicaba a pasar a cuchillo al personal. La diva, que repasaba los programas de sus óperas que conservaba Orlando, sin embargo, lo veía muy claro. Por el amor de Dios, ¿habían visto todas esas dedicatorias que su madre había firmado en su nombre?

Sacudió su larga melena hacia atrás.

—Es como el reverso de *Psicosis*. ¿No os parece?

Se imaginaba a su madre citando al pobre tipo como si le hubiera apañado una velada romántica con su hija, «la cantante», ¿acaso no había dos copas en la escena del crimen?, porque otra cosa no, pero de puestas en escena ella sabía un rato, y luego, acercándosele por detrás bajo una peluca morena con rizos…, ¡zas! Quien dice cuchillo dice móvil, quien dice ducha dice bañera de hidromasaje. Una revisión del clásico de Hitchcock adaptado a los tiempos de las telecomunicaciones. Según su hipótesis, su madre, marcándose un monólogo a lo Norman Bates imitando la voz de su única hija, debería ahora matarla a ella mientras entonaba enloquecida el aria de Dalila —*a portare la morte*…, canturreó—, y por supuesto conservar su cadáver momificado en el sótano del estudio de danza sentado al piano, eso sería hermoso, para que sus alumnas bailaran *Giselle* sobre su tumba.

—Además siempre tuvo celos de Elisa... —reveló la diva, empujando una rodaja de limón dentro del cuello de una Coronita con su larga uña a dos colores.

Mónica salió del desván con un par de mantas.

—¿De mi madre? ¿Por qué iba a tener celos de mi madre?

Pues por qué iba a ser, siguió la otra. Por tener un marido como el que tenía... Por tener una casa como la suya...

—Y por tener una hija como tú. —Pestañeó muchas veces con aquellos dos abanicos—. Es decir, una familia con un padre que no desaparece de un día para otro y que no te revienta la mandíbula el día que pierde su equipo de fútbol. Una familia normal, vaya —dijo refugiándose bajo la manta y dándole otro trago a la cerveza.

—¿Una familia normal? —se sorprendió Mónica—. Te recuerdo que estamos aquí porque en la bañera de esa familia tan «normal» acaba de aparecer un cadáver y mi padre ni siquiera ha interrumpido sus vacaciones.

Si hubiéramos aislado la imagen de esos cuatro en la azotea podríamos pensar que eran unos jovencitos haciendo botellón como de fin de semana. ¿Cuántas veces no caminamos atrás en el tiempo arrastrados por las redes de la nostalgia para volver a sentir aquella hermandad? ¿Esos momentos electrizantes en los que tu pandilla era el centro de tu universo? Algo así estaban volviendo a sentir ellos porque, a pesar de que el tema de conversación los tenía a todos tomando diazepam cortesía de Ruth, esa noche no se les borraba del rostro esa expresión de felicidad y comunión.

Sólo Gabriel seguía con la boca candada, observando ese fragmento del Madrid nocturno que ofrecía el tejado con algo parecido al burbujeo de un Alka-Seltzer dentro del pecho. Señaló algo indefinido con laxitud: aquél era el edificio de Telefónica, dijo, y el del otro lado, el Círculo de Bellas Artes. Desde allí se veía el patio de su colegio, qué cosas, ahora sólo se distinguía el camino iluminado por los faroles encendidos y las sombrillas blancas que decoraban el jardín del hotel.

—¿Te has enterado de lo de las bandas organizadas de palomas que caen decapitadas sobre los huéspedes? —dijo Mónica intentando animar la fiesta.

El otro se volvió hacia ella estupefacto. Pues no. ¿De qué estaba hablando?

Y volvió a internarse en sus recuerdos. Concretamente viajó al momento en que descubrieron aquel mirador escondido en el tejado. Era perfecto porque estaba suspendido a la distancia justa del cielo para tener delirios de grandeza y del suelo para coquetear con la muerte. Porque qué adolescente no ha soñado con dominar el mundo y con el suicidio. Así que Gabriel empezó a robar la llave de la alacena de su madre y se encontraban allí casi todas las tardes…

—Hasta que nos pillaron fumando por tu culpa —recordó Suselen con horror dirigiéndose a Ruth—. ¿Siempre me pregunté por qué te chivaste?

La otra se limpió minuciosamente las gafitas como si a su recuerdo le faltara nitidez.

—No me chivé. Me autoinculpé, que no es lo mismo. Supongo que necesitaba que mi madre me castigara.

—¿Y lo conseguiste? ¡Porque a mí me dejaron tres meses sin salir!

—No. Sólo se limitó a ignorarme un poco más que de costumbre.

En el fondo Ruth también había envidiado sanamente la relación que Gabriel y Mónica tenían con sus madres. Así lo confesó en ese momento.

—¡Pero si Margarita era la madre perfecta! —se sorprendió Gabriel—. Tus fiestas de cumpleaños tenían payasos y actuaciones, os ibais tres meses a Málaga en verano, y tenías una bici BH azul metalizada que hacía a todos los niños enamorarse de ti…

Su amiga protestó un poco, hombre, muchas gracias, qué bien…, así que según él le pedían salir sólo para que les dejara la bici… Las otras dos se echaron a reír y Ruth se vio a sí misma, bajando la cuesta de San Vicente, con el viento en la cara, las piernas extendidas y el sillín bien alto.

—A ver, no es que mi madre no estuviera cuando la necesitaba —aclaró la psiquiatra retomando—. Sólo que me cuesta recordarla interactuando conmigo. No era soledad lo que sentía, pero sí vacío. Vacío de ella.

Gabriel se hizo un hueco a su lado.

—Pues yo, en esa época, recuerdo a la mía mucho tiempo en la cama y a mi padre diciéndome que la dejara tranquila porque no se encontraba bien.

Juntó las manos para recuperar el calor. ¿Cuándo se perdió Dolores? Era algo que seguía atormentándole porque su cabeza de niño había puesto una equis al lugar exacto como el que marca el lugar de un tesoro. Sólo que para él indicaba el angustioso principio de una pérdida. Porque, antes de que no quisiera levantarse, antes de que dejara de hacerle las tostadas del desayuno, la recordaba como una abeja atareada, entrando y saliendo, e inventándose juegos para divertirle. Pero poco a poco, cuando tuvo que empezar a acostar a su marido después de acostar a su hijo, su expresión se volvió distraída y pesada, comenzó a esconder pastillas en el costurero y Gabriel tuvo que empezar a inventarse sus propios juegos en la plaza.

Suselen suspiró ruidosamente.

—Pues entonces los cuatro estamos jodidos. Vaya plan. Tu madre se convirtió en un narco y la mía en una *geisha*. —Y luego, señalando a las otras dos—: La de Ruth pasó de ella y la de Mónica empezó a perseguirla.

No les quedó otra que brindar por estar hermanados de nuevo, aunque fuera en el conflicto. Aunque fuera por el hecho de que eran unas malas hijas. Porque, hicieran lo que hicieran, nunca sería suficiente para compensarlas. Porque ahora estaban dispuestos a espiarlas. Puede que para protegerlas. Puede que para protegerse a sí mismos o para llegar hasta ellas. Qué más daba. Qué le iban a hacer, suspiró Gabriel, no se podía volver atrás para hablar con tu madre del pasado.

A ese respecto Ruth pidió un inciso:

—Sobre todo porque ahí ya no está el problema, Gabi. Y me explico:

Todos hicieron un silencio de conferencia para escucharla. Era cierto, continuó, que de nuestras madres aprendíamos a relacionarnos con los demás, a cómo expresar nuestras emociones, de ellas aprendíamos los límites y a cómo poner líneas rojas a los demás, pero también a cómo gestionar el fracaso, las expectativas y los ideales, la pérdida y el luto…

—Pues entonces estamos aún más jodidos —murmuró Suselen.

—No —continuó la otra—. El error está en pensar que la madre que te crio bien o mal tiene que seguir haciéndolo ahora, en el futuro. Hay que reconstruir esa relación, pero desde dos adultos que tienen que adaptarse a sus nuevos roles. Y dejar que ellas conozcan a ese yo que, sí, claro que es consecuencia de nuestra crianza, pero también de cómo nos hemos construido nosotros mismos después. No echemos balones fuera, compañeros... Ese yo en el que nos hemos convertido, si no dejamos que lo conozca ni siquiera nuestra madre, acaba sintiéndose solo. Y desconectado de ella y del mundo.

—Solo y yonqui de cariño como la galga anoréxica de mi madre. Afortunadamente yo encontré a mi Big Ben y tengo a Dafne.

Aquel comentario a Mónica le escoció como la quemadura de una plancha. Porque sintió que ella no tenía ni lo uno ni lo otro. Pero Suselen no se percató porque continuó contestando a Ruth con cierta vehemencia: todo eso estaba muy bien y no le faltaba razón, el problema era cuando a ese «yo» tu madre no había querido conocerlo ni antes ni después. ¿Les había contado lo del día en que Ágata fue a visitar a su nieta recién nacida? Pues no tenía desperdicio, dijo, aclarándose la voz como si fuera a dar un concierto:

—Mi hija nació prematura y, como una broma en el destino de una cantante, con un problema muy grave en el diafragma que le impedía respirar sin ayuda. Mi madre vino al hospital dos días después porque, según dijo, los lunes y los martes terminaba muy tarde de dar clase. Y nada más verme, con su voz más amable y aguda, me dice: «Estoy asombrada de lo bien que te estás recuperando». Yo alargué la mano para coger la suya, temblando de emoción como una gelatina porque mi madre, por primera vez en su vida, parecía estar orgullosa de mí. Lo necesitaba. Cualquier muestra de apoyo y de cariño, de fuerza, Dios..., cómo lo necesitaba. Desde que la parí estaba conteniendo el llanto, porque no me lo podía permitir delante de mi niña, porque necesitaba que mamara de mi alegría para salir adelante. Pero entonces mi madre continuó la frase que no había terminado: «Parece mentira lo bien que te estás recuperando de la cesárea», eso dijo, y me señaló la tripa. «Se te ve casi plana»... —Suselen hizo una pausa mientras meneaba la cabeza aún con incredulidad—. Ni una sola mención a mi bebé enfermo. Ni una sola mención a cómo me sentía.

No supieron qué decir. Porque, cada uno por separado, había conocido alguno de los esqueletos ocultos en Paso a Dos, sobre todo Gabriel, quien vivió en el estudio un episodio muy perturbador que Ágata nunca volvió a sacar a colación y Suselen había mantenido en secreto durante todos aquellos años sin que lo hubieran acordado, pero… de la antigua Suselen parecía no quedar rastro. Como todos los que han surgido de sus cenizas, para sobrevivir, para reconstruirse, para fortalecerse, Suselen había necesitado agarrarse a algo tan rígido y estructurado como la ópera. Porque no admitía improvisación. Porque era algo que podía controlar y para lo que, además, poseía un gran talento. Pero nadie sabría nunca todo lo que le había costado. La niña que fue podría haberse cosido la boca antes que atacar a su madre o engordar un gramo, y la mujer que tenían ahora delante comía con tantas ganas, reía con tangas ganas… Era evidente que había una elipsis de años que se habían perdido su transformación.

La diva sonrió maliciosamente y volvió a la carga:

—¿Y ahora? ¿Quién me rebate que mi madre no es la que tiene más papeletas para estar implicada?

Y sin querer los obligó a dejar de ver a sus progenitoras como madres y a volver a valorarlas como posibles implicadas en un asesinato.

Sería importante comentar, ahora que los cuatro lo habían sentido, que no era una novedad esa curiosa atmósfera que se daba cuando sus madres estaban juntas compuesta por frases sin terminar, puntos suspensivos que pedían a gritos ser rellenados con palabras clave, miradas que parecían calcular la respuesta apropiada con la información que estaban autorizadas a dar cuando otros escuchaban. Sólo que ahora se había enfatizado.

Obviamente tenían que saber mucho las unas de las otras porque cuando sus hijos eran niños quedaban casi todos los días con cualquier excusa; sin embargo, cuando éstos llegaron a la adolescencia, todos coincidían en que hubo un distanciamiento, al menos físico.

Más bien público. Porque en la intimidad de sus hogares se siguieron reuniendo con la discreción de una logia. Ni siquiera mencionaban a las otras, y, cuando por azar se encontraban paseando por la plaza en familia, conversaban con la frialdad amable de unos viejos espías obligados a cubrirse de por vida.

Pudo ser porque los niños crecieron. A veces pasa.

Quizá sus hijos habían sido su verdadero vínculo entre ellas. Sin embargo, éstos se sintieron siempre más bien la excusa de una asociación secreta que no dejaba de ser curiosa, tratándose de mujeres tan distintas.

—Hora de ponerse manos a la obra —dijo Mónica dando una palmada.

Y fueron repasando lo que unos y otros habían averiguado hasta la fecha.

Entrar al desván había supuesto un antes y un después. Hasta entonces casi todo apuntaba a Elisa porque era quien más tenía que ocultar: el muerto había aparecido en su casa, pero este no era un caso de «habitación cerrada» porque lo estaba, pero podría haber sido por dentro o por fuera.

—Aunque seguimos sin encontrar una explicación lógica a cómo podía estar la puerta cerrada con llave por Elisa y que entrara la víctima —apuntó Gabriel— y a por qué Elisa había mentido al decir que no lo conocía.

Según les había confirmado el Señor de los Pajaritos, éste vio a Orlando colocar una malla en el balcón de Elisa no hacía tanto. Por otro lado, Margarita, su principal coartada, parecía estar molesta con ella, ¿tendría que ver con el crimen?, algo que corroboró Ruth: la había llamado «lianta» en su presencia, aunque seguía manteniendo que estuvieron juntas en su casa de campo la noche de autos. Suselen relató que Ágata también puso su granito de arena diciendo que Elisa contaba por fin con el público que deseaba, una forma de llamarla narcisista, y que le encantaba que su hija estuviera preocupada por ella. ¿Eso había dicho?, se sorprendió Mónica, quien seguía tomando notas a toda velocidad en su móvil. Sin embargo, entre las cosas de Orlando, no había ni rastro de Elisa y sí de las demás. Sólo la mencionaba en su agenda.

—¿Y qué relación tenía con las demás? —dijo Mónica intrigada.

Ésa era una gran pregunta y para eso los necesitaba. De momento ya había podido confirmar con la ONG de adopciones que Orlando le había conseguido la galga a Ágata, entre otros perros que había ido colocando a vecinos de la zona.

—E incluso le regaló un collar con su nombre —reveló Suselen rizándose un rizo con los dedos—. ¿No os parece demasiado?

Al fin y al cabo, si vivía en un desván, sería un tipo con muy pocos recursos. ¿Quizá como agradecimiento? Ágata le había firmado esas fotos de su hija en su nombre, el colmo del patetismo, en opinión de la diva, lo hiciera por lo que lo hiciera. Incluso había ido a verla actuar.

—Y luego está Margarita —siguió Mónica volviéndose hacia Ruth—, a quien al parecer le hacía recados bancarios sin importar la información que había en ellos.

Esto a Ruth pareció incomodarle de verdad, su madre era tan desconfiada como un zorro y sin embargo parecía fiarse más de un desconocido que de ella..., se lamentó, ya que hasta esa misma semana no se había enterado de cómo estaban los asuntos de su madre. Quizá sólo se lo había contado porque ya no podía ocuparse... Ése fue el momento en que aprovechó la terapeuta para contarles la noticia que le estaba robando el sueño: la muerte de Orlando había provocado que su madre decidiera irse a una residencia.

—¿A una residencia doña Margarita Gual? —se sorprendió Gabriel.

Aunque Ruth aún tenía serias dudas de que no fuera una bomba de humo para conseguir algo. Mónica tampoco disimuló su sorpresa. A Gabriel le preocupaba egoístamente, admitió, porque a Dolores iba a afectarle mucho, ahora que su madre y ella se habían hecho tan próximas...

—Y ahí entra con fuerza Dolores —dijo Mónica revisando sus notas.

Aun sabiendo que a su amigo iba a angustiarle que señalaran a su madre, empezó a mostrarles las fotos de las pruebas que la incriminaban. Ella tenía que saber que Orlando habitaba su desván. Podría haber sucedido así: le hizo una copia de las llaves, le prestó muebles viejos y él, puede que agradecido, le buscara a Oxitocina...

—¿También le buscó a Oxitocina? —quiso saber Suselen.

—A Oxitocina y algo más... —sugirió la entrenadora dándose luz con la pantalla del móvil.

¿Algo más?, preguntó alguna de las otras y Mónica se explicó: según la agencia de adopciones, no sólo le consiguió al perro, sino que, atención..., se lo habría entrenado de forma personalizada con algún fin, pero ni Gabriel ni ella habían averiguado cuál era aún.

Mónica alumbró algunos documentos que habían encontrado.

—Según su pasaporte, llegó a España el año pasado por estas fechas. No sé a vosotros, pero a mí me sorprende mucho el impacto que tuvo en nuestras madres, considerando el poco tiempo que llevaba en sus vidas.

Ruth le pidió verlo. Siempre había querido ser psiquiatra forense. Seguía pensando que era posible rastrear la tendencia criminal en el aspecto físico de un ser humano. Aunque las teorías de Lombroso estuvieran superadas, Ruth creía poseer un descodificador natural de seres humanos cuya eficacia había comprobado a lo largo de los años. Por eso se detuvo en sus rasgos angulosos, no tenía el entrecejo pronunciado ni la mandíbula adelantada. Era guapo. Una especie de David Hasselhoff a la española.

—Lo de menos es el tiempo que pasó en el barrio —comentó mientras seguía estudiando aquel rostro que empezaba a hablarle—. Hay personas tan empáticas que tienen la capacidad de generar relaciones intensísimas en muy poco tiempo... y no siempre lo hacen para bien.

Suselen le dio un empujoncito, ¿cómo de intensísimas, doctora?, y el resto empezaron a tomarle el pelo. En su día, Ruth había sido la reina del ligue de una noche, pero ahora, dijo sacudiéndose algo que le corría por la melena, ahora estaba fuera del mercado, queridos. Como le sonriera a un tipo en un bar seguro que éste la confundía con una camarera y le pedía una cerveza.

—Que no, ya verás —insistió Suselen—. A ver, ensaya con Gabriel, que está muy calladito.

Mónica cerró los ojos. No, por favor… Suselen siempre tuvo el don de la oportunidad. La entrenadora se lanzó a reconducir la conversación, pero llegó tarde.

—No soy gay, ¿vale? —declaró Gabriel volviéndose hacia las tres como si fueran un jurado popular.

Hasta los pájaros nocturnos de la plaza enmudecieron. Incluso el rastro lejano de los coches sobre el viejo empedrado quedó en segundo plano.

—No lo soy —repitió tajante—. Lo digo ya porque quizá lo seguís pensando. Me gusta la ropa, me gusta escucharos, pero no, no me gusta hablar de mi intimidad ni atarme a una mujer, pero tampoco a una polla. Y el hecho de que no me lanzara a vuestra yugular cuando fuimos a hacer topless a Valencia se debió únicamente a que erais mis amigas. No me preguntéis si me maté a pajas porque eso nunca lo revelaré. Pero sí… me gustan las tías, mucho, me gusta acariciar el pelo de una mujer, el culo de una mujer y, sobre todo, me gusta el olor de su piel recién despertada. Así que mucho cuidadito con esos ensayos porque os podéis encontrar con una sorpresita.

Las tres se habían quedado tan impávidas a la luz de las velas que parecían un retablo, hasta que Suselen alzó su botellín.

—Bueno, entonces… ¡brindemos por el hombre que más veces nos ha visto las tetas!

Hubo un buen número de risas durante las cuales Mónica y Gabriel cruzaron algunas miradas fugaces como la estrella que vieron aquel día desde allí mismo, ¿se acordaban? Ruth necesitó levantarse para narrarlo.

—Hizo ruido y todo. ¿Aún tienes el telescopio?

Gabriel entró al trastero, creía que sí, aunque entonces ya era un trasto, mientras Suselen y Mónica intentaban recordar qué deseo pidieron. Gabriel, como todo ángel de la guarda que se precie, era experto en conceder deseos. Así que se inventaba los conjuros e invocaciones que había que ofrecerle al cosmos y en qué momentos para que se cumplieran. Ruth, sin embargo, era la encargada de las supersticiones terrenales: durante una época decretó a las mariposas como portadoras de la suerte. Eso sí, para que ésta te alcanzara, tenían que posársete encima, recordó Suselen.

Escucharon la risa contagiosa de Gabriel dentro del desván. Asomó media cara por el ventanuco.

—¿Y por eso durante un tiempo ibas corriendo por la plaza con la mano en alto como si estuvieras cantando el *Cara al sol*?

Suselen imitó el gesto.

—La verdad es que no hizo crecer mi popularidad en el barrio, no... —admitió ésta ladeando la cabeza—. Mi madre solía darme un manotazo cuando levantaba la mano y aprovechaba para decirme que la avergonzaba. Así era yo, con tal de darle excusas...

Gabriel desenfundó el telescopio, qué culpa tenían ellos de que les creyera a pies juntillas... ¿Querían echar un vistazo? El caso es que por culpa de aquel armatoste dejaron atrás las mariposas y Gabriel se imaginó la suerte cada vez más lejana: había que tocar el agua de una fuente de espaldas mirando a la luna llena y, después del cometa Halley, las buenas nuevas empezaron a provocarlas las estrellas fugaces.

—No era nuevo, pero era bonito. —Gabriel miró a través de esa lente que tantas veces le ayudó a escapar lejos—. Ya lo hacían los egipcios y los aztecas.

—Pero aquél fue especial —insistió Ruth—. Porque aquél lo vimos los cuatro juntos. Era tan grande... Y pedimos un deseo cada uno. ¿Cómo es posible que se nos haya olvidado a todos? Tuvo que ser muy gordo.

—Quizá ha dejado de ser importante —dijo Gabriel sin disimular un halo de tristeza.

—Si lo sigue siendo, lo recordaremos —aventuró la cantante.

—Tú y todo lo que volara... —suspiró Mónica.

—Madre mía —murmuró Gabriel, quien había girado el telescopio en dirección a la tierra, concretamente a una ventana—. ¿Y ésos... están haciendo lo que parece?

Las tres revolotearon a su alrededor. ¿Qué? ¿Dónde? Que les dejara echar un vistazo mientras su amigo, sin poder dejar de cotillear una de las habitaciones del hotel, les iba describiendo la secuencia: eran... ¿tres?

—Esperad, no, había un cuarto. Qué lío de piernas y brazos.

No había visto algo así desde aquel vuelo chárter que transportaba a dos grupos de estudiantes más salidos que el pico de una mesa.

Ruth fue la primera que consiguió arrebatárselo y, mirando en su dirección, vio a tres niños en la cama de sus padres jugando y, en la habitación contigua, a un tipo sentado en el váter leyendo.

—Ay, morbosillas... —se pitorreó.

Estaban disfrutando tanto de la velada que Mónica no encontró el momento de terminar sus conclusiones para seguir trabajando. Entonces sonó una llamada que se lo puso más fácil. Era Antolián desde la comisaría. La hora del móvil le informó de que era tarde.

—¿Tienes un momento? —le susurró desde algún lugar con eco.

—Sí, ¿qué pasa? —Se apoyó en la barandilla y bajó la voz.

—Esto no te lo he dicho, ¿vale, Mónica? No estoy hablando contigo, ¿lo entiendes? —Hizo una pausa—. Acaban de llegar los resultados de la autopsia.

—¿Y? —Se le aceleró el corazón.

El otro se mantuvo en silencio antes de decir muy despacio:

—El tipo... estaba muerto antes de morir.

Ella le dio la espalda a sus amigos, quienes intentaban descifrar su expresión de pasmo.

—¿Qué quieres decir, Antolián? Eso no tiene sentido.

—Sí y no. —Y se explicó—: Murió de una sobredosis de barbitúricos y después se electrocutó en la bañera. Aún no se sabe qué distancia temporal pudo haber entre la primera y la segunda muerte, por llamarlas así.

Luego Mónica siguió escuchándolo sin poder retener toda aquella información porque sentía que no le llegaba oxígeno al cerebro. Según Antolián, la víctima había consumido grandes dosis de ese fármaco que causaba deterioro en la capacidad de transportar oxígeno a la sangre. Por lo tanto le habría provocado taquicardia, hipertensión, hiperventilación, alteración en el tiempo y, después, la hipotensión mezclada con el calor lo habría dejado dormido.

—Una buena noticia para él —añadió el agente—, porque es una muerte dulce. A no ser, claro, que intentara levantarse medio atontado a pedir ayuda con el móvil sin recordar que estaba enchufado. Si se hubiera electrocutado, al pasar la corriente por la zona torácica, el diafragma se habría paralizado casi de inmediato y causado tetanización. Y no la hay.

—¿Estás seguro? —dijo Mónica alterando aún más al resto.

—Seguro. Porque los pulmones también se habrían quedado parados y contraídos. Lo dice el informe del forense: la asfixia, en estos casos, sería el verdugo. Y no hay signos de asfixia. —Hizo una pausa—. No sé, Mónica, todo esto es muy extraño. El comisario es el único que aún valora la hipótesis del accidente. El mareo provocado por una sobredosis podría haberle hecho intentar coger el móvil para pedir ayuda. Para mí no tiene sentido.

La cabeza de Mónica ya estaba armando un puzle con todos aquellos nuevos datos:

—¿Alguien lo intentó electrocutar sin saber que ya estaba muerto? —dijo casi para ella—. ¿O alguien lo envenenó y luego volvió para comprobar si estaba muerto?

—Y para tirar el móvil al agua y que pareciera un accidente —completó el agente—. Pero ¿por qué hacerlo en dos tiempos? ¿Por qué no electrocutarlo directamente?

Ella se quedó pensativa unos segundos sin poder espantar la imagen que ahora se le venía a la cabeza y continuó:

—Porque quien lo hizo quizá no tenía la fuerza física ni mental para enfrentarse a la violencia.

Al otro lado de la línea, escuchó a Antolián dar las buenas noches a alguien. Siguió en un susurro:

—Mónica, no hace falta que te diga que en la comisaría hay compañeros que quieren poner de nuevo la hipótesis del crimen sobre la mesa, así que, si vas a seguir con tu investigación paralela, ándate con ojo.

Cuando colgó, los otros tres parecían un grafiti garabateado sobre la pared de la azotea.

Se había confirmado que el potente somnífero que se cargó a Orlando estaba disuelto en el vino y era el mismo que tomaba Dolores.

—Amigos…, me temo que la investigación ha dado un giro de hula-hop —dijo Mónica antes de sentarse para comunicarles las malas nuevas a las malas hijas.

GABRIEL

Para qué quiero un psiquiatra si ya te tengo a ti

Cada perro llega a nuestra vida para llenar un vacío. No llegan solos. Los llamamos nosotros. Y yo me veo como el llamador de esos ángeles para las personas que los necesitan. Desde el primer momento pude sentir ese vacío en Dolores, pero no de su hijo, como ella piensa, sino de sí misma.

Ése era el pantallazo de la agenda de Orlando que había colgado Mónica en el grupo de las malas hijas la mañana siguiente a su botellón nocturno. Unos minutos después, Suselen comentaba: «Vaya con el paseador de perros..., ¡está resultando un filósofo!»; Ruth había opinado que ella sí creía en los perros de terapia, sin embargo, Gabriel no contestó. Porque a esas horas y tras intentar localizar a su madre durante toda la mañana, había llamado a un Uber con un nudo en el intestino que le habían cancelado dos veces mientras llamaba a Elisa por si la había visto, pero su móvil parecía apagado. Terminó poniendo una excusa para no acudir a la reunión del sindicato y salir corriendo a casa de su madre temiéndose lo peor. Cuando abrió con su propia llave cerró los ojos apretándolos como si con ello lograra espantar todas las posibles imágenes con las que había tenido pesadillas durante años. Entonces escuchó el televisor.

Entró despacio como si temiera despertar a la tragedia. Y al final del pasillo vio los pies de su madre descalzos... sobre el sillón.

—¿Cómo es que estás aquí tan temprano? —dijo mientras Oxitocina se acercaba a Gabriel remolón pero alertado por su estado de alerta.

El azafato caminó hacia el sillón con los brazos caídos y le dio un beso en el pelo.

—Me han anulado la reunión del sindicato y he pensado venir a verte —mintió, y al hacerlo sintió una rabia profunda—. Te he llamado muchas veces, mamá.

La otra le dirigió una mirada desapasionada.

—No sé…, se habrá estropeado.

Cuando Gabriel estuvo seguro de que no le iba a dar un infarto, leyó los mensajes del grupo y la frase que Orlando le dedicaba a madre e hijo. Aquellas tres podían tener un poco más de empatía, pensó. Parecían olvidar que estaban hablando de su madre. Por eso se limitó a soltar entre dientes un «será cabrón…» antes de abrir con disimulo la tapa de su portátil. A pesar del tremendo susto de primera hora y de que seguía muy enfadado, sentado en el sillón de capitoné estampado, intentaba cumplir como buen Watson con sus deberes sin levantar las sospechas de su madre. También aspiraba a sacudir sin éxito los pelos blancos y duros como agujas de coser de Oxitocina que se le clavaban a través de la ropa.

Contempló la estampa que tenía delante: a su lado Dolores veía o hacía que veía la tele como el perro, quien también parecía absorto en la pantalla, prácticamente desplomado sobre el pie de su dueña. ¿No le cortaría la circulación?

Estaba claro que a ojos del grupo ahora era la principal implicada.

Por eso necesitaba demostrarles lo antes posible que no era así.

Porque sabía que no era así.

¿Lo sabía?

Introdujo el nombre de Orlando en la base de datos de la línea aérea. El acceso lo había conseguido Mónica cortesía de Antolián, lo que le hizo preguntarse a Gabriel qué clase de relación unía a esos dos porque el tipo se estaba jugando el puesto y el pescuezo por ella.

«Orlando», tecleó en el buscador. No era un nombre muy común, así que quizá tendría suerte. Si hubiera podido ir a la reunión del sindicato, habría coincidido con esa especie de Anne Hathaway de administración, cuyo morbo le confirmaba su debilidad por las morenas y que le tiraba los trastos cada vez que coincidían en una reunión. Incluso podría haber hecho algunas averiguaciones a través de ella. Si había que prostituirse para salvar a su madre de la cárcel, lo haría, se dijo con su mejor sonrisa canalla tratando de desdramatizarse a sí mismo el asunto. Y con esa doble motivación empezó a rastrear a todos los Orlandos que hubieran volado de México a Madrid el pasado otoño. «No hay resultados», le fue diciendo el buscador en los diez primeros de mil doscientos. Gabriel suspiró. Paciencia...

No era fácil concentrarse en aquella casa.

Nunca lo fue. Además, Dolores no tenía un buen día. Empuñaba el mando a distancia como un arma de fuego disparando al azar fragmentos de tertulias, anuncios, partes meteorológicos mientras observaba de reojo a su hijo teclear. En realidad, no quería verla. La televisión la atontaba. Igual que las pastillas. Sin embargo, se pasaba días y días pegada a ella y a la nevera alternativamente, como si fuera uno de esos imanes que su hijo había dejado de traerle de sus viajes cuando no cupieron más.

De pronto y sin venir a cuento, Dolores se tapó la cabeza con una de esas mantitas tomadas prestadas del avión.

Él cerró el portátil.

—¿Me vas a contar qué te pasa?

Bajo su cápsula de lana la escuchaba respirar agonizante:

—No, porque estás muy ocupado...

—¿Es que te estoy molestando?

—No. Lo que me molesta es la luz.

Gabriel levantó los ojos hacia el pentagrama luminoso que formaba la persiana casi cerrada. Siempre se preguntó por qué Dolores no disfrutaba de los balcones aunque fuera una entreplanta. Algunos vecinos los decoraban con flores y sacaban un par de sillitas para leer o tomarse un café. Sin embargo, aquella persiana vieja de rafia siempre estaba desenrollada como una lengua sucia hasta el suelo, acumulando insectos muertos y hojas secas.

—He venido para que estuviéramos un rato juntos.

—Ya lo veo...

Muy bien, mensaje recibido. Le había irritado que consultara el móvil y el ordenador porque cuando veían la tele tenían que hacerlo los dos. El problema era que su madre nunca tenía en cuenta que los meses de su hijo sólo tenían quince días útiles en tierra. Que a veces no podía escoger. Que sacaba tiempo para él mientras la visitaba. Pero además ese día el foco del malestar de su madre se llamaba Claudia... y llegó al mundo sólo un año después que él.

Cuando había hablado con ella aún sonaba fuera de sí: «Y luego me dices que la llame más», protestó su hermana, «que no la deje al margen de los momentos importantes de mi vida. ¿Para qué...?». Él trató de ejercer de hermano mayor, sabía que no se lo ponían fácil las hormonas, pero su hermana pequeña bramaba como un dragón sin atender a razones, y es que a cualquiera que se lo dijera..., que llamabas a tu madre para comunicarle que estabas embarazada, «con lo difícil que ha sido para mí tomar esta decisión sola y a los cuarenta y siete... ¿Y sabes lo que me ha dicho, Gabi?». Él se cambió el móvil de oreja, no, en ese momento no lo quería saber, porque lo que sí sabía era lo mucho que a Dolores le desestabilizaban las sorpresas y luego lo sufriría él. «Se ha puesto a llorar», exclamó su hermana al otro lado del satélite, «¡a llorar!, Gabi. Pero no de emoción, por supuesto. Me ha puesto el grito en el cielo: que por qué quería dejar de ser libre, que a mi edad..., que si estaba loca y qué decepción...». Qué decepción..., repitió su hermana mientras él trataba de quitarle hierro al asunto: no pensaba lo que decía, le argumentó el otro sin mucha convicción, si le hubiera contado antes sus planes como le aconsejó, quizá se habría ido preparando psicológicamente... Pero Claudia no le dejó continuar: «Si le hubiera contado antes mis planes, me habría estresado tanto que jamás lo habría conseguido y lo sabes». Quizá habría sido lo mejor, siguió encolerizada, «porque ahora seré una madre sándwich», así las llamaban, ¿lo sabía?, «añosas», porque ahora terminaría cambiándoles los pañales a la vez a su madre y a su hijo. «Pero, desde luego, yo tendré la deferencia de no hacerle sentir nunca, ni al uno ni a la otra, que me pesa». ¿Por qué creía que había tardado tanto en decidir su maternidad? ¡Porque ya sentía que tenía una hija! ¡Una hija conflictiva, además! Por una vez, quería sentirse responsable de alguien que le tocara depender de ella de forma natural. ¿Tan loco era?

Gabriel vertió los restos de la cafetera del día anterior en una taza y la metió en el microondas. La entendía, ¿cómo no la iba a entender?, pero, mientras sorbía los posos oxidados de aquel café, también pensó que en el discurso de su hermana había una parte muy injusta. Claudia había esperado tanto, entre otras cosas, porque le aterrorizaba tener un hijo sola, y era normal; había esperado a encontrar el compañero amado para ésta y otras aventuras y no había llegado. No era justo hacer a Dolores responsable también de su mala suerte.

Por eso Gabriel estaba aprovechando la visita inesperada de esa mañana para apaciguar los ánimos. También, no nos engañemos, para comprobar, en cuanto tuviera la oportunidad, la caducidad de las pastillas de su madre y el lote, por si coincidían con las que habían matado a Orlando.

Un nuevo mensaje en el grupo: Mónica informaba de que, según Antolián, como ya había resultados de la autopsia, iban a repatriar el cadáver. Parece que lo recibían en México su madre y su hermana. Estaban muy afectadas, pero eran muy católicas, eso las ayudaría. Sobre todo se habían preocupado por si sufrió y se habían quedado en paz al saber que no fue así, porque estaban convencidas de que su alma estaría ya en el cielo.

Aquel dato dejó a Gabriel un poso de amargura. Por un lado porque aquel Antolián parecía querer convertirse en el gran cómplice de la investigación para Mónica y sobre todo al imaginarse a la familia de Orlando por primera vez, tan parecida a la suya. Una madre y una hermana que recibían a su hijo, su hermano, en una caja.

Podría haber sido él...

¿Por qué en su casa se desataban aquellas trifulcas tan dramáticas?

En el fondo sabía que la reacción de su madre con su hermana se debía a la fobia de Dolores al abandono. Le había salido competencia, eso era todo. Ya no podría ser la hija de su hija porque ésta tendría un hijo de verdad. Perdía a uno de sus padres postizos. Pero, por otro lado, ¿cómo no entender que a Claudia le escociera que su propia madre hablara en esos términos de la maternidad? Hasta él había sentido el zarpazo cuando la escuchó decir en un sollozo:

«Como si le hubiéramos truncado la vida, Gabi», su hermana tragó algo que le costaba, «¿qué fuimos?, ¿dos errores?», porque a Claudia no se le había olvidado algo que su padre dijo más de una vez: que, antes de tenerlos, Dolores era una mujer alegre. «Una pena que nos lleváramos su alegría», se lamentó su hermana con los últimos restos de su voz antes de colgar.

Gabriel contempló el bulto de lana inmóvil sentado a su lado y decidió que era el momento de utilizar el comodín de Oxitocina. Le hizo un gesto para que se pusiera en pie y éste obedeció perezosamente. Luego levantó un extremo de la manta hasta que pudo ver las manos arrugadas de su madre caídas entre las piernas embutidas en medias de descanso. El *bulldog* también las observó con curiosidad y luego ladeó la cabeza. Aaah…, ESCONDITE, reflexionó, con las pupilas dilatadas como dos huevos fritos alzándose desde los párpados inferiores rojos y caídos. ESCONDITE, ESCONDITE, ESCONDITE, ESCONDITE… y metió su cabezota bajo la manta. Luego se escucharon sus lentos lametones y la risilla de su madre.

No, no podía culpar a Claudia. Era uno de los momentos más esperados de su vida. Necesitaba todas sus fuerzas y su optimismo con ella. ¿No debería ser todo felicidad y expectativas?, ¿no debería estar recibiendo fuerzas y no lamentos desestabilizantes? Además, llovía sobre mojado. O más bien lloraba sobre mojado, porque el día de su boda, antes de hacer el paseíllo, Dolores también se había agarrado a ella del brazo como un grillete llorando a lágrima viva. Está emocionadísima, se admiraron algunos invitados desde sus bancos; qué bonita imagen, dijeron otros. Luego supo por su hermana que, a través de la frágil y porosa frontera de ese velo que establecía la distancia entre la Claudia casada y su soltería, le había susurrado: «Hija, lo que sea para toda la vida, piénsatelo eternamente». Y con ese subidón caminó su hermana hasta el altar.

Por no hablar de cuando un par de años después, a Claudia se le ocurrió confesarle a su madre que ella y su marido habían perdido el trabajo. Aquello fue durante la crisis. La propuesta de Dolores *a priori* fue generosa y normal en una madre:

—¿Y por qué no vives aquí?

—Gracias, mamá, pero sería imposible. Sólo con los libros que tengo, tendríamos que salirnos de casa.

—¿Y por qué tienes que traerte tantos libros? Dónalos.

—No puedo, mamá. Son mi único tesoro. Son míos. Y además están los perros.

—¿Y por qué te traes a los perros? ¿Es que son más importantes los perros que tu madre?

En ese momento Claudia empezó a sospechar que la conversación había dejado de girar en torno a ayudarla.

—¡No, mamá, pero son míos y los quiero! Y de todas formas está Sergio.

—¿Y tienes que traerte a Sergio? Igual él puede irse a vivir con alguien también.

¿Cómo podía continuar esa conversación?, se dijo Claudia. ¿Qué problemas podía compartir con ella a partir de entonces? De modo que no había vuelto a contarle nada sobre su vida. Ni lo bueno ni lo malo. Hasta el día anterior.

La cabeza despeinada de Dolores apareció de pronto como la de una marioneta cabreada. Oxitocina respiraba con la lengua ancha y rosada casi rozando el suelo y una especie de sonrisa orgullosa. ¡Había descubierto el escondite de su dueña! Le gustaba ese nuevo juego, así que tiró de la manta con los dientes hasta que se la echó encima de la cabeza dejando visible el resto de su cuerpo gordo y panzudo. Luego se quedó muy quieto, como había hecho ella. Sin duda, ésa era la regla del juego. Seguro que así no lo encontraban fácilmente… Esto le arrancó a su dueña la primera sonrisa del día y el picorcillo de la oxitocina que desprendía su cuerpo fue olfateado por ídem con un gozo infinito.

Misión cumplida.

—Hoy tienes hora con Ruth —le recordó Gabriel guardando el ordenador.

—Yo no necesito una psiquiatra, para eso ya te tengo a ti.

—Sí, mamá, pero no me has preguntado si yo quiero serlo.

Fue a decir algo más, pero ella le interrumpió chasqueando la lengua.

—Perdona, daba por hecho que mi hijo querría escucharme.

—De hecho te escucho, mamá, pero no puedo tratarte. Ni quiero esa responsabilidad.

—Tú eres el único que me ayuda. Tú me has salvado.

Gabriel sintió todo el peso de la vida de su madre sobre las costillas.

—Necesitas que alguien controle los fármacos que estás tomando —dijo aunque le faltaba la respiración—. Porque te los estás tomando, ¿no? Por cierto, ¿dónde tienes las pastillas?

Ella se distrajo con unas hortensias disecadas que tenían tantos años como su hijo.

Oxitocina asomó uno de sus ojos tristones. Podía escuchar el corazón de Gabriel retumbando en pleno esprint: ALARMA, ALARMA, ALARMA, registró, ojalá no hiciera ningún movimiento extraño hacia su dueña o tendría que intervenir por mucho que fuera un miembro de la manada.

—Mamá, esas pastillas son un tratamiento —siguió Gabriel, aunque ese discurso le hastiaba y se aborrecía a sí mismo en el papel de vigilante machacón—. Cuántas veces te han dicho lo peligroso que es que te las tomes como caramelos. O las dejas poco a poco o te las tomas, pero eso no lo podemos decidir ni tú ni yo, lo tiene que decidir un médico…

Y no quiso continuar, porque sabía que la concha se estaba cerrando de nuevo a cal y canto; por eso antes de que ocurriera y aprovechando la deriva de la conversación, le pidió a su madre por las buenas si podía enseñarle una de las cajas. ¿Había comprobado la caducidad?, no era la primera vez que se intoxicaba… Ella se limitó a señalar el mueble del aparador sin intención de moverse.

—Por cierto —continuó Gabriel—. Dime qué es lo que no te funciona del móvil. ¿Lo tienes ahí?

Ella asintió, hundió la mano entre dos cojines y lo hizo aparecer como si fuera un mago. No le sonaba el timbre de las llamadas, dijo, y cuando llamaba ella no se la oía, momento que aprovechó Gabriel para manipular el aparato e introducirse, no sin un escalofrío en la conciencia, en su WhatsApp.

Necesitaba que Ruth la convenciera para volver a la terapia. Era la primera psiquiatra con la que había conseguido que se entendiera. Aún recordaba la embarazosa experiencia con el último. Se lo había recomendado el hospital cuando le quitaron el pecho izquierdo porque se negaba a tomar cualquier tipo de calmante. «No quiero que me droguen», gritaba a pesar de que se pasaba las noches chillando de dolor. Y sus hijos, con desesperación: «¿Quieres decir que vas a pasar un postoperatorio con paracetamol?».

Se obsesionó con que la querían tener drogada para quitársela de encima cuanto antes. Igual que con las vacunas. «Fuera viejos y fuera tristes —decía—, que no servimos para nada».

Cuando le dieron el alta tampoco lo admitió.

Con un hijo cogido de cada brazo recibió la noticia: había vencido a la enfermedad, le explicó la oncóloga que le hizo todo el seguimiento, había tenido mucha suerte, siguió con el tono festivo de un animador de hotel, estaba muy localizada, le harían una cirugía de reconstrucción y podría lucir bikini ese verano, sin ser consciente de que el cuerpo de Dolores se iba desmoronando por turnos: primero los labios, luego los pómulos, después los ojos y por último los brazos, hasta que se vino abajo.

—Pero, mamá, ¿por qué lloras sin son buenas noticias? —le dijo Claudia con su habitual tono de desesperación.

—¡Porque yo no estoy bien! —Y se encerró en el baño de la habitación.

Fue entonces cuando los enviaron al psicólogo.

Estaba especializado en personas mayores, anunció con la misma sonrisa confiada y falsa con la que Gabriel informaba a los pasajeros de que habría turbulencias. Seguramente su madre sufría un pequeño *shock* por la alegría de saber que estaba curada. Hablaría con ella unos minutos y podrían irse a casa. Pero la escena que vivieron a continuación fue muy parecida a la del padre Karras cuando entraba por primera vez en el dormitorio de la niña poseída. A los pocos segundos se empezaron a escuchar, primero, los rugidos de Dolores llamándolo de todo menos bonito y luego al propio psicólogo respondiéndole, en un principio, con tono firme de exorcista y, a continuación, a grito pelado.

—Lo siento mucho, esto no ha sido nada profesional —musitó avergonzado a los hijos al salir—. Lo siento de verdad, he perdido los papeles.

—No se disculpe —respondió Claudia comprensiva—. Sabemos lo que es. Forma parte de nuestra rutina.

Así Gabriel no tuvo otra opción que mandar a su hermana a tomar un café, para que Dolores le abriera la puerta. «Mamá, venga, por favor, estoy yo solo».

La encontró sentada en una banqueta de tres patas con el camisón del hospital abierto por la espalda y la mano sobre el valle que ahora tenía sobre sus costillas como si estuviera haciendo un juramento.

Gabriel bajó la tapa del váter y se sentó a su lado.

—Mamá, por mucho que te empeñes, una teta no es como el rabo de una lagartija y no se va a regenerar sola. —Así consiguió que aflorara, además de un par de lágrimas, una sonrisa afligida—. Tendrás que dejar que te la reconstruyan.

Ella siguió acariciándose la cicatriz.

—Cuando eras un bebé, sólo querías mamar de este pecho —dijo buscando su imagen en el espejo—. Tenía que obligarte a que cogieras el otro. El otro me habría dado más igual, pero éste… es como si te hubieras ido también un poco.

Gabriel se lo había preguntado muchas veces. Por qué su madre renunció a hacerse aquella cirugía. Porque tampoco llegó a acostumbrarse a aquella ausencia traumática ni a desnudarse delante de un espejo. Es más, fue entonces cuando subió al desván todos los espejos y las fotos, como si hubiera vuelto del hospital convertida en un vampiro. La falta de aquel pecho no era una herida de guerra, desde luego, ni una forma de reivindicación. Sólo parecía necesitar recordatorios de su sufrimiento para seguir padeciendo con la misma intensidad. Lo único que consiguió su hijo aquel día fue que saliera del hospital sin necesidad de que llamaran a seguridad.

Dolores no se fiaba de nadie, le había explicado a Ruth para ponerla sobre aviso unos días después de que comenzaran la terapia juntas. Sólo se fiaba de él. Y allí estaba, irrumpiendo en su intimidad delante de sus narices como un ladrón silencioso, pero «por una razón de peso», se dijo para calmar sus escrúpulos, aunque podía sentir el peso de la culpa mientras lo manipulaba para hacer una copia local de seguridad de sus conversaciones con Orlando. A simple vista el chat existía y aún aparecía la foto en su perfil, pero... estaba vacío. Le habría extrañado si no se lo hubiera anticipado Mónica. Incluso le había enseñado la forma de recuperarlo aunque lo hubiera borrado. Si tenía un chat abierto con él y estaba vacío se harían evidentes, según ella, tres cosas: una, que alguien le había dicho cómo borrar el chat porque su madre era incapaz de saber hacerlo por sí misma; dos, que si lo había borrado era por algo, y tres, que Google aún no se había enterado de que Orlando era ya un fantasma digital, y por eso había que correr. En cuanto tuviera constancia de su muerte, empezarían a hacer desaparecer sus fotos de perfil, se bloquearían sus redes y muchos de los audios o vídeos del chat no podrían escucharse.

Gabriel siguió las instrucciones mientras Dolores buscaba el collar del perro en el ropero entre cientos de trastos que se le caían al suelo. Desinstaló el WhatsApp, se fue a los ajustes y buscó cómo restaurar la copia de seguridad... en otro móvil. El suyo.

«Sólo confía en mí...», escuchó decir a la conciencia con su voz.

Eso le había dicho a Ruth aquel día. Que Dolores acudiría a su consulta como una mosca volando hacia una invisible tela de araña. Por eso ahora se sentía tan culpable por espiarla. Y su falta de confianza tenía lógica. A Dolores todo el mundo le había ocultado las informaciones determinantes de su vida.

¿Por qué? Por miedo a su fragilidad.

¿Por ejemplo?, le había preguntado con curiosidad la terapeuta.

Por ejemplo, que era adoptada, respondió Gabriel, dejándola

atónita. Y, ante su reacción, por primera vez fue consciente de que la actitud que habían tenido hacia su madre quizá no era tan normal.

Entonces él le explicó el enredo: antes de morir, el padre de Dolores mandó llamar a su yerno y le confesó que no era su hija natural. No podían tener hijos y tenía un amigo ginecólogo a quien durante la guerra había salvado la vida en la batalla de Belchite. Fue él quien les consiguió el bebé. En plena posguerra española no era difícil, el número de huérfanos había crecido tanto como la pobreza, y los futuros e ilusionados padres que se iban haciendo mayores no quisieron hacer muchas preguntas.

Precisamente porque nadie preguntara de más, se trasladaron unos meses al sur y la hicieron pasar por hija suya. Por eso también, no vieron la necesidad de revelárselo a aquella niña que estaba dando muestras de ser tan quebradiza en sus emociones como el ala de una libélula.

Debían protegerla.

Sin embargo, el secreto familiar sí fue pasando de generación en generación con el encargo de que nunca se le revelara a la interesada. Debían protegerla a toda costa, escucharon unos muy jóvenes Claudia y Gabriel de boca de su padre cuando les anunció que se separaban. Esta superprotección también fue la causa de que la herencia de Dolores fuera gestionada por su marido y, una vez más, por miedo a sus altibajos, de que le ocultara durante años que había perdido el trabajo. En lugar de eso y para mantener el engaño, fue tirando de los ahorros familiares sintiéndose cada vez más atrapado por las deudas, y, más adelante, vendiendo las propiedades de su mujer para que los niños siguieran yendo al mismo colegio privado, para que Dolores disfrutara del mar en verano y para pagar mensualmente el alquiler en el paseo de Rosales… hasta que la situación los arruinó. Y Dolores, protegida como había estado de la infelicidad, sintió que se arruinaba toda su vida de un día para otro.

Ése había sido el motivo de su separación y de que tuviera que mudarse al único rincón de Madrid que seguía siendo suyo. En realidad, hasta ese momento nunca había tenido nada sólo suyo. Todo, ella incluida, fue pasando de mano en mano, desde las de su padre a las de su marido. Por eso, cuando éste la dejó, intoxicado por la vergüenza y el alcohol, no sabía ni salir sola a la calle. Pero tuvo que hacerlo. Desde esa portería que perteneció a su abuela y donde se puso a trabajar en lo primero que pudo. Y ésa fue la causa también, según Ruth, de que Dolores buscara una salida a tanta presión en una de esas botellas de ginebra que su marido escondía en el mueble más alto de la cocina. El día que dio el primer sorbo, le dio también un sorbo a la soledad.

Gabriel había escuchado los argumentos de su amiga terapeuta con atención mientras su cabeza expresaba una negación como si fuera un tic, porque en ella se estaba reproduciendo ese episodio, el que su memoria le hacía revivir siempre que su madre volvía a recaer. «Suéltalo», le urgió Ruth al observar sus labios entreabiertos y la rigidez de su cuerpo. «Ya me has contado la historia de tu madre, ahora cuéntame la tuya». Entonces, sintió como si le dieran un empujón para tirarse desde un avión con paracaídas por primera vez y se dejó caer dentro de su propio abismo:

«Tengo ocho años. Mi madre está despidiéndonos en la puerta de la portería. Es la mañana en que ha salido la sentencia. Los dos pierden la custodia. Yo sé que es por mí, porque le he dicho al juez que es mejor para todos que vivamos con mi abuela de momento y Claudia, ¿qué va a decir?, Claudia me sigue como un patito a todas partes. Yo lo he hecho para ayudarlos, ya ves, en mi cabeza les estoy regalando unas vacaciones. ¿De quién? De nosotros. No tiene por qué ser definitivo. O eso pensé. Porque nadie me advierte que lo es. Nadie me advirtió. O no lo hicieron en un idioma que un niño de ocho años pudiera entender. Al final, todo se resume en una imagen, una que revivo muchas noches nada más cerrar los ojos y que reviví tantas veces como fui a visitarla en los años que siguieron: mi madre recortada en la oscuridad del portal como si fuera un retrato triste y anónimo de un anónimo, despidiéndonos con el mismo gesto de incomprensión que nuestro perro, sentado a su lado, el único miembro de la familia que no va a abandonarla».

«Nadie salva a nadie», le escuchó decir a su recién recuperada amiga; él tenía ocho años, fue un acto de madurez y de generosidad por su parte, y ya era tiempo de que construyera su propio camino y se permitiese fallar... Pero claro, todos sabemos que eso es lo que te dicen los psicólogos. Todo el mundo trata de cuidar a los cuidadores.

Dolores había perdido a sus hijos.

No podía perder nada más salvo a ella misma.

«Si mi madre hubiera tenido a su madre aún», dijo Gabriel en alto, «si hubiera tenido hermanos, alguien que la hubiera sostenido en el momento crucial en el que decidió volcar una botella dentro de su boca, alguien que la hubiera obligado a salir a pasear». Hasta Rufus aprendió a hacerlo solo. Le abría la puerta de la portería y cuando se cansaba volvía a casa como las ovejas en los pueblos.

Hasta que un día no volvió más.

Unas horas más tarde, un vecino le contó que lo había atropellado una moto y que el golpe lo había reventado. Dolores ni siquiera quiso ir a reconocerlo. Sabía que era él porque nunca la habría dejado sola, él no, de eso estaba segura, le dijo a Gabriel el fin de semana cuando fue a visitarla. Ése fue el momento en que el adolescente que ya era decidió irse a vivir con ella, a esa casa en la que se seguía asfixiando, sin respiraderos, sin espejos y sin fotos. Nunca más consentiría que le sacaran una, ni siquiera en su cumpleaños, le explicó a Ruth antes de irse, porque decía que no soportaba su vejez. «Me encuentro horrible en todas», y, cuando conseguía robarle una, lo obligaba a borrarla de inmediato. Una estrategia más para intentar olvidar que fue una mujer bella, que en aquel viaje a Estambul su marido la miraba con deseo, que jugaba con sus niños en la playa a hacer tortugas de arena, y que sus padres la quisieron más que a nada en el mundo. Porque olvidar la felicidad vivida era para ella más soportable que vivir su pérdida.

Gabriel se acercó a la ventana con una de las cajas de pastillas. Ahora ya estaba seguro de que eran las mismas que habían encontrado en la maleta de Orlando. Incluso coincidía el número de serie. Dejó de pensar con claridad. Sólo supo que esperaría a aclararse para comunicarlo en el grupo. Se volvió hacia su madre quien le estaba colocando el collar a Oxitocina mientras éste la obsequiaba con lametones agradecidos.

—Me ha dicho Mónica que os va a pasear a los perros hasta que encontréis a alguien —dijo—. Pero me ha pedido que por favor se los acerquéis al kiosco para no tener que ir ella a buscarlos casa por casa.

Dolores se desperezó.

—Estaba pensando en pedirte que se lo acercaras tú —sonrió con pereza—. Anda, hijo…

Entonces Gabriel escuchó en su cabeza la voz de Orlando, o como él se la imaginaba cuando leyó una de las reflexiones que le pasó Mónica:

Dolores tiene agorafobia. Miedo a salir. Miedo a esa plaza. Enseguida supe que apenas salía de casa y que me mentía cuando aseguraba que paseaba a Oxitocina dos veces al día porque el perro tenía las uñas largas de no caminar. Por eso la he convencido de que es él quien necesita salir por su salud y no al revés. Esa mujer sigue viva por su perro…, por eso he decidido paseárselo gratis siempre que venga conmigo de vez en cuando o me espere sentada en la plaza.

Gabriel se quedó en jarras en medio de ese salón que parecía el set de *Cuéntame*.

—Tienes que sacarlo tú porque te necesita, mamá, y porque tienes que salir a la calle. —Sintió perder la paciencia por momentos—. Porque tienes que interactuar con alguien que no seamos el perro y yo, y porque me prometiste que irías a la terapia, y yo no puedo cargar con más…

—¿Sabes lo que tengo que hacer y cuanto antes? —lo interrumpió—. Quitarme de en medio, eso es lo que tengo que hacer. Lo que queréis todos es que me pegue un tiro. La escopeta de cazar de tu padre debe de estar todavía en algún armario.

El otro señaló el mueble de las llaves.

—No, mamá, está en el desván, pero no tiene balas. Si las consigues, hazlo en el salón, no en el pasillo, porque la sangre sale muy mal del gotelé.

Como otras veces, su estrategia sirvió para que se le bajara la espuma. Su enfado era inversamente proporcional a su tristeza.

—Entonces ¿quieres que me muera?

—No. Eres tú quien quieres morirte, aparentemente.

—¿Tan poquito me quieres? —Y luego se quedó pensativa—. ¿Y cómo sabes que la escopeta está en el desván?

¡Joder!, pensó él, qué metedura de pata, ¡peligro!

—¿Tan poquito me quieres tú? —Se apresuró a no cambiar de tema—. Eres tú quien quiere desaparecer. Tienes dos hijos que te quieren y que están pendientes de ti, una casa que podríamos dejar muy bonita en el mejor barrio de Madrid, pero que prefieres que se te caiga encima antes de arreglarla…

—Ya, pero quién te ha dicho que yo quería todo eso. Yo quería otras cosas.

Gabriel sintió que le flaqueaban las piernas. Eso también se lo había contado a Ruth durante aquella primera sesión porque era el verdadero monstruo que se agazapaba debajo de su cama desde niño. Que todos los años en otoño su madre amenazara con suicidarse. Tenía barbitúricos en su poder como para poner a dormir a un continente. Ruth intentó tranquilizarlo, si llevaba consumiéndolos desde hacía años, podía haberlo hecho antes, opinó manteniendo un tono clínico y calmado, por lo general eran llamadas de atención y seguramente coincidirían con momentos en que estaba menos pendiente de ella.

Pero ¿y si alguna vez lo intentaba de verdad?, Gabriel le clavó los ojos azules.

Ella se quedó atrapada por la ventana. La plaza les devolvía el ocre de los árboles que tan poco favorecía a sus pacientes depresivos. «Nadie salva a nadie», le repitió aunque sabía lo duro que sonaba ese planteamiento. Si alguien quería autodestruirse, no se podía hacer nada por evitarlo. «No somos dioses», concluyó antes de abrazar a su amigo, «conviene saberlo».

El sillón de la Real Academia de la vida

—A ver..., que no se me muera nadie, que paso lista —dijo Pablo con cara de guasa, asomado por la ventana de su kiosco como si fuera su pequeño y propio escenario—. A cuidarse, ¿eh?

A esas horas ya se calentaban al sol los más veteranos de la plaza como galápagos centenarios. Mónica observó a los ancianos sentados entre las estatuas de Ordoño I y Wilfredo. Ese banco de piedra en concreto siempre había sido una especie de palco de honor para los más supervivientes del barrio. Algo así como un sillón de la Real Academia de la vida. Y lo puede comprobar cualquiera que se pase hoy por allí. Cabían cinco, de modo que no podía sentarse ni uno más hasta que no quedaba una vacante.

De cuando en cuando, Pablo salía de su garita con su porte de exboxeador y, como si se acercara al ring de esos luchadores a los que entrenaba, les ofrecía una botella de agua o un refresco, no se le fueran a deshidratar. Cuando no miraban sus hijos o cuidadores, a veces les caía una cervecita. Durante la pandemia, casi de forma natural, empezó a gastarles bromas sobre la muerte que fueron recibidas por el consejo de ancianos de la plaza con gran regocijo. Era la única forma de espantarla, según él, y así los hacía reír un rato.

—Vaya..., ahí están los Big Five —susurró Gabriel a Mónica al oído con cierto pitorreo—. Esto es como el premio gordo de un safari. Saca una foto, es muy difícil verlos juntos.

Y ésta, a saber por qué, recibió una pequeña descarga nerviosa por todo el cuerpo, además de la llave que éste deslizó con disimulo en el bolsillo del vaquero. También pudo influir, supuso que no lo hizo aposta, que sintió el leve roce de su mano en el trasero.

Delante de ellos, como si estuvieran en el banquillo: el Señor de los Pajaritos; Pin y Pon con dos sombreritos de lluvia de distintos colores; René, el filósofo francés de la plaza sentado en su silla de ruedas, y Margarita, quien tras tantos decesos acababa de entrar en aquel círculo de honor. Ésta se volvió sonriente hacia el azafato y le dijo que lo encontraba guapísimo vestido de uniforme. Detrás, los pasos siempre un poco atolondrados de Dolores y Oxitocina jadeando por turnos.

Gabriel le dio dos besos con prisa a Mónica y se agachó en cuclillas.

—Hola, fierecilla.

Saludo que la chihuahua devolvió como sin duda él esperaba a tenor de su lenguaje corporal: olfateando sin miramientos su entrepierna. Le intrigó la forma de comunicarse de aquellos dos. Los humanos no conocían el silencio. En ese momento captó su atención el traqueteo ensordecedor de una de esas letales cosas con ruedas que se dirigía hacia ellos por el empedrado. Y ahí estaban todos, tan tranquilos, se desesperó alzando sus orejas en señal de peligro inminente. No le quedaba otro remedio que salir disparada con intención de cazar y reducir aquel monopatín. Un tirón firme de correa, FIERA, NO, y volvió a sentarse decepcionada en un pie de su ama porque el suelo estaba aún demasiado frío. Desagradecida..., pensó. Giró sus grandes orejas treinta grados para protegerse de tanta verborrea inútil. Un momento..., su pequeña trufa negra se elevó en el aire como un misil térmico. Otra vez ese olor. ¿Por qué no se olfatearían los humanos un poco? Les daría una información muy valiosa. Porque allí estaba todo bastante claro: hembra y macho alfa, que, por alguna razón desconocida, hacían como que se ignoraban cuando sus feromonas y su testosterona estaban bailando un vals. Fiera investigó al macho desde el escorzo de sus veinte centímetros de estatura. No le parecía del todo mal ese bípedo. De hecho, su olor le recordaba a... El corazón de la Fiera se puso al galope y los ojos se agrandaron hasta ocuparle toda la cara. Tendido detrás del kiosco dormía su lobo blanco.

La chihuahua empezó a lloriquear reclamando a su dueña.

—Bueno, bueno..., Fiera ha visto a su amor.

Bowie asomó sus ojos claros y dispares —verde y azul— detrás de Margarita y la pequeña salió a su encuentro llevándole en la boca ese palosanto que acababa de encontrar en el parque.

Margarita les hizo un gesto a los más jóvenes para que se acercaran.

—Parece que fue ayer cuando jugabais vosotros ahí mismo mientras os vigilábamos desde aquel banco, ¿verdad, Dolores? —Y luego con ironía—: Y ahora sois vosotros quienes tenéis que vigilarnos.

Los hijos rieron tontamente sin saber muy bien qué decir. Dolores hizo un mohín. Sí, desde «el banco de las madres», que estaba frente al parque infantil, entre Suintila y Leovigildo. Y se ponían perdiditos de arena. No había forma de que tuvieran las uñas limpias, se quejó apretándose la bufanda como si quisiera ahorcarse con ella.

—Y cogían de todo, al menos Suselen. —Ágata se materializó bajo un turbante negro de lana, seguida de Pavlova, como siempre con el rabo entre las piernas, que lucía sobre su esqueleto un jersey de cuello alto a juego con el de su dueña—: Qué niña más cochina, tuvo más parásitos que un perro: lombrices, garrapatas, tiña… Un asco.

—Ágata… —Pareció recriminarle Margarita.

—Normal —intervino Gabriel casi insolente en defensa de su amiga—. Ruth apodó a Mónica «la Greenpeace» porque nos lanzaba al rescate de todo tipo de bichos abandonados…

—¿Yo? —se defendió la otra dándole un codazo.

Margarita le sonrió con los ojos bajo su pelo hueco color marfil. Parecía que llevara en la cabeza un algodón de azúcar. Siempre iba tan guapa…, pensó ésta, plantándole un beso por mejilla, con su vestido de lana beis con el abrigo a juego, las dos perlas grises salvajes volando desde sus orejas y el broche con forma de mariposa para fijar el pañuelo de seda.

—¿Y Ruth? —le preguntó Mónica.

—En la consulta esperando a Dolores. —Margarita levantó una de sus invisibles cejas.

Ágata se volvió hacia la aludida con una sacudida de serpiente.

—Dolores, ¿has escuchado? Vete, que te esperan. —Y le dio un empujoncito condescendiente—. Pobre…, es que lo está pasando muy mal con lo de Orlando…

La exbailarina dejó la frase a medio terminar, quizá imaginando que todos, especialmente Gabriel, esperaban que la concluyera. Pero no lo hizo. Algo que él parecía estar reprochándole con una mirada extraña que ella le sujetó en un pulso muy incómodo que a ninguno le pasó desapercibido. ¿Qué estaba pasando allí?, se preguntó Mónica. Dolores sólo replicó un tímido «¿Pasarlo mal yo?», pero le subieron los colores, nadie supo si de apuro o de ira, y Margarita le hizo un gesto imperceptible a sus amigas para que lo dejaran estar. Incluso Pablo se había acodado en el mostrador de su kiosco con un café:

—Pobre chico, me caía bien —dijo con una sonrisa entre tierna y canalla—. Aunque en sus tiempos mozos debió de ser un pieza de cuidado porque se le notaba arrepentido.

Los dos amigos se volvieron hacia él a la vez como dos parabólicas y dijeron al unísono:

—¿Por qué dices eso?

Pues por qué iba a ser, dijo Pablo, porque en el barrio todo quisqui confundía su kiosco con un confesionario. Los vecinos no tenían piedad, porque sabían que estaba allí atrapado y que sabía escuchar, y, si se trataba de desahogarse, les faltaba tiempo para bajar con la excusa de reciclar o pasear al perro para hacer un descansito, a veces de horas, en su caseta. El caso es que Pablo recordaba una tarde concreta en que Orlando regresaba de pasear a los perros y lo encontró triste. No caminaba con ese aire deportivo que era habitual en él, sino arrastrando los pies como si volviera de haber perdido una guerra.

—Y cuando le pregunté, se paró y por primera vez me estuvo hablando de su madre, de que emigró a México cuando él y su hermana eran pequeños, una madre coraje, parece ser, y de los muchos disgustos que le había dado a la pobre mujer cuando era joven. Me dijo que había vuelto a España para no hacerlas sufrir más y para demostrarles que podía ocuparse él solo de su vida. —Dicho esto, apuró su café cortado y encestó el vaso de cartón en la papelera.

Pin y Pon estaban como siempre callados y al acecho tomando nota sin duda de todo aquello en su contra, y Mónica y Gabriel intentaron procesar esa nueva información disimulando su interés al tiempo que auscultaban las reacciones de las allí presentes: Margarita se recolocó el pañuelo, era mejor no especular cuando una persona se había ido, opinó, mientras que Dolores consultaba la hora, se tenía que ir ya, dijo, y Ágata se limitó a acariciar el lomo esquelético de Pavlova, quien también desvió la mirada como si supiera más de lo que su silenciosa presencia prometía.

Cuando Mónica estaba a punto de preguntar algo, tuvo la visión de su madre cruzando la plaza hacia ellos con la cabeza por delante del resto del cuerpo como si se preparara para embestir.

—Mira —dijo Ágata—. Lady Macbeth.

Algo que debió de escuchar, porque venía ya renegando por el camino.

—Vaya..., ¿hay junta de vecinos? —dijo, y luego a su hija—: No me habías dicho que venías esta mañana.

Todos tenemos un especial instinto para leer el reproche en la mirada materna. Mónica se sintió como si tuviera otra vez quince años y la hubieran pillado fumando. Iba a llamarla al terminar, se disculpó, se había ofrecido a pasearles a los perros mientras encontraban a alguien. «Claro, es mucho mejor pasear a los perros que pasear a tu madre», supuso que iba diciéndose mientras dirigía una mirada de odio visceral a los canes y a sus dueñas. Bien que habían quedado con su hija porque la necesitaban, pensó, pero a ella..., «a mí, que me zurzan», iría resoplando bajo su sombrerito naranja.

—Pues muy bien... —dijo ahora sí en alto—, que lo pasen bien los perritos. Yo me voy ya, que estoy muy ocupada. —Y le dirigió a Dolores una mirada acorde a su nombre y luego—: Por cierto, ¿podrías devolverme la copia que te dejé de las llaves de mi casa? En estos días que no estuve también se me han muerto las plantas, así que ya no hace falta que subas a regarlas.

Los dos amigos pensaron lo mismo. ¿Dolores tenía llaves? Entonces... ¿podría haber sido ella quien abrió la casa de Elisa a Orlando?

—Te las dejaré en el buzón —dijo ésta sin levantar los ojos.

Margarita se volvió hacia Elisa.

—No la pagues con ella, querida. La culpa es mía. He sido yo quien no te ha estado avisando de estos paseos porque pensé que los perros te daban grima.

—Y me la dan, como la mayoría de los seres humanos. Salvo esta ricura. —Acercó la mano para que Fiera pudiera lamérsela.

Las campanas toscas de la plaza de la Encarnación empezaron a dar las doce y, como siempre, en segundos se fueron uniendo las de la catedral, ésta contagió a las de San Francisco el Grande y los perros empezaron a aullar desde la plaza y los balcones. Un canon perfecto a muchas voces que se repetía a diario desde hacía siglos y que dejaba a los habitantes de la plaza congelados por unos instantes. También lo había plasmado Orlando en su agenda, sobrecogido por la misma emoción. Mónica siempre se imaginó que durante esos segundos de pausa cada día se obraba un milagro. Por eso quizá, llevada por un instinto infantil, cogió la mano de su madre, luego suavemente la de Dolores y a continuación la de Ágata y Margarita hasta que las vio sonreír. El conjuro había funcionado, se dijo Mónica. Casi siempre funcionaba. También la piel.

Poco a poco el repiqueteo fue extinguiéndose, momento en que el Señor de los Pajaritos alzó sus manos como un sacerdote y, cuando parecía que iba a dar «la paz» en aquella improvisada ceremonia, llamó a sus fieles, que volvieron a sobrevolarlo.

—Pobres angelitos —se lamentó el hombre—. Se me asustan con tanto estruendo. Yo creo que a las monjas se les queda el dedo pegado al botón, porque vaya lata de campanas —dijo, rompiendo el romanticismo en mil pedazos y provocando que sus madres se soltaran apuradas pero contentas.

Gabriel se despidió con prisa, acababa de llegar su transporte del aeropuerto y tenía uno de esos vuelos en que no le iban a dejar parar. Qué cenizo, se burló Mónica por lo bajo. Pero no era una cuestión de pesimismo, según él, era estadística: todo el mundo sabía que en cada vuelo de Buenos Aires se desmayaba una vieja, que el noventa y cinco por ciento de los pasajeros pediría agua «para un remedio» y que en *business* nunca se leían el menú: «Eh, disculpe…, ¿de qué es el helado?». Preguntas gratuitas a las que Gabriel solía contestar muy cortés cosas como: «De ambrosía, el néctar de los dioses, que es lo mínimo que usted se merece». Y se quedaban tan felices.

Mónica también se despidió de «Las chicas de oro», como Ruth las había rebautizado, y recogió el ramillete de correas al final de las cuales colgaba una manada de canes tan diversa que daba risa: Oxitocina, el gordo bondadoso; Bowie, el rubio aristócrata; la insegura y delgadísima Pavlova, y la inclasificable Fiera, quien, tras poner a cada uno en su sitio a base de ladridos cortantes como cuchillas, encabezó la marcha. Mónica no pudo sacarse de la cabeza lo preocupado que vio marcharse a su amigo, ahora que sabía que su madre era la única que no tenía coartada, pero sí la llave para entrar en la escena del crimen que sólo estaba a dos pisos de su casa.

La fuente de la eterna juventud

Aquel paseo le vendría bien para vaciar un poco la cabeza del caso. Le preocupaba el hecho de que la policía se hubiese interesado de nuevo y temía empezar a obsesionarse. No supo por qué asociación de ideas recordó cuando fue a ver *Mary Poppins* al Real Cinema y aquel universo que para otros niños resultó tan mágico a ella le fue totalmente familiar. «Yo vivo allí», pensó emocionada mientras por la pantalla desfilaban los deshollinadores, los coches de caballos, los músicos y los pintores a los que saludaba cuando volvía del colegio. Pero los personajes que más le interesaban de pequeña eran los artistas porque los podías encontrar de las más variadas especies: unos pintaban, tocaban o cantaban alrededor de la fuente y otros lo hacían en sus casas de techos altos con vistas al palacio.

Así, fue dejando atrás los laberintos de analizar enigmas, el palacio con sus caballos danzantes acosados por los turistas, y fue saludando a su paso a los jardineros afanosos de siempre, ¿qué tal tu madre?, le preguntaron entre macizos de ciclámenes de colores, vaya susto lo del ladrón, decían empuñando sus enormes rastrillos. ¿Ya habéis podido volver a casa?, se interesaron los guardeses del convento después de tirarle a Fiera varias veces la pelota. A su lado, una de esas bandas de palomas que traían de cabeza al barrio le robaban la comida a un mendigo dormido envuelto en una manta. El escenario era tal cual, en él sólo faltaba la propia Poppins, ese personaje desconocido que llegaba al barrio para modificar la vida de quienes lo habitaban durante un breve espacio de tiempo... para después desaparecer.

—Orlando —dijo en alto, y los cuatro perros volvieron la cabeza sin comprender, pero empezaron a mover el rabo espontáneamente—. ¿Era Orlando su Mary Poppins?

De pronto, le pareció ver a alguien llegado del pasado que la llenó de nostalgia. ¿Ése era Octavio Sexto? ¡Sí! ¡Sí que era él! Como siempre concentrado tras su pequeño caballete y su barba valleinclanesca, rodeado de sus meninas de colores. El tiempo había pasado por su cuerpo moreno desgastándolo con amabilidad como al resto de los reyes de la plaza. Octavio Sexto siempre fue un gran contador de cuentos y por eso era fácil encontrarlo con un buen número de niños sentados a su alrededor. Fue él quien les aseguró que en esa plaza no se moría nadie con menos de cien años. «Algo tiene el agua de esa fuente…», dijo con su voz de novela de García Márquez, y allí se sentó la Mónica del presente a charlar con él un rato para que bebiera de ella su manada, no fuera a ser verdad. Desde entonces la llamaron la fuente de la eterna juventud. Por un tiempo sospecharon que ése era también el secreto de Paquito, el gorrión más longevo del mundo, que vivía en el interior del Café de Oriente. Según la leyenda, Paquito llevaba siendo fotografiado al menos veinticinco años. Hasta que la investigación de «Los Cuatro», una vez consultadas las fuentes fotográficas que guardaba el dueño del café, comprobó que el primer Paquito tenía las alas pardas y el último oscuras, lo que indicaba que era una Paquita. Es decir, que se habían ido cogiendo el relevo.

Aquel recuerdo le hizo sonreír. También el hecho de que Fiera, de pie sobre dos patas, intentara alcanzar sin éxito el borde de la fuente. Cuando fue a ayudarla ya estaba absorta en su siguiente objetivo: una cachorra humana le había salido al encuentro.

—¡Mira, mamá! ¡Están paseando a un gatito!

El falso gato que no le quitaba ojo emitió los ladridos más broncos de su repertorio.

La niña huyó despavorida.

—¡¡¡Mamá!!! ¡¡¡Un gato que ladra!!!

Esa última falta de respeto obligó a la Fiera a perseguirla alrededor de la fuente.

Mónica se aguantó la risa. Esta vez no iba a reñirla. En el fondo le estaba dando a aquella pequeña una clase de biología gratis. Así que, mientras los demás perros descansaban y Fiera perpetraba su venganza, abrió la agenda de Orlando como si fuera un I Ching y se encontró con una cita de su autor favorito que le había sorprendido cuando la leyó en la libreta por primera vez:

Un perro refleja la vida familiar. ¿Quién vio un perro juguetón en una familia sombría o un perro triste en una familia feliz? Las personas que gruñen tienen perros que gruñen, las personas peligrosas tienen perros peligrosos.

La firmaba Arthur Conan Doyle.

Si se basaba en los especímenes que tenía a sus pies podía decirse que tenía razón. Pero luego pasó corriendo la niña histérica perseguida por aquella ardilla con dientes que tenía por su animal de compañía y rectificó: bueno, sir Doyle, esto no tiene por qué ser una ley, ¿verdad?, se dijo. Y siguió leyendo las notas de Orlando de ese día:

La necesidad vital de un cachorro es la seguridad. Igual que el niño no nace con el amor dentro, sí lo hace con la sensación de peligro. Como ser pequeño que es, experimenta el mundo como algo peligroso. Y la seguridad, como el amor, sólo puede recibirlos de la madre.

Sacó la foto de esa página. Sin duda ése sería el pantallazo del día en el chat de las malas hijas. La reflexión continuaba:

Si la madre es un ser predecible, estable y que no supone un peligro para el niño, transformará un lugar peligroso en un oasis de seguridad. Si no, le generará pánico y ansiedad.

Suselen leía mientras esperaba en su camerino a que la llamaran para el ensayo. Dejó el móvil sobre el tocador. Se observó inexpresiva ante el espejo.

Yo sé cuándo en una casa hay golpes.

Leyó Ruth en alto desde su consulta mientras esperaba a Dolores.

Cuando conozco a un perro por primera vez, hago movimientos extraños con las manos, alzo la voz con cualquier excusa. Los dueños no se dan cuenta, pero los perros... ellos siempre reaccionan. Por eso estoy seguro de lo que le pasa a J. D.

La psiquiatra sintió un escalofrío. Abrió su portátil. J. D.... ¿De qué le sonaba? Tuvo una revelación. Sí, tenía que ser él. Y eso quería decir que el único testigo de lo que pasaba en su casa eran él y su perro. Sin perder un segundo marcó el número de Mónica, quien ahora atravesaba la pradera de las Vistillas.

—Te iba a llamar yo —dijo la entrenadora—. Necesito que entretengas a Dolores un buen rato.

—OK, pero yo te llamaba para otra cosa.

—¡Espera! —le ordenó a Oxitocina, quien le babeaba una pierna reclamando una golosina.

—Vale —respondió Ruth, extrañada, y se entretuvo haciendo dibujitos en su libreta.

—¡Vamos! —Mónica tiró a Fiera de la correa.

—Vale, vale, no te entretengo, es que al leer lo que has enviado...

—¡Para! —le chilló a Bowie para que dejara de cavar un agujero.

Ruth volvió a quedarse en silencio.

—¡Siéntate! —exclamó la entrenadora y Bowie obedeció.

—¿Por qué? —dijo Ruth, confundida, que aun así se sentó—. Vale. Ya estoy.

—Perdona, ¿qué me estabas diciendo? —preguntó Mónica, intentando concentrarse mientras acariciaba a Pavlova—. Sólo te llamaba para que entretengas a Dolores. He quedado con Suselen para registrar la portería. —¿Para qué?, escuchó exclamar a la otra—. No te preocupes, Gabriel nos ha dejado la llave, hemos averiguado algunas cosas...

Ruth frunció el ceño.

—Pero si te he llamado yo. Mónica, estás muy rara. —Empezó a roer un palito de apio—. No tiene que ver con el caso, creo. Verás, se trata de esas siglas del pantallazo que has enviado. Creo que sé a quién pertenecen y necesito tu ayuda. Es muy urgente.

El caso es que Ruth llevaba unos meses tratando a un niño de cinco años que había empezado a sufrir ataques epilépticos. Sin embargo, no se apreciaba ningún daño en el cerebro del pequeño. Parecían ser somáticos. Era el niño más dulce y más tierno que se pudiera imaginar, le dijo a su amiga, y la madre parecía desbordada con el problema del pequeño porque casi le exigía con impaciencia que se curase.

—Hasta que un día vino a la sesión con un bracito roto y ella con una ceja partida y cuatro puntos que me hizo temer lo peor. Le pedí que dejáramos al niño pintando con mi madre en el salón y no paré hasta que Sara, que así se llama, empezó a contarme la pesadilla que estaban viviendo: que su exmarido la amenazaba con matarlos a los dos cada vez que iba a recoger a su hijo; que no se atrevía a salir sola a la calle; y que durante el confinamiento, un día que Dani no quería comer, lo sentó tan bruscamente en el banco de la cocina que el muy animal lo dejó inconsciente. Desde entonces empezó a sufrir los ataques. El problema es que el único testigo de lo que pasa en ese hogar es el niño y la única vez que Sara se atrevió a denunciar no consiguieron que declarara. Cuando la policía le pregunta tiene un ataque. De modo que la pobre madre ahora se ha arrepentido y dice que últimamente está todo bien. Pero no me lo creo, Mónica, porque apenas la vemos. Pienso que sólo intenta proteger desesperadamente a su hijo, pero no se da cuenta de que así los desprotege a los dos. Según lo que me has enviado, Orlando podría haber sido testigo de algo más a través del animal, pero, claro, no podemos revelar que tenemos la agenda, ¿verdad?

—Déjame pensar en otra solución… —dijo Mónica mientras lanzaba un palo que fue perseguido por los cuatro canes pradera abajo. «Los perros no mienten», recordó, «los perros son sólo emoción». Y entonces se le ocurrió—: ¿Has oído hablar de los perros judiciales? —dijo, y la otra respondió que nunca—. Si convences a su madre de que vayan ambos a declarar a los juzgados de plaza de Castilla, creo que podremos ayudarlos.

Ambas sintieron una extraña euforia que les recordó a cuando se sentaban en aquella misma pradera a buscar tréboles de cuatro hojas. Ruth siempre encontraba alguno, pero siempre también compartía su fortuna con los demás. Según su teoría, quien lo encontraba se convertía en portadora de la buena fortuna y se dedicaba a concederles deseos como un hada.

—Pero si hacía trampa... —confesó riéndose—. Pegaba con saliva la cuarta hoja.

La otra se sonrió sentada en la pradera, ¿en serio? En el fondo siempre lo supo...

—Pero eso es lo de menos, querida Ruth, a veces la buena suerte hay que provocarla, como acabas de hacer ahora —sonrió dejando que el sol de octubre se le colara entre las pestañas—. Para nosotros, tú siempre fuiste ese trébol de cuatro hojas. Te prometo que vamos a ayudar a ese niño.

Y en ese preciso momento Mónica entendió por qué su hermandad había sido indestructible durante tantos años. Porque cada uno había tenido su rol. Por eso, cuando colgó, se quedó absorta en la alegría infantil con la que Fiera se revolcaba entre las hojas haciendo la croqueta pradera abajo y sí, por qué negarlo, le recordó mucho a sí misma. Enseguida la rodearon los otros tres para imitarla y cubrirse unos a otros de lametones desinteresados.

El jardín de la alegría

—Ten cuidado, Dolores, porque un día de éstos te vas a equivocar y te vas a matar...

Ésa fue la respuesta de Ruth cuando la madre de Gabriel abordó la cuestión que eufemísticamente y de forma recurrente llamaba «quitarse de en medio». Y no es que no la creyera capaz, es que estaba segura de que no quería hacerlo. Para ir en contra de nuestro instinto más primario de supervivencia había que estar loco al menos durante un segundo, le había explicado a su hijo para tranquilizarlo. Y Dolores no lo estaba, al menos de momento. Por eso para ella también quedaba descartada la hipótesis de que un brote de locura transitoria, debido al cortocircuito de fármacos que consumía, la hubiera llevado a cometer un homicidio. Sin embargo, Mónica y Suselen no estaban tan de acuerdo. Es cierto que, para sus falsas tentativas de suicidio, Dolores creaba puestas en escena muy dramáticas, como habría dicho Suselen, en este caso con el objetivo de atraer la atención de su hijo.

¿Lo de Orlando podría haber sido otra forma de llamarla?

No, no la creía capaz, ni de hacerse daño a sí misma ni a los demás. Otra cosa era que llegara a ello por accidente. Aún recordaba aquella paciente suya, la única que en teoría se mató arrojándose desde la ventana de su casa. En el levantamiento del cadáver, Ruth tuvo que dictaminar que no había sido un suicidio, sino un accidente, aunque la policía se empeñaba en lo contrario basándose sólo en que había tenido otros intentos. Pero la psiquiatra tenía una prueba irrefutable que los convenció: sus uñas. Ningún suicida que se lanzaba al vacío se rompía las uñas tratando de agarrarse a una jardinera.

Habían pasado quince días desde que Dolores se convirtiera en su principal sospechosa y se habían repartido el trabajo para investigarla en esa dirección. Su cometido estaba claro, pero para Ruth no era fácil sin faltar a la ética profesional porque no podría revelar datos concretos. Y allí la tenía: al otro lado de la alfombra afgana que le hacía de frontera en su consulta. Tras ella, Dolores se observaba las manos con frustración, como si fueran ellas las culpables de intentar hacerle daño y dijo:

—El único motivo por el que no lo he hecho ya es Oxi.

—¿Y no por tu hijo? —La terapeuta siguió provocándola—. ¿Ni por ti misma?

La mujer negó con la cabeza. Ruth se fijó en que no se había peinado porque el pelo áspero y corto seguía aplastado por el lado derecho del que habría dormido.

—Mi hija no me necesita y para Gabriel soy una carga.

De modo que era verdad, por eso Orlando le había buscado el perro..., pensó Ruth. No sólo era una compañía. Oxi era el motivo para levantarse, para pasear, para preparar una comida que luego podían disfrutar los dos. Qué paradójico resulta que un ser humano que no se valora sólo reaccione en los momentos en que tiene que ayudar a otro ser vivo y no a sí mismo.

—Me ha dicho Gabriel que estás tomando unas pastillas desde hace años. ¿Me las enseñas? ¿Quién te las receta?

Dolores dudó unos instantes y se tensó como si la hubiera sacado a la pizarra. Luego musitó que se las recetaba la Seguridad Social y que las había tomado desde que empezó su depresión. ¿Y eso fue...?, preguntó la psiquiatra, a lo que respondió con un hilo de voz que desde que nacieron los niños.

—¿Desde que nacieron tus hijos? —La terapeuta no daba crédito—. ¿Y sin descanso?

Se quitó las gafas, se levantó y cruzó por primera vez la frontera de la alfombra para sentarse junto a ella en el sofá.

Dolores se sumió en un silencio avergonzado. No era la respuesta correcta. No se había estudiado ese tema. Y no podía contarle la verdad o Margarita la mandaría matar. Frente a ella, una Ruth con gesto severo le advertía que era fundamental que llevara un orden en la medicación y que a partir de ahora fuera ella, como su médico, quien se la pautara en función de la terapia.

—Yo nunca le habría hecho daño a Orlando —dijo de pronto—. Me gustaba pasear a Oxi con él. Me ayudaba a ver la vida a su manera.

—¿A su manera? —preguntó Ruth sorprendida por la forma de atacar el tema.

—Amándola. No sabía que pudiera existir alguien que amara tanto la vida.

Mientras esta conversación se daba en la plaza de Oriente, unos metros más allá Suselen sufría el ensayo antes de reunirse con Mónica. El director era un antiguo niño prodigio que había derivado en un adulto mediocre e inseguro.

—Maestro —le había dicho con la mejor de sus sonrisas al comenzar el ensayo—. Hay una entrada que creo que está mal transcrita en mi partichela porque está fuera de mi tesitura.

Él se dio la vuelta como si acabara de escupirle en la cara y sólo le preguntó si no sería más fácil pensar que quizá ella no estaba «llegando».

—Sí, sería más fácil pensarlo —respondió ella con aparente humildad—, pero canté esa aria el año pasado en Londres y esa entrada es de la soprano. Sólo quería informarle en privado para no interrumpir el ensayo de la orquesta.

Por otro lado, la soprano había solicitado a la producción que la cambiaran de camerino porque era incapaz de concentrarse si escuchaba a Suselen calentar la voz. ¿Qué culpa tenía ella? ¡Que se subiera el volumen, así de paso no la taparía la orquesta! Claro que también se había quejado del volumen de la orquesta.

El caso es que cuando traspasó la puerta de artistas fue como salir a respirar a la superficie desde un submarino. Era una tradición que

Mónica llegara tarde, así que aprovechó para irse de concierto por la plaza. Los compañeros y el repertorio le parecían mucho más interesantes. Odiaba a Verdi. No había tenido ningún empacho en decir en más de una entrevista que con *La traviata* se podía bailar un pasodoble. Qué ganas de que pasara aquel concierto y empezaran a ensayar *Carmen*. Su gran reto como *mezzo*. Así, fue escuchando *La danza del hada de azúcar*, versionada para decenas de copas de cristal, a una arpista que interpretó varios temas de los Deep Purple, y terminó con un saxofonista espectacular y muy anciano que tocaba *A Long Goodbye* y al que se unió como espontánea para cantar lo que tuviera en repertorio. Allí la encontró Mónica, rodeada de una horda de paseantes emocionados que se rompieron las manos de aplaudir e hicieron rebosar la caja del sobrecogido músico.

A pesar de su timidez connatural, Suselen siempre había tenido lo escénico en vena. Aún aparecían fotos por su casa de cuando montaron *Cantando bajo la lluvia* en el salón de Margarita. Incluso tuvieron la desfachatez de cobrarles una peseta a sus padres por asistir. Ella misma los acompañó al piano, les compuso las coreografías y les enseñó las distintas voces. Habría sido un éxito absoluto si no fuera porque en el número estelar tuvo que ver cómo Ágata salía de la habitación para no regresar hasta que hubo terminado. Mónica recordó el rostro descompuesto de Suselen oculto tras la partitura, haciendo esfuerzos para terminar de tocar sin desmoronarse. Más tarde, Ágata les explicó riendo que no lo podía evitar, tanto paraguas abierto en un lugar cerrado le daba mal fario.

Las dos amigas empezaron a pasear agarradas del brazo.

—Venga, como cuando éramos novios —bromeó Mónica.

Habían empezado a cantar algunos de los musicales de su época a pleno pulmón cuando repentinamente se mandaron callar y se lanzaron tras un seto. Vaya por Dios, allí estaban Pin y Pon volviendo de su paseo. ¿Es que esa gente no tenía casa?, despotricó Mónica cerrándole el hocico a Fiera, que se disponía a ladrarles acaloradamente como cada vez que osaban abrir o cerrar la puerta de su casa. Cuando los vieron desaparecer, enviaron un mensaje a Ruth para asegurarse de que Dolores seguía con ella. «El mochuelo sigue en el olivo», respondió la psiquiatra en el chat. «No os preocupéis, que aquí aún tenemos tela que cortar».

Unos minutos después, las dos amigas entraban en la portería con la llave de Gabriel seguidos de Fiera y Oxitocina, quien corrió a beber agua y a buscar su hueso favorito. La casa, siempre lóbrega y dramática, parecía el escenario de una película de Garci. Olía un poco a tubería como si hiciera tiempo que nadie la habitaba. Sí, olía como una novela de Dostoievski, dijo Mónica.

—Entonces ¿no deberíamos matar a una vieja? —Suselen se quedó plantada en medio del salón—. Vale, eso ha sido humor negro. Madre mía, qué recuerdos...

Y se vio a sí misma sentada en aquel sofá de flores marrones desgastadas frente al televisor junto a Mónica y Gabriel. A los tres les colgaban las piernas. Luego la sintonía de *La bola de cristal* que tararearon concentrados en ese acto casi ritual de ir pegando dos galletas maría con mantequilla y azúcar para luego sumergirlas en el colacao caliente... Qué placer, dijo.

Nunca le confesó a su madre que merendaba.

Por eso, por miedo a que pudiera hacerle una radiografía del estómago con sólo mirarla, las vomitaba antes de volver a casa. Mónica la miró sorprendida de que desclasificara un dato así sobre su bulimia. Todos la habían vivido y sufrido con ella, pero nunca lo hablaron. Y todas las madres habían dado de merendar a Suselen alarmadas por su delgadez.

—¿Qué buscamos exactamente? —preguntó la ahora exuberante diva.

—Nosotras nada. Lo va a hacer ella.

Fiera las observó desde sus marcas, es decir, sentada sobre la zapatilla de su compañera. Ésta se agachó y le dio a oler la agenda de Orlando que llevaba en la mochila. La chihuahua hundió en ella su hocico y olfateó la libreta con interés galopante. Luego levantó los ojos hacia Mónica pidiendo urgentemente información y, antes de que ésta terminara de pronunciar el comando BUSCA, sus pasos de claqué se perdieron en la oscuridad del pasillo.

—¿Y ahora? —susurró Suselen.

—Volverá a avisarnos si encuentra algo interesante.

—Flipo —dijo la otra mientras se sentaba sobre su propio recuerdo en el sillón—. Oye, no hemos podido comentar la confesión de Gabriel del otro día…, yo me quedé muerta.

Su amiga se sentó a su lado, ¿el qué? ¿Que no era gay? La otra cruzó las piernas y adoptó una pose de tertuliana televisiva: ¿Por qué habría salido ahora con eso? Era como si necesitara dejarlo claro por algún motivo.

Escucharon a Fiera rascar con sus pezuñas sobre algo metálico y, luego, lo que parecía el quejido de una puerta. A ambas se les cortó la respiración y estuvieron a punto de tirarse tras la mesa camilla. Falsa alarma, había sido en el piso de arriba. Quizá debería ir a ver, dijo Mónica. En realidad, lo hizo porque no tenía intención de contarle nada de lo ocurrido en el desván, ni en el pasado ni en el presente, tampoco lo que él le había confesado, entre otras cosas porque no se sentía autorizada y porque…

—Es inevitable —dijo Suselen interrumpiendo sus pensamientos—. Ahora le doy otra lectura a muchos momentos que recuerdo con él.

Sin saber por qué a Mónica se le encogió el estómago y no quiso saber más, pero se notaba que su amiga tenía ganas de murmurar. ¿Se acordaba de aquel día que se escapó de casa por la noche para poder ir a la discoteca Pachá? Mónica resopló, ¿cuál de ellos?, porque siempre tenían que ayudarla a escaparse… Ágata le prohibió salir a una discoteca hasta que tuvo casi veinte.

—Y a maquillarme —añadió ella—. Que nos enseñó tu madre en tu casa, en ese baño maravilloso que ahora es la escena del crimen. Cada vez que lo pienso… Pobre, tu madre. Nos hacía prometerle que no volveríamos tarde cuando nos quedábamos a dormir en tu casa. «Vuestras madres me matan si se enteran», nos decía a los tres. ¡Si no llega a ser por ella, yo habría sido una inadaptada! Siempre me pareció la leche.

—Bueno, pero ¿qué ibas a decir sobre Gabi?

La otra sonrió pícara como si buscara las palabras justas mientras se retorcía un tirabuzón.

—Pues que esa noche en concreto no pude volver a entrar en casa antes de que mi madre se despertara porque perdí la llave. Mi única oportunidad era esperar a que se hiciera de día y rezar para que abriera el estudio sin comprobar que no había dormido en mi cama. El caso es que, como llovía mucho, nos quedamos a dormir en el coche de Gabriel cerca del Templo de Debod.

—¿Y? —preguntó Mónica con el corazón desbocado.

—Que cuando me desperté estábamos los dos abrazados en el asiento de atrás, semidesnudos debajo de una manta —su respiración se agitó un poco dentro de su escote—. Habíamos tenido que poner a secar las camisetas, y él estaba despierto mirándome de una forma que me sorprendió y me pareció sentir que...

—¿Qué?

—Que estaba empalmado, joder. —Suselen se mordió la uña del pulgar—. ¿Te imaginas las pajas que se habrá hecho pensando en nosotras?

Mónica meneó la cabeza. No, no pensaba imaginarse tal cosa, porque era su amigo. ¿Por qué era tan infantil? ¿Es que no podía existir la amistad entre un hombre y una mujer pura y dura?

—Sí, sobre todo dura —añadió.

Comentario que fue reprendido por Mónica hasta que se dio cuenta de que empezaba a notársele.

—Oye, ¿te estás enfadando?

¿Enfadando? La entrenadora sacó de su repertorio la más socarrona de sus sonrisas. ¿Por qué motivo iba a enfadarse? Y empezó a enrollarse la correa de Fiera en la muñeca como si pretendiera esposarse y llevarse detenida. Lo que ocurría era que siempre había huido de los prejuicios, y a Gabriel lo habían prejuzgado. Sólo porque era un buen amigo. Sólo porque le condicionó mucho la relación con su madre y le echaba para atrás el compromiso... Vamos, que a ella, concretamente, le gustaría haber conocido al verdadero Gabriel antes y no al que ellas se inventaron.

Suselen la escuchó sin interrumpirla mientras la observaba con curiosidad.

—¿Estás celosa?

—¿Celosa? —se indignó la otra levantándose del sofá como si le hubieran prendido fuego.

—Creo que te ha puesto celosa pensar que se empalmó conmigo.

No estaba dispuesta a admitir eso, se dijo a sí misma, tampoco admitiría jamás que en ese momento le daban ganas de arrancarle uno a uno esos rizos de tenacilla y ahorcarla con ellos. ¿Cómo iba a empalmarse con Suselen? ¡Si entonces era una niñata a la que todos le hacían de hermanos mayores! ¿Quién era ella para despachurrar de un manotazo todas y cada una de las mariposas que habían colonizado sus tripas desde que se quedaron encerrados en el desván?

Pero Mónica no dijo nada. Porque no era el momento. Y porque ahora tenían todos otras preocupaciones. Que una de sus madres fuera una asesina. En este caso, Dolores tenía todos los tíquets para la tómbola.

Así que Mónica volvió a sacar su sonrisa a pasear y a la versión oficial para zanjar la cuestión: que no fuera tonta, dijo, Gabriel era una más y las había querido como hermanas. ¿Qué había más importante que eso? Entonces sonó el WhatsApp y se coló en él un muy oportuno mensaje de Ruth. «El mochuelo vuela al árbol». Mónica se guardó el móvil en el bolsillo del vaquero. ¡A correr! Volvió a sonar otro mensaje. Ahora de Gabriel: «He conseguido recuperar parte del chat borrado de mi madre con Orlando. Lo vais a flipar», iban leyendo mientras avanzaban a grandes zancadas por el pasillo.

—Fiera… —susurró Mónica—. ¡Fiera!, ¿dónde te has metido?

Suselen volvió a releer el mensaje de Gabriel, ¿qué habría descubierto que lo tenía tan alterado?, y le contestó que no las dejara así. Que les diera un titular. Y luego a Mónica, ¿estaba segura de que su perra no se había fugado? Era tan pequeña que podría haberse escabullido como una rata por una tubería. Pero entonces la vieron curioseando en el pequeño patio interior cubierto. Era donde antiguamente tendía la ropa Dolores cuando la dejaron cerrarlo con una fea claraboya de plástico porque causaba muchas humedades. Antes nunca estuvo ajardinado, pero ahora lo había convertido en un pequeño vergel con riego automático que contrastaba con el estado de caos y descuido del resto de la casa.

—¿Qué hace? —preguntó Suselen señalando a la perra.

Entonces Mónica se fijó en ella. Se asomaba a una jardinera con una de sus patitas delanteras suspendida en el aire, como siempre que algo le creaba dudas, y los ojancos clavados en una especie de césped.

—¿Qué tratas de decirme, pequeña?

Se arrodilló a su lado. Unos trozos de verde le asomaban por los carrillos. Mónica se quedó en jarras.

—No me fastidies. ¿Crees que es momento de purgarte?

—¿Purgarse? —dijo la diva.

Mónica se incorporó.

—Sí, está pastando.

—¿Como las vacas? —preguntó la otra.

—No. —Mónica trató de sacárselo de la boca—. Lo hacen para limpiarse.

—Anda, como yo con mi batido verde. —Se admiró Suselen—. Muy bien, pequeña, que no nos pille desprevenidas la operación bikini.

Por fin la chihuahua le escupió el contenido de su boquita a su dueña y sacó la lengua asqueada. ¿A qué venía eso?, la reprendió. Muy mal, eso había estado muy mal… Hasta que a Mónica le llegó el olor. Aquello no era césped. Y a continuación la perra brincó dentro de un arbusto que ocultaba otra fila de tiestos y salió con una hoja en la boca, esta vez mucho más característica.

—¿Marihuana? —dijeron ambas al unísono.

Por si les quedaban dudas, Fiera emitió sus dos característicos ladridos para indicar el lugar del alijo, volvió a colarse por el hueco y salió con otra muestra. ¿Coca? A continuación se tumbó con la barbilla apoyada en el suelo y levantó los ojitos. Por fin habían dicho las palabras mágicas y podía dar por terminado su registro. Por fin…, anda que no les había costado. Pero cómo explicarles ahora que aquella hierba verde que se parecía tanto a la que le servía para revolcarse en la plaza no era césped, no. Cómo explicarles, se dijo lamiéndose reflexivamente esas patitas blancas que parecían enfundadas en calcetines, que aquellos hierbajos olían igual que esa gata que se había apropiado de Elisa y de su casa. Esa felina que siempre estaba extrañamente eufórica. ¿Por qué sólo le extrañaban a ella esos maullidos estrambóticos y la forma de restregarse panza arriba intentando cazar moscas imaginarias a zarpazos para luego empezar a correr por toda la casa hasta que se desplomaba en el último estante de la librería? En su presencia se había caído de allí dos veces al quedarse frita, pero siempre rebotaba en el sillón. Una lástima.

—Bueno, pues ya sabemos dónde iban a parar las semillas que traía Orlando... —dijo Mónica—. Madre mía, ¿y ahora qué hacemos?

Y se apresuró a recoger una muestra de cada planta mientras Suselen sacaba unas fotos con su móvil como si fuera japonesa.

—Joder con Dolores... —dijo la cantante—. Parecía una mosquita muerta ¡y tenía aquí plantado el jardín de la alegría! ¡Ahora tenemos entre manos un caso de narcotraficantes!

Ambas estuvieron de acuerdo en esperar a que analizaran en el laboratorio todo lo que habían encontrado antes de colgar las fotos en el grupo. Pobre Gabriel..., ahora sí que sí, Dolores se alzaba sin competencia como la principal sospechosa. No era la primera vez que consumía drogas. Y, si alguien descubría aquel lugar, no podría justificar que era para consumo propio. De modo que ya había cometido un primer delito.

Mónica le puso la correa a la perra mientras Suselen iba colocando todo tal y como lo había encontrado, deformación profesional, dijo, empezó siendo regidora de escenario, hasta que algo la hizo quedarse plantada en medio del salón:

—Mónica. ¿La crees capaz de hacer daño a alguien bajo los efectos de las drogas y el alcohol? —dijo, repentinamente angustiada—. Es Dolores. Sigue siendo nuestra Dolores...

Mónica meneó la cabeza hacia los lados dubitativa.

—Eso es algo que más bien tendremos que consultarle a Ruth.

Entonces vieron a Fiera alejarse dando tumbos hasta la puerta del patio y darse un coscorrón con el cristal con una clara intención de traspasarlo. A continuación dirigió a su dueña una mirada vidriosa y bobalicona.

—Ay, Dios mío. —La cogió en brazos y ésta empezó a dar lametazos al aire—. Creo que está colocada. ¡Vámonos al veterinario! ¡Ya!

Suselen se precipitó a coger los bolsos de ambas y corrió tras ella.

—Pues ya me contarás cómo le explicamos que ha podido comerse una hoja de marihuana, otra de coca y una hierba desconocida pero estupefaciente.

Fiera alzó el hocico y aulló como un lobo en miniatura. En su cabeza aquel aullido la había hecho crecer hasta alcanzar el tamaño de Bowie y ahora se perseguía el rabo dando vueltas sobre sí misma como un molinillo porque, aunque las dos humanas no parecían darse cuenta, llevaba prendido en la punta un curioso pajarito rojo. Mientras, las otras dos trataban de callarla y corrían con ella en brazos hacia la puerta.

¿Le habría preocupado que el alma de su hija fuera al infierno?

A Ruth le había extrañado mucho que su madre le pidiera que la acompañara a la iglesia. Nunca lo hacía. Tampoco iba entre semana. Nada sospechoso, si la mujer de la que hablamos no hubiera alterado una sola costumbre en sus ochenta años de vida: todas las mañanas antes de levantarse, Elsa ya le había dejado en la mesilla un vaso tibio de agua con limón que bebía a sorbitos. Bowie se desperezaba blanco y espléndido sobre el felpudo y era quien primero le daba los buenos días con unos suaves lametazos en la punta de los pies. A ella le gustaba sentir el tacto algodonado de su pelo antes de posarlos en el suelo. Luego, aún con su pijama de raso color berenjena, se tomaba un café siempre solo y sin azúcar en el comedor de los espejos. A continuación, se prendía su oxímetro en el dedo índice y, allí mismo, con su imagen en la postura de la garza sobre la fachada del Palacio Real y Bowie supervisando la operación, escuchaba las noticias de la COPE. Se duchaba sin esponja, tenía una piel muy delicada, y, antes de secarse, untaba su cuerpo con aceite de almendras que su perro volvía a lamer con devoción en cuanto salía de la bañera. Entonces se arreglaba y salía a dar un paseo seguida de su lobo blanco, que caminaba suelto a su lado hasta que lo recogía Orlando, quien se lo llevaba para que pudiera correr. Lapso de tiempo en que Margarita aprovechaba para hacer unos recados. A media mañana se tomaba otro café con un cruasán recién hecho en la Botillería de Oriente para esperar a su perro, piscolabis al que en los últimos tiempos se unía Dolores. Como decíamos antes, esta secuencia se dio sin apenas variaciones significativas incluso los días en que se puso de parto, porque según ella parir no era para tanto, a ella se le caían los niños. O cuando enterró a su marido, al fin y al cabo, morir era ley de vida.

Sin embargo, esa mañana, esta maestra del autocontrol no había hecho nada de eso. Se levantó deprisa y, sin pararse a desayunar, sacó del armario ese abrigo rojo de Balenciaga que le favorecía tanto y que Ruth no había vuelto a ver desde que era pequeña. Esperó a su hija sentada en el banco que recorría la entrada de la iglesia y que había servido a tantas generaciones para esperar a la vida.

Ruth posó sus labios en la mejilla de los besos.

—Qué bien que hayas podido venir —dijo su madre—. Últimamente he faltado mucho y necesitaba confesarme. Antes solía venir a veces a esperar a Orlando cuando volvía con Bowie del paseo. Madre mía…, no había vuelto desde que se fue.

Los cinco sentidos de Ruth se pusieron en alerta cazadora. La observó. No estaba segura de si su comentario escondía algún sentimiento, pero no pudo evitar preguntarle:

—¿Era religioso?

Su madre se alisó un poco las mangas del abrigo y se levantó del banco con extraordinaria lentitud.

—Últimamente dejaba a Bowie y a Oxi atados a la verja un momentito y entraba a rezar con Dolores.

—Quieres decir que se hizo católico en los últimos tiempos.

—No quiero decir nada. Sólo que le gustaba venir. Uno «no se hace católico» como quien se hace del Real Madrid, Ruth.

Echó a andar hacia el interior y dejó a su hija, como siempre, con la palabra en la boca. Una vez dentro del templo, siguió caminando hacia el altar con sus pasos largos de jirafa hasta la reja donde se escuchaba a las monjas ensayar las canciones del Corpus. «¿Saludamos a las monjitas?», solía decirle su madre. Cuando era pequeña, a Ruth la hipnotizaba contemplarlas como pájaros cautivos en su encierro feliz, al menos en apariencia. En aquellos tiempos eran al menos veinte. Ahora alcanzó a ver a unas seis, tres jóvenes negras y tres ancianísimas y pequeñitas que le parecieron peones de ajedrez. Una de ellas, sor Ángela, se acercó a hablar con su madre. Luego ésta le hizo un gesto de que la esperara mientras se acercaba al confesionario. Así que Ruth decidió sentarse en un banco y cerró los ojos.

Hubo un momento de su vida en que sintió ese escalofrío que llamaban Dios cuando contemplaba aquel retablo iluminado por cirios rojos. Y, las cosas como son, su padre no era practicante y, aunque Margarita fuera la creyente de la familia, nunca la obligó a ir a misa como otras madres a sus hijos. Ni siquiera recordaba que le hubiera preguntado si creía.

Había dicho que necesitaba confesarse... ¿Lo necesitaba? ¿Es que temía por su alma? En todos sus años de vida nunca la había visto acudir al confesionario y mucho menos decir que lo necesitaba, lo que alimentó el mito de su madre como ejemplo de la moral sin mácula. Tampoco la obligó nunca a hacerlo. ¿Le habría preocupado alguna vez que el alma de su hija fuera al infierno? Entonces, un recuerdo vívido alcanzó su cabeza como un rayo. Cuando era muy niña, sí la enseñó a rezar aquellas oraciones de protección. Y lo hacían juntas antes de dormir: «Cuatro esquinitas tiene mi cama», murmuró, «cuatro angelitos que me acompañan...».

—Lucas y Marcos, Juan y Mateo. —Incluso le parecía escuchar ahora el susurro áspero de su voz.

—Dios y la Virgen se quedan en medio —recitó Ruth y abrió los ojos para encontrarla sentada a su lado. ¿Se habría quedado dormida?

El pasillo lateral había sido súbitamente ocupado por un grupo de paralíticos que parecían haber llegado de excursión.

—Ésa es la imagen que tengo ahora de Dios —dijo Margarita de pronto—. Un montón de personas en silla de ruedas esperando su milagro.

No supo qué decirle. ¿Dudaba? O estaba siendo crítica con el que había sido, según ella, el refugio de su viudedad. Margarita alzó la vista hacia el cristo que presidía el retablo.

—Supongo que la sangre de san Pancracio sigue teniendo muchos devotos —añadió con ironía.

—San Pantaleón —la corrigió Ruth, extrañada—. La que se licúa todos los años es la de san Pantaleón, mamá.

—Pues eso he dicho.

Su hija la observó con curiosidad, no porque la contradijera, ya que era su único *hobby* aparte del yoga, pero... ¿cómo podía habérsele olvidado san Pantaleón? Había sido de la cofradía desde antes de nacer. Su madre no pareció darle importancia porque siguió hablando de la priora, que estaba muy fastidiada, la pobre, ¿sabía lo de su angina de pecho?, ya tenía que ser muy mayor sor... Y Ruth, casi por instinto médico, decidió no completarle la frase.

—¿Sor? —Tiró del hilo suavemente sin ayudarla. Margarita dejó las manos sobre el banco. Le temblaban un poco. Su hija insistió—: Te refieres a tu amiga, la priora, con la que estabas hablando ahora...

Margarita continuó en silencio con la respiración algo agitada mientras le ordenaba a su mente que abriera cajones y más cajones de su memoria, claro que es mi amiga, se decía, por Dios bendito, dónde se había escondido ese nombre, dónde lo había guardado. Últimamente no encontraba nada, ni dentro ni fuera de su cabeza. Entonces volvió a escuchar la voz de su hija, que ahora la miraba de frente.

—Mamá, ¿estás bien?

Por cómo le devolvió la mirada, Ruth supo que no, porque no lograba acordarse. Parecía ausente y exasperada mientras giraba en su dedo corazón el anillo doble de boda que llevaba desde que enviudó, como si con ello hiciera un sortilegio.

—La culpa es tuya por esa manía de ponerle motes a todo el mundo —refunfuñó para disimular—. Te pasaste años llamándola Batman.

Ruth sonrió, aunque con preocupación; cómo no, la culpa siempre sería suya..., y para quedarse tranquila del todo, decidió seguir evocando recuerdos. Aquel convento tenía muchos para las dos:

Las brumosas y dickensianas misas del gallo en Navidad, cuando le bajaban la cena de Nochebuena a las monjas en aquellas cazuelas enormes que olían a churruscado, su boda con Teo y la iglesia convertida en un bosque de lirios blancos; el funeral de papá y el centenar de paraguas como hongos gigantes y negros que lo despidieron. Aquel lugar no era sólo conocido por sus milagros; de niños, Margarita los había llevado a visitar su relicario. Lo que encontraron allí dentro desbordó los cauces de su imaginación infantil y su hambre de misterio: uñas, fragmentos de huesos, las lenguas cortadas e incorruptas de los mártires de Zaragoza y algo que provocó a Suselen terrores nocturnos durante meses: cuatro pequeños cráneos rodeados de flores secas, cada uno en su urnita correspondiente, con los que se sintieron extrañamente hermanados. «Son los santos inocentes», les explicó una Margarita de treinta años enfundada en un vaporoso vestido verde de lunares. Pero ¿ésos no eran los de las inocentadas?, preguntó una sugestionada y pequeñísima Mónica bajo un pelo de casco al estilo Heidi. «Sí», respondió Margarita, «son tan inocentes y traviesos como vosotros..., y por pasarse de bromistas acabaron quemándolos vivos en sus camitas». Y le dio un toquecito simpático en la nariz a cada uno.

Así se las gastaba su madre, sonrió Ruth.

Por su culpa no volvieron a gastar una sola broma el día 28 de diciembre. En lugar de eso, durante varios años les rezaban una oración.

—¿En serio hacíais eso? —dijo Margarita divertida—. ¡No era consciente de haberos traumatizado hasta el punto de evangelizaros!

Ambas se echaron a reír tapándose la boca.

—Aunque seguro que a ti no —siguió su madre—, siempre has sido la más racional de la familia. A los dos años ya era imposible contarte un cuento porque todo te parecía insultantemente inverosímil.

—A eso no se le llama racional, mamá, se le llama Asperger.

—También has sido siempre muy respondona.

Lo que sí era cierto es que esa plaza había tenido siempre mucho misterio, concluyó. Vibró un móvil y Ruth miró el chat con disimulo. Eran reacciones admirativas sin fin a una imagen que había enviado Gabriel. Le dio un toquecito para abrirla con tan mala suerte de que se disparó una melodía reguetonera que atrajo la mirada de unos cuantos fieles hacia ellas y de su madre hacia la pantalla. Era un vídeo donde se veía a Dolores... ¿bailando?, se extrañó Margarita. El mensaje lo cerraba su hijo con: «Necesito encontrar una explicación coherente a esto». Y continuaba Suselen: «¿La voz de fondo es de quien me imagino?» Y Mónica: «¿De Orlando?».

Margarita levantó las cejas y se unió al interrogatorio.

—Repito: ¿ésa es Dolores?

Ruth respondió dubitativa que sí..., unas clases que había tomado, parecía ser..., improvisó, y se guardó el móvil apresuradamente justo cuando se materializaba el propio Gabriel en la iglesia como una aparición mariana. ¡Vaya por Dios!, dijo, había quedado con él, pero se le había ido el santo al cielo, nunca mejor dicho. Traía mala cara. Le dio un beso en la mejilla a Margarita y fue a sentarse a su lado, pero Ruth se lo impidió: no tenía intención de hacerle escuchar la misa, dijo con nerviosismo, esperando que la secundara y salieran de allí cuanto antes. Pero no lo hizo.

—Déjame descansar un momentito —dijo fatigado—. Vengo corriendo y no me vendrá mal un poco de paz.

—¿Ves, hija? Otro que según tu teoría «se ha hecho católico» —dijo Margarita con retranca.

No era exactamente así, pero lo que no cabía ninguna duda era que esa mañana la tolerancia religiosa de Gabriel estaba a prueba de bombas:

Acababa de desembarcar de un vuelo a Tel Aviv durante el cual había aparecido en el *galley* de las azafatas una familia de padres jóvenes y dos niños que le contaron que habían sentido la llamada y que por eso se trasladaban a vivir a una misión: «¿Quieres sentir a Dios?», le preguntó ella con los ojos desencajados de felicidad, y Gabriel acabó cogido de la mano a los cuatro mientras entonaban unas canciones. Mira que pensaba que lo había visto todo en su profesión, les relató a madre e hija en voz baja, pero no... Ya de noche con todo el avión a oscuras, fue a llevarle una almohada extra a un pasajero y casi le dio un infarto al ver flotando en la oscuridad, como un pequeño fantasma, una especie de cabellera. Cuando se acercó aterrorizado, se trataba de una judía ortodoxa que portaba un original atril para colgar su peluca. Pero el premio gordo fue cuando uno de sus compañeros lo llamó porque no sabía cómo manejar la siguiente situación: un ultraortodoxo le estaba pidiendo una bolsa lo suficientemente grande para meterse dentro. «Ya voy yo», dijo Gabriel dando por hecho que el novato aún no se aclaraba en inglés cuando había tantos acentos distintos flotando juntos en el mismo pasaje. Pero no, el hombre quería meterse literalmente dentro de una bolsa porque iban a sobrevolar un cementerio y era impuro. «Voy a preguntar al comandante», dijo Gabriel escurriendo el bulto. Y así lo hizo. «Que se meta donde le salga de los cojones», había dicho éste por toda respuesta. Así de práctico y así de educado era su comandante.

Margarita lo escuchaba divertida.

—Si cuando digo que tenemos la religión más cómoda del mundo... —afirmó santiguándose.

Y antes de que su madre pudiera preguntarle nada sobre el vídeo, Ruth recondujo de un plumazo la conversación.

—Le estaba contando a mi madre lo de las clases de baile de Dolores... —dijo vocalizando mucho—. Por el vídeo tan gracioso que has enviado.

El otro escondió las manos en los bolsillos.

—Sí, las clases..., bueno, de eso hace ya tiempo, igual ya ni se acuerda. —Abrió mucho los ojos—. Pero yo lo tenía guardado y como no es habitual verla así...

Margarita soltó una risilla. Ahora no sería habitual, ¡pero tenía que haber visto a su madre lo loca que se volvía en los guateques!

—No había una noche que no terminara subida en una plataforma de la Joy Eslava con tu padre. Parecía que les daban cuerda.

Gabriel la escuchaba ahora boquiabierto. Su madre nunca le había dicho que le gustara bailar. Nunca la había visto tampoco. ¿Cómo iba a imaginarla? Además, en la portería nunca hubo fotos del pasado. Sin embargo, sí tenía el vago recuerdo de que en su antigua casa los marcos de distintos tamaños exhibían instantáneas escogidas meticulosamente para llenar aparadores y mesillas. Porque qué son las fotos sino esos fragmentos de felicidad que dejamos a la vista para recordar que lo fuimos y que, quizá, hasta lo seguimos siendo.

Por eso Gabriel apenas lograba recordarla joven.

Y ella..., ella tampoco se recordaba.

Pero esa Dolores existió y un remedo de ella había bailado como loca, total no hacía tanto, en lo que parecía el desván donde habitaba Orlando. Y sonreía como una niña. Y se dejaba llevar por la música con una desinhibición que no reconocía en ella, ni siquiera cuando bebía. Porque cuando bebía... cuando bebía no bailaba. Sólo se asomaba con tristeza por un acantilado.

Por su lado, a Ruth ni se le ocurría verbalizar lo que ya estaba dando por hecho: que en ese vídeo Dolores se encontraba bajo los efectos de un fuerte estupefaciente. Y eso no se lo ponía fácil para dejar de ser sospechosa. Hacía una semana escasa desde que Mónica y Suselen descubrieron lo que ya llamaban cariñosamente «el jardín de la alegría», pero, hasta hacer las averiguaciones pertinentes sobre si coincidían con las semillas encontradas en la maleta de Orlando, no habían querido contarle nada a Gabriel. Lo que ahora les preocupaba más a las tres era qué estaría descubriendo éste al recuperar las conversaciones borradas entre Dolores y Orlando. Y si les estaría ocultando algo. Sería humano pero no responsable. Al fin y al cabo era su madre, por mucho que ahora mismo se alzara como la sucesora de Lucrecia Borgia. Si tenía razones para cometer una locura, pensó Ruth, por lo menos ahí sí podría ayudarla si lograba demostrar que las drogas fueron un atenuante.

—Bueno… —Gabriel interrumpió bruscamente sus cavilaciones—. Lo de bailar entonces es de familia —dijo de pronto visiblemente nervioso—. Precisamente este convento nos trae muchos recuerdos, ¿verdad, Ruth?

La otra se quedó rígida, rezando, ahora sí, para que no fuera a contar lo que parecía que iba a contar.

—¿Ah, sí? —preguntó Margarita sin demasiado interés por la deriva de la conversación.

Hombre, claro, siguió diciendo sin pensarlo, todo el mundo lo sabía, que la puerta de la Encarnación, a saber por qué, se convirtió en el punto de recogida de la ruta del bacalao. Allí mismo les surtían de todo lo necesario para aguantar cuarenta y ocho horas despiertos de disco en disco al son de Chimo Bayo hasta Barraca en Valencia y vuelta. ¿Te acuerdas, Ruth? Y la otra negaba despacio con la cabeza, pero Gabriel había cogido carrerilla: menudos eran…, y ahora a las doce se convertían en calabaza. Le parecía ver a Ruth con esas licras negras ajustadas que tanto le gustaban y a Mónica con el pelo engominado y las camisetas *bones* con la cadenita entre la cartera y el pantalón que la volvían loca. ¿Te acuerdas, Ruth?, repitió.

—No sé de qué estás hablando, Gabi —murmuró ella vigilando las reacciones de su madre.

—Querido, no te esfuerces, en esta familia parece que todos estamos perdiendo la memoria. —Y le devolvió una mirada aviesa a su hija—. De eso no me enteré nunca, como tampoco habría querido enterarme, dicho sea de paso, cuando apareciste con el pelo afeitado como Sinéad O'Connor, pero fue más que evidente para todo el barrio.

El azafato se echó a reír hasta el punto de que le mandaron callar desde uno de los bancos delanteros.

—¡Cierto! Aquello fue muy grande.

Ruth respiró hondo. Aquél había sido uno de sus patéticos intentos de llamar la atención de su madre por encima de sus problemáticos hermanos. Sin embargo, sólo consiguió que Margarita se quedara mirándola con severo desinterés y dijera: «No pasa nada, hija, el pelo crece». Y se fue.

Ruth tiró del brazo de su amigo, quien parecía haberse atornillado al banco.

—Mamá, te dejamos, nos tenemos que ir.

Era mejor salir de allí cuanto antes porque Gabriel también parecía haberse desfrontalizado por contagio o por culpa de la acumulación de *jet lags* y revelaciones. El caso es que parecía dispuesto a desclasificar algunos de los recuerdos más vergonzosos de su adolescencia a quien le quisiera escuchar. Aquéllos eran otros tiempos..., siguió diciendo mientras su amiga se disponía a sacarlo del templo casi a rastras. Llegados a ese punto, Margarita decidió echarle un cable y se levantó. Debían disculparla, dijo, aunque la conversación estaba siendo de lo más reveladora, pero tenía una reunión, aseguró lanzándole el dardo de su sonrisa a su hija. Mucho más aburrida que las suyas, eso sí, porque sólo jugaban a las cartas. Aunque después de ver a Dolores en acción iba a plantearse lo de las clases de baile. Allí también había de salón.

—¿Allí? —preguntó Ruth.

—Sí, en el centro de día que te dije —aclaró abotonándose el cuello del abrigo rojo.

—No recuerdo que me dijeras nada de un centro de día, mamá.

—Hija, creo que voy a pedirte cita en el neurólogo.

Y juntó su dedo pulgar con el índice con suavidad. Un «cierra la boca» muy sutil que aprendió de Karajan y que un buen día pensó que, si con ello el alemán conseguía callar a una orquesta entera, a ella le funcionaría con sus tres hijos. Y resultaba infalible.

Sonrió a su hija para restarle importancia a lo que iba a decir:

—Voy a ese centro porque hay clases de pintura, conferencias, rehabilitación... y he conocido un grupo de personas a las que les pasa lo mismo que a mí. Con ellas me he animado a buscar algo más... permanente.

Y no quiso decir más.

Los dos amigos salieron del convento como si las monjas les hubieran contagiado su silencio. En realidad intentaban aclarar sus ideas antes de ponerlas en común. Naturalmente tenían por qué preocuparse. No podían obviar la inquietante sensación de que no conocían a sus madres, al menos no en esta etapa de la vida. Pero... ¿cómo podía ser? Ninguno de los dos eran hijos ausentes, más bien lo contrario, iban reflexionando en silencio. Solo que Ruth se pasaba el día intentando agradar a Margarita para conseguir las migajas de atención que recibían sus hermanos y Gabriel se había convertido en el guardaespaldas de Dolores. Sin embargo, una y otro se enteraban ahora de que Margarita llevaba tiempo asistiendo a un centro donde había hecho amigos a los que «les pasaba lo mismo».

¿Qué le pasaba? ¿Esa soledad de la que tanto se quejaba?

¿En uno de esos lugares que llamaba «para viejos»?

Gabriel, por su lado, no reconocía a la madre que Margarita sí aseguró haber conocido. La musa de *Fiebre del sábado noche*, la que bailaba hasta el amanecer y reía y posaba, pero tampoco le era ni remotamente familiar la versión actual de aquélla que se dejaba grabar un vídeo, ¡un vídeo!, por un hombre al que apenas conocía.

¿O sí? ¿Habría vuelto a beber?

Esa perspectiva era la que más lo aterraba. Sobre todo porque era muy consciente del territorio minado al que el alcohol había sido capaz de llevarla: a hacerse daño a sí misma. ¿Y acaso una forma de hacerse daño no podía ser hacer daño a otro?

Todos los hijos son un accidente

La ansiedad de separación que sufre un cachorro al que separan de su madre a destiempo es la misma que la de un perro abandonado. Es un sentimiento de continua pérdida. Una sensación de vacío muy profunda. La sensación de vacío es uno de los estados emocionales menos soportables para un ser humano. Las adicciones, también la adicción al amor, son una de tantas formas de lidiar con ese vacío vital...

Caminaron sin rumbo y dejaron atrás, primero, el palacio y, luego, la catedral hasta que aterrizaron en la barra de El Anciano Rey de los Vinos, una taberna que les recordaba a la época universitaria. Estaba justo en el chaflán donde comenzaba el puente del Viaducto y el distrito señorial de Ópera se convertía en la bohemia La Latina. En aquella época, cuando los echaban de la taberna solían cruzarlo para bailar hasta que se caían redondos en el Contra Club. ¿Seguiría abierto después de la pandemia?, preguntó Ruth. Podían ir un día con las chicas, sugirió Gabriel.

Al entrar comentaron lo mucho que les gustaba que el local siguiera oliendo a vermut. Allí, la abuela de Gabriel, quien le había criado en su casa y fuera de ella, les enseñó a beber a espaldas de sus madres a base de mostos con galleta. Ahora la regentaba el hijo de Antonio, quien no sólo llevaba el mismo nombre, sino también la misma cara de su padre como si fuera un trasplante.

—No sabía que ya era legal la clonación —bromeó Gabriel y pescó al vuelo una banqueta para su amiga.

Durante un tiempo los había obsesionado el caso de la oveja Dolly, recordaron entre susurros, impresionados por tan inquietante parecido cuando el camarero les preguntó qué iba a ser, con la misma sonrisa jocosa y los ojos irritados de su progenitor. A ver si dejaban ya de «darle a la aceituna», que tenía que barrer, solía decirles aquel chulapo vestido de calle que era el dueño, y no se refería a que dejaran de darle al vino, sino a la lengua. O bien porque no paraban de hablar o de morrearse en la esquina oficial para ello: el fondo del local, al lado de la máquina tragaperras.

Pidieron dos riberas. Con el tiempo sus gustos se habían sofisticado un poco.

—Creo que mi madre está desfrontalizada —disparó Ruth.

Gabriel pinchó un trocito de tortilla de patata en el mismo platillo de metal donde veinte años antes servían los aperitivos.

—¿Y eso qué es?

—Que dice lo primero que se le pasa por la cabeza. Y tú también. Debe de ser otra epidemia. —Alzó los brazos con incomprensión—. ¿Qué te ha pasado, Gabi? ¿Es que te ha sentado mal la melatonina? ¿O has entrado en modo confesión porque te has colocado con los inciensos?

Él se disculpó. La verdad es que últimamente estaba mentalmente agotado, pero, de todas formas, ¿qué importancia tenía? Aquello funcionaba como los archivos que desclasificaba la CIA. Como lo de JFK, asintió convencido. Lo que no se sabía en el momento no afectaba a la opinión pública… De hecho, es cierto que con el paso de los años todos acabamos confesando aquellas peripecias a nuestros padres, ¿quién no?, y Gabriel lo hacía de cuando en cuando con Dolores porque tenía la sensación de que, a toro pasado, podían divertirle.

—Para mi madre no caducan ni los yogures —aseguró Ruth—. He estado a punto de matarte.

—Pues que sea electrocutado en un jacuzzi con un vino en la mano, que está de moda. —Y alzó su copa.

La otra bebió despacio, aún confusa por las reacciones de Margarita de ese día. Su olfato le decía que algo no andaba bien. Y el de Bowie, de habérselo podido preguntar, se lo habría corroborado.

Por eso últimamente el animal no se le despegaba y, como el reverso de una sombra, había empezado a caminar delante y no detrás de ella, escoltándola incluso por la casa, como si le diera miedo que se fuera a perder. Aunque la observaba durante horas, ya no era capaz de anticiparse a cada movimiento de su ama porque estaba cambiando sus rutinas, incluso su lenguaje no verbal, todos esos códigos imperceptibles para los humanos eran cientos de señales de alarma para el lobo blanco, que dirigía miradas suplicantes a Elsa y a Ruth para intentar subrayárselos inútilmente. En la última semana incluso había dejado de jugar con otros perros para hacerle de guardaespaldas. Se limitaba a tumbarse detrás del banco de piedra de los veteranos y sólo se acercaba a su comedero cuando la dejaba dormida plácidamente en la cama. Sí, sentía que algo no andaba bien, repitió Ruth, no lo decía en broma, y puso un ejemplo:

—Le he contado lo del disgusto que se ha llevado Dolores con Claudia por su decisión de ser madre y ¿sabes lo que me ha dicho?

—Sorpréndeme.

—«Todos los hijos son un accidente, querida», eso me ha dicho. —Ruth se bebió medio vino de un trago—. Y luego ha seguido con que el problema era que nuestra generación se empeñaba en planificarlo todo y que la naturaleza no funcionaba así y blablablá...

Él alzó su copa:

—¡Entonces por nosotros, los accidentes! —Y juntó su vaso con el de ella hasta que lo hizo sonar—. Te digo una cosa, el planteamiento de tu madre me relaja mucho.

Qué parte, quiso saber su amiga mientras tapaba su copa con la mano para evitar que «el clon» le sirviera más vino. Él sí pidió otra. Prefería escuchar que era un accidente a cosas como «Yo no tuve un hijo, tuve un ángel» o «Tú me has salvado»... A Ruth se le ablandó la mirada.

—No, no pongas esa cara, que eso no es un piropo, es una losa —protestó él.

Y además, pensó, pero no lo dijo, empezaba a reconocer esa forma de mirarlo, como a un gatito, de sus amigas cuando decían «qué mono eres», la que les incitaba a confesarse con él. Gabriel querría haberle dicho que odiaba que lo mirara así y ella que no sabía cómo se equivocaba. Porque Ruth sí lo observaba, pero con una admiración que volvía desde muy lejos: qué paz le daban aquellos ojos marinos y rasgados eternamente somnolientos a los que parecía que siempre les molestara la luz, su gesto de escuchador, con la cabeza levemente inclinada que ahora estaba pegada a un cuerpo que ya no era desgarbado, sino corpulento, posiblemente esculpido con esmero por horas de gimnasio y escalada.

—Te entiendo —dijo ella por fin, disimulando su admiración—. Sientes que estás llamado a llenar el hueco de todo lo que tu madre ha perdido: su compañero, su padre, su hermano, su cuidador, su terapeuta..., pero, Gabi, ésa no es tu función en la vida.

—Es cierto —asintió él—. Llevo años improvisando un papel u otro en función de sus necesidades de ese día. ¿Y de qué ha servido? ¡Puede que mi madre esté encubriendo a alguien o que se le haya ido la olla!

Un estruendo de cláxones les impidió continuar durante unos segundos. A la terapeuta le llamó la atención la forma en que Gabriel reaccionaba a los ruidos: un plato chocando contra otro, una voz fuera de su tesitura, todo parecía agredirlo.

—El tema, Gabriel, es por qué desde tan niño nunca te quejaste a tu madre de que invirtiera esos roles. Incluso con nosotras, siempre asumiste una responsabilidad emocional que no te correspondía.

Él pareció sorprenderse por ese planteamiento, nunca había pensado así en su relación con ellas, por eso buscó unos instantes la respuesta.

—¿Por qué acepté ese rol con mi madre? —repitió—. Creo que porque... me daba mucha pena. Sentí que todos la habíamos abandonado.

Hiciera lo que hiciera, siguió él, cada vez tenía más la sensación de que su madre era un pozo sin fondo. Aunque se pasara días animándola o se la llevara de viaje con los descuentos para familiares de la línea aérea, según hacían la maleta para volver a Madrid, ya estaba deprimida de nuevo. Los momentos felices parecían disiparse en su corazón con la velocidad de una bengala.

—Y sospecho que el bajón es cada vez peor —continuó—. Que empieza antes el «mono». Como la droga.

Como la droga... se dijo Ruth. ¿No debería revelarle ya a su amigo que Suselen y Mónica habían encontrado «el jardín de la alegría»? No estaba de acuerdo con ellas en seguir ocultándoselo sólo para protegerlo. Las campanas de la catedral comenzaron su canon de todos los días y un grupo de turistas italianos invadieron la barra con el guía contando, amplificado por un insoportable micrófono inalámbrico, que en el edificio de al lado había vivido la misteriosa princesa de Éboli. Aquella historia les encantaba de pequeños, recordó Gabriel. Qué intrigante era el mundo entonces cuando la vida era un gran misterio que resolver. Y qué banal era en realidad, añadió Ruth y retomó la charla:

—Lo que no puede ser, Gabi, es que te eches la infelicidad de tu madre sobre la chepa —dijo peinándose con los dedos la corta melena rubia.

—Entonces dame un diagnóstico para su tristeza y dejaré de hacerlo —replicó él posando una mano anhelante sobre el mostrador—. ¿Tienes alguno?

Ella se detuvo un instante. Pisaba un terreno pantanoso.

—El motivo aún no lo sé —se aventuró por fin—. Pero creo que tu madre tiene querofobia.

El otro se tensó en su banqueta, ¿cómo?, y la terapeuta, apartando definitivamente el vino, se explicó: en su opinión, Dolores tenía miedo a ser feliz. Por eso a última hora no acudía a nada que fuera divertido con la excusa de que le daba pereza. Pero no eran las actividades o la gente lo que le daba miedo, sino la superstición de que, si se dejaba llevar y era feliz, algo terrible sucedería. ¿Tenía eso sentido para él? Para ella sí.

Él se quedó observando por la ventana a un par de madres que subían la cuesta con dos carritos de gemelos. Cada uno llevaba atado un globo rojo de un cordel. Qué universales e intemporales le parecieron aquellos globos. Sin embargo, ahora los hijos se tenían de dos en dos gracias a los milagros de la fecundación *in vitro*, ya no eran «accidentes», y las abuelas tenían querofobia. Lo que permanecía invariable era que todas ellas seguían regalando globos de gas a sus nietos e hijos.

—Estoy tan cansado, Ruth... —confesó con los ojos vidriosos—. La quiero tanto, pero estoy tan cansado de tirar de ella como un peso muerto..., de no saber lo que le pasa ni cómo ayudarla... ¿Y ahora me dices que tiene fobia a ser feliz? ¿Cómo puedo pelearme con eso? ¿No podía tener miedo a las alturas o a los payasos?

—Gabriel... —Ruth le hizo una caricia en la mano—. No es tuya la pelea y no es tu culpa. Es una herencia católica mal digerida: si eres feliz, tendrás que pagar por ello. Pero no es cierto. Y se puede desarticular. Con mucho trabajo y esfuerzo por su parte, pero se puede. Comprendo tu cansancio, pero necesito que la entiendas a ella también si os queréis ayudar. ¿Me has preguntado qué le pasa? ¿Quieres que te cuente mi opinión?, ¿crees que es el momento?

—Podría estar implicada en un homicidio. Sí, creo que lo es.

Entonces Ruth comenzó su *speech*:

—Ponte por un momento en su situación: es una hija adoptada y muy deseada desde que nació a la que todo el mundo le ha ocultado los problemas que le atañen directamente por miedo a que éstos sobrepasaran su fragilidad. Sus padres no le contaron que era adoptada, su marido le ocultó durante años que había perdido el trabajo... Los pierde a ambos en un fragmento de tiempo muy corto justo cuando se queda embarazada. Y de pronto pierde esa protección y los problemas de la vida diaria la superan. También lo que esos niños traen a su vida. —Gabriel siguió mirando tras la cortina de agua. Ruth buscaba sus ojos sin éxito—. Tu madre pasó de jugar con muñecos a tener dos niños de verdad y a ser huérfana, todo en uno. Me contó que se casó muy enamorada, pero también que fue idea de sus padres porque era el hijo de unos amigos. Es decir, que tampoco lo decidió ella. De alguna forma la pusieron a su cargo...

Ruth hizo una pausa y dudó si continuar porque el rostro de su amigo también amenazaba tormenta. Por eso decidió aflojar el nudo.

—Tu madre hizo lo que pudo, Gabi: nunca había cocinado y, además de criaros, trabajaba como maestra cuando su marido empezó a beber... y dejó de cuidarla. Como escape a todo eso aterrizó en la adicción. Como dice Orlando, es de libro. Es una forma de lidiar con la ansiedad que produce el vacío y el miedo a vivir. Quién sabe si fue por eso por lo que Orlando y Dolores empatizaron tanto. Hay alguna nota que hace en su agenda al respecto. Dolores se hizo adicta también a su hijo: el único ser humano que no la había abandonado; el único en quien dice que puede confiar porque le dice la verdad.

—No digas eso... me hace sentir fatal —le rogó el otro.

—Pero es verdad —protestó Ruth—. Tan cierto como que su dependencia te ha hecho a ti dependiente y cuando comenzaron tus primeros intentos de volar... comenzaron los problemas. Porque para entonces ya había depositado todas sus responsabilidades en ti. La oigo todas las semanas en la consulta. Magnifica tus capacidades, te erige en ángel salvador para convertirte en el adulto de la relación. ¿Cómo no va a generarte culpa cuando te alejas? ¡Sientes que abandonas a un niño!

La sentencia de Ruth retumbó en la taberna repentinamente vacía cuando el rebaño de turistas fue pastoreado por el guía hacia el exterior. Ruth bajó la voz.

—No tienes por qué sentirte culpable, Gabi, porque tú sólo has intentado crecer o, lo que es lo mismo, escribir tu propia historia.

El otro le pidió silencio con un gesto de la mano.

—Ya, pero si lo hago llega el chantaje, seguro que involuntario; me hace ver que se siente perdida sin mí y descuida su salud, su patrimonio, sus papeles...

Ruth fue ahora quien lo interrumpió señalándolo.

—Muy bien, Gabi, pero ahora quiero que pienses por un momento qué te ha pasado a ti hoy cuando has visto ese vídeo, cuando has empezado a leer sus mensajes borrados de WhatsApp... Lo que te está pasando es una codependencia. Necesitas monitorizarla. Como hicieron sus padres. Quieres controlarla, atraparla tú. —Gabriel comenzó a negar con la cabeza y la otra le pidió un momento—. Hay una pregunta que yo no paro de hacerme, Gabi, y es importante porque quizá esté ahí la clave de su recuperación: ¿por qué crees que Orlando desactivó su miedo a ser feliz o a divertirse? Te lo pregunto porque yo no lo sé aún, pero algo especial debía de tener él. Algo con lo que Dolores no se había enfrentado antes. Algo que se nos escapa, Gabi, capaz de impactar como lo hizo, no sólo en tu madre, sino en la mía, en Elisa y en Ágata, por lo menos.

Gabriel apuró su copa de un trago y sintió cómo los taninos le bajaban por la tráquea aliviando su ansiedad por un instante.

—Quizá, que no la prejuzgó. Y que confiaba en ella. —Su amiga asintió lentamente como si estuviera también cayendo en la cuenta. Gabriel suspiró—: Entonces es una verdadera pena no haberlo conocido —dijo con la lengua pegada al paladar.

—Pero ellas sí lo hicieron —dijo Ruth—. Según Dolores nunca había conocido a nadie que amara tanto la vida. Y la mía me confesó el otro día que le enseñó a no ser una carga. Ahí puede que esté la clave.

—Entonces no tendría ningún sentido que ella, precisamente, haya tenido algo que ver con su muerte, ¿no crees?

Ruth se quedó pensativa.

—Quizá no directamente, Gabi, pero sí tengo la intuición de que sabe y oculta demasiado. Tu madre no tiene el perfil de alguien agresivo, pero sí de un «seguidor», un cómplice.

Un inesperado chaparrón otoñal había dejado felizmente atrapados en la taberna a todos los que, como nuestros protagonistas, no llevaban paraguas. Momento que aprovechó Ruth para virar hábilmente la conversación que empezaba a estar tan cargada como el local.

—¿Y qué me dices de ese Gabriel, arcángel salvador de sus amigas?

Él siguió hablándole al reflejo de ambos en la ventana mojada.

—No conozco a ese tipo.

—Pues yo sí, aunque sólo una parte —dijo la terapeuta con cierta coquetería—. Y estoy deseando conocer a la otra.

—La cara oculta de la luna es tan árida y aburrida como la que siempre vimos, te lo aseguro.

Ella pareció no creerse una palabra y pidió unos torreznos, tenían una pinta espectacular, mientras él seguía bromeando: parece que la noticia de que no era gay las había impactado aún más que cuando George Michael hizo público que lo era. Su amiga le dio un toquecito en la pierna, que tuviera un poco de sensibilidad, que las tres habían forrado sus habitaciones con cada plano del cuerpo de aquel semidiós. Fue su primer desengaño amoroso, sí, pero que no le cambiara de tema, y entonces él dijo algo inesperado:

—¿Sabes que tu madre en algún momento pensó que podía haber algo entre nosotros?

Ella levantó las cejas.

—¿Mi madre?

Nunca se imaginó que a Margarita le cupiera en la cabeza que su única hija se ennoviase con nadie que no fuera miembro familiar del club de campo. Al final iba a resultar menos prejuiciosa de lo que pensaba…

—De eso nada —siguió él con una sonrisa irónica—, que sólo me sacó el tema un día que fui a buscarte para ir a ver *Indiana Jones*, me acuerdo como si fuera hoy.

Lo invitó a pasar a la biblioteca mientras Ruth terminaba de arreglarse, luego le preguntó por Dolores y empezó a decir que se alegraba de que fueran tan amigos, a pesar de que sus «situaciones familiares» fueran tan diferentes.

—Que así era como te había educado —dijo el Gabriel del presente—. Para no hacer «diferencias» con sus amigos.

Porque las relaciones románticas nunca funcionaban cuando las había, sobre todo porque los hombres necesitaban sentirse los fuertes de una relación, y luego recalcó «los fuertes» en todos los sentidos.

Ruth se ruborizó de vergüenza o de ira, no supo bien, sin poder creerse lo que estaba escuchando.

—¿En serio te soltó esa majarada?

—Sí, y fue una pena, porque habríamos sido los Romeo y Julieta de la plaza —dijo él con una risa boba producto del vino.

Pero ella no se reía, sólo murmuraba furiosa, cómo se podía ser tan clasista, machista, egoísta, manipuladora, mientras el otro trataba de echarle el freno quitándole hierro al asunto.

—¿No me dirás que vas a enfadarte ahora con ella por esto?

—¿Cómo no voy a enfadarme?

—¡Pero si tú eres quien dices que no puedes resolver los conflictos con tu madre del pasado!

—¡No quiero resolverlo, sólo quiero odiarla! —bufó.

—Tampoco puedes odiar a tu madre del pasado.

Ella lanzó su mirada sulfúrica al exterior como si pretendiera que la lluvia sofocara aquel incendio. Había perdido la costumbre de que la escucharan. La mala noticia era que Gabriel lo hacía para utilizar sus propios argumentos para contradecirla.

—¿Y si aquella conversación con mi madre no hubiera tenido lugar? —dijo ella de pronto dejándolo muy confuso—. Lo que estoy tratando de decir es que...

—Qué.

—Que a mí en esa época, durante muy poquito tiempo, ¿vale...? —Se concentró en sacar brillo a su copa con una servilleta—. Pues... que me gustabas.

—¿Qué? —volvió a repetir el otro y luego se echó a reír tontamente.

Ella también rio, pero sin tantas ganas, mientras en su interior se libraba toda una batalla.

Pero ¿por qué has dicho eso, Ruth?, pensó, ¿ahora quién era la desfrontalizada? Mejor, mucho mejor que no se lo hubiera tomado en serio. ¿Y por qué demonios no se lo había tomado en serio? Además, era cierto que ahora ya no les afectaba, era como decía él, como los papeles de la CIA... Y cuanto más lo pensaba Ruth, más quería echar el tiempo atrás y extirpárselo de la cabeza a él, porque «Gabriel era una más». Porque aquello habría destruido su hermandad, porque, aunque no fueran hermanos de sangre, seguro que su unión también era castigable por algo o por alguien. El caso es que no podía evitar que ahora, tomando un vino con el Gabriel oficialmente hetero, sin el peso de esa amistad que había quedado en el pasado, volviera a sentir la fiebre de aquel día, cuando se iban de marcha a Cuatro Rosas y no cabían en el Renault 5 de Mónica. Gabriel siempre le hacía de copiloto, pero ese día se puso detrás y a ella le tocó sentarse encima porque era la que pesaba menos... Un acaloramiento como el de ahora, que le subió desde las piernas cuando él la ató con los brazos como si fuera un cinturón de seguridad. Y lo era. Pero no sólo el suyo, el de las tres.

Era cierto lo que decía Orlando: los seres humanos tenían anulado el sentido del olfato, sobre todo para el peligro y para la atracción. Porque cuando volvió de aquel recuerdo se encontró con el Gabriel del siglo XXI, quien la observaba con ebriedad.

Con un poco de suerte no se acordaría mañana.

En ese sentido ella siempre había estado en superioridad de condiciones. Nunca se emborrachó del todo ni dio una sola calada a un porro, algo muy reprendido por los otros tres miembros del grupo. Pero qué le iba a hacer. De una obsesa del autocontrol sólo podía nacer otra. Y por eso, porque tampoco podía hablar ya con el Gabriel del pasado, porque ella tenía dos hijos y un hombre llamado Teo, que no era lo que hubiera pedido en la carta de los Reyes Magos, pero que era su familia…, reculó.

—¿Te lo has creído? —Le sacó la lengua morada por el tinto.

El otro pareció volver en sí porque pestañeó muchas veces. ¡Hija de…!, soltó.

—De mi madre —añadió ella.

Concretamente de su madre, y se echó a reír falsamente. Entonces Gabriel, algo intoxicado de más por las uvas, empezó a hablarle como se le hablaría, más que a una amiga, a su terapeuta.

—No os culpo por no haberme tenido en cuenta como hombre —comenzó diciendo.

La realidad era que nunca se mostró con ellas como tal. Eran su oasis y su familia y dentro de él latía el terror ciego a perder la estabilidad que le daban a su vida. Las estaciones pasaban, los años se iban acumulando en sus cuerpos, haciéndolos mutar, volviéndolos irreconocibles, y ellas siempre estaban allí, invictas como los árboles de la plaza.

—No era ya una cuestión de falta de confianza en vosotras lo que me llevó a no contaros mis historias sentimentales —admitió mordiéndose un poco los labios blanquísimos y carnosos—. Sino que nunca apareció la persona adecuada.

Aquello a Ruth de pronto la contrarió, ¿adecuada?, se dijo, y ni siquiera supo por qué le molestó tanto el término. ¿Cómo no advertirle de lo equivocado que estaba?

—¿Y nunca te has planteado por qué no ha aparecido la persona «adecuada»? —lo interrumpió.

—Pues no. Tampoco me he detenido a analizar las causas de mis fracasos, sinceramente.

Lo único que sabía era que todas las mujeres que habían pasado por su vida demandaban de él lo que no podía darles y terminaban mostrándose frágiles, inestables y necesitadas de protección. Entonces fue él quien empezó a sentir pudor ante la sonrisa irónica y casi agresiva de su amiga que estaba haciendo confeti con una servilleta.

—¿Y esa cara? —dijo él.

—Si te lo digo, igual no te gusta.

—¿Por qué?

—Porque tengo mi propia teoría, nada válida ni científica, de por qué te sientes así.

—Así…, ¿cómo? —insistió él—. ¿No puede ser simplemente que no me apetezca compartirme sentimentalmente con otra persona? —La otra se encogió de hombros y siguió en silencio, algo que a Gabriel lo irritó un poco—. Vamos. Dime qué piensas.

Entonces Ruth empezó a disertar como un político, sin estar segura de dónde iba a conducirla todo eso:

—Creo que el motivo de que no nos hablaras de tus relaciones y de que salgas literalmente volando no es que te exijan tanto, sino que avanzan, tan simple como eso. Avanzan y crean lazos emocionales que te dan pánico que deriven en un encierro donde seas esclavo de los deseos de otro. Como de tu madre.

El otro pestañeó muchas veces como si le hubiera dado alergia ese comentario, pero ella no se detuvo:

—Esas mujeres sólo tienen en común con tu madre que son eso, mujeres. Y ahora te acercas a los cincuenta y te preguntas qué relaciones sentimentales has afianzado en tu vida. No encuentras ni quieres encontrar la razón de tus fracasos emocionales, porque en realidad crees que no tienes espacio, o, más bien, tienes terror a que sean una carga similar, porque inevitablemente las buscas así: frágiles y dependientes. —Ruth soltaba sus palabras ahora como ráfagas de ametralladora—. Por eso mismo no tienes hijos. Por eso te justificas ante ti mismo y ante los demás proclamándote autosuficiente cuando en realidad sufres un estado crónico de avidez afectiva y por eso eres el mejor amigo posible, porque sientes que eso tiene menos implicaciones, porque no te sitúa en primera línea de batalla en la vida de nadie, porque en ese papel puedes tener suplentes, no eres «imprescindible», aunque en el fondo te encantaría pensar que sí. Tienes un miedo patológico a amar y a ser abandonado, una herencia triste a mi parecer, que te provoca la percepción de no merecer ser querido. —Cogió aire—. No quieres la presión de volver a ser «único» para nadie. Ya has sido un hijo único. Como pareja, como padre, asumirías ese amor en primera persona y hace que te sientas atrapado…, aunque no lo estés. Por eso estás cómodo en el papel de salvador de mujeres: toda una ONG de féminas inestables cuyas vidas intentas reconducir, ya que no has podido hacer feliz a tu madre, aunque ésa es la única responsabilidad que no era tuya. Ésa es también la relación que tuviste con nosotras. Creo que desde siempre te has negado a ti mismo la posibilidad de construir un hogar como el que no tuviste. Y es una pena porque quizá tu sanación estaría precisamente ahí… —Dejó su mano ardiente sobre la mejilla fría—. Dices que has perdido la esperanza de encontrar a la persona adecuada. Y sin embargo, Gabi, yo estoy segura de que en cuanto soluciones tus problemas de confianza en los demás, empezando por tu madre, serás tú quien se convierta en la persona adecuada. Y alguien te encontrará a ti.

Cuando terminó, bebió el resto de su vino de un sorbo y Gabriel tenía el aspecto de haber sido derribado en un ring. Intentaba respirar sin conseguirlo del todo. Entonces se puso a llover de nuevo, pero en el rostro de su amigo. Y Ruth se dio cuenta de que había hablado demasiado. Por eso se levantó de la banqueta y lo abrazó. Las lágrimas de su amigo empezaron a empapar el cuello de su camisa blanca y dentro de la taberna se congeló el tiempo. Sin embargo, tras el cristal siguieron escapándose los minutos y los transeúntes refugiados por sus paraguas como si fueran fotogramas brillantes de una película muda. Entre ellos una Mónica que, al verlos, apretó el paso como si temiera ser alcanzada por la tormenta.

¿Y a esto lo llaman inteligencia artificial?

—¿Y a esto lo llaman inteligencia artificial?

Elisa se bajó las gafas con gesto inquisitivo para iniciar su primera batalla del día: pelearse con su móvil, al que enfrentaba su rostro una y otra vez con la esperanza de que el reconocedor facial abriera la aplicación del banco «de una puñetera vez». Por su parte, Mónica escarbaba en la caja de las cápsulas de café, buscando con desesperación una de nivel diez que le hiciera arrancar el motor del cerebro. Lo tenía más allá de la reserva. Y no podía seguir escuchando a su madre despotricar sin cafeína en el cuerpo.

—Es el efecto Clark Kent —dijo—. Observa: me pongo las gafas y no me reconoce. Me las quito, y vuelvo a ser yo. ¿Cómo te quedas?

—Y empezó a subirse y bajarse las gafas cómicamente cada vez más furiosa—. El colmo de la inteligencia, sí... Ahora soy Elisa, ahora no lo soy, ahora lo soy...

Mónica seguía de espaldas intentando no hacer contacto visual con ella hasta ingerir algo. Pero nada..., ¡que no se preocupara!, siguió diciendo su madre cada vez más airada, que ella era perfectamente capaz de encargarse de eso.

—Tú tómate un café, que es lo más importante —dijo intentando provocarla.

—Será un café irlandés —murmuró su hija, y por fin introdujo la cápsula en la máquina.

La sola expectativa de que su olor humearía en un par de minutos hizo de placebo, y como sabía cómo iba a terminar aquello, antes de que su madre hiciera el lanzamiento de móvil, se lo confiscó, buscó un botoncito que permitiera la posibilidad de introducir un código numérico y se lo devolvió. La otra observaba la operación con los agujeros de la nariz abiertos como un toro a punto de embestir, ¿y ahora qué quería que hiciera? Mónica le pidió que introdujera el pin con el que había entrado otras veces. Esto enfureció aún más a la asesina de móviles, ¿cómo coño quería que se acordara del pin? ¡Ya no lo utilizaba desde que entraba con su cara! ¿Cómo iba a imaginarse que tenía una mierda de móvil con amnesia?, a lo que Mónica respondió que era lo mínimo que podía tener el pobre con los golpes que se llevaba. El pin..., la mierda del pin..., la escuchaba despotricar a su espalda. Cuando su madre empezaba a utilizar tacos significaba que quedaban sólo unos segundos para el alunizaje, pero entonces, por pura invocación, tuvo un golpe de suerte. O más bien de patio.

—Shhh... —ordenó Elisa y se acercó de puntillas a la ventana, con maneras de dibujo animado—. Hablando de Pin...

—¿Qué? —preguntó su hija.

—Que están discutiendo otra vez.

—¿Quiénes?

—¡Pin y Pon!

Se escuchó la voz sin engrasar de la vecina increpando a su, ese día, silencioso marido. El soliloquio no era bonito: «¡Eres un pobre hombre!, ¡eso es lo que eres! Venga, victimízate un poco, que se te da bien. Anda, que si yo hablara... Sí, por lo menos cierra la boca, que da asco verte comer».

Mónica cerró la ventana.

—¿Qué haces? —se indignó su madre.

—Intentar que no se nos corte la digestión, mamá. —Y le puso un platito con una tostada delante—. Me alegro de que hayas hecho las paces con Margarita.

Mónica apretó el botón de la máquina de café. Su madre frunció los labios.

—Es una carcamal orgullosa y egoísta, pero... es mi carcamal.

—¿Tu Gargamel, dices?

Elisa se quedó confundida por unos segundos y luego sonrió de medio lado:

—Serás bicho...

—No, bicho su hija, que ahora la ha rebautizado así.

Había pensado que a su madre, quien disfrutaba del cotilleo blanco, sin escarnio, le haría gracia, pero no tanta como para desembocar en uno de sus ataques de risa contagiosa. Ésa que en su día le valió también uno de los apodos de Ruth: el «Detective risitas», por aquello de homenajear a sus mitos del *noir* infantil de Hanna-Barbera. Aunque intuyó que no era el momento de contárselo ahora que estaba disfrutando de lo lindo a costa de las burlas hacia su amiga.

¡Gargamel...!, repetía una y otra vez, tronchada sobre el banco de la cocina.

—Mírate, mamá. Derrochas felicidad —dijo Mónica con retintín.

—No estoy feliz —siguió riendo—. Será un tic.

—Sé lo que estás pensando.

—¿El qué, nenita?

—En la cantidad de bromas que vas a hacer a su costa con Ágata y con Dolores.

—¿Quiénes son ésas? —Se secó unas lágrimas de los ojos con la servilleta.

Y luego le recordó a su hija cuando le compraba las figuritas de la serie de *Los Pitufos*, ¿se acordaba de la casa de goma en forma de seta que apareció unas Navidades bajo el árbol? ¡Qué ojitos de ilusión puso! Se pasaba horas jugando con ella. Sí, dijo Mónica, olía a balón de playa y se abría por arriba. Pero Elisa seguía exprimiendo la broma de Ruth, porque, si Margarita era Gargamel, eso las convertía a ellas en los pitufos y ¡a Gabriel en la pitufina! Le parecía una metáfora buenísima.

—Ése ha sido un comentario de mal gusto, mamá.

La otra dejó su taza en el fregadero y le echó un poco de agua.

—Hija, estamos bromeando. A estas alturas ya se ve todo con naturalidad. Y el humor es parte de ella.

—Pero es que Gabriel no es una «pitufina». —Cerró el grifo de un manotazo—. Y no dejes correr el agua, que no sobra en el mundo.

Fue en ese momento cuando Elisa tuvo claro, reprimenda ecológica aparte, que allí había de dónde rascar. En realidad, le importaba un pimiento si Gabriel era gay o no, lo que le parecía muy interesante era el hecho de que su hija defendiera rabiosamente que a su amigo le gustaran las mujeres. Mónica también reconoció la mirada escrutadora de su madre, idéntica a la de Fiera cuando escuchaba un sonido fuera de la sinfonía urbana habitual. Por eso trató de desviar el tema.

—Me he limitado a alegrarme de que hayas arreglado las cosas con Margarita —dijo—. Creo que te interesa. Más vale no cabrear a tu única coartada, ¿no...? —Y entornó los ojos con toda la intención, gesto que su madre le devolvió como un espejo.

En ese momento llamaron al móvil de Elisa y, por arte de magia, éste se desbloqueó.

—Te llaman. Debe de ser tu conciencia —dijo Mónica señalándolo—. Cógeselo.

Y lo hizo, visiblemente aliviada, aunque por algún motivo decidió hablar en el salón.

La realidad era que Mónica no tenía un buen día. Se había pasado la noche en vela. Habría mandado un mensaje a Ruth para consultarle qué podía tomarse si ésta no fuera parte implicada. Su memoria reproducía machaconamente la imagen de los cuerpos de sus amigos fundidos en aquella barra, y lo poco que durmió fue para soñar la misma escena con una ligera innovación teórica: Ruth y Gabriel seguían inclinados uno sobre el otro en la misma barra, pero con un cuchillo en la espalda mientras ella huía del local como una especie de desquiciado Mr. Hyde bajo la lluvia.

¿La habrían visto?, se preguntó ya en el mundo real mientras daba vueltas y vueltas a la cucharilla de plata dentro de su café. No, seguro que no, esperaba que no, porque entonces la habrían llamado. ¿Y cómo justificarles por qué no se paró a saludarlos? Se sentía ridícula y con una clara resaca emocional.

No le gustaba sentirse así.

Le dio un mordisco a una de las tortitas de anís que su madre escondía en el armario de sus pastillas de la glucosa e hizo memoria: sólo había bebido un té de jengibre para entrar en calor al llegar a casa y su efluvio hizo que Fiera la persiguiera esnifándola con ansiedad y los ojillos fuera de las cuencas. Desde su colocón, la pobre bestezuela seguía algo sensible a las hierbas. Ahora parecía reaccionar exageradamente a todas. Tendría que darla de baja en el trabajo hasta que se le pasara el síndrome de abstinencia.

Su móvil empezó a vibrar con una llamada de Antolián que Mónica descolgó de inmediato.

—¿Estás vestida? —dijo su voz acelerada. La otra fue a decir algo, pero el otro rectificó—. Digo, ¿estás sentada?

—Sí —respondió confusa y bajó la voz—. Estoy en casa de mi madre, ¿qué pasa?

—Ha llegado el informe del gobierno mexicano sobre los antecedentes de Orlando. Y tiene un buen historial. Por robo.

—¿Por robo? —casi exclamó la otra. Cogió el café y salió al pasillo—. ¿Robo de qué tipo? ¿Con violencia? ¿En domicilios?

Según Antolián, había sido detenido en diversas ocasiones siendo menor por hurtos en discotecas, vaciaba el contenido de bolsos o mochilas en los lavabos. Una especie de carterista. Sólo se vio implicado en un robo mayor de una gasolinera con una banda conocida de su barrio y fue a la cárcel, pero poco después se demostró que lo habían implicado.

—Pero, como es lógico, la hipótesis del robo vuelve a estar sobre la mesa —aclaró el agente.

Mónica se apoyó sobre la pared, pensativa:

—¿Y cómo mezcla esa hipótesis ahora con el hecho de que muriera a causa de las pastillas antes de electrocutarse?

El agente hizo una pausa. Mónica escuchó sus pasos como si se alejara para hablar desde un lugar más seguro y dijo:

—Para el comisario tiene ahora más sentido que nunca que la víctima entrara a robar, pero luego su hipótesis se divide en dos finales: el primero, que alguien, es decir, tu madre, actuara en defensa propia al encontrárselo y se lo cargara arrojando el móvil sin saber que ya estaba muerto. Esto no le parece muy verosímil. Si me preguntas, creo que tu madre le ha gustado. —Soltó una risilla inoportuna—. El segundo, que Orlando estuviera conchabado con alguien para robar en casa de tu madre. Alguien que conociera sus movimientos y tuviera un acceso fácil a la casa. Por otro lado, parece que aquellos robos de juventud nunca fueron violentos y estuvieron unidos a un pasado de drogadicción. Después de aquello hizo una rehabilitación y trabajos sociales, no volvió a delinquir, que se sepa, y estaba limpio.

Mónica empezó a cuadrar las nuevas fichas en ese puzle que no terminaba nunca. ¿Alguien había ayudado a Orlando a robarle a su madre?

—Pero, entonces, según el comisario... ¿quién y por qué lo mató?

—Aún hay muchos cabos sueltos —dijo el agente carraspeando—. Por un lado pudo entrar a robar y sufrir una sobredosis. Los ansiolíticos que consumió llevan una sustancia muy parecida a un potenciador que se ingiere en México combinado con otras drogas como el alcohol y la coca. Había restos de coca aunque en una cantidad muy pequeña en su organismo. Pero aun así deja descolgada la electrocución posterior...

A Mónica le daba vueltas la cabeza, aun así consiguió ponerla en orden para seguir preguntando:

—Y en ese caso, si alguien quiso electrocutarlo después, pudo ser para no compartir el botín o porque sabía demasiado...

Volvió a escuchar los pasos de Antolián desplazándose ahora a la calle.

—Creo que un compañero llamará a tu madre para volver a preguntarle si ha notado que le falte algo, pero lo lógico es que no, ya que no le dio tiempo a llevarse nada. Por eso están investigando otros posibles robos similares que haya habido en el barrio... —Volvió a aclararse la garganta—. Lo que sí tiene claro el comisario es que, si seguimos con la hipótesis del robo, el o la cómplice es del entorno cercano de tu madre.

A ambos lados del móvil se hizo el silencio.

Mónica escuchó la voz de Elisa tras la puerta del dormitorio susurrando algo ininteligible de lo que creyó rescatar un «tienes que tener mucho cuidado» que se sumó al estado de ansiedad creciente que iba acumulándosele en el estómago.

—Antolián —dijo en medio de un suspiro—. No sé cómo darte las gracias por esto.

—Ya se me ocurrirá algo —respondió y volvió a arrepentirse—. Quiero decir que Sherlock aún necesita supervisión de cuando en cuando...

Y colgaron.

Volvió a la cocina dando tumbos y de pronto se escuchó en el salón la siguiente secuencia: una carrera desenfrenada, algo chocando violentamente contra una silla, un bufido seco y una sucesión de ladridos desenfrenados detrás. Allí, su madre contemplaba una persecución digna de peli de acción. Aquello era insoportable, iban a tener que encerrarlas en el dormitorio, dijeron ambas al unísono. Con un doble salto mortal de gimnasta olímpica, la gata se dejó caer provocativamente delante de la chihuahua, que, convertida en un torito liliputiense, se le lanzó ladrando trastornada y volvieron a protagonizar un encierro de los sanfermines.

La diosa parecía eufórica.

Sabedora de que sus bigotes eran un radar secreto, éstos le informaron del perímetro del agujero de la gatera que le serviría de vía de escape gracias a sus habilidades contorsionistas. Lo que no tuvo en cuenta fue que éstos, sus bigotes, no crecían en función de los kilos de más ganados durante el confinamiento y se quedó parcialmente encajada en la puerta. Humillante, eso había sido humillante, se dijo cuando se sintió atrapada contra la pared.

Fiera se le acercó despacio, perpleja.

Qué grande era ese bicho en las distancias cortas. Los ojazos negros y vivos de la perra frente a los amarillos de la diosa. La chihuahua olfateó el aire para obtener informe sobre su adversaria. Ese animal con instintos homicidas tenía que saber muchas cosas... Pero ¿cómo comunicarse con ella? Su lenguaje corporal era radicalmente opuesto al suyo. Es decir, a la lógica.

Veamos, recordó mientras la gata, arrinconada contra la puerta, tensaba cada músculo del cuerpo: ojos abiertos y orejas levantadas significaría que estaba tranquila... y no lo estaba; ojos entornados y orejas agachadas hacia los lados quería decir que estaba agresiva, preparada para atacar, como ahora; a continuación, Isis le enseñó los dientes, el único gesto que tenían en común, así que pudo interpretarlo a la perfección.

—¡Fiera, atrás! —gritó Mónica sobresaltando a ambas.

Momento que la gata aprovechó para dar un salto que a escala humana habría sido el de un hombre impulsándose sobre un tráiler, y cayó sobre la mesa del comedor. La perra contempló la operación, maravillada. ¿Cómo haría eso?

—¡No se sube uno a la mesa del comedor! —exclamó Elisa, reprimenda que fue contestada por la felina, posando como una esfinge sobre ella—. ¿Por qué nunca me hace caso cuando le ordeno algo? ¡Mira a Fiera, qué educada es!

Isis le respondió con un lento parpadeo que también dedicó a su adversaria. Mira, traduce esto: estoy parpadeando lentamente, a pesar de todo soy maja, ¿no lo filtras?

Madre e hija volvieron a la cocina arrastrando los pies. De un tiempo a esta parte la gata estaba trastornada, iba lamentándose Elisa, no sabía qué le pasaba. Todos estaban desquiciados, se iba diciendo Mónica. Ella la primera, pensó. Ya lo estaba cuando se levantó y la conversación con Antolián había sido la guinda. A pesar de todo, que Gabriel y Ruth pudieran tener algo la tenía en un estado de zozobra absurdo, considerando el pastel que tenía encima.

No, no le gustaba sentirse así, porque le impedía concentrarse en el caso, entre otras cosas. ¿Por qué se sentía así? ¿Quizá porque consideraba que lo de Gabriel y Ruth sería un error? El caso es que Mónica no sabía darse una respuesta clara, casi ninguno queremos hacerlo cuando nos convierte en vulnerables.

Eso era.

Como buena amiga, temía por los dos.

Pero ¿quién era ella para prevenirlos? Aunque Ruth estuviera casada, ¡eran adultos, joder!, y mordisqueó la tortita como un hámster. Aquella historia no funcionaría ni siquiera en la ficción: el reencuentro con un amigo de la infancia que desemboca en amor..., una historia de segundas oportunidades. Buaj, era tan cursi que le daba arcadas, como mucho serviría para guionizar un *reality*. ¿O quizá lo que le incomodaba era que Ruth hubiera tardado menos de un segundo y medio en saltar sobre Gabriel?

Sólo hacía un mes desde aquella reunión de la azotea en la que el hombre del grupo salió del armario hetero... ¿y aquellos dos ya estaban viviendo su casposa comedia romántica? ¿Tan desesperados estaban? Le dio al botón de la Nespresso y ésta tosió una nueva dosis de su droga. Mónica se concentró en dejar que la miel se escurriera desde la cucharilla.

¿Qué le molestaba tanto? ¡Le molestaban ellos juntos!

Que hubieran regresado los dos solitos a aquella taberna que era de todos, verlos abrazados, seguramente a punto de besarse. Pero quizá lo que más le repateaba los hígados era que había sido a ella, a su mejor amiga, a quien Gabriel le había abierto su corazón tan candado durante años, porque sabía que no iba a confundirse. Y, por supuesto, le soliviantaba que pudieran estar hablando de la investigación a sus espaldas. Que pudieran estarse aliando ahora que Dolores era la principal sospechosa, quién sabe si de robo además de asesinato. ¡Eso no tenía nombre! A fin de cuentas, Gabriel sabría mucho más que nadie del caso después de recuperar el chat perdido entre su madre y Orlando del que aún no soltaba prenda porque, según él, estaba intentando ordenar y dar sentido a todo aquel material.

Sospechoso..., muy sospechoso.

En su momento, ella había compartido todas las pruebas que señalaban a Elisa. Qué menos que comunicar sus averiguaciones con el grupo y así pensaban todos juntos. Sin embargo, Gabriel había preferido verse antes con Ruth, que era quien, casualmente, trataba a su madre.

Levantó la vista y se encontró a la suya observando el hilo de miel que estaba dejando caer fuera de la taza.

—¿Te pongo otro? —dijo. Y luego se dejó de historias—: Bueno, ¿vas a contármelo o qué?

Entonces se animó a hacerlo, ¿por qué no?, pensó, al fin y al cabo ya no iba a ser la primera en romper las reglas. ¿Por qué no compartir sus pesquisas con su madre? Ahora que la implicación de Dolores era ya más que clara, dejaba a Elisa prácticamente libre de sospecha. Si los demás parecían confiar tanto en sus mamis..., ¿por qué no iba a aprovechar ella su cerebrillo retorcido? Las cosas como son, era el único ser humano que conocía capaz de reventarte un *thriller* en el mismo tiempo que Fiera en detectar un estupefaciente, es decir, en un minuto y medio. Lo que no podía saber Mónica era cómo se estaba equivocando ni cómo iba a afectar que fuera la única que iba a abrir la caja de pandora.

Se acodó en la mesa de la cocina y cuando se quiso dar cuenta ya le estaba revelando a su madre los resultados de la autopsia: que Orlando había muerto a las 21.00 por una intoxicación de pastillas disueltas en vino que contenían zuranolona, un potente antidepresivo muy poco conocido, aunque la sustancia que contenía se utilizaba en México como potenciador de algunas drogas, y que, según los vecinos y la empresa hidroeléctrica, no fue hasta las 22.30 cuando saltaron los plomos y se fue la luz. Es decir, su cuerpo se electrocutó, pero las pastillas ya le habrían parado el corazón al menos una hora antes. Así que ahora la explicación oficial era que había muerto de sobredosis.

Mónica decidió frenar ahí como si hubiera visto un *stop* y reservarse las últimas revelaciones sobre las motivaciones para un robo porque conocía su capacidad para emparanoiarse porque la había heredado de ella.

—Un mal viaje, vamos, un blancazo —dijo Elisa.

—¡Pero mamá! ¿Y ese vocabulario?

—Veo mucho la tele, hija, demasiado. —Y luego, con creciente curiosidad—: ¿Y qué más pruebas tiene la policía? —preguntaba con el desparpajo con el que comentas un suceso del magazine de la mañana—. Lo digo porque la causa de la muerte una hora antes descarta el accidente. Si estaba ya tieso, obviamente no pudo caérsele el móvil sin querer.

Escuchando su voz tan animada, Mónica volvió a tener la misma extraña sensación del primer día. ¿Y si su madre sospechara lo del robo, hubiera vuelto antes de tiempo y estuviera empujando un poquito las cosas para que descubrieran al o la cómplice?

—Fíjate qué tontería, mamá, pero he llegado a pensar que... todo esto es tan absurdo que..., no sé, que quizá podrías estar dejándome pistas falsas sólo por ver lo que pasa.

La otra sonrió de medio lado y luego fue sufriendo pequeñas

convulsiones hasta que se abrió paso su risa desbordante de nuevo. Esto no relajó a Mónica, y eso que aún no era consciente de que aquella fantasía suya era más coherente con el personaje de su madre de lo que imaginaba. Porque Elisa no se veía a sí misma como una señora mayor en el espejo. Porque Elisa odiaba que la trataran como si fuera tonta. Y nada le gustaría más que sentirse peligrosa. Es decir, sexy.

—Mi niña... —susurró tiernamente mientras respiraba con fatiga—. Yo nunca dejo «pistas falsas». En todo caso le daría un empujoncito a las que conducen a la verdad. ¿Tú crees que habría dejado un rastro de miguitas de pan a tu padre para que descubriera quién era el hombre del que seguía enamorada? No. Hay cosas que no hay por qué contarlas. Nunca.

Mónica adoptó un gesto de juez.

—En eso estoy de acuerdo, mamá, así que no sigas. Ya te he dicho muchas veces que no quiero saber nada de esa historia —dijo, tajante—. No voy a ser tu cómplice.

—¡Pero qué más da ya! —protestó la otra con fastidio—. Opté por tu padre porque lo quería y era el hombre con quien compartía un proyecto común: tener un hijo y seguir viviendo en Madrid. A Jonás lo destinaban fuera.

—¡Que no quiero saber su nombre!, ¡que soy tu hija, no una amiga! Que la otra parte es mi padre. Y que no quiero guardarle secretos y menos tuyos. ¿Es tanto pedir? —se indignó sujetándose al respaldo de una de las sillas de la cocina como si intentara hacer volver a un león a su jaula—. Además, deja de ponerme de excusa cuando no te has atrevido a tomar ciertas decisiones en tu vida.

Elisa se sumió en uno de sus escasos silencios meneando la cabeza hacia los lados. Era tan dramática como su padre, susurró para que la oyera. Y luego sacó de la nevera una cajita de frutas del bosque. A esa hora siempre le entraba hambre y no sabía qué demonios comer.

En ese momento, Mónica dudó si era buena idea seguir contándole datos del caso, porque de una forma u otra terminaba desquiciándola, pero, por otro lado..., ¿no la estaba traicionando si no creía en su inocencia? ¿De verdad la creía capaz de cargarse a un tipo sólo por sorprenderlo dentro de su casa fuera a robar o no?

La creía…, sí, la creía. O casi.

Por eso se sentó a su lado y, mientras comían arándanos con cierta ansiedad, comenzó a enumerar las pruebas que apuntaban a Dolores: de momento, había ocultado que Orlando vivía en su desván, las pastillas que lo mataron eran de ella y tenía llave de casa de Elisa, según ella misma había revelado, de modo que le pudo abrir… Por cierto:

—¿Por qué no le dijiste a la policía que Dolores tenía llaves de tu casa?

—Un momento, un momento, frena el carro. —Elisa se encrespó la melena corta con los dedos como si pretendiera asimilar algo—. ¿Has dicho que las pastillas que toma Dolores son las mismas que mataron a Orlando?

Sí, se impacientó Mónica, pero que no le cambiara de tema, y luego cometió el error de confesar que a ella eso no le había sorprendido tanto, todo el mundo conocía los problemas que Dolores tenía con las adicciones. No había terminado la frase cuando se percató del gesto encolerizado de su madre, quien había levantado su temible dedo índice.

—Ésa ha sido una falta de respeto, Mónica, y un prejuicio hacia mi amiga que no tolero, ¿está claro? —Cuando la llamaba por su nombre, échate a temblar—. Todo el mundo tiene derecho a superar sus problemas en la intimidad y a que no se los recuerden de por vida. Ha pagado muy caro por ellos, ¿entiendes? Perdió a sus niños.

Su hija se quedó tan cortada como el café con soja que tenía entre las manos y Elisa siguió disparando como una francotiradora que hubiera salido a la plaza para cubrir a una compañera de su unidad: pero qué se creían todos… Dolores era mucho más que una adicta, era una mujer buena y leal, incapaz de hacerle daño a una mosca. Siempre fue muy trabajadora, nadie le había regalado nada y siempre estaba pendiente de los demás.

—Hasta de ti. Que prácticamente me ayudó a criarte.

Se abanicó con los folletos de una comida a domicilio. Estas cosas la ponían cardiaca; la culpa de todo la habían tenido los cretinos de Pin y Pon, que no hacían otro servicio a la comunidad que asomarse al patio y a la escalera como dos peleles absurdos sin historia. Y lo peor era que, con sus chismorreos, nunca le permitieron a Dolores salir adelante del todo, ¡nunca!, porque su versión de «esa mujer de la portería» era lo primero que le contaban al vecino nuevo que llegaba al edificio. Ellos y su forma de hablarles a todos, desde la suficiencia de quien gasta la etiqueta hipócrita de familia sin mácula.

—Pero te digo una cosa —le advirtió Elisa—. Que, como decía tu abuela, a todo cerdo le llega su San Martín. Y a ellos, que tantas propinas le dan a Dios y tanto amortizan los confesionarios de la iglesia de la Encarnación, un día de éstos se les volverá todo en contra y sabremos la mierda que esconden debajo de esas alfombras tan horteras. —Cogió aire—. ¿Y luego me dices que no ponga la oreja en el patio? ¡Si es en defensa propia!

Era en momentos como ésos en los que Mónica se alegraba de que Elisa fuera su madre y no recayera sobre ella todo el fuego de su rencor. Ríete tú del Vesubio, pensó, pero no lo dijo para no añadir más leña al volcán. Todo aquel *speech* de su madre en defensa de Dolores estaba segura de que era sincero y sentido. Conocía la lealtad de su madre hacia sus amigos. Pero… ¿por qué lo hacía? ¿Creía de verdad en su inocencia? ¿O sabría que estaba conchabada con Orlando y estaba dispuesta a perdonarla?

De pronto la vio escarbar cabeza abajo detrás del chéster para sacar un álbum de tapas duras lleno de polvo y se sentó a su lado. Cuando lo abrió, ambas estornudaron tres veces.

—Mira, te voy a enseñar quién es Dolores.

Y allí estaba, en un crucero por las islas griegas, las dos con aquellos pantalones campana blancos que todos los hombres se volvían a mirar, con la juventud resplandeciendo despreocupada del futuro y una flor en el pelo.

Elisa sonrió:

—Entonces no era esa mujer que se queja de su falta de ilusión por la vida, que duerme casi todo el día porque por la noche tiene insomnio y que prefiere quedarse en casa viendo un partido de fútbol a oscuras para no gastar que salir con sus amigas. No —siguió una Elisa entristecida por la nostalgia—. Entonces no era esa mujer que no deja entrar a limpiar a nadie porque cree que todos la roban y que come a base de sándwiches, latas y yogures. Mi pobre amiga… —dijo clavándole los ojos a su hija de una forma extraña—. Qué le van a robar que no le hayan robado ya.

Una actividad tremendamente delictiva

Poco podía imaginarse esa Dolores, la del pasado, que estaría al menos coprotagonizando una novela policiaca. Tampoco la del presente pensó nunca que se despediría así de su hijo cuando lo sorprendió llave en mano:

—Ya veo lo que me quieres, que vienes a verme y en dos horas te vas con tus amigas.

Y volvió a dejar los ojos como dos polillas noctámbulas pegadas al televisor que anunciaba la enésima huelga de los sanitarios por el colapso de la Seguridad Social a la que se unían ahora los policías de la zona centro. Habían cerrado la comisaría de la calle Leganitos por obras, no había suficientes agentes y las denuncias y los casos sin cerrar se acumulaban sobre las mesas de los comisarios.

Pero Dolores no la escuchaba porque seguía pendiente por si había surtido efecto su chantaje y escuchaba los pasos arrepentidos de su hijo volver por el pasillo.

Es fácil imaginarse cómo pudo sentirse Gabriel, quien, además de «abandonar» a su madre como todos los días, se había apropiado de su teléfono móvil con la excusa de resetearlo. No le funcionaba bien porque había dado de alta decenas de aplicaciones que estaba pagando, diagnóstico que hizo que su madre se echara las manos a la cabeza. ¿Pagando?, lloriqueó, ¡Pero si no se había dado de alta en nada! La conciencia de su hijo se agarró como un percebe a que aquello también era verdad: que Dolores era un caos tecnológico, que cogiera la llamada era una proeza, que se le bloqueaba con frecuencia y dejaba a su hijo en vilo, estuviera en el rincón del planeta en el que estuviera. Pero, excusas aparte, la realidad era bien distinta:

Gabriel pretendía hacer una copia de las conversaciones de Orlando con su madre.

Eso, a sus ojos, lo convertía en un judas despreciable, sobre todo después de lo que le había dicho Ruth: «Sólo confía en ti porque eres la única persona que siempre le ha dicho la verdad». Con esa angustia enredada en las tripas, Gabriel cerró la puerta de la portería y subió hasta la casa de Elisa tan animado como si fuera a un patíbulo y la puerta de Elisa fuera la del purgatorio. Cuando ésta se abrió, la misma imagen enfurecida que le había recibido desde niño, pero con dos kilos y trescientos gramos de más, le lanzó dos largos bufidos con el cuerpo arqueado. La diosa bengalí se hizo a un lado sólo para ir describiendo infinitos alrededor de las piernas de aquel ser humano que le pertenecía sin apartar la vista del intruso. Que me vas a tirar al suelo, gatita…, protestaba Elisa con ternura, y danzando esa curiosa coreografía llegaron hasta la cocina. Una vez entraron, la gata se tiró de costado delante de la puerta dejando muy claro que sólo saldría de su territorio con su beneplácito.

—Qué alegría verte, Gabriel, así, con tranquilidad —dijo Elisa.

Y qué guapo estaba, ¿verdad, Mónica? A lo que ella respondió con un ¿quieres un café? Pero Gabriel ya tenía cafeína en el cuerpo para dos reencarnaciones, se lo indicaba el párkinson transitorio de sus manos, por eso y porque estaba deseando quedarse a solas con Mónica para mostrarle el contenido del chat, que prometía metralla. Saludó a Fiera, quien, al verlo, había iniciado un movimiento de rabo y caderas de lo más sexy, y a continuación le lamió la cara entera.

Elisa dejó dos tazas sobre la mesa de centro balinesa en la que, en su día, Mónica encontró la agenda. Los invitó a sentarse. Ni uno ni otro pudieron vencer la tentación de visualizar a Orlando allí sentado. ¿La cita previa a su muerte habría sido algo así? Ajena a sus pensamientos, Elisa había comenzado un recorrido fotográfico apoyándose en las fotos del álbum sin perder de vista el hecho de que no recordaba haber visto signos de timidez en su hija jamás. Bueno, sí, cuando tuvo que cantar una parte solista en el coro del colegio.

Elisa señaló una foto en la que ambos niños luchaban por subirse a la misma colchoneta rosa en la piscina municipal. ¡Ésa le encantaba! Sentada con las piernas sumergidas en el agua y un bikini de girasoles amarillos, estaba Dolores saludando a la cámara. En la siguiente tenía a Gabriel sobre las rodillas y le estaba colocando un gorrito azul marino a juego con sus ojos.

—En esta foto aún vivíais en el paseo de Rosales con tu padre —recordó Elisa— y todavía estaba tu abuela. Veníais mucho a verla a la portería, aunque ya llevaba mucho tiempo jubilada, ¿te acuerdas? —Gabriel asintió con ojos tiernos—. Antes de teneros a vosotros, recuerdo que una vez tu madre y yo nos fuimos hasta Barcelona haciendo autoestop para ver un concierto de Nino Bravo. ¡Éramos como Thelma y Louise, pero Dolores con bombo!

—¿Eso hicisteis? —dijeron casi a coro escandalizados—. ¿Estando embarazada?

—¿Y qué queríais que hiciéramos? —Elisa señaló la foto que lo demostraba—. Vuestros padres nos habían dejado solas y aburridas en un pueblo minúsculo de playa mientras ellos trabajaban en Madrid. O eso decían. Así que decidimos lanzarnos a la aventura. ¡Y lo fue!

Pasó una página amarilleada por el tiempo que descubrió otra imagen: era una de las famosas fiestas de disfraces de Ruth. Todos los años buscaba un tema. Ese año tocaron «las profesiones». Y se lo curraban mucho. Bueno, matizó Elisa, más bien nos lo currábamos nosotras. Allí estaban, con ocho años, Gabriel vestido de astronauta, Ruth de médico, Mónica de policía y Suselen de bailarina, obligada por Ágata y con una cara hasta el suelo. De esa fiesta Gabriel sólo recordaba que se pasó la noche dando la tabarra para que le dejaran mirar por el telescopio que el padre de Ruth tenía cubierto en su biblioteca. Acababa de leerse *Las cosmicómicas*, regalo de su abuela quien empezó a abrirle el apetito por la lectura y por lo desconocido, y desde entonces soñó con la sensación de ver la Tierra de lejos.

—Es que tenías vocación de pájaro —recordó Elisa.

Luego los observó a los dos, tan adultos pero tan niños, tan inteligentes y resueltos en lo profesional, pero tan inmaduros aún en sus emociones y, por primera vez, se planteó seriamente si había hecho algo mal. En realidad, todos sabemos que en el contrato de ser madre sentirse culpable aparece en la letra pequeña. En esto andaba pensando Elisa cuando se percató de que Mónica se había detenido en una página donde había una serie de textos reconstruidos con la letra casi ilegible y zurda de una Mónica adolescente. Miró a su madre con rencor, pero no dijo lo que pensaba: ¿por qué iba a respetar su intimidad si era su prolongación?

Y aquel sentimiento la llevó a recordar el día en que se encontró fuera de su papelera esos fragmentos que había tirado reconstruidos con celo. Los había guardado a pesar de todo… No eran gran cosa. En su mayoría apuntes que ya había pasado a limpio, pero… entre ellos había una carta que no llegó a enviar a un chico del que se enamoró en la playa. En su día, hirvió de furia. Y su madre no lo entendió. «Los habías roto. ¿Qué más te da que los guarde de recuerdo?». Mónica contraatacó: «Porque son míos, mamá, ¡y si los he roto es porque no los quiero!». Habría esperado una disculpa o que la conversación terminara ahí, pero sin embargo Elisa la continuó: «Vale, no lo haré más, pero, antes de romper nada, dímelo, ¿vale? Que igual yo lo quiero. Algún día te alegrarás de tenerlos».

Su hija del pasado puso los ojos en blanco. No había nada que hacer. Y la del presente no, no se había alegrado de encontrárselos.

«Tu madre tenía que haber sido controladora aérea», le decía siempre Gabriel para desengrasar estas situaciones.

Recién llegada de ese *flashback*, que volvió a enfurecerla como entonces, se encontró con un Gabriel absorto en una foto.

—Tienes mucha suerte —dijo—. Yo no tengo una sola foto de mi infancia. Mi madre las ha hecho desaparecer todas.

Entonces Elisa lo miró con un cariño infinito y despegó ese retrato que ella misma disparó a madre e hijo en el que se miraban sonrientes nariz con nariz en la playa de Rodalquilar. Los mismos ojos azules oscuros cómplices del mar.

—Yo aún no tenía a Mónica y recuerdo que se la hice porque pensé: si alguna vez tengo un hijo, quiero ser tan buena madre como ella.

Y se la entregó.

Gabriel no pudo articular una palabra. Ni siquiera un gracias. Sólo le apretó la mano cuando dejó en ella aquel fragmento recuperado del rompecabezas que era su vida que tanto bien le hacía en ese momento.

Mónica sonrió orgullosa. Ahí estaba la mejor versión de Elisa, llena de amor, victoriosa sobre la que se nutría de pequeñas y cotidianas amarguras.

Aquella foto era una versión de Dolores que ni siquiera su hijo recordaba bien. Mónica se lo había oído decir a su madre muchas veces: que el problema de Dolores era haber sido una mujer bellísima e inteligentísima. Su forma de decir que, cuando el paso de los años enturbia la imagen que tienes de ti misma, es mucho más difícil aceptarte, en el pasado y en el presente. También tus virtudes.

Pero vamos a seguir pendientes de Elisa, porque no había terminado aún. Tenía un arma secreta guardada para el final: la Polaroid que se disponía a narrarles. ¿No era preciosa?, exclamó. Qué dos bombones. Y se dirigió a Gabriel:

—Tu madre y yo nos turnábamos para bañaros a los dos juntitos hasta los diez años, por lo menos. Así cada día le tocaba a una. Mira qué dos… —Señalaba ahora una foto tamaño folio—. ¿No os acordáis de esto?

—Vagamente —dijo Mónica muy bajito evitando mirar a Gabriel a los ojos.

Quién iba a decirles a aquellos dos niños, asomados a la bañera del suceso, que más de veinte años después iban a estar siendo contemplados por dos adultos que, desde ese momento, sólo podían imaginarse desnudos. Ambos trataron de espantar esa fantasía a manotazos como si les pudiera picar mientras Elisa disfrutaba como nunca contemplando sus reacciones. ¡Bingo!, se dijo, el olfato no le fallaba y conocía mejor a su hija de lo que ella se conocería jamás.

Entonces, un estruendo. Varios libros habían caído del último estante de la librería y por poco los dejan en el sitio. ¿Qué le pasaba a ese bicho?, exclamó Mónica, ¿es que intentaba matarlos? A continuación, la gata salió despavorida por el pasillo corriendo, un tramo por el suelo y otro por las paredes como si estuviera preparándose la secuela gatuna de *Matrix*. Elisa se llevó la mano al pecho.

—¡Madre mía!, cuando digo que esa pobre cada día está más loca...

Justo antes de que fueran testigos de la carrera de vuelta de la diosa, que, como si estuviera tratando de batir una marca, trepó por las cortinas frenéticamente como si fuera un rocódromo.

—¡Isis! —Se desesperó Elisa—. ¡Baja de ahí ahora mismo!

Pero ella se limitó a observarla sin intención de dejar de columpiarse en la organza transparente que ahora exhibía los desgarrones de sus uñas. Entonces Mónica se fijó en sus pupilas dilatadas a pleno sol, también en cómo le asomaba la lengua por el hocico con un aire de embobamiento que le fue familiar. Observó a Fiera, a quien le habían vuelto las pupilas a su tamaño normal después de una semana.

—Un gato nunca lleva la lengua fuera —sentenció.

Como un acto reflejo, Mónica se levantó y dio una vuelta por el salón seguida por la perra sabiendo lo que buscaba. Luego salió al balcón. Allí, además de la malla que según el testimonio de el Señor de los Pajaritos le habría colocado Orlando, había algunas macetas con plantas. Una muy en concreto le acababa de llamar la atención a Fiera. Mónica se agachó. Estaba mordisqueada por algo mucho más grande que un insecto. La pequeña lanzó dos claros ladridos y luego empezó a restregarse con ella frenéticamente.

Mónica se volvió hacia su madre.

—¿Y esta planta tan fea?

Ella la observó con desinterés. Se la había regalado Dolores. Se le daban bien las plantas de exterior, por eso venía a regárselas.

—¿Por qué? —quiso saber Elisa.

—Mamá, creo que vas a tener que someter a Isis a un tratamiento de desintoxicación. —Apartó a la perra, arrancó un poco de verde—. O mucho me equivoco o esto es catnip o, dicho de otro modo, hierba gatera. La droga preferida de los mininos... y con la que se intoxicó

Fiera el otro día. —Y luego a Gabriel—: Esto podría ser una prueba que nos conduzca por muchos caminos que aún no hemos explorado.

Elisa intentaba sin éxito calmar a la felina dando saltitos sobre el sofá para alcanzarla.

—¿Quieres decir que tengo una gata toxicómana? ¡Después de todo el trabajo que hice contigo para que no sucumbieras en los noventa! —Y a continuación se detuvo en seco—: Madre mía… Entonces ¿crees que ahora éste es un caso de narcos?

La entrenadora seguía intentando que Fiera se despegara de la jardinera.

—¡Otra exagerada como Suselen! ¿Sólo porque Dolores plantara en tu balcón un poco de catnip? Se lo traería Orlando de México, allí crece como una mala hierba y no es una droga ilegal, mamá, es sólo para gatos… —Levantó una ceja a lo Poirot—. Tampoco lo son las pastillas si se compran con receta. ¿O es que sabes algo más?

Elisa puso cara de no entender la pregunta, pero a Mónica no se le pasó por alto que no le había revelado a su madre la existencia de «el jardín de la alegría» del que acababa de decir sin querer que tenía noticias, como tampoco se lo habían contado aún a Gabriel.

Sin embargo, a su amigo se le había cambiado el color de la cara como si fuera un camaleón intentando convertirse en pared.

—Yo también tengo algo que enseñaros —confesó éste con el móvil de su madre en la mano—. Y digo enseñaros porque aquí te necesito, Elisa. Necesito que me digas con sinceridad qué significa todo esto.

—Y yo necesito que me digas que ése no es el móvil de tu madre. —Elisa les clavó los ojos—. No pienso hacer esto.

Él la miró suplicante.

—Si queremos ayudarla, es necesario que lo hagas.

Abrió el WhatsApp que compartía con Orlando, ahora recuperado.

La primera conversación que leyeron era del día anterior a su muerte. Orlando le contaba con preocupación a Dolores que había perdido su agenda el día anterior. Los dos amigos ni se miraron. En Elisa no hubo reacción. «Es importante encontrarla», seguía el chat, «antes de seguir adelante». ¿Adelante con qué?, preguntó Mónica.

Dolores le preguntaba a continuación qué había en esa agenda que pudiera preocuparle tanto y él que nada en especial, sus notas sobre los perros y poco más. Ella le contestaba que de todas formas la buscaría en su casa.

—Eso quiere decir que Orlando entraba habitualmente en la portería —dijo Gabriel.

—Pero eso es lógico —interrumpió Elisa—. Muchas veces iba a buscar a Oxitocina porque a tu madre no le apetecía salir. ¿Qué tiene eso de malo?

—Nada, Elisa, sólo intento encontrar algunas respuestas.

—¿Espiando a tu madre? Muy bonito…

Mónica le hizo un gesto a su madre para que frenara la ofensiva. Gabriel estaba preocupado por Dolores y tenía sus razones, pero éste ya no las escuchaba porque siguió leyendo. En los días anteriores Orlando le había enviado una gran cantidad de fotos. En ellas aparecía Dolores con Oxi en un hospital rodeado de niños ojerosos, delgados, de edades variadas. Muchos de ellos sin pelo, con las cabecitas cubiertas con pañuelos de sus dibujos animados favoritos. Orlando también aparecía en muchas de ellas. En el chat hablaban de esos niños. Sobre todo hablaban de ellos. ¿Quiénes eran? ¿Qué hacían allí?

Elisa contempló aquellas fotos sin asombro y para su sorpresa dijo:

—Dolores había empezado un voluntariado con Oxitocina en el área de cáncer infantil del Hospital Niño Jesús. —Alzó los brazos al cielo—. ¡Una actividad tremendamente delictiva!

—¿Un voluntariado? —preguntó Gabriel.

Su madre nunca le había hablado de que estuviera haciendo un voluntariado. Elisa se encogió de hombros, pues a ella sí, a ella sí se lo había contado, ya ves tú. De hecho creía recordar que fue Orlando quien le sacó a Oxitocina la licencia como perro de asistencia, ¿se llamaba así?, para que pudiera acompañar a Dolores a cualquier parte. Y lo entrenó también para que pudieran participar juntos en aquel proyecto piloto. Era algo muy hermoso que a Dolores le había devuelto la ilusión. El hospital había habilitado una sala esterilizada con juguetes para que los niños pudieran jugar con ellos unas horas a la semana. Conocían a los perros voluntarios por sus nombres e incluso les escribían cartas. Al parecer, había pruebas como para demostrar que así aguantaban mejor la dureza de los tratamientos. Al fin y al cabo, Oxitocina hacía honor a su nombre.

Mónica recordó entonces cómo le había extrañado encontrar en la agenda de Orlando tantas citas de hospital. También cobraba un nuevo sentido una frase que había vuelto a leer varias veces esa mañana y que no se le iba de la cabeza:

> ¿Los perros sabrán que son perros? ¿Tendrán conciencia de la muerte? Desde luego saben cuándo alguien ha muerto y cuando está enfermo, pero… ¿pensarán en la muerte alguna vez? Yo creo que no. Sólo por eso, los envidio. Es algo que últimamente he hablado mucho con Margarita.

Tenía lógica, pensó la entrenadora. A los *bulldog* los llamaban los perros niñera. Cuando identificaban a un cachorro humano eran muy empáticos, protectores y pacientes con ellos. Mónica abrió una captura de pantalla.

—Mirad. —Se la mostró—. Aquí le enviaba el certificado de perro de asistencia firmado. Un momento —amplió la imagen—, firmado por… ¿Ruth?

—Eso no puede ser —dijo Gabriel—. Déjame ver.

Ambos analizaron la imagen y entonces él empezó a negar con la cabeza muchas veces. No…, no podía ser. ¿Ruth sabía que su madre hacía un voluntariado con la víctima y no le había dicho nada?

Elisa se levantó entonces visiblemente ofuscada.

—Querido mío, vamos a dejar una cosa clara: que seas su hijo no quiere decir que tu madre no tenga derecho a su intimidad y Ruth es, por encima de tu amiga, su psiquiatra. ¿Te suena el término secreto profesional? Pues vulnerarlo…, eso sí que es grave. ¿Qué habría pasado si te lo hubiera contado? —Se quedó en jarras—. Te lo voy a decir yo y también, de paso, por qué no os lo contó a ti y a tu hermana, aunque vaya a dolerte: me dijo que tenía miedo a que le quitaras la idea, que le dirías que no sería capaz de soportar el sufrimiento de esas criaturas por si la hacía recaer, que la obligarías a advertir que había sido alcohólica, que no te fiarías de Orlando ni de que ella fuera capaz... ¿Qué querrá ese tipo de mi madre?, habrías dicho, ¿o no?, que te preocuparía que le afectaran las radiaciones de tantos niños en quimioterapia... En fin, que aquí lo único irregular, según como yo lo veo, es que estéis leyendo conversaciones privadas como si fuera una novela, así que os ruego que me entreguéis el móvil. No le diré nada. Sólo que ya está arreglado y que me lo has devuelto para que se lo dé. No pienso pegarle ese disgusto a tu madre.

Ambos se quedaron cabizbajos como dos perros que se hubieran hecho pis en la alfombra. Porque sabían que tenía razón. Y justo cuando Gabriel se lo iba a devolver no pudo evitar ver una última colección de capturas que le llamaron poderosamente la atención.

—¿Y esto...? —dijo.

Elisa tendió la mano con aire castrense.

—Gabriel, dámelo o me obligarás a contárselo a tu madre —insistió.

Pero, entonces, madre e hija vieron lo que había dejado a Gabriel tan estupefacto. Eran recetas, decenas de ellas, con el nombre del potente ansiolítico que Dolores llevaba tomando años sin que nadie lo supiera. Sin que nadie, al parecer, le hubiera hecho aquellas autorizaciones. Zuranolona. El mismo que a Ruth le preocupaba que llevara tanto tiempo consumiendo sin control, dada su recurrente mención a «quitarse de en medio»... El mismo que, en grandes cantidades y potenciado por el alcohol y puede que alguna sustancia más, había acabado con la vida de Orlando.

—Y todas ellas están firmadas por Ruth, con su membrete y número de colegiado —dijo Gabriel sin poder asimilarlo.

Un segundo después, él mismo las estaba reenviando al grupo de las malas hijas con un mensaje escrito en caliente: «Ruth, tenemos que reunirnos para que nos expliques esto...». A continuación dejó la mirada perdida con la expresión de quien se ha extraviado y le tendió el móvil a Elisa.

La investigación tomaba un nuevo rumbo.

El ámbar del atardecer se derramaba a esas horas por la plaza de la Encarnación y le dio a la escena el color de esa foto que aún sujetaba entre las manos. Gabriel cerró los ojos. Lo que daría en ese momento por saber tan poquito de la vida como entonces.

RUTH

Las bolas chinas de la abuela

Su madre siempre fue un misterio para ella, pero últimamente se había convertido en un acertijo dentro de un enigma. Eran las ocho de la mañana cuando su móvil vibró con un escalofrío: «Te espero en Santa Eulalia para desayunar...». Se estiró en la cama.

¿Qué sentido tenían unos puntos suspensivos en esa frase?

En el mundo de su madre, ninguno.

Se incorporó, tiró del móvil para desprenderlo del cargador como si fuera un cordón umbilical. Contempló el bulto en el que últimamente se había convertido su marido. Éste sólo gruñó un «¿te levantas ya?» y se dio media vuelta. Ruth odiaba que le hiciera preguntas retóricas. Porque no eran una invitación a hablar. Porque no necesitaban respuesta.

¿Qué sentido tenía un «buenos días» o un beso para empezar con buen pie la mañana?

En el mundo de Teo, ninguno.

De hecho, por seguir con su tradición de rebautizar gente y como últimamente sólo lo veía dormido, decidió que hasta que volviera a su antigua forma lo llamaría «el bulto».

Buscó a tientas sus zapatillas de felpa con las puntas de los pies y calculó el tiempo que le llevaría dejar desayunados a los niños y esperar con ellos al autobús. Después escribió a su madre: «No podré estar allí antes de las 9.30 y a las 10.30 tengo la primera consulta». Pulsó enviar. Antes de entrar en la ducha ya había recibido respuesta: «Pues entonces vente a las 9».

No, no la escuchaba. Nunca lo haría.

Reflejada en el espejo del baño, contempló su boca pequeña y perfilada, luego su cuerpo desnudo. Le seguía pareciendo bonito. Las tetas que una vez le disgustaron por pequeñas ahora soportaban estoicamente el peso de los años y la gravedad. La cintura le había crecido un poco con los dos embarazos, pero aquella tripilla le daba personalidad. Estaba haciendo un gran trabajo para enamorarse de sí misma, se felicitó, y se ató la melena rubia en una coletita que sentía que le otorgaba cierta sobriedad en las terapias. Cuando su imagen ya empezaba a nublarse como un pequeño y blanco fantasma, se envió un beso volado y escribió sobre el cristal: «Buenos días, Ruth, sonríe». Como se trataba de hacerse caso, se dedicó una sonrisa luminosa. Estaba demostrado que el gesto de sonreír, aunque fuera sin ganas, activaba los músculos de la cara y enviaba un mensaje al cerebro para que pusiera en marcha las hormonas de la felicidad. Una vez se encontrara con su madre para escucharla, como siempre, sabría si era cierto o una mamarrachada.

Cuando entró en Santa Eulalia la encontró sentada al fondo. Volvía a llevar un abrigo *vintage*. Esta vez, rosa palo con mangas tres cuartos, cuello redondo y un sombrerito negro muy Jackie Kennedy. Estaba realmente hermosa a la luz de aquel enorme ventanal enrejado que parecían haberle arrancado a un castillo.

Aquella imagen le hizo preguntarse en qué momento su madre pasó de ser La Pantera Rosa a Gargamel. Para un actor no habría sido una transición fácil. Ése fue su primer apodo, La Pantera Rosa, porque antes vestía mucho de ese color. La pandilla había asumido con tal naturalidad aquel bautizo que durante años dejaron de llamarla Margarita o «su madre».

«¿Va a recogerte La Pantera Rosa?» o «Mi madre ha dicho que se va al cine con La Pantera Rosa, así que tenemos la casa para nosotros». El mote arraigó definitivamente cuando Margarita empezó a fumar aquellos mentolados finísimos con boquilla. Claro que, si Margarita era aquella estilosa felina, eso a Ruth la convertía en el Inspector Clouseau. Es decir, un retaco analítico, tozudo y patoso. Un pelmazo, vaya.

Siempre sospechó que la distancia entre ellas también se debía a que no había heredado ni las maneras ni la altura ni el cinismo de su madre. En resumen, como personaje, era mucho menos interesante.

Tan absorta parecía estar Margarita en sus divagaciones que no vio a su hija hasta que no la tuvo delante. Como era su costumbre, alzó la mejilla para recibir un beso que Ruth le dejó con suavidad en el carrillo izquierdo. Olía a Diorissimo y a polvos de cara, dos fragancias que la lanzaron de cabeza hasta aquella pequeña Ruth, sentada en el tocador como si fuera una pianista a punto de interpretar un concierto. Con las piernas delgadas y cortas colgándole de la silla. Las cosquillas de la borla de pluma de avestruz empapada en Maderas de Oriente, la emoción de apretar el vaporizador del perfume de mamá en la cara interna de la muñeca...

Volvió al presente como si la hubiera expulsado la marea. Se extrañó de que Bowie no estuviera tumbado bajo la mesa. Uno de los grandes alicientes del local era que los cuadrúpedos fueran bienvenidos y al lobo blanco solía caerle el pico de un cruasán que se tragaba de un bocado mientras su dueña degustaba el resto cortándolo en trocitos minúsculos para que le durara un poco más.

—He pedido un café con leche de avena, pero creo que el camarero se ha olvidado.

Tampoco en su madre se estilaba el buenos días.

Ruth levantó la mano. El camarero llegó enseguida y, aunque éste aseguró que la señora aún no había ordenado nada, volvió a encargarlo. Margarita no le contradijo. Sólo siguió mirando distraídamente por la ventana.

—Estás muy guapa, mamá.

Siguió sin mirarla, pero dijo:

—Ya sabes, «sin peluquería no hay mejoría».

A Ruth le extrañó que hubiera ido a peinarse tan temprano sin tener ningún aliciente más allá de quedar a desayunar con ella.

—¿Te he contado alguna vez que tu abuelo venía aquí de incógnito a tomar café con Alfonso XIII? —dijo como si viniera a cuento.

Ruth siempre se preguntó cómo era posible que se pudiera quedar en un lugar así de incógnito. Su abuelo había sido el jefe de su guardia y uno de los grandes amigos y confidentes del rey. Por aquel entonces muchos de sus empleados vivían en las casas situadas alrededor del palacio. En su día, el edificio entero donde vivían fue la casa de su abuelo. Ruth supuso que al final de aquella anécdota histórica su madre iba a sacar el tema de no vender la casa, y lo entendía. Por eso pidió un café solo y se limitó a seguir la conversación.

—A eso se le llamaba corte, mamá —sonrió.

—Porque tú lo digas. Entonces ya no. De todas formas, no es nada de lo que avergonzarse —dijo la otra levantando las cejas.

—Yo no he dicho eso.

Margarita siguió recordando: por aquel entonces esa pastelería se llamaba la Tahona del Espejo, como el nombre de la calle, y las ruinas que se veían ahí, bajo el suelo de metacrilato, eran las antiguas murallas que defendían Madrid. Ambas observaron sus pies flotando sobre ellas. Bowie no podía sentarse en esa zona porque el pobre animal tenía un vértigo horrible y se pasaba una hora temblando. Pero para Margarita aquel lugar era un placer culpable: le gustaba por sus tartaletas de hojaldre en forma de cisne, porque se columpiaban en el aire melodías barrocas y porque, en su día, allí bajaba a comprar el pan Mariano José de Larra. No dejó de hacerlo ni siquiera el día en que se voló la cabeza sobre uno de sus libros, ¿sabía eso?, justo en aquella casa, y señaló con su dedo huesudo unos balcones. La cosa tenía su romanticismo...

Lo cierto es que era fácil sentarse a escucharla durante horas, pero esa mañana a Ruth empezó a atragantársele algo duro e indigerible en la tráquea.

El silencio.

Siempre había tratado de aproximarse a su madre: desde su carrera brillante de psiquiatría matrícula de honor *cum laude* hasta su aspecto físico, en el que trataba de disimular la clara herencia paterna, sus ojitos pequeños y la forma chata de su nariz, todo eran ofrendas a esa madre que siempre hablaba de otros en su presencia. Porque no la veía.

—Me gustaría tener tu memoria —dijo Ruth.

Los labios de Margarita temblaron un poco.

—Te aseguro que no.

Y se volvió hacia el mostrador. ¿No tenía hambre?, dijo. ¿Qué tal unas galletitas de mantequilla? ¿O prefería un pastelito de zanahoria y nueces?

—Ésos que te encantaban de pequeña.

—Mamá, soy alérgica a las nueces.

¿Y eso?, dijo confundida. Su hija suspiró, lo era desde pequeña y llevaba años recordándoselo. En ese momento Ruth dio gracias al cielo por que su madre nunca hubiera pasado a menos de un metro de una cacerola o no habría llegado viva a la adolescencia.

Margarita no contestó, porque seguía intentando llamar la atención del camarero.

—Cariño, ya que estás ahí, ¿a que puedes acercarte al mostrador y escoger un par de pecados veniales?

Sentada frente a ella, su hija sonrió irónica. «Ya que estás ahí» en el idioma de su madre significaba «Levántate y anda», porque jamás pedía las cosas por favor.

Por supuesto ahora la edad le otorgaba a esos requerimientos cierta lógica, pero en su día siempre tuvo la sensación de que, para Margarita, todos, incluido su padre, estaban allí para servirla. Y lo peor es que todos la obedecían con tal de ganarse un segundo de su atención. Pero Ruth había sacado la conclusión de que nació perdiendo. Cuando quiso remediarlo, su madre ya tenía sus favoritismos. Sus órdenes eran como la campana de Pávlov. Por puro reflejo de condicionamiento clásico, como diría Mónica. Igual que si a un perro le tocas una campana y, si viene, le das una chuchería, Margarita había desarrollado esa habilidad con su familia.

Lo peor es que la campanita de las narices terminó siendo real.

Se la regalaron sus hijos cuando se rompió la pierna esquiando, pero, como a otros hábitos que había acumulado en estancias hospitalarias pasadas, le cogió gusto. «Cariño, tú que estás más cerca, ¿puedes traerme agua? Tengo que tomarme unas pastillas». Era increíble la cantidad de veces que había que levantarse a traerle desde una mantita para las rodillas hasta un té, «¿no irás a hacerte uno?», cuando estaban viendo una película, que entrelíneas quería decir «Levántate y tráeme un té». El caso era que jamás lo pedía todo de una vez, sino que esperaba a que te fueras a sentar para añadir algo más a la lista de sus deseos, y luego otro y otro, hasta que al final terminabas agotada y te perdías la película. Esto no habría sido tanto problema si, flanqueando a su madre en las dos butacas orejeras gemelas, no hubieran estado apoltronados sus correspondientes e idénticamente caraduras de sus hermanos. De hecho, cuando vio *Cazafantasmas* en el Real Cinema, hubo algo que identificó con aquella curiosa estampa familiar. Su madre siempre tuvo mucho de Gozer la Gozeriana, y los gemelos de aquellos perros gordos surgidos del averno.

¿Qué tenía en su contra?

Que su madre jamás les exigió nada. Sólo se había dedicado a tenerlos sentados a su lado mientras les acariciaba la cabeza sin emoción ninguna y ellos gruñían por costumbre sin motivo aparente. ¿Qué tenía a su favor? Que Margarita también se había esforzado en machacarlos en la vida adulta.

Por eso, cada vez que la escuchaba decir que de joven le había «pillado la revolución feminista», a Ruth le hacía cierta gracia porque «A mi madre la revolución feminista más bien la atropelló», le había dicho a la pandilla el día que se reencontraron por primera vez, «quiero decir que le pasó por encima como un autobús, por eso ni se enteró». Vamos, que la única Margarita que su madre había llevado con orgullo no fue en el pelo, sino en el carnet de identidad, matizó para regocijo del grupo. Y seguía enfadada con ella por eso. A su padre podía perdonarle según qué cosas, pero a su madre, por ser mujer, no. Sería injusto, lo sentía en el alma, pero era así.

Por esa manía de dar órdenes, por esa sensación de que todo le era debido —para eso era la madre, figura sagrada, templo de la vida, a la que no se le podía llevar la contraria ni criticar porque la sociedad te daría la espalda—, Mónica y Ruth se inventaron a dos personajes que sacaban a pasear con el único objetivo de irritarla cuando sus demandas empezaban a ser excesivas. Eran dos *geishas* que

Ruth bautizó como «Yake» y «Tuke» —«Ya-ke estás ahí», «tú-ke estás más cerca»—. Los personajes en cuestión atendían a la orden, pero caminando a pasitos cortos y rápidos, le traían lo que hubiera solicitado con una pequeña reverencia y decían todo el rato «sí, señora», «no, señora», imitando el acento nipón. «¡Pero mira que sois bobas las dos!», decía fastidiada cada vez que las veía aparecer con aquella sonrisita rígida que ya le era conocida.

Ruth se levantó y fue hacia el mostrador de la pastelería. En él, los dulces formaban filas como un suculento ejército. Luego volvió a pasitos cortos y, con el plato en ambas manos como una ofrenda y reverencia incluida, le presentó una tartaleta de manzana. Su madre sonrió entornando los ojos.

—¿Ya estamos otra vez con esa tontada?

Pero su hija sabía que el único canal de comunicación posible con su madre era el sentido del humor. De hecho, posiblemente fuera también lo único en lo que se parecían, y ellas, los únicos dos miembros de la familia que poseían ese don.

—¿Te acuerdas de cuando Yake y Tuke descubrieron las bolas chinas de la abuela?

Margarita se llevó la mano a la frente y emitió una risa grave que se alió con las violas de la música ambiente. Que no se lo recordara, que aún le daba sofoco. ¡Esa cajita tallada era una antigüedad que había estado siempre encima del tocador de la abuela! No hubo niño de la familia que no jugara con ellas. Y tuvieron que ser aquellas dos adolescentes gamberras quienes, haciendo su performance habitual de las dos *minigeishas*, aparecieran con ellas en la mano en medio de una cena de adultos.

—A tu padre casi le da algo cuando su amigo el embajador, cojo y rojo cual gamba, dijo: «¿No es un poco pronto para que estas niñas tengan unas bolas de *baoding*?». Naturalmente ni yo ni tu padre sabíamos a qué se refería, así que, para arreglarlo, dije muy digna: pues sí, ya les he advertido que no jueguen con ellas porque son una antigüedad que lleva en la familia más de un siglo. Eran de su abuela…

Madre e hija se echaron a reír. Qué moderna era la abuela, se admiraron. Y qué poco lo era papá, porque, cuando dos días después indagó qué eran las famosas bolitas, se quería morir. ¡Y pensar que las había tenido de exposición en el escritorio, al lado de un juego de abrecartas! Todos los contratos que pudo firmar masajeando en las manos las bolas chinas de su suegra, pensando que eran para el estrés...

—Bueno, en rigor, para el estrés son, mamá.

A Margarita ya le lloraban los ojos de tanto reírse. Se retiró un poco el pintalabios con una servilleta, ay..., qué risa, y le pidió que no continuara o se le correría el rímel. ¿Llevaba rímel?, se extrañó su hija, quien no la recordaba con nada más que un ligero toque de *rouge* sobre la cara lavada. Otra cosa que no había heredado. Esa piel finísima sin manchas que no necesitaba más que el suave rubor que le dejaba en las mejillas el frío.

Bebió agua. Se aclaró la garganta. Era reconfortante recordar las anécdotas del pasado con alguien que conservara frescos esos archivos, dijo, y de pronto se le cayó la sonrisa igual que un árbol pierde una hoja. Por alguna razón, en ese momento Ruth tuvo miedo de que, si no la buscaba bajo la mesa, la perdería para siempre. Margarita se acodó sobre la mesa, sí, era muy agradable recordar el pasado...

—Porque para mí el presente está empezando a borrarse, hija.

Levantó los ojos, que los días de tormenta como aquél se transformaban en dos jades del color de la tristeza. No era fácil ver a su madre triste. Por eso su hija la observó en silencio como quien se fascina ante un desastre natural inevitable, sin entender o no queriendo entender lo que ella, reina de la compostura, intentaba comunicarle.

Sin dramatismos, dijo. Sin angustias. Pero necesitaba compartirlo con ella porque era la única que podía encajarlo bien y ayudarla. Había muchas cosas que organizar.

—Hay que vender la casa —dijo—. Y te nombraré administradora de las tres partes iguales, además de las tierras, las viñas y lo que quede en el banco.

—Mamá...

Margarita pidió una servilleta de papel, ¿tenía un bolígrafo? Se puso en equilibrio sobre la larga nariz los monóculos de carey que últimamente llevaba colgados del cuello y dibujó una circunferencia dividida en tres partes. Lo que había pensado era…, y comenzó a escribir los nombres de las propiedades y cómo no dividirlas para que no tuvieran que vender precipitadamente, en función de quién le sacaría el mayor partido, porque no quería que «los inútiles de sus hermanos» tuvieran que dejar sus casas. A ella la compensaría económicamente con lo que sacaran de la venta de la casa familiar y de las tierras. Era una pena que no pudiera quedarse todo en la familia, pero *c'est la vie!*, no podía uno vivir en el pasado. Eso se lo había escuchado tantas veces a Orlando… Bueno, ella sí porque pronto sería lo único que existiría para ella. Bebió un poco de agua. Una cosa importante: debía conservar las viñas. Eso era muy importante. Las explotara o no. Y una de las bodegas. Le dejaría por escrito la razón, pero debía prometérselo.

—Te lo prometo —dijo con un hilo de voz.

—Quédate con esta servilleta porque en unos días quizá no la recuerde.

—Mamá…

Los ojos de Ruth se llenaron de agua y su madre deslizó la servilleta por la mesa hasta ella. Luego puso su mano fría sobre la de su hija y la apretó hasta casi hacerle daño.

—Ruth, fuerza —le ordenó—. Eres mi hija y la tienes. Eres la única que la tiene. Cuento contigo.

La psiquiatra cogió todo el aire que le cupo en los pulmones y cerró los ojos hasta que sintió que su llanto emprendía el camino de vuelta desde los lagrimales hasta la garganta. Nunca sintió de forma tan física lo que significaba tragarse las lágrimas.

—¿Desde cuándo lo sabes?

—Desde hace un año. —Sonrió con cansancio—. Pero hasta ahora no he tenido síntomas.

Sólo se lo había contado a Orlando. Él fue quien entrenó a Bowie para traerla a casa si se perdía y para buscarle el móvil, las llaves y otros objetos de primera necesidad. Él fue también quien le sugirió acudir a un centro de día donde hacer ejercicios que retrasaran el proceso. Conocer a otras personas con el mismo problema desde luego la había ayudado mucho, y le buscó una residencia agradable y cercana que cumpliera con los requisitos. Al principio Margarita no había querido ni escuchar hablar de vender la casa, pero, cuando fue haciendo amigos que habían tomado la decisión, se animó al menos a considerarlo. Ruth asentía tratando de asimilar toda aquella información de golpe, que sabía amarga como si le provocara un reflujo, intentando detectar algún fallo en su discurso, algún cambio en sus gestos de cigüeña, pero seguía siendo ella, invicta como una estatua de siglos, su madre.

Entonces se atrevió a preguntárselo.

—¿Cuánto tiempo tenemos?

—A partir de ahora irá deprisa.

—Cuánto —insistió Ruth.

—Unos meses, quizá un año.

Algo muy frágil se le rompió por dentro. La esperanza.

De pronto alguien se acercó a la mesa y las saludó. Ellas se soltaron de la mano e intercambiaron unas palabras con el hombre, quien se alegraba mucho de verlas a las dos. Se preguntaron cortés y mutuamente por sus familias. Dijeron que todo bien. Había vuelto a vivir en el barrio, comentó, con sus dos pequeños, ahí enfrente, en la calle Amnistía. Ambas se alegraron mucho de conocer ese dato, era una calle tranquila y bonita. ¿Sabían que allí murió Larra? Sí, lo sabían. Y tras un «entonces, nos veremos por el barrio» se despidió.

Margarita lo siguió con un gesto desorientado.

—¿Quién demonios era ése?

Ruth hizo una pausa hasta que lo vio salir.

—No tengo ni la más mínima idea, mamá —reconoció.

Y Margarita se echó a reír aliviada, secundada por su hija quien volvió a payasearla un poco, aunque tenía un nudo marinero estrangulándole el corazón. ¿No sería Mario Expósito? Y su madre hizo un gesto de extrañeza, ¿el que vivió con las monjas? ¿Aquél al que dejaron en el torno del convento? Ruth decidió que no, porque ahora sería más viejo. ¿Estaba vivo o muerto? Su hija se echó a reír, esperaba que estuviera vivo porque acababan de darle los buenos días. Dejarlo en el torno de un convento…, reflexionó, era increíble que pasaran aquellas cosas en pleno siglo xx…, dijo, algo que divirtió a Margarita. Ya eran todos del siglo pasado. Le animaba pensar que los *millennials* consideran a su hija también una antigualla.

Entonces recuperó su gesto severo de siempre y le obligó a prometerle que no abriría la boca de momento con sus hermanos. Había que darles todo hecho.

Una vibración anunció un nuevo mensaje al grupo. Ahora no estaba para hacer de detective aficionado, pensó Ruth, y se disponía a silenciarlo cuando vio que en el contenido se la nombraba. Era de Gabriel. «Necesito que me expliques esto». Abrió las capturas de pantallas con las recetas. Eran suyas, de su libreta. Reconoció el sello con su número de colegiado y su firma, que era suya, pero… no era suya. ¿Cómo podía ser? Aquella forma de alargar la «t» era otra de las pequeñas minucias inútiles que había heredado de su madre.

Levantó la vista. Se guardó la servilleta con sus indicaciones en la cartera. Margarita volvía a mirar por la ventana y la luz del otoño la convirtió en su propia y futura efigie.

Miraba por la ventana. ¿Qué otra cosa podía hacer un ser humano sin esperanza?

Si su hija hubiera podido responder a esa pregunta retórica traspasando por una vez la mente impermeable de su madre, no se habría recuperado de la sorpresa.

¿Ésa es la confianza que tenéis en mí?

Ninguno había visto a Ruth tan dolida en los treinta años que hacía desde que se vieron en la plaza por primera vez con un cubo y una pala. Entró al Caripén cuando ya estaban todos sentados en su mesa de siempre y se limitó a lanzar su mano al aire como saludo. Ella, que creía en el poder de los abrazos de ocho segundos y los puso de moda en grupo —los obligaba a convertirse en una pulsera humana, un círculo de poder que les daba calor—; ella, la diplomática, la que siempre buscaba el consenso cuando Mónica y Suselen se enganchaban en una de sus airadas discusiones...

Lo cierto era que esa tarde Gabriel tampoco parecía Gabriel. Intentaba disimularlo, pero no abrió la boca para tranquilizarla como habría hecho otras veces, diciendo algo como «seguro que hay una explicación». Esa línea de guion se la quedó Suselen, quien no solía asumir las labores diplomáticas, pero es que no podía imaginar una razón por la cual Ruth cometiera la irresponsabilidad de firmar recetas de un fármaco potencialmente peligroso como una expendedora. Aunque por otro lado..., desde el punto de vista de la cantante, lo que hiciera Dolores con esas pastillas era su responsabilidad, que era una mujer adulta.

—El hecho, Suselen, es que a veces no se comporta como si lo fuera —saltó Gabriel—. Y tú te fuiste hace mucho. Así que hay cosas que no sabes...

La diva le sujetó la mirada y apretó la mandíbula como un cepo.

—Perdone usted. —No le había gustado ese tono. No. Ni que la colocara en segunda división de la confianza—. Si hay cosas que todos sabéis y yo no, supongo que no podré ayudar mucho.

Y, como dije el día de nuestro primer encuentro, es mi único motivo para estar aquí, os lo aseguro, ayudar.

Sí, iba a ser una reunión tensa, se dijo Mónica, y aunque ella era la primera que tenía ahora sus reservas hacia Ruth por muchos motivos —entre otros que sospechaba que Gabriel y ella habían compartido datos sobre el caso a solas y quizá algo más...—, supo que le tocaba atemperar la situación. Si disolvían el grupo ahora, nunca más volverían a reunirse y nunca sabrían la verdad.

—Chicos, creo que todos estamos aquí para ayudarnos —comenzó la entrenadora—. Y sé que es desconcertante que el foco de la investigación vaya desplazándose como un cañón cada vez a una persona distinta, pero eso es lo que ocurre en cualquier *thriller* que se precie cuando te aproximas a la verdad. Dejemos hablar a Ruth. —Y luego a ella—: Nadie te está juzgando.

La vieron levantar los ojos insomnes a través del cristal de sus gafitas llenas de huellas dactilares. Cubrían parcialmente unas ojeras casi moradas que le daban un aire a personaje de Tim Burton.

—Cuando vi el mensaje de Gabriel estaba en una reunión complicada y me habían dado una noticia que me dejó, digamos..., noqueada.

Y explicó por qué no pudo mirar las capturas con detenimiento hasta llegar a casa de su madre. Una vez allí, envió una de las fotos desde el móvil a la impresora y, cuando ésta la escupió tamaño folio, se sentó en la butaca que daba a la plaza y comprobó lo que se estaba temiendo.

—Será mi membrete y número de colegiado, pero yo no he firmado esas recetas. Es más, no las había visto en mi vida. —Les dedicó una mirada por turnos y se detuvo en Gabriel—. Como te dije el día en que me consultaste el diagnóstico de tu madre, Gabi, me sorprendió mucho que tomara esas pastillas. Según le confirmó a Mónica su compañero de la policía, la zuranolona es un antidepresivo muy potente que en España hace años que apenas se prescribe, pero yo no lo había escuchado en mi puta vida.

—Entonces... —interrumpió Suselen—. ¿Quieres decir que las recetas son falsas?

Ruth se volvió hacia ella como una cobra.

—¿Sólo hacen chistes sobre las sopranos?, porque las *mezzos* sois de un perspicaz…

La cantante se echó hacia atrás en el respaldo y advirtió que no estaba dispuesta a ser el saco de boxeo de nadie. Primera advertencia, dijo. Ruth juntó las manos en una disculpa porque con ella no iba la cosa. En realidad, con quien estaba molesta era con aquí Scooby Doo y Scrappy —y señaló a los otros dos—, porque, aunque los wasaps no tuvieran tono, los suyos habían dejado mucho que desear. ¿Qué por qué? Porque habían sido de lo más acusadores, y ahora seguía viendo lo mismo en sus ojos.

Gabriel escuchaba atentamente todo aquello sin mover un músculo de la cara. Continuó en silencio, apartándose el flequillo negro y liso de los ojos. Mónica trataba de no establecer ninguna comunicación con él o parecería que habían hablado demasiado del tema. Y así continuó lo que era casi un interrogatorio:

—Entonces, qué es lo que, según tú…

—No he terminado —interrumpió Ruth, secamente—. He mirado muchas veces esa firma y sé que no es mía, aunque desde luego me tiene pillado el punto. —Hizo un silencio que llenó de tensión el ambiente jazzero—. O mucho me equivoco o esa letra es de mi madre.

Hubo un revuelo de comentarios en la mesa por parte de Suselen y Mónica. Exclamaciones y preguntas que ni Gabriel ni Ruth escucharon porque, en su silencio, en sus miradas enfrentadas, estaban combatiendo algo muy doloroso: la decepción por la desconfianza. Y todos sabemos lo que duele cuando se trata de un amigo con quien has tenido la fortuna de crecer. En estos casos ocurre como cuando te caes de un caballo. Si no te vuelves a subir inmediatamente, quizá no vuelvas a confiar en él nunca más. Gabriel debió de ser consciente de esto porque, mientras las otras dos lanzaban hipótesis como ametralladoras, él se levantó, apartó una trinchera de sillas para llegar hasta Ruth, tiró de sus manos hasta que la puso de pie y la abrazó, tal y cómo Mónica le vio hacerlo unos días atrás. Aunque hubo una variación sobre el mismo tema. Aún abrazado a ella, tiró de la mano de Mónica y luego de la de Suselen. Un abrazo de ocho segundos, dijo. Aunque se quedaron fundidos en aquella pulsera humana mucho más porque escucharon a Ruth llorar.

Lloraba.

Y el corazón de Ruth siempre había tenido sequía de emociones de tanto protegerse. Era como una esponja que con los años se hubiera quedado dura. Nadie la había enseñado a expresarlas. Ese papel estaba reservado a la madre. Y su madre era un bello desierto de latidos en el que sólo podía intuirse el ajetreo de la vida que enterraba en su interior.

Unos minutos después, cuando pudo serenarse y con Suselen abrazándola tiernamente, empezó a contarles los temores que había desatado en ella esa revelación: el problema ya no era que falsificara su firma, sino cuánto tiempo llevaba haciéndolo y para quién.

—Para Orlando, por ejemplo —añadió Mónica.

—¿Cómo?

La otra le mostró la captura del documento en el que se supone que ella también firmaba para que el fallecido recuperara su tarjeta sanitaria en España.

La psiquiatra limpió sus gafas compulsivamente. ¿Por qué haría eso? De pronto, el mundo se había vuelto turbio. No lograba enfocar a su madre con nitidez, ni a su familia ni su propia imagen, que se imaginó desapareciendo tras el vapor del espejo del baño.

—Hay algo más —dijo Ruth cogiendo aire, por si les quedaba alguna duda de si era sincera. Se dirigió a Mónica—: La mañana siguiente a que me llamaras para contarme lo que había sucedido, fui a casa de mi madre como todos los días, y se había hecho un corte en la mano que no me quiso enseñar. Dijo que había sido en casa al intentar alcanzar un vaso que estaba demasiado alto.

No hizo falta que se revelaran lo que estaban pensando. A la mente de todos regresó la escena del crimen: la copa de vino en la que se habían servido los ansiolíticos previamente disueltos, la otra en el suelo rota, aparentemente con agua. Si Orlando la había utilizado para tragarse las pastillas, ¿por qué no encontraron restos de las cápsulas en su organismo? Por otro lado, para qué iba a vaciar el contenido pastilla por pastilla. ¿Había alguien con él o esperaba a alguien? Si no, ¿para qué quería una segunda copa?

—Ahora mismo para emborracharnos —dijo Ruth—. Creo que lo necesito.

Y pidió unos *gin-tonics* a la salud de su madre, quien se convertía en ese momento y por méritos propios en la principal sospechosa. Durante ese brindis Mónica estuvo a punto de desvelarles que la hipótesis del robo volvía a cobrar fuerza para la policía tras comprobar sus antecedentes penales, pero no le pareció prudente puesto que ese robo habría sido con complicidad de alguien y Margarita tenía problemas económicos.

Ruth había tenido suficiente por un día. Y eso que Mónica ignoraba lo que ésta estuvo a punto varias veces de desvelar: la enfermedad de su madre. Aún tenía que asimilarla ella misma. Eran demasiadas emociones en un día y antes necesitaba averiguar qué tipo de pérdidas de memoria podía originar su demencia. En función de eso podrían explicarse muchas cosas.

Mientras intentaba endulzarse aquella mañana tan agria en Santa Eulalia a base de pastelitos, su madre le había hablado de sus primeros síntomas. Los llamó «blancos». Fundidos en los que parte de la jornada se borraba y su memoria no podía recomponer el puzle completo del día: cómo había vuelto a casa o la conversación con un vecino que decía haberla visto un rato antes. ¿Podría haber olvidado que visitó a Orlando en casa de Elisa y lo que sucedió después? Pero ¿qué motivos podría tener su madre para agredir a un hombre del que hablaba con tanto cariño?

Como si hubieran hecho un pacto silencioso para relajar el drama, cuando Ruth volvió de sus elucubraciones, la mesa había sucumbido al *revival*.

—¡Eso no es verdad! —se quejó Suselen riéndose con un do sobreagudo—. La que empezó a leer a Enid Blyton fui yo, pero no *Los Cinco*, sino la serie de *Santa Clara*. Iba creciendo con ellas y soñaba con que ese colegio existiera y me enviaran allí con vosotros... Pero vosotros erais unos *freaks* de lo oculto y a mí esas historias me daban miedo. Os pasabais la vida resolviendo asesinatos.

¿Y se acordaban de *Dragones y mazmorras*? Los leían una y otra vez hasta que literalmente los desgastaban: a veces tumbados en la hierba de las Vistillas, otras en su cuartel general del laberinto. De ahí pasaron a *Los Cinco* y *Los tres investigadores*, que fueron la transición lógica hacia las *Historias extraordinarias* de Roald Dahl...

Ése fue el momento en que Ruth vivió por primera y última vez en sus jóvenes carnes el fenómeno grupi, pero, como era una niña muy rarita, en lugar de chillar desenfrenada para llamar la atención de una estrella del rock, se propuso hacer una campaña para felicitar a su escritor fetiche y organizó al grupo y a su clase del colegio para que le escribieran por su cumpleaños. Cada uno eligió su escena favorita de *Charlie y la fábrica de chocolate* y la dibujaron en una tarjeta de felicitación. Junto a las postales iba una carta de su admiradora: en ella le contaba que adoraba a sus personajes y que le gustaba que no tratara a los niños bien sólo por ser niños, es decir, como idiotas.

No hubo respuesta.

Al menos de inmediato. Porque un buen número de meses después llegó un sobre desde Great Missenden, Inglaterra. En el remitente, Ruth leyó el nombre del mismísimo Dios. Salió corriendo, atravesó los cuatrocientos metros de casa hasta el lugar donde el escritor y ella se habían hecho amigos, la biblioteca de su padre, y la abrió. En una cuartilla de papel con membrete, había respondido con un breve poema de su puño y letra:

> *Dear child, far away the sea*
> *I loved the cards you sent to me*
> *Although young ladies, and I think I'm right*
> *Are much nicer when they're out of sight.*

Aquello fue un hito. ¡Habían conseguido contactar con el rey de lo extraordinario! Con todas aquellas malas influencias: ¿cómo no iba a filtrarse en ellos el veneno del misterio? Corrió hacia el sillón de lectura de su madre blandiendo aquella carta como un trofeo y le pidió que se lo enmarcara. Ella no entendió por qué. El poema parecía escrito en impersonal y estaría dirigido a toda la clase, dijo. Pero si lo quería en un marco se lo enmarcaría. Ruth lo colgó encima de su escritorio y luchó por olvidar el comentario de su madre.

—Aunque la única que ha seguido fiel a aquella vocación detectivesca has sido tú, Mónica. —Suselen puso morritos para atrapar la pajita del coctel.

La aludida negó con la cabeza.

—Lo intenté, pero mi madre me tenía que haber regado un poco más.

Todos rieron. En especial Gabriel lo hizo de forma exageradísima. Aunque, si se ponía a pensarlo, continuó la diva, aquellos juegos mentales seguro que fueron un entrenamiento excelente para la vida. Desde luego ella se había vuelto experta en analizar las puestas en escena, y no sólo en el teatro. Por ejemplo, el día que llegó al restaurante donde había quedado con Ben cuando aún eran amantes y vio la mesa a su nombre vacía con vistas al famoso reloj, supo que iba a pedirle que se casara con él. Porque nunca llegaba tarde, y porque, por lo general, era feliz yendo a un *fish and chips*. Había escogido un escenario que sabía que ella no olvidaría nunca...

Alguna suspiró con ternura, el hombre del grupo aplaudió el gesto.

—Por eso —continuó Suselen—, según mi opinión, nuestra escena del crimen tiene muchas incoherencias. Desde el principio me extrañó que un hombre que fuera a robar se llevara una agenda consigo. Ahora, según lo que ha descubierto Gabi en el chat, parece que la perdió un día antes.

Gabriel tamborileaba sobre la mesa.

—¿Y Elisa no la vio hasta que la encontró Mónica? —se preguntó.

—Mi madre se fue a la sierra con Margarita dos días antes —les recordó la aludida—. Yo la vi porque la encontró Fiera, pero estaba bajo dos revistas de decoración que supongo que había movido la limpiadora que estuvo la mañana en que viajó mi madre.

Eso ya tenía más lógica, continuó la diva mientras sorbía aparatosamente los restos de su copa. Porque ahora también sabían que Orlando conocía a Elisa y que poco antes le había colocado la malla en el balcón para el gato. Aun así, seguía resultándole muy extraño que la víctima cometiera la torpeza de coger un móvil que estaba cargando, por mucho que estuviera mareado. Además, las horas no terminaban de coincidir. La policía iba a comprobarlo de nuevo, pero, según la declaración de Pin y Pon, los plomos habían saltado una hora después de la que se suponía que había sido la hora de la muerte.

Puestos a hablar de piezas que no encajaban, Mónica añadió que a ella tampoco le cuadraba que si iba a robar se entretuviera en darse un homenaje, por mucho que fuera el *modus operandi* de algunos cacos. Mordisqueó una patata frita. Se chupó la sal de los dedos. Si vigilaba a Elisa, sólo podía saber que se había ido, pero no por cuánto tiempo. Esas visitas de un día a la casa de campo de Margarita no las hacía a menudo y estaba a menos de una hora en coche.

—Bueno, pero, a pesar de eso, la principal hipótesis de la policía sigue siendo el accidente, ¿no? —recordó Ruth—, que se drogó y la mezcla con el vino le paró el corazón.

—No exactamente —dijo Mónica, dejando un silencio pegajoso como una tela de araña en la que todos quedaron atrapados.

Y entonces les contó la llamada de Antolián, lo de los antecedentes de Orlando, aunque fuera un error de juventud, y cómo ella misma había llegado a sospechar de la complicidad de Dolores en el presunto robo y en su autoría en el crimen, pero ahora que todo apuntaba a Margarita...

—Ahora que todo apunta a Margarita tendremos que replantearnos muchas cosas —dijo, dirigiendo una mirada compasiva a Ruth—: Si tenía motivos económicos para conchabarse con Orlando para perpetrar un robo y, si finalmente la policía demuestra que llevaba casi dos horas muerto antes de electrocutarse, quién decidió acabar con él y por qué, ya que el móvil no pudo brincar solo a la bañera.

Ruth dejó caer su cabeza entre las manos con agotamiento y Suselen empezó a acariciarle el pelo.

—Lo siento, Ruth... —dijo Mónica.

Y la otra levantó una mano y susurró algo parecido a «Está bien..., está bien...».

Gabriel, a quien le había llamado la atención algo en el análisis que había hecho Suselen de la puesta en escena, pareció llegar a una conclusión. Porque él también tenía una deformación profesional que podía arrojarle cierta luz. Al fin y al cabo, en cada vuelo tenía que gestionar a un grupo de personas de las nacionalidades y creencias más diversas, a las que encerraban juntas como en un *Gran hermano* y ponían bajo presión en todos los sentidos. Habitualmente le hacían falta pocos segundos para detectar al pasajero que iba a dar problemas.

—Quiero decir con esto —aclaró el azafato—, que, si pienso en Margarita, en su lucidez, en su necesidad de mantener una armonía y un orden, no me cuadra que sea una persona que trame un crimen y mucho menos un robo... ¡a una amiga!

Ruth le agradeció su apoyo con una sonrisa de payaso triste, pero no estaba de acuerdo.

—Quizá precisamente para mantener un orden no ha visto otra salida, no sé, quizá por eso no lo hizo ella misma, porque no habría sido capaz o no tiene tanta lucidez como aparenta...

Todos la observaron extrañados por el discurso hacia esa madre a la que admiraba con la misma distancia que a Roald Dahl y porque sus ojos se enrojecían por momentos. ¿Sabía algo más de lo que decía?

Por eso Gabriel decidió tranquilizar un poco el ambiente e insistir en que normalmente no se equivocaba, que no era intuición, sino producto de la observación. Era un termómetro humano y Margarita tenía unos valores de titanio. Rara vez se equivocaba. Su tripulación lo llamaba el retrato robot porque, según se iban sentando en el avión, sabía quién está acostumbrado a mandar e iba a llevar fatal que le dieran órdenes y no información por unas horas, la que viene ya torcida y sufriría un ataque de ansiedad, los que terminarán follando en el baño...

Y las tres al unísono: ¿La gente follaba en el baño?

—Sí —suspiró aliviado, qué fácilmente le entraban al trapo—. Es que *Emmanuelle* hizo mucho daño.

—Pues, si es por *Emmanuelle*, ya no son adolescentes calenturientos, sino talluditos —se pitorreó la diva.

A más de uno le había tenido que llamar la atención también por hacerse trabajitos debajo de las mantas, siguió el azafato. De repente, en la oscuridad del avión, se percataba de que no coincidían el número de piernas o brazos, en fin..., puso los ojos en blanco, el caso es que había entrenado lo suficiente la comunicación no verbal como para vislumbrar en las fotos y vídeos que había en el chat de Orlando con su madre una amistad muy tierna, y nada más que una amistad, desvestida de otras cosas.

—Insisto en que me encantaría decir lo mismo en el caso de mi madre, pero no puedo —dijo entonces Ruth con un rictus de agotamiento—. No sé lo que se traían entre manos ella y Orlando, lo que sí sé es que ha falsificado documentos y eso ya es un delito.

Y eso que ella se jactaba de haber tenido talento para ser psiquiatra forense porque sabía leer en el rostro de un criminal. De hecho, optó por estudiar psiquiatría para especializarse en esa área. Sin embargo, el rostro de su propia madre le había resultado tan ilegible desde pequeña como un libro con las páginas en blanco. En qué la había influido a ella su adicción al misterio y a la literatura, no podía saberlo. Aunque sí era cierto que, como en el caso de los demás, su interés por el comportamiento humano podría haber nacido cuando jugaban a espiar a los vecinos.

—Creo que me hice psiquiatra familiar para entender mi propia casa. Me pareció más práctico —dijo—. Y ¿sabéis lo más irónico? Siento que he podido ayudar a cualquier familia menos a la mía. Para mí ése sí que sigue siendo un misterio sin resolver. Y sobre todo desde hace veinticuatro horas.

En su caso, tenía que ser muy sincera: no podía decir que su madre no estuviera teniendo comportamientos extraños ni rutinas distintas. También tenía problemas económicos y de otra índole… Quizá pudiera sufrir algún tipo de trastorno que aún tenía que valorar. Lo que no existía de momento era un móvil y, desde luego, como Gabriel, conociendo su código moral y su obsesión enfermiza por las apariencias, no se la imaginaba haciéndole daño a nadie. Pero claro… ¡tampoco se la imaginaba falsificando documentos!

Ruth se llevó la mano a la frente y se sintió febril. Ninguno quiso estar en su pellejo, quizá por eso la compadecieron.

—Hombre —intervino Mónica—, lo de la tarjeta sanitaria parece más bien un favor. Eso no la convierte en una mala persona, precisamente. Seguro que no se imaginaba que fuera tan grave.

—Pero lo de las pastillas… —susurró Ruth a su reflejo ámbar en el espejo de enfrente—. Lo de las pastillas pone en peligro a otras personas y no olvidemos que ahora mismo son el arma homicida. Por eso tengo que aclararlo antes de que lo haga la policía.

Entonces algo llamó la atención de Mónica, o más bien alguien. ¿Ése no era…? Les pidió que no miraran y, por supuesto, todos lo hicieron. Un hombre calvo dentro de una cazadora de piel fofa se sentó en la barra y pidió un whisky. ¿Cómo se llamaba ese niño que era tan bruto? Ninguno caía en a quién se refería. Sí, hombre… ¡Nicolás Bordas! El otro se volvió ligeramente y todos bajaron la mirada.

—¿Nicolás Bordas? —repitió Ruth—. Pero si yo salí con él y estaba buenísimo, aunque, sí, era más bruto el pobre…

Lo miró con disimulo. No, no podía ser él. Entonces era un espárrago, todo tatuado, con el pelo largo y sedoso, y aquel punto de tribu urbana que sabía que desesperaría a su madre.

—¿Con qué derecho envejecen los tíos buenos? —se quejó Suselen—. ¿Qué le habrá pasado?

—Que aspiró la tuerca de un piercing —dijo su exnovia—. Y se quedó gilipollas.

Una sonora carcajada estalló en el grupo. Que no se rieran tanto, que aquello le pasó de verdad, siguió la doctora, y esas cosas afectaban al cerebro. Que conocía el caso de un niño que en su día se metió un guisante por la nariz y, cuando un año después empezó a tener asma y depresión, le hicieron una placa y le había germinado una raíz en el pulmón. Mónica siguió exigiendo a su amiga detalles científicos de aquel suceso y Gabriel las observó orgulloso. Qué habría sido de ellos si no se hubieran hecho reír tanto…

Y no pudieron parar en un buen rato; tanto que, cuando ya iban por el segundo *gin-tonic*, Ruth necesitó salir a tomar el aire o eso dijo. Aunque la terapeuta no dejaba espacio a la improvisación. Mónica salió detrás cuando vio que se había dejado el abrigo. Al salir se encontró a su amiga plantada delante del edificio del Senado siempre silencioso e iluminado a esas horas como si esperara algo. Boqueaba como un pececillo arrastrado a la arena por un revolcón.

—No pases frío —le dijo Mónica echándoselo sobre los hombros—. No estás sola.

Ruth le sonrió y entonces apuntó con su barbilla en dirección a una figura desgarbada en zapatillas de estar por casa envuelta en un abrigo que caminaba calle arriba. Cuando llegó hasta ellas, se detuvo.

—Mónica, ésta es Sara —dijo Ruth como si estuviera esperando—. Le comenté que estaríamos aquí por si se animaba a bajar a conocerte cuando termináramos de «trabajar». Le he enviado un mensaje. Vive arriba.

A la entrenadora le costó sólo unos segundos saber de quién se trataba. Esa mujer y su hijo Dani aparecían en la agenda de Orlando porque a través de su perro había detectado algo perverso en esa casa…

Bajo la farola que alumbraba el alegre cartel del Caripén, la mujer levantó su rostro dulce y blanco donde los golpes le habían dibujado un macabro antifaz sobre los ojos. En la frente, cuatro grapas azules cerraban una brecha. Bajo el abrigo, un brazo en cabestrillo.

—No sé quién le abrió el portal, pero cuando entré ya estaba dentro en la puerta de casa —susurró como si pudiera escucharla—. Se lio a golpes conmigo y luego me tiró por las escaleras. «Como vayas a la policía te mato, puta, porque nadie te va a creer».

Mónica la escuchaba sin respiración.

—Pero sí hay un testigo. —Ruth se volvió hacia su amiga—. Y Sara accede a intentarlo.

La entrenadora sintió el impulso de tomar sus manos entre las suyas, las más frías que había tocado jamás, e intentó devolverles un poco de calor. Orlando había dejado en trámites una forma de ayudarlos.

—Hola, Sara, soy Mónica. Y vamos a ayudarte.

A las dos amigas sólo les hizo falta intercambiar una mirada de urgencia para saber que aquél era un caso para las malas hijas.

A ti sí te lo voy a contar...

Sara no se atrevía a salir de casa.

Sara sufría amenazas diarias.

Sara seguía siendo atacada en plena calle o en el portal o dentro de un coche donde la empujó el desconocido en el que se había convertido su expareja y, ayudado de otro animal puesto de coca, la reventaron a golpes. Todo ello había sucedido cuando iba a recoger a su hijo Dani, un angelote rubio y exquisitamente educado que había dejado de sonreír, aunque siempre se mostraba agradable con los vecinos.

Dani nunca lloraba.

Dani no hablaba si no se le invitaba a ello.

Una vez salían a la calle no se soltaba de la mano de su madre y necesitaba tenerla cerca en el parque de arena aunque estuviera jugando con otros niños.

Y no es que temiera perderse, es que temía perderla a ella.

Por eso la criatura corría a su lado cuando algún hombre se sentaba en el mismo banco o una figura grande salía de entre los arbustos. Cuando vivían los tres juntos los vecinos decían que formaban una preciosa familia. Él era un conocido publicista, ella era realizadora en televisión, pero había terminado por despedirse del trabajo por recomendación de su marido, o eso decía ella. Así podría disfrutar de la crianza de Daniel. Podían permitírselo, dijo él.

Para eso estaba él. Para cuidarla, decía.

Para eso estaba él. Para aislarla, pensaba en realidad.

En esa época él aún disimulaba. Pero, cuando Sara le llevaba la contraria, la golpeaba con toallas mojadas, al siniestro estilo clásico, porque había oído decir que no dejaban marcas. Ya no recordaba que lo aprendió de jovencito disfrutando de una película de mafiosos y que siempre le intrigó mucho si era verdad. Ahora, a la edad de cuarenta años, había tenido la oportunidad de comprobarlo en la carne de la mujer a la que amaba más que a nada en el mundo. Más tarde, cuando se aburrió de la monotonía de la toalla, decidió añadir un plus de satisfacción al azotarla con la correa de su cinturón, uno nuevo muy hermoso comprado para esa tarea. Siempre en zonas del cuerpo que no fueran visibles. Eso lo había visto en internet, y era fácil, ya que no dejaba que se vistiera como una puta, enseñando las piernas ni los brazos. Tampoco que se pintara las uñas, que ahora era una madre, joder, y no podía parecer una cualquiera. Debía darle ejemplo a su pequeño Daniel… y mientras Daniel, agazapado en su cuna primero, gateando desesperado hasta la trasera del sofá después, haciéndose pis en la cama a sus cinco años, había convivido con aquel horror tanto como lo había bloqueado.

Para sobrevivir.

Por eso, cuando Sara pidió el divorcio y le contó a su abogado que sufría maltrato desde que nació el niño, éste le sugirió que se le hiciera un estudio psicológico al pequeño. Si lograba recordar alguno de esos episodios, sería clave para que alejasen a ese hombre de sus vidas para siempre.

Ahí era donde entraba Ruth.

Para ella se había convertido en una obsesión. No sólo porque estaba segura de que Sara no mentía, sino porque el niño era un decálogo de síntomas del que ha vivido en la violencia: descontrol de esfínteres, dolores de barriga y de cabeza, problemas de sueño, terrores nocturnos, asma…

Por eso, la noche en que se reencontraron todos por primera vez en el Caripén y Mónica le habló de su trabajo, Ruth tuvo la idea. Le llamó la atención que hubiera estudiado etología para entrenar a sus perros. El comportamiento animal era un gran misterio para ella y sus superpoderes aún estaban por explorar, como había explicado Mónica. El perro iba a la cabeza por ser nuestro compañero más antiguo en este pequeño planeta azul. La friolera de diez mil años, se decía pronto. Por eso nos conocían mejor que nadie, nosotros a ellos no tanto, y su participación activa en terapias y otras funciones sociales era cada vez más común, aunque lamentablemente en España llevábamos cierto retraso. Fue entonces cuando Mónica dijo que entrenaba «perros especiales». ¿De seguridad?, le había preguntado Gabriel. Ella dijo que sí, entre otros. Y especificó: su especialidad eran los perros policía y perros judiciales.

Ruth nunca había escuchado hablar de estos últimos, pero, al parecer, en los juzgados de Estados Unidos eran habituales. Madrid era pionera en incorporarlos a los juzgados de la plaza de Castilla. «No entiendo», había dicho Suselen, «¿para qué están en los juzgados? ¿Para proteger a los denunciantes?». Mónica hizo un silencio. «No. Más bien para ayudar a ciertos testigos vulnerables a que declaren».

Según su amiga fue explicando el procedimiento, Ruth ya no pudo sacarse de la cabeza a Dani. ¿Y si era la solución? ¿Qué tenían que perder?

Mucho.

Sus vidas.

El cuentakilómetros de la violencia en esa familia había llegado al máximo e iba a explotar. La tragedia se acercaba a una velocidad vertiginosa. La próxima paliza podría ser la mortal y ese niño quedaría en manos de un monstruo.

Madrid había escogido ese amanecer como el primero realmente frío del otoño.

Ruth llegó temprano y se tomó un café en un antro que había detrás de los juzgados. Allí no corría el riesgo de encontrarse con nadie de la judicatura. Allí esperaría hasta que Mónica le mandara un mensaje de que había llegado.

Estaba tan nerviosa como una principiante. Sabía que era la última bala en la recámara. Que, si esto no funcionaba, Sara estaría perdida y también el niño. Diez minutos después recibió el mensaje. Ya estamos aquí. Ese plural la tranquilizó mucho. Solicitar un perro judicial no había sido cosa fácil. Había que justificar su presencia con toda una serie de fatigosos trámites que hicieron entre las dos.

Se bebió los posos del café de un trago, dejó unas monedas de más en el mostrador y caminó a pasos cortos y planos con sus bailarinas cruzando la plaza de Castilla. A los pocos minutos vieron aparecer a Dani, que caminaba un paso por detrás de su madre con la cabeza gacha.

Pero en la puerta ya estaba esperándole León.

Un labrador dorado de gran tamaño, quien nada más olfatear al niño le regaló una mirada castaña y dócil, y se tumbó a sus pies ofreciéndole la cabeza. El niño se volvió con timidez hacia su madre pidiéndole permiso para acariciarlo. Luego dejó que su manita desapareciera entre el pelo espeso del animal, quien levantó el cráneo rubio con los ojos cerrados de placer.

—Éste es tu amigo León y hoy cuidaréis el uno del otro, ¿te parece bien? —le dijo Mónica entregándole la correa al niño—. Sólo confiará en ti.

El pequeño asintió, abrió sus ojos grandes de color avellana con la ilusión de quien recibe un regalo y sólo le hizo falta decir un «Hola, León» para que el animal se levantara dispuesto a acompañarle al fin del mundo. Así, caminando pegados el uno al otro, traspasaron la temible puerta de los juzgados.

A su paso, el personal se detenía a observarlos. La presencia de un *dogtor* siempre anunciaba que quien sujetaba el final de la correa estaba viviendo el peor de los infiernos. Otros simplemente admiraban la curiosa estampa y trataban de acariciar al animal, pero éste era muy consciente de que tenía una misión y no dejó que nada le distrajera del pequeño. Eran casi igual de altos, igual de rubios y serenos, pensó Ruth, pero sabía bien que ese semblante apacible en Dani era una fachada de normalidad esculpida meticulosamente por su instinto de supervivencia. El rostro que se ponía para salir a la calle como las caretas sonrientes que se llevaban al colegio por carnaval. Nadie habría imaginado lo que presenciaba y sufría tras ella, la pesadilla que suponía volver del colegio y subir uno a uno los treinta escalones del que debería ser su refugio. Con su careta invisible había conseguido engañar a sus vecinos, a sus profesores, incluso a Ruth le hizo dudar por un momento, pero a León no. Desde el instante en que olfateó su miedo y su angustia en la puerta, se apiadó de aquel cachorro y quiso protegerlo con su vida. Por supuesto, no supo por qué. Nunca imaginó que su terror lo provocaba que lo llevaban a declarar contra su padre y que no podría hacerlo.

Que le aterrorizaba hacerlo.

Algunos niños dejaban de dormir o de comer o llegaban a autolesionarse para no ir a declarar. En el caso de Dani, su mente se había revelado provocándole esos ataques epilépticos. Por eso tendrían que ir con mucho cuidado y decidieron repartirse.

Ruth caminaba al lado de Sara, apretándole el brazo cada poco en señal de apoyo; y al lado del niño iba Mónica, quien no se acostumbraba a ver a sus *dogtors* en acción. Y eso que a los tres que desempeñaban ese cargo en Madrid los había entrenado ella para la ONG que se inventó el servicio. A León incluso le había dado el biberón. Cuando lo recogieron de la perrera tenía sólo un mes, así que no había mamado lo suficiente, pero tampoco parecía recordar su propio abandono. Muy pronto pasó del régimen de acogida al de adopción por su carácter noble e inteligente. Si no era un animal equilibrado, no podría equilibrar a una persona. Y había demostrado ser perfecto.

—¿Te cuento un secreto? —le dijo Mónica al niño mientras enfilaban el largo pasillo de mármol.

El pequeño asintió con convicción. Mónica se agachó y le susurró al oído:

—Que León sabe hablar nuestro idioma.

El niño, que aún no había intercambiado una palabra con ninguno de los adultos, observó al perro maravillado. ¿Quería probar a decirle algo?, le sugirió Mónica. Por ejemplo, le podía preguntar si estaba contento. Dani lo llamó, «León», y el perro se detuvo y le buscó los ojos. «¿Estás contento?». Entonces empezó a mover su larga y peluda cola y describió un círculo alrededor del niño contoneándose. Por si no lo había dejado claro, le propinó un largo lametazo en la mano que a Dani pareció divertirle. Mónica y Ruth se dirigieron una mirada furtiva. Ya empezaban a notarse las propiedades ansiolíticas de su colaborador. Sólo cuando las endorfinas empezaran a hacerse visibles, entrarían a declarar.

—¿Te cuento otro secreto? —le dijo la entrenadora agachándose y el niño asintió exageradamente—. También puedes contarle cómo te sientes tú. Lo entenderá mejor que nadie.

El niño pestañeó varias veces, sorprendido ante aquella revelación, y sólo dijo «León, vamos». El perro volvió a caminar a su lado sin perder el roce con el cuerpecito de su protegido, sentía que le daba seguridad. Así llegaron hasta una de las trece salas Gesell, preparadas para las declaraciones de los más vulnerables. Una vez allí, sólo Ruth entraría con el niño y el perro, y el resto se quedarían al otro lado del cristal. Incluso su madre, quien se despidió de él.

—Sólo será un momento, mi amor, ¿qué te parece si te quedas cuidando a León mientras voy al baño?

El niño dudó un instante, pero cuando el perro olió su descarga de miedo le ofreció su enorme y peluda pata, algo que hizo al pequeño acceder a esa separación momentánea.

Una vez al otro lado del cristal, Mónica le ofreció a Sara un poco de agua, todo estaba yendo muy bien, le aseguró, tranquila. La mujer aceptó el vaso de plástico de la máquina, el temblor de las manos apenas le permitía llevárselo a la boca.

—Sólo quiero que me prometan que podré entrar en cualquier momento y que pararemos el interrogatorio si lo veo angustiarse —dijo, y los ojos se le llenaron de agua—. Antes de tener un ataque se moja mucho la boquita con los labios, ¿sabe? Así. —E imitó el gesto.

El vaso se le fue al suelo. Sara se disculpó muchas veces.

—Tienes mi palabra. —Mónica lo recogió.

El sistema era sencillo, le explicó. El juez ya había accedido a que el perro acompañara al niño en aquella prueba que llamaban «preconstituida». Si conseguían su declaración, podría abrirse el proceso judicial. Dani declararía solo ante su psiquiatra y el resto observarían con ellas desde el otro lado del espejo. En unos segundos entrarían el magistrado, el fiscal y el trabajador social.

—¿Tanta gente? —se angustió la madre, y miró a su hijo, tan pequeño, tan ajeno a tantas miradas como una rata de laboratorio.

—Sara, lo estamos protegiendo. Dani no nos verá. León cuidará de él. Confía en mí.

Le tendió a la mujer unos documentos. Era sólo un formulario en que ella, como su madre, certificaba que al niño le gustaban los animales y que no tenía ninguna alergia. Entonces llamaron a la puerta y se presentaron fríamente el resto de los asistentes. Mónica y el abogado se sentaron flanqueando a la madre y el juez pulsó un botón.

En la sala, muy similar al saloncito confortable de una casa con libros, juguetes y una mullida alfombra, Ruth y Dani enredaban con León, quien había decidido obsequiarlos con un gran despliegue de trucos para impresionarlos, hasta que se encendió un piloto rojo que le indicaba a la psiquiatra que podía comenzar el interrogatorio. Al verlo, el perro se detuvo y se sentó frente al niño, movimiento que fue imitado por el pequeño, quien se acomodó en la alfombra junto a su nuevo amigo.

Ruth tomó algo de distancia hasta una butaca situada de espaldas al gran espejo. Así, muy poco a poco, le fue preguntando, primero por el colegio, luego por sus amigos del barrio, después por sus vecinos, hasta adentrarse muy lentamente en su casa. ¿Cómo era su habitación? A partir de ese momento, Dani, que había estado contestando con despreocupación, no soltó una sola palabra, se limitó a acariciar al perro, escuchando, pero sin levantar la barbilla. ¿Cuáles eran sus juguetes favoritos? ¿Qué le gustaba desayunar? Hasta que Ruth se aventuró a hablar de mamá. Cuándo la veía feliz. Cuándo sentía que era desgraciada. ¿Y su papá? ¿Cómo se llamaba su papá?

El perro se estremeció como un sismógrafo.

Levantó los ojos hacia Ruth para asegurarse de que no era ella quien le había provocado a su defendido aquel terremoto interno o tendría que intervenir. Dani empezó a temblar suavemente. Él quería mucho a su papá, ¿verdad?, siguió Ruth incorporándose un poco, ¿le pasaba algo? ¿Y su papá quería a su mamá? ¿Por qué temblaba?

—¿Dani? —Ruth fue a consolarlo, pero el niño gateó hasta colocarse detrás del can y la psiquiatra entendió el mensaje y retrocedió.

Su madre se incorporó en el asiento angustiada y posó la mano sobre el cristal. No estaba funcionando, dijo, era mejor parar. Se le estaba secando la boca, ¿veía lo que hacía con la boca? No era un buen síntoma. Mónica cogió su mano, se darían unos minutos de descanso para hablarlo. Luego pulsó el piloto de nuevo para indicar a Ruth que saliera de la sala mientras el niño seguía sentado tembloroso al lado de León, quien le había colocado una de sus patazas sobre su pequeña rodilla.

La psiquiatra entró donde estaban los demás y le dirigió a la madre una mirada vencida.

—Cómo lo lamento, Sara. He hecho todo lo que…

Entonces Mónica hizo un gesto para que guardaran silencio y todos miraron en la misma dirección que ella, a la sala donde Dani, visiblemente más tranquilo, se había puesto en cuclillas delante del animal. Muy despacito, le vieron levantar la oreja del atento cuadrúpedo y todos pudieron escuchar nítidamente su vocecita.

—A ti sí te lo voy a contar…

Su madre se llevó la mano a la boca para atrapar un sollozo.

León no entendió aquella frase, pero su poderoso hocico sí identificó los compuestos químicos que exhalaba el cuerpecito del cachorro. Su cerebro empezó a traducir a toda velocidad aquel cóctel molotov de adrenalina, glucocorticoides y cortisol, la química de su miedo, su vergüenza y su pena. Luego le lamió las lágrimas, esa composición salina que no contenía las mismas partículas que el sudor ni el agua de su comedero y que le indujo al animal un estado de profunda y estremecedora tristeza.

Aquél no era el estado natural de un cachorro.

No, no lo era.

Algo no andaba bien. Por eso su instinto le dictó que se tumbara a su lado de inmediato invitándolo con sus ojos ámbar a que hiciera lo mismo, y dejó que su corazón, antes en reposo, se acompasara con el del niño para tirar de él hacia abajo e ir reduciendo el ritmo de sus latidos. Dani también obedeció a su naturaleza animal y se fue deslizando sobre aquel gigantesco colchón de pelo cálido, respirando a su ritmo mientras relataba, con todos los detalles que jamás hubieran querido escuchar, la película de terror que había presenciado durante años. Fotogramas enquistados en los recodos de su cerebro, mezclados con el dolor, la desesperación y la culpa, sentimientos que no deberían estar en el diccionario de un niño. Cuando terminó, víctima del agotamiento de aquel vómito, se quedó dormido sobre la acogedora barriga peluda y suave que respiraba ahora con tranquilidad para que se calmara también.

Toda la declaración fue recogida nítidamente por el micrófono que León llevaba en el collar. Tras el horrible testimonio del niño, al otro lado del cristal, todos los adultos que presenciaron ese momento luchaban por contener las lágrimas sin conseguirlo del todo. Cuando se despertó, le dejaron seguir jugando casi una hora más con el perro. Eso era lo que Mónica llamaba «cerrar emocionalmente al testigo». Como una puerta. Era muy importante que antes de irse no la dejaran abierta. Para ello León contaba con un despliegue final de trucos como hacer la croqueta sobre la alfombra, trotar por la sala jugando al escondite detrás de los sillones y tirarse patas arriba para que el niño le rascara la barriga.

—¡Mira, mami! —chilló a su madre cuando entró—. ¡Mira todo lo que sabe hacer León! ¡Es muy listo!

Y mientras en la sala Gesell el niño se sacaba selfis posando con su ahora cómplice, en el lado oscuro del espejo, la conversación entre el juez y la trabajadora social era mucho menos luminosa: se firmaban documentos, se daba fe de la declaración para que constara en acta, se citaban para comenzar el proceso y, ya fuera de la sala, Sara manifestaba a su abogado su miedo: que antes del juicio fuera a por ella, algo que dejó a Mónica preocupada y pensativa.

Al salir, Dani se volvió hacia Ruth y Mónica, alzando sus bracitos y se colgó de sus cuellos por turnos.

—¿Cuándo podré volver a jugar con León? —preguntó con una carita ilusionada que les partió el alma.

Ambas pensaron lo mismo, que ojalá no fuera necesario.

—Si lo necesitas, León siempre estará aquí para ayudarte. Te lo prometo —dijo Mónica dándole un beso en el pelo.

León supo que hablaban de él, no sólo porque escuchó su nombre, ésa era una obviedad que hasta un cachorro sin entrenar podía entender, sino por la forma de mirarlo, con los ojos entornados, y ese otro cóctel tan distinto de endorfinas y serotonina que olfateó relamiéndose mientras movía el rabo con energía. Todo aquello, en el lenguaje de los humanos, solía corresponderse con dos palabras: buen perro.

—Buen perro —dijo Mónica.

—Buen perrito —repitió el niño.

Y se abrazó al poderoso cuello del animal que dejó descansar su cabezota sobre el hombro delgado al tiempo que suspiró aliviado. Lo sabía, se dijo el cuadrúpedo orgulloso de sí mismo, y una emoción desbordante e instintiva recorrió su cuerpo y le hizo lamer apasionadamente la mejilla del pequeño en señal de despedida.

—Gracias… —Sara se abrazó a Mónica.

—Gracias… —repitió Ruth abrazando también a su amiga.

—No me las deis aún —dijo Mónica y se volvió hacia Sara—. Aún no he terminado. Ahora toca protegerte a ti.

Ninguna de las dos mujeres supo a qué se refería, pero confiaron a ciegas en sus palabras. La entrenadora tenía un plan heredado del dueño de aquella agenda. Si Orlando pensó en su momento que podía funcionar, había que probarlo. ¿Qué tenían que perder? Por eso, cuando volvía a casa caminando, tuvo un pensamiento para ese hombre que se definía como un llamador de ángeles: «Cuánto me gustaría que hubieras vivido conmigo el día de hoy, Orlando».

El coronel ya tiene quien le escriba

No parecía una residencia, o quizá sí, más bien tenía el aspecto de una de esas hermandades universitarias de lujo que uno se imagina en Boston, con una historiada escalinata de piedra a la entrada, un jardín inglés que daba a la calle y otro interior. La gran ventaja era su ubicación, decían los folletos que guardaba su madre.

—Un entorno urbano y a un paso de la plaza de Oriente —le explicó la directora, menuda, de mediana edad, sonrisa de niña y ojos sabios de raposa. La clase de persona que escogerías para que te diera una mala noticia.

Sabía lo importante que era para Margarita no alejarse de su plaza, continuó diciendo. Le hablaba de su madre casi informándole de sus gustos, como si la conociera tanto como ella. Más que ella. Esto a Ruth la molestó. Su sonrisa comprensiva parecía anticiparse a cualquier preocupación que pudiera surgirle, algo que contradictoriamente la alivió aunque luchaba por mantenerse en guardia. Se sentía como si una secta hubiera engatusado a su madre para arrebatársela.

—Es un edificio muy bonito —admitió, intentando aparentar normalidad. Aunque no sabía a qué había ido allí ni por qué no se lo había dicho a su madre.

En su día había sido uno de los muchos palacios que construyó la nobleza, siguió la directora que hablaba ahora como una especie de guía turístico. Todos aquellos palacetes se habían transformado en hoteles o salas de exposiciones como el vecino museo Cerralbo, y señaló a su derecha como si pudieran verlo desde allí. La psiquiatra quiso decirle que con ese dato no iba a impresionarla, que su familia había vivido siempre en uno de esos palacios reconvertidos, pero entonces se fijó en un grupo de personas de unos setenta largos que charlaba animadamente en la puerta y se citaban para después. Iban al teatro. No supo por qué, pero sintió la necesidad de preguntar si también eran residentes.

La directora se adelantó.

—Sí. Hacen sus planes, a veces dentro y otras fuera de las instalaciones. Para nosotros una persona mayor no es igual a una persona enferma. Sólo es mayor —sonrió con simpatía—. Y las residencias ya no son cementerios de elefantes donde los más viejos se retiran a morir cuando están solos y muy deteriorados.

Mucho ojo, pensó Ruth, aquel ser era capaz de leerle el pensamiento, y por eso la siguió en silencio, tratando de mantener la mente en blanco, haciendo zigzag entre unos setos mientras todo su cuerpo le pedía salir corriendo de allí.

—Nosotros luchamos contra esa imagen —continuó, hablando siempre en plural—. Y hace años que, afortunadamente, está cambiando. Ahora no siempre «te llevan» a una residencia. Ahora se trata de la opción personal de querer vivir con ciertos servicios aptos para personas con una edad, que no se reducen a la rehabilitación ni a juegos de mesa, sino a participar en conferencias, en clubes de lectura o conciertos. Los residentes tienen privacidad en su apartamento y, en el caso de su madre, incluso la posibilidad de llevar con ella a su animal de compañía.

Eso era maravilloso, se le escapó a Ruth sin disimular su entusiasmo, y se le aceleró el corazón sólo de pensar en lo que habría sido para su madre tener que dejar a Bowie atrás. Todo había sido tan repentino que ni le dio tiempo a pensar en Bowie... ¡Dios, no!, ¡ya estaban captándola también a ella! No, no debía bajar la guardia. Aquel lugar tenía que ser forzosamente un horror. Y aquella mujer era una flautista de Hamelín. Y punto.

—Tienen total autonomía para entrar y salir, hacer sus planes o sus vacaciones. Por supuesto, en función de sus enfermedades y deterioro cognitivo. Por eso la residencia está organizada por plantas y por edificios. No todos los residentes conviven.

¡Ahí estaba la trampa! Ruth sintió un escalofrío.

Eso quería decir que, durante su estancia en aquel lugar, su madre pasaría por distintas áreas, siguió la directora señalándole el complejo, ahora transfigurada en una azafata de vuelo: primero dispondría de su propio apartamento donde podría tener consigo a su perro y algunos muebles u objetos personales. Ruth se fijó en unos adosados con un pequeño jardín delantero donde una señora rubia vestida con un kaftán de aire bohemio leía tendida en una hamaca. La directora le señaló el edificio principal. Según fuera perdiendo autonomía se la trasladaría a la planta de dependientes...
La otra se quedó prendida de esa palabra y otra vez el llanto llamó a la puerta de sus lagrimales y tradujo en su cabeza el horror que encerraba, sí, aquella palabra, «dependientes», es decir, aquéllos para los que el mundo se reducía a una habitación y al metro cuadrado de jardín, por muy bonito que fuera, que ocupaba su silla de ruedas.

Y no pudo evitar interrumpirla:

—Espero que no le moleste mi pregunta, pero ¿cómo y quién toma la decisión de que ha llegado ese momento?

Como si hubiera podido ver todas las imágenes que se agolpaban detrás de esa pregunta y de sus ojos, la directora le posó la mano de niña, pequeña y caliente, sobre la espalda para invitarla a subir las escaleras hacia el comedor.

—No sufra por anticipado —dijo—. Aún no estamos ahí.

En cualquier caso y para que se quedara tranquila, ya estaba todo hablado con su madre y ella había firmado los consentimientos oportunos para que fuera su médico de familia quien tomara esa decisión por ella.

En ese momento Ruth se quedó sin armas y en *shock*.

¿De verdad quería hacerla creer que su madre, reina del autocontrol, había dado el poder absoluto a su médico para decidir cuándo quedaría inhabilitada? ¿Y ella? ¿Por qué no había considerado a su hija para valorar ese consentimiento?

—Discúlpeme —dijo muy aturdida—. Es la primera vez que alguien de mi familia va a una residencia. Y sí, quizá sigo teniendo muchos prejuicios, pero sigue siendo muy chocante para mí. Supongo que por eso he venido.

La directora la invitó a entrar. No debía disculparse. Dentro del edificio olía a colada recién hecha y una suave melodía de violín sedaba el ambiente. La directora saludaba aquí y allá a enfermeras y enfermeros vestidos de blanco... Era una situación a la que tenían que habituarse tanto los mayores como sus familiares, siguió diciendo, era normal que ahora estuvieran sobrepasados, pero, cuando vieran a su madre ya instalada y contenta, se disiparían esas dudas y esa angustia, ya vería.

Ruth se dio cuenta de que empezaba a sentirse a gusto en aquel lugar, ¿debería ir pidiendo plaza? ¿Quiénes eran ellos para romper su hogar? ¿Qué extraño poder ejercían sobre su familia? ¿Por qué estaba aliviada y asustada a un tiempo? Todos estos sentimientos se le mezclaban en las tripas y eso que ni siquiera podía imaginarse lo que aquella mujer estaba a punto de soltarle. Algo que no le habría pasado por la cabeza en todos los días de su vida. Algo que nunca debería tener que decirte un desconocido:

—Lo más importante es que piense que su madre ha escogido esta opción libremente y que ingresa con su pareja y su perro. Así que, además de atendida, estará muy bien acompañada.

De pronto Ruth sintió como si la hubieran envasado al vacío: dejó de escuchar el ruido ambiente, la música apacible que se colaba por los altavoces en los pasillos se tornó inquietante, el deslizarse de las gomas de las sillas de ruedas, las indicaciones siempre proyectadas de los cuidadores a sus pacientes, las risas desordenadas en la sala de cine que acababan de visitar..., todo adquirió un cariz siniestro y amenazador. Sólo quedó en primer plano la voz translúcida de la directora diciendo «ingresa con su pareja», una y otra vez, como si fuera un eco. Cuando por fin pudo reaccionar y estaba a punto de comunicarle que aquello debía de ser un error, porque su padre había fallecido hacía tantos años como tenía el perro, reconectó con la frecuencia de la mujer, quien, como si fuera un pódcast, seguía hablando con esa cordialidad que parecía congénita sobre Margarita y «su pareja»:

—Lo cierto es que su madre no es un caso aislado, ni mucho menos —continuaba con naturalidad—. Si lo piensa, es natural que entre los habituales de nuestros centros de día se estrechen los vínculos. Allí se conocen, se hacen amigos y muchas veces toman la decisión de mudarse juntos a una residencia permanente. Siempre es más fácil —le sonrió con franqueza—. Pero esta historia ha sido especialmente bonita porque, cuando el coronel llegó aquí hace dos años, se había quedado viudo y no tenía ningún interés en vivir.

—¿El coronel?, iba registrando la otra mentalmente—. Su forma de demostrar su disgusto era estar siempre malhumorado y no interactuar con nadie. Con decirle que bajaba a cenar de uniforme y siempre pedía hacerlo en una mesa solo...

Relataba todo aquello con el mismo deje de un cuento de hadas, y recordaba al viudo deambulando sin rumbo por el jardín fumando su pipa. Imponía tanto que hasta las limpiadoras le tenían miedo, dijo la directora desmadejando su risilla juvenil, siempre las regañaba porque, según él, o le perdían cosas o no hacían bien su trabajo o los de al lado eran muy ruidosos...

—Pero entonces, por sugerencia mía, empezó a participar en algunas actividades del centro de día, concretamente en la tertulia de historia..., y allí conoció a Margarita —dijo, claramente orgullosa de su celestinaje—. Le puedo asegurar que en un centro así vivimos todo tipo de experiencias, pero pocas veces hemos visto una transformación como la del coronel. Ni siquiera sus hijos dan crédito y por eso quieren muchísimo a Margarita...

El cerebro de Ruth estuvo a punto de cortocircuitar, ¿sus hijos? Pero la directora no parecía percatarse del estado comatoso de su oyente porque continuó relatándole, dicharachera, conmovida, casi sobreexcitada, que ahora el coronel se vestía siempre impoluto pero de traje, sonreía a todo el que se encontraba a su paso, ¡incluso había querido celebrar su cumpleaños! Así que todo el equipo iba a acogerlos con mucho cariño.

—Nos parece una historia preciosa. Creo que los hijos de ambos son muy afortunados de ver a sus padres enamorados y felices en el otoño de la vida. Tampoco es la primera vez que nuestro sacerdote oficia una boda entre nuestros residentes.

Ruth estuvo a punto de escupir el café en la papelera, ¿una boda? Para no hacerle un sifón a la directora se tuvo que apretar una servilleta contra los labios y al toser aparatosamente sintió como el contenido de media cápsula se salía por la nariz. Le daba vueltas la cabeza. Por eso no pudo detener a aquella desconocida que seguro se había confundido de persona, de madre, de Margarita, cuando quiso hacerle una última confesión, porque según ella era muy muy bonita:

—¿Sabe cómo empezó su historia de amor? O, más bien, ¿cómo supimos que estaban juntos? —Ruth negó con la cabeza, en realidad para decirle que no, que no quería saberlo, pero la otra no lo entendió así—. Fue muy muy divertido. Animada por su amigo Orlando, ¿lo conoció?, que fue quien se entrevistó antes con nosotros, su madre quiso probar la residencia un fin de semana y se quedó a dormir. Por entonces el coronel sólo la había invitado a salir al teatro. El caso es que el sábado por la mañana, hecho un cisco, como siempre, acusó a las limpiadoras de haberle perdido su dentadura postiza. ¡Estaba furibundo! Éstas removieron Roma con Santiago en su habitación y nada. Incluso buscaron en el comedor y en los baños cercanos… hasta que apareció. ¿Dónde diría usted que la encontraron? —Entornó los ojos con picardía—. ¡Así es!, en el apartamento de Margarita. Cuando se la devolvimos, el pobre coronel estaba sonrojado como un adolescente. Ay…, no me diga que no es una ternura.

Ruth consiguió recuperar oxígeno y con los ojos como los de Schwarzenegger cuando pisa Marte en *Desafío total*, sólo alcanzó a decir:

—¿Ésta no es una broma que le gastan a los hijos de los residentes novatos, verdad?

La directora la observó en pausa sin comprender.

No, pensó Ruth. Lástima. Habría sido una hermosa broma. Una de esas bromas elaboradas que ella solía gastar. Una que sin duda le habría hecho admirarla para los restos. Cómo confesarle a aquella mujer que, después de su encendido discurso a favor del romanticismo en la tercera edad, no sabía de qué puñetas le estaba hablando. Que ella, «la hija de la novia», no sólo no estaba al tanto de aquella relación, sino que hacía dos semanas escasas que había sido informada del deterioro de la memoria de su madre. Que ni siquiera supo que iba a un centro de día ni que hubiera hecho un grupo de amigos… Y lo peor, ¿sabía lo que era lo peor? Pues que una parte de ella estaba mucho más preocupada porque aquel macabro cronómetro había iniciado una violenta cuenta atrás y necesitaba que su madre la conociera antes de que la desconociera por completo.

Por eso había montado en su casa la consulta con la excusa de ayudarla económicamente. Porque quería acercarse a ella, que la viera trabajar, que conociera su día a día y así quizá se sentiría orgullosa. Incluso quizá podría escuchárselo decir: «Hija, estoy orgullosa de ti». Podría crear ese canal de comunicación en que llevaba toda la vida invirtiendo, un vínculo, aunque fuera tardío. Porque los conflictos entre los seres humanos no se solucionaban en la ausencia, sino en la presencia. Y ahora, por culpa de ese lugar, de esa mujer, de ese Orlando, del maldito centro de día, del coronel y de su dentadura postiza, dejaría de estar presente, al lado de su madre en el momento en que más la necesitaba.

Era un hecho. Aquella convivencia ni siquiera había servido para que confiara en ella.

Había tenido que ser una absoluta desconocida quien le contara una historia cuya protagonista era el ser que le había dado la vida y que, irónicamente, no había llegado a conocer.

—Sí, desde luego es una historia muy bonita —dijo Ruth, y decidió guardarse el resto de sus vergonzantes sentimientos—. Estoy segura de que ella, él, ellos…, bueno, de que estarán muy a gusto aquí.

Dicho esto, salió precipitadamente del despacho de la directora, quien la despidió con una sonrisa que le pareció compasiva. ¿Por qué? ¿La habría convertido Margarita en su emisaria? Basta, no quería pensar más. Tenía demasiado que asimilar, y salió clavando sus tacones cortos y finos sobre el empedrado en dirección a la plaza como si le diera miedo dejar de pisar suelo. Calma, Ruth. Se ordenó. Lo más normal era que todas esas decisiones tan precipitadas fueran culpa del deterioro de la mente de su madre, relación incluida.

¿Cuando esa mujer dijo «no es la primera boda» se referiría a la posibilidad o a que esa boda era un hecho? No, no, no…, tenía que serenarse y actuar. Todo aquello era una demencialidad, literalmente. Porque si ella estaba fuera de sí no quería ni imaginarse el impacto de bomba de protones que tendría en «los inútiles de sus hermanos».

¿Su madre se había vuelto a enamorar?

Es más, ¿su madre era capaz de enamorarse?

Tuvo que sentarse en un banco. Hizo sus respiraciones. Ordenó a su cabeza parar. Para eso había hecho *mindfulness* diez años, joder, para poder evitar imaginarse a su madre follando con «el coronel, que ya tiene quien le escriba», ¡y quien le caliente la cama!, y luego ¡Ruth!, se ordenó, no entres ahí, no vas a entrar ahí. No voy a entrar ahí...

—¡Gracias, Orlando! —dijo alzando los brazos al cielo—. Gracias por tus grandes ideas y por aconsejar a mi madre tan bien, tú, que en un año de su vida lo supiste todo sobre ella. ¡Que te jodan!

—Y luego sintió que algo le caía sobre el abrigo—. ¡Joder! —dijo asqueada.

Ya se sentía una mierda, no hacía falta que esas ratas con alas se lo recordaran con recochineo.

Se levantó del banco, se sacudió los nervios de brazos y piernas, consultó la hora en el móvil. Mónica la estaría esperando ya en la plaza de Ópera. Menos mal, necesitaba compartir con alguien confidencialmente todo aquello o se volvería loca.

Había algo más que le preocupaba y ya no era una cuestión familiar:

Su madre sólo había faltado un fin de semana de su casa, el de la muerte de Orlando. Si no lo pasó en la sierra, sino en la residencia con su... coronel, quería decir que tenía una coartada. Pero entonces... ¿dónde pasó Elisa aquellas dos noches?

Nuestras madres y sus consecuencias.
Es decir, nosotras

Y después…, nuestros perros. Ésa era la realidad. Al menos para Mónica. Mientras esperaba a su amiga sentada en un banco de la plaza de Ópera, aprovechó para enviar al grupo una reflexión que no sospechaba aún cuánto iba a venir al caso para la pobre Ruth.

> *Como los perros, hemos aprendido que la atención, la caricia, la palabra amable son condicionales y hay que ganárselas demostrando algo. No debería ser así. A un ser vivo que amas debes amarlo sólo por existir a tu lado y después por sus actos.*

Mónica estaba sufriendo el proceso contrario a su amiga. Cada vez era más fan. Si esa agenda no fuera una de las pruebas procesales, ya la habría subrayado entera. En lugar de eso, se dedicaba a tomar notas en su libreta y en las fotocopias.

Orlando poseía un conocimiento de los perros extraordinario, muy superior al de cualquier otro etólogo que hubiera leído. Ojalá en el máster hubiera alguien de su talento. Un don que en él parecía instintivo, natural, como si hablara su lenguaje y pudiera ver a través de aquellos perros… Todo ello le empezaba a generar una extraña nostalgia.

¿Se podía echar de menos a alguien a quien nunca se había conocido?

De alguna forma, se estaba convirtiendo en un amigo. Un amigo muerto, es verdad, con el que sólo podía mantener una relación unidireccional porque a ella no la conocería nunca, como ese escritor que amas hasta el punto de incorporarlo a tu vida cuando lleva un siglo criando malvas.

En esos pensamientos andaba cuando Ruth se sentó a su lado igual de pensativa. Con la mirada lejos, ambas sorbían un café triple expreso de ese Starbucks que desgraciadamente alguien tuvo la gran idea de encastrar en la fachada del Teatro Real.

—Yo flipo. —Mónica se calentaba las manos y la nariz con los efluvios de su bebida.

—Y a mí me está dando un ictus —añadió la terapeuta desapasionadamente.

—¿Y te dijo que Orlando había entrenado a Bowie para que la llevara a casa y a la residencia si se desorientaba? —dijo Mónica.

La otra entornó los ojos, víctima de una de sus terribles jaquecas postraumáticas.

—Sí..., no..., no lo sé, Mónica. Me dijo demasiadas cosas en poco tiempo —suspiró—. ¿De verdad crees que me importa Orlando ahora mismo? ¡Mi madre se muda con el coronel al que se está follando! ¡Esto es como un *remake* cutre de *Cocoon*!

Su amiga no pudo aguantarse la risa por más tiempo.

—Lo siento —dijo—. Lo siento.

Es que tal y como lo dijo le había resultado gracioso. Por otro lado, ¿qué tenía de malo que se hubiera enamorado? Podía ser su gran ilusión en el otoño de la vida, como le contó la directora.

—Tú no lo entiendes, Mónica..., mi madre no está bien.

Y ése era parte del problema y lo que podría incriminarla definitivamente. Por eso fue ése el momento que escogió para contarle que Margarita estaba enferma. Mónica la escuchó en silencio, uno de ésos que acompañan y que sólo puede regalarte un amigo que sabe que lo único que puede hacer al final del relato es abrazarte.

—Estoy aquí. Lo sabes, ¿verdad? —dijo la entrenadora mientras la apretaba fuerte—. Estoy a tu lado y ya no voy a dejar de estarlo.

La sintió encogerse dentro de sus brazos hasta hacerse muy pequeña y seguramente fue en ese momento cuando decidió que no tenía derecho a recriminarle que Gabriel y ella se hubieran encontrado. Que se amaran, incluso. En realidad, empezó a parecerle muy ridículo que hubiera quedado con ella en parte para sacarle el tema a solas. No lo haría. Y, si lo hacía ella, lo asumiría. Debía apoyarlos. Ahora Ruth lo iba a necesitar más que ella. Iba a perder a su madre y, en cualquier caso, él parecía haber tomado una decisión.

Pero su amiga no estaba pensando en Gabriel. Tenía muchos más frentes abiertos que la angustiaban, por ejemplo, su madre, de cuya relación seguía hablando:

—Si no se lo ha dicho a ese hombre…, mal. Y, si se lo ha dicho, también mal porque él se puede estar aprovechando de su enfermedad. Además, tiene unos hijos que están encantados con ella, al parecer. ¡Con ella y con su herencia, supongo! ¿En qué momento perdimos las buenas costumbres? Lo normal es traer un día a tu novio a casa…, presentárselo a la familia, esas cosas, ¡y no conocerlo cuando ya casi es otro miembro de la familia!

Mientras Ruth seguía enfrascada en su tragicomedia romántica geriátrica, Mónica le daba vueltas y más vueltas a cómo todas aquellas nuevas informaciones afectaban al caso. Por un lado, dada su enfermedad, ¿pudo Margarita hacer algo de lo que no se acordara? Por otro, de pronto tenía una coartada que dejaba ahora sin coartada a Elisa: no habían estado en el campo ese fin de semana. Al menos juntas. Por la misma regla de tres, si Margarita estaba en Madrid, podría haberle dado tiempo a ir a casa de Elisa esa noche y matar a Orlando, pero mientras… ¿dónde estaba Elisa?

El caso es que ambas habían mentido al decir que estaban juntas.

Estaba claro que eran cómplices…, pero ¿de qué? Según Antolián, una de las teorías de la policía apuntaba a que Margarita podía ser ahora la cómplice de Orlando para ayudarlo a robar ya que tenía problemas económicos. Aunque esa deriva de la investigación tanto a Mónica como a Antolián les parecía cada vez más kafkiana. Estaba convencida de que tras el cierre de la comisaría del barrio estarían todos saturados, pero también de que el hecho de que Orlando fuera un inmigrante y tuviera antecedentes por robo los empujaba hacia el prejuicio de siempre: iría a robar y la motivación era la droga. Un cliché que quién sabe si estaría condicionando el interés que se tomaran en aclarar su muerte. Y era injusto. Todo el mundo podía equivocarse y rectificar, sobre todo en los primeros años de la vida.

Mónica pegó un trago largo a su café. Le exasperaba la injusticia casi tanto como encontrarse en uno de esos laberintos de los que no sabía salir, de modo que decidió compartirlo:

—¿Por qué crees que tu madre dijo que estaba con la mía si no era así?

—¿Te refieres a esa señora llamada Margarita Gual? —ironizó su hija—. ¿Cómo voy a saberlo? Si al parecer no sé casi nada de su vida.

—No, en serio.

—Pues... o bien para que no se supiera que tenía un amante o para cubrir a su amiga, supongo —dijo la terapeuta.

—Me parecen dos buenas razones... —reflexionó la entrenadora—. Pero en la residencia habrá un registro de los huéspedes y de las horas a las que estos entran, ¿no?

Ruth desconocía ese dato, pero podía enterarse. Quizá no lo hubiera, o sólo de las reservas, puesto que tenían régimen abierto. No se imaginaba cómo era aquello..., parecía un hotel. Entonces Mónica se quedó pensativa, y si no..., murmuró sin querer y con cierto gesto de súplica.

—¿Qué? —dijo la otra.

—Si no, la única forma sería preguntarle al coronel. —E hizo un saludo militar.

Ruth se levantó del banco, no, eso sí que no, empezó a farfullar moviendo los brazos como si fuera italiana, como siempre hacía en el pasado cuando algo le parecía inconcebible. Pero Mónica sabía que pronto se le bajaría la espuma como a una cerveza, porque su amiga tenía no sólo una extraordinaria capacidad para razonar, sino una razón de peso para aceptar aquel órdago y estaba percatándose por segundos, porque empezó a serenarse. Tres, dos, uno... Mónica tiró del anzuelo: ¿no era acaso la investigación una excusa perfecta para conocer al hombre que había seducido a su madre?

—Piénsalo —siguió manipuladoramente—. Una vez Margarita se mude con él a la residencia, y parece que será muy pronto, te será muy difícil averiguar la verdad de su relación con él.

Ruth se limitó a no contestar y a mirar al frente como si mereciera la pena. Pero no era así. Ambas se quedaron con la vista atrapada en el feo edificio del hotel que sustituía al que fue el templo de la ficción de su niñez y su juventud.

—No me enteré de cuándo tiraron el Real Cinema —dijo Mónica como si lamentara no haber asistido al funeral de un ser querido.

Era una pena, se lamentaron ambas, sí, una lástima. El cine, su cine, había cerrado sus puertas durante la pandemia y dos años después fue demolido para perplejidad de los vecinos. El que fue el mayor cine de España había recibido a su abuelo, a Alfonso XIII y allí habían visto juntos *Tiburón*, *Regreso al futuro*, *Indiana Jones*, *Dirty Dancing*... Así se había quedado sin dientes Delfina, una de las «no-novias de Gabriel», recordó Mónica.

—¿La Delfi también estuvo con Gabriel? —se sorprendió Ruth.

Sí, siguió la otra, no sabía si antes o después de que intentaran emular juntos el salto final de Baby en la fuente de Sabatini y no calculara que no era muy profunda ni que Gabriel nunca fue hábil en esto de la danza. Madre mía..., qué estropicio, parecía un vampiro desdentado. Sus madres no les dejaron volver por aquellos jardines durante un tiempo. Bueno, por eso y porque andaban histéricas rastreando el parque en busca de jeringuillas cuando se corrió el bulo de que los heroinómanos infectados de sida se dedicaban a enterrarlas con la aguja hacia arriba para vengarse no se sabe muy bien de qué.

—Yo creo que somos una generación de tarados —siguió Mónica—. Hasta se nos ha obligado a follar con miedo. Si lo piensas, es el mismo mensaje que recibieron nuestras madres, sólo que a ellas les inculcaron el miedo de que tener sexo lo castigaba Dios. Y nosotros nacimos con el castigo ya impuesto.

Un *skater* cruzó montando un gran estruendo. Un camión de decorados aparcó en la puerta de carga y descarga del teatro.

—A todo esto, ¿cuándo estrenaba Suselen? —dijo Ruth.

Se había empeñado en invitarlas. ¿Seguro que tendrían entradas?, se preocupó la terapeuta. ¿No era mejor comprarlas? Ambas esperaban que esta vez también invitara a su madre.

Ágata había estado muy callada esas dos semanas. Apenas se la había visto por el barrio más allá de los paseos matutinos con su galga. Aunque Ruth sabía que estaba en permanente contacto con su madre a través de mensajes. Esos mensajes que a Margarita no le vio escribir nunca. Había podido leer alguno sin querer cuando estaban comiendo. Aunque muchos de ellos, ahora atando cabos, seguro que eran del coronel, porque Margarita los contestaba como hacían sus hijos adolescentes, por debajo de la mesa.

—Aun así, querida —dijo Mónica retomando el hilo—, tú no te puedes quejar… porque, con sida o sin él, has sido la que más te has divertido. Yo no. Nací con novio.

—Pero ahora estás libre, así que te estarás resarciendo…

Lo cierto era que al principio llegó a elaborar una nutrida chorboagenda al más puro estilo de *El príncipe de Bel-Air*, pero ya se había cansado. Además, no tenía tiempo ni frecuentaba lugares para encontrarse con tíos con los que hiciera clic, y las aplicaciones estaban abarrotadas de hombres que, o buscaban un polvo aislado, o buscaban terapia.

—¡Entonces podemos asociarnos! —sugirió la otra—. Tú me sirves de anzuelo y, cuando piquen, me los mandas. —Señaló la esquina del desaparecido cine—: Oye, y hablando de ligar, ¿te acuerdas de la discoteca Palace?

Oh…, se maravillaron ambas, ¡aquello sí que era un Tinder en vivo para divorciados maduritos! Ese subsuelo de bolas de discoteca y sillones de charol… ¿Cómo se llamaba el tipo de la camisa roquera que les dejaba colarse? Allí se juntaban los nuevos separados para volver a juntarse porque aún se bailaba agarrado y podían saltarse un par de etapas del cortejo. Entonces nos parecían abuelos ligando, ¿te acuerdas? ¡Con lo bien que les vendría ahora una discoteca Palace en el barrio! Mónica se sorprendió de que Ruth hablara en plural y de que nunca hablara de su familia. Se podía oler a un kilómetro la crisis matrimonial. ¿Tendría que ver el encuentro con Gabriel?

—Y hablando de crímenes en el barrio —siguió Ruth cambiando de tema—. ¿Te enteraste de por qué la cerraron? Pues resulta que uno de «los Miami» mató al portero por chivato.

Mónica abrió mucho los ojos.

—¿En serio? ¿Y cuándo fue eso?

Ambas guardaron un minuto de silencio sorbiendo sus cafés. Y luego decían que aquél era un barrio tranquilo... Nunca pasaba nada, pero, cuando pasaba, eran sucesos de lo más cinematográficos.

Sonó el tono de un móvil.

Ambas se echaron la mano al bolso como dos vaqueros a punto de desenfundar.

—Mala suerte. Es la tuya —dijo Ruth. La otra sonrió de medio lado—. No digas que estamos juntas. Creo que ya sospechan que las investigamos.

Descolgó y de inmediato su voz cambió a modo ahorro de energía. Un recurso inconsciente con el que Mónica pasaba el mensaje a su madre de que no estaba divirtiéndose o nada parecido, como si así pretendiera frenar la cascada de quejas que solía venírsele encima. La conversación con su madre de primera hora de la mañana siempre era temible.

—¿Cómo estás? —preguntó casi retóricamente.

—Pues mal, cómo voy a estar.

—¿Cómo has dormido?

—Fatal, ¿cómo voy a dormir?

—Pero ¿ha pasado algo?

—Sí, la vida. Se me ha pasado la vida.

Su hija fue a preguntarle si podía hacer algo, pero se dio cuenta de que aquello sobraba, así que optó por una sugerencia a la que sabía que Elisa iba a poner pegas.

—¿Por qué no sales un poco?

—Salir, ¿para qué?

—Porque si no luego te va a dar pereza y dirás que estás aplatanada viendo la tele.

—Pero ¿a dónde voy?

—No sé, mamá.

—Es que hace frío, ¿o no?

—No mucho.

—¿Ah, no?

—No.

—Es que bajar a tomar un café para ver siempre las mismas caras... No conozco a gente que me interese.

Y Mónica, como otras veces, no tenía respuestas para eso. ¿Por qué no «tenía» a gente interesante alrededor? ¿Dónde se escondía ese círculo que se quejaba de no tener? Durante un tiempo intentó ser la sustituta de «esa gente interesante», pero pronto se dio cuenta de que no se podía llenar un agujero que adquiría dimensiones de cráter.

—¿Y tú?, ¿qué vas a hacer? —preguntó Elisa.

—Pues trabajar, mami. Trabajar hasta el fin de semana.

—Pues nada. Te dejo, que tendrás mucho lío. Yo no sé si saldré de casa. Total, ¿para qué?

Y al colgar, Mónica ya se sintió culpable por trabajar, por vivir, y más aún por no estar trabajando, sino tomándose un café de media mañana con una amiga para intentar averiguar su implicación en un crimen. Menos mal que no estaba disfrutando, o eso creía, se dijo inhibiendo cualquier posibilidad de goce para no sentirse aún peor.

Durante toda aquella breve conversación, Ruth había observado el lenguaje corporal de su amiga como si fuera una película muda. Por eso no pudo contenerse:

—¿Todo bien?

—No.

—¿Qué pasa?

—Pues que no lo puedo evitar. Cuando se frustra sufro por contagio. —Se levantó—. Me voy, que tengo millones de cosas que hacer hoy para el máster, a ver si puedo coger unas entradas o algo y me la llevo a última hora.

La otra le tiró del chaquetón para que volviera a sentarse.

—¿Crees que ésa es la solución? ¿Que salgas como un SAMUR cada vez que te reclaman?

—No lo hace aposta. Es que no entiende que cuando me habla así…

—Claro que lo entiende, aunque no sea conscientemente. Por eso lo hace. Y te sientes así porque no puedes hacer absolutamente nada para intervenir en su vida, porque no es la tuya. La insatisfacción sale por las grietas, querida; son las heridas que nos dejan los sueños no atendidos; lo que no nos atrevemos a hacer o a afrontar, las conversaciones pendientes… Por eso hay que intentar zanjarlas, nunca es tarde para vivir como queremos vivir y no como nos dicen que debemos hacerlo. Porque luego, sin querer, pasamos la factura.

—¿Y entonces yo qué puedo hacer?

—¿Tú? Sólo lo que puedas hacer por ti misma, como ella. —Dejó un silencio que precedió a una iluminación—. ¿Por qué no te quitas la faja, Mónica? Lo pienso desde que te conozco y creo que hace ahora exactamente treinta y cinco años. Tu tarea quizá es la de despreocuparte y descontrolarte…, niña perfecta.

El *skater* volvió a sobresaltarlas chocando el patín violentamente contra el suelo.

Mónica se incorporó hacia él:

—¿Puedes ir a romperte la crisma a otro lado? ¡Esta zona es peatonal! Mira —señaló—: anciana, perro, niño en carrito, ciego… —El otro le sacó el dedo corazón. Ella se señaló a sí misma—: Colaboradora de la policía.

El otro frenó el patín en seco y se alejó con él bajo el brazo.

—La mía es una batalla perdida, Ruth —dijo volviendo a sentarse visiblemente angustiada.

Las gigantes puertas traseras del teatro se abrieron despacio, como las de un castillo. Tuvieron que cambiarse de banco. Ante sus ojos empezaron a desfilar cajas de embalaje, cables y fragmentos de bosque.

Ruth sonrió, ay, querida amiga, lo que le pasaba a Elisa era que le tenía muy cogida la medida. Lo había visto claro en aquella breve conversación que acababan de tener.

—¿En serio? —Mónica se rascó los nudillos con nerviosismo—. Pues explícamelo, por favor, porque me siento como la mierda.

La terapeuta se subió las gafitas y adoptó una pose científica.

—Verás, esto lo cuenta Orlando muy bien en un pantallazo en el que nos vi a todos reflejados. —Mónica se sorprendió. ¿Hasta la racional Ruth se estudiaba aquella agenda? La otra se explicó—: Para manipular a un ser humano, aunque sea inconscientemente, hay que seguir el siguiente esquema… Primero hay que saturar su capacidad para razonar. ¿Y cómo lo hace? Hay dos pasos: el primero es ponernos bajo presión con un estallido de ira de modo que el cerebro del otro se gripa y se ve obligado a tomar decisiones rápidas sin calcular mucho las consecuencias. Lo hacen Fiera y Bowie cuando se ponen a ladrar lo más estridentemente posible. Es un puñetazo directo a la amígdala —se señaló encima de la oreja con el dedo corazón—, que es lo que se activa cuando tomamos decisiones. Unas madres se echan a llorar, como Dolores. Otras se quejan o manifiestan su ira, como la tuya, y otras, como la mía, directamente, ordenan y mandan, y, si no la atiendes en ese momento, prepárate para la lluvia de reproches. Pero ojo que también lo hacemos los hijos: se llama pataleta y lo aprendemos de muy pequeñitos. Todo se resume en una palabra: control. Huelga decir que esas cesiones bajo presión son las que menos te convienen a ti. Por ejemplo, buscar la forma de ofrecerle un plan, pero al menos frenan momentáneamente el estrés de ambas. Paso dos: tras la pataleta y con tu cerebro atontado, pide o sugiere algo suavemente: «¿Tú qué vas a hacer?», cuando conoce perfectamente tus horarios y ya le has dicho que estás hasta arriba con el máster. Y ahí llega el paso tres: el chantaje emocional. «Pues yo no voy a salir... ¿a dónde? ¿Con quién?». —Abrió las manos con obviedad—. ¿Y qué hacemos? Le damos irreflexivamente aquello que nos pide aunque nos sea casi imposible. Eso, los niños, lo tienen controladísimo. Te lo digo yo, que tuve a los míos para hacer un estudio antropológico y he terminado investigándolos como a dos cobayas de laboratorio.

Mónica la observaba sin pestañear.

—¿Dónde has estado todos estos años? ¡Lo que me habría ahorrado en terapia!

—Oye, oye..., ¿y quién te ha dicho que no te voy a cobrar?

Las dos se levantaron riéndose.

Pues nada, concluyó la entrenadora, tendría que resucitar a la Mónica *grunge*, ¿quién no quería seguir siendo *grunge*? Despreocupada y despeinada, con los pantalones flojos y las camisetas desgastadas. Después de todo, la banda sonora de su juventud había sido la de *Reality Bites*.

Una bofetada de aire barrió las hojas del pavimento. Empezaba a notarse que se aproximaba el invierno en aquellos imperceptibles parpadeos de las nubes. Se estaban quedando frías. ¿Y si se compraban otro café y caminaban un poco?

Enfilaron la calle del Arenal en silencio hasta que Ruth pareció asaltada por un recuerdo que la hizo sonreír.

—¿Te acuerdas de cuando se nos cayó el primer diente el mismo día y nuestras madres nos trajeron a la casa del Ratoncito Pérez?

—Bueno, a ti se te cayó y yo lo derribé a base de movérmelo toda la noche hasta que se vino abajo.

Aquella tradición había sido casi más ilusionante para ellas que la mismísima llegada de Santa Claus. Eso de que se te cayera un diente, lo escondieras bajo la almohada y llegara un ratoncito travieso y adorable a dejarte en su lugar un regalo tan minúsculo como él... era simplemente mágico.

—Todos creímos verlo alguna vez, aunque fuera el rabito, escapando por la ventana.

Pero lo que nunca imaginaron entonces era que los niños del barrio gozaban de un privilegio: el famoso ratón habitaba una casa vecina e iban a visitar su guarida, pero quizá lo habría reescrito su imaginación infantil. Tenía que estar por allí cerca..., se dijeron, investigando cada bordillo y cada escaparate. O quién sabe si se lo inventaron sus madres. Tras las últimas revelaciones, tenían claro que éstas eran muy capaces de seguirse la corriente cuando se trataba de inventarse algo...

—¡Era verdad! —chilló Mónica entusiasmada a la vez que la Mónica niña de su recuerdo.

—¡No nos lo habíamos imaginado! —exclamaron la pequeña Ruth y su versión adulta delante de aquella pared de artesonado verde.

Así, de la mano de sus madres, habían desvelado para su pandilla el que titularon «El misterio del Ratoncito Pérez». ¿Cómo iban a imaginarse que el famoso roedor era madrileño, que era real la puertecita que se encontraba bajo un artesonado de madera verde del número 8 de la calle del Arenal y que incluso un pequeño buzón anunciaba que ésa era su casa? Ahora, sobre la pared, también había una placa del Ayuntamiento:

AQUÍ VIVÍA
DENTRO DE UNA
CAJA DE GALLETAS
EN LA CONFITERÍA PRAST
RATÓN PÉREZ
SEGÚN EL CUENTO QUE
EL PADRE COLOMA ESCRIBIÓ
PARA EL REY NIÑO
ALFONSO XIII

Entusiasmadas como dos chiquillas, interrogaron a Siri sobre aquel hallazgo. No tardó ni un segundo en informarlas de que ahora había una casa museo del Ratón Pérez en la primera planta, entrando por la galería comercial, y tenía hasta un buzón para donar… ¿los dientes?

—¿Qué harán con ellos? —dijo Mónica.

¿No le parecía algo macabro?, insistió atándose la bufanda mientras Ruth la empujaba calle abajo e iba burlándose de ella, que no empezara a imaginar un *thriller* con el pobre ratón, que la conocía… No iba a consentir que arruinara la fama de uno de sus superhéroes de la infancia con su mente calenturienta. Desde luego, Margarita era única contándoles historias, aseguró Mónica. De hecho, una de las grandes diversiones del grupo era merendar en casa de Ruth y luego sentarse al lado de la chimenea, donde Margarita, bajo su propio retrato, avivaba su imaginación al mismo tiempo que la leña, con alguna leyenda del barrio susceptible de ser investigada.

De pronto aquel recuerdo feliz volvió como un *boomerang* e impactó en el corazón de su hija provocándole un gesto de dolor. Una vez leyó en una novela que cuando moría un viejo era como si ardiera una biblioteca… Y era verdad. Ahora sentía que una cerilla estaba a punto de caer sobre ese bello archivo que era su madre y ni siquiera podía verla vieja, ¿cómo iba a imaginarla enferma o…? Desde hacía una semana y tres días, se había activado un cronómetro feroz que no le dejaba tiempo para esas conversaciones pendientes que las ayudarían a conocerse.

Se detuvo en medio de la calle como si no supiera a dónde iba:

—No he heredado su memoria, ni su color de ojos, ni su altura, ni su elegancia... —empezó a decir con peso en los ojos—. Sólo una necesidad enfermiza de aprobación.

—Y una autoexigencia brutal, si me permites decirlo —siguió su amiga—. Que también debes intentar amordazar...

—Eso, el maldito perfeccionismo. —Encontró su reflejo en un escaparate entre decenas de zapatos feos que exhibían sus precios con vulgaridad—. ¿De qué me han servido todos mis títulos, Mónica? O mis becas, mis conferencias en el extranjero... ¿Acaso han mejorado la imagen que tiene de mí? Nunca lo sabré. La he escuchado hablar de Orlando con una admiración que jamás ha mostrado por nada de lo que yo haya hecho. He empezado a despreciarlo... Tengo celos de un muerto. ¿No soy un ser horrible?

—No, es que el perfeccionismo es una mierda.

—Es peor —aseguró Ruth—. El perfeccionismo deja a la persona real sola.

—Y con un síndrome del impostor del copón.

Ruth pareció interesada por aquel dato.

—Desarrolla eso.

—Luego —dijo Mónica dándole un empujoncito—. Cuando me acabe el café. Habla tú, que eres la que está en *shock*.

Su amiga suspiró. En el fondo le costaba mucho hablar de sí misma. Sería la falta de costumbre, pero lo iba a intentar:

—Yo sí que me siento un fraude, Mónica. No sé, es una sensación extraña... últimamente me sorprendo sacándome trucos de la chistera para mis pacientes en la consulta que luego no soy capaz de aplicarme a mí misma. —Se apoyó sobre la pared fría del escaparate—. Les cuento que crecer supone responsabilizarnos de lo que somos de adultos, que no hay que echarle la culpa a mamá de todo lo que nos pasa, que madurar supone encontrar una forma de completar lo que nos ha faltado, de terminar de criarnos a nosotros mismos...

Mónica se despeinó el flequillo mirándose en el escaparate.

—Pues en ese caso somos dos maduritas inmaduras que cruzamos sin frenos la cuarentena.

Aquello le hizo sonreír aunque no sentía que pudiera entenderla.

—Pero a ti Elisa siempre te ha apoyado en todo y sí te valora y te lo demuestra.

—¿Que me demuestra qué? —se sorprendió Mónica—. ¿Tú sabes lo peligroso que es ser una pura expectativa? Me exige sin exigir, negándose a ver lo que soy en realidad.

Siempre había hablado de ella como «la niña perfecta». Le enseñó a leer mejor que los profesores, a pintar antes de ir a clases de pintura… Su hija era su gran obra.

—Para mí era imperdonable no estar a la altura de lo que ella creía que yo era. Lo sigue siendo —dijo encogiéndose de hombros—. Y lo peor es que empiezo a darme cuenta de que esa exigencia no es suya, sino mía… El caso es que hace que me sienta una impostora.

Era innegable que, aunque viniendo de madres que las habían criado de forma opuesta, habían aterrizado de adultas en el mismo lugar. Eso a Ruth le pareció revelador, así que siguió tirando del hilo.

—¿Recuerdas el primer momento en que te sentiste así? —preguntó la terapeuta.

Mónica se quedó pensando, no sabía si fue el primero, y quizá era una anécdota muy tonta, pero le había venido a la cabeza cuando Elisa le daba un champú del que recordaba un olor ácido muy fuerte. Se llamaba Reflejos. Hablando de tintes, el nombre ya tenía un tinte irónico. Hasta muchos años después no supo que olía así porque llevaba agua oxigenada y camomila. Es decir, que se lo daba para aclararle un poco el pelo, quedándosele algo castaño, más parecido al suyo.

—Bueno, ¡pues sigue diciendo que nací castaña! —protestó la entrenadora—. ¡Y no es verdad! ¡Estaba desteñida! Mi pelo siempre fue negro como mis ojos, como el de mi padre. ¿Y cuál es el recado que te queda en tu cerebrito? —Se dio unos toquecitos en la sien—. Que no estás bien como estás. Que tu madre te prefiere castaña. Y que así te querrá más. Y terminas viviendo como una falsa castaña hasta que un día tiras el puto champú a la basura. Me costó mucho asumir mi pelo negro.

Y, según Mónica, igual que dio por hecho su pelo castaño, también se había inventado otras muchas características que quería que tuviera.

—Y un día te levantas y eres adulta y descubres que no mides uno setenta, que no eres castaña, que en realidad tampoco querías hacer esas oposiciones ni eres tan responsable ni paciente... y te sientes un fraude, un puto fraude ante los demás, ante tu madre y ante ti. ¿Y qué haces? Esconder aquello en lo que fallas para no defraudar al cosmos.

—Pero Mónica... —había ido intercalando Ruth durante todo aquel alegato.

No supo si había subrayado el dramatismo de aquella confesión el barítono que cantaba el aria de Tosca en la puerta del Teatro Eslava, pero Ruth se quedó preocupada.

—Pero Mónica... —repitió—. ¿Qué estás diciendo? Yo te he visto trabajar con tus perros y con ese niño. Y no lo voy a olvidar en la vida... Lo que haces es impresionante.

—Ya, y es mi vida... —su amiga juntó las manos, impermeable al agradecimiento—, y creo en lo que hago, Ruth, pero en mí sigue viviendo esa Mónica que no pudo ser detective como ella soñó que fuera. La Mónica que considera que, haga lo que haga, nunca será tan importante como eso. Ni tan buena hija como debería ser. Porque no «estoy» todo lo que debería «estar». ¿Y sabes lo más kafkiano? —Se detuvo un momento como si la confesión que estaba a punto de hacer le diera vergüenza—. Lo más irónico es que me estoy dando cuenta de que estoy repitiendo el patrón de mi madre con Fiera. ¡Y es un perro! En el fondo vivo a través de una chihuahua enana lo que yo no pude conseguir. ¿No es patético?

—No, se llama contratransferencia. —La entrenadora pareció no entender y Ruth lo aclaró—: Cuando alguien, por ejemplo una madre, trata de continuar viviendo a través de la vida de su hija. —Mónica la escuchaba aterrorizada—. ¡No digo que sea el caso! Pero tienes que romper ese bucle, amiga, tu madre contigo y tú con Fiera, antes de que empieces a comerte el pienso de su comedero. —Y soltó una risilla desengrasante y unas monedas al músico.

¿Y quién no se ha sentido así? ¿Acaso no vivimos en un mundo que nos informa sobre lo que es ganar o perder antes de que empecemos a vivir? Estar siempre a la altura de las expectativas voraces e irreales de los demás era una trampa muy peligrosa. Porque nunca se satisfacían. Mónica era ahora consciente. Y Ruth lo sabía también, aunque su trampa fuera estar a la altura de las desproporcionadas expectativas sobre sí misma, las que creía que le devolverían a su madre.

Por eso dijo:

—No puede uno pasarse la vida intentando demostrar «que es capaz». Además…, demostrar ¿a quién? No. Hay algo muy enfermo aquí. Y digo aquí porque yo también lo padezco. —Intentó buscar las palabras precisas—. Es como dice Orlando en esa reflexión que me has leído cuando he llegado. Quiero decir, que es como si las dos, por distintas razones, nos hubiéramos convencido de que sólo somos dignas de ser queridas por lo que hacemos y no por quiénes somos, ¿no? Ya ves, yo soy el caso contrario, y sin embargo esa falta de apego me convierte en una persona que huye del riesgo, porque, las cosas como son, no soporto el fracaso y no asumo las críticas con facilidad. Dios mío…, ¡parece que estoy hablando de mi madre!

Por un momento, la terapeuta se quedó descolocada y Mónica, sorprendida por aquella descarga de confesiones de su amiga.

—Entonces somos unas pringadas, amiga —dijo al fin—. No hay esperanza.

—Sí la hay —respondió Ruth, contra todo pronóstico—. Pero la única forma de romper ese círculo vicioso es que sus protagonistas, en este caso nosotras y nuestras santas progenitoras, nos ayudemos mutuamente a sincerarnos.

¿Y eso cómo se hacía? ¿Qué suponía?, se preguntaba la otra en alto. Ruth le dio unos toquecitos con la yema del dedo a la altura del corazón. Eso suponía ser franca y estar dispuesta a que ellas también lo fueran. Que les contaran sus anhelos y sus miedos en esta etapa de la vida, pero no desde la queja o el reproche. Ni ellas ni sus madres eran las mismas que se conocieron cuando nacieron.

—Mira, yo no creo en el destino —dijo esquivando a una manada de turistas en bici dispuestos a atropellarla—, pero sí creo que la vida condiciona, pero no esclaviza, y que cada ser humano es responsable de lo que logra de sí mismo durante esta aventura que es vivir. El primer síntoma de que una persona tiene una mente poco madura es que le echa la culpa a todos los que lo rodean de lo que sufre. Por ejemplo…

Y dijeron a coro:

—«Los inútiles de mis hermanos».

Un paseador de perros se cruzó con ellas sin saber que lo hacía con un *timing* perfecto. Otro venía detrás. Se saludaron. Ambas siguieron con la mirada al que más les recordó a Orlando y éste cambió el paso por otro casi de pasarela. Sin duda había malinterpretado su interés, se dijeron riendo, aunque no estaba nada mal el tipo, observó Ruth. ¿Le sobraría una correa para darles un paseíto? Pero su aparición no se limitó a tener un efecto endorfínico en aquellas dos. Casi parecía haber sido enviado para proporcionarles una nueva pista. ¿Cómo había conseguido clientes Orlando en tan poco tiempo teniendo tanta competencia?, iba preguntándose Mónica. ¿Dónde se anunciaba? ¿O quizá sólo paseaba a los canes que les conseguía a las vecinas del barrio? En ese caso Bowie era una excepción. ¿O quizá seleccionaba a los seres humanos a los que ayudar a través de ellos? Y, si era así…, ¿por qué seleccionó precisamente a sus madres? En ese momento Mónica no supo hasta qué punto había dado con una de las claves de la investigación.

Siguieron caminando un rato en silencio hasta la Puerta del Sol, allí se despedirían porque Ruth tenía que hacer la compra del mes en el supermercado, no fuera a ser que su prole muriera de inanición. Entonces Mónica, casi *in extremis*, se atrevió a preguntarle lo que había querido preguntarle desde el principio de la mañana: si todo iba bien en su casa.

Ruth no pareció molestarse por aquella intromisión, pero sí la sorprendió a ella con otra pregunta.

—¿A ti te iba bien con Marcos?

Esto dejó a Mónica recalculando la ruta como un GPS.

—Supongo que no… —respondió pasados unos segundos—. O no lo habría dejado.

—Pero lo supones ahora —insistió la otra—. ¿Lo dejaste porque os iba mal?

—No discutíamos, si es a lo que te refieres. Simplemente «nos iba».

Ruth basculó todo su cuerpo sobre una pierna. De pronto se sintió muy cansada de caminar y los zapatos empezaron a apretarle.

—Pues a mí simplemente «me va» —resumió con indolencia.

Su amiga sonrió. Siempre había tenido el don de traducir los sentimientos complicados en frases sencillas.

Por eso se atrevió a dar un paso más. Ahora o nunca.

—Por curiosidad, Ruth, ahora que sabemos lo que sabemos —titubeó un poco—. ¿Te has preguntado cómo habría sido si cualquiera de las tres hubiera acabado con Gabriel?

El escáner que eran los ojos de su amiga se puso en marcha tras el cristal de sus gafitas. Sí, la escaneaba y por eso, porque fue separando capa a capa aquella pregunta, entendió a la perfección que iba disfrazada de humor y causalidad, y también que había esperado al final para dispararla.

—Mónica, me estás preguntando algo más, ¿verdad?

—No, qué va…

—Mónica, que te conozco…

A la otra empezaron a sudarle las manos.

—Está bien —confesó escondiéndolas en los bolsillos—. Sólo quería decirte que no me importa que estés con él. Pero no os hagáis daño. Porque os quiero mucho a los dos y no quiero perderos cuando os he recuperado.

Ahora Ruth sí parecía perpleja, pero también satisfecha. Sabía lo que le habría costado aquella declaración a la, en el fondo, muy tímida y muy orgullosa Mónica.

Por eso quiso aclararlo:

—Gabriel no está interesado por mí, así que tranquila. Además, ahora mismo no pondría en peligro la estabilidad de mi familia. —Y luego rectificó—. Bueno, a no ser que me lo pida Chris Hemsworth.

Mónica hizo una mueca, visiblemente aliviada, aunque tratara de disimularlo. Aquella conversación se zanjó con un abrazo de mucho más de ocho segundos y, antes de que se repartieran las tareas de sus próximas indagaciones, Ruth le apretó la mano:

—Me ha alegrado mucho que hayamos podido vernos a solas —dijo—. Fuiste mi hermana.

Mónica le sonrió con ternura.

—Aún lo soy.

A veces lo correcto no se corresponde con lo legal

Qué bien olía la plaza tras la lluvia y qué imponentes eran los magnolios que servían de corazón vegetal a los laberintos. Se fijó en que los reyes de piedra habían amanecido con unos divertidos tocados de plumas muy a lo *belle époque*. Hasta que no se acercó un poco, su miopía no le dejó comprobar que una paloma descansaba sobre cada regia cabeza.

Esa mañana, de pie frente al espejo, Ruth se encontró esplendorosa. No le hizo falta provocarse la sonrisa como si fuera una arcada. Incluso sintió ganas de acudir a su consulta. Más bien, sentía ganas de ir a casa de su madre. De pronto se dio cuenta de que había sido una bulímica emocional. Se hartaba de sonreír compulsivamente, la mayoría de las veces sin ganas, y terminaba vomitando esa felicidad sin digerir en algún momento del día para consumir más.

Lo de esa mañana, sin embargo, y por primera vez, era un bienestar en crudo, natural.

Quizá la conversación del día anterior con Mónica le había quitado peso en el corazón, se dijo mientras se bebía un zumo de naranja y exprimía otros tres que dejaría en la mesa cuidadosamente cubiertos con una servilleta. Una costumbre heredada de su tata. Si no, se le iban las vitaminas.

La sensación de comerse el mundo no decayó cuando salió del aparcamiento en la plaza de Oriente. Incluso ésta le pareció más limpia, como si por un misterioso desagüe se hubiera vaciado de recuerdos amargos. Quería ver a su madre, necesitaba verla y hablarle de todos los interrogantes que se habían ido acumulando en su cerebro esos días atrás, años más bien, con aquella nueva disposición, conciliadora, expansiva. Seguro que habría una explicación para todo, para que Orlando supiera tanto de sus finanzas, para que aquellas pastillas hubieran acabado en su poder, incluso la relación con el coronel no podía ser nada tan serio. Ya verás, se animó como si fuera su propia terapeuta. Saludó al portero con la mano que le quedaba libre de carpetas. Ya verás, le repitió a su reflejo en el ascensor. Por mucho que la bienintencionada directora de la residencia se empeñara en aquella historia de amor...

La conocía.

Era su hija. No podía olvidarse de que era su hija.

Antes de abrir la puerta hizo varias respiraciones y se ordenó a sí misma retener esa *joie de vivre* una vez se adentrara en materia. Tenía que asumir que las reacciones de Margarita serían desde evasivas hasta combativas. Por eso se había preparado mentalmente como un soldado para una batalla decisiva. Si se anticipaba a sus reacciones, no le dolerían tanto y todo iría bien.

Por primera vez tendría que pedirle explicaciones a su madre y no al revés.

Por primera vez tendría que hacerle ver que sus actos podían tener graves consecuencias. Por primera vez sabía cosas que su madre ignoraba que había descubierto. Aun así, creía en su inocencia. Quería creer en ella con todo su corazón. Pero estaba segura de que aquella conversación iba a ser crucial. Y no se equivocaba.

Cuando empujó la puerta sintió que pesaba toneladas y no fue hasta un segundo después cuando vio que Bowie se levantaba. ¿Qué haría tumbado en la puerta? Éste le regaló una mirada serena con sus ojos dispares.

El verde parecía triste. El azul, alerta.

Lo acarició. ¿No había salido aún a pasear? No lo había hecho. Su vejiga parecía a punto de reventar. ¿Por qué tardarían tanto en bajarlo? Eso mismo se estaba preguntando Bowie, uno tenía sus límites... Además, la tarde anterior había pensado que era un buen momento para purgarse, le gustaba hacerlo cuando cortaban el césped delicioso de la plaza, pero, claro..., luego siempre tenía sus consecuencias, y se las encontrarían en el pasillo de no sacarlo en breve.

El perro sacudió su magnífica melena blanca. En invierno le crecía más alrededor del cuello, como si fuera una elegante gola, dándole el aspecto de un león albino. A pesar de su urgencia por cumplir con sus necesidades vitales, no había razón para ser descortés, se dijo, de modo que caminó por el largo pasillo guiando a Ruth como un disciplinado mayordomo hasta el lugar donde se encontraba su dueña. O, según el prisma de Bowie, la dueña de ambos.

Ya en la biblioteca, fue Margarita quien le salió al encuentro. Parecía muy atareada, por eso a su hija le extrañó que aún estuviera en bata a esas horas. Iba calzada con unas chinelas de seda fucsia bordadas de flores amarillas a juego con el caftán que se había venido con ella de una vuelta al mundo que dio con su marido.

Se sentó tras el escritorio de su difunto. Le lanzó una mirada opaca a su hija por encima de las gafas.

—Qué bien que hayas venido temprano. Hay unos papeles que necesito que firmemos.

Bowie se tumbó a sus pies y dejó descansar su cabeza sobre el pie derecho de su ama. Ruth tomó asiento al otro lado de la mesa y apoyó los brazos con aire infantil.

—Vale, mamá, pero ¿y si desayunamos antes? Yo también quiero hablarte de algunas cosas.

Margarita abrió una carpeta con las gomas gastadas, ah..., por fin, ahí estaba, murmuró, extrayendo lo que parecían unas escrituras y unos planos.

—Hace una mañana preciosa —dijo Ruth—. ¿Y si desayunamos abajo? Al pasar por la Botillería los cruasanes olían que daba gusto... Me ha recordado a cuando papá bajaba a por ellos.

Su madre le hizo una carantoña al perro que al escuchar la palabra «abajo» había reaccionado alzando las orejas, esperanzado.

—Ajá... —dijo su madre—. Bueno...

—Mamá, déjame que te cuente cómo me siento hoy —insistió Ruth—. Me refiero a que son sensaciones bonitas y a que hace un día increíble y me apetecía venir a la consulta y a verte, para hablar contigo.

Pero Margarita siguió abriendo carpetas metódicamente.

—Claro, querida. ¿Y a qué hora tienes la primera consulta?

No, no la escuchaba.

—Mamá, me van a hacer una autopsia para descartar mi posible ADN alienígena —anunció con naturalidad.

—¿Ah, sí? —respondió la otra, entre dientes—. Por cierto, han dicho que vendrían hoy a arreglarnos los toldos, por fin... ¿Te ha comentado algo el portero?

Ruth se desplomó hacia atrás en la butaca de piel gastada.

No me escucha.

Nunca me ha escuchado.

Estuvo unos minutos más observando cómo iba ordenando todos aquellos documentos en varias carpetas de colores que había abierto sobre la mesa a la vez, como si necesitara ver un mapa general de la situación hasta que, por fin, dejó las gafas sobre la mesa, descansó la cabeza suavemente sobre el atril de su mano con gesto de agotada contrariedad y dijo:

—Suselen me ha escrito para preguntarme si sigo conservando el contacto de su padre. Parece ser que quiere buscarlo para preguntarle algunas cosas. ¿Tú sabes algo de esto?

Ruth asintió y respondió como si la hubieran sacado a la pizarra.

—Según me dijo es por una cuestión de salud que atañe a Dafne. Necesitaba saber antecedentes familiares genéticos.

—¿Y tú te lo has tragado? —dijo su madre con una sonrisa fea de medio lado.

—Pues sí..., ¿por qué no?

Y empezó a juguetear nerviosamente con unas figuritas de marfil que habían ocupado el lugar de las famosas bolas chinas. Lo cierto era que le había sorprendido saber por su amiga que, cuando Ágata ya no quiso tener contacto con su exmarido, Margarita fuera nombrada la interlocutora entre ambos, y las cuestiones legales y de la niña las hablaran sólo a través de ella.

Margarita agarró el abrecartas y empezó a abrir sobres como si quisiera asesinarlos.

—¿Y a qué viene ahora eso? —se indignó—. Si una mujer no quiere tener contacto con un hombre por algo será.

—Tiene derecho, mamá.

—Eso no tienes por qué decidirlo tú, metomentodo. Además, está muerto y bien muerto, ¿de acuerdo? Era un animal.

Apretó los labios. Abrió y cerró los puños. Se notaba que luchaba por mantener la compostura.

—¿Que está muerto? ¿Y ella no lo sabe? —Ruth estaba escandalizada.

Su madre dejó los ojos en blanco. ¿Ella? ¿Quién? Si no lo sabía era porque hasta ahora no lo había buscado, ¿no? La gente se moría de forma constante y últimamente mucho más. Por el amor de Dios… ¿No se casó con Ágata cuando la dejó embarazada y las abandonó cuando Suselen tenía diez años? Lo único que podría darle era la dirección de su lápida en el cementerio, pero dudaba que nadie se hubiera molestado en tallarle una. Y luego intentando calmar la voz:

—Suselen debería ser menos crítica con su madre. —Siguió rompiendo papeles—. Confiar un poco más en cómo ha hecho las cosas. Y dejarlas estar. Se habrá equivocado en las formas, no te digo que no, pero Ágata siempre ha intentado protegerla. —Se abanicó con unas escrituras que le hicieron estornudar—. El problema es que ahora tenemos demasiada confianza con los hijos. ¡Ésa es la pura verdad! Antes no podías discutir con tu madre porque a tu madre no le tosías y punto. Tú, que hablas tanto de los roles… ¡pues ahí viene el lío de roles!

Volvió a estornudar muchas veces seguidas como una ardilla, qué barbaridad, en aquellos papeles vivían varias generaciones de ácaros. Los abuelos de los ácaros. Los bisabuelos de los ácaros…, hasta los tatarabuelos de los ácaros, siguió despotricando entre dientes.

A Ruth siempre le había llamado la atención la forma en que su madre justificaba a Ágata. Se podría decir que la protegía. Que la admiraba, incluso. Algo más que sorprendente en alguien que lideraba el observatorio del «qué dirán». Sin embargo, cualquier patinazo en la moral resultaba en Ágata menos escandaloso o reprochable que en el resto de los mortales.

Recordó entonces el día que sus madres las apuntaron al coro de la iglesia y la ilusión que le hizo a Ruth el día que la directora habló con las dos niñas para que hicieran un solo. Mucho tiempo después se enteró por Suselen de que también había hablado con sus madres. «Estas niñas deberían entrar en el conservatorio». A Ruth le hizo ilusión pensar que la apuntarían con Suselen, pero al final ella ingresó y a Margarita no debió de parecerle que fuera una buena inversión de tiempo.

—Siempre me he preguntado por qué no me dejaste ingresar en el conservatorio con Suselen. Yo también cantaba y actuaba bien.

—Si tú lo dices...

—No lo digo yo, mamá, lo dijo la directora del coro.

—A mí nadie me dijo nada.

—¡Claro que sí! Me reeligieron para los solos tres años seguidos.

—Porque lo digas tú. Si sólo estuviste en aquel coro un año.

—¿Cómo? ¡Estuve cuatro, mamá! Tengo pruebas.

—¡Uy! ¡No lo dudo, miss Marple! ¿Qué estás queriendo decir?

—Que mis profesores también insistieron en que tenía altas capacidades musicales —dijo Ruth con cautela—, y hasta que no fui adulta nadie me lo dijo ni nadie se ocupó de que las desarrollara.

—¿Estás diciendo que no me ocupé de ti?

—Mamá, no estoy diciendo eso... —dulcificó su voz—. Sólo que igual habría sido buena. Cantaba muy bien.

—¿Y de mí? —Se colgó las gafas del cuello de la camisa. Se dio unas palmadas en el pecho—. ¿De que yo no dejara mis pasiones, quién se ocupó? Precisamente porque me ocupé de ti...

—Mamá, no sigas.

—Sólo iba a decir que yo tampoco pude...

—Eso no es cierto y vas a hacerme daño.

—Sí, mejor me voy a callar —farfulló Margarita cada vez más airada—. Que no me ocupé..., desagradecida.

Ruth giró a un lado y a otro la silla para intentar recuperar la sensación de apertura con la que había llegado, pero es que era indignante... ¿Por qué ese empeño de su madre en llevarle la contraria en tonterías? ¿Por qué destruir los recuerdos de su niñez? ¿Es que pretendía hacerla desaparecer? ¿Ése era su plan? Poco a poco se borraría de los retratos familiares como en aquella escena de *Regreso al futuro*. Cualquier día le diría: «Mamá, el día que nací fue el 14 de septiembre» y ella le respondería: «Porque tú lo digas. No fue ese día. De hecho, nunca naciste, a decir verdad. Si lo sabré yo...». Una involución de una vida entera, a lo Benjamin Button, que la llevaría a ser un nonato. Un aborto a los cuarenta y tres años.

Giró en la silla ciento ochenta grados. Le encantaba hacer eso hasta marearse mientras su padre trabajaba en su mesa de despacho. Su madre, sin embargo, lanzó un gruñido, ¿podía estarse quieta un rato, por favor? La estaba desconcentrando. Pero Ruth ya estaba lanzada y no tenía intención de parar:

—Nunca dijiste que estudiar fuera tu prioridad.

—Y no lo era. —Tachó algo con saña—. Sólo he dicho que nadie se preocupó de mis pasiones.

—Pues yo siempre te recuerdo muy ocupada... —contestó Ruth.

Por una vez no estaba dispuesta a callarse. ¿Qué historia le estaba contando? Al menos, durante los seis años en que fue hija única, su madre no abandonó ni una sola de las actividades culturales: socia de honor del mercadillo de las Damas Británicas, presidenta del Club Amigos de la Ópera, patrona del Teatro Real, tesorera de las recaudaciones para investigación del Hospital Niño Jesús, socia honorífica del Círculo de Bellas Artes, del club de campo... Hasta que, durante un traslado por trabajo de su padre, y por culpa del clima del norte, nacieron «los inútiles de sus hermanos», algo que, como ambos vinieron en pack, descolocó su estilo de vida. Eso y estar separada de su Madrid natal un buen número de kilómetros la llevaron a abrir una tienda de ropa de bebés como cualquier niña bien que se precie. Ahí sí empezó a verla frustrada.

—Yo no te condicioné la vida en nada, mamá. Necesito que lo veas.

—Yo no he dicho eso, Ruth —empezó a hablarla como si la aburriera—. Los hijos son un accidente, te lo dije el otro día y te lo tomaste fatal. No es nada de lo que me arrepienta, pero que fuerais tres fue un cambio de vida radical.

—¿Y luego qué pasó?

Soltó el bolígrafo sobre la mesa de mala gana.

—Pues que estuve doce años oliendo a leche y en camisón. Eso pasó. Y no era feliz. Qué le vamos a hacer. —Se incorporó en la silla y levantó las cejas—. No has tenido una madre que te hiciera guisos. Yo no soy ese tipo de madre. He tratado de educaros en el arte, en la belleza, en la moral, ésa ha sido mi forma de alimentaros. ¿Qué te hubiera gustado? ¿Que te hiciera el avioncito con el puré de verduras? Pues yo no he tenido paciencia para eso. Es verdad. Aun así, creo que he estado ahí siempre que me has necesitado.

Volvió a coger el bolígrafo como si fuera una batuta para marcar que continuaba el concierto.

—Yo también.

—¿Cómo? —Acercó la oreja como si no hubiera escuchado bien.

—Que yo también he estado, mamá, y nunca me lo has reconocido.

—¿Cuándo te he pedido yo ayuda? —dijo exagerando su curiosidad.

—No hace falta que la pidas, mamá, porque yo siempre estoy. —A Ruth empezó a acelerársele el corazón. Atrévete a seguir, se dijo, vamos, ahora o nunca—. Cuando murió papá me trasladé a vivir contigo un mes. Cuando te rompiste el pie me quedé yo todas las noches...

Margarita negó con la cabeza muchas veces.

—Tú no estuviste cuando me rompí el pie. Se quedó Elisa.

Su hija abrió los ojos como platos.

—¿Cómo? Elisa se quedó una sola noche porque Juanito tenía fiebre. Las dos semanas que estuviste en el hospital me quedé yo.

—De eso nada.

—¿Has borrado dos semanas de estar en una silla a tu lado durmiendo hecha un cuatro con el ordenador sobre las rodillas?

Ahora sí, Margarita pareció confusa. Sacudió un poco la cabeza como si quisiera despertarse. Y Ruth se preguntó qué sentido tenía provocarle esos recuerdos si apenas los iba a guardar en su cabeza días u horas. Pero parecía haber pulsado el botón del egoísmo por primera vez y siguió rastreando el pasado en busca de pruebas, de respuestas, antes de que fuera tarde.

—No sé, mamá..., siempre te he oído quejarte de mis hermanos, pero me pregunto por qué nos metes a los tres en el mismo saco. Porque creo que es tremendamente injusto. —Buscó sus ojos sin reacción alguna—. Tampoco creo que ellos te hayan condicionado tanto. Nos dejasteis en la playa con los abuelos prácticamente todas las vacaciones. Dices que nos has educado en la belleza, pero nunca nos llevabais a esos magníficos viajes, restaurantes y teatros que disfrutabas con papá.

Aunque parecía imperturbable, de pronto detonó:

—¡Tus hermanos eran insufribles! Cuando llegaron, con teneros a los tres bañados y vestidos ya era un logro. ¡Erais tres...! ¿A cuál me llevaba?

—¡A mí, mamá! ¡Por ejemplo, a mí, que sí sabía comportarme...!

Era increíble, se dijo Margarita. Sí, era increíble, se lamentó Ruth. Ahora tenía la confirmación del porqué de esa distancia...

Había pagado el pato de otros.

Pero su madre, como era habitual, se limitó a hacerse la ofendida. Se puso de perfil, siempre orgullosa, cero nivel de autocrítica, y decidió que iba a bajar a preguntarle al portero el tema de los toldos. Una huida habitual cuando la situación le parecía embarazosa, no sin antes prenderse el oxímetro del dedo índice y posar su otra mano en el corazón, indicando el lugar de esa dolencia fantasma.

Aquella actitud no era por la falta de memoria.

Eso lo había hecho siempre. En otro momento, al verla salir con esos aires de garza herida, seguida de su peludo enfermero blanco, se habría sentido culpable, pero no aquel día. Se había autoconvencido de que hablar con sinceridad era lo único que podría redefinir su relación. Pero esa sinceridad no podía ir sólo en una dirección. Ése había sido siempre el problema.

Qué bellamente iluminaba el otoño aquella biblioteca. Los árboles parecían continuar dentro de la estancia cubriendo las paredes de maderas nobles, olor a resina y cera. Cómo le gustaba ese olor cuando las limpiadoras hidrataban las estanterías, las mesitas de lectura, las sillas y el pequeño pupitre que su padre le mandó construir para que leyeran juntos, como le dijo un día. Aquello desató los celos de sus hermanos, quienes se dedicaron a abrir y cerrar la boca del mueble sólo para escuchar su ruido, hasta que a los dos días, cuando se cansaron de la novedad y habían hecho saltar los tornillos de la tapa, se aburrieron de él y Ruth pudo ocupar ese puesto intelectual en el refugio de su padre. Allí se sentó durante horas, días y años cuando falleció. Por si se le aparecía para leer en alto su capítulo diario.

Un rayo naranja se coló por las contraventanas del balcón trazando una flecha de luz sobre su mesa. «Buenos días, papá», dijo muy bajito, y lo sintió tan cerca... «Escógeme un libro, anda, que hoy lo necesito», susurró recordando aquel juego. E intentó averiguar hacia dónde apuntaba ese haz. Pero no llegaba hasta la estantería. Se perdía sobre un documento que había sobre la mesa. Entonces cayó en la cuenta. Sus conversaciones pendientes con su madre le habían hecho perder el foco en la investigación. Aunque empezaban a estar íntimamente ligadas. Estaba sola en el despacho, con los cajones del buró abiertos... ¿Lo estarían también los que llevaban llave?

Se levantó como un resorte y tiró despacio del cajón en el que su padre guardaba todo lo importante. Allí seguía el recambio de sus pipas, ¿por eso le gustaría a su madre el coronel?, el protector de escritorio de piel gastada y, dentro, papel de cartas con membrete, «Don Felipe Gual». Los olfateó buscando su olor. Siguió buceando entre sellos de la antigua empresa familiar, facturas viejas, llaves con todo tipo de etiquetas ininteligibles escritas con su letra. Su madre había apartado una con un feo llavero de esos de ferretería, «Bodega 2», y la había pegado con un celo a la escritura de las viñas. ¿Por qué ese empeño en conservar sólo esa bodega? Eran viñas viejas que explotaba un capataz de mil años. Ni ella ni sus hermanos conocían el negocio del vino, pero en fin... Se rehízo la coletita rubia con dos giros de muñeca y, entonces, descubrió una esquina de papel asomando bajo el protector de piel del escritorio. Lo despegó con cuidado. Un sobre con un nombre le impactó en los pulmones dejándola sin aire: Orlando. No estaba cerrado, pero, por su volumen, se temió lo que había dentro. Un fajo de billetes de quinientos euros. ¿Cuántos miles había ahí? Empezó a contarlos, pero se puso nerviosa y, al introducir de nuevo los billetes en el sobre, éste se rompió un poco. ¿Qué podía haberle pagado a Orlando por tantos miles de euros?

¿Un chantaje?

Siguió registrando entre los papeles que había debajo. Una carta de la notaría de su primo abierta que parecía haber sido entregada... ¡esa misma mañana! La abrió. Ruth no podía creer lo que estaba leyendo. Era la copia de un acta de últimas voluntades. ¿Había cambiado su madre el testamento? ¿Estaría contemplando a su futuro marido? Pero no. ¡Comparecía Orlando! ¡Eran las últimas voluntades de Orlando! ¿Y habían sido enviadas a la dirección de Margarita? ¿Por qué? Claro, por no levantar sospechas de que vivía en el desván de Dolores. Pero... ¿en la notaría de su primo? ¿Sería ese dinero para pagar el notario? No, allí había demasiado.

No tenía tiempo que perder. Su madre estaría a punto de subir y era tan silenciosa como una pantera. Sólo alcanzó a leer que nombraba a Margarita albacea de sus bienes, que debía quedarse con diez mil euros en efectivo, ¡madre mía!, y que su casa de Ciudad de México pasaría a su hermana y a su sobrina.

Sintió un agudo pinchazo en la cabeza. Ahí estaba, se dijo, el ictus que había recibido como herencia familiar y que llevaba tiempo esperando.

Escuchó la llave dando vueltas en la cerradura y Ruth salió disparada hacia su asiento, pero en su huida se le fueron varios documentos al suelo y las gafas de Margarita, a las que, ¡horror!, se les desprendió un cristal. En ese momento no se paró a mirar si eran algunos de los documentos de Orlando o los que había encima de la mesa, el caso es que gateó por debajo de ésta como cuando era pequeña y quería sorprender a su padre y en ese momento se topó, primero, con los ojos dispares de Bowie, que se asomaba bajo la mesa intrigado, y después con unas piernas delgadas y nudosas de árbol.

Una ráfaga de aire cargada de amenazas abrió esa puerta del balcón que siempre cerró mal. Se incorporó para abrocharla y entonces escuchó a su espalda, ¿se puede saber qué hacías ahí debajo? Ruth, aún con la mano en el pomo, luchando con el viento que empujaba con violencia desde el otro lado, dijo lo primero que se le ocurrió:

—Iba a recoger lo que se ha caído. Se han abierto de golpe las ventanas y el viento ha tirado tus gafas.

Pareció tragárselo porque se alarmó sólo por ese último dato, ¿sus gafas? Su hija se las acercó. ¡Maldita sea! ¡El cristal! Ruth trató de tranquilizarla, en la plaza de Santiago se lo encajaban en un pispás, no se había roto. ¿Seguro?, se angustió ella. Las necesitaba hoy mismo. Ruth se ofreció a llevárselas y todo volvió a la normalidad. Aunque Margarita echó un vistazo rápido al lugar donde estaban los papeles ocultos y Ruth disimuló consultando el móvil hasta que su madre volvió a la tarea de esa mañana:

—Éstas son las escrituras de las viñas y de la bodega que quiero que te quedes. No la venderás nunca. Y la pondrás a nombre de tus hijos sólo cuando puedas explicarles por qué.

De nuevo, su tono castrense. Ruth ya no pudo más.

Desde su asiento, apoyó las manos sobre el reposabrazos como si le diera seguridad y por primera vez en su vida se atrevió a interrumpirla.

—¿Cuántas cosas no sé de ti, mamá?

Ella dejó lentamente el cristal de sus gafas sobre un cuenquito tibetano. Al hacerlo, una frecuencia disonante voló por la estancia como una mariposa. Los ojos grises de la madre descansando sobre los de la hija como los de una pantera que calibra la distancia de una presa o la mejor huida de un cazador. Pero Ruth no estaba dispuesta a dejarse amedrentar.

—¡Has falsificado recetas! —No hubo reacción—. ¿Tú sabes que Dolores lleva años amenazando con suicidarse?

—Pero no lo ha hecho, ¿verdad? —dijo sin asomo de arrepentimiento en la voz—. Si hubiera querido, lo habría hecho ya. —Tragó saliva—. Tú no lo entiendes…

—¿Qué tengo que entender, mamá? ¡Has falsificado mi firma! ¿Cuántas veces? ¿Para cuánta gente? Si le pasa algo a alguna de esas personas, será mi responsabilidad.

—No, porque yo confesaría, y a mi edad ya no voy a la cárcel.

Ruth se levantó. Pero ¿de verdad se estaba escuchando? ¡Había falsificado documentos! ¡Eso ya era un delito! Pero su madre se limitó a convertir los ojos en puro hielo:

—A veces lo correcto no se corresponde con lo legal, querida. Pensé que siendo psiquiatra habías vivido más, sinceramente.

Su hija se tragó una carcajada despectiva y repitió aquella barbaridad como si con ello intentara digerirla.

—¿Y tu relación con Orlando, mamá, suponía hacer lo correcto barra ilegal? ¿Y qué paso luego? ¿Hubo problemas? ¿Pagaste a alguien para que te quitara esos problemas de encima?

Margarita apretó los labios y posó la mano sobre el lugar donde Ruth sabía que se ocultaban los documentos.

—Pero ¿qué sandeces estás diciendo? —se defendió aparentando serenidad—. Lo único que hizo Orlando fue hacerme ver que no podía perder el tiempo. Nadie ha hecho algo tan importante por mí. Por eso quise agradecérselo.

—Cómo.

—Eso no te importa.

—¿Dónde estuviste la noche que murió?

—No me acuerdo.

Ruth no pudo saber si su madre le estaba mintiendo.

—Dijiste que estabas en la casa de la sierra con Elisa.

—¡He dicho que no me acuerdo! —Ahora sí, gritó. Y luego, más serena de nuevo—: Si Elisa dice que estuvimos juntas en la sierra es que estuvimos juntas en la sierra. —Acarició el aire con su dedo índice—. Oye..., ¿me estás espiando?

—He estado en la residencia.

—Imaginaba que lo harías. ¿Y te ha gustado?

—¿No vas a hablarme del coronel?

—Claro, ¿qué quieres saber?

—Algo, mamá, lo que sea.

—Pues mira, te diré que ese hombre es un colirio para los ojos...

—¿Y cuándo pensabas hablarnos de él?

—Cuando estuviera segura de sus intenciones hacia mí.

Ruth respiró hondo. Allí iban...

—¿Y son?

—Muy nobles y muy serias. Por eso decidí mudarme a la residencia con él y por eso tenemos planes juntos. ¿Algo que objetar, señoría?

Ruth caminó hacia el balcón y dejó que los ojos se le perdieran en la plaza. Le quedaba claro. Como siempre, todo tenía que salir según su plan. Ese plan que implicaba a los demás, pero para el que nunca contaba con ellos. El problema es que a veces es la vida quien te lleva la contraria.

—Vosotros habéis hecho siempre lo que habéis querido, ¿no? —siguió, visiblemente incómoda ante su silencio—. Pues ahora me toca a mí —sentenció, a medio camino entre el victimismo y la violencia, con uno de esos puntos y aparte que no dejaban lugar a la réplica.

Era una reprochadora profesional. Ahí no tenía rival, se dijo Ruth mientras se preparaba para una lluvia de metralla. Su madre se defendía atacando. Pero no decía la verdad, pensó Ruth, ninguno de ellos había hecho lo que había querido. Ella sí. Ella fue la princesa de sus padres y luego de su marido, tuvo servicio para atender a sus hijos, se quedó pocas noches sin dormir por su culpa y, cada vez que se le echaba en cara alguna mala actitud, decía que le había subido el azúcar o se ponía el oxígeno, un oxígeno cuyas bombonas llevaba años autorrecetándose. La máscara perfecta para huir cuando le convenía.

La escuchó de fondo seguir cargando ahora hacia su difunto marido, luego hacia sus hijos, como si todos ellos hubieran supuesto una inmensa decepción, como si le hubieran constreñido la vida. De alguna manera, había asimilado el reproche como una forma de ejercer control sobre los demás y lo único que conseguía así era distancia.

Un abismo.

En su cabeza nadie se ocupaba de ella como deberían. Quizá lo viera así realmente, pero nunca se paraba a pensar en la herida de bala que dejaban sus palabras. Por eso había perdido muchos amigos. Por eso Elisa se había enfrentado con ella más de una vez. Porque, para Margarita, sus palabras muchas veces carecían de importancia real, pero lo que nunca tenía en cuenta era que los demás las recibían como dardos envenenados cuyas secuelas no dejaban de doler tan fácilmente. Así se lo había hecho saber Elisa una vez delante de Ruth.

Desde luego, su madre era una mujer de directo. Habría sido una gran periodista…, se dijo Ruth mientras Margarita cargaba contra todos una y otra vez. En ese medio se movía con soltura. Sus palabras alcanzaban el objetivo como un misil inteligente, por eso Ruth sabía que no podía permitirse bajar la guardia, por eso también la dejó desahogarse esquivando los comentarios más duros, tratando de no tomarse sus palabras como algo personal o estaría perdida, pasando sobre la piel de aquel exabrupto como si caminara sobre unas ascuas, pero esta vez no la iba a dejar ganar. Por enfrentamientos como ése, «los inútiles de sus hermanos» se protegían de ella, porque siempre terminaba con una frase pasando la minuta por sus servicios como madre, que cobraba por acciones realizadas como si fuera su primo el notario. Y ya no lo aguantaban más.

Ruth, sin embargo, solía meterse de cabeza en la boca del lobo. Según ellos, o era masoca o le daba morbo, pero ambos se equivocaban. Era sólo cabezonería. Nunca se había dado por vencida y seguía tratando de acercarse a ella, aunque eso le había provocado con el tiempo una aversión brutal al reproche. Sabía que, ante una lluvia como la que estaba recibiendo, podía incluso ponerse agresiva. Algo que estaba tratando de evitar a toda costa, hasta que la escuchó decir:

—¿Se puede saber qué piensas? —dijo interrumpiendo bruscamente su monólogo interior.

—¿Lo que pienso? —se asombró su hija, porque jamás se lo había preguntado antes.

—Sí, qué piensas de mí cuando pones esa cara. Quiero saberlo —dijo con una lucidez peligrosa en la voz.

Y entonces a Ruth le vino a la cabeza el discurso que ella misma le soltó a Mónica el día anterior: la única esperanza era ser francas con sus madres, y al revés, y así recolocar los roles que estaban...

—Estaba pensando que eres una egocéntrica —comenzó sabiendo que ya nada iba a pararla—. Que todo gira a tu alrededor. Que has olvidado ser uno más de la familia, madre. Te crees el centro y esperas que se te trate como tal y ni siquiera nos preguntas cómo nos ha ido el día o cómo estamos o nos sentimos, porque te da igual por lo que estemos pasando, porque tus problemas, tu sufrimiento, siempre pesan más. —Carraspeó un poco, sintió el pulso en su garganta—. Que consigues que todos tus hijos estén pendientes de ti a través del miedo, pero no del amor, de la búsqueda desesperada de una caricia, y que la única que sigue buscando tu cariño soy yo, madre, y no me escuchas, y no me ves, sin embargo, sí ves a mis hermanos, pero ellos guardan la distancia de seguridad que se tendría con una fiera, porque siempre, antes o después, les arreas un zarpazo. Dicen que eres rígida y castrante y que aún hoy tus comentarios les hacen mucho daño…, y creo que tienen razón. —Respiró hondo. Su madre parpadeó como si algo la hubiera golpeado—. Ahora has tomado todas estas decisiones sin ponerlas en común conmigo, tu propia hija, sin pararte a pensar en cómo me iba a sentir. Se las revelaste antes a un absoluto desconocido que ahora está muerto. Has dejado que me entere de ellas por otra absoluta desconocida. Habría estado bien que me hubieras contado algo también a mí, puesto que tampoco te conozco. ¿En qué canal estás, mamá? Por buscarte.

Y entonces se le acabaron definitivamente las palabras cuando fue consciente de la lividez de su madre, la boca levemente abierta, el pálpito en su sien que revelaba la lucha que libraba por no perder los nervios. Sólo dejó una palabra muda en el aire que Ruth no pudo escuchar. La luz de la tarde envejeció aquella escena y Ruth se preguntó aterrada de quién había heredado ese talento para los sermones.

No funcionó, al menos en aquel momento. La sinceridad. Porque no hubo reacción. Y Ruth volvió a sentir ese vacío, como si le faltaran la mayoría de los órganos vitales, y la desconexión que se sucedía tras cada conversación con ella. Sólo que esta vez había podido hablar…

¿Para qué?

Quiso atrapar aquellas palabras que de pronto se habían hecho viejas, aunque fuera a mordiscos en el aire, para dejar salir otras que ahora se le agolpaban en los ojos, extraviadas en el trayecto hasta la boca, pero ya no le quedaban fuerzas. Quiso decirle: por favor, quiéreme, mamá. Házmelo sentir de una forma que a mí me llegue. Quiso decirle que cada vez que volvía a casa tras hablar con ella se sentía hueca. Que cada intento de acercarse íntimamente a ella sentía frustración. Que no conectaban. Que necesitaba angustiosa, urgentemente, sentirse querida por ella. Que no le servía nadie más. Y que, después de una cadena de intentos infructuosos, acababa tirando la toalla y no visitándola en semanas.

Durante aquellas separaciones físicas, su madre no parecía echarla de menos. Siempre era Ruth la que daba el primer paso para acercarse y Margarita se limitaba a recibirla con un extra de frialdad y un comentario cínico al respecto. En realidad, la desconexión siempre estuvo ahí. «Te odio, mamá, pero no me dejes», quiso decirle, «no soporto la idea de que vayas a dejarme», y lo hizo con su voz de niña: «Mamá, no me dejes»...

Como esa tarde fría en que salieron a pasear con ella los tres. Margarita iba reprendiendo a los gemelos por turnos que ya corrían por todas partes y unos pasos detrás iba Ruth arrastrando sus diez años como un personaje sin texto. Simplemente caminaba y, de cuando en cuando, soltaba una pregunta, «Oye, mamá, y esas flores son camelias, ¿verdad, mamá?», pero no había respuesta, sólo llamadas de atención con hartazgo a sus hijos pequeños. Por eso, esa tarde, de pronto se le ocurrió tomar prestado el escondite de Suselen en el kiosco de los helados. Pensó que, si de pronto su madre no la veía, la echaría de menos.

Pero no fue así.

Cuando su familia se reducía a tres puntos al final de la plaza, echó a correr desconsolada hacia ella con la nariz goteándole por el frío.

—¡Mamá...! ¡Mama! ¡No me dejes, mamá!

La Margarita del presente se volvió hacia ella con gesto duro e interrogante.

—¿Has dicho algo?

Ruth se quedó paralizada delante del balcón con aquella súplica en la boca.

—Bien —susurró con la voz rota—, supongo que ya has dicho todo lo que tenías que decir. Si no te importa, voy a retirarme.

Is this love, what I'm feeling...

Por culpa de aquel videoclip de White Snake en el que su descorazonado vocalista cantaba mientras su entonces pareja, Tawny Kitaen, enfundada en un minivestido blanco, lo ponía al rojo vivo bailoteando y se coronaba como la diosa del heavy..., Gabriel había aprendido a masturbarse y Mónica se hizo un moldeado estilo rey león que convivió con ella hasta que cumplió los dieciocho y tomó la decisión de dejar de achicharrarse el pelo. Lo bailaban agarrados en la sala La Riviera, cuando los eufóricos adolescentes que eran empezaron a bajar la cuesta de la Vega, pero no en bici como antes para dejarse las rodillas, sino para dejarse los pies bailando desenfrenados hasta que salía el sol. El problema después era cómo subir la cuesta.

Esa tarde disfrutaban de un clima extrañamente suave para ser noviembre. Caía sobre Madrid una lluvia casi tropical, comentaron Mónica y Gabriel mientras dejaban atrás su plaza, luego la de España, donde saludaron a Don Quijote y Sancho Panza como siempre hacían de pequeños, y enfilaron el parque del Oeste hacia el Templo de Debod. Mónica siempre se había imaginado viviendo de cara a esa masa de verde para contemplar el ir y venir de las cabinas del teleférico desde su salón. Hubo un tiempo en que deslizarse por aquel cable rumbo a la puesta de sol suponía un viaje hacia la libertad. Gabriel se imaginaba que la pequeña cabina era la de un avión que lo trasladaba a otro continente, Ruth hacía planes para dominar el mundo, Suselen se abstraía del suyo y Mónica especulaba sobre todo tipo de teorías conspiratorias. Por eso, su versión adulta no había parado hasta conseguir aquel apartamento de dos habitaciones.

Fue gracias al contacto de una amiga.

Era perfecto: tenía una terracita y su kiosco para tomar café justo enfrente. Siempre le gustó que se llamara sólo así, «El kiosco», donde tantas mañanas de verano se sentaron a estudiar sus apuntes de las asignaturas pendientes para septiembre. Un chollo, vamos, le iba explicando a su amigo. En Madrid en la vida le habrían hecho un contrato con su trabajo de autónoma ni por ese precio. Lo cierto era que entonces le pareció que había una distancia mayor con la plaza y con todo lo que ella representaba, pero al final no se había ido tan lejos como habría querido o, más bien, necesitado. No sabía si eso era bueno o malo, le preguntó a su amigo, simplemente «era». Gabriel tampoco lo tenía claro, porque, como ella, no se había mudado precisamente al extrarradio. Encontró una casa preciosa de techos altos en la calle Conde Duque, a diez minutos caminando de la casa de su madre, justo enfrente del centro cultural y la biblioteca.

Qué bonito el color del cielo sobre el templo egipcio, el templo a Isis, qué cosas, mira por dónde, la diosa de la maternidad. Toda rigidez, encajada en su trono mientras amamanta a Horus, como una virgen de la leche pero con más maquillaje, bromeó Mónica, una oda a la conciliación. Qué recuerdos, pensaron ambos, pero no quisieron variar el rumbo de la conversación. De alguna forma estaban evitando ponerse nostálgicos o quizá románticos. Ya había sido un corte que al ir a darse dos besos chocaran sus narices y terminaran por dárselo sin querer en la boca. A ambos se les había erizado el vello de todo el cuerpo. Suerte que la ropa de otoño no dejaba ver gran cosa. Por eso él optó por el siempre socorrido tema meteorológico.

—Es verdad que parece primavera y dentro de poco estamos en Navidad —dijo.

Y ella optó por el registro del humor:

—Hasta los pavos andan despistados. Hoy uno nos ha hecho una coreografía a Fiera y a mí digna del Folies Bergère. No ha tenido mucho éxito el pobre animal, porque ha sido abrir la cola y Fiera, por supuesto, se lo ha tomado fatal.

—A algunos les gustan las chicas duras…

—¿Lo dices por ti?

Se hizo entre ellos un silencio incómodo: él porque no supo a qué venía esa pregunta y ella porque no entendía por qué había dicho eso. Y, como siempre pasa cuando te pones nervioso, pierdes el rumbo de una conversación coherente:

—¿Tú te acuerdas del puticlub? —dijo él preguntándose por qué sacaba ahora ese tema.

—Pues no —se sorprendió la otra.

—Lo cerraron hace unos años —siguió Gabriel sin querer hacerlo. ¿Por qué habría empezado esa conversación de mierda?

—Ajá…

Otro silencio embarazoso. Mónica volvió a optar por el chiste fácil.

—¿Ahora me vas a revelar que, como macho alfa que eras, también te ibas de putas?

Quiso tragarse sus palabras una a una antes de terminar de pronunciarlas. Pero ¿qué le estaba pasando? Afortunadamente él no se lo tomó a mal.

—No, nunca fui, pero había unas chicas supermajas.

—¿Y tú cómo lo sabes? —Ahora sí tenía curiosidad.

—Joder, porque iban al gimnasio de la esquina al que me apuntó mi madre aconsejada por Ágata para que cogiera fuerza en los brazos. Me costó meses poder elevar a las chicas en clase de ballet.

—¡Qué fuerte! ¿Y Dolores sabía eso?

—No, pero Ágata seguro que sí…

Sí, Ágata seguro. En eso estaban de acuerdo. La madre de Suselen funcionaba en la plaza como un extraño puente que conectaba la vida de la superficie con la de los bajos fondos. Por eso siempre les había asombrado que sus madres, burguesas y más bien tradicionales, más o menos situadas, sobre todo Margarita, cerraran filas con ella en todo lo que habría sido criticable en otros vecinos.

—¿Y por qué te has acordado ahora del puticlub?

A Mónica siempre le divirtieron los procesos mentales de su amigo. Era como si su mundo interior fuera un universo más grande que él mismo y conectara y desconectara del real con frases inconexas que revelaban los tortuosos derroteros por los que iba pululando su pensamiento.

—Es que había pensado apuntarme al mismo gimnasio otra vez —aclaró—. No me pilla lejos de casa de mi madre y así aprovecho al salir y me desfogo. Pero me ha dicho el camarero de Cascajares que ahora van las prostitutas de las calles que desembocan en la plaza de Santo Domingo, que no es que me importe, sería como un *revival*.

—¿Ah, sí? —dijo Mónica con voz de cotilleo—. Dios mío, ¿eres consciente de que esta conversación la podrían estar teniendo nuestras madres?

¡Horror!, exclamó Gabriel. ¡La plaza los estaba abduciendo! Tenían que alejarse de su influjo antes de que fuera tarde. Se divirtieron un buen rato con esa idea, pero en el fondo sabían que había algo de verdad. El hábitat de la plaza de Oriente era similar al de una reserva. No podían ponérsele puertas al campo, pero la fauna residente se resistía a emigrar por miedo a no encontrar fuera de ella las condiciones de vida privilegiada, y en algunos casos de supervivencia, que les ofrecía. El propio Orlando había sentido su llamada. Aunque nunca hubiera vivido en ella hasta el final de su vida, en sus notas sí reflejaba que la visitó mucho cuando era niño y se obsesionó con volver a verla.

En ésas estaban cuando avistaron el kiosco de cristal que protagonizó su época universitaria y, como también se trataba de hacer sus tareas, decidieron acampar allí en lugar de subir a la casa de Mónica, que estaba enfrente. Había dejado de chispear, dijo él. Aunque la verdadera razón fuera que ambos sentían un extraño pudor a volver a quedar en un espacio íntimo tras el episodio del trastero.

Un minuto después habían desplegado sobre la mesa de mármol y hierro todos los documentos y fotos que habían recopilado, y abrieron la agenda de Orlando.

—Ahora mismo, cualquier evidencia, por pequeña que sea, nos acerca más a la verdad —sentenció Mónica con aquel gesto que a Gabriel le hacía adorarla.

Juntos fueron repasando lo que tenían: Gabriel por fin había averiguado el vuelo en el que llegó Orlando. Gracias a eso y a los documentos encontrados por Ruth, ahora sabían que su nombre completo era Orlando Pontes García, que había llegado a Madrid desde Ciudad de México tan sólo un año antes de su muerte, que lo hizo con un pasaporte de doble nacionalidad, mexicana y española, y que era nacido en Madrid. Tenía sólo una madre y una hermana. O al menos eran ellas las únicas que constaban como herederas y quienes, según Antolián, habían hecho los trámites para la extradición del cuerpo.

—Ese Antolián se la está jugando mucho por ti, la verdad —comentó Gabriel nada inocentemente.

Mónica no lo captó y se limitó a responder que era muy majo, la verdad, y que no sabía cómo iba a compensarle todo lo que estaba haciendo. En cualquier caso los datos sobre su familia los había averiguado también Ruth a través de la copia de las últimas voluntades firmada en la notaría del primo de Margarita. Pobre Ruth, aquello tenía que haber sido un palo… porque el sobre con la pasta en efectivo coincidía con la cantidad que Orlando había sacado unos días antes de su muerte, según le había chivado Antolián. ¿Por qué entonces lo tenía Margarita? Ella, que tenía una deuda con Hacienda de una cantidad similar y que temía malvender su casa, de pronto era la única que también tenía un doble móvil para asesinarlo.

—El móvil pudo ser económico —recapituló Mónica—. A mí me parece más verosímil que quisiera quedarse con el dinero que la tesis de que le abriera casas para robar. Aunque como Orlando también conocía los asuntos de Margarita y los tejemanejes con las recetas falsas, quizá fuera el pago de un chantaje para comprar su silencio…

Unos jóvenes se sentaron en la hierba justo detrás de ellos y pusieron reguetón a todo volumen. Ambos elevaron la voz con cara de pocos amigos. ¿Alguna vez fueron así? Quizá, comentaron, pero al menos escuchaban mejor música…

—Y pudo amenazarla con ir a la policía —siguió Gabriel—, con hablar con sus hijos o con gente del barrio acerca de sus deudas, del coronel…

Mónica dejó su vista perdida entre los árboles.

—Quizá le pidió a Margarita dinero o, incluso, que le abriera la casa de algún vecino de quien tuviera llave, la de mi madre, en fin…

Para Mónica, Margarita era un caso típico de asesina de la tercera edad con demencia senil. Se detuvo ante la sonrisa socarrona de su amigo:

—¿Típico? —se asombró Gabriel—. ¿No crees que estamos empezando a fantasear un poco?

Ella se quedó cortada. Quizá, dijo, quizá… y añadió, sentenciando:

—Pero recuerda que «si hay algo más importante que la lógica, es la imaginación».

Y no lo decía ella, lo decía Hitchcock. Aun así, decidieron regresar por un momento al territorio de la lógica y comprobar lo que había apuntado la víctima el día de la firma del notario según la fecha del documento que Ruth había colgado en el grupo.

—Pobre Ruth, tiene que estar hecha polvo… —volvió a lamentarse Gabriel.

Y lo estaba, confirmó Mónica. Aún no la había visto, pero sí hablado con ella justo después de una terrible discusión con su madre de la que no pudo contarle nada porque no era capaz. Entre la noticia de su enfermedad y ahora ese aluvión desconcertante de pruebas en su contra que la apuntaban con la firmeza de Cristóbal Colón avistando América… También le dijo que estaba hablando con un colega suyo neurólogo para tener más datos sobre su demencia. Obviamente era lo que más le preocupaba como hija, pero Mónica también creía que, considerando que las cosas se estaban poniendo «negro hormiga» para Margarita, dijo, su hija, y más siendo psiquiatra, intentaría encontrar desesperadamente posibles eximentes a su conducta, en el caso de que demostraran finalmente que ésta había acabado con la vida de Orlando. Vamos, es lo que haría ella.

—Dicho así suena tan fuerte… —murmuró Gabriel.

—Casi imposible de creer, sí.

Porque todos querían a Margarita. Había sido parte de su infancia, de su familia, siguió él mientras levantaba la mano para pedir. La admiraban por su inteligencia, por esa elegancia de fábrica que no se aprendía, por que siempre les hacía sentirse especiales.

Una sensación de tristeza y culpa se les instaló en el pecho.

—¿Qué haremos si descubrimos la prueba definitiva que la inculpe? —se atrevió a preguntar él.

Mónica descansó sus ojos negros en algún lugar del parque.

—No lo sé, Gabi…, la verdad es que no lo había pensado. —Hizo una pausa—. Ya lo decidiremos entre los cuatro si llega el momento.

Otro silencio. Entre ellos, porque el reguetón arreció.

—Pero no iría a la cárcel, ¿no? —quiso saber él.

—No creo… —murmuró pensativa—. No lo sé…, depende.

Mónica sintió que las costillas le hacían hueco al corazón. Qué sobresalto. Porque se dio cuenta de que se había dejado arrastrar tanto por la investigación que no se había parado a pensar en las consecuencias reales que podría traer resolver el crimen.

Sonó su móvil. Por una vez agradeció que interrumpiera sus pensamientos.

—Es mi conciencia. Dile que he salido.

Pero no, era su madre. Gabriel sonrió con la boca torcida. Mónica se colocó un solo auricular en el oído derecho y se puso un dedo sobre los labios indicando silencio.

—Me ha dicho Margarita que la han invitado al estreno de Suselen.

Soltó con un buscado tono desagradable.

—Buenos días, mamá.

—No sabía que tuviera tanta confianza con ella.

—Pero la tiene con su hija, mamá. También conmigo, por eso tú también estás invitada.

Elisa fue a decir algo, pero aquella revelación disparada con un *timing* perfecto impactó en su objetivo antes de que éste empezara a bombardear.

—Pues no sabía, como últimamente no me cuentas nada… —dijo aún sin desprenderse del mismo tono de batalla.

Vale, se había colado, y su orgullo no la dejaba recular, pensó Mónica echándose unos granos de azúcar en el café.

—Es curioso, mamá, porque yo tengo la sensación contraria, que eres tú quien nos ocultas cosas.

—¿Nos? ¿A quién?

—Es una forma de hablar —dijo Mónica y miró a Gabriel mordiéndose un labio.

—Sí, se llama plural mayestático. ¿También quieres que utilice el «vos»?

Sentado frente a ella, el otro intentaba no asistir a la conversación, pero Elisa seguía elevando la voz.

—No pienso entrar al trapo, mamá —verbalizó.

—Dijo la antitaurina.

—Deja de buscarme las cosquillas y dime por qué estás enfadada.

La otra dejó un silencio como si buscara una razón.

—Tu padre está en casa.

Bien, por fin habíamos llegado al meollo del asunto.

—¿Y no era eso lo que querías?

—No, dice que está de paso, por si queréis veros.

—¿Y no es más fácil que me llame él para decírmelo?

—Eso pregúntaselo a él.

Y colgó. Una de esas colgadas que te dejan la palabra en la boca y que luego diría que se había cortado.

Mónica dirigió a su amigo un gesto de contrariedad y dejó el móvil encima de la mesa.

—Mi padre y yo tenemos que vernos como si fuéramos amantes.

Gabriel se echó a reír.

—No es gracioso, Gabi… —Pero sí, en el fondo, dicho así, lo era—. Se apropió de mí cuando nací y hasta hoy.

—¿No crees que estás exagerando un poco?

Ella negó con la cabeza, ¡no!, siempre lo había pensado. Cuando era pequeña sentía que a Elisa le molestaba que realizara cualquier actividad con él que no la incluyera. De modo que fue su padre quien se autoexcluyó. Era un marginado dentro de su propia casa.

—Si ella era quien lo había dado todo por mí…, ¿por qué iban a tener derecho los demás a disfrutarme? —concluyó como si lo tuviera asumido—. Es que es de traca: no me deja estar a solas con mi padre y por eso él la utiliza como interlocutora conmigo. Se pone muy celosa y se inventa cualquier excusa para estar ella también. No recuerdo apenas conversaciones íntimas con él que no hayan sido interrumpidas por ella, ni un viaje ni una cena. No me ha dejado tener mi propia relación. Porque ambos le pertenecemos por separado.

Y ahora, como había estado mucho tiempo fuera, le castigaría con «la guerra fría», siguió mientras le enviaba un mensaje a su padre para ponerle al tanto. ¿La qué?, preguntó Gabriel quien intentaba quitarse de encima una de esas avispas atontadas por el frío. «La guerra fría», repitió ella. Cuando se desataba el conflicto, no se hablaban durante días y la utilizaban a ella como correo. Era agotador, acababa destruida emocionalmente. E intentó rescatar al insecto del vaso del zumo en el que acababa de precipitarse.

—Ni se te ocurra matarlo —dijo mientras le tendía una rampa de papel con una servilleta.

Siempre le había espantado el clima de inestabilidad familiar que provocaba su madre y que tratara de ponerla de su parte para demostrar que era suya.

—Bueno, casi mejor, así no discuten —dijo el otro por ser positivo.

—A veces preferiría que se chillaran a que no se hablen —aseguró recordando alguna de aquellas situaciones—. El ambiente en la casa se hace irrespirable. Y, si no me pongo de su parte, lo siente como una traición.

Gabriel posó su mano de escalador sobre la suya y el roce de sus dedos les provocó un estremecimiento.

—Mi querida amiga, tú y yo tenemos que asumir que las madres se cobran lo que hicieron por ti absorbiendo la energía de los hijos. Recuerda que su nómina vitalicia es tu vida.

Ella frunció el entrecejo todo lo que pudo y retiró su mano.

—¡Eso que has dicho es aterrador!

Él negó con la cabeza.

—No, no, no…, ¿quieres saber lo que es aterrador? Después de lo que me ha pasado en el vuelo de vuelta, me quería morir.

Resulta que una compañera le pidió cambiarse de pasillo. Siempre tienen uno asignado. El motivo era que viajaba un hombre con el que acababa de cortar una relación y la mala suerte o el destino quiso que se lo encontrara en ese vuelo con su señora esposa.

—Yo, que ya sabes que soy todo corazón con las mujeres en apuros, voy y accedo. El caso es que no estaba familiarizado con el pasaje del otro pasillo porque no los había atendido desde el principio del vuelo. Y entonces, me dice que en el asiento 45B han pedido unos auriculares, y como estaba justo delante del interfecto no se los había llevado todavía. Muy dispuesto, cojo los auriculares y me acerco todo servicial al asiento por la espalda, cuando veo una cabecita rubia mirando aburrida por la ventanilla, las piernecitas colgando y me da ternura que a pesar de la espera se esté portando tan bien, por eso voy y le digo todo cariñoso: «Toma, para ti, enano», y le alcanzo los auriculares. Él ni se da la vuelta, sólo acerca su manita y me percato de las miradas un tanto reprochadoras de algunos pasajeros de alrededor. No las entiendo hasta que un rato después, cuando vuelvo de frente por el pasillo, ¡veo que tiene barba!

—¡No! —dijo su amiga—. ¡Pero qué horror!

—¡Ya lo sé!

—¿Y qué hiciste?

—¡Nada! ¡Querer morirme!

No querían reírse a costa de la inmensa metedura de pata de Gabriel, pero estuvo a punto de darles un infarto. Sus anécdotas en vuelo eran siempre un buen recurso para la distensión y Gabriel sabía lo mucho que divertían a Mónica. Especialmente cuando le contaba su repertorio de venganzas hacia los viajeros maleducados. Cómo alguna vez, cuando dormían, había mandado sus zapatos de una patada diez filas más adelante y luego se volvieron locos buscándolos al aterrizar. O cuando los dejaba encerrados en el baño con el carrito de la comida un buen rato. Por eso dedicó unos minutos a narrarle algunas venganzas de su repertorio. Porque no había mayor resplandor en la naturaleza que la tormenta eléctrica que era la risa de su amiga.

—Por cierto, te sienta bien el tridente... —dijo ésta guiñándole un ojo.

—¿El qué?

Cuando Gabriel lo entendió pareció ruborizarse un poco. Ésa sí que no era una característica de su amigo. Su piel blanca, lisa, parecía no poder adquirir ese color. Si no fuera por sus ojos azules y rasgados y porque no abundaban los esquimales en los países mediterráneos, Dolores decía que su marido habría pensado que le había engañado con uno.

Precisamente en ese momento, Gabriel alzó la mirada hacia algo que le llamaba la atención y la luz impactó dentro de aquel iris que encerraba todas las tonalidades de altamar. Si no hubiera sido por que a lo lejos reconoció la voz que la llamó por su nombre, éste la habría cazado con tal cara de embobamiento que resultaría difícil de justificar.

Mónica miró en dirección a aquella voz y lo que vio terminó de alegrarle el día.

Era Sara. Iba sin Dani, pero no iba sola. Delante de ella caminaba Wifi, un imponente cruce de mastín con a saber qué otro perro grande, color canela, mandíbula ancha y unos enormes ojos castaños que parecían de cristal.

Ambos se acercaron hasta la mesa. Se fijó en que el perro iba caminando a su lado con tranquilidad, casi rozando su pierna, y llevaba un característico arnés rojo y negro con una especie de pequeña empuñadura sobre él, parecida al agarre de la silla de un caballo.

—Ésta es Sara —la presentó Mónica mientras se levantaba.

—¿Y este perro precioso quién es? —preguntó Gabriel dejando que lo olfateara.

—Se llama Wifi —contestó ella con un gesto de serenidad que no le conocía—. Y está siendo mi salvación. —Y luego a Mónica—: Nunca olvidaré lo que has hecho por mí. —Entonces se abrazó a ella dejándola emocionada y confundida—. No quiero interrumpir, sólo venía a darte las gracias. Hacía años que no paseaba por el parque y lo tengo enfrente.

Mónica negó con la mano.

—Dale las gracias a Orlando. Fue él quien tuvo la idea.

Su amigo se volvió hacia ella sorprendido. ¿Orlando?

Era normal que no entendiera nada.

Los ojos de Sara se le contraían como si quisieran llorar, pero no le quedaban lágrimas. Sí, Orlando era un gran tipo, musitó... No lo conoció mucho, sacó a su perro un par de veces antes de que su exmarido se lo llevara, y fue suficiente para que se diera cuenta de lo que ocurría en su casa. Sin embargo sus vecinos de toda la vida aún no salían de su asombro. Mónica miró a Gabriel, quien no podía seguir la conversación y le pidió permiso a Sara para explicarle quién era Wifi en realidad.

—Es un PEPO —explicó Mónica—. Encontré la dirección de la fundación que los entrena gracias a Orlando. Él ya se había percatado de la situación de Sara y les había dejado su teléfono para que la localizaran urgentemente.

—Pero lo hiciste tú antes —añadió ella.

«En esa casa hay golpes», había escrito, «cuando conozco a un perro nuevo hago cosas extrañas con los brazos para ver cómo reaccionan...». Y la reacción del perro del agresor fue meter el rabo entre las piernas y hacerse pis en el suelo de la cocina.

Luego Mónica le explicó a Gabriel brevemente que Ruth era su terapeuta, la historia de la declaración de Dani y cómo ahora le habían conseguido un perro de protección. Un PE-PO.

Sara asintió.

—Desde que Dani declaró, estamos a la espera de juicio.

—Y hasta que ese tipo no esté en la cárcel, la vida de Sara corre peligro —aseguró Mónica.

Los PEPO eran preparados por un entrenador que había creado una ONG y estaban especializados en proteger a mujeres en situaciones de maltrato. Debían reunir unas características especiales, dijo acariciando la enorme cabeza de Wifi, quien cazó al vuelo una mosca. Según decía Orlando, los seleccionaban en la perrera, «casi siempre son animales grandes y poco agraciados que hace mucho que dejaron de ser cachorros, ésos que nadie va a querer adoptar y, por lo tanto, acabarán siendo sacrificados, los que me miran con ojos suplicantes, dóciles, ésos son los que me interesan». Había escrito. «Todo perro se merece una segunda oportunidad, como las personas...», había leído casi al principio. «Y a mí me la dio mi perro. Es justo que yo se la dé ahora a ellos». Y allí, en lo que Orlando llamaba «el corredor de la muerte», Mónica había encontrado a Wifi esperando su inyección letal. Ahora, él y Sara se iban a dar uno al otro algo muy valioso: esa segunda oportunidad.

—¿Y cómo actúa? —Gabriel parecía fascinado—. Quiero decir, ¿cómo protege a Sara?

Sara fue quien se lo mostró, porque, para acceder al programa, había tenido primero que hacer un curso. Eso había creado un gran vínculo entre ellos.

—Fue amor a primera vista, ¿verdad, Wifi? —dijo Sara rascándole detrás de unas de sus grandes orejas.

El perro apoyó la cabeza sobre su pierna y siguió explicándole a Gabriel cómo sólo golpeaba, si llegaba el caso, en el pecho y en los genitales. —Se señaló el tren superior—. Era impresionante, le habían enseñado varios comandos por si veía a su agresor. —A Mónica no se le pasó por alto que ya no lo llamaba «su marido»—. Si le tiraba del arnés, entonces se ponía alerta y no dejaba que nadie se le acercara. Y, si sufría un ataque de pánico, se tumbaría a su lado y sabía cómo tranquilizarla hasta esperar a la ayuda.

—Yo tenía miedo de salir a la calle —dijo con una voz más sólida, tan distinta a la quebradiza en el juzgado—. Sus amenazas forman parte de mi día a día, así que me bloqueaba y me encerraba en casa. Cuando no me quedaba otro remedio que salir, me parecía verlo surgir de la oscuridad de cada portal, detrás de un árbol o del interior de los coches, porque sabía que me seguía y me llamaba para evitar que saliera con mis amigos o tuviera otra pareja. Si Wifi no hubiera llegado, no habría soportado la presión del juicio, y, si no fuera por Dani, ya me habría quitado la vida. Ha sido como recuperar la libertad perdida.

—¿Y ahora? —se atrevió a preguntar Mónica.

Sara se encogió de hombros.

—Ahora estamos a la espera de juicio... Pero mi abogada ya me ha dicho que intente seguir viviendo. —El perro reclamó su atención empujándola cariñoso con el hocico—. La buena noticia es que cree que irá a la cárcel. Pero el problema es cuándo. Los juzgados están colapsados. El proceso puede dilatarse dos años.

Mientras, Wifi asistía a aquella comunicación humana sin ser consciente de que hasta entonces era un salvoconducto para la vida de Sara y de su hijo. Sólo se concentró en una patata frita que alguien se había dejado olvidada sobre una mesa hasta que Mónica se dio cuenta y le dio un premio tan pequeño por una labor gigantesca.

Sola en casa

Mientras estos dos charloteaban en el parque, Fiera estaba sola en casa y también meditaba sobre el caso, presa de un inexplicable estado de alerta. Ya fuera porque a cuatrocientos metros le había llegado el olor de ambos o porque esa noche había soñado mucho y su pequeño pero bien aprovechado cerebrillo le había ofrecido todo un *show* de diapositivas cortesía de su inmenso archivo de imágenes, olores y sonidos…, el caso era que aquellos letargos en los que la casa estaba vacía la ayudaban a casar las piezas de ese rompecabezas tan complejo: el olor de aquel humano muerto, el que se empeñaba Mónica que rastreara, el que había visto en muchas ocasiones en la casa de Elisa y que de cuando en cuando la paseaba con el resto de la manada… compartía con Dolores algunas moléculas químicas. Pero también sobre todo con Isis; concretamente el día que lo encontraron, era Isis quien parecía haber comido lo mismo. Por otro lado, la alteraban y descentraban de su misión las desproporcionadas descargas de adrenalina de las hembras viejas de la manada siempre que se acercaba la más débil, la que protegía aquel galgo odioso. ¿Qué significado tenía aquello?

Cierto era que no disponía del tiempo en soledad que todo ser vivo necesita para la meditación y sacar conclusiones. Su pequeño tamaño le permitía a Mónica llevarla a casi todas partes. ¿Disfrutaría de una casa vacía y silenciosa?, se preguntaba su dueña cuando la dejaba sola. Esa última palabra, «silenciosa», habría hecho a nuestra cuadrúpeda protagonista reírse a mandíbula batiente en el caso de que la naturaleza le hubiera otorgado esa capacidad.

En primer lugar porque para Fiera no existía el silencio.

Estirada en el suelo cálido al lado de la puerta de la terraza mientras recibía su baño diario de sol otoñal, sus enormes orejas giraban hacia delante y retrocedían con independencia una de la otra, como dos peludas antenas del Pentágono, rastreando la frecuencia agudísima del cargador del móvil que seguía prendido del enchufe, el silbido ultrasónico de un avión que rasgaba el cielo a diez mil pies de altura, el insoportable llanto del bebé del edificio del final de la calle y el atronador zumbido de una mosca que se había quedado encerrada con ella y que llevaba horas sobresaltándola cada vez que se estrellaba como un pequeño y tozudo kamikaze contra el cristal.

¿Cómo se podía disfrutar de la paz y la tranquilidad de un hogar vacío?, se desesperó.

Además, dormir no le gustaba especialmente. Abrió uno de sus ojancos, el que estaba más lejos del suelo. De eso hasta Mónica se había percatado porque, mientras trabajaba en su ordenador, se sentía vigilada por aquellas dos bolitas negras y brillantes que la contemplaban con curiosidad extrema.

Y lo que dormía, lo soñaba.

No había noche que no la escuchara ladrar entre dientes a extrañas criaturas fabricadas por su imaginación o lloriquear de felicidad mientras corría por un césped interminable y recién cortado en compañía de Bowie.

¿Soñaban las Fieras con gatos eléctricos?

Mónica podría jugarse su título de entrenadora a que sí.

La chihuahua se acicaló esmeradamente los pelos más largos del rabito. No se le había olvidado que el año anterior se trajo de la playa una pulga en esa zona. Con ese panorama, lo único que podía hacer la aludida era combatir el aburrimiento pensando o ladrándole a algo sospechoso, lo que fuera, como iba a hacer en unos segundos en cuanto escuchara la llave del vecino. No le gustaba nada ese hombre. Sobre todo desde que un día llamó a su puerta con intención de presentarles a un bóxer baboso e hiperactivo de nombre Tony Manero. No le quedó otro remedio que ponerle «la cara fea» y cuando no captó el mensaje optar por «la cara horrible», para que se enterara de que NUNCA traspasaría el umbral de esa propiedad mientras ella viviera y que en cien kilómetros a la redonda ELLA era la hembra alfa del lugar.

Estaba escrito. Más bien, marcado.

Fiera aún gozaba del descaro de la adolescencia, así que el pobre bóxer se tumbó en el rellano en un claro «no quiero problemas», y él y su dueño tuvieron que volverse a su territorio. Desde entonces trataba de echarlos a toda costa del vecindario, pero eran muy obstinados.

Si Mónica empatizó desde el principio con Orlando fue precisamente porque, como él, era muy consciente de los supersentidos de los perros en general y de las capacidades especiales de su compañera en particular. Lo que no podía imaginarse era la cantidad de veces que Orlando había jugado con Fiera en el parque, y cómo le admiraba que estuviera, como decía él, camperizada. Era de los pocos chihuahuas que tenían las uñas limadas de pasear, solía decirle a Elisa cuando Mónica se la dejaba en casa. Su hija estaba haciendo con ella un gran trabajo. Cuántas cosas le habría preguntado la entrenadora de haber llegado a conocerlo. También lo lamentaba su madre a menudo. Se lo habría presentado de no ser por las circunstancias…, le había comentado a Margarita esa misma mañana por teléfono. Y habría sido un grave error, le respondió la otra.

A Mónica le habría gustado preguntarle, por ejemplo, si el estado de domesticación de los perros nublaba aquellos superpoderes. Esto le producía la misma desazón que saber que un delfín venía al mundo con un sónar de fábrica que le permitía descifrar los latidos del océano a más de veinte kilómetros de distancia. El mismo que provocaba el choque de las frecuencias que emitían contra las paredes de la piscina y que les empujaba a suicidarse dejando de respirar en el momento en que ya les resultaba insufrible. Cuando Mónica se enteró de que ese aerodinámico mamífero marino podía vivir ochenta años en libertad, y que sobrevivían sólo seis en cautividad, dejó de montarse en el teleférico para contemplarlos hacer cabriolas jugando a la pelota para convertirse en una activista que llenaba el delfinario de pintadas sangrientas.

La pequeña levantó la nariz en dirección al parque y calculó la distancia exacta a la que se encontraba su dueña. No en vano olía cien mil veces más que un ser humano. Pero lo que no sabía la chihuahua era de la existencia de esa glándula con forma de almendrita ubicada en su garganta profunda que le informaba de TODO, como es natural por otra parte en cualquier garganta profunda. Su muy desarrollado órgano de Jacobson era lo que la había convertido en la mejor antidroga de su promoción y también lo que más confusa la tenía últimamente.

Demasiadas reacciones de alerta entre los humanos de su entorno, demasiadas…

¿Cómo no iba a estresarse?

Un ejemplo de aquel dislate químico estaba a punto de vivirlo cuando aquellos dos entraran por esa puerta. Lo quisiera o no sería capaz de interpretar los miles de partículas químicas que dejarían flotando en el aire; y su estado de ánimo aunque trataran de disimularlo. Por eso sabía que Ruth estaba triste, que Margarita estaba enferma, o anticiparse a un ataque, en resumen, era una especie de sibila, capaz de leer las intenciones más ocultas antes de que ocurrieran.

Incorporó la cabeza; el amado timbre de voz se alzaba ahora claramente en tres dimensiones sobre el resto del paisaje sonoro. Se movía en dirección a la casa, ¡por fin!, aunque con una lentitud que no comprendió. ¿Irían marcando los árboles por el camino? Había visto a algunos humanos macho hacerlo. Aún estaba en el parque porque en el mismo plano acústico graznaban esas insoportables criaturas de dos patitas que se movían a saltos y luego se escondían entre los árboles cercanos, PERO NO, FIERA, NO SE CAZAN.

La chihuahua bostezó con hastío.

El mundo se alzaba ante ella como una inmensa prohibición. ¿Dónde quedaba el instinto? ¿Dónde el combate entre la vida y la muerte? ¿Dónde la improvisación? Ya era suficiente que tuviera que acostumbrarse a ir enhebrada a aquel cable absurdo, pero nunca conseguirían que caminara en línea recta. Sólo en la dirección que le dictara su nariz prodigiosa y cualquier imperceptible alteración en el orden de su universo, es decir, del barrio.

La voz de Mónica se acercaba, ¡sí!, ésos eran también sus pasos, siempre un poco más indeciso el derecho que el izquierdo, pero hoy no arrastraba las botas como cuando iba cansada. ¿A qué se debía ese cambio de ritmo vital?, se dijo irguiéndose. Luego se desperezó, primero el cuello, después hizo temblar levemente las orejas, a continuación fue estirando primero los cuartos delanteros, luego los traseros, pata por pata, y por último se sacudió entera y salió disparada hacia la puerta moviendo el rabo, siempre acaracolado hacia delante para tan feliz ocasión.

A Mónica le hacían mucha ilusión esas bienvenidas, porque su voz se volvía aguda como la de un cachorro, la subía en brazos con la serotonina desbocada y le hacía muchas caricias con los labios, de esas que sonaban como pequeñas y deliciosas explosiones. Había visto a otros humanos hacérselo unos a otros y siempre liberaba cosas buenas, así que desde muy cachorra comprendió que «besitos», en el idioma de los bípedos, era lo más.

Por fin, la puerta del portal.

Fiera entornó sus ojazos intrigada, mmm…, ¿venía acompañada del humano que olía a especias? Le gustaba, aunque aún debería ganarse su confianza. La perra se cuadró delante de la puerta y adoptó ese gesto de Baby Yoda que le otorgaba un aire de extrema sabiduría. Desde que escuchara el ascensor cerrarse, disponía de exactamente diez segundos para decidir si le dejaría traspasar el umbral del territorio sagrado o le aplicaría el método del vecino de enfrente que resultó tan exitoso.

Entonces escuchó que se abría la puerta del ascensor. Y luego, a su dueña reír de una forma que no figuraba en sus archivos. Aquello la desarmó.

La llave empezó a girar.

Otra vez ese olor dulzón…, pero más intenso. Y luego, la testosterona, lechosa y neutra. Una explosión de felicidad química a base de dopamina, oxitocina y feniletilamina invadió el rellano emborrachando a la perrita, ¡SEXO!, se dijo, y brincó al ritmo de sus hormonas. Pensó que tenían suerte de que ella fuera la única que sabía leerlo de esa casa. Tenían suerte, sí. O quizá no. El mundo de los humanos era absurdamente complicado. Y las humanas eran los seres más misteriosos de la creación. Las únicas hembras sobre la faz de la tierra, que ella supiera, que habían desarrollado la capacidad para ocultar a sus compañeros cuándo estaban en celo.

Pero a ella no iba a engañarla.

Gabriel se puso de rodillas sobre la alfombra. A ella le gustó esa muestra de sumisión. Igual hasta le echaba una manita. Se le acercó haciéndose la interesante. Definitivamente le gustaba Gabriel porque a Mónica le gustaba. También le ofrecía cortésmente la mano para que se la olisqueara, y había entendido a la primera que no soportaba que intentaran levantarla en brazos. Pero ¿qué clase de gente se saludaba subiendo al otro por los aires?

—Fiera, ¡tráeme el juguete! —exclamó Mónica con la voz contenta.

La perrita la observó durante unos segundos. Qué pereza, se dijo, y se le escapó un largo bostezo. Pero le hacía tanta ilusión que le trajera sus juguetes… Así que decidió interpretar una vez más su papel, correr hacia el zorro de peluche y traerlo en la boca cabeceando feliz levantando mucho las patitas. No quería decepcionarla.

¿Por qué harán siempre eso?, se iba diciendo cuando Mónica volvió a lanzárselo lo más lejos que pudo, sólo que esta vez fue a parar debajo de ese mueble que se tragaba sus cosas. A ver si maduraba un poco, se dijo mientras corría hacia él de nuevo y tomaba la decisión interna de no volver a por él si repetía esa conducta. Tenía que enseñarla que NO, MÓNICA, ESO NO SE TIRA. Ahora tocaba ladrarle al mueble demoniaco con insistencia para conseguir que escupiera aquello que era de su propiedad, pero de pronto algo mucho más urgente nubló su razón. Sus ojitos negros se detuvieron en aquella luz parpadeante e insoportable y empezó a ladrar como una posesa.

—¿Qué le pasa? —preguntó Gabriel siguiendo a la perra que iba y venía dirigiéndoles miradas de alarma alternativamente para que la siguieran hasta la cocina.

—Ah… —dijo Mónica desde allí—. Nada. Es parte de su catálogo de manías neuróticas. —Fiera ladraba desenfrenada frente a la lavadora, hasta que la otra pulsó el botón de apagado—. No soporta los pilotos de los electrodomésticos encendidos ni los cajones que se quedan medio abiertos. Es una maniaca del orden y del ahorro energético. También desconfía de todo lo que se mueva solo y no huela a vivo. Sus némesis son la impresora, la tostadora y el aspirador inalámbrico.

Gabriel se echó a reír.

—Ahora me cae aún mejor. —Le hizo una carantoña—. No sabes cómo te entiendo, Fierecilla.

Ella sin embargo no le entendió a él, pero le gustó el tono. Le miró con los ojos muy redondos y las orejillas hacia atrás, con un gesto de afectación británica digna del Globe.

—Creo que la has conquistado —resolvió Mónica cogiendo dos tazas—. Y se vende muy cara, a decir verdad.

—¿En serio? —El otro pareció orgulloso de su conquista.

—Es más, creo que te ama —matizó ella.

«Creo que lo amo», se dijo la Fiera. Luego se le acercó con pasitos remolones hasta apoyar su frente en su pantorrilla y le ofreció lo más preciado que podía ofrecerle: su nuca. Tras un primer y diestro rascado se tiró a sus pies patas arriba en un claro: «Después de esto, hazme lo que quieras», que además de demostrar su absoluta confianza en él, le dio la clave para que le masajeara la tripita.

Mónica estaba del todo perpleja. Sería sinvergüenza… La otra la miró de reojo sin disimular su placer, a fin de cuentas ambas eran hembras y compañeras, podían compartirlo, y como parecía aprobar su comportamiento, no tuvo empacho en seguir aceptando el agasajo de aquel humano que parecía resuelto a ganarse su corazón. Y hacía bien, no imaginaba lo difícil que podía ponérselo…

Mónica fue a por unas bebidas y siguió con la conversación que traían en la boca desde el parque. Gabriel parecía muy impresionado con todo lo que Sara le había contado y quiso saber más.

La entrenadora abrió una cerveza:

—Cuando contacté con la Fundación me dijeron que Orlando les había pedido el perro para Sara. —Echó el contenido del vaso y se lo ofreció—. Me resulta extraño. ¿Por qué siendo tan urgente no se lo llevó él mismo como hizo con los demás?

—Sí, es extraño... —dijo Gabriel—. Es como si temiera que no iba a darle tiempo... Lo que tampoco entiendo, dicho sea de paso, es que Sara diga que no puede entrar con el perro en centros comerciales.

—Es que no hay quien lo entienda —se lamentó Mónica—. No dejan que entren en muchos lugares públicos.

Si las víctimas tenían que dejar el perro fuera estaban también dejando fuera su seguridad, su vida, su tranquilidad, siguió Mónica, y volcó una Coca-Cola Zero Zero en su vaso de cristal azul. Fiera se relamió, le gustaba ese vaso porque no era muy alto y, cuando Mónica se lo olvidaba en el suelo, podía darle un par de lametones furtivos a lo que hubiera en su interior. ¿Quién se iba a enterar? Eso lo había aprendido de Isis.

—¿Por qué un ciego puede entrar con su perro guía de asistencia y una víctima de maltrato no? —continuó indignada mientras ocupaba una banqueta en la barra de la cocina e invitaba a su amigo a sentarse enfrente.

Quería embarcarse en una recogida de firmas, dijo mientras su amigo se limitaba a admirarla sin que ésta se percatara. El gobierno debería dar gracias a iniciativas privadas como la Fundación Mariscal en lugar de ponerles pegas. En fin..., sería complicado. Habría que promover una modificación legal para que los perros de protección acompañaran a sus protegidas fueran donde fueran.

—¿No crees? Es desesperante. Todo lo urgente se daba de bruces con la muralla china de la burocracia.

La chihuahua los observaba desde debajo de la mesa. Levantó sus cejas color café con asombro, el humano macho estaba oxitocínico perdido, intoxicado de deseo, diría ella, y le echó un vistazo a aquella fuente de calor en su entrepierna..., ¿qué le estaría contando para provocarle esa reacción? Desde su palmo de estatura, podía interpretarlos como ellos nunca serían capaces, pero sólo escuchaba ese monótono e interminable blabloublablablebla. ¿De verdad necesitaban tantos sonidos para entenderse? Empezó a caminar con aburrimiento por el pasillo hacia el salón. Eran agotadores... ¡Luego a ella la mandarían callar en cuanto diera dos justificados ladridos seguidos!

Para su desgracia, la siguieron. Tampoco sabían estar solos, se dijo antes de tumbarse en su cama hecha una rosca.

—Tienes una casa muy bonita... —dijo Gabriel, por decir algo, ya que era especialmente neutra y con pocos detalles de color—. Ese cuadro es increíble.

—Ese cuadro, concretamente, me lo regaló mi madre —dijo ella tratando de no parecer molesta—. Compra cosas grandes sin consultarme para mi casa. El mismo marcaje que haría Fiera. Si pudiera, dejaría su huella desde el felpudo hasta cada rincón.

Él también estaba muy nervioso, así que decidió resolverlo con humor.

—Siento decirte que, además de ser tu *personal shopper*, tu madre debería ser tu decoradora.

Mónica le lanzó una mirada asesina.

—Si te atreves a decirle eso a Elisa, te mataré yo misma, con premeditación y ensañamiento.

Y allí estaban los dos plantados en medio de la alfombra hablando de bagatelas cuando tenían que resolver un crimen, y, antes de eso, otro enigma mayor: el lugar donde sentarse. Pero ¿qué les pasaba?, se preguntó Gabriel. «Sólo ha subido a trabajar, idiota», se dijo ella. Aunque si se sentaban en el sillón estarían muy juntos, pensó él mientras barajaba la posibilidad de traer una silla. ¿A qué jugaban aquellos dos?, se preguntó Fiera alzando la mirada somnolienta.

—Estoy pensando que antes de ponernos...

—¿De ponernos?

—De ponernos a trabajar —se precipitó a decir ella.

—¿Sí?

—Quizá deberíamos... —un silencio extraño— ¡bajar a la perra! ¡Sí! Porque si no luego se hace tarde... —Y luego a la pequeña—: Fiera, ¿vamos a la calle?

La aludida levantó la barbilla del colchón y se limitó a observarlos con incredulidad absoluta. ¿En serio? Echó un vistazo al cielo gris y húmedo. Olisqueó el ambiente lleno de electricidad estática.

El murmullo lejano de un trueno la alertó desde las montañas. No lo dirían en serio…

—¿Es que no quieres salir? —se impacientó Mónica y fue hacia ella dispuesta a ponerle esa camisa de fuerza que ella llamaba IM-PERMEABLE.

IMPERMEABLE significaba sal corriendo por tu vida y escóndete debajo de la cama o del sofá, ella allí no cabe. IMPERMEABLE era igual a tendrás que caminar con las patas rígidas y una cosa estúpida sobre las orejas. No, no quiero salir, se dijo corriendo alrededor de la mesa, y tú tampoco quieres, pero aún no lo sabes. Está claro que el agua se acerca. Pero ¿de verdad no eran capaces de anticiparse a un peligro tan inminente? Cuando Gabriel, bajo las órdenes de Mónica, consiguió placarla, Fiera se hincó de patas en la alfombra como si llevaran velcro. Tendría que ser más clara o los partiría un rayo.

Lanzó dos aclaratorios mordiscos al aire.

—¡Oye! —Gabriel retiró la mano—. ¿Me vas a morder?

Ella le mostró su hocico arrugado y emitió un largo gruñido, sí, avispao, y que conste que gritarás como si te hubiera mordido una rata gigante, y replegó el belfillo todo lo que pudo para mostrarle sus pequeños pero afilados dientes.

—Se acabó el amor —dijo Mónica—. Te está poniendo la cara fea.

La chihuahua subió los decibelios de su gruñido con los ojos fijos en el impermeable y pasó a dejarlo más claro.

—Ahora te está poniendo la cara horrible.

Consistía en una variante de la anterior sólo que enloquecía la mirada y sacaba entre los dientes la punta de la lengua. Si le funcionaba a una serpiente, a ella también. La cara Gremlin o la cara Critter, las bautizó Gabriel, ninguna de las dos eran buena señal.

Y, como siempre ocurre cuando no nos atrevemos a tomar una decisión, la vida decide por ti: un trueno estalló sobre ellos y saltó la luz.

Milagro, se dijo la pequeña cuadrúpeda asomándose a la puerta de la terraza para contemplar la cortina de agua desde la barrera mientras los otros dos se precipitaban de un brinco al sofá. Uf, había caído muy cerca, se dijeron, allí delante, quizá en el teleférico.

La perra los escuchaba gimotear asustados, eran tan encantadoramente inocentes... A Fiera le fascinaban las tormentas siempre que la pillaran dentro de casa. Menos mal que la tenían a ella..., no podía dejarlos solos.

De pronto se había hecho de noche. Pasado el susto, los vio caminar atareados de aquí para allá buscando velas. Lanzó un largo suspiro de paciencia. ¿De verdad la iban a tener pendiente ahora de que prendieran fuego a la casa?

Mónica recogió el impermeable de la alfombra.

—Tienes razón, Fierecilla. Poneros esta cosa es horrible.

Alumbrado por una vela blanca, Gabriel abrió la agenda de Orlando:

—«Si tratamos a los perros como personas, ellos nos tratarán como perros», dice Orlando tal día como hoy el año pasado. Así que la Fiera ha hecho muy bien en mostrarme sus fauces.

Otro trueno.

—¿No te dan miedo? —le preguntó.

—No, a ninguna de las dos. —Y achuchó a la pequeña.

—A mi hermana y a mi madre las aterrorizan las tormentas. Recuerdo que de pequeños nos metía a los dos con ella en la cama. —Cerró la agenda y volvió a mirarla, pero ahora sus ojos se permitieron deslizarse como por un tobogán, desde su cintura hasta sus piernas delgadas, dentro de esos vaqueros que le sentaban tan bien—. Tú nunca te asustaste fácilmente.

—No creas —dijo ella sintiendo la sangre subirle a las mejillas—. Te dejo una lista de lo que me aterroriza: un bebé en un avión, una araña encima de la cama, los ascensores demasiado estrechos y que nunca consigamos resolver qué pasó el 19 de octubre en casa de mi madre.

El viento empezó a arrojar un fino granizo hacia los ventanales y de pronto desaparecieron el parque, el teleférico, la plaza y hasta la ciudad. Así que empezaron a buscar algo de comer que no estuviera caducado. No saldrían de allí hasta que revisaran toda la documentación y pasara el temporal.

—Además de llevarte de compras, voy a tener que llevarte a la compra —dijo Gabriel.

Comentario que a Mónica empezó a molestarle porque, en serio o en broma, no paraba de recordarle que era un desastre de mujer. Si quería dejar claro que no le gustaba, ya había captado el mensaje, se dijo mientras espolvoreaba un poco de arroz precocinado sobre el comedero y el pienso habitual de la perra, mierda, le quedaba muy poco, tendría que comprar más por Amazon para que lo tuviera al día siguiente. El resto lo echó sobre un plato. Para ellos, podía improvisar un arroz a la cubana, sugirió empuñando un bote de kétchup que ofrecía poca confianza y un plátano que se había puesto negro.

Fiera olfateó de lejos el arroz basmati recalentado tres veces y se quedó en silencio mirando su cuenco asqueada.

—Fiera, o te comes ese pienso… —Pero la pequeña le enfrentó la mirada. Se declararía en huelga de hambre, solía funcionar, así que se hizo una despreciativa rosca de pelo de cara a la pared.

—Quizá lo más prudente sería pedir comida japonesa… —sugirió él.

No le quedó otra que asentir muerta de vergüenza. No había pensado que comerían allí, se disculpó, la idea era coger al perro y comer en el restaurante de abajo. En fin…

Media hora después, un timbrazo afónico.

El portero automático hizo que la perra saltara desde el sillón donde había tomado asiento entre los dos. La voz de un mensajero se coló metalizada por el aparato, «¿Mónica de Blas?». La perra eligió para la ocasión el ladrido más bronco de su repertorio.

El repartidor bajó la mirada y le costó encontrar a la miniatura que le cortaba el paso protegiendo a su dueña.

—¿Tiene otro perro?

—No, sólo éste.

—Pues por el telefonillo da el pego.

Le entregó el paquete con olor a soja. Fiera siguió ladrándole hasta que se fue. Cuando lo hacía con tanta pasión, tenía retroceso, como un revolver. Así que empezó a increparle en el vestíbulo y fue reculando para acabar al final del pasillo.

Sonó el móvil.

—Te llaman —dijo Gabriel—. Es Jessica Fletcher, dile que estamos en ello.

Ninguno de los dos quiso saber quién era.

Durante un rato estuvieron en la cocina buscando platos y cubiertos iluminados por la linterna del móvil, hablando del caso a ratos, a otros de sus amigas. Resumiendo: estuvieron mareando mucho la perdiz, pero como Hitchcock dice que una buena historia es como la vida, pero sin las partes aburridas, pasaré a contaros que al día siguiente, mientras desayunaban, reflexionarían mucho por separado sobre por qué se dio la situación que iba a darse esa noche.

La culpa pudo ser de las deliciosas cajitas de teriyaki de pollo con sésamo y el sashimi de salmón del que Fiera dio buena cuenta y con el que jugaron a dárselo en la boca el uno al otro; o de la emoción de trabajar juntos cuando extendieron las pruebas que ambos habían recabado sobre la mesa; quizá contribuyeron las velas que les hacían brillar los ojos de una forma distinta; no hay que olvidar el sonido furioso de la lluvia sobre los ventanales o quizá fue lo que dijo Gabriel, sentado al lado de su amiga en aquel sillón, valiéndose de esa sonrisa perversa que según Mónica le quedaba tan bien:

—¿Te das cuenta? —dijo retirándole un mechón de pelo de la boca.

—¿De qué? —preguntó ella con el corazón desbocado.

—Que el destino se empeña en encerrarnos juntos.

—¿Y qué va a pasar? —dijo ella acercando su rostro al de él sin pretenderlo. Aquellas dos grietas desprendían una lumbre azul que nunca había visto antes.

Entonces Gabriel pidió ayuda una vez más a su personaje favorito de *Dentro del laberinto*, solo que esta vez no iba a parar:

—«Todo» —dijo gateando un poco hasta ella—. «Todo lo que tú quieras que haga. He cambiado el orden del tiempo. He vuelto el mundo del revés. Y todo lo he hecho por ti... —Su respiración en el cuello de Mónica—. Deja sólo que te gobierne y podrás tener todo lo que tú quieras. Sólo ámame, y yo seré tu esclavo».

Antes de terminar la frase, Gabriel ya se había tumbado sobre ella y había empezado a arrancarle esos vaqueros que le gustaron tanto. Ella luchó con los botones de la camisa de él hasta que descubrió ese cuerpo terso y esculpido que le olió a hierbas. Y se besaron hasta casi hacerse daño.

Por fin, se dijo la Fiera tras un profundo suspiro mientras se retiraba a su camita del dormitorio. Anda que no les costaba a los humanos aparearse… Mientras, en el salón iluminado por el estremecimiento de las velas, éstas revelaban cada uno de los misterios que guardaban esos cuerpos tan desnudos y tan queridos. Besaron esa piel conocida y desconocida a un tiempo, repasaron con su lengua cada lunar, cada cicatriz, cada arruga y tatuaje, las huellas que había dejado el hermoso paso del tiempo por sus geografías. Buscaron todas las formas posibles en los que éstos encajaban y jugaron a otros juegos. Ahora me apetece que te sientes encima, ahora quiero que me dejes probar tu sabor. Eres un mandón, ahora soy yo quien pone las normas, túmbate y cállate. Ya te tengo… Exploraron cada uno de los lugares prohibidos que no lo fueron cuando aún no tenían sexo, como los ángeles.

¿Por fin habrían dejado de serlo?

Sobre la mesa, el móvil de Gabriel, tras varias llamadas perdidas, se había iluminado con un escueto mensaje de Suselen que quedó impreso y a la vista en la pantalla:

«Gabi, te he llamado. Creo que tenemos que hablar… Nunca lo hicimos y nunca se lo conté a nadie. Pero no debemos rehuirlo por más tiempo».

Oxígeno por compasión

Esa mañana Margarita era la protagonista involuntaria de todas las conversaciones. Elisa estaba en casa de Dolores poniéndose de acuerdo para hablar con ella. Era urgente antes de que su enfermedad avanzara. De cara al futuro había que dejar bien atado «el asunto de Ágata», como lo llamaban en clave las implicadas; Gabriel y Mónica se habían quedado un poco tocados tras su literalmente tormentoso encuentro, no sólo por la novedad de haber trabajado desnudos por primera vez, sino porque habían descubierto que ellos cada vez encajaban mejor y peor las piezas que convertían a Margarita en asesina. Si lo confirmaban las averiguaciones de Ruth de esa mañana en la residencia con el coronel, Margarita tendría ahora una coartada y, por lo tanto, dejaba de ser la principal sospechosa. Como mucho tendría categoría de cómplice..., pero ¿de quién?

—No sé qué hago aquí. —A un lado de la mesa, Ruth, con aspecto de haber dormido con la ropa puesta. Al otro, la directora de la residencia, igual de sabia y pequeña que el primer día—. No sé por qué he vuelto ni por qué le he pedido otra entrevista. Supongo que estará muy ocupada.

La mujer de cuerpo adolescente se acodó sobre la mesa en un intento de acercarse.

—Ésta es mi ocupación. Escucharos. A los residentes y a sus familias. —Su mano cálida aterrizó como un parapente sobre la de Ruth para propinarle unos toquecitos comprensivos—. Quizá le ayude a aclararse el olor del café. A mí me ocurre. ¿Quiere uno?

Se levantó hacia la Nespresso que descansaba sobre un mueble nórdico al lado de una orquídea dorada cuyo único ojo las observaba perplejo. Ruth agradeció con la cabeza ese café y, mientras lo preparaba, dejó a sus ojos vagar por el jardín delantero: la misma escalera con aire de hermandad universitaria, los mismos enfermeros desplazándose a cámara lenta, como si flotaran a un palmo del suelo, incluso el mismo grupo de personas de unos setenta largos que charlaban animadamente en la puerta. ¿Y si todo aquello fuera un teatro ensayado minuciosamente para engatusar a cualquiera que llegara a pedir explicaciones? Una simulación, como en aquella obra de Juan Mayorga en la que, en un campo de concentración, obligaban a los presos a recrear escenas felices cuando acudían observadores de la ONU.

Se fijó en la directora. Ahora por fin sabía a quién le recordaba. Era como si la prota de *Dirty Dancing* hubiera llegado a los cincuenta y recuperado la voz. ¿Qué había ido a buscar?, se dijo sin recuperar la suya mientras escarbaba en su bolso siempre demasiado grande en busca de esas sacarinas que nunca encontraba. Desde luego no había ido hasta allí para profundizar en la historia del coronel gruñón a quien su madre había conseguido devolver el don de sonreír.

Había ido a averiguar si su madre pasó allí la noche de autos.

La directora empujó la tacita de forma extraña hasta ella. Su rostro era interrogante. Levantó ambas cejas como si esperara algo.

—Me gustaría hablar con el coronel —dijo Ruth para satisfacer su curiosidad.

La directora no movió un músculo de su sonrisa. ¿La tendría pintada?

—Oh, no hay problema. Mientras él o Margarita hayan cerrado esa cita, claro.

—Mi madre no sabe que estoy aquí ni él tampoco.

Ahí sí, una leve arruga se marcó por primera vez en su ceño.

—Vaya, entonces no podrá ser, Ruth, y ya lo siento.

Mientras, a diez minutos de allí, Bowie, como si intuyera algo, rodeaba a Margarita moviendo la cola, pero esta vez no era de alegría, sino de pura zozobra. La empujaba suavemente con el hocico hacia la puerta con las llaves en la boca. No era él quien tenía urgencia por salir. Su dueña llevaba un par de horas desprendiendo cortisol por todos los poros de su piel mientras caminaba sin rumbo arrastrando los pies.

En aquel despacho demasiado blanco, Ruth adoptó un tono de súplica.

—Por favor..., sólo le estoy pidiendo que le diga que estoy aquí y, si él no desea verme, me iré.

La otra siguió negando muy lentamente con la cabeza, como si le diera verdadera lástima; no tanto su negativa, sino su propuesta.

—¿Puedo preguntar por qué no se lo ha pedido a su madre?

—Porque no me lo permitiría —dijo, escondiendo las manos en las mangas de su chaqueta—. Porque tiene una relación con un hombre al que seguramente no le ha advertido del problema al que se enfrenta y, si lo ha hecho, necesito saber qué quiere de ella. Es normal. Estoy segura de que entiende que me preocupe. Soy su hija.

La directora ladeó la cabeza como solía hacer Bowie, no supo si con desconfianza o preocupación.

—Ruth, le voy a hacer una pregunta: ¿cree que su hija es la persona más apropiada para decirle algo así, en caso de que no lo sepa?

La otra pareció sorprendida por su asertividad.

—Conozco a mi madre. Ella siempre tiene un plan. Dice lo que le parece y oculta lo que no le gusta, sin pensar en los demás. Yo misma desconocía la existencia de este lugar y de esa relación hasta que llegué aquí. El otro día lo disimulé por vergüenza.

—No lo suficiente. —Se llevó la taza lentamente a los labios finos sin pintar.

Parecía que todos hubieran ensayado los movimientos de un perezoso como si con ello les alargaran la vida a sus huéspedes.

—Mi madre es muy manipuladora —comenzó sin querer hacerlo—. Supongo que se ha fijado en ese oxímetro que lleva siempre colgado. No lo necesita. Creo que cuando se vaya me lo guardaré como recuerdo. Es como un apéndice de su dedo.

Recordaba a su padre reñirles de niños cuando se portaban mal y pedirles silencio porque su madre estaba fatigada. Entonces se ponía el oxígeno. Cuando no le apetecía ir a alguna reunión, decía estar fatigada; cuando no quería cenar con la familia, se excusaba por estar fatigada; de modo que habían asumido desde la adolescencia que su madre estaba fatigada, aunque nunca supieron por qué. Eso los obligaba a estar pendientes de cada uno de sus gestos o apetencias.

Hasta que un día, hacía un par de años, la encontró en casa sentada en esa silla de ruedas que tampoco necesitaba como una versión indignada de la dama de las camelias, porque no le devolvía la llamada su neumólogo. «Me encuentro fatal. Llámalo y dile que me suba la dosis de oxígeno, que no respiro». ¿Y qué iba a hacer su hija al verla languidecer de esa manera? Pues irse devotamente al hospital y no parar hasta que dio con el médico. Esperó a que terminara todas las consultas del día hasta que por fin se abrió la puerta y apareció un hombre de pelo blanco con el cansancio acumulado en los huesos y la caspa en los hombros, que se disponía a hacer una llamada con el móvil cuando Ruth le salió al paso:

—Doctor, perdone que lo aborde así, soy la hija de Margarita Gual. Se encuentra muy fatigada y me ha pedido que le diga si puede subirle la dosis…

—Pase un momento —le interrumpió el médico agriando el gesto y volvió a abrir la puerta—. Hacía tiempo que quería hablar con usted.

Lo que se disponía a decirle iba a dejarla estupefacta:

—Mire, no voy a subirle la dosis de oxígeno a su madre porque su madre no necesita oxígeno. Se lo receté sólo para que me dejara en paz cuando se rompió la tibia y en una dosis tan mínima que lo mismo daría que no se pusiera nada.

—Pero si lleva años poniéndoselo… —argumentó ella—. Dice que le sienta muy bien.

El hombre fabricó una sonrisa de incredulidad.

—Pero es que el oxígeno no es como tomarse una infusión, señora —se desesperó echándose el pelo lacio y blanco hacia atrás—. Escúcheme bien: no entren en su juego. Su madre lleva muriéndose

355

desde los treinta años. Le digo que nunca ha necesitado oxígeno porque a sus pulmones nunca les ha pasado nada. Si consigue que otros médicos le receten todo lo que quiera, estupendo, ¡pero yo no voy a mandarle una dosis mayor de oxígeno!

Se despidió cortésmente y lo escuchó entrar en el ascensor mientras hablaba con su mujer. Lo sentía, le habían retrasado un poco.

Recordaba haber salido de esa consulta como si le hubieran dado un bofetón con la mano abierta para despertar. Aquello no podía ser..., había crecido con la idea de que a mamá había que cuidarla. Que no podía caminar porque se fatigaba. Que le podía dar un algo si la disgustaban. ¿Y era sólo una postura? O más bien una impostura... ¿A pesar de su fortaleza era una enferma imaginaria? Claro..., por eso se cambiaba constantemente de médico cuando no le decían lo que quería escuchar...

—Bueno, en eso ha cometido un error —dijo la directora tras escuchar su relato—. No digo que esté bien, pero eso no justifica que no respetemos sus decisiones.

—Usted no lo entiende. —Le clavó los ojos, suplicante—. ¡Mi madre es un narco!

La otra se echó a reír.

—Lo siento —dijo—. Disculpe. Es que a veces llamamos así a algunos residentes que tienen la costumbre de automedicarse. Es más común de lo que cree. Los de esa generación son tan libres... Me encanta.

—Insisto en que no lo entiende. —Buscó algo con torpeza en su móvil—. Soy médico. Hace dos semanas me entero de que lleva años falsificando mi firma para hacerle recetas a todo quisqui. —Le mostró la pantalla—. En concreto, a su amiga Dolores, quien lleva desde mediados de los setenta tomando unos antidepresivos que ya nadie utiliza.

—¿Qué quiere decir?

—Que me da miedo que ahora que mi madre sufre una demencia esté en manos de personas que no la conocen. ¡Esto se puede convertir en la segunda parte de *Los renglones torcidos de Dios*! Le costará sólo un par de días metérselos a todos en el bolsillo y no creo que eso sea seguro para ella. Se tiró de las mangas del jersey hasta que le desaparecieron definitivamente las manos.

Sin embargo, Bowie no opinaba lo mismo. Ya en el ascensor, estaba preparándose para guiarla precisamente hacia la residencia. No porque ella se lo hubiera pedido —conocía de sobra el camino—, sino porque formaba parte de su entrenamiento. Una concatenación de extraños hizo al lobo blanco temer lo peor: ella nunca salía a la calle con las zapatillas de estar por casa, no se había impregnado de esa fragancia de cáscara de limón y tomillo, iba en camisón con un abrigo sobre los hombros, no le había puesto la correa, tampoco había sacado las llaves de la cerradura con ese clic que le ponía feliz, su voz sonaba más aguda y dubitativa y, sobre todo, no lo llamaba por su nombre. Y Bowie necesitaba escuchar la voz de Margarita pronunciando su nombre porque era el primer recuerdo de felicidad que conservaba en su vida.

Había que llevarla a la residencia, se dijo el lobo blanco asomando su hocico por el portal y olfateando la ruta. Ella lo observó sin emoción alguna en el rostro y comenzó a caminar un paso detrás de él hacia el lugar donde muy lentamente, y sin que Ruth fuera consciente de ese viraje, la conversación fue dejando de versar sobre su madre y había pasado a tratar sobre ella misma.

La directora estaba acostumbrada a aquellos puntos de giro en los que el focalizador de la historia dejaba de serlo para convertirse en la excusa. Quizá por eso, porque Ruth y su madre le inspiraban una compasión infinita, porque era también psicóloga y sabía lo muy necesario que era consultarse entre colegas para no perder el rumbo, se decidió a ayudarla a vomitar.

—Su madre me habla mucho de cuando erais pequeños, se nota que le gustan los niños…

—Pues será ahora. —Dejó su bolso en la silla de al lado al que hasta ese momento se había agarrado como un salvavidas—. Mi madre se jactaba de tener «el síndrome de Herodes», y el resultado de eso es que no conservo apenas recuerdos con ella antes de los ocho años. Ahí fue cuando casi inicié una relación con ella. Cuando ya era «una personita», como solía ella decir.

—Pero antes... estoy segura de que algún recuerdo tendrá, ¿no?

Durante unos minutos que le parecieron horas, la directora la vio escarbar desesperadamente, ya no en su bolso, sino en su memoria infantil. Todos, absolutamente todos tenemos alguno.

—¿Se lo ha expresado a ella con estas mismas palabras con las que me lo está contando a mí?

—¿Para qué? —Ruth se detuvo en seco—. Nunca me ha escuchado. Mi madre literalmente no me escuchaba ni me oía. Me preguntaba si tenía hambre y, si decía que no, le pedía a la chica que pusiera el doble en mi plato. Me preguntaba qué quería hacer en las vacaciones de verano, y luego ignoraba mi respuesta y hacía otros planes. ¿Qué ropa quería o me gustaba? Lo mismo. Pero ése no era el problema central, lo peor es que nunca me preguntaba cómo me sentía o qué estaba pensando. Y sigue sin hacerlo, la verdad, dejando claro que eso es completamente irrelevante para ella.

De pronto su cuerpo recuperó el movimiento al tiempo que aquel recuerdo perdido en los polvorientos cajones del subconsciente. Le sorprendió. Porque aquello demostraba muchas cosas...

—Cuando tenía cuatro años le pregunté qué era la muerte y ella se quedó en blanco. —Ruth fijó la vista en la esquina como si la viera—. Estaba tan incómoda que cambió de tema. Ese día, la pequeña se dijo: «Peligro, tu madre no tiene todas las respuestas o no te va a ayudar a encontrarlas». —Volvió a concentrarse en la directora—. Y me sentí muy sola. Sin imaginar que era sólo un preámbulo de muchas otras no-conversaciones y soledades. Sea sincera: ¿usted se imagina diciendo: «Mamá, voy a separarme de Teo» y que te respondan: «Ay, nena..., ahora me lo cuentas, que se me están quemando las lentejas»?

La directora la escuchaba pestañeando despacio.

—Bueno —dijo—, las personas mayores han pasado por tantas cosas que a veces desdramatizan... —la disculpó.

—¡Me separaba de mi pareja de toda la vida después de veinte años y con dos hijos! —Un nuevo silencio—. Cuando algo le parece terriblemente embarazoso, como no sabe decirme lo que necesito, simplemente no dice nada. Es decir, que se le van a quemar las lentejas. Y yo vuelvo a sentirme sola.

La mujer se sirvió más café. Ruth le agradeció otra taza. Al intentar beber se derramó torpemente unas gotas por la barbilla.

—¿Ha probado a decirle lo que espera de ella?

Ruth se secó la piel, apurada.

—¿Para qué? No conoce la autocrítica. Si no fuera a enfadarse y a negarlo, le diría que no fuera tan manipuladora. Y ella me diría que podemos hablar de cualquier cosa. Pero no es verdad.

Ajena a todo esto, Margarita cruzaba la plaza de España como una autómata siguiendo a Bowie, quien había activado el plan de emergencia para el que había sido entrenado por Orlando con esmero: sin dejar de hacer contacto con el cuerpo de su dueña, fue bloqueándole el paso en todos los cruces de la Gran Vía, atascada como siempre a esas horas, sentándose hasta que el semáforo superior se iluminara y empujándola con suavidad de nuevo para invitarla a cruzar.

En la residencia, una música festiva había estallado en el piso de abajo. El *Cumpleaños feliz*, como siempre desafinado, se coló por los respiraderos. Las risas, los aplausos, le apretaron el nudo que sentía en la garganta.

—Siempre tiene que conseguir lo que desea y siempre exige más de lo que da. Si digo que voy a verla tres de mis cinco días de vacaciones, en lugar de alegrase y agradecer ese esfuerzo, ella dice «¿Sólo?». Sin embargo, ha venido a cenar a mi casa dos veces en veinte años, cuando sabe que mis horarios son infernales, cuando está a un cuarto de hora en taxi porque mi barrio le deprime... Usted no imagina cómo me siento.

—Créame que sí.

—Es muy difícil que pueda ponerse en la situación de un hijo que siente que perderá a su madre aquí dentro. Que ya no volverá a comer con ella en su casa los domingos. Para usted es su lugar de trabajo. Para nosotros es un drama familiar.

La directora la observó con una sonrisa que le pareció de pronto agotada. Le dio la vuelta al marco digital que descansaba sobre la mesa y dijo:

—Se equivoca. Para mí este lugar no es sólo donde trabajo. —Por la pantalla desfilaron imágenes de la residencia con una atmósfera muy distinta. Prosiguió—: Y sí, he tenido que ponerme en el lugar de los hijos, literalmente y muy a mi pesar, cuando no quedó otro remedio.

Mónica contempló aquellos fotogramas de la tragedia que tantas veces había visto por televisión, pero que ahora tenían miradas, nombres… Los enfermeros con mascarillas sujetando las manos ancianas con el suero prendido. Los aplausos en el jardín…, la calle vacía, inhóspita, sin residentes charlando en la puerta.

—Como no había mascarillas, compré móviles para que todo mi equipo pudiera hacer videollamadas a las familias de aquellos que estaban más graves —prosiguió la directora mientras repasaba con los dedos una pulsera con algo grabado que parecía provocarle tristeza—. Le puedo asegurar que conozco de primera mano el sufrimiento de un hijo. De muchos hijos. Pero después de nuestra conversación necesito recordarle que su madre está apostando por vivir el tiempo que pueda ser consciente de ser feliz. Y eso es una suerte, Ruth. Para ella y para usted. —Señaló el fragmento de jardín que les ofrecía su ventana—. Se lo dije el primer día. Éste no es un cementerio de elefantes. Y eso supone no tratar a los ancianos como material de derribo, sino como seres humanos completos y sabios, que siguen teniendo pasiones, necesidades sexuales, sueños e ilusiones. —Hizo una pausa y volvió a su tono luminoso—: ¿Quiere que le cuente una historia bonita?

Esa frase ya le daba miedo, bromeó, pero Ruth asintió. La directora le dirigió una mirada cómplice y suspiró mirando al techo donde parecía haber localizado una minúscula e inexplicable tela de araña.

Había en la residencia una parejita de ancianos de más de noventa años que llegaron juntos. Eran los veteranos del lugar. Cada cierto tiempo él avisaba a uno de los enfermeros de que iban a tener «su velada»: ésta consistía en pedir unas velitas, una comida rica que se saliera de su régimen habitual, un milhojas de hojaldre y crema que le entusiasmaba a «su chica» y unos bombones helados a los que era adicto desde chaval.

—Cuando terminan «su velada», siempre llaman a los enfermeros con el timbre para que vayan a ponerles oxígeno, ¡y le aseguro que ellos sí que lo necesitan! —Hizo una pausa pícara—. Se los encuentran abrazados en la cama debajo de su colcha preferida con tal cara de felicidad…, que no pueden sino darnos bastante envidia, lo confieso.

Ruth la escuchó con sentimientos encontrados y estuvo a punto de echarse a llorar.

La directora se quedó en silencio como si quisiera dejarle un espacio para la reflexión. Las dos contemplaron a los residentes que charlaban o leían en el jardín lleno de otoño como si ellos mismos fueran árboles muy antiguos trasplantados a un paisaje que era su hábitat natural. Y no quiso, pero por primera vez Ruth advirtió cierta armonía en todo aquello. A la vez se sentía confusa y horrible. Por eso, sin dejar de observar aquel cuadro viviente de paz inducida y ya que se había confesado con esa desconocida que parecía haber llegado a sus vidas para ser la médium de la familia Gual, comenzó:

—Mire, mi especialidad son las relaciones maternofiliales. Me hice psiquiatra para intentar llegar hasta mi madre. Para entenderla. —Se aclaró la voz—. Estoy segura de que mi madre ni me conoce ni me valora. A mis hermanos tampoco. No ha permitido que crezcan porque siempre los consideró frágiles… y, en el fondo, unos ineptos. —Buscó un caramelito de regaliz mentolado y prosiguió—: Al llegar a adultos han sido incapaces de tomar decisiones maduras: desde abandonar el nido hasta conseguir un trabajo o una pareja. Mi madre los ayudó a poner un negocio que no sabían atender, les dejó un piso de la familia debajo del suyo que era una ilusión de libertad y en el que vivirán de mala gana hasta que se mueran. Sé lo que les ayudaría a ellos: independizarse de mamá antes de que muera para poder construir una relación sana. Pero no se van a atrever a hacerlo.

Aquello le había dejado un terrible sabor de boca. Le ofreció un caramelito a la directora. Ésta lo rechazó con la mano y dijo:

—Eso los ayudaría a ellos, Ruth. ¿Y a ti... a ti qué te ayudaría?

Un silencio rotundo, sólido, esférico.

—No lo sé —reconoció—. No sé cómo ayudarme a mí misma...

La directora buscó las palabras precisas durante unos segundos porque sabía que tenía poco tiempo y de verdad quería ayudarla. Afortunadamente, poseía el mismo talento que Ruth, reducir los problemas más grandes a preguntas sencillas:

—¿Qué te gustaría escuchar de tu madre, Ruth? —dijo al fin.

—Que está orgullosa de mí —respondió sin pensarlo—. Quizá lo haya estado en alguna ocasión, pero es incapaz de verbalizarlo. Tiene demasiados conflictos.

—¿Y qué te queda a ti por decirle?

Ahí sí tuvo que meditarlo porque por su mente cruzó como un tren de alta velocidad, palabra por palabra, la conversación o más bien el monólogo escrito en su cabeza durante tantos años que declamó para su madre como espectador único el día anterior. Con el rostro de Margarita que aún tenía clavado en el corazón aguantando aquel tornado, respondió:

—Creo que ya no le diría nada que la hiciera sentir culpable.

Algo pareció liberarse en su interior casi imperceptible, como el primer y tímido remolino de agua en un desagüe que no traga. Una primera sensación de alivio que le explotaría en la cara tan solo unos minutos después. Cuando escucharon a un perro ladrar desesperado en el jardín. Era Bowie pidiendo ayuda. Detrás de él estaba Margarita observándolo como si tratara de entender su idioma. Al verla despeinada y en pijama, bajaron corriendo las escaleras.

Las alarmantes noticias sobre Margarita estaban a punto de correr como la pólvora y sorprenderían a todos los protagonistas pensando en ella. Especialmente a Mónica, quien acababa de leer algo en la agenda que le había pasado desapercibido durante todo este tiempo y que destronaba a Margarita, definitivamente, como principal sospechosa: una cita que Orlando tenía dos veces a la semana para un masaje en «P. D.», parecía decir con su letra encrespada. Había tanta información y la había leído tantas veces que no se hizo una pregunta de lo más obvia: ¿se daba masajes una persona con pocos recursos que vivía en un desván? Para colmo, la última cita para recibir ese masaje semanal era, contra todo pronóstico, en casa de Elisa, extraño, muy extraño, considerando que su dueña llevaba en el campo desde el día anterior. Había añadido un recordatorio: comprar sales de Epsom. Unas sales de magnesio muy relajantes, pero que también las utilizaban muchos bailarines para los dolores musculares. Unos baños que Ágata le había recomendado a Elisa unos días atrás. La propia Mónica fue a comprarle las sales al herbolario. La cita para aquellos «masajes» semanales eran en P. D., «Paso a Dos», se dijo Mónica... ¿Cómo no lo había pensado antes...? Le envió rápidamente un privado a Gabriel con la información, porque sabía que había quedado con Suselen para tomar algo antes de su ensayo. Quizá ella podía arrojar algún dato al respecto. Lo que no se imaginaba era que éstos iban a citarse en la Taberna del Alabardero para hablar de ese secreto guardado por ambos durante tantos años.

SUSELEN

La química de la tristeza

Todo es positivo y racional en el animal privado de la razón. La hembra no engaña al macho, y viceversa; porque, como no hablan, se entienden. El fuerte no engaña al débil, por la misma razón. (...) Como no tienen el uso de la razón ni de la palabra, no necesitan que les diga un orador cómo han de ser felices; no pueden engañar ni ser engañados; no creen ni son creídos.

Éste era «el texto del día» que Mónica había rescatado de la agenda de Orlando y enviado en el ya tradicional pantallazo de la mañana. Sólo que en esta ocasión se lo tomó prestado a un insigne vecino del barrio. Por eso, porque sabía que a su madre le gustaba, Ruth decidió leérselo cuando vio que entreabría los ojos y la luz del día le arrancó a su iris un destello de plata.

—Eso... —musitó con la boca un poco torcida—. ¿Eso es de Larra?

—Sí.

Se desperezó con una sonrisa serena. Bowie, quien no se había separado de los pies de su cama ni un segundo, pegó un brinco y se tendió a su lado tras lamerle las manos. No lo conocía, susurró acariciando el suave pelaje de su salvador. Era bonito. Y muy cierto. Ruth estuvo de acuerdo. Le acomodó la almohada para que pudiera incorporarse y le dio un beso de buenos días en la frente, mucho menos protocolario que el de otras veces. También al lobo blanco.

Ya estaba mucho mejor. El médico había insistido en que era bueno que se levantara un rato al día e incluso dar un paseíto por el jardín.

Su madre la escuchaba atentamente como si tuviera que descifrar el sentido de cada palabra. Les habían indicado que le hablaran claro y despacio para no frustrarla. Su recuperación del ictus les permitía ser optimistas. También aseguró que, si ese animal no la hubiera sacado de casa para pedir ayuda, no lo habría superado.

Pero no había que olvidar su otra enfermedad.

Aquel accidente vascular podría haber acelerado el deterioro de sus neuronas. En cualquier caso, ahora debían animarla mucho a recuperarse. Aquel dato hizo que Ruth se reconciliara para siempre con Orlando. Gracias a todo lo que le enseñó a Bowie, tenía una nueva oportunidad con su madre.

—¿Qué es lo primero que vas a hacer cuando salgas a la calle?

—Ir al Real a ver cantar a Suselen —dijo ilusionada.

—Pero, mamá, para eso aún quedan quince días y ya estaremos casi en Navidad. —Se puso en jarras—. Tú vas a salir a la calle mucho antes.

Margarita le lanzó una mirada que contenía una pregunta, una súplica, un ya veremos..., y, al mencionarle a Suselen, Ruth recordó lo que le había dicho Margarita la tarde fatídica en que discutieron y que tanta culpabilidad le estaba generando.

Que el padre de Suselen estaba muerto.

Sintió un gran peso en la conciencia que debía de estar alojada en algún lugar sobre el esternón. Aún no había podido decírselo. Y debía decírselo, no quedaba otra, le había reclamado esa tarde a su madre con vehemencia. «Eso no tienes por qué decidirlo tú, metomentodo —le había contestado ella de malos modos—. Además, está muerto y bien muerto. Era un animal», soltó, como si se tratara de algo personal. Ruth no se esperaba esa reacción tan virulenta en su madre. Hablaba de él con verdadera rabia. Odio, incluso. «Suselen debería confiar un poco más en su madre y en cómo ha hecho las cosas. Y dejarlas estar. Siempre ha intentado protegerla», recordó. Eso había dicho. Protegerla, ¿de quién?, ¿de su padre? ¿Confiar en cómo se habían hecho las cosas? ¿Qué cosas? Margarita era dueña de un discurso directo, demasiado directo según sus hermanos, muy dados a dobleces.

Y nunca le había sonado tan enigmática como aquella tarde.

Fuera como fuere, esa semana sin falta quedarían los cuatro para actualizar el estado de su investigación. Por su parte, tenía mucho que contarles. Datos que afectaban a todos por separado.

Una vez los dejara en sus manos, abandonaría el caso.

Tras el ictus de su madre quería dedicarse el máximo tiempo posible a estar con ella, sólo a eso, «estar», y ello implicaba no estresarla, interrogarla o espiarla. A fin de cuentas y según sus últimas pesquisas, su madre quedaba totalmente exculpada. Todos la entenderían y estarían de acuerdo. De todas formas, antes les entregaría la copia del libro de registros de la residencia, que reflejaba que su madre y el coronel estuvieron juntos la noche que murió Orlando, y también debía hablarles del extraño descubrimiento que había hecho sobre el fármaco que lo mató, sobre todo porque lo seguía consumiendo Dolores y debía interrumpirlo cuanto antes y gradualmente. Por último y no menos importante, había conseguido hacer un pantallazo del acta de últimas voluntades completo. En su momento no le había dado tiempo a leerla entera. En ella nombraba a Margarita sólo su albacea, es decir, que únicamente administraría su herencia, pero no se beneficiaría de ella, y como tal debía entregar todos sus ahorros, diez mil euros en efectivo, a doña Ágata Espinosa. Una bomba de relojería, sobre todo para Suselen, pero que no admitía demoras por muchos motivos. Pero no había querido hacerlo por escrito en el chat. Lo haría en la siguiente reunión y entonces se saldría del grupo.

Le alcanzó a su madre su zumo de pomelo recién exprimido. Ella hizo un gesto de rechazo cuando vio la pajita. Ruth no pudo evitar sonreír mientras se la retiraba. Nunca consentiría que sus labios rozaran un plástico.

—Qué vulgaridad. —La escuchó rezongando a su espalda—. Prefiero morir de sed antes que sorber por esa cosa. Y el vaso de cristal, por favor. Ya se lo he dejado claro también al coronel.

Su hija levantó la vista. ¿Y el coronel? Ése era otro enigma. ¿La estaría evitando? Y, si era así..., ¿por qué? En toda la semana no habían coincidido ni una sola vez. Sin embargo, le constaba por la directora que, aunque dado lo precipitado de la situación aún no se había mudado por completo a la residencia, sí pasaba con su madre todas las noches. Al fin y al cabo era el apartamento que compartirían. Su «nidito de amor»... Ruth sintió un regusto amargo en el fondo de la lengua. Allí alguien había dejado una biografía de Obama que parecía estar terminando y una antología poética de Machado.

Lo imaginó leyéndoselo a su madre.

Era su preferido. Seguramente ya lo sabría. Estaba claro que se la tenía trabajada. En la residencia él llevaba ventaja porque Ruth no podía quedarse a dormir. Por eso decidió que le tendería una trampa y un día de esa semana, antes de la reunión con el grupo, le esperaría hasta última hora. No se le iba a escapar. Así también se llevaría debajo del brazo la constatación de la coartada de su madre por su..., su..., lo que fuera.

Consultó el móvil. Las llamadas perdidas se acumulaban en rojo sobre la pantalla. El icono de los emails marcaba ya números de tres cifras. Tenía que ponerse al día con lo más urgente, se dijo restregándose los ojos. Y algo que no admitía demora, por una cuestión de seguridad, era el asunto de Gabriel.

—Ahora vengo, mamá. Voy a hacer unas llamadas. ¿Quieres algo?

Ella negó con una sonrisa suave y levantó su mano de garza para que se fuera tranquila.

Ya en el jardín, la voz de su amigo salió por el micrófono, vaporosa, como el genio de una lámpara. Ni siquiera le dio los buenos días.

—Tu madre tiene que dejar esas pastillas.

El otro, sentado al lado de la aludida en la estrecha cocina de azulejos imposibles, preparaba un café.

—Hola, Ruth, ¿cómo sigue nuestra Pantera Rosa?

—¿Has escuchado lo que te he dicho? Tiene que dejarlas inmediatamente.

—¿El antidepresivo?

Dolores levantó la mirada y, con sus movimientos de caracol, le hizo un gesto para que le pasara luego a Margarita.

—No de golpe, eso sería peligroso, pero debe dejarlas. Yo le diré cómo —insistió Ruth caminando por el jardín mientras saludaba aquí y allá a los *cocoon*, como ya los había apodado.

—Muy bien —dijo Gabriel, y bajó la voz intentando disimular su preocupación—. Pero ¿tan malo es? Quiero decir…, lleva años tomándolo.

La otra hizo una pausa.

—Desde luego que lleva años tomándolo… A ver cómo te lo explico… No es que sea malo, ¡es que es un tratamiento para la depresión postparto! ¡Y lleva tomándolo desde entonces!

—¿Desde el setenta y cuatro? —gritó el otro en voz baja.

—Sí, cortesía de mi madre.

Por eso no le sonaba, siguió Ruth. Alguien tendría que habérselo retirado, pero como las recetas le llegaban por la *dealer* de la plaza de Oriente…, pues nada.

—¿Y qué puede haberle provocado? —dijo asustado mientras Dolores desmenuzaba distraídamente un bizcocho de canela en su café.

No podía saberlo, era un caso único, siguió la terapeuta. Se supone que ese tratamiento no debía tomarse más de tres meses como mucho, y eso si se hacía pautando descansos. Luego se pasaba paulatinamente a otras sustancias. ¿Efectos a tan largo plazo? Pues, desde tener efecto rebote hasta crear adicción, predisponer a otras adicciones, causar depresión, problemas de psicomotricidad y…

—No sigas.

Gabriel cerró los ojos y la cocina, Dolores incluida, empezó a girar en su cabeza como un tiovivo. Ruth acababa de hacer un retrato robot de su madre. Pero no de la madre que había conocido, no, sino de aquella que le contaban que fue, a la que recordaba vagamente en sus primeros años de vida. ¿Quería decir que esa madre que tenía delante era un gran efecto secundario de una puta pastilla? ¿Que quien le había criado era el efecto adverso de un fármaco?, quiso preguntarle, pero tuvo que morderse sus labios pálidos con fuerza.

—Ahora mismo no puedo hablar, Ruth. Tengo que irme. Te llamo en cuanto tenga un momento y me sigues contando, ¿vale?

Ruth entendió el mensaje.

Cuando Gabriel abrió los ojos, la cocina fue deteniéndose lentamente hasta dejar a Dolores de nuevo sentada delante de él, con los ojos expectantes. Ahora era la voz de Ruth la que, atrapada en el móvil, le preguntaba si estaba bien.

—Sí —dijo desconcertado—. Ya nos darás instrucciones de cómo tenemos que írsela retirando.

Ruth le susurró un «no te preocupes, va a ser todo para bien».

—Dile a Dolores... —Gabriel pulsó el manos libres—, que Margarita ya pasea por el jardín y que esta semana podrá recibir visitas. —Hizo una pausa—. Muy pronto podrán pasear juntas otra vez a los perros.

Y colgó.

Los ojos de Dolores brillaron anegados de esperanza. Luego se peinó con los dedos el pelo de la nuca muchas veces, como si se le hubiera erizado.

Gabriel dejó el móvil con cuidado encima de la mesa y alargó su mano para coger la suya.

—Mamá —dijo—. No me voy a enfadar, pero dime desde cuándo tomas esa pastilla, la de tranquilizarte.

—Pues... —dudó sin dudar—, desde que naciste tú.

—¿Y cómo no se lo has dicho a ningún médico?

—Uy, me sentaba de bien... y me la podían quitar.

Gabriel dejó caer la cabeza sobre los brazos. ¿Qué había hecho él para merecer eso? ¿Qué? Y como no tenía ganas de discutir con ella ni de angustiarse, prefirió pensar en Mónica, en esa luz que crecía al final del túnel del tiempo, y en hacia dónde los llevaban las últimas averiguaciones. La próxima parada llevaba el nombre de, para él, la reina del misterio: Ágata. Y por ese mismo motivo era fundamental que esa reunión con Suselen se diera antes que la del grupo. Lo que tenían que hablar no podrían hacerlo delante de las demás y no quería cuentas pendientes. Sobre todo ahora que Mónica y él podrían haber dado un paso en otra dirección. Una tan ilusionante y misteriosa como el espacio exterior.

Pero aquella tarde de tormenta no sólo se entregaron al sexo, también lo hicieron al caso. Y en su segundo encuentro, tras varias horas de desenfreno en las que volvieron a jugar con algunos de sus antiguos personajes —¿vale que eres Donovan y yo Diana?, dijo ésta subiéndose a horcajadas sobre él—, aún les quedaron fuerzas para hablar del giro que daba la investigación que ahora apuntaba por primera vez hacia Ágata: sus encuentros semanales para darle un masaje a Orlando, el hecho de que fuera ella quien probablemente lo citó en casa de su amiga, en la escena del crimen, para darle el último de su vida, no parecía ofrecer demasiadas dudas.

Aun así, no habían podido resolver cómo le abrió la puerta.

Así que habían acordado que cada uno sondeara a su respectiva madre sobre la exbailarina, su pasado, su presente, su día a día, y luego, en la reunión, lo pondrían todo en común. Gabriel siempre había percibido que Dolores sentía hacia Ágata una especie de respeto cercano al miedo. Su forma cortante y agresiva de hablar, su tendencia a esas bromas que contenían pequeñas humillaciones eran algo que Dolores, insegura y meditabunda, sensible por naturaleza como una fruta sin piel o por obra de ese fármaco, a saber ya, llevaba muy mal. ¿La habría amedrentado para que le dejara la llave sin imaginarse lo que iba a hacer? ¿Se habría convertido Dolores en una cómplice involuntaria? De modo que, espoleado también por su propia curiosidad y por ver qué le ocurría, le soltó a Dolores que Suselen había decidido buscar a su padre.

Su reacción fue quedarse rígida como si le hubieran echado cemento por la cabeza.

—Mamá, no eres un camaleón. Puedo verte. ¿No quieres hablar de esto?

—No sé…

—¿Que no sabes si quieres hablar? —insistió él.

—No, que no sé dónde puede estar su padre. —Dolores buscó algo invisible en el techo de la cocina—. ¿Por qué lo voy a saber yo?

—Yo no he sugerido que lo supieras, mamá.

—Además, era un hombre malvado.

Gabriel levantó las cejas.

—¿Por qué dices eso? ¿Porque las abandonó?

Ella negó con la cabeza y dijo:

—Eso es lo único que hizo bien. —Se metió un trocito de bollo en la boca chorreando café—. Yo no lo buscaría. Dile de mi parte que no lo busque.

Aquella asertividad tan impropia de su madre le dejó mudo. También el desparpajo con que juzgó a aquel hombre que parecía haber conocido muy bien. Era curioso que nunca le hubiera hablado de él. De hecho, no recordaba haber escuchado que lo mencionaran ni Elisa ni Margarita, ni siquiera la propia Ágata.

—¿Y por qué dices que era tan malvado? —quiso saber.

Dolores descruzó los brazos, se relajó un poco en la silla, apoyó la cabeza sobre su mano con somnolencia y dijo:

—Porque trataba muy mal a Ágata y eso hizo que luego ella odiara a la niña porque le recordaba a su padre.

Claro que eso era lo que ella pensaba, pero Margarita y Elisa le quitaban la razón, dijo encogiéndose de hombros. Lo que era una verdad como un templo y todo el barrio contemplaba como una broma de mal gusto de la genética era que la niña hubiera salido como un calco del tipo aquel, con el pelo negro azabache, «pelo de cabra», la llamaba su madre, cuando se lo cortaba a lo chico…

Ágata quería olvidarse de él y no podía por Suselen. Era como si le echara la culpa de todo lo que era culpable su padre.

—¿Por ejemplo? —preguntó Gabriel indignado por lo que estaba escuchando.

—Por ejemplo, Ágata decía que tuvo que dejar la danza porque se quedó embarazada en muy mal momento. También porque el padre de la niña le prohibió que lo hiciera.

—¿Y tú le das la razón?

—No, yo creo que tuvo que abrir el estudio porque no era tan buena bailando.

El caso es que a la pobre niña se lo hizo pasar muy mal, siguió Dolores tras chasquear la lengua, y, por más que le decían, se empeñaba en que Suselen tenía que adelgazar.

Gabriel también recordaba esa etapa. La de su bulimia. Pero no se había atrevido a cavar tan hondo en el infierno de su amiga como para vislumbrarlo en su enormidad. Dolores tampoco osó verbalizar que el marido de Ágata la maltrataba, que abusaba de ella, que le decía que todo el mundo quería follarse a las bailarinas y que no consentiría que su mujer fuera una. Con la única que lo había hablado era con Ruth, porque eran recuerdos envenenados, decía, de ese pasado lejano que necesitaba expulsar. Y también le contó que la bulimia que sufrió Suselen podría haber sido, desde su perspectiva, una forma de supervivencia, para no atraer a los hombres. Esas eran el tipo de cosas que pasaban por la cabeza de Dolores cuando se sumía en uno de sus *stand-by*:

—¿Y cómo dio con ese monstruo? —se sorprendió Gabriel. En su cabeza la otra Ágata, aparentemente tan fría, tan dura...

—No sé..., puede que creyera que escaparía a una vida mejor. Aquí aún no habíamos salido del franquismo, a saber..., él dirigía hoteles en Baleares, eso nos lo contaba mucho, y que tenían salas de fiestas. No es lo que había soñado, ella prefería trabajar en un teatro, pero le dijo que allí sería feliz, que dirigiría espectáculos... esas cosas.

—¿Y qué pasó? —preguntó su hijo.

—Que nunca la llevó con él. —Escurrió el café de su bollito—. Esa vida la disfrutaban sus queridas. Volvió con ella cuando estaba hidropésico para que lo cuidara. Y, como se veía gordo y enfermo, empezó a beber cada vez más y lo pagaba con ella... y luego con la niña.

¿Y Ágata?, nos preguntaríamos muchos como tantas veces. Pues Ágata, como por una extraña transferencia de carne, iba adelgazando todo lo que él engordaba mientras se iba oxidando como una muñeca de alambre. Poco después colgó las zapatillas de punta y sólo bailó un número por año con sus alumnas en el *show* de fin de curso.

Aterrado ante aquel relato familiar de su amiga y envalentonado por el discurso repentinamente hilado de su madre, se atrevió a preguntarle eso que, desde que lo descubrió al resetearle el móvil, no le había contado a nadie, y no le dejaba dormir:

—Mamá, ¿por qué hay varias llamadas perdidas de Orlando a tu móvil la noche que murió?

¿Y si nos hacemos terraplanistas?

En el piso de arriba se encontraba alguien a quien le habría encantado escuchar de primera mano esa respuesta. Sobre todo porque hablar con Elisa, aunque era mucho más divertido, también suponía jugar al ratón y al gato. A eso mismo estaban jugando Fiera y su eterna y endiosada enemiga, aunque esta vez mentalmente. Tras su último duelo, ambas habían parecido tomar una distancia social y repartirse el territorio como dignas rivales.

Elisa, sentada en el borde del sillón, había encendido el informativo de la mañana, al que no estaba prestando mucha atención. Mónica se extendía un poco de un pintalabios gastado sin mirarse.

Su madre levantó la vista del televisor y dijo distraídamente:

—¿Por qué no te compras otro pintalabios?

—Porque no tengo tiempo.

—¿Vas a salir?

—Luego, mamá, más tarde. He quedado con Gabriel para tomar un café.

—¿Vas a retocarte también los ojos? —siguió con el interrogatorio al más puro estilo *CSI*.

—¿Ya estamos? —Bajó el espejito con fastidio.

—Ay, hija, sólo lo digo porque te veo un ojo un poco más grande que el otro, pero como no puedo decir nada… Así pareces un cuadro cubista, pero en fin…

Su hija fue la que no dijo nada. Como abriera una rendija empezaría a preguntarle sobre Gabriel. Pero afortunadamente Isis había acaparado su atención. Agazapada tras un cojín, empezó a menear la cadera para calentar las patas traseras, un gesto que anunciaba el desastre.

—Isis…, ¡no! —gritó Elisa sobresaltando a su hija.

Un segundo después el animal había saltado al balcón intentando cazar un gorrión. La malla que instaló Orlando evitó que el pájaro fuera capturado y que hubiera una tortilla de gato sobre la acera. Eso sí, con el impulso se fueron al suelo un par de libros y un árbol de la vida mexicano de barro que se hizo añicos.

—¡Esta gata no me hace ni caso! —despotricó recogiéndolo—. Y siempre lo tira todo. No sé por qué me dijiste que era muy inteligente. —Mónica levantó la vista de nuevo—. Cuando veo a tu perrita y cómo te mira, cómo te sigue a todas partes y atiende a lo que le pides… —Fiera movió el rabo laxamente para indicar que sabía que hablaban de ella—. Me encantaría que algún ser vivo sintiera eso por mí.

Mónica siguió sin contestar, esta vez por salud mental, y se consagró a enviar mensajes al grupo. Isis las observó con desprecio gatuno: ¿por qué confundían independencia con falta de inteligencia?

La entrenadora releyó la reflexión de Larra sobre los animales que ella misma había colgado esa mañana.

—La verdad es que, a mí, conocer a los perros me ha llevado a un descubrimiento interesante —reflexionó Mónica en alto—. Desprecio la razón.

—Descartes y Pascal te dan las gracias —dijo su madre recogiendo el desastre.

—También desprecio el lenguaje. He dejado de creer en él, mamá. Creo que utilizamos demasiadas palabras para todo.

—No lo dirás por tu padre. —Al ver el gesto de su hija, corrigió el rumbo—: Tengo una idea: ¿quieres que nos comuniquemos con ladridos?

—Empezaré a hacerlo si vuelves a mencionarme el autismo de papá o criticas mi maquillaje.

Elisa resopló y bajó el volumen del televisor.

—¿Y si hablamos de algo divertido? —dijo de pronto. Su hija se sonrió. No se callaba ni debajo del agua—. Así que desprecias la razón… ¡Tengo una idea! ¿Y si nos hacemos terraplanistas?

—Imposible, mamá. La demostración empírica de que la Tierra no es plana es que los gatos lo habrían tirado todo por los extremos.

Se volvieron hacia Isis y se echaron a reír. Le gustaba escuchar la risa de su madre. Si pudiera, la habría grabado para ponérsela siempre que a ella se le olvidaba cómo reír. A veces tenía ritmo de canción de cuna y otras de rock and roll. Era imposible que no te contagiara felicidad.

Mónica suspiró.

Lo que le había ocurrido a Margarita le había hecho reflexionar mucho sobre la suerte que tenía de tenerla. La suerte de que la hubiera abrazado y besado hasta desgastarla. Y la de poder seguir hablando y riendo con ella.

Dejó el móvil en silencio y lo metió en el bolso. Total, iba a ver a Gabriel en unas horas.

—Por una vez, sé algo que tú no sabes... —dijo para provocar a su madre.

—¿Cómo es eso posible? —La otra se incorporó en el asiento—. Dispara.

—Margarita va a casarse.

Elisa se quedó como estaba y dijo:

—Qué bien, así tendrá licencia para dejar de afeitarse las piernas.

—¿No te sorprende?

—Pues no. Me sorprendió más que tuviera «relaciones» con su coronel sin casarse... siempre fue una antigua —dijo con toda la retranca que pudo.

Entonces, todas sabían de la existencia del coronel..., pensó Mónica, y nunca se les había ocurrido mencionarlo. Estaba claro que aquella hermandad que unía a sus madres había sido al menos tan fuerte como la de sus hijos. Casi se podría decir que el vínculo entre ellos era heredado. Lo que hacía aún más verosímil que en este caso se estuvieran guardando las espaldas. Esto no era nuevo. Los cuatro estaban de acuerdo en que cuando eran pequeños, en una de esas veladas intimísimas de sus madres en casa de la que tocara, siempre aterrizaban en un silencio unísono cuando aparecían los niños por sorpresa, como si fueran una orquesta que llevaba muchos años tocando junta.

Y llevaban más de cuarenta años tocando juntas...

Iba a ser muy difícil que a ninguna de ellas se le escapara un dato que comprometiera a las demás. Y si lo hacían sólo sería por error.

—Yo también sé algo que no imaginas —dijo Elisa canturreando y entró en el juego—. ¿Sabes quiénes van a romper?

Su hija le sonrió con malicia.

—Mírate. Se te ve feliz.

—No estoy feliz.

—Sonríes, mamá.

—Qué va, será un tic.

—Sean quienes sean, no deberías alegrarte, bruja —la reprendió Mónica mientras jugaba con Fiera a esconderle la pelota.

—Pin y Pon —dijo bajando la voz.

—¡No! —Mónica abrió mucho la boca—. ¿Y eso? ¡Cuenta!

—Se lo ha dicho Pin a Dolores esta mañana. —Miró en dirección a la puerta como si temiera que tuvieran micrófonos—. Que él ha hecho las maletas y ¿a que no sabes a quién le echa la culpa?

—No.

—A tu amiga Ruth.

Mónica desencajó la mandíbula.

—No…

—Deja de decir eso, hija. Ya tuviste la fase del «no» a los dos años ¡y no veas…! —Imitando su voz infantil—: Ponte el abriguito. No. Cómete la fruta. No. Dame la mano para cruzar. No…

—¡Pues qué pena que se me olvidara cómo decirlo tan pronto! —Hizo una pausa—. Oye, mamá, ¿y por qué le echa la culpa a Ruth, si puede saberse?

—No, no puede saberse, pero te lo diré: porque Pon, agárrate, ha estado haciendo terapia con ella a escondidas.

—¿Terapia? ¿Pon? —Mónica había entrado de cabeza en fase cotilleo.

—Sí, según Dolores, desde que se jubiló y tuvo el infarto, Pin decidió poner en marcha su venganza en plan *Misery*. Le escuchaba insultarle por el patio, le llamaba inútil, le echaba en cara que nunca hubiera valorado sus sacrificios, y que tuviera amiguitas…

—¿Amantes?

—No, hija, putas.

—¿En serio? —Mónica intentaba reconstruir la nueva imagen de su muy pío vecino.

Su madre continuó, maliciosa:

—Incluso un día escuchó cómo le amenazaba con llamar a la policía para decir que la maltrataba. ¡Y llegó a hacerlo! Menudo lío le montaron al pobre hombre.

—Pero, mamá, ¿tú te imaginas a Pon yéndose de putas? ¿Y maltratándola?

Elisa le contestó no a lo segundo, pero lo primero… no es que se lo imaginara, es que se lo había contado un taxista de la parada un día que estaba ella pagando y lo vieron pasar. Dijo: «Anda, ése es el hombrecillo que me hace llevarle al confesionario de guardia». Mónica le pidió más leche de avena señalando el brik con su dedo índice, ¿un confesionario de guardia? Elisa dio una palmada, ¿quería dejar de repetirlo todo como un eco? Sí, hija, un confesionario en la calle Bravo Murillo donde te confiesan si tienes una emergencia. Y parece ser que Pon, después de cada casquete y antes de volver al domicilio conyugal, se confesaba por si se moría durante la noche…

—¿No te parece buenísimo? —Elisa daba la impresión de estarlo disfrutando de verdad.

Pero Mónica había dejado de escucharla porque su prodigiosa memoria fotográfica estaba recuperándole una dirección escrita por Orlando en su agenda, rodeada por un círculo, el último día de su vida: Nuestra Señora de los Ángeles, calle Bravo Murillo, 93… ¿Fue Orlando a confesarse antes de quedar con Ágata en casa de Elisa? ¿Por qué? ¿Es que se temía algo? De fondo, seguía escuchando a su madre parlotear:

Lo cierto era que eran insufribles y cotillas como ellos solos. Así que, aunque no se alegraba de su drama, sí lo haría si se cambiaban de casa. ¿Sabía que se habían hartado de sembrar rumores para incriminarla en la muerte de ese pobre chico? Sólo porque murió en su casa.

—¿Qué tipo de rumores? —se alertó Mónica.

—Pues lo último era que habían visto su sombra a través de la ventana del patio haciendo la cena, ya ves tú —dijo quitándole importancia—, y que estuvo viendo una película a todo volumen en la televisión.

Esto último hizo a Mónica reconectar rápidamente.

—Mamá, ¿por qué no me lo habías contado?

—Porque yo misma me enteré ayer.

—¿Y qué estaba viendo?

—¿Cómo quieres que lo sepa? Yo no estaba aquí, ¿recuerdas?

En el interior de la cabeza de Mónica volaban ya esas dos nuevas piezas del puzle intentando encajarse de las más variadas formas mientras su madre seguía cotorreando. En el fondo los echaría de menos, dijo para su asombro, porque Pin y Pon les habían dado mucho juego. Aún recordaba esa noche de verano hace muchos años, que estaban cenando las cuatro en la cocina con las ventanas del patio abiertas y Margarita los pilló espiándolas agazapados en la que daba al tendedero.

—Como estábamos un poco achispadas, ya que teníamos público, a Ágata no se le ocurrió otra cosa que colarse en mi vestidor y cruzar por la ventana indiscreta como si tal cosa con uno de mis pamelones gigantes —relató, e imitó a la exbailarina caminando sobreactuadamente—. Luego se animó Dolores con ropa de tu padre, Margarita con gafas de bucear y albornoz, y, como en todo desfile, terminó entrando en su plano de visión Ágata con mi traje de novia, porque era la única que aún cabía en él. —¡No...!, iba diciendo su hija. No sabía que eran tan gamberras. Elisa asintió y siguió actuando su relato—. Los pobres Pin y Pon no salían de su asombro. Terminamos el *show* cerrando la ventana como quien cierra un telón y rodando por la alfombra de la risa. Luego se hartaron de decir por ahí que cuando tu padre estaba fuera yo me dedicaba a montar fiestas con decenas de personas muy extrañas.

Su hija disfrutó de aquella anécdota. De verdad que era difícil imaginarlas así. No podían recordarlas así. Y pensó que sería hermoso que todos pudiéramos viajar en el tiempo para pasar un día con nuestros padres de jóvenes. Conocerlos como eran antes de nosotros. Y conversar con ellos como seres humanos y no como padres o madres.

—Sobre todo, nunca me habría imaginado a esa Ágata.

—¿Cuál?

—A la divertida. Sólo conozco a la que hace sufrir a Suselen.

381

Elisa miró a su hija, no como hija, sino como la mujer que trataba de ayudar a su amiga. Seguramente también sería muy útil esa máquina del tiempo si nos dejara ver a nuestros hijos de ancianos, ya sin nosotros, para poder verlos como adultos y no como los bebés que un día aterrizaron en nuestros brazos.

—Es que efectivamente hubo otra Ágata —dijo una Elisa de pronto nostálgica.

—¿Después de ser madre?

—No, después de dar con el hombre equivocado.

Según Elisa, Suselen no había sido un accidente, como la exbailarina se hartaba de pregonar desde que nació su hija, sino que quedarse embarazada entraba dentro de su idea infantil del matrimonio. Digamos que «no se cuidó» porque estaba segura de que él se casaría con ella y el tipo aquel no sólo no se lo pidió, sino que se desentendió completamente de ella y de la niña, y Ágata se encontró siendo bailarina, sin ingresos estables, madre soltera en pleno franquismo y con un hombre que iba y venía sin aportarle a su vida nada más que dolor, y sin dejarla reconstruirla.

Nada resultó ser como esperaba.

—Soy la primera que he vivido lo mucho que ha sufrido Ágata, pero nunca he entendido su forma cruel de tratar a su hija.

Mónica levantó los ojos de la taza de café donde se había zambullido. «Cruel», había dicho su madre sobre su amiga.

¿Si consideraba a Ágata capaz de ser cruel con su propia hija..., la consideraría también capaz de asesinar a un hombre que no era nada para ella?

Según Elisa, Ágata se autoconvenció de que su hija era un incordio y un impedimento para sus relaciones y su carrera porque era la forma menos frustrante de explicarse sus fracasos. Lo cierto era que, cuando tuvo que escoger, abandonó a su hija en casa de su abuela. Eso para Elisa no tenía disculpa. En una ocasión estuvo sin verla un año y sólo sabía de ella por llamadas ocasionales a su madre.

—Y luego está esa obsesión por poner a Suselen el listón cada vez más alto para restregárnoslo a todas como si con ello demostrara su excelencia como madre. Pero, paradójicamente, nunca ha valorado ni el esfuerzo ni los logros de esa pobre niña.

A Elisa se le endureció la mirada y se cerró su chaqueta de lana como si algo le diera frío:

—Todavía recuerdo el día en que Dolores y yo la encontramos sentadita en los escalones de la salida de artistas del Real frente al estudio de su madre. Tenía los labios azules del frío. —Miró hacia abajo como si viera a la niña—. «¿Cuánto tiempo llevas aquí, Suselen? ¿Dónde está tu madre?». Y ella respondió tiritando que su mamá estaba con un amigo, y que la había castigado a no entrar. —Alzó los ojos hacia su hija buscando complicidad—. Llevaba en la calle cinco horas, tenía siete años… y su único pecado había sido sacar un notable en Matemáticas.

Mónica escuchó aterrada esa parte de la historia de su amiga de la que sólo recordaba fragmentos que ahora, en otro rompecabezas *vintage*, también encontraban su sentido: cómo Ágata la obligaba a jugar a cosas que supusieran retos físicos y, cuando ésta no lo conseguía, ella, su propia madre, la humillaba poniéndose como ejemplo delante de las otras niñas, «Mira que eres torpona, se hace así», y le demostraba que era la reina del hula-hop o de saltar a la comba ante la admiración de sus amiguitas. «Cómo mola tu madre, es la mejor»…, es la mejor, se repetía Suselen, por eso nunca estaría a su altura. «Es la mejor», se dijo Mónica, porque no la tenían en casa. ¿Hacía cuánto que no veía a niñas jugar a la comba?, se preguntó con nostalgia de dinosaurio.

Elisa recordaba muy bien el terror que le dio siempre a Suselen esa soga que golpeaba con violencia el suelo. Como aquella vez que entró en el parque infantil obligada por su madre y quiso salir de él en cuanto pudo, gateando por debajo de los columpios que iban y venían con la velocidad de una trampa mortal.

—En aquella época eran sillas de hierro, acuérdate —dijo Elisa—. Ágata no se dio cuenta de su temeridad hasta que una de ellas impactó en el cráneo de su hija y éste empezó a escupir sangre. La niña se quedó atontada en el suelo y a ella le dio tal ataque de histeria que tuvimos que darle de bofetadas y atenderlas a ambas en el hospital.

Madre e hija se quedaron pensativas mirándose a los ojos, con la certeza, en el fondo, de por qué habían desembocado en aquella conversación. A Elisa le quedaba claro que su hija y sus amigos —y más tras los últimos acontecimientos— estarían sospechando de Ágata. Lo que no sabía era que contaban con el arma secreta de la agenda de Orlando, que les había conducido hasta un posible móvil sexual. Por eso Elisa no quiso andarse con rodeos y dijo:

—No voy a traicionar la intimidad de mis amigas. Pero dime lo que te preocupa. Te responderé hasta donde pueda.

Mónica dejó su taza en el fregadero.

—Lo sé, mamá. Aunque no lo creas, confío en ti. —Le quitó unas pelusas del jersey—. Pero es urgente averiguar qué ha pasado, porque Margarita está perdiendo la memoria a pasos agigantados.

Elisa se cruzó de brazos. No podía hablarle de que Dolores y ella necesitaban desesperadamente reunirse a solas con su amiga sobre «el asunto de Ágata». Por eso sólo dijo:

—Te aseguro que también es mi preocupación, cariño. Sé lo importante que es para ti no dejar un misterio sin resolver. Pero, si quieres mi ayuda, entonces tú también tendrás que contarme. —Hizo una pausa—. ¿Qué tenéis?

Mónica dudó un momento. ¿Qué tenía que perder…?

Su madre reconoció esa excitación en los ojos de su hija cuando ésta abrió su libreta de notas, está bien, dijo, y no pudo evitar imaginarla sentada en ese mismo sillón cuando abría su cuaderno de misterios, ese negro de tapa blanda, y le explicaba sus teorías sobre las vidas ocultas de los vecinos. La Mónica adulta se solapó con ese recuerdo mientras repasaba datos rodeados de circunferencias y flechas que apuntaban en varias direcciones; una de ellas se refería a la segunda copa. ¿Esperaba Orlando a alguien? Esa teoría disparaba ahora las sospechas hacia Ágata. Sin embargo, también sabían que los ansiolíticos que acabaron con su vida habían sido servidos en ambas copas. Una de agua y otra de vino, sin duda para potenciar su efecto.

—Entonces, quien compartiera con él esa copa, o no bebió, o también se habría intoxicado. Pero… ¿por qué verterlo en ambas? —dijo Elisa.

La entrenadora se quedó pensativa.

—¿Quizá porque no estaba segura de cuál iba a coger la víctima?

Su madre asintió con la cabeza, orgullosa. Sí, ése era un buen punto.

Mónica siguió leyendo su cuaderno. Luego estaba la pista de la copia de las últimas voluntades enviada a casa de Margarita, que, por un tiempo, la había convertido en la principal sospechosa. De ella surgían nuevas incógnitas, y garabateó unas cuantas flechas más desde esa anotación. La primera: ¿qué sentido tenía que un hombre joven firmara una carta de últimas voluntades y a continuación fuera asesinado?

—En primer lugar nos hizo sospechar de Margarita porque había un móvil claro: dejaba en su poder una gran cantidad de dinero en efectivo…, pero, al comprobar que la nombraba albacea y que tenía una coartada, Gabriel y yo, por primera vez, contemplamos la posibilidad del suicidio; si no…, ¿por qué un hombre de treinta y siete años iba a firmar unas últimas voluntades?

—Podría temer por su vida —sugirió Elisa.

—Podría ser… —dijo su hija lanzándole un cabo—. Además, esa hipótesis os dejaría a todas libres de sospecha. Es tentador…, ¿no?

Contra todo pronóstico, esa opción no pareció ilusionar a la aún posible sospechosa.

—Pero no es la verdad —dijo Elisa tajante—. ¿Y se puede saber por qué iba a suicidarse en mi casa encerrándose por dentro sin llave?

Esta hipótesis había sido compartida en el grupo con muy poca fe para que cada uno se la soltara a sus respectivas progenitoras. Más que nada para ver por dónde salían. Curiosamente, todas tuvieron una reacción parecida a la que Elisa mostraba ahora. Dolores lo negó alegando que ella sabía cómo era Orlando y lo mucho que amaba la vida; Margarita también porque se había vuelto tan católico como ella. Sugerir algo así «sería manchar su memoria», se indignó, también la de su familia, que era muy creyente, y un suicidio siempre dejaba a los que quedaban detrás viviendo en la insoportable ciénaga de la culpa.

—No lo entiendo, mamá —dijo Mónica subiendo las piernas sobre el puf del sofá—. Parece que os hace ilusión ir a la cárcel.

Ella se plantó en jarras:

—A ver si nos entendemos: él estaba en contra del suicidio porque evitó que Dolores lo hiciera.

Ninguno de los cuatro encontraba sentido a ese empeño de sus madres en desmontar cualquier posibilidad que cerrara el caso sin sobresaltos. Ruth y Suselen sospechaban que, en el fondo, a Mónica tampoco le satisfacía esa opción. «Porque sigo estando segura de que nos ocultan algo», había escrito en el grupo, «y porque, aun en el caso de que no hubiera sido ninguna de ellas…, ¿y si alguien lo mató? Podrían estar en peligro…». ¿Tenía problemas con narcotraficantes? Según sus propias reflexiones en la agenda, cargaba con un pasado oscuro por el que pagó y del que quiso huir. Tuvo que moverse entre gente peligrosa. ¿Habría entrado en contacto con él alguien de su vida anterior y no quiso dejarse arrastrar? ¿Debía dinero y por eso sacó esa gran cantidad en efectivo? ¿Por qué se lo dejaba a Ágata? ¿Era Ágata la intermediaria? ¿Se conocían de antes? ¿Quién sabía que estaría allí? De forma demostrable, Ágata…, sólo Ágata…

Por otro lado, y sin que en principio estuviera relacionado, la tensa conversación que Ruth había mantenido con Margarita antes del ictus había sido sobre esas bodegas viejas excavadas en la zona de Segovia que, aparentemente, no tenían ningún valor, pero que tenía especial empeño en que nunca salieran de la familia. Tratándose de su madre supuso que era una cuestión más de tradición que de superstición. De ellas sólo sabía que cada vendimia su madre cedía una tinaja al pueblo para que se la bebieran en las fiestas. También, sin razón aparente, había sido el motivo de que desembocaran en aquella agria discusión de la que ahora Ruth se sentía tan culpable…

Cuando Mónica se lo mencionó a Elisa como una anécdota, ésta fue su respuesta:

—No entiendo qué ve esta gata cuando se queda así, mirando fijamente un punto en la nada —dijo observándola—. A veces lo hace por la noche, acechando a algo en la oscuridad del pasillo. Me mete cada susto…

No tenía forma de saber si aquel volantazo de su madre en la conversación había sido intencionado, pero sí fue más que evidente. Sería mucho más tarde cuando ambas hijas, Mónica y Ruth, contrastarían la extraña reacción de sus madres cuando sacaron el tema de la bodega en cuestión.

Sin embargo, a Fiera quien la tenía más que intrigada era esa gata y le daba a Elisa la razón. También se había percatado de su forma de quedarse absorta, como ahora mismo, con los ojos aferrados a algún lugar indeterminado entre las dos humanas. Y es que ni siquiera la chihuahua era capaz de ver lo que ella veía: el halo de colores que todos los allí presentes desprendían.

A continuación, fue el palo de Brasil lo que captó los ojos de la diosa rodeado de un aura violeta incandescente por obra y gracia de la fotosíntesis. ¿Que qué miraba?, se dijo con prepotencia felina mientras seguía disfrutando del espectáculo. Si pudiera explicárselo con palabras a aquellas tres, tampoco lo entenderían. Para eso había que nacer un ser superior, se dijo, deleitándose en la forma en que variaban los rayos ultravioleta de un ser vivo a otro, formando aquellos impresionantes anillos de colores fluorescentes. Si pudieran ver todo lo que ella era capaz de ver y escuchar…, no saldrían a la calle, pensó.

Por eso fue testigo del momento exacto en que aquel ser humano de la bañera dejó de estar vivo.

¿Cuántos testigos silenciosos de nuestros actos más impuros dejamos atrás suponiendo que su presencia no nos traerá consecuencias? Era verdad lo que pensaba Fiera, si esa gata hablara… porque ella había sido el único testigo. Pero ¿y si hablaran los árboles en un bosque en el que se comente un crimen? ¿Cómo podemos estar seguros de que no nos delatarán los insectos que se posaron sobre ese cadáver que aguardó en su cocina casi tres días? A veces lo hacen. A veces hablan.

Isis era la única que sabía a ciencia cierta cuándo aquel humano dejó de latir. Porque simplemente se apagó. Como una preciosa lámpara se funde. Y tenía bonitos colores. Tuvo que acercarse con curiosidad a comprobarlo, recordó, mientras los sonidos más imperceptibles se deslizaban por el tobogán de sus tímpanos como niños alborotados. Qué le iba a hacer si oía dos octavas por encima del resto del mundo. Ése era el motivo por el que el común de los seres vivos le resultaban insoportables. Algo que la unía íntimamente a su dueña que en esos momentos estaba soltando lo que ella interpretó como un bufido.

—¿Y ahora qué te pasa, mamá?

—Que me asquea el mundo.

—¿Como estado general o por algo en concreto?

—¿Qué hay más concreto que el hecho de que te asquee el mundo?

—Cierra un poco el plano y a lo mejor hasta puedo ayudarte.

—¡Que nunca encuentro qué ponerme! —dijo a voces desde el dormitorio mientras abría y cerraba cajones—. ¡Es desesperante que un *poltergeist* te esconda la ropa justo cuando vas a salir!

El bufido era algo que a Fiera la sacaba de quicio, tanto en Isis como en su dueña. Por una vez intentó ignorarlo y siguió tumbada hecha una rosca brillante en su cojín, aunque no pudo evitar que toda su naturaleza se pusiera alerta por ese siseo que recordaba al de una serpiente. Y no era el único sonido que los gatos habían aprendido a imitar…, reflexionó mientras se lamía con parsimonia las patitas. Sus ronroneos y maullidos interminables e insufribles no eran baladí. Ése era uno de los argumentos de Pin y Pon en contra de Elisa.

Que habían escuchado a la gata maullar como un bebé varias veces esa tarde. Como sólo lo hacía cuando quería demostrar su amor.

Y aquella gata se vendía muy cara. Fiera también la había observado lo suficiente como para saber que semejante bestia no dejaba nada a la improvisación. Había registrado en ella hasta veinte sonidos diferentes, y lo más chocante no era sólo esa necesidad obsesiva de hablar como los humanos, sino que había comprobado que los gatos no se comunicaban así con otros gatos, no, no, no…, ¿nadie se había percatado de que maullaban más a los humanos que a otros gatos? A su juicio, Isis había evolucionado sólo para manipular, clonando un llanto imposible de ignorar porque estaba en la misma frecuencia que el de un cachorro humano. ¿Casualidad? ¡Imposible! Siempre para conseguir algo… ¡y le funcionaba! Fiera no andaba desencaminada, porque esa noche, Pin y Pon aseguraban que habían visto su silueta paseándose sobre la mesa de la cocina, reclamándole a la víctima parte de su cena, dándole cabezazos con la cola en alto como sólo hacía con su dueña.

Isis se dejó caer de su atalaya con un salto digno de una trapecista y se refugió en los muslos de Elisa. La perra ni se movió. Nunca habían estado tan cerca. Con el corazoncito golpeándole el pecho con fuerza, se limitó a hacerse la dormida con un ojo abierto y otro cerrado. Sí, esa gata tenía que saber muchas cosas… Dejó que las orejas giraran despacio en su dirección. Ahí estaba, el ronroneo…, eso sí que era hipnótico, se dijo, sucumbiendo a un extraño y placentero aturdimiento. ¿Qué extraño poder era ése? Isis le devolvió un gesto triunfal y hechicero. Elisa le acarició el lomo y miró la hora en el reloj de pared:

—¿Has terminado ya con tu interrogatorio o puedo ir a preparar un picoteo? —le preguntó a su hija con retintín.

—¿Por qué? —dijo Mónica imitando su registro—. ¿Ha habido algo que te haya inquietado?

—Claro —ironizó—. Todo. Ha sido enormemente incómodo. Estáis a punto de pillarnos.

Levantó las cejas varias veces cómicamente.

—Pues mándame a la cama sin cenar —dijo su hija.

—¿Es que estás haciendo ayuno intermitente?

—No, es por rememorar uno de tus clásicos.

Elisa le dio un suave empujoncito a la gata y ésta se retiró de mala gana. Luego siguió a su ama por el pasillo, cola en alto, rumbo a la cocina, ¿qué tal una cenita fría? A su hija le pareció bien. Aprovecharía para pasear a la pequeña antes de que volviera a llover. Dicho esto, la ensilló y cerró la puerta. La casualidad o la providencia quiso que olvidara el paraguas y tuviera que volver a subir. Sin duda Elisa no la escuchó entrar. Hablaba con alguien en la cocina mientras preparaba una tabla de quesos. Mónica puso el dedo sobre los labios indicando silencio a la pequeña y ambas se quedaron escuchando tras la puerta. Por el contenido de la conversación, enseguida supo que Elisa estaba comunicándole a Ágata lo que Margarita había revelado. Que su exmarido estaba muerto. Ah, la escuchó decir,

¿qué Suselen ya lo sabía? Vaya por Dios, entonces Ruth se le había adelantado. Pues ya lo sentía, siguió comentando como quien habla de la última serie que está viendo en Netflix mientras asesinaba a cuchilladas un queso curado de oveja.

Al parecer, Suselen le había escrito a Ágata un escueto mensaje: «Madre, creo que tenemos que hablar». Lo único bueno de que se le hubiera escapado a Margarita tan negro dato, siguió diciendo Elisa sujetándose el móvil entre el cuello y la oreja, era que siempre podrían argumentar que, como a la pobre se le había ido la cabeza…

Luego hizo una pausa:

—Tienes razón —dijo—. Casi es mejor. Así dejará de buscarlo. Lo único que me preocupa es que a Margarita le dé por contar algo más…

Y dejó unos puntos suspensivos en el aire que a Mónica, detrás de la puerta, empezó a faltarle. Luego se despidieron precipitadamente, como si Ágata se hubiera encontrado a alguien. Mónica abrochó la puerta despacio, con la misma euforia animal que sentía Isis al encontrar el escondite de una lagartija.

Agorafobia

Antes de entrar al reservado, decidieron hacer una parada técnica en la barra por sugerencia de Suselen. Era una cuestión emocional, dijo. Su amigo la observó maravillarse ante las decenas de pinchos cuando antes habría admirado aquella pared llena de celebridades de las artes. Normal, ahora ya formaba parte de ese olimpo, pensó mirándola como si fuera su propio retrato esperando su hueco. Sin duda lo encontraría muy pronto. Cuánto había fantaseado su amiga observando aquella pared. Sólo que, en aquel momento, Gabriel le habría tenido que pagar un chocolate en las mesitas de fuera y ahora era ella quien se había empeñado en invitarle en el reservado.

—¿Qué tal van los ensayos? —preguntó Gabriel asomándose al mostrador.

—Pues no sé qué decirte. —Batió sus espesas pestañas de abanico—. Las violas de esa orquesta son como los Beatles. Llevan treinta años sin tocar juntas.

Su amigo celebró la ocurrencia de su amiga.

—¿Te han hecho ya los arreglos en la partitura para ajustártelo a tu tesitura?

Ella suspiró como lo haría su personaje.

—En teoría sí, pero eso no es un arreglo, Gabi, es un apaño. Y lo que tampoco tiene arreglo es que el director sea un cretino que grita sin parar sólo porque sabe que ya ni lo miramos. —Le señaló una tapa de chistorra al camarero—. Para que te hagas a la idea, hoy, durante el ensayo general con público, hubo un apagón, típico en este barrio, y la orquesta siguió tocando el segundo número mientras cantantes y actores nos quedábamos petrificados en escena. Primero, por no escoñarnos, son diez metros de caída al foso y no lo cuentas. Y segundo, por si volvía la luz y el público se encontraba el escenario manga por hombro. El caso es que la orquesta no ha parado de tocar… y adivina qué. ¡No han fallado en una sola entrada! —Aplaudió como si los tuviera delante—. Ésa es la falta que nos hace el director. Así que cuando ha salido a saludar ha recibido un aplauso por compromiso y la gran ovación ha sido para los músicos cuando les ha pedido levantarse. Vamos, que hasta el elenco nos hemos roto las manos a aplaudir desde el escenario. Son esos momentos de deliciosa venganza los que merecen la pena en la vida —suspiró satisfecha—. Ay, Gabi…, no tenías que haber dejado la música.

—No la dejé. —Colgó su chaqueta de cuero en el respaldo de la banqueta—. Sigo tocando el violín en un grupo folk, pero de forma *amateur*.

—Entonces no tendrías que haber dejado de sufrirla, así seríamos compañeros de este viacrucis como antes. —Se quedó pensativa—. Qué bella palabra, ¿no?

—¿Viacrucis…? Sí, preciosa. —Se santiguó.

—No, bobo, *amateur*…, «que ama lo que hace». —Se mojó los labios frambuesa—. Ahora te tendré envidia. ¿Qué significará «profesional» entonces?

—Que odia lo que hace.

—¿Por qué?

—Porque vive de ello.

Ahora fue Suselen quien celebró su ocurrencia. Luego abrió un espejito diminuto en el que sólo cabía el reflejo de su boca grande y carnosa como una planta carnívora.

—Supongo que es cierto… —Se repasó el pintalabios—. Cuando me encuentro con ciertos especímenes que se llaman a sí mismos directores o sopranos, creo que me he desenamorado de la ópera.

Lo que daría ella por reencontrar la emoción pura, virginal, que sentía al leer por primera vez una partitura nueva en una de esas ediciones viejas y polvorientas que les hacían estornudar…

—¿Te acuerdas de cuando quedábamos para bucear en el sótano del Real Musical?

—¡Como olvidarlo! Sólo nos hacía falta el batiscafo —dijo el otro—. ¡Era mucho mejor que ir al parque de atracciones!

Ambos se recordaron con nostalgia escarbando entre aquel mar de partituras. Suselen siempre abrazada a su carpeta clasificadora para disimular el tamaño de esos pechos que tanto disgustaban a su madre y para no avergonzarse ante las miradas indiscretas. Aquella carpeta fue toda una expresión de su personalidad. En su forro hacía convivir las fotos de ídolos que parecían irreconciliables en los afectos de una misma persona: Chimo Bayo, Nacho Duato y Duran Duran. Era también la época en que llenaban su interior de dedicatorias a cual más boba. La más profunda que recordaba haber escrito Gabriel fue: «Si te caes por un abismo, no te agarres, da lo mismo». Se convirtió en el estandarte de su adolescencia. Con ella triunfó durante un curso y medio. También logró un gran éxito de público dibujando con rotuladores Carioca una copia muy lograda del grafiti *Muelle* que en aquellos momentos causaba sensación, porque tan pronto aparecía a lo largo y ancho del vagón de un tren de cercanías como en lo más alto de un edificio a medio construir.

Después de comprarse una partitura polvorienta, el ritual seguía dejándose veinticinco pesetas en sándwiches de Ferpal. Fueron los primeros en venderlos hechos y sólo por eso a Gabriel le sabían mejor que los de su madre. Si tenían suerte, se los comían en la barra y si no, de camino a casa.

—Pero luego yo me encerraba en el baño del conservatorio —añadió Suselen devorando un pincho de bacalao—, y los vomitaba por miedo a que la mía me descubriera y me castigara por gorda.

Que su hija subiera cien gramos era un drama. No había una clase en que Ágata no pegara un bastonazo en el suelo para gritarle delante de sus compañeras que no hiciera tanto ruido en los *jeté*, que al caer parecía un elefante. Aún podía sentir el roce frío en la piel de aquellas frágiles sonrisas que desprendían sus compañeras y que luego se quedaban flotando en el aire como pompas de jabón hasta que terminaba la clase.

—Una vez me dijo que enfermó de los nervios porque yo la desesperaba. —Le dedicó a su amigo una mirada extraña—. Nunca fuiste bueno bailando y sin embargo te prefería a ti.

—Porque tú eras una chica y necesitaba desesperadamente un chico.

—Eso es verdad. Lo de desesperadamente es literal. —Puso morritos—. Debería haberte odiado.

—Has heredado su verbo afilado —dijo él, y llamó al camarero—. Lo mío no tuvo mérito, Su. Creo que, como no consiguió que te hicieras trans, me fichó a mí.

—No, no lo consiguió, y no sería porque no le puso empeño.

Dado que parecían haber entrado en materia, Gabriel sugirió que pasaran ya al reservado. Se trataba de una salita agradable con la decoración justa para que las conversaciones quedaran en primer plano, aislada del comedor por unos gruesos telones de terciopelo rojo. Cuántas funciones políticas, artísticas, conspiratorias y amorosas se habrían dado tras ellos…, pensó Suselen sabiendo que su conversación no le iba a ir a la zaga y podría marcar un antes y un después con su amigo.

Era cierto lo que había dicho Gabriel, que Ágata se había empeñado en forzar a Suselen en dirección opuesta a su naturaleza, y no sólo en masculinizarla a toda costa. Durante su primera etapa en el conservatorio decidió que su hija era soprano y le contrató una profesora particular para que le colocara la voz. Pero lo que de verdad Ágata tenía en mente era que le hiciera subir una octava. Esta idea no era compartida por su tutora en el centro, quien insistía en que la tesitura natural de la niña era más grave. Incluso reprendía a su hija al hablar si no lo hacía en un tono más agudo. El resultado fue que acabó desarrollando nódulos en las cuerdas vocales «por una mala colocación de la voz», especificó el foniatra delante de madre e hija.

Antes de los dieciocho la tuvieron que operar.

A Suselen le costó años recuperar su tesitura real y librarse de todos los vicios que había adquirido.

No hubo ninguna disculpa por parte de su madre. Ni siquiera reconoció aquella gravísima equivocación que estuvo a punto de acabar con su carrera antes de empezar. «Si quieres convertirte en *mezzo*, allá tú, siempre serás una segundona», fue todo lo que le dijo a su hija cuando ésta convalecía en el hospital y aún no podía responderle.

Tampoco se habría atrevido a hacerlo.

—Ahora sí —aseguró Suselen pegándole un buen trago a su rioja—. Ahora le habría dicho: «Por lo menos seré algo más que la maestra frustrada de mi sueño».

A su amigo le dolió escucharla hablar así. Porque aquellas palabras supuraban por una herida. Le dio miedo también porque sabía el motivo por el que lo había convocado, pero aún no lograba calcular la importancia que tuvo aquel episodio para ella. Dependería de cuáles fueran sus sentimientos en aquel momento.

Deberían haberlo hablado entonces. Eso seguro. Gabriel cerró una rendija que había quedado en el telón del reservado. Pero ahora ya no había remedio. Sólo esperaba, deseaba en lo más profundo de su corazón no haber contribuido a echarle sal a la herida que Suselen tenía abierta con su madre. Bastante tenía ya.

—«Con Gabriel harías buena pareja. Él será tu chica y tú serás su chico». —La diva se colocó la servilleta sobre los muslos de una sacudida—. Eso me dijo la noche que me olvidé las llaves.

—Qué encanto...

—Fue una noche muy especial para mí... —confesó casi con la voz rota de entonces—. La única de mi vida junto a ella en la que dormí fuera de casa. Fue especial por eso. Porque me dormí tranquila. Me dormí segura. Sentí que podía cerrar los ojos en aquel coche junto a ti y que nada podría pasarme, ¿entiendes? Mi hogar no era un territorio seguro.

Su amigo siguió expectante su versión de aquella noche sin interrumpirla, dejándose llevar por un río que estaba llegando a su desembocadura sin saber cuán revueltas y turbias estarían sus aguas.

—Se empeñó en que habíamos follado —siguió dejando la boca entreabierta—. Y se puso muy loca. Nunca la había visto así.

Para su hija fue muy desconcertante, ya que, en el fondo, creía que su comportamiento estaba siendo coherente con un mantra que le había escuchado a su madre muchas veces, casi un lema que parecía creer firmemente: «En esta vida necesitas un hombre a tu lado o no llegarás a nada». Por eso pensó que la perspectiva de que tuviera novio no le desagradaría del todo. Además, Gabriel era su debilidad. Le hacía cumplidos constantes y exacerbados sólo porque era el único niño de la clase a cuya madre había convencido para apuntarse a ballet. En resumen, porque lo necesitaba.

—A pesar de que, las cosas como son, eras un pato y siempre dejabas caer de bruces a alguna compañera.

—Tú también eres un encanto… —bromeó su amigo y se encestó una oliva en la boca—. Pero tienes razón. Lo mío era patético. Ya sólo con verme con aquellas mallas me daban ganas de parapetarme detrás del piano y de aquel pobre pianista que la seguía a todas partes como un perro. ¿Cómo se llamaba ese tipo tan raro?

A Suselen no pareció divertirle aquella broma porque estaba ya inmersa en la penumbra de un recuerdo en concreto. Uno que subrayaba la imagen de su madre como la de una mujer que prefería a los hombres. Siempre fue muy machista. ¿Sabía que nunca la llevó a ver un ballet? Sin embargo, sí llevó a Gabriel.

—Todo lo mejor también era para mi padre —recordó—. Y más adelante, para su novio de turno. Un día pinchó en mi plato un trozo de ragú de pollo que acababa de servirme de la bandeja y se lo puso a él. Yo tenía seis años…, pero nunca se me ha olvidado.

Lo que Suselen no sospechaba era que esa obsesión de Ágata por masculinizarla nacía de una idea mucho más insólita que la competitividad o el querer convertirla en el hijo que no tuvo… En su cabeza, la estaba protegiendo.

—Me educó para parecerme a un chico como tú —siguió mientras observaba el rojo vino tras el cristal de su copa—. Me hizo altiva y borde con los hombres. Me prohibió pintarme y tener relaciones. Se metió en cada rincón de mi vida para anular mi femineidad.

Y el resultado fue que su hija acabó escapándose para salir a bailar por la noche, pintándose como una puerta en el espejo del ascensor y perdiendo la virginidad en el aparcamiento de una discoteca de carretera con un desconocido al que le olía el aliento a perro muerto. Apenas se acordaba de lo borracha que iba. Ésas fueron las consecuencias de tanta prohibición.

Gabriel siguió escuchando en silencio el solo de la protagonista de aquella ópera de la que, ahora era consciente, no conocía las escenas principales. Sólo los entreactos.

Él sabía que la noche que Suselen durmió en su coche no pasó nada. Podría haber ocurrido, pero no fue así. Él era demasiado tímido y Suselen demasiado niña. De modo que se limitaron a tender la ropa empapada de lluvia en las ventanillas y se durmieron abrazados para darse calor bajo una manta de pícnic que siempre llevaba en el maletero. No pasó nada, pero al volver, al no tener llave, al no poder negar que se había escapado y que había pasado la noche fuera y con quién, Ágata le pegó una paliza que nunca olvidaría. «¿Quieres arruinar tu vida como me la arruiné yo por tenerte?», le gritaba como una loca mientras la tiraba sobre el colchón y le daba de bofetones. «¿Quieres estropear lo único que he hecho medio bien?», siguió gritándole como una hidra, y Suselen lloraba acurrucada como un pollito en una esquina de la cama sin defenderse de aquellos golpes, y sólo gritaba, no, mamá…, por favor, no, mamá…, para, mamá…, lo siento, mamá…

Al otro lado de la mesa vestida con un exquisito mantel, los ojos de Gabriel se llenaron de mar. Sólo había podido sospechar el dolor de su amiga, pero era ahora cuando se levantaba ante él como un monumento a la soledad. Era ahora cuando podía darle también una verdadera dimensión a lo que habían venido a hablar.

Fue unos pocos días después, cuando Suselen llegó al estudio una hora antes de la clase y escuchó unos ruidos extraños en el altillo. Algo la llevó a atreverse a hacer lo que no hacía nunca: subir unos peldaños de aquella peligrosa y prohibida escalera, lo justo para que los ojos le llegaran al nivel del suelo y sorprender a su madre masturbando a un joven. Ágata no pudo verla porque estaba de espaldas a la escalera, vencida sobre él, tocándolo. Él estaba tendido sobre la jarapa, con los pantalones desabrochados, y el torso blanquísimo desnudo se recortaba como una escultura en la oscuridad. Cuando echó su cabeza hacia atrás, Suselen le puso rostro a su amante.

El rostro de su amigo.

Los ojos entornados de Gabriel se encontraron con los suyos, que brillaban como los de un ratón a ras del suelo. Ella bajó todo lo rápido que pudo las escaleras sin hacer ruido y corrió por la calle hasta que sus zapatillas dejaron de pisar el asfalto y tocaron la pradera de las Vistillas. Lo mismo que hizo aquella Navidad en que su padre se fue de casa. El mismo itinerario de la pérdida. Allí se sentó frente a la catedral y se echó a llorar.

—Nunca hablamos de lo que te hizo mi madre —empezó diciendo con la voz hecha añicos, como siempre le ocurría al verla, como siempre que la vergüenza venía a verla. Y luego siguió sin puntos ni comas—. No hablamos porque fue por mi culpa, porque fue a por ti desde la noche en que dormimos juntos, aunque le juré y le perjuré que no me habías tocado, tú no podías saberlo, no te previne de que mi virginidad era prioritaria para ella, no podías saber dónde te metías, ni te conté que aquella noche me pegó una paliza que casi me mata... Nunca me he perdonado el haberte arrastrado hasta mi propio infierno, Gabi, por no haberte advertido de que ella siempre haría lo imposible para ganarme..., y por eso abusó de ti.

Casi no hubo tiempo para un silencio dramático tras aquel monólogo porque Gabriel lo rompió.

—Suselen, no me hizo nada. Yo accedí —dijo con seguridad.

Ella cerró los ojos para abrirlos desconcertada.

—¿Cómo?

—Que no me hizo nada que yo no quisiera —repitió—. Me dijo que me veía confuso y que me haría bien, empezó a tocarme y yo no la frené. Una cosa llevó a la otra...

Su amiga lo observaba desconociéndolo.

—¿Qué quieres decir con que no la frenaste? ¡Eras un crío! Y yo pensaba… —Ella pensaba entonces que era gay, se dijo, y dejó caer su cabeza de largos rizos entre sus manos—. Gabi…, durante años creí que había abusado de ti. ¿Tú sabes la carga que he llevado encima…? Ya no sé qué pensar de ti.

—¿Qué quieres decir? —se sorprendió.

—Pues que llevo años creyendo que mi madre poco más que te había violado y ahora de repente resulta que estabas jugando a *Harold y Maude* y eres el típico amigo que se hace el gay para infiltrarse en la intimidad de su grupo de amiguitas.

—¿Cómo? —Ahora sí dejó salir su indignación.

—Júrame que no te afeminabas para contar con ventaja.

—¿Te has vuelto loca? —Dio un golpe en la mesa, perdiendo por momentos su famosa e infinita paciencia.

Luego intentó tranquilizarse, pero la enfrentó acodándose sobre la mesa.

—Vamos a dejar las cosas claras de una vez por todas: si vosotras teníais prejuicios con mi «afeminamiento adolescente», como lo llamó Ruth, fue vuestro puto problema. Yo siempre he sido como he sido, ni más ni menos. Nunca «he tratado» de ser nada y, por mucho que te joda no tener una causa más en el juicio contra tu madre, ella no abusó de mí.

Levantó las manos en una especie de ¿y?, que a Suselen le pareció algo chulesco.

—Os vi —insistió.

—Ya lo sé. Yo también te vi salir corriendo pero no-a-bu-só-de-mí —silabeó—. Otra cosa es que me sedujera para competir contigo, si eso es lo que crees. Pero, por mi parte, fue consentido.

—¿Estás de broma o te has dado un golpe en la cabeza? —Se golpeó la suya con la mano—. ¡Llevo años sin perdonármelo! ¡Eras un niño!

—¡No, Suselen! ¡Tenía dieciocho años! Y, aunque fuera la madre de una amiga, me hizo un favor, nunca mejor dicho. A partir de ese momento me atreví a acercarme más a las chicas y empecé a tener relaciones sexuales…

Al otro lado de la mesa, en el escenario, Gabriel la observó negar con la cabeza con los ojos cerrados a la realidad, como si no quisiera asimilar aquella nueva versión de los hechos y luchara por pronunciar una frase final.

—Tú me gustabas... —susurró al fin.

Una lágrima escapista corrió por su rostro llevándose en su recorrido parte del colorete. Quiso decirle que él no lo sabía, pero sabía que ese no era el problema. El problema era que Ágata sí. Por eso sólo se sentó a su lado en el banco de cojines aterciopelados y la abrazó.

Algo se liberó, como un ave enjaulada en su pecho durante más de veinte años. Algo que para Suselen había descorchado otros recuerdos recluidos como rehenes de su memoria; por eso, cuando se despidieron, se abrazó fuerte a su amigo y rechazó su oferta de acompañarla en su paseo. Que no se preocupara, estaba bien, pero necesitaba estar sola.

Hizo una llamada. Luego caminó despacio cruzando la plaza. Dejó atrás el kiosco que tantas veces le había servido de escondite, luego el palacio y la catedral, después el puente que desembocaba en la alfombra verde por donde tantas veces se dejaron caer rodando, donde tantas y tantas veces se sentó a lamerse las heridas, donde Ruth les regalaba tréboles de cuatro hojas.

—Empecé a sospechar que eran falsos —le dijo a su amiga cuando Ruth se sentó a su lado tras darle un beso en el pelo—. Porque casi siempre me los regalabas a mí y nunca me alcanzó la suerte...

La cantante cerró los ojos y dejó que el sol agonizante le traspasara la fina piel de los párpados tornándolo todo rojo y, dentro de ese improvisado infierno, se apareció a sí misma con ocho años.

Desde el presente, escuchó la suave voz de su amiga:

—¿Me lo quieres contar?

Suselen asintió y tragó varias veces con dificultad antes de embarcarse en aquel recuerdo.

—Tengo ocho años —comenzó—. Estoy desnuda en el baño. Mi madre me quita la arena de la playa con el teléfono de la ducha y me atrevo a decirle por primera vez que «no». Ahora no puedo recordar sobre qué. Sólo sé que me había ido a la playa con mi padre porque se habían enfadado. Entonces me pregunta: «¿Qué has dicho?». Yo siento un escalofrío a pesar del agua caliente de la ducha, pero le repito con inocencia que he ido con él a la playa. Mi madre cambia la mirada por otra que no reconozco, pero que en los próximos años me va a ser, para mi desgracia, muy familiar. «¿Por qué te has ido con él cuando te dije que no bajaras hoy a la playa?», me grita de pronto, y me da un tortazo en el culo. «¿Le haces más caso que a mí?». Me golpea otra vez más fuerte en un brazo. Sus dedos se marcan en rojo sobre mi piel y cada golpe escuece más bajo el agua caliente. Me echo a llorar. «Mamá, para, por favor, mamá...». Pero ella no se detiene. «¿Le has quitado la razón a tu madre?». Vuelve a darme de nuevo con todas sus fuerzas, en los muslos, en la espalda, luego con el mango de la ducha. Lloro sin parar aún más desnuda, mojada, indefensa. Mis lágrimas se confunden con las del espejo. Mi imagen también llora por mí, pienso, me llora. «¡Si te digo que no vayas con tu padre, no vas!, ¿me oyes?». «¿Es que no quieres a tu madre más que a nadie en el mundo?». Yo le digo que sí, «¡Claro que sí, mamá!, ¡yo te quiero, mamá!, más que a nada, más que a nadie...», y sigo llorando. «Sí..., ¿eh? ¿Y así me lo demuestras? ¡Faltándome al respeto!». Vuelve a pegarme. Los tortazos suenan como explosiones y dejan un escozor de quemadura detrás. Su piel contra mi piel. «Yo no he hecho nada, mamá..., no he hecho nada...». Entonces, como si se rompiera un hechizo, le vuelve la mirada que la convierte en un ser que reconozco, mi madre, que me envuelve en una toalla y me abraza. «Perdona, cariño...», me dice abrazándome fuerte. «No llores. Lo siento..., lo siento...». Yo tiemblo como un pajarito mojado entre sus manos, los mismos que tanto me han amado y protegido hasta entonces. Confusa. Dolorida. Aterrorizada. Y cuando por fin consigo respirar a un ritmo normal, cuando creo que todo ha sido una pesadilla muy mala, me sujeta por las mejillas hasta hacerme daño y con los ojos irritados, esos otros ojos, me dice: «Pero no se te ocurra volver a desobedecerme, ¿me oyes? Si tu madre te dice que no vas..., no vas».

Cuando salimos del baño trata de quitarle hierro y llevarlo por otro camino: «Lo que pasa es que me han dicho que han encontrado jeringuillas enterradas en la arena y al saber que te habías ido a la playa me he puesto nerviosa, entiéndelo».

Pero algo cambia para siempre.

Porque aquélla fue la primera vez que no entendí.

Porque todo lo que no entiendes deja una herida que no cierra.

Aquélla fue también la primera paliza. En aquel momento sólo alcancé a ver que algo no andaba bien. Durante mucho tiempo me pregunté: «¿Qué tengo tan malo para que me trate así?». Más tarde pensé que quizá era frustración ante el hecho de que su única hija no hiciera o no pudiera hacer todo lo que ella deseaba. Me di cuenta de que me sentía como una propiedad. Y por eso no tenía límites conmigo. O, más bien, llegaba a límites a los que no se permitiría llegar con nadie más. —Hizo una pausa para respirar—. Pero lo que más me asustó estaba por llegar una mañana de mi adolescencia. Una vecina me había regalado un gatito que contra todo pronóstico mi madre me dejó quedarme. En un par de semanas éramos inseparables. Dormíamos juntos, comíamos juntos y me seguía por toda la casa buscando mimos y calor.

Fue el primer ser vivo con el que pude sentir lo que era el amor incondicional.

Esa tarde se me escapó por el estudio de danza y se asustó al verse reflejado en los espejos, así que cuando fui a cogerlo me bufó y me echó la zarpa. Sin saber por qué, empecé a gritar y a pegar a aquel cachorrito al que yo adoraba sólo porque me frustró que no me hiciera caso. Me puso histérica. No paré hasta que él también empezó a llorar y se hizo una bolita de pelo atigrado temblando de terror. Me vi de pie frente a él, gigante, como aquel día vi a mi madre frente a mí en el espejo del baño, sólo que mi rol había cambiado. Me acerqué despacio, lo tomé en mis brazos y lo llevé contra mi pecho tal y como hizo ella. Que intentara huir de mí me partió el corazón. Se replegó contra la pared tan aterrorizado, Ruth, pero, al final…, cedió. No pude olvidarlo porque yo también me refugié en los brazos que me habían golpeado.

Porque no tenía dónde ir.

Pero un gato no vuelve a confiar en ti y, aunque lo tranquilicé acariciándolo y con palabras sinceras que no pudo entender, se escapó en cuanto pudo y no volvió. Yo lo imité, y tú me ayudaste a irme, sólo que muchos años después. Y aquí estoy. A pesar de que me costó horrores volver a confiar en otro ser vivo. Hasta que encontré a Ben. Yo no buscaba un compañero, buscaba un nuevo dueño. Si me menospreciaba, si pagaba conmigo sus frustraciones, me hacía sentirme en casa. Espero que a aquel animalito no le dejara la misma cicatriz en el corazón y que encontrara un ser humano que lo mereciera. Aquella experiencia me marcó tanto o más que mi propio maltrato porque me causó un miedo patológico a tener hijos. —Alzó los ojos para buscar una nube de la que colgarse—. Cuando has tenido una familia «disfuncional», como ahora lo llaman tus colegas, es decir, una familia de mierda, crees que siempre va a ser así. Igual que una mujer maltratada se resiste a volver a implicarse con un hombre; igual que un niño al que le hacen *bullying* no quiere que lo cambien de colegio porque está seguro de que le va a volver a pasar. Porque cree que el problema irá con él, vaya donde vaya. Porque cree que el problema es él, y por eso no merece ser tratado de otra forma. Te castra. Te deja de regalo el mismo miedo y sentimiento de inferioridad de un perro apaleado. Te acercas a otros seres vivos suplicante de amor, con la cabeza gacha y el rabo entre las piernas. Pero ¿sabes qué he aprendido? —dijo abriendo sus largas y tupidas pestañas como si fueran dos exuberantes conchas para mirar por primera vez a su amiga, que seguía con la vista perdida en ese horizonte por donde ya emigraban las cigüeñas—. Que la única forma de curarme fue convencerme de que yo, Suselen, la mujer que fue abandonada por su padre y maltratada por su madre, era capaz de crear un hogar y una familia basada en el respeto y el amor. Y ahora me da terror intoxicarlo si lo pongo en contacto con este otro mundo que dejé atrás.

La terapeuta se envolvió un poco en su poncho de flores ocres como si su planteamiento la hubiera destemplado y se subió las gafitas.

—Creo que ahora mismo tu madre sólo tiene el poder que tú quieras darle.

Una invitación, o así lo sintió Suselen, a que hiciera aquello que le proporcionara paz, sin miedo.

—Yo no soy como ella —verbalizó con seguridad por primera vez.

—Entonces, demuéstraselo.

Ambas amigas se quedaron sentadas una al lado de la otra, como tantas veces, esperando que el horizonte se tiñera de colores imposibles.

—Tu nieta quiere verte.

Fue lo primero que pronunció esa tarde cuando la encontró en el estudio preparando la clase. Estaba de pie, vestida con unos pantalones negros de calentar, en la esquina en la que su imagen se multiplicaba hasta el infinito. Aquel ejército de Ágatas que la contemplaban podría haber sido el fotograma de una de sus pesadillas más aterradoras dirigida por su subconsciente a traición.

Subió una de sus largas y esqueléticas piernas sobre la barra y dobló la espalda sobre ella en un *par de bras*.

—Da igual lo que la niña quiera —dijo la exbailarina—. Fuiste tú quien decidió apartarla de mi vida.

—Y a pesar de todo le hablo de ti. —Suselen se acercó con cautela—. ¿De verdad sigues preguntándote por qué no has vuelto a ver a la niña?

Ágata se dobló ahora hacia atrás en un *cambré* perfecto hasta que las costillas amenazaron con salírsele del maillot y la larga trenza blanca rozó el suelo.

—Supongo que tuviste miedo de que fuera tan dura con ella como lo fui contigo. —Incorporó su cuerpo con tal agilidad que a Suselen le recordó a esa espiga del tao, que es tan flexible que nunca se parte.

La cantante sintió que una lava incandescente le subía desde el intestino hasta los puños apretados.

—¿Eso crees?

La mano de la bailarina, sin embargo, se abrió como una hoja recién nacida y subió la pierna hacia atrás hasta que su cabeza llegó al suelo, mostrándole su nuca. Parecía decirle: sé a lo que has venido y no me das miedo. Te ofrezco mi cabeza, pero sé que no te atreverás. Córtame el cuello si te atreves. Su cuerpo basculó hacia arriba como el aspa de un molino y dijo:

—Pero ella no es como tú... —Giró con la pierna derecha elevada como un compás y frenó bruscamente frente al espejo—. Tiene otra rasmia. Tú has cobrado más por tranquila.

Suselen recordó el enunciado de algunas bofetadas: «¡Siempre estás en las nubes!», «¿por qué nunca estás lista a tiempo?»...

—Ah, y por eso me dabas de hostias... —Se le revolvieron las tripas—. Madre, tengo preguntas que hacerte. Tengo recuerdos terribles que durante años he querido preguntarte si son reales, que ya no sé si son sueños porque duelen lo mismo.

—¿Y crees que ahora tiene sentido?

—Lo tiene... Lo tiene. —Hizo una pausa—. Porque me da miedo en lo que puedan convertirse, madre. Porque a veces me imagino dando de hostias a alguien hasta matarlo. Lo he hecho con mis perros. Por eso no he querido tener más. Por eso tiene sentido. Porque a veces me he pasado de la raya en algún castigo, ¿sabes, madre?, y cuando me he dado cuenta me he echado a llorar como si hubiera recibido yo esos golpes. —Tragó con dificultad—. ¿Por qué lo hiciste, madre...? O, más bien, ¿qué te hice yo?

Ágata, no su reflejo, la enfrentó por primera vez sin la protección del cristal.

—¿Qué quieres que te diga, eh? —Caminó retadora hacia ella—. ¡Yo no quería ser madre! ¿Entiendes? ¿Qué esperas que te cuente? ¿Que lo hice por tu bien? ¿Que sabía lo que hacía? ¡Pues no, maldita sea! Entérate de una vez: yo no sabía... ¡No quería ser madre!

Un silencio glaciar y diáfano como aquellos espejos se adueñó de la habitación. Su hija, la hija no deseada, la que tanto buscó merecer ser amada, la que ahora empezaba a asimilar que la falta de amor de su madre ni siquiera era algo personal, respiró hondo y fue capaz de decir:

—¿Y querrás ser abuela? —Su voz recuperó su timbre y su potencia—. Tu nieta quiere verte.

Y allí la dejó. En el centro de su laberinto de espejos. Enfrentada al peor jurado posible: otros cientos de Ágatas que la juzgaban hasta el infinito.

El coronel *ya* tiene quien le escriba

Tenía claro su plan. En la residencia le habían asegurado que todos los días llegaba a la misma hora con un ramo de margaritas, siempre de distinto color. Las de ese día eran diminutas, silvestres, y parecían flotar como copos en el aire. Sin duda tenía buen gusto, pero no le había dado tiempo a conocerla lo bastante como para saber que sus favoritas eran las rosas Julieta de color albaricoque, porque su centro tenía forma de corazón. Eran casi imposibles de encontrar, pero su padre siempre aparecía con una docena en la mano cuando volvía de viaje y ella las exponía invariablemente bajo su retrato como un tributo a su persona.

Ruth se sentó en la cama y ojeó el libro que su madre tenía en la mesilla, *Una vida con significado, una muerte gozosa*. El título le produjo primero un escalofrío y a continuación extrañeza. Otra cuestión altamente desconcertante era que, habiendo sido tan católica, ahora estuviera explorando el budismo. ¿Había empezado a aflorar en ella una nueva personalidad, ¿o quizá siempre estuvo ahí sepultada por las convenciones sociales y el ictus había abierto la veda? ¿Hablaría con el coronel del karma? Tampoco parecía probable. A los militares no se les conocía precisamente por su afición a la meditación. ¿Practicarían el tantra? ¡Basta!, se ordenó Ruth sacudiendo la cabeza como hacía Bowie para librarse de la ansiedad. Qué le iba a hacer… Imaginarlos juntos le producía ansiedad. Y muy juntos, repelús.

Qué otra cosa podía sentir.

Hasta ahora nadie le había puesto un límite de tiempo para arreglar las cosas con su madre. Como médico debería haber sido la primera en descifrar aquel código de señales de alarma. Sin embargo, un recién llegado le quitaba tiempo con su madre, y quién sabe si pretendía arrebatarle algo más. Tenía que hablar con él y aclarar las cosas antes de meter en el asunto a «los inútiles de sus hermanos».

A las siete de la tarde, con puntualidad de reloj suizo, escuchó unos pasos más seguros y enérgicos de lo que hubiera esperado en un anciano de ochenta y muchos. Luego la llave en la cerradura. Entró por la puerta en este orden: doble anillo de viudo, abrigo de lana fina gris marengo, sombrero a juego que se retiró inmediatamente al verla. Era de esos hombres que llevan la barbilla alta de tanto saludar a subordinados.

—Disculpa, no vi la luz. —Su voz también enérgica—. No sabía que hubiera nadie.

Ruth se levantó y, al hacerlo, el peso de su bolso tiró la silla al suelo y todo lo que llevaba dentro de aquél quedó desperdigado.

La ayudó a recogerlo intentando no poner atención en ello.

—No, soy yo quien tiene que disculparse —dijo, azorada—. Ha oscurecido de pronto y estaba casi a oscuras.

Se observaron de forma incómoda. No lo habría sido si hubieran sabido cómo continuar, pero, durante un minuto que se les hizo a ambos una vida, ninguno atinó hasta que arrancaron a la vez.

—Tenía muchas ganas de conocerte —dijeron al unísono, ella sin tutearle aún, lo que provocó su primera e inesperada sonrisa.

No le sonrías, se dijo la terapeuta, es demasiado pronto. O quizá sí, que se confíe, porque la conversación va a dejar de ser bonita.

Él la invitó a sentarse en la mesa camilla decorada con las flores, son preciosas, dijo ella, revelando sin querer que había sido informada de que eran un regalo.

—Tu madre no se merece menos —aseguró, y le dio la espalda para cambiar el agua a la que añadió unos polvitos para mantenerlas frescas.

Un hombre meticuloso, se dijo Ruth, como a su madre le gustan los seres humanos en general y los hombres en particular. Aprovechó esa oportunidad para observarlo sin miramientos: tenía el pelo abundante de un blanco nieve con un ligero remolino sobre la frente que le daba un aire más juvenil, los hombros anchos de quien ha hecho mucho deporte. Luego se volvió y le llamaron la atención las cejas pobladas y severas que protegían unos ojos claros de un color indefinido. Lo imaginó dando órdenes en la guerra y guardando secretos de Estado.

—Me ha contado mi madre que fue usted militar.

—Nunca se deja de serlo —contestó él entornando los ojos.

Dobló el abrigo en tres partes y lo dejó con suavidad sobre la cama, algo que a su madre le repateaba los hígados. ¿Lo haría también en su presencia? Porque para Margarita podría ser motivo de separación. Entonces se fijó en que no había perchero.

—Sigo vinculado de alguna forma, dando charlas a jóvenes que se preparan para operaciones especiales, sobre todo en Oriente Medio.

Bingo. Ruth sonrió de medio lado, orgullosa de su capacidad para traducir el lenguaje no verbal. Un hombre acostumbrado a ocultar información, pero con un anecdotario de política internacional capaz de atontar a Margarita, la gran contadora de historias.

—Me ha dicho tu madre que eres psicóloga.

—Psiquiatra —le corrigió.

—Lo siento, nunca entendí bien la diferencia.

—No pasa nada, mi madre tampoco. —Aquello sonó insolente—. La diferencia es que, además de psiquiatra, yo soy médico.

Él pareció satisfecho, como si le sorprendiera positivamente aquella información. ¿Por qué le agradaba ser valorada por aquel hombre? Si, total, no era ni iba a ser nada suyo. Eso era precisamente lo que venía a contarle.

—De hecho, hoy vengo a hablarle sobre todo como médico —dijo lanzándose por aquel risco.

Esa respuesta pareció despertar aún más su curiosidad porque se acodó sobre la mesa y le ofreció un té o un café como si fuera una azafata, como si diera por hecho que la cosa iba para rato y le aseguró que era todo oídos.

—Pero, por favor, tutéame.

—Me será difícil —se disculpó, o más bien se protegió—. No es mi costumbre cuando no conozco a alguien. Tampoco me tomaré nada. No tengo mucho tiempo. Mi madre volverá en media hora de su paseo con Bowie y no quiero que nos encuentre aquí hablando.

Este dato, por algún motivo, enfrió su mirada y descansó su cuerpo sobre el respaldo poniendo algo de distancia.

—He venido porque, como sabrá, hay una investigación en marcha que deseamos que se cierre cuanto antes. —Ruth, centra tu discurso, se dijo. Iría al grano—. Parece ser que mi madre estuvo con usted aquí la noche en que todo ocurrió. Ahora le falla la memoria, por eso sería muy importante para mí saber…

—Si Margarita dice que estábamos juntos es que fue así —la interrumpió con serenidad—. Pero tengo la sensación de que tú ya la crees y que no es eso lo que has venido a decirme.

Era cierto, por qué marear más la perdiz. Se subió las gafitas.

—Tiene que frenar la relación con mi madre.

O disimuló muy bien o el coronel no se sorprendió ni lo más mínimo de aquel envite. Pero, claro, era un hombre acostumbrado a lidiar con lo imprevisible. Ahora mismo su cerebro de estratega estaría generando una contraofensiva a toda velocidad, pero ella llevaba su argumentario muy bien preparado desde hacía un mes:

—Mi madre sufre…

—Lo sé —la interrumpió—. Tu muy autosuficiente madre tiene una enfermedad degenerativa de la memoria que podría detonar en cualquier momento.

—Que ha detonado —le corrigió de nuevo.

—Pero los médicos dicen que vuelve a estar estable.

—Eso no pueden saberlo —insistió ella.

—Pero podemos desearlo.

Hubo un silencio roto por las risas de los enfermeros en el exterior que cambiaban de guardia.

—Ha tenido un ictus. Sólo quiero protegerla —aclaró sacando la bandera de «la hija».

Entonces él la sonrió con ternura casi paternal, sin atisbo de ironía ni enfado, y se desabrochó el reloj como si le molestara que el tiempo le tomara el pulso.

—¿De qué quieres protegerla, hija? ¿De ser feliz? La vida es tan efímera… —Dejó que sus ojos claros descansaran sobre aquellas flores—. Sí, es narcisista, es mandona, no conoce la autocrítica…, como yo. Por eso la quiero. Porque puedo delegar todo eso en ella. —Sonrió ilusionado—. Ruth, a nuestra edad la felicidad ya no se rige por los parámetros del tiempo. Un segundo de felicidad es suficiente, es un regalo, como una gota de agua en el desierto. —Hizo una pausa y a los ojos le llegó por fin el deshielo—. Quiero hacerla feliz aunque sea durante el tiempo que siga recordándome.

Desde el otro bando de esa contienda, Ruth no supo qué responder. Sólo deseó que alguien verbalizara algo así por ella alguna vez durante su corta o larga vida.

Y entregó las armas.

Nos pasamos la infancia jugando al asesino

Aunque habían quedado en el Caripén, sonó el portero automático con ese toque de diana tan característico que de niña siempre le hacía asomarse por el balcón central de la biblioteca. Cuando Ruth las vio allí, sentadas en el banco de piedra de siempre mirando hacia arriba, algo se le abrió en el pecho que llevaba tiempo cerrado. Por eso bajó los escalones de tres en tres como solía hacer entonces y les dio dos sonoros besos en la mejilla a cada una. ¿Y Gabriel? Ellas correspondieron a tanta espontaneidad con una sonrisa asombrada. Él las esperaba directamente en el Caripén. Había vuelto de China esa misma mañana y había dicho que necesitaba con urgencia alguna sustancia que le mantuviera despierto.

Las tres amigas cruzaron la plaza de Oriente en dirección a la de la Encarnación.

—¿Sabéis de lo que me iba acordando cuando bajaba? —Ruth parecía querer invocar el pasado para que la dureza del presente le diera una tregua—. De cuando jugábamos a la serie *V*.

Sus amigas se llevaron las manos a la cabeza. ¿Cuántos años hacía de aquella serie? No…, mejor no saberlo, murmuró Suselen echándose hacia atrás su larga melena rizada.

—¡Yo era la malvada Diana y Ruth era Julie! —rememoró Mónica.

—Y Gabriel era Donovan, claro. —Suselen trató de hacer memoria—. ¿Y yo quién era?

—La víctima de cada episodio —dijo Ruth, y le sacó la lengua.

Claro, siguió la diva, como era la pequeña y no la dejaban comer ratones de gominola… Las otras dos salivaron ante aquel recuerdo. ¡Los ratones de gominola! Aquello no eran ratones, dijo Ruth, eran ratas, y daban verdadero asco cuando Mónica las levantaba por el rabo y se las iba comiendo poco a poco. —Hizo el gesto intentando provocarles la misma repulsión—. Para eso era la reptiliana, se defendió la mala de la película, les darían asco, pero estaban de muerte.

Las compraban en los ultramarinos de la plaza de la Marina Española, donde Asunción, ¿se acordaban de Asunción?, con sus pies hinchados dentro de esas pantuflas manchadas y el pelo moldeado recogido en un coletero fucsia, despachaba entre olor a bollos rancios y detergentes. No había nada que no encontraras en su trastienda. Rancios o no, a Suselen le entraba hambre sólo con escuchar la campanilla que colgaba sobre la puerta de su establecimiento. Solía bajar a devolverle el cristal de las decenas de litronas que vaciaba su madre al terminar el día y siempre acababa llevándose de regalo una palmera o una Pantera Rosa.

—¿De regalo o la sisabas? —la interrogó Mónica—. Confiesa.

—Dependía del día... —admitió la cantante—. Me justificaba ante mí misma diciéndome que seguramente se le habría olvidado y metía el bollo en mi mochila. Además, me quedaba con unas monedas de las botellas que le devolvía por el cristal. Como mi madre no sabía de nuestro acuerdo..., si me mataba de hambre siempre podía ir a comprarme un helado al kiosco.

Pero no era la única fuente de ingresos de la siempre hambrienta Suselen. Mónica le recordó que también solía desvalijarlas a base de apuestas. Y se le daba realmente bien.

La terapeuta estuvo de acuerdo y la aludida se defendió:

—A ver, que aquella peculiar forma de autofinanciarme me la enseñó la supervivencia.

Además, las apuestas eran muy bobas: por ejemplo, a ver quién bajaba más rápido la cuesta de la Vega en bici, con o sin dientes.

—Pero, sobre todo, nos pasamos la infancia jugando al asesino —dijo Ruth—. Y míranos ahora. De aquellos lodos...

Cuántas cosas habían vivido en aquella ágora y, a la vez, qué poco y cuánto había cambiado, siguió diciendo. Le dio un codazo a Suselen y señaló con su barbilla a un hombre tras unos arbustos. Aquél era un digno miembro del club de los «superpapás» del barrio, ¿qué opinaban?, y les guiñó un ojo. ¿Que qué opinaban...?

Las tres miraron en dirección a la estatua del cabo, donde, sobre el tatami de césped, un hombre de torso desnudo que exhibía una cuidada musculatura lanzaba los puños al aire y giraba lentamente su cuerpo en lo que parecía un calentamiento de artes marciales. A su lado, el cochecito de un bebé que lo observaba con interés neonato. Tras cada serie se acercaba a hacerle una cucamona. ¿Y habían visto al superpapá mulato? Mónica suspiró llevándose las manos al pecho como si estuviera a punto de sufrir un infarto. ¿Cómo no verlo? ¿El que lleva un cochecito doble de ésos con ruedas gordas para correr? ¿El que iba haciendo *running* con los dos bebés gemelos y otro niño de pocos años subido de pie al carro, muerto de risa?

Suselen aseguró que la primera vez que lo vio se le cortó hasta el hipo. ¡Viva el permiso de paternidad! Estaba convencida de que eran actores contratados por el ayuntamiento para animar a la conciliación. Desde luego, si aquéllos eran los cambios en el barrio, habían sido para bien. Los nuevos niños de la plaza habían salido ganando...

Y sus amigas percibieron en su comentario desenfadado unos posos de amargura.

Ella también había cambiado, siguió, porque de niña lo que le dejaba sin aliento era cuando se encontraba con alguna de las divas que vivían en la plaza —a veces Geraldine Chaplin, otras Núria Espert o Ángela Molina—, todo delgadez y carisma. En su memoria adolescente, el universo se congelaba a su paso. Sólo ellas seguían en movimiento, como astros sin órbita fija, igual que cuando pasaba un ángel provocaba el silencio.

—¿Y cuando fuimos voluntarias de la Cruz Roja y terminamos posando para Ouka Leele? —Ruth daba palmas de emoción como si acabaran de comunicárselo.

—Pues sí, para un año que fuimos, tuvimos tanta suerte... —recordó Mónica.

—De suerte nada —protestó Ruth—. Que anda que no me costó convenceros para que os apuntarais conmigo. ¿Veis? Mi teoría «de hacer el bien» se vio recompensada. —Hizo una pausa—. Por lo menos, entonces daba resultado...

Todos admiraban a la fotógrafa. En particular, Suselen, quien soñaba con ser algún día lo suficientemente importante como para que la convirtiera en una náyade urbana de uno de sus extravagantes y mágicos retratos pintados.

Cuando salió la noticia de que Ouka Leele iba a fotografiar desde el aire a más mil quinientas personas como símbolo del voluntariado, corrieron a pedirles permiso a sus padres para apuntarse.

Todo sucedería en la explanada situada frente al Teatro Real.

Cuando llegaron a las nueve de la mañana, aquello parecía una cita a ciegas pero a lo bestia, recordó la diva. ¿Os acordáis? Había de todo: jóvenes, adultos, ancianos, incluso algunos niños. Aunque no parecían tener mucho que ver unos con otros, actuaron como si fueran viejos conocidos, como un solo cuerpo, y es que tenían en común lo más importante: eran solidarios —para el desarrollo, contra el cáncer, contra el hambre, ayudaban a sin techo, a ancianos, a enfermos…—, y a partir de ese momento se convertían en el símbolo de la solidaridad de Madrid.

Los asistentes de la fotógrafa les repartieron uno a uno los ponchos rojos o blancos que vestirían, y los ayudaron a formar una espiral abierta, creciente y viva, diseñada por la artista, que sería el símbolo de la fuerza de la respuesta social de la ciudad. Y entonces, llegó ella… —siguió recordando Suselen como si la viera—. Nunca se le olvidaría ese momento porque no la imaginaba así. Parecía un hada. El pelo largo y flotante con la raya al medio. Los ojos de un verde amatista. La sonrisa plácida y grande. Iba vestida con un mono amplio de seda negra y su cámara al cuello. Saludó a todos al llegar y les dio las gracias. Gracias…, dijo. Y sus ojos irradiaron la luz de una bengala.

Cuando terminó de saludar a su equipo, Ouka Leele se encaramó a una grúa situada a cuarenta metros de altura y, desde ella, capturó aquella imagen llamada a ser el símbolo del altruismo de uno de los voluntariados más activos de Europa. Porque ella era también todo eso, dijo Suselen. Y sentí que me había regalado la oportunidad de serlo yo también. Por primera vez sentí que formaba parte de algo importante. Con ella. Gracias a ella. Lo supo cuando fue siguiendo su trayectoria, su militancia por el animalismo y el medioambiente.

Para Suselen fue la realización de un sueño, aunque lo consiguiera leyendo novelas decimonónicas a ancianos en una residencia, aunque fuera retratada dentro de un tumulto de anónimos.

—Durante la pandemia pensé que lo primero que haría al llegar a Madrid sería invitarla a este estreno y pedirle un retrato —dijo—. Pero no me dio tiempo.

Se enteró de que hacía poco que se había marchado al país de las hadas al que pertenecía, demasiado pronto, como cualquier criatura mitológica, se lamentó Suselen. Desde entonces el mundo estaba un poco más descolorido.

—Una vez me la encontré en el Caripén —dijo Mónica cuando ya entraban por su puerta—, pero me puse tan nerviosa que no fui capaz de saludarla.

—¿En serio? —iba diciendo la diva detrás, a voces—. ¿Y no le dijiste nada?

Gabriel se levantó caballeroso a besarlas por turnos. A Mónica, casi en la comisura de los labios. Ella sintió un estremecimiento, pero ninguna se percató. Aún no les habían contado nada sobre… «lo suyo», pensaron ambos. ¿Tenía sentido? Aún era demasiado pronto, se dijo él. Aún no sabían lo que aquello iba a durar, se dijo ella. Y se dirigieron una mirada vergonzosa.

—Supuse que, ahora que ya no «soy una más», querríais charlar antes de cosas de chicas —dijo burlón, a lo que las otras contestaron que no se preocupara, que lo habían hecho—. Sólo espero, Suselen, que no les hayas contado sin mí nuestra venganza en el segundo ensayo general —dijo Gabriel llamando a la camarera, delgada y pequeña, con una larga y gruesa trenza negra que le daba un toque samurái.

Suselen le preguntó si era bailarina. La otra se sorprendió. Sí, de baile español, y le dedicó una sonrisa traviesa. ¿Cómo lo había sabido?

—¿Una venganza? —preguntó Ruth a aquellos dos—. Miedo me dan vuestras dos cabecitas pensando juntas.

Suselen y Gabriel se miraron con complicidad y se echaron a reír de forma incontenible como cuando de niños habían hecho una trastada. Cuando consiguieron serenarse comenzaron su relato:

Conste que había sido idea de Gabi, advirtió Suselen, cosa que el otro no tuvo problema en admitir con una sonrisa malvada. Como ya les había contado, comenzó la diva, ese montaje estaba siendo un infierno: tenían un director que pensaba que el eje de la tierra estaba en su batuta, que le bailaba el agua a una soprano histérica que parecía sacada de *Eva al desnudo* y que se negaba a que le adaptaran su partitura sólo para humillarla y que no le luciera el papel…

—Y el trío del horror lo completa un tenor francés, una estrella, que si no sale enseñando un cachete del culo no está contento. En fin, que la directora de escena ya le había dicho a la jefa de vestuario que esto no era *Aida*, que ahí podría tener alguna lógica, pero que en este caso vamos vestidos de taberneros. Aun así, toda su obsesión es arrancarse una manga para lucir bíceps o descamisarse en algún momento. Y eso no es lo peor, lo peor es que, siempre que nos toca salir a escena, me lo encuentro esperándome en el pasillo de los camerinos y, al grito de «*Ma chère!*», echa a correr hacia mí, hinca la rodilla en la moqueta y me besa el brazo, desde los dedos hasta el hombro, os lo juro, como la mofeta aquella de Hanna-Barbera. Ahora, ese bicho empalagoso habría sido detenido por acoso.

El caso es que Suselen había llamado a Gabriel para que le llevara uno de los ansiolíticos de su madre, no podía con más tensión ese día, pero éste le dijo que tenía un problema, más bien tenía una Fiera, a la que estaba haciendo de *babysitter* porque Mónica había ido al dentista.

—¿Y qué hizo? —preguntó la terapeuta, súbitamente alarmada—. Dime que las pastillas no venían en una caja azul.

—¿Qué hiciste? —preguntó Mónica.

—Pues qué iba a hacer… —respondió él—. Echarme la Fiera a la mochila y meterla en el teatro de polizón. Era una emergencia.

Suselen disimuló el nudo que tenía en el intestino.

Mónica le echó una mirada de reproche bastante sexy. Las otras le exigían a Suselen que siguiera contando.

—Así que allí se quedaron Gabi y Fiera en mi camerino viendo el ensayo desde los monitores hasta que terminó el primer acto.

—¿Y ésa fue la venganza? —preguntó Mónica.

—No nos subestimes —dijo Gabriel atrapando el azul entre sus pestañas negras.

Suselen intentó aguantarse la risa para poder continuar:

—Cuando estaba terminando el ensayo, a Gabriel no se le ocurre otra cosa que salir del camerino y recoger los cascos de un regidor que había salido pitando a fumar y, de pronto, escucho por megafonía una voz flemática, que al principio no reconozco, diciendo el tradicional mensaje informativo que se escucha por el backstage de todo el teatro: «Ha finalizado el primer acto. Actores a camerinos…», y de pronto la voz añade: «Esperamos que a la Fiera le haya gustado la función».

Una sonora carcajada explotó en la mesa. ¿De verdad había hecho eso?, dijo Ruth con las gafas empañadas. ¡Y tanto que lo había hecho!, dijo Suselen. El anuncio tuvo como consecuencia que la soprano calara en el segundo acto cada cinco acordes. ¿Quién era «la Fiera» y por qué nadie la había avisado de que venía?, la escuchaba chillar a los de prensa del teatro tras los aplausos, pensando que «la Fiera» era sin duda el peor de los críticos, uno que no le había sido presentado en la sala VIP. ¿Cómo dejaban entrar a un crítico en un ensayo general?, gritaba el director haciendo gala de su seguridad y sus maneras, ¿qué clase de teatrucho de vodevil era aquél?

—El único que seguía tan pichi era el tenor, al que, como es francés, le importaba poco por qué discutía el resto del elenco —siguió Suselen, abanicándose acalorada—. En medio de todo el follón, va y me dice «Los mediterráneos son tan intensos…», dando por hecho que yo era inglesa. Lo que me obligó a recordarle que Francia también lo era. Mediterránea e intensa. Tampoco Fiera parecía formar parte de la histeria general, porque la encontramos durmiendo plácidamente entre los tules de mis enaguas.

Aún estuvieron un rato disfrutando de los pormenores de aquella travesura, pero todos sabían bien cuál era el orden del día de la reunión y la principal interesada no quiso dilatar mucho el entrar en materia:

—Bueno, chicos —comenzó Suselen—. En mi caso no hace falta que tengáis prevenciones conmigo, así que no vamos a marear la perdiz. Hoy he venido porque quiero averiguar dos cosas: si mi madre es una asesina y dónde está mi padre. Lo sé, son dos películas distintas, una la veríamos en el Real Cinema y la otra en *Estrenos TV* a la hora de la siesta. —Consiguió arrancarles una sonrisa. Se observaron unos a otros admirados por su fortaleza mientras continuó—: Lo primero, por las pruebas que van apareciendo, mi madre tiene ya todas las papeletas, así que supongo que lo descubriremos muy pronto. Para lo segundo, os he ido pidiendo vuestra complicidad y me gustaría que hoy me contéis qué habéis podido sacarles a vuestras madres sobre el momento en que mi padre se fue.

Todos asintieron, pero Ruth sintió un escalofrío en todo el cuerpo. No podía soltarle aquella bomba de protones tal cual lo hizo su madre. Tendría que llevársela aparte.

—Empecemos entonces por el primer caso, si os parece —sugirió Mónica, quien tenía la misma preocupación que Ruth porque aplaudió su propuesta con cara de alivio. Y le pasó la pelota.

Así, Ruth explicó que había hablado con la residencia. A ellos les constaba que ambos, su madre y el coronel, habían registrado su entrada en la misma a las ocho de la tarde del día de autos. —Les mostró una foto del registro—. Lamentablemente, no pedían que firmaran las salidas. De modo que Margarita pudo haber dejado la residencia en medio de la noche, si no fuera porque su coartada fue refrendada por el mismo coronel, con quien se había entrevistado.

Suselen y Ruth saltaron del banco que compartían, ¿había conocido al coronel?, y luego una metralla de preguntas. ¿Cómo era? ¿Qué impresión le había causado? Y luego Gabriel, en un tono más profesional: ¿Y se fiaba de él?, al fin y al cabo estaba implicado sentimentalmente.

Ruth les enseñó una foto que satisfacía la curiosidad de unas y otro. En ella aparecían Margarita y el coronel cenando en su apartamento con fecha y hora.

—Pues ya está —dijo Gabriel—. Tu madre dice la verdad. Ése es el día y la hora a la que murió Orlando.

—Entonces ella no pudo ser —concluyó Mónica volviéndose a Gabriel—. Queda descartada.

—Pues no está nada mal… —opinó Suselen—. Y parece enérgico. Seguro que a tu madre le dará más de una alegría.

Ruth le tapó la boca.

—¡Su!

—¿Qué? ¡Por lo menos tu madre se los busca de su edad! —Y sin querer miró a Gabriel, y, como lo sintió incomodísimo, continuó con sus pesquisas—. Lo que me lleva a contaros que tuve una edificante conversación con mi madre en su estudio cuyo contenido os ahorraré porque no es digerible sin una caja de antiácidos. En cambio, sí os interesará saber que, cuando llegué, en la entrada había un saco de sales de Epsom, las mismas que mencionaba Orlando en su agenda…

—Cuyos residuos encontró la policía en la bañera de mi madre —continuó Mónica e hizo una pausa para abrir la agenda de Orlando—. Quiero que escuchéis esto que escribió la pasada Navidad, poco antes de aquel concierto de Suselen al que acudió solo. Al parecer, lo invitó Ágata a cambio de que fuera sus ojos y oídos, y luego se lo contara todo.

Suselen se estremeció. Mónica empezó a leer:

La mayor parte de los perros son agresivos por miedo. Como las personas. Por eso Ágata me inspira compasión. Su galga se ha adaptado a ella reaccionando como una yonqui de afecto, un animal obsesionado con llamar la atención. He observado que imita a Ágata para ser aceptada, lo que demuestra su inteligencia y su compasión. La sigue a todas partes y es más dependiente y cariñosa de lo normal. Estornuda cuando estornuda ella. Se estira si ésta lo hace. Incluso cuando se hizo el esguince simuló una leve cojera. La imitación es un signo de inteligencia porque genera empatía. Pavlova lo hace para sentirse aceptada porque nota que a Ágata le agrada que la imite. Y, como recompensa, ésta le hace sentirse importante y visible.

Esta píldora que había soltado Orlando sobre Ágata empezó a provocar en Suselen tal ansiedad que tuvo que irse al baño a meterse un lorazepam debajo de la lengua. Se echó agua en la nuca y levantó los ojos hasta que recuperó la nitidez y se encontró en el espejo. ¿Cómo iba a sentirse si acababa de descubrir que de niña se comportaba como un perro apaleado? Lo que en aquella galga era un síntoma de inteligencia, en ella supuso que lo sería de involución.

Cuando volvió, Mónica la estaba esperando para presentar su argumento.

—¿Estás bien? —le preguntó Gabriel al sentirla sofocada.

—Sí, es el tiroides. De vez en cuando tengo cambios de temperatura.

Mónica se levantó para dar forma a su nueva hipótesis: Orlando le consiguió a Ágata a su perra Pavlova. Una galga tan escuálida y apaleada como su dueña, añadió Suselen sin compasión. Cuando el paseador se enteró de quién era su hija, le pidió una foto firmada. Como hacía tiempo que no tenía contacto con ella, Ágata se la firmó en su lugar, de ahí que las encontraran en el desván entre sus pertenencias. Por eso, interrumpió Suselen con sorna, y porque planeaba asesinarla y suplantarla. Sin duda, iba a rodarse en el barrio el *remake* de *Psicosis*. Sólo esperaba que Dakota Johnson, que haría de ella en el film, supiera conservar su esencia.

Mónica sonrió a Suselen con una mueca. Empezaba a reconocer los signos de angustia de la versión adulta de su amiga y uno era aterrizar en el cinismo de forma displicente para hacer como que no le importaba nada. Obviamente no era así, de modo que se propuso avanzar en su presunto relato de los hechos con delicadeza para no herirla y continuó:

—Es decir, que su relación nació a partir de que Orlando le buscó a la galga y luego se la paseaba.

Según sus anotaciones, convivir con un ser maltratado como ella y con la misma aversión a los hombres le proporcionaría un espejo para tolerarse mejor a sí misma y a los demás.

—¿Aversión a los hombres? —se carcajeó la diva—. ¡Pero si siempre fue una *geisha*!

Se debía al hombre de turno, sin admitir su edad, y comportándose como una jovencita ridícula. ¿Cómo no iba a imaginársela seduciendo a Orlando con el cuento de los masajes?, siguió con voz acusadora. ¿Querían que les contara hasta dónde había sido capaz de llegar? Suselen, inmersa en un terremoto emocional como estaba, se detuvo justo antes de poner un pie en las vías del tren que la habría arrollado de haber revelado el episodio entre Ágata y Gabriel. Quizá la frenara el rostro de súplica de su amigo. El caso es que viró el rumbo:

—Da igual —dijo luchando por serenarse—. Lo importante es que, cuando fui a verla, en el estudio descubrí un saco de sales de Epsom.

Como teoría no era descabellada. No sólo Gabriel y Suselen, todos conocían su tendencia a emular *El graduado*. Además, a sus setenta recién cumplidos, la profesora de ballet seguía teniendo el aspecto de una mujer mucho más joven.

—Pero ¿cuál sería su móvil? —preguntó Ruth.

—Dado su temperamento histérico —contestó la diva—, yo la veo muy capaz de perder los nervios y matar por celos.

—¿Por celos? ¿De quién? —se sorprendió Gabriel.

—De Elisa, por supuesto —respondió tajante.

Y no lo decía ella, también lo opinaba Orlando.

—Escuchad esto —dijo Suselen arrebatándole la agenda a Mónica:

> *Es una pena que Ágata no sepa compartir con Elisa. Intento lidiar en sus conflictos, pero termino siendo parte de ellos. Es como cuando sacas un hueso y dos perros que han sido compañeros de juegos desde la infancia se enzarzan en una pelea. Es una cuestión de territorialidad.*

Mónica pareció tener una iluminación.

—Entonces, pudo ser de la siguiente forma —comenzó y los demás se dispusieron a escuchar—: Supongamos que, entre masaje y masaje, Ágata fue seduciendo a Orlando, pero no se lo había contado a nadie. De pronto, un día él comenta cómo le gusta la casa de Elisa y esa bañera de patas que tiene en el baño. Entonces Ágata le pregunta cómo lo sabe. Elisa no tiene perro. ¿Cómo conoce su casa?, insiste Ágata más agresiva. Entonces él, inocentemente, responde que le ha puesto una malla para su gata en el balcón, lo cual es cierto. Pero Ágata, por supuesto, no le cree. Es más, enloquece de celos... Unos días después, le dice a Orlando que su amiga Elisa se va a la sierra, que pasará dos noches fuera y que..., ¡sorpresa!, le deja su casa. Su hermosa casa. Y que le preparará un baño de sales en esa bañera de patas que tanto le gusta... Cuando llega al piso, Orlando se encuentra la cena puesta. Ella le ha dicho que vaya cogiendo fuerzas, que las va a necesitar. De modo que degusta las viandas y, mientras la espera, se pone una peli, concretamente *Mar adentro*, y, como no es muy festiva, no la termina de ver. Tras la declaración de Pin y Pon, en la que aseguraban que Orlando había estado cenando en la casa mientras veía la tele, Mónica lo había comprobado, y fue la que aquel técnico al que Elisa acosó le preguntó si quería seguir viendo. Su madre ni siquiera sabía acceder a la plataforma...

Mónica hizo una pausa para beber agua y, con su mejor gesto de intriga, miró hacia el fondo del local. El resto siguieron el rastro de su mirada y vieron salir a Ágata ese día, quien se habría tomado en el Caripén un par de *gin-tonics* con pepino, «para euforizarse y no volverse atrás», añadió Ruth. Camina con determinación fuera del local, sigue relatando Mónica. «Previamente le ha dejado una copia de la llave de Elisa a Orlando y le ha pedido que le espere ya en la bañera», añade Gabriel. Le ha dejado todo lo necesario para una velada romántica: la música puesta, una lata de caviar con biscotes, mantequilla salada y dos copas, ambas servidas con un ingrediente mortal... Mónica hace un inciso para calcular la hora y continúa: a eso de las once de la noche, cuando se asegura de que no hay nadie que pueda verla, sube en el ascensor. Se pone unos guantes antes de abrir la puerta. Entra con su llave. Camina por el largo pasillo de la vivienda en la que se escucha la música. Le llama por su nombre en un susurro: «Orlando...». No responde. «Orlando...». Nada. Sin embargo, Isis sí le sale al encuentro y se restriega con sus piernas huesudas al reconocerla, a la amiga de su dueña, a la otra diosa. Ágata camina por el pasillo y, cuando entra al baño cargado de vapor, él ya está en la posición en la que lo encontraron. ¡Mierda!, dice, se le ha caído una copa al suelo, posiblemente al intentar levantarse mareado. Ella se acerca a él, nariz con nariz, para comprobar que no respira. Y entonces, le da un beso sin rozarle los labios para despedirse. Hora de largarse: busca el otro juego de llaves en su chaqueta y se lo lleva. Al salir, cierra por fuera.

Los otros tres observaron a Mónica sin respiración y con la angustia real de que Ágata fuera de verdad una asesina. No dijeron nada hasta que Suselen rompió el hielo y comenzó a aplaudir.

—¡Me encanta! ¡Compro!

Ruth se volvió hacia ella y le dio un empujón.

—¿Estás loca? ¡Es tu madre!

—Por eso mismo. ¿Quién la va a conocer mejor que yo! ¡El papel de la asesina es suyo y se acabó!

Gabriel se frotaba las manos de forma analítica:

—Tengo que reconocer que me encanta el momento del beso de la viuda negra, pero... ¿por qué cerró con llave? Buena gana de generarle preguntas a la policía.

—Porque no se dio cuenta —contestó Mónica—. No es una profesional. Fue un acto reflejo.

—¿Y por qué no se llevó la otra copa? —intervino Ruth—. Así habría eliminado la sospecha de que estaba acompañado.

—Porque estaba rota —dijo Mónica—. La poli habría descubierto restos de cristales y habría sabido que alguien visitó la escena del crimen para eliminar pruebas.

Gabriel la observó admirado. Se ponía tan sexy cuando devolvía así las pelotas...

—Muy fan de tu teoría, Mon —dijo Suselen—. Pero aún no explica cómo se electrocutó la víctima dos horas después de morir...

Todos se quedaron pensativos. La diva tenía razón. Siempre era el cabo que quedaba suelto.

—Por otro lado... —reflexionó Mónica en voz alta—, lo que más me escama es que el *modus operandi* no es el típico de un crimen pasional. Quiero decir que, si el móvil fueron los celos, tanta premeditación y sangre fría es extraña, a no ser...

—¿A no ser? —se impacientó Gabriel.

—A no ser… —siguió la otra sin atreverse.

—¿A no ser que estemos ante una psicópata en estado puro? —verbalizó la terapeuta.

Otro silencio, esta vez gélido, aterrado, de nuevo roto por Suselen.

—¿Y no fue eso lo que os dije el primer día? —Dejó ambas palmas sobre la mesa—. Si hubierais vivido mi infancia, esa pregunta sería retórica.

Gabriel seguía frotándose las manos como si no consiguiera entrar en calor. Había algo que no le cuadraba. Le parecía todo muy enrevesado.

—Por otro lado…, ¿por qué iba a matarlo en casa de mi madre? —se preguntó Mónica en alto.

—¡Porque quería incriminarla! —respondió Suselen impacientándose—. ¿Dónde iba a hacerlo mejor? Así mataba dos pájaros de un tiro. Se vengaba de los dos. ¿Es que no veis que todo encaja?

Aunque a todos les pareció que sin duda era la hipótesis mejor armada hasta la fecha, Mónica no había desclasificado aún la conversación entre su madre y Ágata que escuchó la noche anterior, advirtiéndole que su hija buscaba a su padre. ¿Por qué ayudar a una mujer que había tratado de incriminarla? Por su lado, Ruth también le estaba dando vueltas a la forma en que su madre había defendido el comportamiento cruel de Ágata con su hija y sintió que no podía callarse por más tiempo la información esencial que tenía que darle.

Aprovechando que Mónica y Gabriel se habían puesto otra vez a hacer croquis sobre el mantel de la mesa, le propuso a la diva pedir una copa en la barra y salir a tomar el aire.

—No te preocupes por mí —dijo Suselen—. Por primera vez en mucho tiempo respiro bien.

—Entonces acompáñame a mí.

Ruth pidió su copa, se la bebió de un trago y pidió otra para el camino, algo que sorprendió a Suselen, aunque decidió seguirla como un cordero al matadero.

La noche era tranquila para ser viernes. Aquella callecita en la que se alzaba el Senado parecía no tener salida, así que era evitada por los turistas o cualquiera que no fuera del barrio. Los árboles del jardín del Senado se dejaban peinar suavemente por el viento, que venía perfumado de las montañas en su entrada a Madrid por esa plaza que le hacía de respiradero. Sí..., escuchó que repetía Suselen en un susurro, por primera vez empezaba a respirar. Ruth estuvo a punto de dar marcha atrás en aquella conversación, pero no podía ocultarle algo así a su amiga:

—Suselen, desconozco el contenido de la conversación que has tenido con tu madre después de vernos el otro día. —Tragó saliva—. Sólo quería decirte que, independientemente de lo que haya hecho, espero que estuviera basada en el perdón.

La diva analizó su boca como si por ella hubieran salido palabras en una lengua muerta.

—¿El perdón? —repitió.

—Sí, Suselen, el perdón es la única forma que tendrás de librarte del pasado y de ver a las personas de tu presente como son y no cargarlas con los problemas no resueltos que tuvimos con otros y con los que no fuimos capaces de lidiar en el momento...

—¿El perdón? —la interrumpió, incrédula, cerrándose el abrigo de peluche—. Frena tu homilía un momento, Ruth, o, mejor, ahórratela. Ahora somos adultas, ya no sirve tu teoría «de hacer el bien». Fue bonito mientras lo creímos, igual que el Ratoncito Pérez y Santa Claus. Pero antes de que sigas con esta nueva misión de la ONG de Mensajeros por la Paz de la que te has nombrado delegada vitalicia, déjame que te cuente...

Y, ante una Ruth congelada por aquella recién estrenada agresividad de su amiga, Suselen empezó a vomitar todo lo que aún le quedaba sin digerir en el corazón: cómo su madre daba las clases tomando un té detrás de otro, cuando no con una cerveza en una mano y el bastón de Cecchetti en la otra. Por eso siempre parecía nerviosa y le temblaba el pulso salvo cuando se le iba la mano con el bastón. Cómo en su día la había intentado «perdonar» y arreglar la situación. «Sacaré buenas notas en la escuela de canto», se dijo, o «ganaré un premio de prestigio y seguro que así me amará».

Echó la cabeza hacia atrás con incredulidad, recordándose tan inocente que se dio arcadas:

—Desafortunadamente, la inevitable respuesta fue que mi madre se alejara todavía más de mí, junto con una negación absoluta de mis logros. Así que no, no la he perdonado porque ella no me ha pedido nunca perdón, Ruth, y no, no voy a invitarla al estreno, no porque sea sospechosa de asesinato, que ya sería bastante, sino porque hará todo lo posible por acaparar y destruir la felicidad de ese momento. Es en lo que se ha entrenado gran parte de su vida, en hacerme ver que nadie me va a querer, ni personal ni profesionalmente.

Caminó unos pasos arriba y abajo de la calle como un animal salvaje en una jaula. Ya tenía edad como para saber que nada llenaría el hueco de no ser deseada por su madre. Por eso había aprendido a no esperar apoyo de nadie, aunque desgraciadamente seguía necesitando un aprobado general para seguir viviendo, igual que un vampiro necesita la sangre.

—Y no es que no me sienta avergonzada de hablar así de ella delante de ti y de los otros —dijo acercándose a su amiga que, sin tacones, parecía tan pequeña a su lado—. Eso es lo peor, Ruth, que es muy fácil que yo sienta vergüenza de mí misma. Porque para eso me gasté miles de libras con mi terapeuta en Londres, para que me explicara que las crías humanas están diseñadas para necesitar y buscar cercanía con sus madres…, y ahí está mi tara. —Hizo una pausa—. Voy a contarte uno de esos secretos que me dan vergüenza, ¿vale?

Fue, además, el día en que decidió que Dafne no volvería a tener contacto con ella. Ocurrió durante el primer verano en que vinieron a España a verla. La niña acababa de cumplir tres añitos. Había quedado con su madre para cenar y cuando llegó al estudio la encontró con aspecto de no haberse duchado ni dormido.

—Luego supe que la había dejado plantada su enésimo amante. Debí de haberme dado la vuelta cuando me dijo con la mirada histriónica «¡Cambio de planes! Cogeremos el coche y saldremos a cenar al monte del Pardo. Allí íbamos con tu padre. ¿Te acuerdas? A ver los ciervos. Nos gustaba ir a ver los ciervos, hasta que supe que tenía tantos cuernos como ellos»… Era la primera vez que mencionaba a mi padre desde que se fue. El caso es que nos montamos en aquel todoterreno viejo. Aún recuerdo su olor a cerrado, la suciedad de las tapicerías y, una vez salimos a la carretera, apretó el acelerador, más y más. Se reía y aceleraba, lanzándome sus ojos de demente aunque yo le gritaba, como tantas veces, «¡Para, mamá!, ¡por favor, para, que nos vas a matar!». Pero ella no paraba, al contrario, parecía divertirle mi gesto de terror, agarrada a mi bebé, quien también lloraba congestionada al escucharme gritar... Los pocos coches que nos encontrábamos nos pitaban, menos mal que era domingo por la tarde, menos mal, hasta que entró de nuevo en Madrid y en razón, y paró el coche en la calle frente al estudio. —Suselen tragó con dificultad—. Salí del coche con Dafne agarrada al pelo, llorando desconsolada en mis brazos. No me sujetaban las piernas.

«¿Por qué? ¿Por qué has hecho eso? ¿Te das cuenta de lo que has hecho?», le dije en shock mientras sentía cómo brotaba la primera raíz de un odio que aún va conmigo, «¿Qué querías?, ¿matarnos?, ¿eh? Mátate tú si quieres». Y entonces le juré que no volvería a vernos, ni a mí ni a la niña. —Suselen le dirigió a Ruth una mirada de incredulidad—. ¿Y sabes lo que me respondió? Me soltó en la cara una de esas risas suyas que parecían de doblaje y me dijo: «Hija, pero qué exagerada eres, por Dios. No seas tan dramática, por favor...». Desde ese día tuve que asimilar que me había criado una desequilibrada. Aún no podía saber desde cuándo ni por qué.

Tampoco la Suselen del presente sabía que iba a obtener todas aquellas respuestas muy pronto. Lo que sí tuvo claro entonces es que Ágata nunca se había tratado ni lo haría.

Y desde ese día había vivido con el miedo a repetir el patrón de su madre, en sus relaciones con los hombres y con su hija. Sus pesadillas recurrentes eran con aquel gatito que la miraba aterrada, como si fuera un monstruo.

—Hubo un momento en que me conformé con que no me dieran por culo. —La diva sonrió con fiereza—. Y, cuando estaba mal, ya me lamía yo las heridas. No necesito a nadie, me decía. Pero no es verdad, Ruth. Todos necesitamos a alguien que nos cuide.

Tras muchos intentos y mucho esfuerzo, había conseguido encontrar a un hombre con el que se sentía segura y tenía una hija a la que había cuidado como ella nunca se sintió cuidada.

—Puse tierra por medio entre mi madre y yo por algo, ¿entiendes?

—Sí, claro que lo entiendo —dijo Ruth, sorprendiéndola, y le pidió con un gesto un paréntesis para decirle algo—. Entiendo lo sola que debes de haberte sentido porque uno no se atreve a hablar así de su madre fácilmente, porque la figura de la madre es sagrada y está mal visto decir que hay madres que no saben o no pueden amar a sus hijos, sobre todo si es la tuya... —Alzó los brazos como una sacerdotisa—. ¡Qué desagradecidas! ¡Qué malas hijas! ¡Atentar contra uno de los tabúes más sagrados que han existido! ¡Hay que venerar a la madre ciegamente! Esta creencia está marcada a fuego aquí —le dio unos golpecitos en la frente— y en el inconsciente colectivo. Y eso les da a las mujeres como tu madre un poder casi absoluto y a otras les impide tener una relación sana y más fluida con sus hijos.

—No entiendo... —Suselen sacudió la cabeza—. Entonces, estás de acuerdo en que lo es. ¿Y aun así me dices que la perdone y que me acerque a ella?

La terapeuta se quitó las gafas. Le enfrentó los ojos.

—No te digo que te aproximes tú, Suselen, sólo que entiendas que hizo lo que pudo. Créeme. Perdonarla es la única forma de arreglar las cosas entre vosotras.

La otra se echó a reír de una forma impostada que le recordó a su madre.

—¿Arreglarlas? ¿Arreglar qué, si siempre estuvo roto? Mi madre y yo no tenemos arreglo, Ruth. A lo mejor eres tú quien tiene que asimilar que hay un porcentaje de casos perdidos. Ella es uno. Yo soy uno. Lo que sí tengo claro es que, si tiene algún arreglo lo mío con mi madre, no será posible hacerlo a ciegas, deformando el pasado, reinventando el relato de mi historia con ella para hacerlo menos doloroso, justificando a quien me hizo una herida tan profunda. Me da miedo entrar de nuevo en esa oscuridad.

—Lo sé, Su —dijo su amiga tratando de esquivar el dolor que le producían sus palabras—. No tienes que volver a entrar ahí, pero sí encontrar la forma de traerlo al presente como estás haciendo hoy, sin adornos, y, desde ese dolor, hacer un duelo y reconocer la orfandad de la madre que no tuviste, asumiendo sin culpa alguna que la madre no se elige y que tú no has tenido la culpa por quererla. Venimos al mundo programados para amar a quien nos toque para criarnos, eso decía tu psicólogo de Londres. Estoy de acuerdo con él. Tú has puesto sólo la distancia física, pero poner la distancia emocional suficiente como para perdonar es la única forma de no legar a nuestros propios hijos basuras emocionales que no merecen.

Su amiga la observó con una curiosidad despreciativa y se acercó a ella invadiendo su espacio.

—¿Te puedo hacer yo ahora una sugerencia, Ruth? —Hizo una pausa y dio unos pasos hacia ella que resultaron intimidatorios. Le sacaba una cabeza—. ¿Por qué no te ocupas de tu propia vida? Deja de intentar arreglar la vida de todo el mundo. ¡Nadie te lo ha pedido! Yo tampoco. Sólo lo haces para poder tener una deuda que pasar. Qué buena es Ruth…, pero luego te decepcionamos y así eres tú la mártir.

Su amiga recibió aquel golpe como tal porque sintió un dolor físico en el pecho. También Suselen pareció darse cuenta de que aquel puñetazo lo había lanzado en la dirección equivocada.

—Dime —dijo con el mismo brillo excesivo en los ojos de una estrella que está a punto de apagarse—. ¿Qué he hecho mal para que no me quisiera? ¿Qué tengo?

La terapeuta la miró con desazón. Lo había visto una y otra vez en su consulta y sabía que era muy difícil desarticular la bomba lapa que su amiga llevaba en el corazón. Ya lo decía Orlando en una de sus notas sobre canes y humanos: que las madres, con sus cuidados, eran los primeros seres humanos que nos hacían sentirnos deseados. «Por eso Suselen no se siente amada o deseada», decía dando en el clavo como si la hubiera conocido desde niña, «incluso cuando hoy miles de personas la admiran, quieren o desean». Ruth sabía que era verdad, que aun así no creía merecerlo porque su madre no la había aceptado como era, su madre no estaba a gusto con sus imperfecciones. Por fortuna se había encontrado en la vida adulta con un compañero con quien sí había podido mostrarlas y restaurar esas carencias. Pero le quedaba mucho trabajo por hacer. Todos lo hemos visto muchas veces a lo largo de la vida, que el que tiene una madre que lo abandona hereda sentimientos de depresión y una sensación de continua pérdida. Es un vacío muy profundo. Y el vértigo del vacío es uno de los estados emocionales menos soportables para un ser humano.

—Me dijo que ella nunca quiso ser madre.

Entonces, intentando separar el dolor de la amistad, Ruth dijo:

—Lo importante es no quedarse en las palabras, Suselen, sino entender lo que hay detrás. Eso es lo que te está queriendo decir en realidad. Creo que tu madre en el fondo sufre por no haber sabido hacerlo mejor.

La diva tosió una risa seca y breve que le inundó los ojos sin previo aviso.

—Por eso le he dado la oportunidad de hacerlo mejor. Con mi hija —dijo sorprendiendo a su amiga—. Sólo a través del amor hacia ella podremos sanar un poco. Por eso también quiero que conozca a su abuelo. Porque me lo ha pedido. Y porque necesito preguntarle por qué nos abandonó, enloqueciendo a mi madre y partiendo nuestras vidas en dos.

Ruth respiró hondo. No podía dilatarlo más.

—Suselen, tu padre está muerto.

La diva volvió a concentrarse en la boca de su amiga como si hubieran vuelto a cambiarle el idioma a los subtítulos. Luego caminó un par de pasos hacia atrás hasta sentir la pared robusta y antigua del Caripén soportando el peso de su cuerpo, al que de pronto le faltaban los huesos. Ruth se apoyó a su lado. Parecían dos solemnes y modernas cariátides en la entrada de un templo. Tras un largo silencio en el que Ruth temió que la relación entre ambas se tambaleaba como nunca antes, se atrevió a decir lo que estaba pensando:

—Lo creas o no, tú y yo hemos estado hermanadas por algo muy importante.

—¿Tú y yo? —dijo sin mirarla y sin asomo de cariño en la voz—. ¿Qué? ¿Qué tenemos en común?

—Que nadie nos ha besado de pequeñas.

Ambas lloraron juntas y abrazadas mientras escuchaban a los pavos reales dar las nueve de la noche.

Por Orlando

La plaza, ciertas semanas al año, se vestía de estreno. Lo hacía con la naturalidad de una dama de la realeza acostumbrada a llevar los grandes festejos con soltura. Lo llevaba, más que en su sangre, en sus piedras, que no parecían preciosas, pero lo eran: a través de los siglos había sido elegida para la celebración de coronaciones, ejecuciones, manifestaciones, procesiones, canonizaciones... y, como cualquier vieja gloria con demasiada vida detrás, había ido acumulando mobiliario, esculturas y monumentos conmemorativos de distintos siglos, consciente de que ésa era una de sus incontables responsabilidades: mantener viva la memoria histórica. La otra, que parecía disfrutar más por ser menos protocolaria, eran las relaciones públicas: propiciar encuentros, trifulcas, acoger fiestas, juegos, espectáculos de toda índole, deportes, mercadillos o cualquier acto público imaginable, como los besos de los enamorados en sus bancos o en la hierba mientras se bebían el atardecer, algunos encuentros sexuales furtivos tras los arbustos y sus crímenes...

Sí, también servía de escenario a sus crímenes.

Su función económica corría en paralelo a las otras dos: según fuera requerida se disfrazaba de plaza de mercado o daba cobijo a la vitalidad de transacciones espontáneas, últimamente de drogas caras. Por todo ello había sido también objeto de deseo y control por parte de los poderes públicos sin conseguirlo nunca del todo. Como plaza, siempre había ido por libre, menuda era ella, al fin y al cabo era la única plaza de Oriente orientada a Occidente.

El caso es que esa tarde parecía saber que tendría que albergar una confesión y una sentencia por parte de dos de sus personajes favoritos. Mucho había callado sobre los acontecimientos ocurridos en aquella esquina en la que hace tantos años se abrió una coqueta tienda de tutús. Conocía a Ágata desde que era niña y, quizá por ese apego emocional, la plaza decidió dejar en penumbra algunos de los episodios más truculentos de su vida. Pero la deriva de los últimos acontecimientos la obligaba a iluminarlos de una vez por todas.

Por eso esa noche era perfecta.

Su hija Suselen regresaba a ella convertida en una estrella rutilante coincidiendo con el alumbrado de las luces de Navidad. Ese año luciría especialmente mágico, era el primero después de la pandemia, y provocaría una euforia sin precedentes en el gentío que acudiera a verla, algo que subrayaría el tinte dramático y operístico de la velada. Un gran árbol de Navidad hacía de eje a cientos de bombillitas doradas en forma de carpa que colgaban aún apagadas delante del gran teatro y éste lucía también guirnaldas de pino decoradas con luces y lazos rojos en todos sus balcones. La escenografía perfecta, pensó la plaza, para acoger a los ocho protagonistas de esta historia.

Suselen había reservado los dos palcos contiguos más cercanos al escenario. No eran los que mejor visibilidad tenían, pero sí los que le permitirían ver a sus invitados desde el escenario.

Ese día cantaría para ellos.

Ninguno había querido preguntarle, pero también había invitado a su madre, aunque, según la taquillera, todavía no había recogido su entrada.

Gabriel observó a Dolores arreglarse. En las últimas dos semanas había ido advirtiendo en ella cambios muy significativos y ya no tenía ninguna duda del porqué: había pasado de tomar medicamentos caducados y una pastilla para la depresión postparto a ir abandonando todos ellos paulatinamente a través de un tratamiento de sustitución controlado por Ruth. Y de pronto sus gestos se habían vuelto un poco más frescos, tenía otra espontaneidad, y aquel ritmo de quelónido, aquellos miedos infundados y esa agorafobia que surgieron, según su padre, con la llegada de la maternidad, empezaban a difuminarse. Ése había sido el motivo, según el exmarido de Dolores, de que se fueran distanciando. Aunque su culpabilidad le llevara a seguir cuidándola como él decía, «desde fuera», mientras ella se lo permitió. Gabriel prefería pensar que lo hizo porque la quería, pero cuando llegó a la vida adulta entendió que Dolores, a partir de un punto, le pidiera que la dejara en paz. Porque ella sí seguía enamorada de él muy a su pesar y no necesitaba «las migajas de su cariño llevado por la culpa».

La encarcelaba en el pasado.

Dolores se volvió hacia su hijo sujetándose dos pendientes distintos cerca de las orejas. ¿Cuáles le sentaban mejor? Tenía que ser uno de los dos porque eran de pinza, pues se le habían cerrado los agujeros de las orejas de no llevarlos, dijo encogiéndose de hombros, un gesto heredado de la antigua Dolores, pero que ahora, en lugar de con desidia, lo teñía de picardía. Gabriel señaló unos de plata vieja con brillantes diminutos y sonrió. Estaba elegantísima. No pudo evitar preguntarse, con un nudo en el corazón, cómo habría sido su vida de haber dejado de tomar antes aquella pastilla de mierda.

Tampoco pudo evitar reflexionar sobre el hecho de que Orlando, un absoluto desconocido, hubiera sido el único que había logrado ver más allá del personaje atolondrado en que se convirtió Dolores en parte por culpa de aquella droga. Para empezar, le buscó un compañero, Oxitocina, quien no sólo suponía una responsabilidad que empezó a obligarla a salir a la calle, sino que ahora, repasando sus notas, había descubierto que también fue entrenado para buscar las botellitas de alcohol que su dueña se dedicaba a ocultar por toda la casa. Así que no era casualidad que Gabriel se las encontrara a la vista por toda la casa, tiradas sobre la alfombra o encima del sillón. Y por eso, porque ya estaba alerta, el día que descolgó una llamada de su madre y no pudo escucharla al otro lado, salió de estampida hacia su casa, a tiempo para encontrársela muy perjudicada y con un puñado de pastillas en la mano.

Es cierto que Oxitocina, bonachón y dado al juego como buen *bulldog*, era sobre todo un perro niñera. No poseía la inteligencia de Bowie, pero ejecutaba con pasión órdenes sencillas. Por su parte, el lobo blanco era dueño de una inteligencia emocional como Orlando no había visto en otro perro jamás. Era capaz de descifrar las sensaciones de desconcierto, desorientación o tristeza en su dueña con una exactitud tal que no le costó guiarla hasta la residencia el día que tuvo aquel «blanco». El que más le había durado hasta la fecha. Por lo general, se dedicaba a seguirla por la casa, encontrándole las llaves o el móvil cuando se lo dejaba en lugares insólitos como el armario ropero o el microondas.

Esa tarde se encontraba descansando a los pies de su dueña mientras ésta acariciaba con su borla de avestruz su finísima nariz y la piel casi transparente sin arrugas. Detrás de ella, el coronel la admiraba sin pestañear mientras intentaba atinar a hacerse la pajarita; toda ella parecía una talla de marfil muy fino. Se recreó en sus dedos largos ahuecándose el pelo, los párpados iluminados por una sombra nacarada, las perlas grises de herencia familiar flotando suspendidas por dos hilos de plata hasta la mitad de su cuello de garza, los labios delgados con un carmín levemente rosado, el vestido de raso de un blanco indefinido con un corte recto hasta los pies que la hacía parecer aún más alta.

—Eres la mujer más bella que he visto en mi vida —dijo, y le besó la cabeza como quien besa la escultura de una virgen.

Ella sonrió aceptando el piropo.

—Te has anudado fatal la pajarita. —Se levantó con un movimiento de ola para arreglársela—. Yo lo hago mejor.

—No lo dudo. —La miró dentro de sus ojos grises, atentos a la operación.

—Me encantan los hombres con pajarita. Mi marido nunca la llevó. Tampoco sombrero. Menos mal que tú la llevas…, siempre quise que me acompañara a la ópera un hombre con sombrero y pajarita.

—Pues ya tienes uno. —La ayudó a ponerse el abrigo y le ofreció el brazo.

Ella lo cogió de la mano espontáneamente, de forma casi juvenil, y él se la besó. En la puerta los esperaba el lobo blanco para despedirse ofreciendo la nuca a su dueña. Ésta posó su mano de ave sobre el espeso pelo albino.

—Cuida bien de nuestra casita...

De pronto pareció quedarse enganchada en esa frase, porque la repetía en un susurro como si se hubiera perdido, algo que puso en alerta al perro, que lanzó al coronel una mirada de auxilio.

El hombre dio un paso hacia él y dejó su mano sobre la de Margarita.

—Cuida bien de nuestra casita..., Bowie —dijo terminando la frase.

—Bowie —pronunció ella con una mirada de alivio y luego se abrazó al animal—. Claro..., mi fiel Bowie. Mi niño...

El perro movió el rabo con renovada alegría y se hizo a un lado para dejar pasar a la pareja.

En la puerta de la residencia los esperaba Ruth para ir juntos dando un paseo. Al verlos salir de la mano, tan elegantes y risueños, le parecieron unos novios en su primera cita. No podía negar que hacían buena pareja, y le pidió perdón a su padre mentalmente por aquel pensamiento.

Al llegar hasta ella, Margarita le colocó a su hija ese mechón rebelde de su pelo que se le escapaba desde pequeña.

—Éste es Andrés —dijo.

Él se sacó el guante y le ofreció la mano con un gesto de complicidad. Ella se acercó y le dio dos besos.

Sin saberlo acababan de hacer su primer pacto. Nunca le hablarían a Margarita de aquella primera conversación.

—Encantada de conocerte, Andrés —dijo Ruth, quien agradeció tener una información más doméstica, además de su cargo.

—Un placer de verdad, Ruth —respondió él, cortés.

Y, tras un empujoncito a ambos de Margarita, «Vamos, que no soporto la ópera si no me bebo antes una copita de champán», los pastoreó calle arriba.

Elisa, por su parte, se había empeñado en ir a la peluquería a Majadahonda, nadie le cortaba el pelo mejor, así que al volver había cogido un atasco de pesadilla. Para colmo, cuando el taxi llegó a la plaza de Ópera no lo dejaban pasar porque el Ayuntamiento había colocado unas vallas por Navidad para controlar el flujo del gentío hacia la Puerta del Sol. Pero ¿qué mierdas era eso?, explotó cuando le cortaron el paso, ¿es que de pronto se habían convertido en China? Lo cierto era que en el centro de la ciudad se concentraba ahora toda la histeria colectiva navideña, aunque la de Elisa lo hiciera en ese momento en el policía que le impedía el paso.

Marcó el número de Mónica mientras bufaba como una oca:

—¿Mamá? ¿Dónde estás? Faltan veinte minutos...

—¡Es que esta gentuza no me deja pasar!

—¿Quién?

Escuchó la voz de lo que parecía un agente diciéndole que nadie podía pasar y que tenía que dar la vuelta por no sé dónde.

—¡Pero si voy ahí mismo, obtuso!

Una más como ésa y la multarían por desacato, le escuchó decir de fondo.

—Mamá, pásame al policía...

—¡Qué país de mierda! Odio esta ciudad deshumanizada.

De fondo, el policía empezaba a perder la paciencia, «Señora, haga el favor...»

—Es mi hija, que dice que se ponga.

Y el otro diciendo que él no tenía por qué hablar con nadie. Que no podía pasar y punto, que diera la vuelta por Bailén.

—Pero ¿no te das cuenta, merluzo, de que soy una señora mayor, de que llego tarde y de que no puedo dar una vuelta de veinte minutos para llegar a un teatro que estoy viendo al fondo de la calle?

—¡Mamá! ¡Pon el manos libres, por favor! —Mónica sintió la ansiedad agarrándose como un calamar a sus amígdalas.

Y por fin pudo explicarle al agente, con toda la educación y simpatía de que fue capaz, que en ese momento iba a enviar al WhatsApp de su madre las entradas del teatro para que comprobara que era cierto, y luego añadió todo lo dramática que pudo que ésta se encontraba lamentablemente en tratamiento psiquiátrico y sus reacciones podían resultar imprevisibles.

El otro hizo una pausa. Luego le dijo que muy bien, que enviara las entradas, y, unos segundos después, la dejó pasar.

—Anda, hijo, que... —Escuchó rezongar a Elisa—. ¡A ver si reducir a una pobre vieja en Navidad por lo menos te sirve para un ascenso!

—¡Mamá!

Quien aún no había confirmado, y cuya entrada seguía esperando en taquilla como una novia plantada en el altar, era la gran protagonista involuntaria de esa noche.

Pero ¿dónde estaba Ágata?

Eso se preguntaban todos, su hija incluida, a quien ya le daba apuro volver a llamar a la taquillera. Ninguno de ellos lo sabía, pero nosotros sí iremos a buscarla a su estudio. Porque seguía allí. Sentada frente a ese espejo de bombillas medio fundidas que compró un domingo de Rastro proveniente del desguace de un teatro. El mismo día que supo que ya nunca tendría el suyo propio. Supuso que lo compraba porque sintió empatía con él. Ella misma se veía como el resultado de otro desguace. Sin embargo, esa noche se reflejaba en él mientras peinaba lentamente su larga trenza blanca en un moño como si estuviera a punto de irrumpir en el escenario. Y es que de alguna forma así iba a ser..., aunque ni ella misma sospechaba hasta qué punto. Suselen también se dejaba peinar su larga melena por la peluquera del teatro en un historiado recogido. Cuando ésta le marcó el característico rizo negro sobre la frente, le dio el toque final.

Se cerraba el círculo, se dijo ya convertida en Carmen.

Iba a estrenar en el teatro que la vio nacer y su madre, la misma que le destrozó las cuerdas vocales por empeñarse en convertirla en una soprano del montón, la que le dijo que lo había hecho por su bien para que no fuera una segundona toda la vida, iba a presenciar cómo estrenaba una de sus óperas preferidas escrita para una *mezzo* por Bizet.

Llamaron a la puerta.

Apareció una manita con una rosa blanca y su hija detrás.

—*Break a leg, mom* —dijo en perfecto *british accent*, y luego—: Estoy muy muy orgullosa de ti, mami.

Suselen se abrazó a la niña y sintió por primera vez que quizá se había equivocado durante todos aquellos años. No era cierto que nadie ni nada pudiera llenar el vacío del abandono de su madre, como le había asegurado a Ruth. Aquellas cinco palabras tenían la misma fuerza transformadora en la boca pequeña e inocente de su hija.

Ben le dio un beso en la nariz para no estropear su maquillaje.

—Mucha mierda, *presiosa* —pronunció con dificultad y luego hizo el gesto de romperse una pierna y salió cojeando del camerino con ese sentido del humor que le hacía adorarlo.

Faltaban quince minutos para el estreno.

Mónica se volvió hacia sus amigos mientras observaba a sus madres cotorrear en el palco.

—Y ahora que, como buenos perros pastores hemos conseguido reunir a nuestro rebaño, digo yo que podríamos empezar a emborracharnos —sugirió.

—Pues sí, llamadme intuitiva, pero lo vamos a necesitar —aseguró Ruth.

Gabriel se asomó al palco vecino y luego al patio de butacas que murmuraba como un panal.

—¿Y de nuestra sospechosa estrella no sabemos nada? —dijo acercándose a Ruth y dejándole la mano en la cintura con disimulo a Mónica.

La entrenadora respondió a Gabriel entrelazando sus dedos a los de él por la espalda.

—La intuición me dice que Ágata finalmente asistirá —comentó, algo nerviosa—. Ésta va a ser una noche crucial para nuestra investigación, chicos.

Al fin y al cabo es la primera y quizá la única vez que estarían los ocho juntos en la misma habitación y con champán por medio. Tenían que aprovecharlo. Los otros dos estuvieron de acuerdo. También en eso de tomarse una copa antes de la función para ir brindando por lo que ya podían celebrar: el inminente éxito de Suselen de esa noche, la lenta pero impactante mejoría de Dolores, que el amor de Margarita y el coronel por fin era bendecido por Ruth y que Mónica ya era oficialmente entrenadora de perros especiales.

Dejaron a sus madres en el palco y al coronel en el de al lado con unos amigos y se dirigieron hacia el bar. Qué hombre más discreto, se admiró Ruth, había querido que su madre disfrutara esa noche con sus amigas. Ojalá Teo fuera así..., comentario que hizo que Mónica y Gabriel se dirigieran una mirada furtiva y, sin querer, se preguntaran cómo se las iban a apañar ellos para separar la amistad de la pareja habiendo sido tan amigos... Pero, un momento, ¿por qué habían pensado en la palabra «pareja», se preguntaron casi a la vez, si seguro que el otro sólo lo consideraba una aventura «por los viejos tiempos»...?, y enredados en esas elucubraciones siguieron a Ruth por el mullido camino de alfombras coloradas hasta el bar.

En el palco y a raíz de sus últimos encontronazos con barreras digitales y autoridades monitorizadas que no eran capaces de pensar por sí mismas, Elisa estaba exponiendo ante sus amigas su nueva teoría de lo que bautizó como «el plan B», que se resumía en la siguiente premisa: si algo está digitalizado o controlado por una máquina y falla..., ¿por qué no se prevé un plan B que pueda ser solucionado por un ser humano como toda la vida? A Elisa últimamente le había pasado de todo, así que podía poner innumerables ejemplos; además del efecto Clark Kent, la última fue que se quemó la yema del dedo índice con la sartén y nunca más pudo desbloquear su móvil con la huella digital que le habían instalado en la empresa de telefonía. ¡Se le había borrado! y, según el dermatólogo, no la recuperaría hasta que mudara esa piel. ¡Y ahora nadie, ni siquiera en la maldita tienda, era capaz de desbloquearlo!

Margarita y Dolores la escucharon horrorizadas solidarizándose, ésa sí que era una faena, y admitieron que también se sentían perdidas y con dificultades por culpa de la mal llamada inteligencia artificial. Margarita no se fiaba de Alexa desde que un día ésta decidió cerrar todas las persianas automáticas de su casa a cal y canto y no había forma de que «la muy…» las abriera. La dejó bunkerizada, así, por las buenas, ¡durante tres días con sus noches!, al cuarto tuvo que irse a dormir a un hotel porque estaba a punto de sufrir un ataque de ansiedad. ¿Y el plan B?, preguntó Elisa. Pues el plan B sería que la persiana no delegara toda la responsabilidad de abrirse en un ente que no atiende a razones. ¿No podría tener por si acaso una manivela que la recogiera o una cuerda de las de toda la vida?

—Vaya mundo de absurdos analfabetos —se indignó.

¿Qué se podía esperar de una sociedad que delegaba todo, desde lo más doméstico hasta lo más importante, en máquinas que reaccionaban como si tuvieran asperger? Se caía un sistema y no sabían hacer la «o» con un canuto.

—Seguro que la investigación de Orlando la está llevando una aplicación «inteligente», pero nosotras no entramos en sus logaritmos…

Las tres se observaron en silencio por un momento sin disimular su preocupación por el cariz que estaban tomando las cosas, pero, aun así, les dio la risa.

—Amigas, llegadas a este punto, sólo podemos hacer una cosa —dijo Margarita levantando su copa mirando al cielo—. Por Orlando.

—Por Orlado —respondieron las otras dos. Elisa guiñando un ojo con complicidad y Dolores con una sonrisa emocionada.

Justo encima de ellas, en el bar del segundo piso, sus hijos también brindaban con el néctar burbujeante:

—¡Porque ya eres oficialmente entrenadora de perros peligrosos! —Ruth levantó su copa.

—No son perros peligrosos, Ruth, son perros especiales que nos defienden de humanos peligrosos —puntualizó.

—Bueno, ¡pero brinda! —insistió Gabriel sin disimular su orgullo.

Sí, no podía estar más contenta, pero también muy cansada, porque vaya primer día había tenido en el trabajo… Primero le asignaron a un tipo que había comprado dos cachorros de bóxer para su protección. Si había algo que no soportaba era los dueños de perros humanizados, dijo, que no sólo los trataban como tal, sino que les servían de traductor simultáneo.

—Y luego me ha tocado el dueño de un pastor alemán, futuro perro policía, que va y me dice que a su perro le falta hablar, que le entiende mejor que muchas personas, porque conoce ochenta palabras, pero, vamos, de ahí a atribuirle una conversación...

La terapeuta pidió que le llenaran la copa.

—Hombre, es que, si aseguras que el ser con quien mejor te comunicas es con tu perro, entonces lo que tienes es autismo.

Bueno, la interrumpió Mónica, si se basaba en su caso con Fiera, igual podía diagnosticarla ya, porque había sentido eso muchas veces...

—Vaya, ¡gracias! —se le escapó a Gabriel y luego se arrepintió—. Quiero decir que, sin desmerecer a la Fiera, creo que con Ruth y conmigo también te entiendes... —Se desanudó un poco el nudo de la corbata. Qué calor le daba el champán, se disculpó.

Vaya, vaya..., la terapeuta se quedó estudiando el lenguaje no verbal de su amigo por unos segundos. Y luego el de ella.

Qué curiosa reacción la de Mónica a aquella broma.

Se había cerrado entera cruzando primero los pies, luego los brazos, y no cruzó los dedos de los pies porque llevaba medias, mientras que Gabriel rectificaba como si la broma, inocente del todo, fuera una extralimitación. Vaya, vaya..., se repitió mentalmente, sí que era curioso aquello..., y Mónica, que conocía muy bien la mirada de Ruth olfateando, reencauzó a toda prisa la conversación retomando su relato del día y aderezándolo con un tema sobre el que seguro tendría opinión: y qué hartita estaba también de los gurús de la educación en positivo, de verdad que sí. La terapeuta mordió el anzuelo de inmediato, ¿ese virus había llegado a la educación canina?

—Y tanto.

—Porque en los niños es una pesadilla... —aseguró Ruth—. Veo con preocupación que la estupidez humana se extrapola a los perros.

—No te puedes hacer idea —siguió la entrenadora sacudiéndose y recolocándose las horquillas frente al espejo del bar—. «Coartas la expresividad de mi perro», eso me ha dicho el menda. Que si quiere ladrar, que ladre.

Tras el anecdotario de rigor, Ruth no pudo evitar pensar en Suselen, sola en su camerino, a unos minutos de estrenar, imaginándose que, al otro lado del escenario, los acontecimientos de esa noche se encaminaban sin remedio a coronar a su madre como la asesina de Orlando.

—Lo que voy a decir es terrible y espero que no me malinterpretéis —dijo Mónica interrumpiendo sus pensamientos—, pero os confieso que me da un poco de miedo el momento en que este caso termine.

—Eso mismo estaba pensando yo —dijo la psiquiatra—. Depende de lo que averigüemos, me va a ser difícil ayudar a Ágata.

Mónica continuó con la voz avergonzada:

—No me refería sólo a eso, sino a cómo les afectará a nuestras madres. Hacía años que no las veía tan vivas ni tan unidas.

—Pero ¿tú qué te has metido? —se indignó Ruth.

—No creo que haya querido decir eso exactamente —medió Gabriel.

—¡Estoy queriendo decir eso exactamente! ¡Estoy siendo sincera, joder! —Dejó su copa en la barra—. A Margarita le mantiene el cerebro activo, Dolores antes se pasaba el día durmiendo y las noches en vela, y mi madre cuando se aburre busca nuevos motivos de angustia. Es como si le diera vidilla cierta dosis de preocupación.

Ruth se quedó en jarras bajo la desproporcionada araña de cristal.

—Mónica, ¿serías capaz de ocultarnos pruebas para que durara más el caso?

—¡Pues claro que no! —reculó la otra—. ¡Podríamos tener a una psicópata que da clase a niñitas con tutú!

Estaba claro que andaban todos un poco alterados por tantos acontecimientos, dijo Gabriel agarrándolas a ambas del brazo para zanjar como otras veces la tensión. No sólo ellas, también el caso llegaba a su punto de máxima tensión y todas las señales indicaban que se encaminaba a su inevitable desenlace. Como así era.

Eufóricos ante esa reflexión se dispusieron a volver al palco.

El campanilleo del primer aviso para el público sonó en todo el teatro; lo escuchó Suselen en su camerino y fue la señal para que comenzara a calentar la voz, lo escucharon sus madres en el palco provocando un paréntesis de silencio entre ellas y lo escuchó Ágata, quien, en ese preciso momento, traspasaba por primera vez la entrada del gran teatro del que era vecina desde que colgó sus zapatillas de punta. Cruzó el vestíbulo con aplomo de leopardo, levantando las miradas de los periodistas que se deseaban felices fiestas, como si supiera que al final de éste la esperaba inevitablemente su cazador. ¿Qué tenía que perder?, se dijo.

A su hija ya la perdió hace mucho.

Por primera vez se sentía preparada para asumir aquello que hubiera germinado de sus actos pasados y presentes, de sus decisiones vitales y silencios. Demasiados silencios…, demasiados, murmuró mientras caminaba con sus sandalias negras que provocaban la ilusión de que su pie, maltratado y desnudo, desafiaba el invierno. Pero, cuando ya estaba cerca de llegar al final del pasillo, se abrió un palco como un joyero, y toda aquella seguridad se convirtió en sal al escuchar una voz tan familiar como irreconocible.

—Hola, abuela —dijo su dueña con un suave acento del norte.

Ajenos a este cinematográfico encuentro, quienes sí habían llegado a su destino eran los otros tres, pero se habían quedado agazapados tras el grueso cortinaje de terciopelo rojo que separaba el palco de la salita de descanso, porque habían entrado justo a tiempo para escuchar una frase reveladora:

—Hay que cubrir a Ágata como sea —había dicho Margarita.

Mónica tiró de los otros dos hacia atrás para impedirles que descorrieran la cortina y les pidió silencio.

En el palco, Elisa y Dolores le rogaban a Margarita lo mismo, que bajara la voz, que no era el momento ni el lugar para hablar de aquello, mejor iban a verla mañana con Ágata y así conocían su nueva casa…, pero Margarita parecía deslenguada de más, quizá por su dolencia, quizá por la euforia de haber superado el ictus y poder acudir con su pareja a un estreno o por el champán, del que también había dado buena cuenta.

El caso es que no encontraban la forma de callarla:

—Queridas, ¿es que no os dais cuenta de la situación? —siguió con su tono más castrense—. No se me ocurre cómo vamos a mantener este secreto por más tiempo. Yo ya no puedo responder por mi cabeza. Cuando Ágata nos contó lo que había hecho delegasteis en mí la decisión de dónde trasladar el cuerpo y no me importó. La verdad, con el estrés del momento no se me ocurrió un lugar mejor. —Hizo un inciso durante el que pareció beber algo—. También creí necesario que nadie, ni siquiera ella, conociera los detalles por si alguna vez os interrogaban. Pero ahora ya no puedo permitirme este estrés, entre los metomentodos de nuestros hijos y mi enfermedad..., se están complicando mucho las cosas.

Segundo aviso para el público.

Faltaban tres minutos para la representación y, tras las cortinas, los tres metomentodos en cuestión intercambiaban gestos de asombro dignos de una farsa y se tapaban la boca unos a otros para ahogar un grito. Mientras intentaban calmarse, se susurraban unos a otros: entonces era verdad..., ¡sus madres eran unas asesinas!, dijo Gabriel, o al menos cómplices de asesinato, se angustió Ruth, medio ahogada, y es que ninguno podía creerse que aquellas tres estuvieran hablando «del cuerpo» con esa desenvoltura, ¡y más estando tan reciente! Joder, joder, joder, dijeron a tres voces, ¡parecían profesionales!

Fue Mónica quien tomó la iniciativa de descorrer la cortina.

Las tres madres se encontraron con los ojos de sus tres vástagos.

—Tenemos que hablar... —dijo Ruth, lívida y enfrentando a la suya.

—Sí. Parece que ha llegado el momento —pronunció Margarita mientras Dolores se llevaba una mano a la frente y Elisa negaba con la cabeza como si diera todo por perdido.

Una voz de asexuado mayordomo los interrumpió dándoles la bienvenida al Teatro Real y anunciando que la función iba a comenzar. Aunque no es exagerado afirmar que para los protagonistas de nuestra historia ésta se encontraba ya en el clímax y se precipitaba hacia una inevitable resolución. Aun así, con esa tensión dramática tuvieron que aplazar esa confesión hasta que volvieran las luces que se extinguían ya con la elegancia de una puesta de sol.

La orquesta comenzó a tocar la obertura y a nuestros personajes no les quedó otro remedio que quedarse a oscuras con sus miedos: Dolores a decepcionar a su hijo una vez más; Elisa a que no la perdonara la suya; Margarita a perder la autoridad moral ante Ruth; Ruth a que su madre fuera cómplice de asesinato; Mónica a que Elisa hubiera perdido la cordura; Gabriel a que su madre no hubiera sabido decir que no...

En el palco vecino, Ágata se sentaba al lado de su nieta también aterrada porque ésta la considerara una desconocida o, peor aún, que Suselen le hubiera contado lo que sufrió durante su infancia. Sin embargo, Dafne, quien parecía tan pura y tan ajena a cualquier oscuridad, antes de empezar la función le dijo algo para lo que no estaba preparada: «Sé que hoy es tu cumpleaños, abuela». Y Ágata nunca decía su edad, de hecho, era el secreto mejor guardado de la plaza y su fórmula para no envejecer, pero en ese momento recordó que la última vez que se vieron también era su cumpleaños. La niña tenía sólo tres, pero ya hablaba como una cotorra y le preguntó: «Abuela, ¿cuántos cumples?». Ágata le respondió misteriosa que nadie lo sabía, por eso sería un secreto entre las dos. Y le confesó su edad imitando, o más bien haciendo burla al gracioso acento de su nieta.

La Dafne del futuro le dio un toquecito en la mano:

—Dime, abuela, ¿sigues cumpliendo sincuenta? —dijo, orgullosa de haber descifrado con el tiempo aquel juego de palabras. Y le guiñó un ojo.

Ágata dejó los suyos perderse en la oscuridad sin pestañear, en esa oscuridad en la que se había acostumbrado a vivir como un animal nocturno y vulnerable, y por primera vez en años echó de menos la luz, la de aquella niña que recordaba una broma de cumpleaños y que por tanto quizá recordaría también el episodio del coche. Echó de menos los años que se había perdido de esa niña y los que se perdería en el futuro, porque los actos tenían sus consecuencias, le había dicho Suselen cuando la apartó de su lado.

Se abrió el telón para dejar al público sin aliento.

En el escenario, unas manos gigantes lanzaban al vuelo una baraja de cartas construidas con pantallas led que reproducían imágenes de los protagonistas convertidos en figuras de una baraja española. Bajo aquel símbolo ciclópeo del destino, la tierra iba transformándose en una taberna, en una calle, en una casa. Desde el palco vecino, ninguno de ellos pudo evitar buscar el rostro de Ágata cuando Suselen, convertida en una llamarada roja, salió a escena y comenzó a cantar. Sus amigas y cómplices, porque se imaginaban lo que suponía para la exbailarina ver a su hija encima de aquel escenario y estar sentada al lado de su nieta; sus hijos, porque intentaban asimilar que Ágata, su Ágata, por mucho que hubiera sido una mujer complicada y cruel, fuera en realidad una asesina capaz de matar a sangre fría a un hombre joven que, de alguna forma, les había cambiado la vida a todos para mejor, a ella incluida.

Por fin llegó el momento que el público estaba esperando.

Se acercaba el final del primer acto y Carmen avanzó hasta el proscenio marcando cada compás con la cadencia rítmica de sus generosas caderas, pero fue Suselen y no su personaje quien se atrevió a romper con su rostro la gruesa cascada de luces para lanzar una mirada que impactó como una flecha en los dos palcos que había reservado. Primero intentó distinguir el rostro de sus amigos para sentir su fuerza. Luego buscó el de su madre y su hija...

Allí estaban, una al lado de la otra.

«Me voy a romper», se dijo y aprovechó la percusión para carraspear un poco y tomar aire. Mi voz... «Yo no me emociono al cantar», había escuchado decir al gran Alfredo Kraus el día que le entregó aquel primer premio de canto que llevaba su nombre, «no puedo permitírmelo. Si me emocionara, no podría cantar». Suselen respiró hondo y trató de hacer caso al maestro, pero a medias, porque por primera vez le importó más sentir que dar el do de pecho.

De un golpe seco, abrió un gran abanico rojo que anunciaba la tragedia y la venganza.

El público también tomó aire como si fuera a bucear.

«L'amour est un oiseau rebelle, que nul ne peut apprivoiser...».
Ágata observó a su hija anonadada, tras el bello eclipse que forma-

ba el perfil de su nieta recortado por las luces rojas, apoyando los codos sobre el balcón tapizado. «Et c'est bien en vain qu'on l'appelle, s'il lui convient de refuser...», no podía apartar los ojos de la niña hechizados de orgullo, cómo disfrutaba de su madre, que cantaba una letra que parecía escrita para la ocasión: «El amor es un pájaro rebelde, que nadie puede domar...». ¿Cómo había logrado aquello?, se preguntó Ágata con un latigazo contradictorio de envidia y emoción.

Y fue en ese preciso momento cuando sintió la mano de su nieta y tuvo que ahogar un sollozo con la otra.

Lloró. Sí, lloró.

Quizá de sorpresa ante la magnitud del vínculo que ahora podía comprobar que Suselen había creado con su hija, quizá fuera de rabia o simplemente fuera la música la que, como en otras ocasiones, la llevara al, para ella, casi inexpugnable territorio de la emoción.

Suselen, convertida en una guitarra española, no dejaba de mirarlas desde el escenario muy consciente de la cascada de confusión que estaba provocando. «El amor es un niño bohemio, que nunca conoció ninguna ley. Si no me amas, te amo...». Mónica observaba la secuencia en la penumbra: tres generaciones unidas por fin y todo aquello iba a esfumarse tan rápido como una escultura de arena en la orilla. «L'amour...», cantó Suselen cuya voz robada al otro mundo se colaba en el pecho de todos aquellos mortales; «l'amour...», siguió, recuperando el centro de escena, «l'amour...» y los agudos hicieron temblar las lágrimas de cristal de las lámparas; «¡l'amour!», y cerró su abanico con el último y tajante acorde de la orquesta.

El público saltó de su asiento. La ovación continuó cuando cayó el telón y siguió cuando encendieron las luces. En la terraza del teatro, en la Taberna del Alabardero, donde tantas tardes alimentó ese sueño, en la calle donde se concentraban los fumadores, el público se deleitaba comentando el prodigio de la Carmen que acababan de ver. La mejor habanera que habían escuchado jamás, y la plaza hizo temblar sus farolas, orgullosa de una de sus más especiales criaturas.

Se inició el descanso, pero no en la función que ahora nos interesa. Ésa, en cambio, entraba con velocidad de crucero en su último acto. Y sabía que era difícil con tantas emociones juntas, dijo Mónica a los allí presentes, pero, sobre todo por el bien de Ágata y Suselen, era imprescindible que empezaran a aclararles todo ya y lo más rápido posible, antes de que se les unieran.

—Mamá —abrió fuego Ruth atacando a su madre frontalmente—. ¿Estáis encubriendo a Ágata? Sólo di sí o no.

Margarita estiró su largo cuello como un galápago y dirigió una mirada de gravedad a las otras dos, quienes parecieron darle vía libre para confesar.

—Sí —dijo por fin—. Pero no la encubrimos ahora, la encubrimos entonces.

Los tres hijos la observaron atónitos.

—¿«Entonces»? —exclamó Mónica—. ¿Qué quiere decir «entonces»? Esto es muy grave, Margarita, no estamos para acertijos.
—Y luego a Elisa—: Mamá, ¿mató o no mató Ágata a Orlando?

Elisa puso los ojos en blanco.

—Pero, hija mía, ¿qué dices? Ésa es otra historia que os contaremos cuando estemos todos reunidos esta noche, ¿verdad? —Se volvió hacia sus amigas y éstas asintieron—. Pero ahora os contaremos otra que os ayudará a entender muchas cosas. También la historia de Orlando —dijo de forma cada vez más críptica—. Sólo juradnos que dejaréis que sea Ágata quien se la cuente a su hija. Esa conversación le pertenece a su madre. Ella lo hará hoy mismo cuando termine la función. Y sabrá cómo. No llevamos tantos años guardando este secreto para que al final haga un daño gratuito.

Y entonces Dolores se incorporó:

—Si no nos lo prometéis, no hablaremos.

Gabriel contemplaba a su madre perplejo, luchando por reconocerla.

Una vez se comprometieron, sus madres, ésas que de pronto iban a sorprenderlos con una cara oculta que no tenían claro si querían conocer, los condujeron, como una versión contemporánea del Fantasma de las Navidades Pasadas, a otras Navidades, treinta y cinco años atrás…

—Vosotros teníais diez años —comenzó Margarita—. Suselen sólo siete…

Y de pronto aterrizaron en 1995, en esa misma esquina donde se levantaba el gran teatro.

En su fachada se anuncia su inminente reforma. De momento sólo se celebran conciertos. Y esa noche Margarita las ha invitado a todas. Los niños se quedarán en su casa con la cuidadora, es lo mejor. Además, se lo pasarán muy bien porque su marido le ha prometido a Ruth que, antes de dormir, les leerá una historia de miedo en la biblioteca, que ya sabe que son sus preferidas. Elisa le ha pedido a Margarita expresamente que invite también a Dolores, que luego le pagará su entrada. Ya sabe que acaba de perder la custodia de sus hijos, le vendrá bien salir. Está haciendo un gran esfuerzo por ordenar su vida para poder recuperarlos. Margarita se resiste un poco, pero al final cede. No hace falta que le pague la entrada, dice. La que lo tiene más complicado es Ágata. Ese tipo no la deja ir a ningún lado, pero es la primera vez que la ven con fuerzas para plantarle cara.

Y debe hacerlo.

Porque cada vez la tiene más aislada. Margarita está segura de que lo que les cuenta de él es sólo la punta del iceberg, pobre criatura, porque de un tiempo a esta parte nota que Ágata teme también por su hija. Y no se equivoca Margarita porque, para la exbailarina, la situación en casa se ha hecho insostenible desde una semana atrás, cuando él se atrevió a ponerle la mano encima por primera vez a la niña. Y lo peor no fue el bofetón que presenció, sino lo que está a punto de vivir esa noche que ha dicho que saldrá con sus amigas a un concierto.

Contra todo pronóstico, él no le ha puesto pegas. Se diría que la ha animado a irse, incluso se ha ofrecido a llevar él mismo a la niña a casa de Margarita, donde la esperan los demás niños. Su cambio de actitud se le hace tan extraño que el instinto animal de Ágata se pone alerta, pero el humano, el racional, se agarra a la esperanza de que por fin ese hombre al que cree amar pueda convertirse en un buen compañero, en un buen padre, y no en el politoxicómano que le roba el dinero de la caja fuerte de la escuela para metérselo por la nariz, que se cuela en su cama y en su cuerpo por la fuerza oliendo a cloaca.

Nunca sabrá si fue el azar, la casualidad o ese instinto animal que en ella está tan desarrollado lo que le hace volver a casa a diez minutos de que comience la representación porque se ha olvidado los pendientes. Desde luego no son fundamentales para escuchar el *Romeo y Julieta* de Prokófiev, pero, por alguna razón, ella considera imprescindible volver a por ellos.

Entra por la puerta del estudio y, desde él, le extraña escuchar a su pareja hablando con alguien. Quizá por eso se quita los zapatos, sube la escalera de puntillas y entonces escucha algo que no va a poder arrancarse de la memoria el resto de su vida: cómo le dice a la niña que le dé un abrazo, que no sea ñoña, que no tiene que tener vergüenza de su padre.

Reconoce en ese tono de voz al depredador con el que vive.

Uno que brota de su garganta cuando está drogado.

Uno que nunca debería utilizar con su hija.

Reprime una arcada. Coge fuerzas para subir hasta el último escalón y reza para no encontrarse lo que se imagina. A él, acorralando a su hija, sólo cubierto con una toalla por la cintura. La niña tiembla contra la pared, delgada como un hilo.

Aunque más tarde y a golpe de terapia, ambas descubrirán que nunca llegó a tocarla, la bulimia galopante que ha empezado a sufrir según le llegó la regla es una forma inconsciente de desaparecer. De no hacerse visible para su depredador.

Él se vuelve y pasa de la sorpresa primero a un tono edulcorado que a Ágata le provoca más asco y más miedo. «¿Por qué no has llevado a la niña a casa de Margarita?», le pregunta. Él sonríe y le dice que la niña estaba cansada y ha preferido quedarse con él. Ágata mira a su hija, parece febril, el sudor que brota de su frente en pleno invierno, sus labios pálidos de puro terror y repite, esta vez chillando: «¡Te estoy preguntando por qué no has llevado a la niña!». El otro se va hacia ella, vamos, que la van a escuchar los vecinos…, a cuento de qué viene tanto alboroto, le está poniendo nervioso, y ya sabe que no es bueno que le ponga nervioso. Entonces Ágata le grita a su hija: «¡Vete! ¡Suselen, he dicho que te vayas ahora mismo a casa de Margarita!». Sólo en ese momento la niña es capaz de reaccionar y baja las escaleras de dos en dos hasta que se escucha el portazo de la puerta de la calle y sus pisadas perdiéndose en la noche helada. Igual que ese episodio se perdería en su memoria.

Se han quedado los dos solos, dice él con los ojos de un buitre, pero la voz calmada.

Y solos, frente a frente, ella lo encara por primera vez.

«¿Qué ibas a hacer?, ¿eh? ¡Es tu hija, maldito cabrón! ¿Es que no tienes suficiente conmigo? ¿Con humillarme a mí? ¿Con pegarme a mí? ¿Con destruirme la vida a mí?». Él dice que se está comportando como una loca, que se calle, que la van a oír los vecinos, y se va hacia ella, la agarra por la trenza, rodea con ella su cuello como si fuera una soga y, cuando está a punto de ahogarla, le dice con una calma aterradora en la voz que no. Que no tiene suficiente con ella, ¿y sabe por qué? Porque la niña ha salido igual de puta que su madre. Y que no se preocupe, que eso es algo entre su hija y él.

La arroja al suelo, le da una patada en las costillas, y camina hacia la escalera llamando a gritos a la pequeña. Ágata intenta que el oxígeno vuelva a abrirle los pulmones y, sin saber de dónde le vienen las fuerzas, se le echa encima, arañándole los ojos como una gata, y le muerde en la cara hasta hacerle sangre. El otro grita que está loca, que se quite de en medio o las matará a las dos. Forcejean junto a la escalera, pero entonces el hombre da un mal paso. Por unos instantes todo se detiene. Intenta guardar el equilibrio sobre un solo pie y le dirige a Ágata una mirada sorprendida, a medio camino entre la súplica y la ira. Ella no es capaz de moverse. Sólo en el último momento, cuando su mano, obedeciendo a un acto reflejo se tiende hacia delante para sujetarlo. Pero, casi inmediatamente, obedeciendo al instinto de supervivencia se echa atrás. El cuerpo grande del hombre cae rodando por la empinada escalera de cemento. Cuando llega al último escalón, tiene el cuello roto.

No fue hasta dos horas después cuando, alertadas por la ausencia de Ágata en el ballet, sus amigas llamaron a su puerta y les abrió con un labio partido y el rímel derretido como una cascada negra y seca por toda la cara. El pianista con autismo y halitosis que trabajaba para ella, el que dejaba de cobrar cuando ésta tenía apreturas, el que se limitaba a vaciar sus ceniceros, a recoger las botellas vacías que dejaba sobre el piano, en resumen, a limpiar todo lo que ella ensuciaba, fue quien las ayudó a mover el cadáver. Haría cualquier cosa por ella, aseguró Margarita cuando se decidió a llamarlo. Para evitar problemas, el lugar donde lo escondería sólo lo sabrían ellos dos, por si alguna perdía la cabeza con los años… Nunca imaginó que sería ella. Elisa aportó su coche que dormía en el garaje del edificio vecino. Pero ¿cómo sacar el cuerpo sin que lo vieran? Dolores fue quien ofreció la solución. Todas las porterías sacaban por la noche la basura… y el contenedor de aquella tenía ruedas y era bien grande.

Margarita tenía unas viñas romanas antiquísimas en la provincia de Segovia con bodegas excavadas donde se hacía el vino. Le faltaba sólo un kilómetro para ser Ribera del Duero, por eso nunca alcanzaron un gran valor más allá de su antigüedad y se explotaban por motivos sentimentales sólo por no dejarlas morir. Como antes que ella hicieran su abuelo y su madre, todos los años Margarita cedía una tinaja al pueblo para que se la bebieran en las fiestas. Había aprendido el arte del vino de su abuelo. Desde muy pequeña éste le explicó los secretos de su elaboración y la parte que más le fascinaba a la Margarita niña era el proceso químico por el cual «la madre del vino», aquella sustancia misteriosa que se formaba durante la fermentación y que era mucho más potente que el ácido sulfúrico, devoraba todo lo que rozaba. Por eso, para hacerlo más sabroso, se le echaba una pata de jamón, cuando no, en los pueblos, un perro muerto. «Pues este año le echaremos un perro muerto, abuelo», dijo la Margarita adulta sentada al lado de aquel pianista que conducía en silencio, acatando las órdenes de Ágata, protegiendo a Ágata, una vez más.

—¿Por qué no llamamos a la policía si había sido en defensa propia?, ¿podría haber pasado por un accidente…? —se preguntó en alto Margarita sentada en el palco, entre las otras dos, como un improvisado banquillo de los acusados—. Porque no había tiempo para pensar, porque nos dio miedo que la condenasen y dejar a la niña sola… Entonces, la sociedad aún cuestionaba estas cosas…

—Aquella noche nos unió para siempre en un pacto de silencio —dijo Elisa con la vista perdida en el escenario—. Ágata no volvió a ser la misma. Se endureció para soportar el peso de aquel silencio. Se sentía tan culpable con su hija, por no haber sabido protegerla antes…

—Y terminó odiándola casi tanto como se odiaba a sí misma. —Dolores bajó la mirada—. Porque la niña le recordaba a su padre y lo que había hecho.

Sonó el aviso para que el público regresara a sus asientos. La segunda parte iba a comenzar, en muchos sentidos. Sólo entonces se dieron cuenta de que Ágata había entrado en el palco y observaba a Margarita con una especie de extraña resignación.

—Me gustaría presentaros a mi nieta —dijo con la voz más limpia que le habían escuchado jamás y la llamó para que entrara al palco.

La viva imagen de Suselen con trece años se presentó ante ellos, sólo que a esta versión no se le había caído la sonrisa y sus ojos contenían aún la urgencia de un cachorro. Saludó con un desparpajo que a su madre le costó años de terapia adquirir y se acomodó bajo el ala de su abuela, abrazada a su cintura de papel, algo que su madre no lograría jamás.

—Parece que la noche va a ser larga… —anunció Ágata a aquellas mujeres que la habían protegido a lo largo de los años sin paliativos.

Sus hijos, aún sin habla, empezaban a vislumbrar por primera vez la naturaleza de la unión de aquellos seres tan dispares. Era algo que se había perdido en el tornado del tiempo. La crianza en comunidad, como las leonas, basada en la certeza de que cualquier daño provocado a uno de sus miembros sería tomado como una agresión hacia todos.

Pero había algo más que ocupaba sin remedio las mentes de sus hijos. Si habían sido capaces de urdir y mantener aquella ficción durante más de treinta años…, ¿qué habrían sido capaces de hacer las unas por las otras en el caso de Orlando?

Que parezca un asesinato

La mañana del 19 de octubre, Orlando Pontes salió a pasear a sus perros como cualquier otra; sin embargo, iba a ser la última. Al cruzar la plaza saludó con la mano a los jardineros que empujaban las máquinas cortacésped y dejó a su manada refrescarse sobre el tapiz verde y perfumado. Con el sol tibio del otoño acariciándole la cara bronceada de caminar, contempló a sus ángeles jugar y se sintió el ser más afortunado del planeta.

No necesitaba nada más en la vida.

Su madre y su hermana estaban sanas, juntas y, por primera vez en muchos años, despreocupadas. Había hecho grandes amigos. Había contribuido, en la medida de sus posibilidades, a dejar un mundo un poquito mejor. Pero para ello había realizado un largo viaje con muchas dificultades en el camino.

El primero fue nacer en un barrio chungo del Madrid de la movida. Su casa tenía vistas privilegiadas al poblado de la Rosilla. En aquellos años, su mejor compañero fue un cachorro recogido de la basura que intentó devolverle a su madre el día que la encontró merodeando por el arrabal en busca de algo que llevarse a la boca, seguida de sus otros cuatro pequeños. Pero ésta se lo cedió con ojos tristones. Aunque, para agradecerle que lo adoptara, a partir de ese momento le sirvió de protección contra las bandas cuando cruzaba el descampado que le llevaba al colegio. Con toda seguridad fue entonces cuando Orlando empezó a desarrollar una relación mediúmnica con los perros. Al fin y al cabo, se sentía una especie de

Mowgli criado por lobos en otra jungla. De ellos aprendió una nueva forma de entender el mundo y a leer a las personas en un tiempo récord.

Pero un día, obligado por la necesidad, tuvo que embarcarse en un viaje atravesando el océano para no volver. Un cambio que no asimiló bien y que le separó de sus ángeles de la guarda el tiempo suficiente como para que se extraviara. Durante esos primeros años en México hizo sufrir a quienes lo amaban y los fue perdiendo. A sus amigos. A su hermana. A todos menos a una, la mujer que le dio la vida, quien no se detuvo hasta que lo encontró en el infierno más profundo… para volver a dársela. La vida. También rescató a un perro de la perrera que tenía los días contados. Uno que nadie quería, le explicó con sus ojos duros y sabios, uno que iban a sacrificar porque decían que enseñaba los dientes y se tiraba a morder como si tuviera la rabia. «Pero no hay perro malo», le dijo dejándolos a ambos recién duchados en su antigua habitación de niño. Ahora los dos iban a ayudarse mutuamente a demostrárselo.

Cuando se sintió recuperado del todo, Orlando quiso cumplir su sueño. Volver, como decía el tango que tanto le gustaba a su madre. No había pisado España desde que ésta decidió emigrar desesperada en busca de trabajo y su hermana y él aún eran pequeños. Por eso pensó que era el momento.

Y lo era. Se lo iba a corroborar la vida.

Una mañana, al levantarse, Orlando empezó a sentir pequeños espasmos en el brazo y la pierna derecha. Leves calambres como si le hubieran colocado unos electrodos. Otro día esa misma pierna le falló. Le echó la culpa a la mala vida que había llevado desde muy joven, y por eso no quiso preocupar su familia cuando empezaron a hacerle pruebas.

Entonces llegó el diagnóstico como una catástrofe natural inevitable.

Le explicaron que era una enfermedad del sistema nervioso que afectaba a las neuronas y a la médula espinal. Le advirtieron que a partir de un punto empezaría a perder el control de los músculos para moverse, hablar, comer y respirar. No había cura para esa enfermedad mortal. Entonces supo lo que tenía que hacer: viajar a España para no hacerlas sufrir más. No les diría nada. No iba a cargarlas también con su enfermedad. No se merecían eso. Ya habían sufrido bastante por su culpa.

Agarró su mochila, todos sus ahorros y las cenizas de su fiel amigo para que descansaran en el lugar donde había visto las puestas de sol más bonitas del mundo.

La plaza de Oriente.

Viviría el tiempo que le quedara en su rincón favorito del planeta, al que aquel niño del barrio de la Rosilla se escapaba para sentarse sobre la hierba.

De momento se dedicaría a pasear a los perros del barrio. Y luego, ya se vería. Se despidió de su madre y su hermana, quienes combatieron la emoción de verlo marchar con la certeza de que nunca lo habían visto tan centrado y tan feliz. Ése era el recuerdo que quería dejar en ellas.

Su madre y su hermana no sospechaban nada porque se fue antes de que comenzaran los síntomas más visibles. Como enfermo de ELA, y como nacido en España, Orlando había solicitado acogerse a la recién aprobada ley de eutanasia. Hasta entonces todo había salido bien. En sus videollamadas diarias las sentía tranquilas al verle tan recuperado, cumpliendo su sueño de volver a su país, rodeado de amigos en esa plaza donde siempre quiso vivir. Les contaba sus proyectos para ayudar a los demás a través de sus perros y las historias de sus amigos con todo lujo de detalles: sus jornadas en el hospital con los niños, los progresos de Dolores con Oxitocina, la increíble inteligencia del lobo blanco para asistir a Margarita, la llegada de Pavlova y cómo estaba penetrando, como un goteo lento y constante, en el alma de Ágata… y aquella pequeñaja con alma de *rottweiler* que le dejaban de cuando en cuando a Elisa y que le tenía robado el corazón: Fiera. Peleona como buena mexicana, se reía su madre, no en vano eran medio compatriotas.

Sólo a ellas, a sus nuevas amigas, se había atrevido a contarles su situación, porque sabía que a partir de un punto necesitaría ayuda. Como no disponía de un lugar donde sembrar las plantas que utilizaba con fines medicinales y tampoco eran aún legales en España, Dolores le hizo el favor de cultivarlas en el patio de su casa donde no llamarían la atención de la calle. De paso le plantó catnip a Elisa en el balcón porque le habían dicho que era muy buena para los gatos y desde entonces Isis estaba muy activa y muy contenta. Incluso Ágata le preparaba ese baño semanal con sales de Epsom y esos masajes que tanto le aliviaban el dolor de las articulaciones, como la infusión de coca y de marihuana. Elisa y Margarita se encargaron del aparatoso papeleo que suponía dejarlo todo bien atado para que su familia heredara su parte de la casa en México, que Ágata recibiera el dinero en efectivo para donarlo a la ONG en la que adoptaba a sus perros y donde entrenaban a los PEPOS, un proyecto maravilloso con el que la exbailarina se sentía muy implicada y que ojalá existiera en todo el mundo, recuperar su cartilla de la Seguridad Social y acogerse a la ley que le permitiría irse de una forma digna, como tantas veces hizo por humanidad con sus ángeles cuadrúpedos.

Con tan mala suerte que, a los pocos meses de llegar, paralizaron la ley hasta nuevo aviso sin importarles los seres humanos a los que dejaban en un angustioso compás de espera.

Orlando no tenía tiempo.

Pronto empezaría a sufrir y llegaría un momento en que ni siquiera podría comunicarse para tomar decisiones. Y como ellas eran sus mejores amigas, como le habían confesado tantos secretos que revelaban que sabían de lo que iba esto de la lealtad, el amor y el dolor, la vida y la muerte, una tarde se atrevió a pedírselo.

La que sería su última mañana, cuando el paseador de perros volvió a la plaza de su largo paseo, su manada lo rodeó. Hacía tiempo que sentía que lo cuidaban a él y no al revés. Últimamente se tropezaba con obstáculos invisibles y había perdido fuerza en las manos para sujetar las correas. Menos mal que sus perros no tenían intención de escaparse.

—Ya está…, pequeños —les susurró mientras le lamían la cara, las manos, le echaban las patas con una extraña mezcla de emoción y juego, le daban pequeños y cariñosos mordisquitos en los dedos—. No pasa nada, compañeros, ahora tenéis que dejarme ir… —musitó con su acento suave y cantarín—. Gracias…

Y los besó por turnos, buen perro…, se abrazó al lobo blanco; luego a su rechoncho Oxitocina, te quiero, grandullón; acarició el afilado cráneo de Pavlova, que se pegaba con fuerza a su pecho, sigue así, mi flaca, y por último, Fiera, a la que veía de tanto en tanto, quien le brincó a los brazos para lamerle la barbilla.

—Y tú cuídame de todos, pequeñaja, ¿OK?

A continuación los subió a casa de Margarita, como le habían dicho que hiciera, y antes de cerrar la puerta les guiñó un ojo:

—Hasta que nos volvamos a ver, mis angelitos.

Un par de horas después les llegó el turno a ellas.

Se habían preparado durante muchos meses, así que todo fluyó como tocaba en cualquier buena despedida: con emoción, con risas, con nostalgia pero con determinación. Cuando entró a Paso a Dos y las vio allí, sentadas sobre las jarapas, con una botella de champán puesta a enfriar, le dio gracias al cosmos por que las hubiera puesto en su camino y pensó lo mucho que le habría gustado a su madre conocerlas más allá de aquellas llamadas ocasionales en las que se las pasaba para que charlaran un rato. Junto a ella, eran sin duda las mujeres más valientes y generosas que había conocido.

Nunca podrían imaginarse cómo impactaron en su corazón cada una de las palabras de agradecimiento que le dedicaron esa tarde. A él, que nunca había hecho nada realmente bueno. Le hubiera gustado haber tenido más tiempo para hacer por ellas mucho más, porque lo que iban a regalarle no tenía precio. Porque, además, le hacían irse con el corazón lleno.

Se dijeron hasta pronto, sin dramatismos ni ceremonias, pero con ambiente de despedida en el que no faltaron las bromas, las risas y alguna lágrima, y le enviaron recuerdos de su parte a los que ya habían cruzado, como decía Dolores, el arcoíris. Las cuatro salieron por turnos de Paso a Dos para evitar que las vieran juntas y se dirigieron a los lugares acordados: esa tarde, Ágata se dejaría ver en una exposición rodeada de gente; Elisa ya había dicho a todo el mundo que llevaba con Margarita en el campo desde la noche anterior, aunque ésta, más tarde, se reuniría con su novio en la residencia, y sólo Dolores subiría un momento desde la portería para abrirle la puerta.

Había una única cosa que le inquietaba un poco.

Orlando había perdido su agenda un par de días antes. Estaba seguro de que en el metro, pero no fue así. Ésta descansaba encima de la mesa de centro en casa de Elisa desde el día anterior, y nadie la vería porque Elisa estaba fuera y esa misma tarde la limpiadora había colocado un par de revistas encima.

Orlando llegó a casa de Elisa relajado y a la hora prevista. Se despidió de Dolores, quien siempre fue su debilidad. Le hizo prometerle que seguiría sacando a Oxitocina a la calle, que cuidaría de él, que la ayudaría a ser feliz porque sabía que esa felicidad iba a retroalimentarse. Ella le abrazó lo justo para no hacérselo difícil y luego se lo prometió. Pero al marcharse, con la emoción del momento, cometió el error de cerrar y dar dos vueltas a la llave por un acto reflejo, como hacía siempre al ir a regar las plantas, en lugar de dejar la puerta abrochada como era el plan.

Para entonces, Orlando ya estaba en la cocina y no se dio cuenta. Empezó a colocar sobre una bandeja la cena que le habían dejado preparada, qué mujeres maravillosas, cómo eran aquellas cuatro..., no habían dejado nada a la improvisación. Había una pequeña representación de todo lo que más le gustaba en el mundo: un platito de jamón de jabugo, unas banderillas de encurtidos, unas huevas de salmón y unas aceitunas aliñadas. Acarició a Isis mientras degustaba aquellos pequeños placeres culpables y dejó una sardinita ahumada en el plato de la gata. Qué suerte compartir su última cena con una diosa, le dijo. Luego se puso la peli que en su día le dio la idea, *Mar adentro*, pero sólo un poco, ya sabía cómo terminaba. Y su película iba a acabar de forma mucho menos dramática.

Antes de comenzar su ritual, envió un mensaje a su madre y a su hermana como hacía todas las noches antes de irse a la cama: «Gracias por quererme. Un beso de ésos que cruzan el océano». Y esta vez sólo añadió: «Os quiero. Orlando» y dejó el móvil cargando en la encimera por si el mensaje tardaba en enviarse y para que no le faltara la música. También el caviar en una bandejita que guardó para el final.

Había llegado el momento de brindar. Cogió dos copas, una para disolver mejor las pastillas y la otra para ese vino tan rico. El alcohol potenciaría su efecto narcótico. Qué más se podía pedir, le dijo a Isis, quien había decidido acompañarlo en su último brindis.

Probó el agua del baño. Se introdujo en él despacio. Qué placer...

Alzó la copa hacia su reflejo:

—Por la vida. Por la amistad. Por las segundas oportunidades y por los sueños cumplidos.

Se tumbó plácidamente en la bañera mientras escuchaba baladas heavy y degustaba el caviar y el vino. El efecto del sopor de la droga no tardó en aliarse con el baño caliente y el vapor. Poco a poco se fue quedando plácidamente dormido...

Durante aquel relato a cuatro voces no se escuchó a nadie respirar. Ni siquiera Isis se había movido de la mesa del escritorio de Elisa. Aún vestidos de gala, en el salón en el que cenó Orlando por última vez, a pocos metros de la escena de aquel crimen que había dejado de serlo, cuatro hijos contemplaban a sus progenitoras de una forma distinta.

También Suselen sorbía su vino sentada entre su madre y su hija por primera vez. Acababan de llamarla para que se uniera. Durante todo aquel extraño cuento de Navidad, Dafne había estado jugando con Fiera en la cocina, ajena a las revelaciones en cadena que se estaban produciendo en el salón.

Una hora antes, en el palco, Ágata también se había comprometido a contarle a su hija aquel otro suceso del pasado en la intimidad. Lo que no supieron esa noche era si lo había hecho cuando bajó a su camerino para felicitarla y esperó a que se fuera hasta el último de sus fans. Tardaron mucho en salir a la calle. Sólo ellas dos sabrían lo que se dijeron durante ese tiempo. Lo que se percibía en el ambiente era que no había sido malo.

—Yo no lo voy a juzgar —dijo Mónica por fin, rompiendo el hielo en la bancada de los hijos—. Pero… ¿os dais cuenta de lo grave que es todo esto?

Entonces Elisa le dirigió una sonrisa desnuda de culpa y se erigió en portavoz de las implicadas.

—Qué podemos decir… Él hizo mucho por nosotras y sabíamos que, a nuestros tiernos setenta y tantos y sin antecedentes, ninguna iría a la cárcel.

—Que la puerta estuviera cerrada fue culpa mía —admitió Dolores—, y lio un poco todo porque Elisa tuvo que sembrar algunas pistas falsas para que despistaran a la policía.

Mónica se llevó la mano a la frente y miró a su madre. No tenía remedio… Elisa se encogió de hombros con inocencia.

—Y el cortocircuito fue algo inesperado que sucedió después —añadió Margarita arqueando las cejas.

Entonces Gabriel, quien aún no había podido abrir la boca desde las primeras revelaciones en el palco, dijo:

—Pero todo esto no explica cómo pudo electrocutarse Orlando después de muerto si estaba solo.

Ruth pareció despertarse también de su propio *shock*.

—En eso Gabi tiene razón. Siempre fue un cabo suelto y sigue siéndolo.

Entonces escucharon a Fiera gruñir. Mónica le pidió silencio, no era el momento, le riñó, pero incomprensiblemente no le hizo caso. Muy al contrario, sus ladridos arreciaron como cuando necesitaba imperiosamente llamar su atención, provocando que todos fueran levantando la vista; nada especial, comentó Elisa. Isis estaba haciendo de las suyas. Esta vez, su víctima era el ratón del ordenador que se entretenía empujando con la patita, poco a poco, hasta que lo hizo precipitarse dentro de la papelera aún prendido de su cable.

Todos se miraron sin decir nada.

No hacía falta.

Sólo Fiera lanzó dos ladridos satisfechos que en su idioma querían decir: «Siempre sospeché que esta gata sabía muchas cosas…» y, como los demás, se imaginó a Isis caminando sigilosa sobre la encimera buscando el caviar y, topándose por el camino con algo que llamó su atención. Un móvil prendido a un cable. Algo que colgaba de un cable era divertido. Algo en el borde de un precipicio había que tirarlo al suelo. Y empezó a empujarlo con sus patitas hasta que cayó dentro de la bañera.

Si Fiera hubiera controlado la terminología legal, habría interrogado a Isis por homicidio involuntario desde el mismo momento en que olisqueó las huellas de la diosa en el borde de la bañera, pero en rigor tampoco lo fue, ya que el muerto ya estaba plácidamente muerto desde unas horas antes. Además, ¿acaso se juzgaba a los gatos por esas cosas?, se dijo lanzándole una mirada blanda que era en realidad una tregua, y que fue devuelta por la diosa con los ojos entornados en son de paz.

Los cuatro amigos se observaron con el agotamiento sereno de quienes han coronado una cima con la certeza de que nunca volverían a ver a sus madres como antes. Sólo un grupo de mujeres que había sido capaz de guardar un secreto así durante treinta años habrían sido capaces de atreverse a ser cómplices de nuevo por un bien común.

Caso cerrado, suspiró Mónica, apurando los restos de su vino.

En la Puerta del Sol

La crianza es un equilibrio entre amor y límites. Y esos límites los establece la madre hacia el hijo como el hijo hacia la madre cuando crece. El amor también crece si, cada vez que esa balanza se vence, vuelve a equilibrarse.

La noche de fin de año era la preferida por la plaza con mucha diferencia. Quizá por aquello que cantaba Mecano de que, por una vez, sus habitantes hacían algo a la vez, o porque, desde la pétrea frontera que marcaba el palacio, podía escucharse cómo la euforia desatada tras las doce campanadas de la Puerta del Sol iba contagiándose, de estallido en estallido, hasta los fuegos artificiales de los pueblos más alejados que se perdían en el horizonte.

A esas horas sus habitantes correteaban hasta sus casas cargados de los últimos ingredientes para la cena, con uvas de última hora y botellas de cava. A las diez de la noche la plaza ya estaba desierta y había iluminado, casi por completo, todos esos cuadrados de luz que ofrecían fragmentos de fiestas, peleas, amigos, familias o solitarios televisores encendidos en la penumbra.

Suselen había aparecido en casa de su madre con Ben y su nieta. Cenarían en su restaurante italiano favorito, el Ouh… babbo!, a dos pasos del Teatro Real. Lo había descubierto tras aquel ensayo al que asistió Fiera y fue ésta quien la llevó directa hasta aquella cocina en la que comprobó que siempre le caía algo. Era un hecho: se hizo adicta a sus pizzas al horno y a su clientela, porque recalaban allí todos los artistas de la zona, les explicó en un mensaje, y sus dueños, Bruno y Trini, habían prometido recibir al nuevo año con una de sus serenatas italianas para animar la fiesta.

Mientras repasaba la carta con sus ojos de rapaz, Ágata no pudo evitar hacer algún comentario sobre lo mucho que engordaba la pasta, Suselen, imagino que tú no tomarás, ¿no?, dijo, haciéndole un repaso de cuerpo entero, porque tendría que cuidarse para la gira. Finalmente decidió no compartir: ella se tomaría un carpacho.

Ben sonrió a Suselen para insuflarle paciencia.

—Pero también engorda el champán, ¿no, abuela?

Ésta se volvió divertida hacia la niña.

—Sí, aunque con el champán siempre puede hacerse una excepción. —Le apartó el flequillo de los ojos—. Además, a ti nada puede caerte mal, mi preciosa niña…

Y la besó en el pelo. Luego levantó los ojos hacia su hija y dejó en el aire un gracias tan mudo, frágil e inseguro como ella.

Por primera vez se obró el milagro.

Suselen la compadeció. Desde lo más recóndito de su corazón. Y supo que, gracias al extraño sortilegio que producía en ella su nieta, ahora estaba preparada para guardar el luto por la madre que no tuvo. Que nunca tendría.

La miró dentro de los ojos sin rencor, por primera vez. Fue su forma de decirle: madre, ya sé lo que pasó, ya entendí. Yo puedo perdonar, puedo intentar no tener resentimiento, pero nunca más voy a estar desprotegida. No le prohibiría que tuviera una relación con Dafne, pero nunca la dejaría sola con ella. Esos encuentros los supervisaría Ben quien ya se había ofrecido. Y tomó una decisión que la iba a ayudar, poco a poco, a recuperar la paz perdida en los años siguientes: mantendría una distancia de seguridad, pero estaría ahí cuando la vejez y la enfermedad llamaran a su puerta. Hasta ahí podía llegar por una cuestión de humanidad, o quién sabe si de venganza, pero ése era su tope.

Y así sería, unos años después, cuando Ágata convertida en un suspiro, desintegrándose sobre su colchón entre gasas de colores, descubriera por fin a su hija cuando ésta le tendió la mano para dar su salto definitivo al otro lado del escenario.

En el segundo piso enfrente del palacio, ocho balcones vestidos con guirnaldas de pino ofrecían la visión de un gigantesco árbol de Navidad decorado en plata, una chimenea con grandes velones rojos y una larga mesa en la que empezaban a colocarse los comensales. Los hijos varones de Margarita habían comentado con su hermana su teoría de que, desde el episodio del ictus, algo parecía haberse descorchado en el cerebro de su madre por accidente. Hasta Elsa le había hecho a Ruth un comentario similar esa tarde en la cocina. Que a la señora se la veía más contenta y más tranquila, que todo le parecía rico y que hasta le había dado las gracias por ayudarla a preparar la cena antes de irse con su familia.

Aunque no descartaba del todo la teoría de sus hermanos, Ruth no podía contarles que además se había quitado de encima el peso del encubrimiento de un homicidio guardado durante treinta años y que mantenía una muy buena salud sexual con su actual pareja.

Esa noche, de momento, conocerían al coronel como un amigo. Paso a paso.

De modo que Ruth empaquetó a su marido y sus dos hijos en un Uber rumbo a la plaza donde se reunían en torno a la mesa del comedor de los espejos junto al coronel, «los inútiles de sus hermanos» y Margarita en la presidencia, como siempre fue la tradición en la familia Gual. Sólo que esta noche sería muy distinta. Esa noche sería la última vez que se reunirían en la casa. Así lo había querido Margarita, quien iba a ordenar desmantelarla el mismo 1 de enero.

—Pero mamá —le dijo Ruth cuando se le unió en la biblioteca para tomar el cóctel previo a la cena—. ¿A qué tanta prisa?

La otra se sentó en el sillón de lectura como si se hubiera cansado ya y le pidió que tomara el asiento de enfrente. Bowie lo hizo entre las dos porque su instinto le dictó que para aquel momento necesitarían un mediador.

—Sí, Ruth, hay prisa. —Margarita dejó su mano descansar sobre el lomo del animal—. Porque hay que saber dejar el pasado ir. Nada mejor que una mudanza para deshacerse de las cosas que nos sobran,

¿no crees? Mi ventaja es que, para mí, todo será muy pronto un hermoso presente. Y quiero disfrutarlo hasta el último día. Sin cuentas pendientes.

Al oler su pena, Bowie le dio un lametazo a Ruth en el brazo y ésta respondió acariciándolo también. Entonces Margarita reparó en un álbum de recortes que alguien había estado ojeando sobre la mesa.

—¿De dónde ha salido eso? —preguntó con curiosidad.

Ruth levantó la vista.

—Ah…, lo encontré yo curioseando. Son sólo recortes de viejos artículos míos en distintas revistas científicas… —Bowie le coló el hocico bajo la mano reclamando más mimos—. Madre mía, de algunos ni me acordaba. Los tenía guardados papá en el cajón de su escritorio.

La mano de Margarita se encontró con la de su hija entre el espeso bosque de pelo blanco del animal.

—No era de tu padre…, es mío.

Ruth no supo qué decir. Por eso bajó la mirada hacia la alfombra, para evitar que su madre viera la inundación que le llegaba a los ojos. Su mano de ave seguía posada sobre la de ella.

—Recuerda —le dijo ésta con la voz dura—. Eres mi hija. Fuerte. Tienes que ser fuerte.

—¡Ay, mamá! —protestó—. Pero si tú tampoco lo eres…

Margarita se fijó en la mirada suplicante de Bowie que parecía decirle «si puedes hacerlo conmigo, puedes hacerlo con ella». Y entonces, aquella cabeza tan amada que Margarita nunca se cansaba de acariciar se retiró discretamente a un segundo plano para que la mano de Margarita volara hasta la cabeza de su hija, quien ocupó el relevo sobre sus huesudas rodillas. Su madre siguió acariciándola ahora a ella.

—Ruth.

—Dime, mamá —dijo muy bajito como si temiera despertarse de ese sueño tan bello, que quiso que durara siempre.

—Eres una gran madre. —Margarita se aclaró la voz—. Eres una buena amiga y la mejor de las hijas. Te quiero, hija mía, recuérdalo siempre.

Siempre, pensó su hija, abrazada a sus piernas de árbol. Y así se quedaron las dos durante unos minutos que pesaron como toda una vida mientras esperaban a que escampara en sus ojos para volver a la mesa.

También la portería de la plaza de la Encarnación desprendía por primera vez olor a fiesta. Una pierna de cordero se asaba en el horno y era sólo uno más de los cambios que estaban en boca de los vecinos. Y es que a Dolores se la veía espléndida, había dicho Pon cuando se encontró con su hijo en la escalera. Estaba rejuvenecida. ¿Qué se había hecho? ¿Se había quitado el pan? Pero lo que en realidad había conseguido dejar eran aquellos antidepresivos y, de pronto, la apocada y somnolienta Dolores había empezado poco a poco a cambiar de energía como si ella también se hubiera conectado a las luces de Navidad. Para empezar, cuando se le caía algo al suelo lo recogía, sacaba a Oxitocina dos veces al día y había vuelto a su peluquero para cortarse el pelo, en lugar de hacerlo con las tijeras de la cocina. Aquellos ya eran cambios de lo más significativos, viniendo de donde venían.

A esas horas previas a dejar atrás el año, madre e hijo se preguntaban cómo era posible que toda una vida pudiera estar condicionada por la química. Quizá su marido no habría empezado a alternar con otras mujeres, reflexionaba Dolores en alto mientras pelaba una patata, quizá ella no habría empezado a beber...

—Y Claudia y tú habríais estado más atendidos. Habría tenido fuerzas para luchar más por vosotros.

Dejó la patata en el cuenco en el que Gabriel las estaba lavando. Ese comentario le partió en dos.

—Pero somos humanos, mamá. —Empezó a trocearlas—. Y como seres humanos nos resistimos a pensar que somos un milagro químico y a veces, sobre todo en mi caso últimamente, un fallo químico. Nuestros sistemas necesitan resetearse cada cierto tiempo. Eso es todo.

Dolores se volvió hacia él secándose las manos y lo miró con rotundidad:

—Pero no sólo somos eso.

Gabriel sonrió.

—No, es verdad, mamá, no sólo somos eso. —Hizo una pausa—. Por eso ahora sé que hay una gran parte de mi madre que siempre estuvo ahí. —Luego se le quebró la voz porque volvió a él, nítida, implacablemente, la imagen de su madre en la puerta de la casa con su perro cuando se los llevaron—. Mamá…, siento no haber visto tu enfermedad y que nos fuéramos con la abuela y que…

—Shhh… —le consoló su madre, atrayéndolo hacia su único pecho y él la olfateó como un cachorro para sentir de nuevo el olor de su piel, a jabón y a talco.

—Y yo siento haber intentado irme así, mi amor… Sin pensar… No podía pensar.

En ese momento irrumpió Claudia embarazadísima.

—¡Bueno!, ¿cómo va esa cena? ¿En qué ayudo?

Gabriel le arrojó un paño de cocina a la cara.

—Mamá, no dejes que ese obús entre en la cocina o empezará a tirarlo todo. Yo me encargo.

Oxitocina debió de pensar que no iba por él porque irrumpió a empujones, pisándolos a todos, para cazar al vuelo una ACEITUNA, ACEITUNA, ACEITUNA, que estaba viendo rodar por la encimera.

Su hermana también intentó abrirse paso por la estrecha cocina.

—Lo del obús iba por ti…

La otra le lanzó uno de esos pellizcos en el brazo que les copió a las monjas de su colegio.

—Gracias por el piropo, hermanito, pero estoy embarazada, no enferma.

Y los tres se pusieron manos a la obra mientras Dolores, tras mucho resistirse, se dejó sacar un par de selfis con sus hijos por primera vez en tantos años.

Dos pisos más arriba, Elisa acababa de pedirle a Mónica ayuda para emprender un proyecto en solitario y muy personal, dijo. Aquello había sorprendido gratamente a Mónica, quien no podía estar más feliz de que su madre pensara en una nueva ilusión, sólo para sí misma, había matizado, antes de concretar: «Quiero que me ayudes a separarme».

Su hija se había quedado petrificada.

Incluso estuvo a punto de cometer el error de intentar disuadirla y, como buena maniaca del control, en décimas de segundo ya estaba diseñando mentalmente una estrategia para acompañarla en su soledad…, pero cuando ésta empezó a explicarle sus razones, que lo había hablado ya con su padre y que estaban muy de acuerdo, que ella se quedaría con la casa de Madrid y él con la de Cádiz y con el barco…, empezó a sentir un alivio inexplicable que en ese momento se recriminó porque no era lo que debería sentir un hijo al que sus padres le anunciaban que iban a divorciarse. O quizá sí. Ya eran mayorcitos y ella no era una adolescente.

En ese momento cayó en la cuenta de por qué se sentía tan liviana.

Porque en la voz de su madre, por primera vez en mucho tiempo, había desaparecido el rencor. Porque se lo contaba como una decisión natural y meditada sin un rastro de reproches. También porque por primera vez, Mónica, la concejala de festejos, el parque de atracciones familiar, «la señora Lobo, soluciono problemas», tomó la decisión inconsciente de no intervenir. No hizo el problema suyo. Sólo se prestaría a ayudar.

¿Qué había cambiado entre ellas tras aquel breve pero largo viaje?, reflexionó Mónica mientras ayudaba a su madre a retirar los platos. Quizá que iba a dejar de intentar cambiarla. Puede que ambas empezaran a aprender a ponerse límites, la una a la otra. Era otro largo y esforzado viaje, pero también merecería la pena.

—¿Y cómo puedo ayudarte yo a separarte, mamá?

La otra sonrió apretando los labios. Dejó dos platitos con las doce uvas de la suerte frente al televisor. Sólo le pediría dos cosas, dijo como si también las hubiera meditado largamente:

—La primera, como dice tu amiga Ruth, un abrazo de ocho segundos. Así me llevo un segundo de achuchón como propina por cada día de la semana.

Mónica la abrazó todo lo fuerte que pudo y ambas bromearon haciendo una cuenta atrás.

—¿Y la otra? —preguntó su hija temiéndose una de sus famosas demandas imposibles de cumplir.

—Me habría gustado emborracharme alguna vez con tu padre. O simplemente emborracharme, cuando era joven.

Mónica la observó sorprendida.

—¿Y por qué no ahora? —dijo sin pensarlo.

—No me atrevo. No sé por qué.

—Yo te diré por qué. Porque eres una controladora, mamá. Y yo también.

De pronto Mónica salió de la habitación y volvió empuñando un sacacorchos y esa botella magnum que les habían regalado la pasada Navidad.

—¿Qué haces? —dijo Elisa.

—¿Tú qué crees, mamá? Nos la vamos a beber.

—¿Entera?

—Y nos va a sentar genial —aseguró su hija girando el sacacorchos.

—Pero ¿con qué motivo? —dijo Elisa, nerviosa, corriendo a por unas copas—. Si vamos a emborracharnos, tendremos que hacerlo con un motivo de peso.

—Que nunca lo hemos hecho, mamá. ¿Te parece poco?

Fiera también apareció en el salón con ese hueso que le regalaban sólo cuando era fiesta. Y todo indicaba que la había, por la mezcla de endorfinas y dopamina que desprendían aquellas dos. Curioso…, no solían generarse ese cóctel la una a la otra habitualmente. Echó un vistazo a Isis para comprobar que seguía desplomada, cual leopardo en su rama, con las patas colgando de la estantería. Sólo la punta de su cola se movía despacio, lo que quería decir que estaba tan intrigada como ella por aquella nueva situación.

Justo antes de que llegaran las doce, se habían sentado las tres en el sofá esperando con intensidad a que pasara algo que Fiera, tras estudiar el relax que percibía en los ojos de sus humanas, sobrentendió que sería bueno. Como siempre, la perra se acercó a su dueña y pulsó su estado de ánimo escuchando el tambor de su corazón. Se encontraba placenteramente feliz. A continuación sincronizó sus latidos con los suyos, por lo que estallaron de alegría al mismo tiempo que lo hizo el cielo con luces de colores.

—Feliz año, mamá. —Le plantó un beso sonoro en el carrillo—. Feliz año, Fierecita —dijo elevándola por los aires.

—Feliz año, mis niñas.

Y Elisa, a quien ya le patinaban las consonantes, pidió muerta de risa que le llenara la copa.

Isis también les lanzó un bufido de celebración desde las alturas de su reino y luego corrió a refugiarse de aquel caos en su escondite de la sombrera.

Mientras los fuegos artificiales detonaban incansables en el cielo de Madrid, Mónica envió al grupo como felicitación el último pantallazo de parte de Orlando.

Era lo que para él resumía la relación con tu madre a lo largo de los años:

A los siete años le dices: mamá, te amo.

A los diez: mamá, te quiero.

A los quince: mamá, déjame en paz.

A los dieciocho: quiero irme de esta casa.

A los cuarenta: mamá, no me controles.

A los cincuenta: no te vayas, mamaíta.

A los setenta: cuánto daría por estar cinco minutos contigo, mamá.

Tras leerlo emocionados y de abrazarlas fuerte —las que se dejaron—, cada uno salió en dirección hacia el lugar en el que, desde la adolescencia, comenzaban el año juntos. Mientras, la plaza iba recibiendo de nuevo a sus personajes, que también salían a escena en busca de celebraciones, complicidades, traiciones, soledades, amantes…, es decir, de aventura.

El universo siempre tiene un plan.

En el caso de los protagonistas de esta historia, puede que éste quisiera reencontrarlos para que retomaran aquellas conversaciones que quedaron pendientes. Por eso ahora no les quedaba otro remedio que lanzarse al viaje apasionante de iniciar una nueva conversación. Y a eso se consagrarían el resto de la noche. Qué mejor plan que hacerlo suspendidos a la distancia justa del cielo, para soñar, había dicho Mónica en su mensaje, y del suelo, para no perder el tiempo, ahora que ya no era eterno.

Lo que le pedimos al cometa

Apoyados en la débil barandilla mordida por el óxido, los cuatro contemplaron los últimos estertores de los fuegos que iluminaban la noche, aquí y allá, como pequeñas batallas perdidas. Desde su escondite del tejado también se veía en escorzo la ventana de la cocina de Elisa, donde, después de muchos años, se habían reunido también las demás. Las escuchaban hablar y reír y, de cuando en cuando, pegarle un grito a Isis. Lo que no vieron y que nunca les confesarían a sus hijos era que Margarita acudió a la cita con la última botella de una cosecha única, dijo mientras la desempolvaba con un paño de cocina. La mejor en años, según los vecinos del pueblo que la disfrutaron en aquellas fiestas. Las otras tres la observaron sin pestañear. Elisa le tendió un sacacorchos. No imaginaba forma más apropiada y deliciosa de destruir la última prueba.

Si le pusiéramos música a esta escena, podría estar sonando *Eternal Flame* y les habría provocado a nuestros protagonistas lo mismo que aquellas risas cómplices que ahora se fugaban por el patio, súbitamente rejuvenecidas: la ilusión de que el reloj de la Puerta del Sol hubiera dado marcha atrás a sus manillas enloquecidamente y nada hubiera cambiado. Pero sí lo habían hecho. Era inevitable. Ya no eran los mismos.

—Para empezar, entonces éramos Los Cuatro —dijo Ruth con la nariz roja por el frío—, pero ahora por fin somos de verdad Los Cinco. Creo que Fiera se ha ganado con creces que le demos la bienvenida al grupo, ¿qué opináis?

Todos celebraron con un aplauso su incorporación.

La chihuahua alzó su morrito cuadrado y chato. Todo lo veía en escorzo y, desde esa perspectiva, aquel mundo de gigantes torpones le inspiraba una inmensa ternura. Por eso, por hacerles un poco más felices, movió el rabo todo lo que le dejó esa camisa de fuerza a la que Mónica llamaba anorak, que la hacía parecer una de esas deliciosas morcillas que Elisa tenía colgadas en su cocina y que NO, FIERA, NO SE LAMEN.

—Pero sólo pueden existir unos Los Cinco —protestó Gabriel—. Como sólo podrá existir una hermandad como la nuestra... —Les lanzó una sonrisa de medio lado—. Os confieso que a mí lo de las malas hijas me pone.

Aquello provocó un gran regocijo y unos cuantos comentarios jocosos en la semioscuridad.

—Es que siempre serás una más —dijo Mónica para provocarlo, a lo que Gabriel respondió con un «estoy de acuerdo», que selló plantándole un beso en los labios.

Las otras dos se quedaron inmóviles como las estatuas de la plaza, intentando procesar lo que acababan de ver.

—Entonces, que no se diga más. —Suselen levantó su copa—. Por las malas hijas.

Todos la secundaron. Incluso Fiera sujetó el corcho de la botella entre sus diminutos dientes. Y, de forma improvisada y por turnos, fueron añadiendo líneas a ese brindis como si fuera una de esas tormentas de ideas que se desataban sobre la mesa del Caripén cuando intentaban resolver un enigma. Y sin que luego pudieran recordar quién dijo qué, brindaron por las malas hijas, por que su amistad había pasado todas las pruebas, por que un amigo no era con quién pasabas más tiempo, sino «mejor» el tiempo; era quien hacía suyos tus problemas para que no tuvieras que enfrentarte a ellos tú solo; por que un amigo de verdad era quien sabía ver el sufrimiento en tus ojos mientras todos los demás se creían tu sonrisa.

Y eso era tan difícil de encontrar..., suspiró la diva. Por ese motivo, porque estuvo de acuerdo, Mónica quiso alzar su copa por un amigo más:

—Por Orlando —dijo deseándole un buen viaje a las estrellas al hombre que los había vuelto a reunir, quien tanto les había enseñado sobre sus madres y sobre los cuadrúpedos miembros de sus familias.

—Al hilo de lo cual... —siguió la entrenadora—. Tengo que deciros que quizá me ha llegado lo que podría ser un nuevo caso para las malas hijas...

Los otros tres la amenazaron con derramarle el champán por la cabeza, ¿es que no iba a darles una noche de respiro?, y la bombardearon con servilletas, cojines y todo tipo de insultos.

Entonces, ocurrió.

Una luz cruzó el cielo sobre sus cabezas dejando con su cabellera incandescente un arañazo en la noche. ¡Había vuelto a suceder!, gritó Ruth con la misma voz de pájaro que cuando era una chiquilla.

—¿Os dais cuenta? —insistió la racional del grupo—. Os lo llevo diciendo años. Hay que seguir creyendo en la magia. —Y luego se volvió hacia ellos intrigante—: Por cierto, ¿no os parece que ha llegado el momento de que nos contemos lo que le pedimos al cometa?

Entonces habían tenido que guardar el secreto, pero ahora ya no, porque sabrían si se había cumplido. Y, como estaba en su naturaleza dotar de un toque de leyenda a cada momento, les pidió que, uno a uno, se lo fueran susurrando al oído.

Cuando todos lo hubieron hecho se le dibujó una sonrisa que podría haber iluminado la plaza entera porque, con palabras muy parecidas, aquella noche fría de 1993, todos pidieron lo mismo:

—Que, pasara lo que pasara, permaneciéramos juntos.

Y allí se quedaron, saboreando aquel deseo, promesa, empeño o hechizo cumplido, con los brazos entrelazados, preguntándose por el futuro que en ese momento les parecía tan lejano como treinta años atrás mientras éste ya volaba hacia ellos como otra estrella fugaz.

Terminada en la plaza de Oriente de Madrid
el 31 de julio de 2023

Agradecimientos

Como el motor a reacción que impulsa esta historia es la amistad, quiero agradecerle a un grupo muy especial de mis amigos su sabiduría, su ilusión y que se prestaran a la primera lectura de este manuscrito:

A Juana Erice, Mónica Miguel «la Loba», Carmela Nogales, Ruth González, Cuca Escribano y María Herrero, por escucharme dentro y fuera de este libro y apoyarme para que se hiciera realidad.

A Vicente Granados, Elvira Heras, Angélica Ortiz, Enrique Sánchez Ramos y Vicky, por su generosidad inmensa y su lectura inteligente del texto en medio de viajes y vacaciones.

A Luisa González Arroyo, Ana Castillejo, Ana Lirón y Víctor Conde, mis lectores más veteranos, por seguir prestándoos a decirme la verdad en la primera versión de todas mis locuras.

A Raquel Gil Fontbellida, Amaya Galeote, Luis de Martos, Alice Fauveau y Margarita Jiménez de Navas, nuevas incorporaciones a mis experimentos literarios. Gracias por todos esos matices profesionales y emocionales sobre los personajes.

A María Mañas y Concha Martín, por secuestrarme en un oasis para escribir en el momento justo, y por prestar vuestros ojos siempre sinceros a mis textos y a todo lo que emprendo en la vida.

A Esti Girón, Anabel y Lucy Écija, por vuestros conocimientos sobre nuestros amados cuadrúpedos y vuestro amor incondicional por ellos.

A Melca Pérez Salgado, por todas esas recomendaciones de su biblioteca materno-filial.

A Pablo Cabrero, y a las tertulias de su kiosco, a Gigi, Bárbara, Bernardo y Franchesco, por ese viaje al pasado de la plaza.

A mi editor Alberto Marcos, por no salir corriendo cuando di un volantazo al género de esta novela, por contagiarme siempre tu confianza en mí y por tu apoyo incondicional en todo el proceso.

A Gonzalo Albert, porque creíste desde el principio en esta historia.

A mi madre, por todas las risas, las lecturas, la libertad y la ternura con la que me has alimentado.

A Miguel Ángel Lamata, por tu cinefórum en nuestro salón a partir de las once, tus recomendaciones siempre certeras, las aportaciones *pulp* y la carcajada que me regalaste al leer el desenlace.

A Fiera, por inspirarme con paciencia y con tus ocurrencias durante horas interminables, despierta o dormida, sobre mis piernas mientras escribía.

«Para viajar lejos no hay mejor nave que un libro».

<small>EMILY DICKINSON</small>

Gracias por tu lectura de este libro.

En **penguinlibros.club** encontrarás las mejores
recomendaciones de lectura.

Únete a nuestra comunidad y viaja con nosotros.

penguinlibros.club

 penguinlibros